余源鹏 著

千年宋井

四川文艺出版社

图书在版编目（CIP）数据

千年宋井 / 余源鹏著. — 成都：四川文艺出版社，2019.10

ISBN 978-7-5411-5495-9

Ⅰ.①千… Ⅱ.①余… Ⅲ.①长篇小说—中国—当代 Ⅳ.①I247.5

中国版本图书馆CIP数据核字（2019）第198788号

QIANNIAN SONGJING
千年宋井
余源鹏 著

插图绘制	陈妍丹
责任编辑	赵海海　燕啸波
封面设计	叶　茂
内文设计	史小燕
责任校对	段　敏
责任印制	唐　茵

出版发行	四川文艺出版社（成都市槐树街2号）
网　　址	www.scwys.com
电　　话	028-86259287（发行部）　028-86259303（编辑部）
传　　真	028-86259306
邮购地址	成都市槐树街2号四川文艺出版社邮购部　610031
排　　版	四川最近文化传播有限公司
印　　刷	四川华龙印务有限公司
成品尺寸	168mm×235mm　　开　本　16开
印　　张	30　　　　　　　　字　数　415千
版　　次	2019年10月第一版　印　次　2019年10月第一次印刷
书　　号	ISBN 978-7-5411-5495-9
定　　价	59.80元

版权所有·侵权必究。如有质量问题，请与出版社联系更换。028-86259301

章节	标题	页码
第13章	出将入相	212
第14章	八字真章	235
第15章	义安风情	256
第16章	双八卦图	278
第17章	美澳家屿	300
第18章	绑架事件	321
第19章	龙澳风云	345
第20章	清明时节	370
第21章	开盘饭局	396
第22章	端午江湖	419
第23章	宋井风姿	443
后记		473

目录

第1章 风起龙阳 ……001
第2章 土地竞拍 ……018
第3章 四村恩怨 ……035
第4章 中介之道 ……054
第5章 博裕买房 ……070
第6章 半仙测字 ……091
第7章 国安家宴 ……107
第8章 规划局长 ……123
第9章 营销内幕 ……142
第10章 螺旋石梯 ……157
第11章 福安木箱 ……176
第12章 堂前龙凤 ……195

第1章
风起龙阳

（一）

"快来人啊，王爷庙里着火了！"
……

2016年7月9日，太阳把位于广东省东南靠海的韩阳大地烤得炽热。

这天，位于韩阳市东北方丘陵地带的陆湖寨正举行盛大的游神活动。陆湖寨村民从村里香火旺盛的王爷庙中把三尊"王爷"神像抬出来，在村里隆重巡游，所到之处村民放鞭炮迎接，设贡品祭拜，一时万人空巷。正当巡游队伍远离王爷庙的时候，有人发现王爷庙屋顶上冒出些许黑烟，还伴随着烧焦的气味，跑进去一看，只见王爷庙里放置贡品油灯的案几着了火。大火把案几几乎烧得通红。闻讯赶来的村民马上从庙里天井中种植荷花的大水缸里打出水，并拿出旁边的消防栓，几分钟就合力把火给灭了。

年届七旬的陆湖寨乡贤咨询委员会会长陆谦闻讯气喘吁吁地小跑赶来，只见案几几乎被烧成了黑炭，庙里新挂的布幡掉落下来，残缺不全。

"好在王爷神像被抬走了！"陆谦一脸严肃地说道，"大家仔细检查还有没有火苗。"

负责庙里事务的人前后查寻一番，说道："除了案几和布幡被烧焦外，其他地方都完好无损。"

"还好发现及时，看来是王爷保佑啊！"

"这场火算是给我们这次'营老爷'增添热闹罢了。"

紧张的灭火之后，村民们感觉到一阵轻松和庆幸，大家站在王爷庙里欣然谈论起来。

……

今天是陆湖寨一年一度最热闹的祭神日子。陆湖寨也请来其他地区的陆氏宗亲和韩阳当地贤达人士前来观摩助兴。由于陆湖寨是韩阳市这个中国"瓷都"的主要瓷器生产基地，所以陆湖今天也请来韩阳当地不少陶瓷界的富商。这些嘉宾刚才还跟陆谦在王爷庙旁边的福安里会客厅里聚会，听到这边着火，也都赶过来看望，表示关心。

"这王爷庙是什么时候建的，看起来还比较新啊？"有位嘉宾问道。

"据说是用来纪念在南宋末年帮助过皇室的三位山神。最早的王爷庙在玉凤坑那边，宋朝就有的。我们陆湖寨的王爷庙是明朝时修建的，最近一次重修是1983年。"陆谦觉得有必要跟大家讲讲王爷庙和福安里的历史，他继续说，"大家可能不知道，这王爷庙在明朝时只是福安里的一部分。目前福安里已经是韩阳市保护最完整的古民居建筑群，成为我市旅游业的一张名片。福安里是明朝初年一个陆姓的大户人家花费巨资建造的。但后来由于倭寇入侵陆湖寨，这户人家也就搬走了。当地人见这里有个空地，就在这里建造起了王爷庙，时至今日成为韩阳地区第二大规模的王爷庙。我们这间王爷庙当时还是个反清复明的秘密基地啊。"

"你们陆湖寨经济真好，不仅生产经营出口陶瓷，而且还能依靠福安里带动观光旅游业。"

"是啊，我们这里的土质适合烧制瓷器，加上临近韩阳市的母亲河义安江，自古就依靠便利的水运，将大批陶瓷出口远销海外。韩阳市就因为我们几个生产陶瓷的村镇，而被评为中国瓷都的。"

来宾听罢纷纷称赞陆湖寨的成就。

义安江是韩阳市的母亲河，起源于粤北客家地区，呈南北走向，一路奔流入海，冲刷出肥沃的义安江平原，就是现今的潮汕地区。韩阳市属于潮汕地区，讲潮州话，建市历史可追溯到汉朝的揭阳郡。因唐朝时期，大文学家韩愈到此教化民众，兴修水利，后人为了纪念韩愈的功劳，便将该城市改名为韩阳。义安江从韩阳市区中间穿过，江的西边是老城区，东边则是日新月异的新城区。

"刚才是有人不小心碰倒油灯才起火的吗？"一位来宾看着烧焦的案几发问道。

"他们抬王爷神像出去的时候我在场，当时油灯还是我移在案几中间的，也没有碰倒啊。"庙务管理员说。

"这里有监控，调出来看看就知道了。"陆谦要求道。

一段令大家感到后怕的视频出现了——

原来，正当村民抬神像巡游之时，四个头戴黑色鸭舌帽、手戴白色手套的人闯进神庙里，左顾右盼后在最左边的神像底座边又摸又推的，不到几分钟，竟然把神像底座给转动了。

只见四个人从神像底座的地下搬出一个长约八十厘米、宽约四十厘米的长方体木箱，然后匆忙搬离神庙。木箱看起来很沉，四个人每人抬一边，还需要很大的力，才能搬动。其中有个人一个趔趄，撞到了神像前的案几，把案几上的油灯撞翻，马上引发了案几着火！

看到这里，陆谦马上要求管理员向派出所报案。

有的村民双手合十："王爷保佑，让我们尽快抓到盗贼。"

福安里案件很快通过新闻媒体和微信朋友圈从韩阳的陆湖寨往外扩散出去……

（二）

7月10号，星期天，上午刚过9点，广州的天空蓝得就像刚洗过的会呼吸的缎子一样。这些年环境治理的成就有目共睹。

三十六岁的黄智扬送完女儿去小区里的钢琴培训班，回到他和朋友合伙开办的二手房中介公司里，汗水把上衣都浸透了。

在这繁华的大都会，生活节奏飞快，想要在这座城市有一席立足之地，那你唯有不停地运转，快速地跟上生活节奏，甚至凌驾于生活节奏之上。不过黄智扬喜欢以韩阳人特有的休闲方式来对待工作，他回到公司，第一件事不是跟员工开早会，而是坐到一张红木茶台前，熟练地按动加水和煮水键，在盖碗里放入一把潮州单枞茶，准备三个杯子。然后给茶台上的热带鱼喂食饲料，看着公司玻璃门上的房源图纸，发了下呆。

"在想什么呢？"一个熟悉的声音随着玻璃门的打开而传进来。

抬头一看，原来是住在同一个小区的前同事加好友，韩阳恒泰监理公司总监——郑光。

"你什么时候回来的？请坐！"

"昨天就回来了。昨天周六，回来睡了一天。"郑光说着坐在黄智扬对面的红木椅上。

"工作忙吗？"黄智扬知道郑光正在韩阳一个大型房地产开发项目做监理。

"还好，现在是夏天，没有什么销售节点，工程进度不着急。"

很快，水咕噜咕噜地煮开了，黄智扬拿起水壶冲泡起了茶叶，第一道洗茶水用来洗杯，第二道水他均匀地冲泡了三杯茶。

"来，喝茶。"黄智扬招呼郑光喝茶，自己拿起最近的一杯闻了下，抿了一口，然后略带感慨地说道，"我刚才在想，我从上大学以来做的主要事情，都是跟房子有关，离不开一个'房'字！具体说就是学习建房、设计房、租房、看房、买房、装修房、策划房、写房、再买房、出租房、带客看房、交易房。"

"哈哈，其实都是'房事'嘛！"郑光是结构工程硕士，跟黄智扬算是同专业出身，又都是韩阳人，两人共同语言很多。所不同的是，郑光是韩阳北部的客家人，讲客家话，而黄智扬讲潮州话。

忽然，郑光身子向前倾，眼神认真而略带神秘地问黄智扬："昨天陆湖寨王爷庙着火的事你知道吗？"

黄智扬一听略感惊讶："不知道啊！"

"我发个链接给你。"

黄智扬对此极感兴趣，连忙点开链接，仔细看了里面的图片、文字和视频。一时间，心里满是那个疑问——被抬走的王爷庙木箱里到底藏着什么呢？

黄智扬抬头问道："你听过我们龙阳村的宝藏传说吗？"

"这个之前就听说过，好像是跟宋井有关！'得宋井宝藏，可养十万兵马'这句话在韩阳地区家喻户晓，说的就是你们村的宋井。"

"是啊，因为我们龙阳村有着一则近千年的宝藏传说，所以我从小喜欢关注文物宝藏之类的新闻。"

"是什么样的传说？我也很有兴趣！"

"公元1276年，元兵南下，南宋皇帝在大臣张世杰、陆秀夫等护送下从福建海路南撤来到了广东韩阳。我们龙阳村位于韩阳市西南靠海地区，早在北宋时期就已经存在了。大臣觉得此地风水甚好，有意长期驻守，便在韩阳海域驻军十万。当时为了解决兵马饮水之需，他们在韩阳沿海一带挖了几个水井，名曰'龙井'。如今其他几个水井已经不见，唯独留下一个位于我们村、离海边只有十多米的'宋井'。令人称奇的是，这宋井虽然位于海滩，但井内涌出不绝的淡水，水质甘甜，不带海水的味道。"

"那这个宋井和宝藏有什么关系呢？"

"传说当时时局不利,南宋军队临走时,将大量宝藏藏在了宋井周围一带,以便来日东山再起可以用。所以才有了'得宋井宝藏,可养十万兵马'的说法。而更加引人入胜的是,南宋军队在临走时,还在宋井后面十几米开外的一块海边巨石上刻了一首诗,也就是现在的宋井石刻。"

　　"哦,那石刻上写了什么?"

　　"宋井石刻目前能辨别的字就只剩下'××龙××,×眼×××。水涨淹不着,水涸淹三尺'。据说解开这首诗的谜,就能找到宋井的宝藏。"

　　"'水涨淹不着,水涸淹三尺',这么奇妙!那这宝藏有被发现过吗?"

　　"在宝藏的诱惑下,常年都有人来龙阳村挖宝,宋井方圆数里,被挖出一个个大坑。而且因为宋井石刻中提到'龙眼'二字,因此韩阳的很多龙眼树林几乎都被人挖过,有些龙眼树甚至被连根拔起,以至于龙阳村近代以来不再种植龙眼树。对待这些人,我们村民们是看到一个抓一个,抓到一个打一个,尽管这样,挖宝现象还是从未停止过。只是从来也没听说哪里发现了大量文物宝藏,就算有人挖出过一些宋瓷元币,那也是零散少量的。"

　　龙阳宋井宝藏的传说浸润着龙阳这片海边的神奇沃土,让每一个生长在这里的人或多或少都有那么一点儿寻宝情结。黄智扬也不例外。黄智扬喜欢寻宝,不是想得到那份诱人的宝藏,而是十分享受解开种种谜团的成就感,还有就是不能让宝藏落入外人手中。他读中学那会儿,就注意搜集查阅大量关于龙阳宝藏的资料,还经常在当地翻山越岭。

　　"你觉得这福安里被盗的木箱跟这宋井宝藏有没有联系?"

　　"这个不好说,还要等警察破案才知道。我也想回去看看,只是身不由己啊!"

　　"小孩不是放暑假了吗?你可以抽空回去一趟。这钱是赚不完的。"

　　"也对啊!该回老家去吃吃逛逛了。"

　　"那好啊,如果要回韩阳记得联系我,我平时都在那边。"郑光又喝了一杯茶,便起身要回家,"我老婆今天说要出去跟朋友聚会,让我等下去带小孩，我们有空再喝茶。"

黄智扬目送郑光走远，望着门外东南方，远方望不着边的蓝天白云的下面就是自己的家乡。冥冥之中，仿佛有什么在召唤他一样。

黄智扬大学毕业后一直在国内知名的万利集团工作。三年前，黄智扬和前妻离婚。为了能够照顾还在幼儿园读小班的女儿，黄智扬辞去了万利集团的工作，在家写出了多部房地产专业图书，获得业界好评，另外还在自己居住的小区与朋友合伙开办房产中介公司。

就在当天下午，龙阳村贴出一张公告，直接引发了一场风波，也将促使黄智扬决定要赶回故乡了！

（三）

7月10号午后，烈日高照，马路被高温烤得直冒烟，知了叫个不停。这是南海在酝酿一场热带风暴了。

村委会的公告栏上不知道什么时候贴了张告示，引起几个村民的围观。

"这上面写的是啥啊？哪位识字的给我念念？"附近一位白发苍苍的老妪走了过去，站在公告栏前面。马上就围过来两三个人。

"这上面说龙阳村靠近宋井地块的农村土地承包经营权证要被收回了！而且限期八天，要我们清理农作物和养殖物，土地要进行平整了！"

"什么？收回农村土地承包经营权证？"一位村民嚷嚷道。

"这……到底是怎么回事呢？"村民急了，脸上露出着急的神情。

这消息很快传遍了整个龙阳村。有村民想找村委会了解情况，但此时的村委会大门紧闭。

这时人群中有人响亮地喊道："这是不合法的！"大家闻声望去，喊话者叫黄义明，是龙阳村党总支部委员兼村民委员会委员，负责党建、纪检、宣传、调解、文教、农保、扶贫等工作。一身正气凛然的他还有一个身份，龙阳村黄氏武术队的总教练！

"是怎么个不合法？快说来听听！"

此时他对着手机，大声地读道："国家土地法规定中明确写道：'农民集体所有的土地由本集体经济组织的成员承包经营，土地承包经营期限为三十年。在土地承包经营期限内，对个别承包经营者之间承包的土地进行适当调整的，必须经村民会议三分之二以上成员或者三分之二以上村民代表的同意，并报乡（镇）人民政府和县级人民政府农业行政主管部门批准。'也就是说，村委会没有经过我们的同意是不能收回农村土地承包经营权证的！"

"对啊，哪能说收回就收回，就算收回也应该要有补偿才行！"

"就是，我们不交，看他们能把我们怎么办！"

"是有补偿，但是补偿这么少，这不是抢劫吗？！"村民们心里清楚，这事连黄义明都不知道，就只有黄为财敢这么干了。黄为财是龙阳村党总支部书记兼村民委员会主任。

此时，在龙阳村靠近宋井的地块边上，则是另一道风景——

一群衣冠楚楚的人在村里游荡，看着这片土地，脸上都露着胜利的喜悦，似乎看到在眼前飘过的一张张红色的钞票。

"这地块好啊！"

"这地保准赚钱啊！"

此时，南海飘来一片乌云遮住了龙阳村的上空，龙阳村显得更加闷热，但大雨却迟迟不下！

（四）

十天后，7月20日的清晨，挖掘机、推土机轰隆隆地开进了龙阳村靠近宋井的农田、鱼塘，在没有进行其他通知和事先补偿的情况下，誓将农田鱼塘推平、填平,一场"屠杀"龙阳村土地的行动开始了。这是在做土地的平整,是为后续土地开发做准备的。在这一刻,村民们也彻底明白了黄为财收回农村土地承包经营权证的目的。

被推掉农田鱼塘的村民肯定不干了,纷纷想过去挡在自家土地前面。可是为时已晚,一来机械作业的速度很快,二来早有一班民工模样的人手拿施工工具,站成一排,谁过去都会被挡回来。同时,有包工头模样的人站在挖掘机上,拿着喇叭在喊,让村民克制,说他们施工队是有施工许可证的,不要为难工友们。一些年迈的老人们,看着那片本该绿油油的农田现在却被铲平,本该鱼虾满塘的养殖场也逐渐被填平,心里不是滋味。

虽然看到之前的公告,很多村民已经把农田里该收割的庄稼收割了,把养殖场里的鱼虾蟹也打捞了,但当真正看到自己赖以生存的土地被摧残时,伤心之余,他们心中的怒火被彻底点燃!那些农田被破坏的村民集合在一起商讨对策,大家一致觉得应该找平日里敢于仗义执言的黄义明替村民做主,讨个说法。加上黄义明堂兄的鱼塘也被列入平整的范围,于公于私他都要出头。于是,黄义明和村民们来村委会找书记黄为财讨个公道。

激动的村民们一来到村委会门口,就开始破口大骂,让黄为财出来讲清楚是怎么回事。但黄为财早有准备,自己是不会出来的,他先让村里的治安联防队员手持器械把守大门,说让村民派几个代表进去。于是黄义明和另外四户损失最大的村民一起进去。

进屋一看,屋里乌烟瘴气,那黄为财坐在一张沙发的中间,旁边端坐着七八个人;正在抽着烟,这些人不是他的近亲就是平时和他关系最好的村干部。黄为财显得很淡定,缓缓地说:"来,大家不是有事找我吗?来喝杯茶。都是乡里乡亲的,有话慢慢说。"

黄义明的堂哥首先发问:"黄书记,你让人把我承包的土地和鱼塘给推平了,我不知道,我也没同意。你想干什么?你要给我解释清楚!"

"对,还有怎么赔偿!"旁边村民附和道。

黄为财显然有所准备,他拿起茶几上的一份文件,仿佛拿着圣旨般,一字一顿地大声说道:"这次土地平整,是市政府批准的'三旧改造'项目,是合理合法的,我手里这份就是经市政府批准的文件。再说,土地改造也是有补偿的。补偿资金马上就会发放到大家手上,所以,请各位村民不要再闹事了,我都是在依法依规行事。"黄为财把市政府批准的"三旧改造"文件拿了出来,一下子村民就蒙了!

"这三旧改造怎么说改就改呢?"

"这好好的农田说不要就不要了?"

"对呀,根本就没征求我们的意见!"

……

村民们一脸的茫然,可是黄为财出示的文件也确实盖着红印,这是怎么回事?这时,旁边的黄义明按捺不住了,朝着黄为财破口大骂:"你居然还敢伪造文件,当我们是傻子?还是愚民?"

"你……你说谁伪造文件呢?"黄为财有点慌乱。

黄为财顿了顿,想起当年黄义明他家跟黄为财是有点恩怨的,于是带着不屑的眼神对黄义明说:"义明啊,你该不会是借机想要闹你家风水的事吧?"黄为财和黄义明是同宗同姓不同房亲,当初黄义明的父亲坚称是风水问题导致两家财运不同,从而跟黄为财家产生了过节,还闹得差点打架。

"今天我和乡亲们只就事论事!"

"哼!最好是这样!"黄为财冷哼了一声。

"你今天不把话说清楚,我马上就到市里查你这文件的真伪。"

黄义明见黄为财面如土色,就知道被他猜对了七八成,于是进一步将黄为财的军,想逼迫他承认造假。

却没想到,黄为财很镇定地说:"查就查,你现在就可以去查。"

"行,你等着!"黄义明示意几个村民先离开,等查清楚问题所在再找黄为财算账。

"你觉得黄为财手上的文件是真的吗?"几个人走出了村委会,黄义明的堂哥问黄义明。

"这黄为财最近跟房地产发商鸿和公司的老板交往甚密，还频繁跟市里国土局和规划局的领导有接触。文件的真假还很难说，不过我看他的脸色，是有些心虚，这里头应该是有问题！"

"对，这里面一定有什么不可告人的勾当！"另一位村民说。

"这样，我们先去市里查下，如果黄为财拿的文件确实是真的，那我们也要了解清楚是哪个环节造了假！"黄义明说。

"好的，那先这么办。"

（五）

7月20日当天，龙阳村民发动了市里可以发动的关系，很快了解核实到那黄为财手里的"三旧改造"的批文竟然是真的！而且施工队平整土地的施工手续也是齐全的！

那问题出在哪里呢？

黄义明和其他受损害村民晚上都到龙阳村黄氏大宗祠里聚会商议对策。龙阳村黄氏宗族理事会的成员也全部到场。有人大骂黄为财，有人指责市里相关部门，还有人垂头叹气，大家你一言我一语，经过半天的商议始终没有抓住问题的关键所在，也得不出下一步的行动方案。其实黄义明早就想到了一个人，只是因为一些关系，他迟迟不愿开口，可事到如今，也只能试试看。他走到黄氏宗族理事会副会长黄正德旁边，说："正德叔，上次我在您家看到您儿子黄智扬编写的一本叫《问鼎房地产》的书，里面讲到了很多房地产开发的法律法规。您儿子在广州做房地产多年，要不您问问他，看他能不能给我们指个方向？"

这黄正德就是黄智扬的父亲！黄义明迟迟不肯开口，是因为黄正德跟黄为财是同房近亲。不过，黄义明也知道，黄正德为人正直，年轻时曾经当兵十多年，参加过对越反击战，退伍转业后在当地当过派出所所长，是个疾恶如仇的人，在大是大非面前，黄正德会站到正义的一方。

"是啊，你不提醒我，我还忘了智扬他是干这个的！"黄正德欣然答应，"那我现在就打电话给他。"

晚上8点，黄智扬正在收拾饭桌上的碗筷。

"爸爸，你的手机响了！"黄智扬的女儿黄晓筱从客厅拿来手机往厨房里跑。

黄智扬一边擦擦手，一边拿过手机一看，说："是爷爷打电话来了！喂，爸！吃饭了吗？"

"早吃过了，你在忙吗？"黄正德问。

"没什么，只是在收拾桌子。"黄智扬听出父亲有什么事找他，"爸，您旁边好像很多人啊？"

"嗯，是这样的，村里出了件大事……"黄正德把事件的经过告诉了黄智扬，虽然他家没有受到损失，但依然十分气愤。

黄智扬说道："根据规定，我们的集体建设用地虽然已纳入'三旧改造'年度实施计划，但只有经本集体经济组织（或村民代表大会）三分之二以上人员同意的，有关农村集体经济组织才可向所在地县级以上国土资源管理部门申请转变为国有建设用地。也就是说，整个事件关键是，缺乏村民的表决同意，或者说有人伪造了同意文件！"黄正德在听这段话的时候，手机是外放声音，在场的所有人都听到了，也明白了问题所在。

"如果市里认为我们村提交的申请书是真实有效的，那么找市里相关部门就没有意义，问题就出在村里黄为财的身上！"黄义明说。

"对，我们要先控制住黄为财，不能让他跑了。"

"另外我们要通知新闻记者来采访，还有多发照片到朋友圈、同学群，造成舆论压力。"

"我看大家还要准备明天一早上市委大楼前面拉横幅静坐去。"

大家你一言我一语地逐渐形成了行动方案。毕竟黄氏宗祠里在座的都是有能力的人。

（六）

当天晚上，以黄义明堂哥为首的三十多个村民带着龙阳棍包围了黄为财的家。早期龙阳村的男丁都习练这种棍法，用以强身护院，家家户户都有一根龙阳棍。黄义明就是现任总教练。黄为财在家赶紧报警，只是他没有打110，而是打给市公安局的一位领导。这位领导马上派了一个警察小组过来，开来三辆警车，试图带走黄为财一家。就当警察把黄为财一家带上了警车，正要离开的时候，以黄义明堂哥为首的村民们把路给挡了。放跑了黄为财，很多事情就没有说清，村民们的损失，就没有人会承担。

几位警察劝解无果，其中一位带头的警察竟掏出手枪，枪口朝天，鸣枪示警。警察的这个行为显然激怒了村民，有几位老人和妇女首先站到警察面前——

"你开枪啊，干脆打死我们算了，反正土地没有了，我们也不活了。"

"对啊，你们警察不为民做主，反而要救走黄为财这个贪官！"

"放走了黄为财，我们村民的损失谁来承担？"

……

时间到了晚上10点钟，月亮高挂空中，海风吹散了白天的闷热。在黄为财家门口的村道上，警察和村民在月光和微弱的路灯灯光下僵持着。旁边一直有人拿着手机拍着视频，发往朋友圈。龙阳村今天注定成为韩阳人民关注的热点地区。大概过了半个小时，又有几辆警车开了过来！村民们内心一凉——肯定又是来帮助黄为财的！

只见警车上下来一个中年男警官，先是站在原地环视了一下四周，只见虽然是夜晚，但龙阳村的村民都围在这里观望事态的发展。

就在这时，一个气势沉稳的身影走了过去，是黄正德！

"你来了。"黄正德跟这位男警官打了招呼,又回头喊,"义明,你过来一下。"黄义明闻言也走了过去,三个人站在警车旁边谈论了一番。村民们静静地等待这三个人商谈的结果。

过了几分钟,这位中年男警官对着车载宣传喇叭说:"龙阳村的村民们,我是市公安局副局长黄毅,我爷爷也是龙阳村人。今天的事情,我听正德兄说了,他是我当年在派出所的上级。今天龙阳村的事件已经引起了市委市政府的高度关注,市委王书记刚才也给我来电,说要妥善处理今天的事件,尽快给龙阳村民一个交代。我现在需要把黄为财书记一个人带到市里接受询问,也请大家不要为难他的家人。明天市委书记和市领导将接见八位村民代表,大家有什么问题也可以写下来,明天一起呈递给书记。"

村民们闻言,议论纷纷,有的人还在怀疑这是不是在放走黄为财。这时黄毅把话筒递给黄义明,示意黄义明讲两句。

黄义明接过话筒说道:"请大家相信黄毅副局长,相信正德叔,把黄为财书记交给他。"

既然挑头维权的黄义明都说话了,村民们也就让开了路。黄为财被带到黄毅的车上。村民们目视警车远去,连夜协商选代表、写申诉书向市委书记申诉冤情!

(七)

7月21号上午,台风来临前夕,龙阳村天气变得十分闷热,几个村民坐在大榕树底下乘凉,扇着扇子,聊着闲话。

"听说昨天晚上又有人去挖宋井了!"

"又去了?"

"是呀,但是现在都没有人去管了。"

"也是,这两天大家都在维权,谁还有那心思去管宋井。再说,宋井被挖了几百年,也挖不出什么名堂。"

上午,黄正德、黄义明和另外六位村民代表一早就到了市委大楼,期待市委书记能给龙阳村百姓做主。韩阳市的北部和西部山区,分布着不少客家村落,这位韩阳市市委书记王茂德正是出生在韩阳的客家人。

王茂德召开联席会议,主管城市建设开发的韩阳市副市长,以及纪委、监察、国土、规划、发改委、公安局、检察院等相关部门负责人都出席。

黄正德首先将一封有数百名村民联合签名的状告信发给在座的行政领导。接着,黄义明等村民代表一一做了发言和申告。王茂德听后十分关切,当场表态彻查此事,并向村民承诺会尽快给他们一个满意的交代。

几天后,市委市政府召开新闻发布会,公布调查结果并撤销黄为财村支书兼村委员会主任一职,黄为财多年来的各种违法行为遭到曝光。

随着黄为财恶行的揭露,这场暗箱操作的违法案件终告一段落。在本次土地维权中,表现深得人心的黄义明顺利地被推选为新的村支书兼村长。而土地处理方面,考虑到开发商和龙阳村民双方的利益,在市委市政府的监督组织下,立秋之前,村民在鸿和公司和龙阳相关村民一一签订了新的补偿和合作开发协议书。这场"龙阳土地"的维权争斗中取得了阶段性的胜利。

之后,一场热带风暴也随之而来,充沛雨量给韩阳大地降了温,在滋润韩阳大地和即将成熟的稻田、水果的同时,也让本来烦躁的龙阳村民冷静下来。

（八）

在各界的高度关注下，鸿和公司先期支付给龙阳村民一半的补偿款。不过随着黄为财案情被曝光，鸿和公司一些不正当的开发行为也被一并公之于世——有的盖了一半的楼盘竟然连土地出让金都还没交齐！政府相关部门和领导要求鸿和公司限期缴纳所有未交的土地出让金以及税金。鸿和公司的资金链一下就陷入了困境，只能拆西墙补东墙，甚至有传闻说它可能会申请破产。

这消息传到龙阳村，引得村民们议论纷纷。

"你们听到风声了吗，鸿和公司资金出现严重问题，可能会破产！"

"什么，它要破产！那我们的补偿款还能兑现吗？"

"是啊，把土地低价征收了，然后就不来开发了，那不是天大的笑话吗！"

"听市里一位国土局的朋友说，鸿和公司做项目，都不走常规路。拍到土地后，先支付部分地价款，出这部分的国土证，然后拿去银行抵押贷款。另外又让工程承建商带钱承包工程，画了图纸动了工就开始收买家的首期款。整个过程鸿和公司付出的资金成本极低，只要市场正常，它几乎没有风险。所以它是近几年发展最迅速的开发商。"

鉴于鸿和公司是韩阳市的三大房地产开发商之一，韩阳市领导觉得牵涉面比较大，已经有人暗示鸿和公司——如果不行就先转让龙阳地块！毕竟龙阳土地维权事件太受社会关注了。鸿和公司老板也很知趣，果断向政府申请转让龙阳村土地的开发权。其他的他也没有太大的担心，因为如果他倒了，恐怕韩阳市的政界也会跟着风雨飘摇！

市政府与龙阳村经共同商议后，决定以拍卖的方式出让龙阳村土地。8月14日，有新闻报道，市政府已经向四家实力企业发出拍卖邀请函，这几家企业分别是万利公司、韩阳陆达公司、韩阳运海投资公司和韩阳启阳公司。

　　鼎鼎大名的全国知名开发商万利公司要参与此次拍卖！这消息马上引起韩阳业内人士的极大关注，甚至有的人喊"狼来了"！

　　"万利不是一直专门做城市综合体吗，怎么也要做住宅项目了？"

　　"万利参与竞标，那其他三家韩阳本地公司不就成了配角？"

　　"如果万利能中标，那龙阳村的补偿款就有保障了。"

　　……

第2章
土地竞拍

（一）

万利大厦，坐落于繁华的广州珠江新城CBD中央。硬朗的外观结构，彰显着它无比独特的地位。艳阳照射在玻璃幕墙上，散发出耀眼的光芒，似乎在向外界宣示着它的辉煌。万利集团，全国排名前三的房地产公司，以策划建设城市综合体闻名。万利在韩阳市也有自己的分公司，此时正在韩阳市中心建设城市万利广场。

自从龙阳村土地维权事件在网络上闹得沸沸扬扬后，万利董事长尚万利便对龙阳村这块土地产生了兴趣。

8月14日，星期一，他召开集团高层例会。他以不容否决的语气说道："我们万利集团之前一直在中心城市的中心区域开发万利广场，产品线显得比较单调。我觉得从下半年开始，有必要尝试涉足沿海、沿江、沿湖的亲水高级住宅区开发，以此扩宽我们万利的产品线，获取更多的竞争机会和利润。"

他接着讲道："既然韩阳市政府向我们抛来橄榄枝，那我们也别辜负人家的期望。我看可以把龙阳村地块作为亲水高级住区的一个试点项目，精心打造积累经验后向全国推广。具体操作我们下午再继续探讨。"

中午休息时间，大家纷纷议论为什么老板会突然对龙阳村这个项目有兴趣——

"没想到尚总也对龙阳村这种住宅项目感兴趣！"

"你们没听说吗，那龙阳村可是藏有宝藏的，我想这一次……你们懂我想说什么的。"

"别瞎说了，也不知道是真的还是假的。"

在下午的会议里，尚万利依然自信满满地描绘了他对万利未来的构想，并且宣告将积极筹备针对龙阳村土地开发权的拍卖。会中他指示说："根据韩阳分公司和集团开发中心的建议，请营销中心联系下前策划经理黄智扬，看今晚能不能见个面。我想这个项目的投标工作最好由他来负责，如果中标的话，可以请他回来任该项目的总经理。"

此话一出，众人面面相觑。见状，集团副总经理兼营销中心总监阮英补充说："我们考虑请黄智扬回来，一是因为他之前在我们公司工作出色，二是因为他曾经在其他公司成功策划过海边别墅项目，更重要的理由是，他是龙阳村出来的本地人！"

下午4点多钟，位于广州某个山畔小区的黄智扬，此时刚刚给他的员工做了培训，然后关注着故乡龙阳地块的开发权拍卖的消息。看到曾经工作过的万利集团也有意涉足龙阳住宅项目，这让他颇感意外。

此时，放置在一旁的手机响了，是阮英打来的。

"你好，智扬，最近很忙吧？看到你编写的几部房地产书，挺实用的，我都用来给集团的员工做培训教材。"

"哦，还好！谢谢啊。"

"客套的话我就不多说了，咱们还是直奔主题吧。"电话那头的人顿了顿，说道，"公司有个关于你老家那边的地块需要投标，想请你参与，你看有没兴趣？"

"什么项目？龙阳村吗？"黄智扬没等对方多说几句，就稍感急切地询问起来。

"看来你也知道这件事，那就不需要我多说了。不过因为这事情时间比较赶，你看你今天晚上8点能不能过来公司总部一下，尚总想亲自跟你见面详谈。"

"哦，那我看看吧，尽量过去，毕竟这也关乎我故乡的事情。"黄智扬淡淡地说。如果不是关系到他的故乡，他是不愿再回万利总部走动的，因为现在的他有自己的事业和生活，早就不必看任何人的脸色。

"好的，那今晚我们在总部等你。"

黄智扬挂掉电话，而手机却震动了一下，这是他在婚恋网上认识的一个女生给他发的一则QQ留言——

"我今天看完了一部韩剧。跟你分享下。"

"是什么样的韩剧？"黄智扬无奈地笑了笑，很快回复了她。

这个网名叫"嘟嘟嘟"的女生也是韩阳市人，能在网上遇到自己老乡的不多，于是两人就加了QQ联系。

"里面的欧巴好帅哦！还有，看到里面的韩国餐厅都是炸鸡、啤酒，看上去都好赞，有机会我一定要去韩国，而且还是在下雪的时候去。"

黄智扬看着嘟嘟嘟发来长长的一段信息，虽然不大懂她在说些什么，可是还是耐心地看完了，"炸鸡、啤酒在广州也可以吃到，为什么一定要跑到国外？而且还要下雪去？哈尔滨就不错。"

"哎哟，你不懂的啦！"

"是不懂。那是不是最好的情节就是有位韩国帅哥陪你吃？"

"对啊，你怎么知道。呵呵！那你今天有什么特别的事发生了吗？要跟我分享一下吗？"嘟嘟嘟快速地回了一段话。

"今天一切如常，要说特别的可能是，我……可能很快要回韩阳老家一趟。"

"公事？私事？"

"是公事,但也可以是私事。那我们有机会要不要见面?"

黄智扬心想,这位嘟嘟嘟整天不给照片,虽然聊得来,但应该长得不怎样。又或者,人家早就有男朋友或者老公了。

"我这个人比较相信缘分,所以,看缘分吧。"

这嘟嘟嘟就是这样,有时候会很成熟,而有的时候则会很孩子气,就像此刻一样,他笑了笑后,便回道:"好……那就看缘分吧。"

(二)

夜晚的广州,换上了一件五光十色的晚装,似乎在极力宣示着她的时尚与活力。暖暖的清风从珠江上吹来。江河的转弯处,经常就是城镇的所在地,大江大湾出大城!广州也不例外,珠江从西北方流过来,在这里来了个近乎七十度的大弯,在广州主城区处向东流去,然后再向南流入大海。小蛮腰电视塔耸立在珠江河畔,那身姿如婀娜的少女般迷人,闪烁着五颜六色的光芒,照亮了整个新城。在这迷人的夜色下,每个人都会有他不一样的故事。

黄智扬提前十分钟来到了万利大厦。这个地方于他而言,如今是既熟悉又陌生,在这里他留下了青春拼搏的痕迹。跟随前台秘书的步伐,坐上了通往董事长办公室的电梯。很快"叮"的一声,电梯到达六十八层。电梯门缓缓打开,映入眼帘的是万利最奢华、最辉煌的地方。

前台秘书轻敲了两下门后,便领着黄智扬进去了。只见董事长正坐在一张不大的圆桌中间位置,旁边坐着阮英,还有万利的财务管理总监、开发中心总监和连康等几个重要领导。

阮英首先站起身来说:"智扬,欢迎回来!"

尚万利坐着说:"来,智扬,过来坐到我旁边。"

黄智扬一贯的沉稳内敛,走过去微笑地说:"尚总好,各位好!不知您这次找我过来是……"

阮英笑着说:"这次尚总请你回来,是想让你担任竞标顾问,竞标韩阳的龙阳村地块!那可是你的家乡!而且如果我们中标的话,那里将成立一个项目公司,你就是项目总经理的最佳人选。"

"哦……"黄智扬略有所思地点点头。他想,做个竞标顾问不难,但如果要回去担任项目总经理那需要考虑的事情就比较多。

这时,尚万利发话了:"智扬啊,我知道你有这个能力,这件事也许只有你能办好。放心,待遇方面你不用担心。"

"嗯。"黄智扬迟疑了一下,似乎目前找不到不回去的理由,而且仿佛是有一种力量,在召唤着他这个游子归乡。

董事长快人快语,继续说道:"龙阳村的项目我想了很久,也很有兴趣。而且我始终觉得,这个项目交给你来负责是最好的,天时、地利、人和你都占据了,是不是?"

"确实,那是我的故乡。只是龙阳村地块,似乎只能做住宅,这跟万利集团以往的开发类型不太一致啊?"

"是的,你说到点子上啦!我们集团计划扩展开发沿海、沿江、沿湖的水景高级住区,这次就是打算把龙阳村地块作为一个试点。"阮英在一旁解释道。

"好,那我就先回去参与拍卖。"

黄智扬心想,反正自己想回去家乡一趟,顺便帮万利做件事,帮龙阳村把地块成功拍下,那样,村民们的补偿款就能落实了,而且龙阳村那么好的地块也不至于荒废。所以不论今后是否担任项目总经理,都应该先把土地拍下来。

"尚总果然没有看错人!"阮英高兴之余把老板拍了个马屁。

"那拍卖的价格上限计算了吗?"黄智扬问得直接,没有丝毫绕弯子。

见状,尚万利脸上的笑意是更深了,他对财务总监说:"来,你把数据给大家看一下。"

很快，财务总监把准备好的资料打到投影屏幕上。资料显示，如果龙阳村地块的土地费用1.6亿，楼面地价7800元。另外加上建筑安装工程费、前期工程费、基础设施配套费、公共配套设施建设费用、开发期税费、其他费用和不可预见费等，开发总成本约4.2亿元。

黄智扬看着资料，心里头已经开始估算着这个项目价值了，他转头看向尚万利："董事长看来是势在必得了！那地价的上限是多少？"

董事长意味深长地拍了拍黄智扬的肩膀："我看了，楼面地价7800元的成本不高，我给你的权限是1.65亿，不要超过1.7亿！"

此时，董事长睁大眼睛盯着黄智扬。黄智扬跟他碰了下眼神，心里一下清楚了董事长的深意，露出坚定的眼神说："请大家放心，既然大家这么信任我，这个上限不会从我这里泄露出去。"

董事长也露出微笑，以略带欣赏的眼光看着黄智扬说："智扬，你已经是多部房地产畅销图书的作者了，何况你以前在万利的工作成绩大家有目共睹，你的人品和职业操守我非常欣赏和放心！那你回去准备一下，尽快到韩阳做些前期的工作，毕竟离拍卖的时间也不远了。"

（三）

8月17日，黄智扬将自己公司的事务交代给了合作伙伴，带着女儿踏上了回家的高铁，打算先回去韩阳十来天再参与投标。

高速列车一路向东奔驰而去。"爸爸，我们是不是很快就能见到爷爷了？"黄智扬五岁的女儿黄晓筱睁大那清澈的眼眸望着黄智扬。

"是啊。我们需要坐三个多小时的高铁，还需要转下车就到了。"

当列车进入韩阳地界，黄智扬凝视着窗外，似乎在期待着些什么。"晓筱快看这些房子！"黄智扬指着窗外那些整齐而且基本是一层楼高的民居，用略带兴奋的语气介绍道，"这些'金字形'屋顶的房子俗称'四点金'，那边像老虎伸手形状的房子俗称'下山虎'。还有这座房，由'四点金'和'下山虎'按向心围合、中轴对称的原则组合联结而成的府第式民居，俗称'驷马拖车'。"

"不就是一些老房子嘛，我怎么没看到有老虎和四匹马在拖车呢？"

"哈哈，等到了龙阳我再给你说，你就明白了。"黄智扬看到这些充满年代感的建筑，回到这片他熟悉的热土，不禁心潮澎湃。

出了高铁站，他叫了一辆出租车，由北向南，一路上可以好好观赏韩阳市的容貌。过去十年里，除了春节，他几乎只是每年清明节匆匆回来两天，上山祭拜祖先和自己的母亲，从来没有仔细欣赏韩阳的美景，没想到这次回来，发现韩阳这座城市是愈发地美丽、时尚了。首先是整齐、美观、卫生的道路和道路边美丽的花圃，其次是市区大部分建筑都坐北朝南，二三十层的高楼构成了这座城市新的天际线。

"这半年没回来，韩阳变化不小啊！"黄智扬自言自语地感叹道。

的士司机在前面也感慨地说道："是啊，你还没去江东新城区，号称中央商务区，那里写字楼、购物中心、商业步行街、电影院、咖啡厅、西餐厅、KTV林立。特别到了晚上，灯光闪耀，大部分商家都要营业到10点以后。"

黄智扬看着不远处流淌的义安江，泛着碧绿的浪花，似乎在说："黄智扬，欢迎你回家！"

记得小时候，黄智扬看到一些华侨回乡探亲，那种衣锦还乡受人尊崇的样子实在令人羡慕。如今自己也回来，说不上衣锦还乡，但想在故乡干出一番作为的决心还是很强烈的。

下午2点半，的士车开进龙阳村，在两棵盘根交错的百年老榕树前下了车。

"豆腐花，草粿啊……"

多么熟悉的声音啊！寻声望去，是一个头戴草帽推着独轮车的阿姨在榕树下叫卖豆腐花和仙草粿。黄智扬领着黄晓筱过去要了两碗草粿。黑色甘苦的凉草粿撒上细白糖,就是儿时记忆中夏天的味道!这风味在其他地方是没有的。过后,父女左拐走进一条巷子,在一栋大门牌匾上刻着"励翼楼"三个字的门前停了下来。这是一栋由两套三米多宽的宅基地建成的楼房,也就是黄智扬父亲黄正德的家了。

黄正德早已敞开大门,在客厅泡着工夫茶等儿子、孙女的到来。

"爸!晓筱,快叫爷爷!"

"爷爷好!"

"好,晓筱,你们中午吃饭了吗?"

"我们刚在高铁站吃了牛肉丸粿条,刚才还吃了一碗草粿。"

"那就好,来喝杯茶。"

黄晓筱喜欢在爷爷院子里看花、逗猫、喂鱼。

黄智扬跟父亲说明了此次回乡的目的。黄正德也跟黄智扬讲述起近来龙阳村的征地风波,也提到最近宋井又有人在挖宝藏,村里还专门安排治安联防员日夜巡逻。

"怎么这个万利的老板对我们村这地块也感兴趣?"

"是啊,外界也有人传闻他对我们的宋井宝藏也感兴趣。"

"嗯,宋井是我们的千年文物,要保护好。"黄正德说,"不如趁着天色还早,一起带着晓筱去宋井边看看大海。"

一旁的黄晓筱听到出去玩,高兴地举着双手说:"好啊!好啊!"

"也好,等下也去看看那片平整的土地。"于是,黄智扬骑着电动车,黄正德开着摩托车,穿过巷子,往海边走。

龙阳村是黄姓人口占绝大多数的村落。村里街巷井然有序,祠第无数。村子的结构是先人按照"九宫八卦"修建的,中央直街形似"龙脊",所以称龙阳。龙阳村因位于海运和江运的交界处,古时候就是韩阳重要的商贸港口。如今村民主要从事海产养殖和加工、农田种植和养殖以及纺织服装产业和淘宝生意,是韩阳市重要的电商集散地。

他们路过龙阳村的黄氏大祠堂。黄义明和另外一个教练在祠堂前面的广场上正带领着一班小学生在练习龙阳棍法。

"义明兄!"黄智扬远远便叫道。

"是智扬啊!什么时候回来的?"

"我们也是刚到。你这新任书记怎么也要亲自教学生练棍?"

黄义明一手撑着棍,说道:"我就这点爱好,刚才也是路过,就停下来教两招。再说要趁学生放暑假多教点。你要不也来试试?"

"我早就忘了,改天有时间再来重新学。那你先忙,我们到处逛逛。"

"好,有空到我家喝茶。"

随后,他们来到龙阳开发地块前兜了一圈,看了下地形和范围。只见该地块最南端离宋井的距离竟然只有不到两百米!

从地块到宋井向南望去,到处是坑坑洼洼,那是历年来偷挖宝藏留下的盗洞。不过好在宋井一直安然无恙。走近看,这口千年古井,井身使用坚硬的石材,外围还有龙凤的雕纹,精美至极。一番龙凤合鸣的景象,彰显着它的高贵之气。宋井背后约十五米开外的巨石上刻着那四列大字。

一股略带咸味的海风吹来,只见几个孩童在海边玩沙捡贝壳,远处缓缓开过几艘捕鱼船,还有那些零星分布的小岛,构成了一幅龙阳海景图。

黄正德领着黄晓筱到海边玩水。黄晓筱一下就从泥沙里抓起些海草之类的东西。

"这边的海水不是很清澈,改天带你去金狮湾浴场泡海水去。"黄正德说道。

黄智扬则拿起手机,前后左右找了多个角度拍了不少照片。仿佛他已经预感到,此次回来他会揭开宋井宝藏这个千年之谜。然而等待他的,是充满了困难和危险的寻宝之路。而且谁也没想到,就在这片海滨,将来还会上演几千人的夺宝争斗场面!

（四）

距离8月28日的拍卖会还有十天时间，黄智扬这几天奔波在韩阳万利广场与龙阳村之间，和项目组的其他人对龙阳村的地块进行社会调查、投资分析和可行性分析，也对产品和营销做出了初步规划。随后，万利向韩阳国土局缴纳了拍卖保证金，也标志着万利正式参与龙阳地块的拍卖。

韩阳市国土局也正式公布了参与拍卖会的三家房地产公司：万利、陆达和启阳。其中的陆达公司和启阳公司在鸿和公司破产之后，已经成为韩阳当地最大的两家开发商了。许多业内人士纷纷议论，到底万利这条"强龙"能否压倒陆达和启阳这两家"地头蛇"呢？大家拭目以待。

离拍卖会还有两天时间，黄智扬应同乡老友黄忠勇和六位金山中学的同班同学的邀请来到市区的"韩阳忠勇酒家"聚会。这酒家就是黄忠勇开办的。

黄智扬一进包厢，只见包厢里全是熟悉的面孔。

"大家都到了，不好意思，刚从龙阳村过来，路上堵了会儿车。"

"智扬来来来，坐这里。"黄忠勇首先招呼黄智扬坐在正对大门的大位上。

"这里就你忠勇兄年纪最大，这个位应该由你来坐。"

"来我酒家的都是我的贵客，应该上座。"

见状，黄智扬也不推辞，坐过去后说："你这生意越做越大了，这已经是韩阳第二家忠勇酒家了。"

"是啊，忠勇哥的事业如日中天！能来这个包厢吃饭，还是忠勇哥特别关照的。"韩阳市某银行支行行长张雅君说道。

"哪里哪里，我一个初中毕业生参加你们金山中学高才生的同学聚会，实在荣幸啊！"黄忠勇安排的是忠勇酒家功能最齐全的包厢，他坐在包厢里一边抽着烟,一边大大咧咧地说道。

"记得小时候勇哥经常带我们几个下海捕鱼、上山捉鸟,那是永生难忘的美事啊!"陆达公司的营销中心总监高博裕说道。

"好啦,大家就别吹捧我了,你们一个个不是总监就是行长、老师的,我就一个粗人。大家看得起我,我自然要招待好大家啦。"

"你忠勇哥不仅生意做得大,而且还是个孝子。作为大哥,为了回家乡照顾父母,把深圳的海鲜生意转交给了姐弟后选择回到韩阳来办酒家。"在韩阳市实验小学当语文老师兼教导主任的黄美玲称赞道。

黄智扬也跟着拿黄忠勇当话题:"记得一年大学放暑假的时候,我去深圳找忠勇兄,还住在他的出租房里,那时天天海鲜吃不完。听说你们姐弟三人还差点跟人家打架,那是为什么?"

黄忠勇深深地吸了一口烟,思绪万千,说:"二十年前,我自己一个人到深圳帮人家卖海鲜,后来自己租了个海鲜档口自己做,再后来,把老家的姐弟一起请到深圳一起做。我们三人,在一个大市场开了三家档口,资源共享,发展迅速。同行说我们卖的价格低,破坏行规,搞得人家没法做生意,所以就闹到差点要打架!"

后来,黄忠勇姐弟三人还给饭店采购人员回扣,加上供货十分快速,每月达到一定量的再打折,自然越来越多的饭店让他们供货。与此同时,因为他们要货量大,同样可以拿到更便宜且更优质的货源,后来就渐渐占据了那个专业海鲜市场近一成的海鲜生意!

说话间,饭桌上已摆满了韩阳特色菜,有卤水拼盘、炸豆干等,还有忠勇酒家出名的海鲜,样样精致,碟碟美味。

"来,大家来干一杯!欢迎黄智扬回乡发展!"黄忠勇端起一杯啤酒,打心眼儿里欢迎黄智扬回到家乡。

"那个……"黄智扬有点难为情,拿起酒杯喝了一口。

"看人家智扬不抽烟、不沾酒,现在能找出几个像他这样的男人?"张雅君也举起酒杯,举手投足间透露着成熟女人的韵味。

"智扬随意就好！"黄忠勇话音刚落，便拿起酒杯一饮而尽。

一片和乐的气氛下，大家也聊开了——

"博裕，最近可好？"黄智扬望着眼神有些游离的高博裕问道。

其实他们两个在中学时代就是竞争对手，什么事都会分个高低，两人一直不分伯仲。

"小事情而已，就是最近和惠心在考虑买房的事情，小孩明年要上小学了，这房……不说了，今天是聚会，咱们得高兴才行。"说完，高博裕急忙干了一杯，把要说的话吞了下去。

闻言，黄智扬点了点头，他知道高博裕所在的陆达公司也参加了这次投标，高博裕又是陆达一员战将。高博裕欲言又止，似乎也在意料之中。

"高博裕，你要不要把小孩送我这儿，我保准你家孩子成为国家未来的栋梁。"黄美玲开玩笑说道。

"那当然太好了！"高博裕一听，眼睛发亮。

韩阳市实验小学是当地最好的小学，进去读书最正常的途径就是要有相对应的学区房。

"你能帮我把小孩弄进去吗？花些关系费、赞助费也没问题啊！"高博裕紧跟着说。

"除了校长和教育局局长，我是还没有这个权力。"黄美玲继续说道，"不过你要能进小学，我帮你安排个好班、好老师倒是没问题。"

"哦，那还是要买房啊！"高博裕听了稍显失落。

"你小子都是陆达营销总监了，这买房还用愁吗？"黄忠勇大大咧咧地笑着。

"咳，你们是不知道啊……"高博裕一脸惆怅，"不说了。"

一下子，气氛有点凝重。见状，张雅君拿起酒杯说道："那我们再干一杯，致我们的青春，Cheers！"

"好好好，有空我们得回韩阳金中走走。"

（五）

8月28日当天，一场不见硝烟的商战拉开帷幕。

拍卖会主持人宣布本次拍卖的规则："本次拍卖起拍价为八千万人民币，每次增价幅度至少为五百万人民币。本次拍卖将按照价高者确定中标人，并签订《成交确认书》。"在主持宣读评标标准时，聚光灯扫过三家竞标公司的竞标人，不出所料，万利的竞标人是黄智扬，而陆达的竞标人就是高博裕。

为什么由营销总监来竞标？外界许多人基本不能理解陆达公司的用意，但黄智扬猜到了八九分——因为高博裕是美澳乡人，陆达刚在美澳乡拿了一个好地块，恰好地块就跟今天竞拍的龙阳村的地块相连！

黄智扬远远地看了一眼高博裕，两人用眼神交流，轻点了一下头，也就是在那一刻，黄智扬似乎更明白他在同学会上的欲言又止。

激动人心的时候终于要到来了，拍卖开始了——

"一亿。"启阳公司率先发力。

"一亿两千万。"高博裕慢悠悠地举起牌。

"一亿两千万。"黄智扬代表万利第一次举牌，他目视前方，没有去关注高博裕的眼神。

三家公司剑拔弩张，但实际上就是万利和陆达的较量。启阳公司率先退出了争夺，因为启阳还有自己的打算！

"一亿五千万。"黄智扬依然不慌不忙地举起牌，一下子将价格出到一亿五千万。

一时间，现场传来不少议论声，因为竞争已经接近到了关键价格节点。来之前，陆达集团给高博裕的权限是一亿六千五百万。高博裕想控制下节奏，故意迟迟不举牌。

主持人拿起手中的锤子，有点激动："万利集团叫价一亿五千万，还有其他公司能出更高价吗？"

全场都在期待高博裕的表现。

"一亿五千万第一次！"

"一亿五千万第二次！"

高博裕缓缓举起手中的牌："一亿五千五百万。"

他盘算着万利会再加五百万，然后自己还能再举牌到一亿六千五百万，达到陆达给他的最高权限。高黄两人都是代表企业投标，为了控制成本，能低点价格拿地就不能高价拿，所以，两人都尽量不用公司给他们的最高权限。当时，黄智扬也考虑到了按每次加价五百万算，自己可以举到万利给他的最高权限一亿七千万。所以他就按计划加价："一亿六千万。"

"一亿六千五百万。"高博裕果断举起了手中的底牌，这是他的权限，也是他计划中会举的牌。一时间，拍卖现场反而有些平静，大家都想看看到底花落谁家，又是谁家再敢加价。

"陆达叫价一亿六千五百万，万利还能不能出到更高的价钱呢？"

这时大家都把目光投向黄智扬。高博裕那双黑眸也狠狠地盯着黄智扬，他想看看黄智扬的底牌到底是什么。

此时，现场最紧张的不是黄智扬，而是高博裕自己，因为高博裕已经底牌尽出，而黄智扬却还有底牌。

时间一分一秒地流逝，直到主持人的声音缓缓响起——

"一亿六千五百万第一次！"

"一亿七千万。"黄智扬迅速打断主持人的话，再次举牌！

"哇！万利果然财大气粗！"现场哗然。

这个价位是万利给黄智扬的最高权限，他心想，就算万利拍不到，也要把地价抬高，这样龙阳村民的赔偿款才有着落。

现场议论纷纷，都觉得陆达不会再出价了。

高博裕仰头望着天花板，再想出价已经没有权限了，自己也尽力了，没办法，自己的东家没有黄智扬东家的实力。

主持人扫视了一下现场，看看还有没有谁可能最后再加价的。大家见高博裕仰头的样子，知道高博裕像是在仰天长叹，无能为力了。黄智扬露出了万利的底牌，心中十分释然，心想，不论谁加价，自己对万利对龙阳村都已经尽力了。就在这个关键时刻，高博裕的手机响了，电话那头说道："我给你最高一亿八千万的权限，你看着办。"

"这会不会太高了？"高博裕捂着手机问道。

"不会，你照做就好！"

"好的，明白！"

挂了电话，高博裕扑通扑通心跳得很快，呼吸急促，他必须迅速整理出一个思路：如果他现在加价五百万，按照万利那财大气粗的样子，很可能还会再加五百万，那么他的一亿八千万就被对方出了，那样自己可能会承担责任；而如果他此时直接加价一千万，到达自己的极限，则不论对方加不加价，自己都已经尽力，而且拿到该地块的可能性极大！

"一亿七千万还有没有谁要加价？一亿七千万第一次，一亿七千万第……"

"一亿八千万！"高博裕直接举牌站了起来，生怕主持人没看见，然后环视了一周，一副傲视群雄的样子。

"哇！"

"陆达是疯了吗？"

拍卖会现场被这价格彻底点燃了，一片骚动，甚至有人直接怀疑高博裕是自己在乱举牌。

"陆达出价一亿八千万啦！好地块，好价格！还有没有要加价的？"主持人也激动了。

"一亿八千万第一次！"

"一亿八千万第二次！"

"一亿八千万第三次！成交！"主持人兴奋地敲下手中的锤子，全场起立鼓掌。

古往今来，胜者为王，这个道理黄智扬当然懂，只是没想到高博裕会在生意场上第一次赢了他。不过对于黄智扬来说，他已经用了万利给他的最高权限，也没什么可失落的。那一边，陆达公司相拥庆祝，每个人脸上都带着可喜的笑容。黄智扬鉴于自己代表万利的身份，没有上去跟高博裕说话，只是朝高博裕露了个笑脸，有种虽败犹荣的意思。

（六）

拍卖会后，黄智扬回到韩阳万利公司，对总经理连康说："根据我们的投资分析，陆达以这么高的价格拿地，风险是很高的，除非房价在接下来一年有比较大的上涨。"

连康淡淡地说："你还记得，陆达早就在龙阳地块东面的美澳乡拿了一片地，而且拿地途径显得十分非常规。"

"我去过陆达在美澳乡的地块，是在龙阳地块相邻的丘陵上。那块地前面是漂亮的红树林景观，再往南走下去就是海滩，环境优美，空气新鲜，是个开发临海别墅的绝佳地方。但怎么说陆达拿地的途径非常规呢？"

"这话说起来就有点长。"连康缓缓道出其中的奥妙，"原本美澳那块地是废弃的工业用地，只有几幢破旧厂房孤零零地立在那里。因为是工业用地，要实现土地用途变更并不容易。可能是陆国安看中了那块地的价值，早在两年前就开始布局，绕了个大弯才把地拿到手。

"陆国安首先成立了一家海产品加工公司，叫渔洋公司，渔洋公司再成立子公司叫美洋公司，并吩咐美洋公司立刻对美澳乡的地块进行购地申请。购地申请，就是向国土局提出申请并承诺愿意支付的土地价格。之后国土局接受了美洋公司申请的土地价格和条件，将征收土地方案、征地补偿和安置方案在美澳乡内进行公告。

"美澳村委就征地事件在村内举行了听证会。几个月后，美澳乡的五十多亩土地进行公开挂牌出让，土地用途还是工业用地。当时没有其他企业竞争，最后美洋公司如愿竞得地块。"

"那到此为止，地块还是工业用地，怎么改为居住用地呢？"黄智扬干房地产十几年，还没想到用什么手段。

连康继续说道："之后美洋公司把原来的旧厂房作为公司的仓库，把地上建筑物抵押给龙源融资公司。这龙源融资公司是陆国安让他的一位亲戚开的，实际上还是陆国安的产业。

"在半年前，美洋公司突然宣告破产，美洋所欠龙源融资的债务只能通过拍卖地块和建筑物来偿还。那拍卖消息一出，立刻吸引了本地几家开发商的关注。除了陆达还有另外两家公司建议国土局、规划局把该地块变更为居住用地，只要土地性质改变，他们都愿意高价拍下这块地。"

"确实，利用购买破产企业取得土地是获得土地比较便捷的方式，现在城市审批土地开发房产的环节比较复杂。"黄智扬说道。

"是的，政府最终把该地块的土地用途变更为居住用地，提高了拍卖起价。当时拍卖会也是竞争激烈，拍卖价格不断上涨。但由于美洋公司和龙源融资公司都是陆达旗下的公司，反正拍卖所得都会先偿还自己的债务，因此最后还是由陆达高价夺得地块。"

"原来是这样，看来陆国安对龙阳、美澳两村的地块早就势在必得，难怪今天敢出一亿八千万。"

在广州的尚万利很快知晓了这个结果，虽然有点不悦，但昨晚连康就跟他放出了风声，说陆达将会不惜高价拍下龙阳这块地，其目的就是为了把龙阳村和相邻的美澳乡的两块土地联合一起开发！既然陆达早就在韩阳海滨布局了，所以这次陆达比万利显得更加势在必得。加上陆达作为韩阳本地的大开发商，在某些开发成本上会低于万利，所以陆达只要想拿下，比万利高个五百万完全不是问题！所以在还没竞拍之前，尚万利也大概预料到了结果。胜败乃兵家常事，他自然是泰然处之了，看着那悠悠珠江，轻轻地吐了一口气，烟雾弥漫了整个办公室……

第3章
四村恩怨

（一）

　　土地拍卖活动结束了，黄智扬此行的工作也算结束了，他需要再好好领略家乡的大好山水。8月29日，黄智扬带女儿来到龙阳村北部的石壁山上，这是他每次回老家必到的地方。

　　黄智扬喜欢爬到山顶泡茶、远眺。石壁山高约一百五十米，只需连续爬上几百个石阶，十多分钟便可来到山顶的纳海楼，登高南望，整个龙阳村以及义安江入海口都纳入眼底。

　　他们在纳海楼旁边的茶座上租了一套工夫茶具，用最原始的木炭炉和羽毛扇来煮水泡茶，南望大海，山风吹拂，让人身心放松，气血通畅。在黄智扬看来，常年居住在大城市，来这里是一种修身养性甚至能获得自然精华而令身体健康的调养方式。

　　期间，他不忘给韩阳的女网友发了条信息："我回龙阳几天了，打算明天回广州，今天有空见面吗？"

　　"不好意思，正在忙，迟一点再回你。"对方几乎是秒回。

黄智扬本想再说点什么,但想她可能太忙了,也可能是一种拒绝,就不再发信息了。

中午父女两人便点上一只土窑焖鸡,两个土窑番薯,配着不浓的工夫茶。

第二天上午10点半,黄智扬牵着女儿来到高铁站。开学季来临,韩阳高铁站已经成为一片"人海",大多是从韩阳到广州上学的大学生。正准备检票入站的时候,手机响了。是张雅君的来电。

"智扬,还没离开韩阳吧?"

"现在正准备坐高铁回广州呢。"

"那你先不要进站,我现在开车过来接你们。"

"有什么急事吗?还要你开车过来?"

"是有事,算是好事!见面说吧。"

"嗯,那好!"

十多分钟后,一身职业装的张雅君喘着气几乎是小跑过来。

"是什么事?电话说不行,还要你亲自开车过来?"黄智扬笑着,倒是很轻松地问道。

"就是有急事才过来接你。你们先不用回广州了,坐我的车,跟我一起去吃个饭。"平时大方优雅的张雅君此时显得比较刻意,说不上是着急,还是看准黄智扬定会很信任地跟她走。

"这几天学生开学,车票都是提前十天预定的。今天不上车,这两天恐怕买不到高铁票了。"

"没关系,说不定你们都不用离开韩阳。"张雅君此时才带着神秘的笑容说道。在一旁的黄晓筱仰着头望着,睁着大大的眼睛一脸茫然地望着这位阿姨。

"哦?"黄智扬迟疑着。

"走吧?!"张雅君瞥了黄智扬一眼,嘴角带着一丝不明的笑意。

"好吧,你都亲自来了,能不走吗?"

"好，走！"张雅君脸上露出甜甜的微笑，弯腰摸摸晓筱的头发，"晓筱，阿姨带你去吃韩阳最地道的私房菜，还有很多小吃哦！"

"好，那我们吃好吃的去！"

黄智扬牵着晓筱乐呵呵地上了张雅君的奥迪。半个小时后，通过一座新修的桥，来到位于义安江中间的一个江心岛上。这个岛面积不大，却是绿树环绕。它有个美丽的名称叫凤凰洲。张雅君把车开到岛南端一座园林门口，园林门口侧面摆着一块黄蜡石，赫然写着"凤凰轩"三个字。一个保安过来询问，张雅君下车过去登记确认一番，保安才放行让他们进去。

"这是什么地方？"黄智扬从来没有到过这里。

"这里叫凤凰轩，是韩阳最高级的私人会馆，不是这里的会员是不能进来的。"

"那你厉害啦，你是这里的会员？"

"我也不是，不过今天是有人邀请我们来，我们才能进来。"

闻言，黄智扬也不再追问，心想张雅君背后的神秘人物应该很快就会出现了。

凤凰轩有四层楼，一楼像个展览馆，展示着一些看似名贵的字画和瓷器，还有几间茶室，二三楼就是一些定制型的包间。他们三人在一位服务人员的引领下，刷卡坐电梯直接到达四楼。显然外人是无法自己上楼的。黄智扬虽然算见多识广，但这样高级的私人会所，他倒是第一次见到，看来背后的人物不简单！出了电梯，只见整个四层就只有一个独立的包厢，而且最靠南岛的南面，几面都是落地玻璃窗。

黄智扬走到窗边一望，整个凤凰洲就像是一艘行驶在义安江上的大船，而这个包厢位置刚好就像是船头。滔滔江水奔流南下，站在这里的人难免多了一份引领潮流的气势和包举宇内的胸怀。包厢一侧是一个别致的红木茶桌，旁边放着古韵的博古架，上面的潮州木雕，一刻一画，栩栩如生。张雅君招呼上茶，然后走到包厢外的一个平台打了个电话。

黄智扬一边喝着茶，一边让晓筱慢点吃桌子上的餐前点心。他把张雅君的动作都看在眼里，故作云淡风轻，因为他信任张雅君的人品。

（二）

过了十多分钟，电梯门再次打开，走进一男一女两人。男的五十来岁，穿着黄色保罗衫，显露出不凡的气势。女的大概四十多岁，一身素雅的汉服长裙，显得干练而大方。

张雅君立刻站了起来，对黄智扬说："智扬，我介绍一下，这位就是韩阳市数一数二的大型房地产开发商——陆达集团的老总，陆国安陆总！这位是陆达集团的财务总监杨乐丹，杨总监！"

原来是他！黄智扬出于礼貌，也站立起身，微笑着向陆国安问好："陆总，您好。"

陆国安缓缓走到黄智扬跟前，但没有伸出手要和黄智扬握手的意思，而是拍拍黄智扬的手臂："智扬，早就听说，黄智扬是我们韩阳的青年才俊，今日一见，确实气度非凡。"

"陆总过奖了。"黄智扬面露谦逊之色。

其实在陆国安的眼里，黄智扬不是一位职业人或生意人，而是一位亲朋老友的儿子——因为黄智扬的父亲黄正德是陆国安的老战友、老连长！

"来，大家请坐！"陆国安招呼大家坐下，喝了一杯茶，抬头说道："智扬啊，我是你爸的战友，打仗时你爸可是我的连长啊！我相信你跟你爸一样，是个正直而品德高尚的人。今天请你来，我也不绕弯子，咱们直奔主题，如何？"

"哦，好！"黄智扬点了下头，注视着陆国安。

"我想聘请你为我们陆达集团在龙阳村和美澳乡的开发项目总经理，全权主持这个项目的开发工作。"

"哦！美澳乡的地块也要一起开发？"一时间，黄智扬有点儿思绪万千,一切都来得太突然了,这事他必须考虑清楚。

张雅君在旁边当说客:"智扬,我觉得你可以胜任,这是个很好的机会!"

"嗯,多谢陆总的好意!"黄智扬觉得,不论自己是否答应,是否考虑清楚,这点礼貌还是要有的。只是有几个问题一时围绕着他,让他一时无法马上做出抉择。为首第一个问题便是,黄智扬从小就知道,这陆国安虽说是他爸的战友,但他爸却从来就不跟陆国安来往,两人之间似乎有什么过节!黄智扬犹豫的第二个问题是美澳乡和龙阳村的历史恩怨。美澳乡位于龙阳村的东南方,两村直接相邻,并由一条义安江的小支流和支流旁一条通往韩阳市区的道路隔开,其海岸线的长度是龙阳村的五倍。美澳乡位处义安江西出海口,背山面海,村里以高姓为主,高博裕就是美澳乡人。村民自古便以海产捕捞与海产养殖为生,近些年,随着运输和技术问题的解决,海产加工业的收益也日渐明显。由于人多地缺,龙阳村和美澳乡自古就有"三争",即争农田的灌溉水、争道路和争海域,以前两村矛盾和冲突不断,男女还互不通婚。

"来来来,我们边吃边聊。"见黄智扬陷入沉思,陆国安倒显得很随和,招呼服务员上菜,其实也是给时间让黄智扬好好想想。

(三)

很快,服务员便端上来一盘盘品相精美且十分诱人的菜。这些菜除了几样小孩爱吃的韩阳当地特色小吃和甜品外,就是龙虾、海参、螺肉、野生鳖等海味,分量不大,却样样色香味俱全,上桌时温度恰好入口。

几个人先云淡风轻地说起美食,黄晓筱倒是开心地吃着各式精美的菜品。因为几个人都要开车,黄智扬又不喝酒,陆国安干脆叫来苹果醋和其他饮料。

吃了七八道菜，黄智扬觉得是时候切入正题了。他擦了下嘴，喝了口茶，问陆国安："陆总，您对美澳乡地块和龙阳村地块的开发有什么前期的设想吗？"

陆国安一听，睁大了眼睛看了一眼黄智扬，转而开怀大笑："大家看看，什么叫专业，这就是专业，你这个问题一下就问到点子上了！来，请杨总监跟你解释一下。"

杨乐丹也喝了口椰汁，挺着腰杆说道："我们陆总之前拿下美澳乡地块的时候，就想利用小山坡，建低密度的别墅，让每栋别墅都有景观。后来我们注意到龙阳村地块也要转让拍卖，我们公司也做了可行性研究。因为龙阳村地块地势相对平整，而且离海边有点距离，容积率也较高，所以我们打算做多层和中高层的近海和望海住宅。这样一来就可以满足多层次居民的需求了，还可以共享配套，减少小区配套设施的投入，降低成本。"

"那预计开发周期多久？"黄智扬又抛出一个关键问题。

"这个问题我们开会讨论过，美澳乡的别墅预计一年内全部完成开发和销售，龙阳村的住宅预计一年内开始销售，在一年半到两年内全部交付使用。"杨乐丹回答道。

"因为我女儿明年要上小学，所以如果我来工作，就只能做一年。"

"一年时间足够完成主要开发任务了。"陆国安说。

"我还有第三个问题，我的中学同学高博裕是营销总监，又是美澳乡人，那陆总是不是也考虑过他呢？"黄智扬思路很清晰，三个问题弹无虚发。

"高博裕作为美澳乡人，也是我们公司的营销总监，在我们拿到美澳乡地块的时候也发挥了很大的作用。如果只是美澳乡的项目，那也可以考虑让他兼任来操作。"陆国安喝了口苹果醋，继续说，"但现如今是龙阳和美澳两个项目要整合一起开发，事情就不简单了。你也知道龙阳和美澳的关系，所以我需要一个便于协调龙阳村事务的人。而你黄智扬本来就是万利的项目总经理的人选,加上你还是我老连长的儿子,是我信任的人,所以邀请你来最合适不过了!"

"嗯,我明白了。"

龙阳村的项目,说实在,黄智扬真的很想参与其中。那是自己土生土长的地方,他能操盘开发,那是一件很有意义的事情!不过黄智扬不想被领导、被牵制,何况他还有一些问题和顾虑。黄智扬看着眼前这个神采奕奕的陆达老总,脸上泛着一丝丝淡淡的笑容,问道:"其实陆总这么不惜财力拍下龙阳村地块,是因为可以和美澳乡的地块一起开发,获取更高利润,还是另有其他原因呢?"

黄智扬所想的另外的原因,是陆国安觊觎龙阳的宋井宝藏!

陆国安一听倒是大方地笑了,朝着黄智扬竖起了大拇指:"哈哈,黄智扬,你果然是个聪明人!"

陆国安虽然称赞他,但并没有告知其他目的,黄智扬只是感觉陆国安很坦荡。黄智扬一时也摸不清陆国安的深层想法,只能暂且认为陆国安和尚万利一样,毕竟龙阳村地块离宋井不到两百米!

陆国安继续笑了笑:"所以智扬啊,现在我是万事俱备,只欠你这个东风啦!"

"智扬,要是你留下来负责龙阳村这个项目,你和你女儿都能留在这边,我想正德叔他会很高兴的。"张雅君劝说道。

"陆总怎么知道你和我是同学?"黄智扬问张雅君。

"我们支行和陆达一直有业务往来的,我跟杨总监也经常在一起吃饭闲聊,所以她就知道了。"

"原来是这样!"黄智扬觉得这个理由不错,转头对陆国安说,"多谢陆总这么看得起我,请您给我一天时间考虑,我也需要跟我爸商量一下。"

"好,我们等你好消息!"陆国安脸上带着自信满满的笑意,给杨乐丹一个眼神。

杨乐丹起身递给黄智扬一张名片，说："这是我们公司企业管理中心总监杜晓蕾的名片，关于你的待遇，你可以先跟她联系，一定会让你满意的！然后就随时可以到集团总部报到了。"

今天陆国安请黄智扬吃饭，就像长辈跟晚辈和朋友一样，没有什么排场，不需要恩威。但凤凰轩这个地方，已经足够表达陆国安待客的诚意了！

（四）

当天下午，黄智扬便返回了龙阳村父亲家。黄智扬没有上火车回广州，黄正德没有感到太多的意外。

"回来了，中午吃饭没？"黄正德正在看电视。

"吃过了。"

"来喝茶。"黄正德身体前倾，泡了三杯茶，抬起眼看向黄智扬。

黄智扬坐在旁边的沙发上，有些气喘吁吁，他喝了杯茶，顿了顿，看向父亲："爸，中午我的同学张雅君和陆达集团的老板请我吃饭，想让我担任他们在龙阳村和美澳乡两个地块的开发项目总经理，您觉得我可以去吗？"

黄正德一听，嘴角似笑非笑，又狐疑地看了自己儿子一眼，问道："那个陆达公司的老板叫陆国安吧？"

黄智扬点点头："是叫陆国安。"

黄智扬没有说是他爸的战友，因为他爸之前从来不提。

黄正德问："那你自己怎么考虑？"

"我刚才在回来的路上考虑过了，觉得如果我负责这个项目，一来看看是否能够为龙阳村争取些利益，二来因为这个项目离我们的宋井太近，我怀疑陆国安对宋井宝藏有想法，才会那么不惜本钱地拿下地块。"

"嗯，你如果留下来工作，那也能经常带晓筱来家里玩。只是广州的生意和晓筱上学呢？"

"广州的房产中介公司有合伙人在，应该不会出现什么问题。晓筱离上小学还有一年，可以在韩阳读一年大班，一年后再回广州上小学。"

"嗯，这就好。"黄正德喝了杯茶，继续说，"我本来是不太赞成你去陆国安公司的。不过这次不一样，因为他们要开发龙阳村地块，而且离宋井这么近，难保地里会有宝藏。出于这个角度考虑，我倒是觉得可以去做。你回头问问待遇如何再决定。"

"那您是同意了？"

"嗯，不过陆国安这个人，你还是要留个心眼。"黄正德看向黄智扬，脸色有些凝重，但也没说明白其中的缘由。

黄正德拿起一杯茶缓缓地喝了口，问道："你知道我们跟美澳乡的关系吧？"

"知道。不过陆达只是开发美澳乡地块，手续齐全，应该没有什么问题。"

"那你知道陆湖寨和美澳乡的关系吗？"

"这个，以前听说他们两个村关系很好。"

"美澳和陆湖的关系，就像我们龙阳村和玉凤坑的关系一样。"

玉凤坑，赵姓村庄，是黄智扬母亲的故乡，位于韩阳西北面，背靠高耸的凤凰山。玉凤坑一带山地上种植着著名的凤凰单枞茶树，全村也是依靠种茶、做茶和销售茶发家致富。

"我们龙阳和玉凤两村距离比较远，为什么关系会比较好呢？"

"这故事我也是以前听村里老辈说的，说元朝初年，龙阳村的始祖公官封节度使。当时，玉凤坑村民因贫困交不起粮赋，元朝朝廷派兵进村抓人。我们村的黄氏始祖公变卖大量良田为玉凤坑人缴纳粮赋，帮助他们逃过元兵的压迫。随后，始祖公的儿子迎娶了玉凤坑的一位女人为妻，所生的三个儿子，便成了日后龙阳村的三大房。从此，两村建立了姻亲的紧密关系。"

"那美澳乡和陆湖寨的关系又是怎么好的？"

"起初两村怎么好的我也不清楚，但我知道的是，不论是明朝时期倭寇从海边袭扰美澳乡，还是清朝初年康熙下令海禁，沿海村民往内地迁徙，都是龙阳的村民跑到了玉凤坑，而美澳的乡民则大多迁移到陆湖寨。到今天你去陆湖寨可以看到，寨里的许多建筑都是美澳乡人建的。陆国安的公司员工以陆湖寨和美澳乡的人为主。"

（五）

黄正德说了这么多，停顿了一会儿，喝了杯茶，点了支烟抽了两口，继续讲道："你一个龙阳村的人去他那里工作，难免会受乡里的复杂因素影响。但正因为他们都是外乡人，你去那里对龙阳也才有意义。"

"是啊，我听奶奶说，新中国成立前，她就见过龙阳和美澳发生约架械斗，都杀了人的。"

"是的，龙阳和美澳因为土地、海域、道路等历史问题打斗过很多次。最近一次是新中国成立前，双方约好在韩阳城郊附近空地上决斗。当时龙阳找来玉凤帮忙，美澳则找来陆湖帮忙。四村的年轻人打了一次群架，规模之大，令人瞠目结舌，双方以砍下对方头颅的多少作为回乡领赏的'战功'。一时间，龙阳棍法，美澳南少林拳，玉凤南枝拳，陆湖十八虎桩棍，各村都使出了看家本领。这些招式都是历代村民防身所用，以前都是用来保卫家乡，抵御外侵的，而那一次使出了看家本领，却是为了械斗！最后，官府派兵调和，有威望的人站出来谈判，这场械斗才被终止。直到现在，韩阳市区大的物业管理公司都需要同时聘请这四个村的人当保安，这样才能真正保得平安。"

黄正德寥寥数语，黄智扬眼前仿佛出现了乡村械斗的一片滚滚沙场。

黄智扬问道："那这么说我们这几个村都是死对头了？"

"这话也不能这么说，要看在什么样的历史时期。比如清朝末年，在孙中山的领导下，美澳乡的洪门龙头高成，就联合包括四村在内的韩阳革命党人发动了黄冈丁未革命。再比如，民国时日本从美澳、龙阳登陆入侵韩阳，这四个村都一致对外。我们村当时的豪强，名叫黄毛，他组织乡勇抗击日本人和伪军，上山下海，四个村均有人参加，打得日本人派飞机疯狂轰炸，报复龙阳和美澳。"

黄正德打算把他总结思考的结果全部传授给黄智扬，他继续说道：

"现在是和平发展年代，现实发展应该大于历史恩怨。位于韩阳市区北部的玉凤坑和陆湖寨，自古经济侧重农业，生活相对固定，属于农耕文化，有着接近客家人重文重官的思想。近百年来，男的最好做官、当公务员，女的最好做教师。文人、工匠、艺术家在当地的社会评价体系中地位很高，因此像陆国安一样的有钱人和海外华侨都十分乐意捐资助学以留美名。而位于韩阳市区南部的美澳乡和龙阳村，自古经济侧重渔业和商贸，生活流动性相对较大，属于海洋文化，华侨众多。改革开放后，到广州、深圳闯荡的人也最多，兄弟家族最团结，在外富豪最多，女人最传统，重男轻女最严重，生的小孩最多，祭祖拜神最隆重。简单来说，就是对内最团结，对外最野蛮。这四个村与韩阳其他地区一样，自古重视教育和文化修养，可以说是既崇文又尚武。"

黄智扬专心听着，不时点点头，最后说："我想了一下，情况确实像您说的一样！"

"你了解了这其中的恩怨曲折，对你以后开展工作应该有好处。"

"好，那我就跟陆达主管人事的人联系下，谈好待遇后，就定下来。我也想看看龙阳地块里会不会有传说中的宋井宝藏。"

"那晓筱上幼儿园怎么办？最好还是要到市区找个条件好点的幼儿园。"

"我估计陆达那边要么有宿舍给我,要么有住房补贴,到时可以在市区租套房。"

"那你可以在你表姐家附近租个房子,她在家全职带两个小孩,你忙的时候就让她帮忙照看一下晓筱,我现在忙宗祠修葺的事,有空也可以过去。"

"好的,反正项目就在这边,我也会经常过来。"

"嗯,你有空就带晓筱回来,陪我吃吃饭,喝喝茶,就足够了。"

(六)

第二天下午,陆国安接到负责人力资源的企业管理中心总监杜晓蕾的电话,说黄智扬同意留下来担任新项目的总经理。陆国安内心十分欣喜,对杜晓蕾说:"那你告知黄智扬,请他明天上午9点钟到陆达大厦你那里报到。10点钟,公司将针对龙澳项目召开高层会议。"

陆国安欣喜之余,他觉得还需要做下一个人的工作,这个人就是为美澳地块立下汗马功劳的高博裕!而且高博裕主管集团的营销工作,不能打击到他的工作积极性。

当天晚上,在陆国安居住的豪宅小区丰盛花园的红酒会所内,伴随着如细水长流般的音乐,淡淡的单宁味回荡在房间的上空,久久难以散去。

"陆总,谢谢您,谢谢您这些年来的悉心培养和提拔。"说完,高博裕举起高脚杯,喝了半杯。

"博裕,前段时间辛苦你了。"陆国安脸色平静,顿了顿,"美澳乡和龙阳村的地块都是经你手拿下的!"

"陆总,您太客气了。我也只是代表公司去执行一些具体工作,能拿下这两个地块,都是您的决策和资金的支持。"

高博裕说的确实是大实话,而且他相信陆国安今晚请他来喝红酒,这里面肯定还有更深层的原因。

陆国安轻轻地摇晃了一下高脚杯，看着这上好的红酒，心情是前所未有地好，举起高脚杯，轻啜了一下，唇边的笑意不禁加深。

"陆总，是不是有什么好事呢？"

"博裕，今晚约你出来，其实是有一件事想跟你说的。"

高博裕诧异地看着陆国安，该来的还是会来的。

"是的，就是想跟你说说黄智扬的事情。"

闻言，高博裕眉头蹙了一下："黄智扬？"

陆国安凝视着高博裕："我听说你和黄智扬是中学六年的同班同学，应该说彼此都很熟悉。我打算让你和黄智扬一起来主持龙澳项目的开发。你们要紧密合作，毕竟美澳龙阳是你们的故乡，应该一起齐心协力做好这个项目！"

高博裕放下了手中的高脚杯，脸上的神色暗沉："陆总，您的意思是……"

"我的意思就是这个龙澳项目由黄智扬和你来共同完成。由黄智扬担任项目总经理，你依然是公司营销中心总监兼任项目副总经理。"陆国安一字一句清晰地说道。

"陆总，这……"高博裕以为就算他和黄智扬一起操盘，那项目总经理这个位子应该非他莫属了，可是陆国安的安排却十分出乎意料。高博裕无法冷静了，要是这个人不是黄智扬，他还能让自己冷静，可是这个人他就是黄智扬！

"博裕。"陆国安看出高博裕的不满，放下了手中的高脚杯，看着高博裕，郑重其事地一字一句地，带着不容人违背之势说道，"这是我的决定，希望你能执行！这其中的原因，不是因为黄智扬比你能干，相反，黄智扬的许多实际工作需要你去帮忙推进，而且你才是我最信赖的人！"

见高博裕没有反应，陆国安接着解释道：

"你跟我工作多年，而且你美澳乡和我陆湖寨的关系还用说吗？但我请黄智扬来，原因你该知道，就因为我们拿到的是龙阳村的地块，前不久还发生了龙阳村征地风波，你更应该知道龙阳村和你们美澳乡以及我们陆湖寨的关系吧？所以这里面必须有个龙阳村有实力的人加入我们的项目，才能更加顺利。

"黄智扬的父亲黄正德跟我是战友，又是村里有威望的人，所以请黄智扬来做项目总经理，实际是做给龙阳村各方面关系看的。但实权还是在你和公司总部的手里。说得更直接点，你这个项目副总还有监督黄智扬的任务！"

见状，高博裕知道自己说再多也没用了，就淡淡地说了句："哦，那好。我明白了。没问题，我听从您的安排。"

高博裕表面似乎很认同陆国安的人事安排，但一想到今后将经常面对黄智扬这位昔日的老同学、老对手，心中不免不快！

（七）

9月1日，黄智扬一早把黄晓筱送到市区一所不错的幼儿园里，嘱咐表姐代为接送，然后9点钟准时来到了陆达大厦。高耸的陆达大厦屹立在韩阳市最繁华的市中心，吸吮着城市发展的精华，如破斧的战士，自信地昂着头，俯瞰义安江，走在滔滔大潮的前头。他先到人力资源部办理相关入职手续，10点钟就被请到大厦最高层的董事局会议室。

今天，陆达集团将举办龙澳项目公司成立大会！会议室里的座位早早就已经安排好，黄智扬的座位被安排在董事长陆国安的旁边。在会议开始之前，黄智扬就看到了老同学高博裕，本来想上前跟他打下招呼，却没想他仅仅是勉强点了一下头，然后回过头跟旁边的人低声说话："这位就是我那个从万利出来的老同学，龙阳村的黄智扬。"

"哦，姓黄，龙阳村的！"在场的大部分人不是陆湖寨的就是美澳乡的，不是姓陆的，就是姓高的！黄智扬有种深入虎穴的不良感觉，不过这也早在他的意料之中，他深知自己来的目的或者说使命。所以他面带淡然的微笑，用目光扫了一下在场的众人。前来开会的其他成员都到齐了，陆国安最后一个进入会场。

会议一开始，陆国安便直接讲话：

"大家好！今天是9月1号，学生开学，我们开会！大家都知道，我们陆达集团刚刚高价竞拍拿下了龙阳村地块。这样，我们就可以把原来的美澳乡地块和龙阳村地块连在一起开发。我打算用一年多的时间在美澳乡地块开发别墅区，在龙阳村地块开发中高层住宅，利用海景、地形和人文资源，打造韩阳地区最高档次楼盘。这将是我们陆达集团乃至韩阳房地产的一桩大事！为了顺利达到这个目的，我必须为该项目配置最强的开发班子。"

陆国安把眼光落在右手边的黄智扬身上，扬起右手隆重地向董事会成员和公司高层介绍说："这位就是我从广州特地请来的龙阳美澳新项目公司的项目总经理——黄智扬！他本身是龙阳村人，后来在北方重点工科大学学习建筑工程专业，毕业后就职于万利，后来做到策划部经理，负责过万利八个项目的开发策划。离开万利后，他编写了多部房地产书籍。另外他还参与过拉丁风情临海别墅的开发策划，这将有利于我们此次龙澳项目的打造。万利集团本来想让黄智扬担任龙阳村地块的项目总经理的，只是我把土地拍下来了，人我也给请来了！让我们一起欢迎黄智扬的到来！"现场在陆国安的带动下，爆发出热烈的掌声。当然其中有些人的鼓掌实属违心！

见大家都热烈地拍掌，黄智扬脸上也露出了一丝淡淡的笑意，抬起左手，点头示意在座的人，缓缓说道："谢谢大家，谢谢！我很荣幸能得到陆总的赏识，从今天起，我算投入陆达这个大家庭里了，也一定会尽心尽力地做好本职工作。希望大家能多多指教，多多协助我一起把项目做好。"

与会的高层主管除了陆国安，还有陆国安的堂弟、陆达集团副总经理兼工程管理中心总监陆国全，营销中心总监兼项目副总经理高博裕，还有陆达集团财务管理中心总监杨乐丹、投资开发中心总监陆智安、设计管理中心总监高翔、企业管理中心总监杜晓蕾，他们都会协助成立龙澳项目公司，而且接下来项目公司的运作也需要他们出人、审批、出钱。陆国安脸上洋溢着喜庆的笑容，看着大家相处得挺不错的，而且黄智扬说话也招人喜欢，他放心了许多。

"来，我跟大家说说这次项目的人员结构。"陆国安顿了顿，手一一指着，道，龙澳项目公司总经理黄智扬，集团营销中心总监高博裕将兼任龙澳项目的常务副总经理。高博裕主抓营销事务，黄智扬主抓工程和开发进度，并各自担负协调美澳和龙阳的关系。项目公司的财务部经理、工程管理部经理和销售部经理的人事任命稍后由两位总经理和其他管理中心的总监们协商后公布。"

会议结束后，陆国安吩咐企业管理中心总监杜晓蕾带黄智扬参观陆达大厦，以及分配给黄智扬的办公室。

杜晓蕾，外表看起来冷酷干练，主管集团人力资源和行政管理事务，是陆达有名的女强人。作为总监的杜晓蕾本来是不必亲自带黄智扬的，但老板有令她还是要执行，这样才显得陆国安对黄智扬的重视。杜晓蕾快速地带黄智扬逛了一下陆达，初步了解了陆达大厦的结构和陆达集团的部门设置后，来到公司分配给黄智扬的办公室。

"黄总，你还有什么需要了解的地方吗？"

黄智扬脸上洋溢着淡淡的笑容，客气地说道："暂时没有了，谢谢。"

"好的。"杜晓蕾顿了顿，客气地说道，"要是黄总没什么问题我就先回去了，平时有行政事务可以先联系行政管理部的小李，有事可以打我座机，分机号009。"

"好的。谢谢你！"黄智扬点了点头。

"那黄总，我先走了。"杜晓蕾踩着高跟鞋嗒嗒地离开了，转角消失在黄智扬眼中。黄智扬目送着她的背影，企业管理中心总监，一般都是和老板关系很近、资历很深的人才能担任的,杜晓蕾这个年纪能坐上这个位子,如果不是跟陆国安关系密切,就是她有十分过人之处!

(八)

黄智扬入职后,需要几天熟悉陆达集团和项目公司的组织架构、部门职责以及相关企业规章制度。这些杜晓蕾都安排专员给黄智扬讲解。

9月5日,星期一,由陆达集团副总经理兼工程管理中心总监陆国全主持召开龙澳项目开发联席会议,陆达集团各管理中心都派主要领导出席。会议上,相关管理中心的领导介绍了当前龙澳项目正在开展的几项前期工作。

首先是投资开发中心总监陆智安介绍说:"为了有力保障龙澳项目的顺利开发,我中心派出了最得力的干将,办证业务主管黄小明,来主要负责龙澳项目的开发办证工作,并与项目公司协调。"

陆智安转头吩咐黄小明说:"由于办理《国有土地使用权证》所需时间较长,你要尽快准备好相应的材料到税务局办理土地契税完税证和到国土局办理付清土地出让金证明,尽快到国土局申请审批《国有土地使用权证》。"

"好的。"黄小明接着介绍了环境影响报告书的编制情况,"我们做环评报告时,基本都让环保局给我们推荐两家具有相应环评资格证书的单位,价格相对来说高一点,但这些单位出的环评报告也好通过。"

黄智扬说:"那就麻烦你尽快将环评审查意见拿下来,也好去申请项目核准和办理《建设用地规划许可证》。"

会议最终明确,由身为集团营销中心总监的高博裕组织完成项目策划定位报告,由集团设计管理中心总监高翔组织完成产品建议书,由陆国全组织完成项目总体开发计划,之后由黄智扬组织编制项目开发纲要,以明确龙澳项目开发各个阶段需要完成的工作任务及各主要节点的完成时间。在龙澳项目联席开发会议上，黄智扬进一步熟悉了陆达集团各主要领导及其办事风格，也让其他人看到了他专业和敬业的一面。

八天后，龙澳项目的总体开发计划确定了下来。在项目开发前期，高翔的设计管理中心和陆智安的投资开发中心的工作尤为繁多。高翔开始组织编制项目整体设计计划，制订项目整体设计时间节点、完成内容及需要相关部门配合的工作事项等，并经黄智扬、高博裕、投资开发中心、工程管理中心等修改审批后，开始组织部门的相关人员编制设计任务书。

高翔要求设计任务书要根据《国有土地使用权出让合同》的规划设计要点以及营销策划中心的定位报告来编制，并明确这次将采取招标的方式来确定设计单位，中标的设计单位需要负责包括概念设计、方案设计、初步设计以及施工图设计各阶段的设计任务。

设计任务书编制完成之后，高翔又组织集团财务管理中心、投资开发中心、营销策划中心以及工程管理中心的相关人员参与设计任务书的评审，在经过各部门评审通过之后，吩咐部门人员根据设计任务书开始项目设计招标的准备工作，编制招标文件技术标部分。

（九）

9月14日，农历八月十四中午，黄正德前去韩阳酒店参加一年一度的战友会。黄正德一到场，许多老战友都在欢呼："老黄，老黄……"可见黄正德当年在部队是人气十足。

老战友团聚更多的是说起当年某某领导、某某下属、某某部队的去向，说起近期又在哪里遇到某位战友等，还有就是军队改革和国际竞争态势。陆国安比黄正德稍微晚几分钟才到场。他们相视一笑。两人的这个动作很隐秘，好像生怕其他战友看到。

接着陆国安走了过来,与黄正德正好坐在同一桌上,中间隔着另外三个战友,两人没有直接交谈,都在跟旁边的其他战友聊。以前两人每次见面都是互不理会,也不会坐在同一桌。今天两人的表现,却是让人意外!

一个老兵看到黄正德和陆国安此番画面,对旁边的战友说:"怎么回事,这天下太平了啊?"

酒席开始之前,黄正德和陆国安分别上台致辞。随后回到座位上,黄正德举起酒杯,说道:"来,今天大家不醉不归,这杯我干了,你们随意。"明显,黄正德今天心情不错,至少看到陆国安在旁边也不像以前那样板着脸。

"干了!"其他的老兵也站起身来,举起了酒杯。

酒过三巡,大家都喝高了。其中有个喝高的老兵,嘴里碎碎念地说道:"我们应该找个时间回边境去看看弟兄们了,我实在是很想念他们。"其他战友闻言,也纷纷点头,表示赞同。

战友情在黄正德这些人眼里是万分的珍贵。他们这群战友都上过战场,参加过对越自卫反击战,那时他们都二十岁上下。战争时,战友是兄弟;成家立业后,战友还是兄弟;颐养天年,战友依旧是好兄弟。那种一同出生入死后的兄弟情,是当今社会功名利禄所无法比拟的。在这里,你只有一个名字叫战友,那个当年一同训练、一同吃饭、一同洗澡、一同睡觉、一同把命扛在肩头冒着枪林弹雨冲杀敌营的战友。战友会上,大家见面时的身份一下就回到当年平等的战友地位,而不分现今的高低贵贱。

聚会结束后,见黄正德准备离场,陆国安便跟了出去:"要不我派司机送你回去吧。"

"不用了,我跟老刘一起回去就好。"

见状,陆国安只能说:"好,那你们慢点。"

"嗯。"黄正德微微点点头。目送黄正德出去,陆国安决定留下来,跟其他几位战友直接喝醉。

第4章
中介之道

（一）

9月15日，今天是农历八月十五，中秋佳节。

白天，龙阳村村民们拎着祭品到祠堂祭拜，传言祖先吃得饱，家族就能人丁兴旺，富裕安康。到了晚上，各家各户在大门前或天台摆上大红桌子，桌子上放置着时令瓜果、月饼、发粿等祭品，上香拜月，很是热闹。

成熟的柚子、佛头果、青皮梨、龙眼、阳桃、苹果等水果成为中秋拜月的佳品，因此中秋节在当地又称为"水果节"。

夜空中，一轮圆月高挂，村里的两个大广场开始烧起瓦塔，为了烧掉霉运，更多的是燃起兴旺。据说以前烧瓦塔是"击杀元兵"的信号。当初元兵攻占韩阳城，他们在韩阳城实行三户人家养一个元兵的政策，元兵作恶多端，激起了人们的强烈不满。最终韩阳城的百姓在八月十五那天晚上，以烧瓦塔、燃烟堆为信号起义。之后这个习俗便被保留了下来。

街道上，有的小孩子提着灯笼在嬉戏着，有的小孩子则放起了烟花，晴朗的夜空被这烟花映得璀璨夺目。黄正德一家也围坐在一起，喝喝茶，吃吃月饼，赏赏月。

"爷爷，这是什么？好好吃啊！"晓筱举着一块饼，奶声奶气地问道。黄正德脸上洋溢着幸福："这是朥饼，咱们韩阳特色的月饼，香甜、脆软、肥而不腻。"

"嗯，太好吃啦！"

"还是老家的月饼好吃。"黄智扬已经吃了一半。

人月团圆，人间一大美事矣！

这天夜晚，韩阳西北面的玉凤坑也是放烟花唱大戏。月光下，玉凤坑王爷庙檐角的金饰浮雕显得熠熠生辉。看似祥和平静的月明之夜，暗处却涌动着暗流。

王爷庙前，两个外地人鬼鬼祟祟，打电话问："宋先生，王爷庙外面都没有什么发现。"

"嗯。"宋先生顿了顿，继续说道，"明天白天，你们进去王爷庙里拜拜，多拍些照片回来。"

"好的。"

这位宋先生，是韩阳锦天贸易有限公司法人代表，外地人，不会讲潮州话。宋锦天从来不露面，公司都交给一位能讲闽南语和潮州话的人来打理。他在公司的职位是总经理，名片上印着"宋锦天"三个字，外界都认为他是台湾商人。

当晚，宋锦天回到前不久在龙阳村跟当地村民租的一栋三层的房子里。这栋房子的位置很特别，是龙阳村最靠近南面宋井的一栋房，而且与其他民居保持了一段距离。

宋锦天站在三楼房间的南向窗户前，没有开灯，从那早已架好的望远镜看去，刚好就是宋井！中秋夜，他一边喝茶，一边默默地注视着宋井，注视着陆达的待开发地块，注视着这一切！

（二）

9月17日，星期六。虽然中秋节已经过去了两天，韩阳市仍依稀存留着节日的气息，街道上仍旧张灯结彩。

黄智扬回到韩阳有一个月了，开始住酒店，后来住陆达公司分配的宿舍，来了快一个月，终于有时间出来到韩阳市区租个房子。他开车来到公司附近，在一家叫大地房产的中介门店前停了下来。

下车后，看着橱窗上贴满的房源单，凭借他多年的经验，不用一分钟，便了然于心了。

韩阳地区的房价不算高，但普遍是中大户型，而且基本是正南北向分布，很多还是一层两户的板房，最多就是一层四户。

黄智扬本来想租套两居室的房，但他发现，三居室的房比两居室的朝向和户型要好，而且租金相差也不大。

大地房产门店内坐着四五个人，其中一个女房产经纪人看到了门口的黄智扬，便马上起身，拉门出去问道："先生您好，请问有什么可以帮您的吗？"

"请问有没两居室的房，或者三居室的也可以，类似这两套的房源我觉得都不错。"黄智扬指着门口贴着的房源信息。

女子看了一眼这男人，文质彬彬，沉稳而焕发活力，他选的户型都不错的。"这两套房我要查一下是否被租掉，不过我们还有很多房源，请您进来坐一下，我很快帮您找一下。"女子领黄智扬进门店，坐到电脑桌前，自己则在电脑上查询起房源来。

黄智扬看了该女子一眼，顿时感到十分亮眼。

"帅哥，是要租房子吗？"旁边另外一名女子帮黄智扬接了杯温水，放在黄智扬面前，声音清脆，听着让人赏心悦目。

黄智扬听她这么称呼自己,咧开了嘴笑着说"是的"。

"那您是绝对找对人了,我们陈主管就是这方面的专家。"说完,她露出大大的笑脸,让人感到轻松自然。

"这丫头,整天嬉皮笑脸的,一点都不淑女。"陈主管头都不抬地念叨道。

黄智扬看这名女子,觉得她有点面熟,似乎在哪儿见过,但一时半会儿却也想不起来。

黄智扬倒喜欢她的嬉皮笑脸,因为生活本来就缺少乐趣。他抿嘴微笑着,等着她继续来些笑料。

就这个时候,中介门店外出现了一辆夺目的红色法拉利跑车,从车上走下来一个翩翩男子,染着麦色头发,直接走到了店门口。

"小柔,你出来一下,我有话跟你说。"男子面无表情。

"不需要!没什么好说的!"她想也没想便直接拒绝了男子,脸上的笑容也在瞬间消失了。

"你出来!"男子站在了门店的玻璃门前说。

中介店的另一位女职员见这男子可是开着一辆跑车的,双眼早就发出光亮了,劝说道:"哎哟,小柔你这就不对了,这位帅哥开着法拉利来找你,你怎么也得给人家个面子啊!"

小柔心想还是不要影响店里做生意,不满地瞪了男子一眼,便和他走到了门店侧边不远处。只见两人站在那里聊了几句,当然大多数时间都是男人在说,她在听,脸上满是嫌弃之情。过了好一会儿,她便面无表情地回来了。

"小柔,这帅哥好像很在乎你哦!又有钱,又长得帅,还在乎你,你可要好好把握哦!要是你不把握好,那我就不客气了!"那位女职员调侃道。闻言,本来面无表情的小柔露出了一丝不屑,又马上恢复了嬉皮笑脸,看着这位女职员说:"妹妹我不稀罕,姐您上吧!"

在一旁坐着的黄智扬,听了她这句话,忍不住露出牙齿咧着嘴笑。她看了看黄智扬，接着笑眯眯地说："先生，这开法拉利的也不一定好过开大众的呀，是不是？"

黄智扬今天开着公司配给他的一辆大众车过来，这么一说，他也有点不好意思了。

"小柔，你又调皮了！"陈主管瞄了她一眼，就像姐姐对待亲妹妹一样。紧接着对黄智扬说："先生，让您久等了。我帮您找了四套房，也约了业主。不耽误您的时间，我们现在就去看吧。"

"这样最好。"黄智扬今天可是抽空来租房的，往下还一堆工作等着他。陈主管拿了钥匙，领着黄智扬就去看房了。小柔也跟在后面。陈主管已经是轻车熟路，一路上为黄智扬介绍了周边的生活配套，生活方式。

"还不知道先生您贵姓？"

"哦，我姓黄。"

"黄先生，您是几个人住呢？"

"就我和我女儿两人住，所以两房三房都可以。"

"啊！你……都有小孩了？那你老婆呢？"

"我前两年离婚了。"黄智扬轻描淡写地答道。

"天啊！那你前妻是韩阳人吗？"小柔打算追问到底。

"陆雅柔！"陈主管重重地叫住她，虽然自己内心也想知道黄智扬的一些私人情况。

黄智扬顿了顿，他觉得陆雅柔的问题也很容易回答："她不是韩阳的。"

"都说找老婆还是找韩阳本地的好，大叔，你后悔了吧？"

这陆雅柔也算能折腾。在陆雅柔看来，结了婚后的男人，就是大叔级别了，所以对黄智扬的称呼一下就变了。

黄智扬睁大眼睛笑着说："有道理！"

"对啊，我们都是'雅姿娘'！"陆雅柔自夸了一句，突然又冲着黄智扬神秘一笑，"你看我们家君纯姐怎么样？她可是土生土长的韩阳

人哦!"

黄智扬扫了陈君纯一眼。只见穿着修身职业装的陈君纯凹凸有致,面色白里透红,让人眼睛一亮,只是那副职业化的表情不免给人距离感。

"陆雅柔!"陈君纯瞪了一眼,略带严肃地说道,"你是不是工作太闲呢?等下回去拿电话把几个小区业主扫下盘。"

"姐——"陆雅柔拉长声音。

不过陆雅柔知道陈君纯也不是真的生气,她冲着黄智扬神秘一笑,调皮地说道:"黄先生你和我家君纯姐好好看房,看完房,可以请君纯姐吃顿饭,培养一下感情哦!"

黄智扬被这陆雅柔逗笑了,这丫头确实是调皮可爱,少了一丝内敛矜持,但正是如此,才显得与众不同。黄智扬也大概猜到,陈君纯应该还是单身。他们很快就看好了四套房。

黄智扬问了几个关键的问题,很快就确定了要租的房。"我就要六十六栋那套房,六六大顺,这含义好。"黄智扬嘴上说这些,其实他仅仅是看上那套房而已。

黄智扬找房的要求果断而明确。陈君纯看出黄智扬品位不凡。

"黄先生,您的眼光太好了,这套房位置、景观、楼层和家具家电配套都很好。今天晚上业主就有空,可以过来签租赁合同,办理交房手续。"

"好的,没问题。"

黄智扬心想,有空也可以请她们一起吃饭。只是陈君纯那几声"您"让人多了点距离感。

此时陈君纯的电话响了起来,她示意了黄智扬一下,便接了电话:"嗯好,刘先生您稍等一下,我马上就回来了。"

"黄先生,不好意思,有客户在等,我们需要赶回公司。"

"嗯好,你们去忙吧,晚上我过来签约。"黄智扬知趣地说。

"好的,那黄先生,您可以在周边看看环境,我们晚上见!"陈君纯微笑着跟黄智扬告别,和陆雅柔快步离去。

黄智扬稍感无奈地点点头,在她们身上看到自己刚毕业时的影子,为了更好的生活,努力地工作,不断让自己变得更优秀,从而到达自己理想的彼岸。

(三)

韩阳的夏天,炎热漫长,一年大概有四五个月都可以让人感受到宛如夏威夷般的热情。

人们都盼望着那秋风能早日拂过地面,飘来一丝清凉。秋风更能激起人们消费的欲望,给许多行业带来兴旺之气。秋风一起,人们就像冬眠的动物要挖洞储藏过冬食物一样,开始花心思买房、装修房、购置家电装扮家里了。

相对于6月下旬到8月中旬的淡季,房产中介店终于迎来了"金九银十"。大地房产的客户接待量也因此陡然提升了好几倍。

陆雅柔累得趴在桌子上,大声嚷嚷道:"本小姐熬过这个9月后,国庆就去好好玩!"

"好好好,但前提是你要先熬过这个月!而且国庆看房的人还会更多,所以你的计划看来得往后推移了。"

"君纯姐——"

"别嚷嚷了,赶紧动起来!"

"好吧。"陆雅柔撑着那软绵绵的身体行动了起来。

陈君纯其实才是店里最忙碌、最累的那一个。她在这家大地房产中介做置业顾问已经有两年多,在房产中介这个行业,算得上是资深人士了,现在任主管。很多重要的客户都要她出马,但即使再累她都会保持着固有的仪态与客户交流。而陆雅柔作为这家中介店的新人,很多事还是要陈君纯帮忙解决的。在这过程中，陆雅柔是愈发地佩服陈君纯，虽然陈君纯只比自己大两岁。

9月18日，星期天上午，陆达集团的高层领导和黄智扬、高博裕等人到龙澳项目工地举行"许土"仪式。就是在工地上砌一小神龛，用五牲、纸钱祭拜土地神，祈求保佑工程平安顺利。在设置土地神位之后，从破土动工开始到工程竣工，都会以简单祭品祭祀。此前陆国安已经请风水先生在龙澳项目的开发用地上选出销售中心的位置和大门方向，并选好今天举办"许土"仪式。龙澳项目也将会在9月23日开始首先动工建设销售中心。

这天下午，黄智扬带着黄晓筱抽空来整理自己的出租房，当他路过大地房产门口，本能地往里面看了一眼……

"您好，黄先生！"

黄智扬停住了脚步，回头一看，是陆雅柔正好要走回店里。一看到陆雅柔，黄智扬发自内心地乐呵起来，但表面故作郑重地回道："你好，陆小姐。"

"哇，黄先生，这是你女儿吗？好可爱哦！"陆雅柔见黄智扬牵着黄晓筱的手，两眼放光。

"是啊。"黄智扬拉黄晓筱站到里侧不晒太阳的地方。

"你们这是要去哪里呢？"

"哦，我刚好今天有空，打算收拾下出租房。现在要去超市买点东西，尽快搬过来住。"

"今天是星期天，买东西也不急，不如进我们店里坐坐吧，喝杯茶。"陆雅柔不是对所有客户都这样的热情，但是她觉得黄智扬比较有素养，沟通起来很舒服，加上这会儿大地房产里暂时没有客户，所以她打算跟这位黄先生"好好聊聊"。

她对黄晓筱说："进去店里姐姐给你糖吃！"

"这……"黄智扬有些迟疑，他可是抽空出来收拾房间的。

"美女邀请你，你都忍心拒绝吗？"陆雅柔睁大眼睛笑嘻嘻地问。

"好吧，那我就恭敬不如从命了。"黄智扬觉得有些口渴，也可以进去喝点水。

三个人走进门店，一直坐在电脑前发布房源、整理资料的陈君纯头一抬，礼貌客气地说道："您好，黄先生！"

"你好。"黄智扬也朝陈君纯轻轻地点了下头。

"这是你女儿啊，真好看，眼睛很大。"陈君纯把目光集中在黄晓筱身上。

"叫姐姐好！"

"姐姐好！"

陆雅柔请黄智扬坐到店里靠里侧的一套木沙发上。小茶几上摆着一套工夫茶具。

陆雅柔端来一小盘糖果，放在黄晓筱面前："来，小妹妹，这些糖果饼干，你喜欢随便吃啊。"

黄晓筱眼睛看着黄智扬，意思是想看黄智扬是否同意她吃零食，或者是同意吃哪种零食。

"吃一颗糖吧。"

黄晓筱得到父亲的允许，高兴地挑起糖果来。

陆雅柔不太熟练地煮水放茶。看得出，陆雅柔属于喜欢交朋友的那种，但对工作赚钱却没那么上心。作为主管的陈君纯也不想说她，反正黄智扬是老客户，适当接待也无可厚非。

黄智扬说："小陆，你真客气，泡茶还是我来吧，你需要忙的话就忙你的。"

"好啊，这泡工夫茶我是经常烫到手。那还是你来。"陆雅柔看着陈君纯对黄智扬说，"你知道吗，我们君纯姐可好啦，大小事她都帮我撑着。我的主要任务就是陪客户聊天，带客户看房……她可是我的偶像啊！"

的确，黄智扬看得出陈君纯这女子美丽且拼搏，对她有好感是自然的。

"陆雅柔，你又来了。"陈君纯专注地敲着键盘，做着房源的网络推广，一边轻声叫住陆雅柔的夸奖。

黄智扬一边泡着黄枝香单枞茶，一边听陆雅柔说话，也算是惬意！

"早上看到新闻，说韩阳实验小学已经搬到这边，明年要开始招生了，这边的房价要涨了。"黄智扬很自然地谈起房地产市场来。

"是啊，最近这边房价已经涨了不少。"陆雅柔说。

"黄先生要不要考虑在这里买一套做学区房？"陈君纯一听黄智扬谈起学区房，而且还带着还没上小学的女儿来，马上就坐直身子接过话。

黄智扬佩服陈君纯的职业嗅觉，随时不忘推销房产。当然，陈君纯的推销本身，也明确了两个人的关系，即房产经纪人和客户的关系。

"哦，我在广州有学区房，明年我女儿不一定在韩阳读书，到时看情况吧。"黄智扬淡淡地回答道。

陈君纯听了稍感失落，便又看回电脑显示器。此时，一个打扮华丽的中年妇女正往大地房产门口走来……

（四）

这妇人站在门口看了一下房源信息，又看着大地房产门店里面。

陈君纯虽然眼睛对着电脑，但职业嗅觉灵敏的她一看见有客户在门口看房源，便马上起身迎上前，抢在其他职员之前问道："您好，有什么可以帮到您吗？"

这妇人看了一眼陈君纯，又把目光落在房源表上说："我有一套房子要卖，不知能卖什么价格？"

"最近这边学区房很紧俏，您的房子在哪个小区呢，还有面积、位置、楼层怎样呢？您进来坐下吧，里面有空调，这外面比较热。我帮您估算下价格。"

陈君纯将该妇人带进店里。不过该妇人没有坐下的意思,昂头挺胸,一脸自信并且略带高傲地介绍了自己的房产情况。

陈君纯仔细听后说道:"一般来说,像这样的楼层、朝向,可卖到165万,我们上个月刚成交了两套都是160万。"

"啊,这么低?不可能吧!"妇人一听,脸上充满期望的表情瞬间垮了,变得略带愤怒。

她质疑道:"我刚看你们外面挂了一套也是180平方米,没装修,还是低楼层,都可以卖到160万,我这套在28楼,楼层这么好,怎么可能才165万啊?"

陈君纯看她这般架势,都习以为常了,来卖房的客户总是觉得自己的房子会卖得一个好价钱,可是实际却和自己心里想的会差距不少。

陈君纯耐心说道:"是这样的,那套低层的只是报价,那个价位放了一个多月到现在也还没成交。他挂160万,实际上可能连155万也卖不到。您这套确实楼层要好很多,所以我建议挂170万,然后给买家几万的还价空间。"

"我们大地房产在这边开了两家店,除了我们这家总店,在公交站对面还有一家分店。这边我们的客户都是最多的。"旁边的陆雅柔也站在旁边,不忘推荐自己的房产公司,好让客户信任。

"那就先帮我挂175万吧。"

"好的,那我们这边先帮您挂175万。到时候,有客户要看房的话我们打电话给您,或者您方便的话,将大门钥匙留在我们公司,就不用麻烦您每次都要过来开门了。"陈君纯说道。

"大门钥匙?"妇人听了之后有点犹豫。

陈君纯当然明白她的疑虑,便继续说道:"我们公司客流量大,经常有客户需要看房,如果您不是住在附近,或者有时没空过来开门,就会失去一些机会。一般有钥匙的房因为看房方便,会较快卖出去的。"说完,陈君纯点了一下头,给了这妇人一个很坚定的眼神。

听到陈君纯这番话，这妇人像是吃了颗定心丸，想了想后，便答应了陈君纯："那好吧，这把钥匙放你这儿吧。"

"那我这就给您开钥匙收据，您先坐一会儿。"陈君纯熟练地拿出钥匙收据快速写着。

"您请喝杯水。"陆雅柔端来一杯水放在妇人面前。

陈君纯写好钥匙收据，并抽出自己的名片用订书机钉在一起，然后双手递给妇人。妇人看了一下收据，朝陈君纯叮嘱道："就尽量卖175万吧！"

"好的，我们会尽力向客户推荐您这套房，能卖高点的话，我们的中介费也能收多些。只是您也看到，这个开价已经比低层同样户型高了15万了。"

听了陈君纯这话，妇人收好收据便转身往外走，一推开门，只见太阳依然火热，不禁张嘴唠叨了几句。

旁边的陆雅柔对陈君纯竖起了拇指，夸奖陈君纯又拿到一个房源。

陈君纯内心判断，这妇女如果不是创业有成的商人，就是某位有地位的官员的老婆。的确，这妇女就是韩阳市国土局局长林伟泽的老婆潘少贞。

（五）

见潘少贞走远，陆雅柔抱怨说："这价格也太贵了。"

"是很贵，不过她是开发商内部转名，也可以省去一些税费。"陈君纯坐回电脑前忙着做推广。

"那要是没人问，我们也没有办法哦！"陆雅柔坐回沙发上说道。

黄智扬觉得有必要提提自己的建议，他一边喝茶，一边对陆雅柔说："你们可以先给她挂着，要是一周半个月后没什么人看房，你再打电话给她，说服她降价。"

"那要是有客户看上,该怎么跟业主谈价呢?"陆雅柔自己在思考这个问题,便随口问道。

"嗯,到时你要先做好买家的工作,多谈这套房的楼层、朝向、景观的优点,把客户的心理价位至少拉到170万以上。"黄智扬自有他的一套方法,随口就说出推荐房产的经验。

"不过刚才她也说,要卖175万,这可怎么办?"陆雅柔问题不少,看得出,她是经常动脑筋的人。

黄智扬不加思索地说了一通:"到时你可以先给业主打个电话,试探一下业主的价格底线。比如可以跟业主说自己有个买家很有诚意,对房子的楼层也比较满意,但买家也同时在很多地方看房,能给到的价格是165万。业主听到这个价格肯定不卖。这时再跟业主说自己将尽力说服买家提高价钱,听听业主的口气。如果业主能降到170万,那以后说服买家下购房诚意金也好有个底。"黄智扬说话的声音不大,不想影响其他经纪人工作,但他的话语已经足够引起陈君纯的注意。陈君纯虽然眼不离电脑屏幕,但耳朵却清楚听到黄智扬和陆雅柔的对话,没想到黄智扬会说出这一番话,看来是个行家!

陆雅柔也很惊讶:"哇,黄先生说的很有策略,像我们经理给我们做培训啊!"

"哈哈,我爸在广州也是开房产中介店的,他就是经理啊!"黄晓筱一边看手机,一边听着大人们说话,突然插嘴暴露了黄智扬的职业。

"太好了,黄先生我们是同行啊!那你继续多说点!"陆雅柔平时虽然古灵精怪的,但她却十分好学,她来大地房产就是来学习实践的。

"对啊,黄先生不妨再多说一点,给我和小柔传授一些经验。"陈君纯抬起了头,对黄智扬忽然感兴趣了许多。

黄智扬客气一笑,脸上露出自信的神情,继续说道:"你们在得到一套价格相对较低或者优质的房源之后,要尽量让业主独家放盘给你们,以减少同行的竞争。当然,并不是所有业主都只肯委托一家中介卖房,在说服业主独家代理时，你主要可以跟业主讲：一是说明公司的优势，取得业主的信任，比如公司在该楼盘附近分店多、客源多、办事效率高等，业主独家放给你们这家店，不会错过其他有购房需要的客户；二是避免多家中介经常带客看房而影响业主的生活，以及多家中介互相压价等。"

闻言，陈君纯点了点头说："独家代理确实是个好办法。"

"在取得独家代理的房源之后，你们就可以大张旗鼓地通过网络、显示屏和门口广告进行推广，价格也好控制。

"然后你们可以约所有的客户集中在一个时间点过去看房，在带看时尽量营造紧张的看房氛围，让真正想买的客户尽早下决定，而不是让他觉得没什么其他客户可以慢慢考虑。这种做法虽然我自己很少做，但我在广州的竞争对手却经常这么干。"

陈君纯认真地听着黄智扬所说的每一字、每一句话，心里对黄智扬升腾起由衷的敬意。

"哈哈，有了黄先生的指教，我们肯定能卖出更多的房啦！"陆雅柔嘻嘻哈哈地说道。

"指教不敢当，互相交流就好，我们是朋友，不是竞争对手。"黄智扬缓缓地说着。黄智扬当时从开发商转行到房产中介也曾经走过很多的弯路，好在自己本身就是个房地产专业人士，领悟能力也强，生活经验也有，因此做起房产中介算是游刃有余。之前边开中介店边带小孩边写书的日子已经一去不复返了，但那段忙碌而充实的时光，铸就了今日的黄智扬。

再多聊了几分钟，黄智扬的电话便响了起来。他边接电话，边带着黄晓筱往门口走去，回头又朝店里的她们挥挥手告辞。黄智扬一是不想在店里接电话打扰其他人工作，二是也有其他事需要去处理。

等黄智扬离去后，陆雅柔看着陈君纯，打趣道："君纯姐，你看这黄先生人也挺不错，这黄先生可是和一般人不一样啊！你要不要和他尝试发展一下呢？"

"我发现你最近不是一般地闲！"陈君纯笑眯眯地说道。

陈君纯见过的客户也很多，看人识人的眼光还是有的，她对黄智扬多少也有些好感。

"我说的可是事实嘛！"

"工作都做完啦？"

"姐——"陆雅柔拉长声音叫道。

"那就去扫盘吧。"

"哦。"陆雅柔低低地应了声，便回去忙活工作了。

陈君纯依旧对着电脑忙着，刚刚离去的背影偶尔会让她思绪游离一下。

（六）

在大地房产的不远处，有另外一家大型房产中介店——美地房产。

相比大地房产仅有两家门店的"寒碜"，美地房产在韩阳市则是"遍地开花"，有十余家分店，遍布韩阳重要的楼盘周边。"美地"之名源自美澳乡，美地房产老板娘高凌晓自然就是美澳乡人。高凌晓学历不高，能够开上中介连锁店，还得多亏她弟弟高振业。高振业现在是做物业管理的，此人还算有点本事，陆达公司的所有楼盘和韩阳市区所有医院都是他承接的物业管理，同时他又帮助姐姐高凌晓在陆达集团楼盘的周边开中介店。姐弟两人里应外合，配合默契，赚得好多桶金。

美地房产发展壮大后，高凌晓姐弟便把数家分店给了自己的亲戚管理，他们互相分享房源，有时候遇到好的房源，还用先买后卖的手段赚取差价。

再说高振业这名字，那在韩阳也是很响亮的。高振业的家族居住在美澳乡一个叫"美顺厝"的大院落及其周边，因为他们这一家族人丁在美澳乡是最兴旺的，人多拳头就多，就算在美澳乡，其他村民都要敬畏他们三分。高振业的父亲就曾是当地黑社会的成员，高振业年轻时也是在社会上混的。

"我说你们，看看最近的成交量，还愣着在这里吹什么空调？出去给我拉客户、找房源！"高凌晓对一个正在空调底下休息的经纪人喊着。

话音刚落，一阵热风随着打开的玻璃门吹了进来——是潘少贞进来放盘了。

"嘉和名庭二十几层的180平方米能卖什么价格？"潘少贞对着门口最近的一位经纪人问道。

那位经纪人可能是新来的，明显没反应过来，"这个，我需要查下。"

潘少贞深吸了一口气，心想这个也太不专业了，要不走了？

"一般能卖160万到170万，要看您那套房的位置、景观、楼层等。"作为老板的高凌晓还是比较有经验的，她马上走过来，给出了一个价格区间，虽然笑容满面，但眼睛还是狠狠瞥了那位新来的经纪人，心想来了半个月还不知道大概的价格行情，平时不好好学习，现在让美地房产在客户面前丢了专业形象！

"嗯，那帮我放卖175万吧。"潘少贞懒得待太久，想赶紧登记完后就离开。高凌晓详细登记好后，问道："潘小姐，我们美地房产在韩阳市区有十几家分店，客户最多，您看要不给我们独家代理您的房产出售就好，省得你到处放盘，我们也帮你卖个好价钱。"

"哦，不用了，你们有实在的客户跟我联系就好，那先这样。"潘少贞对美地房产的印象不是很好，转身推门就走了，她还要多放几家中介公司呢！

"好的，那潘小姐请慢走！"高凌晓无精打采地说。

第5章
博裕买房

（一）

中秋节过后，龙澳项目就进入了设计阶段。

9月19号，星期一，陆达召开龙澳项目的开发联席会议。高翔首先发言："我们中心已经组织对设计单位进行考察和评价，特别关注设计单位有没有临海住区的成功案例，目前韩阳市建筑设计研究院和华美建筑工程设计有限公司等设计单位列入合格的设计单位名单。我们将在财务管理中心确定招标文件后向这些设计单位发放设计招标文件。"

陆国安问高博裕："你们中心有初步制定项目销售计划及销售组织吗？"

高博裕回答道："有的，销售计划正在做，我们打算从另一个项目调来得力干将吴珊珊，任命她为销售部经理，并计划招聘现场销售代表六人，销售业务助理一人，由吴珊珊负责管理和培训。"

"嗯，马上销售中心就要动工了，我决定，龙澳项目销售中心的广告策划与现场装饰包装由陆远广告装饰有限公司负责。"这是陆国安的决定，就不容其他人改变的。

说到陆远公司，大家都心知肚明，这公司是由陆国安出资，其总经理就是陆国安的小儿子陆浩。而陆浩也没有辜负陆国安的一片苦心，把陆远广告装饰公司越做越强，如今在韩阳已经是小有名气了。此次让他们负责广告和装饰，陆达的高层们也不敢有怨言。

接着陆国安问："销售中心的设计方案出来了吗？"

"哦，已经出来了，这是我们跟营销中心确定的方案。"高翔拿出图纸解释道，"销售中心将建成两层高，并在后期作为项目的会所使用，除接待大厅外，还将设置经理室两间、签约室一间、财务室一间、大小会议室各一间、员工休息室一间、吧台一间、储藏室一间、卫生间两间、水景一处。

"销售中心设置三个出入口：一个是客户进销售中心的进门口，一个是出入工地现场的侧门，另外一个是给进入销售中心内间参观洽谈的客户离开准备的门。这样会给客户比较高级正式的感觉。在主进门口还会配备两名保安，负责站岗、帮客户拉门及帮访客泊车取车等。"

陆国安看了方案感觉不错，跟陆国全说："上次大师已经看好日子，那你就准备好。"

9月23日，星期五，农历八月二十三，老皇历上写着"宜动土"。

上午，两台挖掘机开到了龙阳临近现有马路边，开始轰轰隆隆地挖掘起来，这是龙澳项目的销售中心动工了，这也可视为项目正式破土动工了。在项目拿到《建筑工程施工许可证》之前就开始动工，这需要有过硬的地方关系。

陆达后面会让第三方出个质量检测报告就可以了，这多少有点先斩后奏的意思。

动工当天，高博裕戴着安全帽，看着挖掘机铲着自己努力拿下的土地正式动工了，心里还是充满期待的。

"通知下去，让工人们作业时小心点，在龙阳村宋井附近有可能会有宝藏，知道吗？"高博裕吩咐施工队的人，作为美澳乡人，对龙阳村的宝藏也是尽力保护。

"好的，高总。"项目工程部的人员应道。

他们的对话被黄智扬听到了。黄智扬心里一阵温暖，心想高博裕做人还是有良心的，看来本质没变！

下午五点半，高博裕手机收到微信，是他老婆张惠心发来的——

"晚上一起去实验小学附近的中介店挑挑房子吧。"

"好的，我下班就回来。"高博裕回复完妻子，和工作人员交代了两句，便赶往市区了。

（二）

高博裕的孩子明年也要上小学了。在小孩上学的问题上，高博裕夫妻和高博裕的父母有些不同的想法。

首先高博裕的母亲觉得让小孩去离美澳乡不远的韩阳第三小学念书就可以，对张惠心说："韩阳第三小学也还不错，博裕当年也是在那里读书的，不也考上大学了吗？等孩子上了初中，再让他考到市区好的学校。一下子就能省去买房装修的两百万。"

张惠心听了不以为然，不过还是客气地说："听博裕说房价一直在涨，有能力买房的话，哪怕不去住也可以放着升值。所以还是先去看看，有合适的就买。小孩上学也是，有能力最好给小孩上个好点的学校，不能输在起跑线上。博裕能考上大学，更多的是他的聪明和努力。"

高博裕母亲听了张惠心夸高博裕，心里自然感觉还不错。在很多事情上，高博裕母亲都让这位儿媳去做主，自己睁一只眼闭一只眼。直到这次高博裕夫妻想买房，高博裕的父亲跟高博裕说："你弟现在没钱买房，他的小孩将来会就近到韩阳第三小学念书，你们的小孩如果一起在韩阳第三小学念书的话，我们也好帮你们接送。再说，你去市区买豪宅，你弟住乡里，那他在乡里就更没面子；而且，你到市区里住，生活成本不就一下子增加了不少？"父亲的意思再明显不过了，他不想两兄弟的差距太大。

高博裕的弟弟高博超年轻时曾经因为养殖海产发过大财，那时比高博裕还有钱。后来他把所有赚来的钱扩大了生产规模，由于涉及新的养殖品种，没有经验，加上海水变化和台风等天气，一下就都亏损了，这几年一直是一蹶不振。

高博裕父亲认为，比起高博裕有时对父母说话太严肃、不够客气，高博超就听话很多，而且对父母说话从来都很恭敬，比高博裕这种有思想的人来得孝顺。所以，哪怕高博裕夫妇经常送父亲好烟、好茶，给母亲买衣服、补品，但给父母的钱，父母都基本拿去帮他弟买菜养家。为此高博裕内心觉得不公平，是自己在经济上撑起这个家，但父母对他却始终不满意。

这次，为了下一代的成长，高博裕夫妇决定不听从父母的劝告，他们有能力并且也是铁了心地要去买最好的学区房！

这天晚上7点钟，夫妻二人在市区随便吃了快餐，就目的明确地奔向CBD附近的二手房中介店。

很快，他们看到显眼的大地房产中介店，便推门进去，站在大地房产店内的房源墙前。陆雅柔看到有客户进来，首先站了起来，迎了上去，热情接待。

高博裕嘴角露出一丝笑意说："我们想找韩阳实验小学的学区房，160到200平方米，最好不要带装修的，要中高层以上，你们这有什么房子可以介绍吗？"

陆雅柔认真地介绍道："我们现在卖的周边的房都是带实验小学学位的。说到大面积且楼层好的有几套。"

陆雅柔在这里干了近三个月，整天跟着陈君纯走，对房源还是十分清楚的，她指着房源墙上的房源说："这一套28楼的，180平方米，175万，在嘉和名庭，南北对流，站在阳台可以望到韩阳CBD的繁华景象，景观非常好。还有这套五楼的，200平方米，在金晖花园，有装修但没有人住过，而且小区旁边就是韩阳市实验小学，到时接送小孩上学十分方便。海逸花苑也有一套南向8楼的，150万，这个小区的开发商是海德集团，质量有保证，小区的物业管理也让人省心。"

高博裕跟张惠心商讨了一下，然后转过头对陆雅柔说："这几套都还不错。我们都想看一看。"

"那您一般什么时候方便看房？"

"后天就是周末，这两天我们都可以看房。"

"好的。那我尽量帮您约好时间，并会再帮您看看有没有其他房子供您选择，到时再打电话约您看房。请问您贵姓，还有您的手机号码。"

"我姓高，手机号是……"

此时陈君纯刚好带完客户看房回来，推门而进，看到陆雅柔正在接待客户。

"姐，这两位客户需要买学区房，大概160到200平方米这样子，我介绍了三套。"陆雅柔向陈君纯简单汇报道。

高博裕也转头看了一眼陈君纯，两人的目光正好对视了一下。陈君纯眼睛睁得很大，不过很快就把目光移到高博裕身边的张惠心身上，并从上到下扫了张惠心一遍。时间仿佛停止了两秒。直到张惠心也注意到陈君纯的眼神，陈君纯才缓过神来，回到自己的工作状态。

陈君纯走过去说道："像你们需要的这种大房子，二手房税费都比较高，最好是开发商内部转名的，不用交高额的二手房增值税和个人所得税。当然，如果是已经出了房产证的豪宅，也可以适当报低成交价以避税，但不能低于地税局的基准价。总之我们会根据你们的实际需要，制订最有利的方案。"

作为业内人士，高博裕是清楚这些的，但听了陈君纯的一席话，还是很佩服她的专业程度。而一旁的张惠心则听得是云里雾里的，不过她也觉得她们比较专业。

"那行，那后天周六可以看房的话就通知我们吧，我们先走了。"

"好的，那等下我们约好业主后就通知您。"

通常陈君纯会当着买家的面打电话给业主的约看房时间，免得买家跑到其他中介店去。不过她从高博裕的眼光看出，这对买家应该会等她的电话。这点她很有自信！

高博裕朝她们两人点了一下头后便领着张惠心离开了，转身之际，那目光还是落在了陈君纯的脸上，那一抹眼神极具深意！

不过这眼神被向来多事的陆雅柔看在眼里，见客户走远，她冲着陈君纯打趣道："姐，他看你的眼神不一样哦！"

"什么不一样？"陈君纯有点没好气地说。

"我看到了！"

"看……看到什么？"

"就是他在临走之前特意看你的那一眼。"

"丫头，别乱说话！人家可是有老婆的！"

"我只是在说事实而已。"

陈君纯瞪了陆雅柔一眼，嗓音一下子提高了不少："还不回去约业主？"

"哦——"

（三）

高博裕夫妻走后，陆雅柔马上打电话跟其中两个业主约周六看房的时间。

"张先生您好，我是大地房产的小陆，我们今晚刚接到一对有实力的夫妻想买您这种学区房，请问您后天什么时间段方便看房？"

"哦，上午我要带小孩去上兴趣班，那就下午3点吧。"

"好的，谢谢！那麻烦您到时把窗帘和窗户都打开，这样房子显得更明亮和通风透气。"陆雅柔不紧不慢地联系着业主，想了想，补充道，"还有，到时如果客户看房的时候问起价格，您就说已经委托给我们大地房产谈了，不需要讲太多。"站在一旁的陈君纯给陆雅柔投以认可的微笑——这丫头现在干得还不错！

"好的，那到时见。"陆雅柔挂断了电话后冲着陈君纯一笑，心里甚是满意自己刚才的表现，接着又联系好了另外一户业主。

陈君纯冲着陆雅柔叮嘱道："现在赶紧打电话给高先生，免得他们去找其他中介！"

很快的，电话便接通了，对着电话不紧不慢说道：

"您好，高先生！我是大地房产的陆雅柔……我们已经联系好业主了，后天周六下午，3点看一套，3点半看一套，还有一套我们有钥匙的，这个时间可以吗？"

电话另一头的高博裕没有犹豫，直接说道："好的，没问题。"

"好的，那后天下午3点您还是到我们大地房产中介店就好。"

"嗯好。"

陆雅柔挂断电话后脸上又露出灿烂的笑容，似乎是做了什么大事似的，笑呵呵地看着陈君纯："君纯姐，后天下午我们一起带高先生去看房咯。"

陈君纯当然知道这丫头心里打的是什么算盘，对陆雅柔摇了摇头。

"姐，一起去嘛！"说着，陆雅柔便往陈君纯身上蹭，嗲里嗲气地求她一起去。

陈君纯说："明晚请吃饭我就去。"

"请请请，我把黄先生和高先生都叫过去，服侍您这大美女。"陆雅柔把黄智扬和高博裕给搬了出来，她就怕没事。

"好啦，我会一起去的，免得你出什么岔子！"陈君纯没好气地说道。

"我……我怎么可能会出什么岔子呢？"陆雅柔故意不屑地瞥了陈君

纯一眼，她自认为现在已经能独当一面了，"我说的是事实，不信你问问大家。"

此话一出，店里的人都笑了出来……

在金钱味浓厚的场地，欢笑是生活的调适剂。

其他人笑着说她们俩越来越像姐妹了，而她们两人都没有否认，似乎已经默认了彼此，二人的情谊早就在大地房产发酵升腾起来。

（四）

9月24日，星期六。农历八月底的韩阳，太阳依旧灿烂着。

自打韩阳实验小学落地CBD之后，中央商务区刮起买卖房的"龙卷风"，市场成交量节节攀升，打破暑期的"空窗期"。然而这也意味着二手房中介店的竞争会越来越激烈，总会有几家欢喜几家愁。

距离实验小学最近的大地房产和美地房产针锋相对，竞争到了白热化阶段。大地房产在陈君纯等专业经纪人的努力下，生意红红火火；而美地房产财大气粗，在高凌晓姐弟的带领下，手段耍得也有模有样。

这天下午，高博裕和张惠心准时来到大地房产。

陆雅柔招呼着他们先坐："来，高先生、张小姐请喝茶。"

陆雅柔平时很少泡工夫茶，拿着工夫茶盖碗的手烫得不禁轻颤着。

"我来吧。"高博裕看到了陆雅柔颤抖的手，一手拿起盖碗，冲了三杯茶，示意陆雅柔自己也喝一杯。

高博裕自己拿起一杯茶，又递了一杯给妻子，两人看起来算是恩爱。

陈君纯拿着文件夹、踩着细高跟鞋走了过来，拿看房确认书给高博裕签字。

"高先生，这是看房确认书，麻烦您签一下名。"顿了顿，陈君纯继续对高氏夫妻说道，"你们一会去就专心看房，其他事情交给我们就好。

到时如果你们对房屋满意,也不要多说话,恐怕业主会见风涨价;要是你对房屋不满意,也不要当面说太多,我们再帮你找其他的房子就好了。"

高博裕一边签名一边点了点头,并把看房确认书交给陈君纯:"好的,那我们现在出发吧。"对于有诚意购买的买家,总是那么直截了当,生怕错过一些好房,或者错过好的价格。

一路上,陆雅柔和陈君纯分别跟高博裕和张惠心热情地介绍着。

"这CBD吃饭、购物、逛街、娱乐配套都很齐全。"陆雅柔介绍着,这里很多地方她自己都亲身体验过。几个人穿过高耸的几栋写字楼和繁华的购物中心,来到一条林荫路上。"这边的交通便利,公交线路多,开车或打车都方便,而且在绿化和景观上也都做得相当不错。"陈君纯指了指旁边的公交站和一路的绿荫,补充道。

"实验小学这么一迁,楼市应该很火吧?"高博裕问了一句。

"是啊,虽然我们韩阳地区家里的小孩比较多,但都重视教育,有条件都想把孩子送到好的学校里。"陈君纯回答道。

一路上张惠心没有怎么说话,只是跟在高博裕后面,沉默地走着。

很快的,四人便来到了海逸花苑,他们要看的第一套房就在海逸花苑的五楼。但由于楼层低,路边太吵而不满意。

(五)

他们要去看的第二套是嘉和名庭的28楼,就是潘少贞前几天来放盘的那一套房。嘉和名庭离海逸花苑不远,加上有钥匙,很快他们就进去了。

陆雅柔边带着高博裕夫妇看房间边介绍说:"这套房是毛坯房,没有装修,180平方米,4房2厅,客厅非常宽大。"

高博裕环视了这套房子,便露出满意的表情。

"这一套跟之前看的相差太大了。"张惠心小声跟高博裕说了一句,她走到阳台，从阳台望出去，看到了对面的几栋楼房，还有楼下几个茂密的花圃。

陈君纯听她这么说，看到了成交的苗头，立马走上前，指着附近几栋楼，说道："环保局局长就买的那一栋，电视台的王台长就买在他的隔壁栋。"

"挺不错的。"高博裕点了点头，对这套房的印象越来越好，心想着就套房子了，"像这套房子，税费要多少？"

陆雅柔回想了一下，缓缓说道："一般来说，这套房子超过144平方米，房产证还没过两年，需要交的税费主要有业主方的增值税和个人所得税，以及您买方3%的契税，算起来也有近20万的税。但这套房子业主只从开发商那里定下来，还没过户，因此如果您买下的话，我们只需从开发商内部转名，就可以省去一大笔税费。您到时只需支付我们中介费就可以了。"

高博裕点点头。张惠心边看房子边跟高博裕商量房子里哪个房间给小孩住，哪个房间给老人住，哪边又适合放衣柜等，憧憬着房子的未来。随后，夫妻二人还是想把第三套房子也看了，做个对比。

最后一套房是金晖花园的12楼。阳台边，往下望去，能看到韩阳市实验小学宽阔的操场，把整个韩阳实验小学都收归眼底了，这点让张惠心甚是满意。

陆雅柔站在一旁说："每天在这里看到小孩子朝气蓬勃地运动，自己也会感受到有活力。"

"嗯，不过可能白天还是有点吵。"高博裕说道。

当他们准备离开房子，出了门口，便遇到几个美地房产的经纪人也带着三组客户过来看房。

到了楼下，陈君纯便向高博裕夫妻解释道："这肯定是美地房产中介为了给客户营造热卖的紧张氛围，要求店里面的经纪人在同一时间带过来看房，他们就是通过这种办法给客户压迫感，提高成交速度和成交价。"

高博裕摇摇头。

陆雅柔接着对高博裕夫妻说:"我们刚才看了三套房,第一套有点吵,第二套楼层高,第三套离学校近,不知你们喜欢哪一套呢?"

高博裕和妻子张惠心嘀咕了一下,明显,就各方面条件来说,最好的还是嘉和名庭28楼那一套。他说:"我们比较满意嘉和名庭那一套。但是价格有点高,看看再让业主降一下价吧!"在一旁的张惠心也说道:"嘉和名庭的价格过高,之前美地房产的经纪人曾给我们介绍过一套9楼的,位置格局和嘉和名庭28楼的基本一样,但是报价仅仅是158万。"

陆雅柔听完有点不知所措,而一旁的陈君纯经验老到,连忙说道:"158万可能是前两个月的价格了,那时候实验小学的消息还没公布,而且9楼楼层也不高。房子的楼层、朝向、景观不同,价格自然不同。"

陈君纯接着说:"另外,也有一些中介公司为了吸引客源,故意报出一些远低于市场的房价来达到吸引客户的目的。对于我们来说,房子是业主委托的,我们也不愿意将房子的价格报得很高,以免客户不愿看房,影响销售。

"这套房源的价格相比现在您看到的其他两套房子来说是比较合理的。这套房子本身也符合您的要求,实事求是地讲,这套房子也不贵,又可以省下一大笔税费。如果您放弃了,去相信别的中介所谓的超低价格,等发现上当了再回来时,可能这套房子已经售出了。"

陆雅柔一个劲地点头,她是愈发地发现陈君纯就是她的偶像,能以不变应百变,陆雅柔补充道:"如果你们真的是喜欢这套,就要马上作决定,毕竟最近实验小学一带的房子都很热销,您刚才也看到其他房产中介也带了很多客户在看房!"

张惠心思考了一下,问道:"业主同意办银行按揭吗?"

"当然可以呀!因为是开发商内部转名,到时可以委托开发商办按揭。"陆雅柔回答道。

"那你们帮我们谈到165万我就买,这也是考虑到我们的经济能力。"高博裕直言自己的价位，其实也是试探下底价。

陈君纯曾经遇到过不少买家看了房后就随口还价，但买家是否有资金、是否已经作出了决定，这些都很难判断。

陈君纯眼睛一转，对高博裕说："以我对业主的了解，165万这个价格业主肯定是不会同意的，现在行情这么好，而且她也不急着卖……如果你们确实喜欢这套房子，可以托我们谈170万，我们尽量帮您向业主争取一下。同时，也希望您配合一下我的工作，交2000元的诚意金给我们中介公司，签《购房委托书》。您放心，委托书上会注明一般在八天内，如果谈不到您要的价格，这诚意金就马上如数退还，这样我们好努力压业主的价格，也让业主觉得这是个很有诚意的买家。"

见高博裕在犹豫，陈君纯便继续说道：

"第一，我们公司有规定，您交了诚意金后，其他同事就不能带客户再看这套房，也不能同业主谈价。

"第二，现在市场竞争这么大，假设我们能谈到这么低的价格，如果还有其他中介也在谈价而您无法立即签约下定金的话，到时我可能会第一时间将诚意金作为定金让业主先签收。业主收取定金，也就不能卖给别人了。

"第三，之前有的买家只说让我们谈价，我们谈到价了，买家却不买了。那样我们做无用功不说，还把业主给得罪了，甚至有的业主就再也不会委托我们售房了。所以说这么多，还是希望您能理解配合我们的工作。"

高博裕也知道各行各业都有自己的规则，这不需要考虑些什么，只是这170万的价格在他看来还是偏高了。不觉中，他们走回到大地房产门口，陆雅柔推门让高博裕夫妻进去。

高博裕坐下说："我最高能接受168万，再高的话我们就再看看了。"

"那我们尽力跟业主谈一下价格吧。"说着，陈君纯便翻出了文件，迅速地填了下房号和委托价，递给高博裕看，"这是购房委托书，您看下。"

高博裕夫妻认真地看了购房委托书。张惠心在高博裕耳边嘀咕了几句，高博裕边听边点头："这样吧，我明天先请个风水先生过来看一下，如果没问题，就按这个条件签吧。"

在韩阳大地，买房看风水似乎成了常情，没有人会跟风水过不去。陈君纯也习惯了，把手中的委托书放回了文件夹："好的，那您明天大概几点可以过来？"

"明天下午2点吧。"

陈君纯点了点头："没问题。"

随后高博裕夫妻便离开了大地房产，心想这套房令他们很满意，暂时也没必要找其他中介看房，就回去了。

（六）

"爸爸，你好久没带我出去玩了！"今天周六，黄晓筱不用上学。父女两人一觉睡到9点多，去酒店吃了茶点，已经10点多了。黄晓筱显然知道黄智扬今天好像不忙，就请求黄智扬带她出去玩。

"好的，今天中午我先带你吃自助餐，然后下去就带你去中山公园玩，那里有座大大的假山。"

"太好了，我还要去划船。"

女儿开心，自己也开心。黄智扬早就想带晓筱出去欢乐一把……

当天下午2点多，他们来到中山公园那座20世纪初由当地富商捐资建设的四层楼高的假山。假山上，七座形式各异的亭子高低错落分布着。假山每一层空间里都设有供游人坐卧的内部厅室，不论刮风下雨，还是艳阳高照，游客总能找到可以休憩的地方。父女俩在假山穿梭观赏了良久，接着去划了船，感觉累了渴了，该找个地方休息喝水了。不知不觉黄智扬父女走到了湖边的励翼亭。记忆中，这里经常有人在唱戏、喝茶，而此刻，亭子里正有两个人在下棋，其中一个身着短袖唐装的老人，乍眼看过去虽然平凡，但却隐约显露着不平凡。

"陈老，你的棋艺是越来越精湛啊！"

"哪里，是你今天不在状态。"

这位被人称为陈老的人，名叫陈文，85岁，虽满头白发，但腰板挺得笔直，脸颊红润，看起来完全没有80岁。

黄智扬站在边上看着老人下棋，他看着心痒痒，真想自己坐下来下两盘棋。

"这马应该走到兵的旁边。"黄智扬还是忍不住说了出来。

"年轻人啊，观棋不语真君子。"陈文笑着说，"这盘下完，咱俩切磋一下。"

两三步棋后，陈文拿下了对手，笑呵呵地泡着茶，接着便同黄智扬切磋了一盘，晓筱就在一旁儿童乐园里玩球池、蹦床之类的。

下完棋后，他跟黄智扬聊起中山公园的变化，聊起韩阳的历史，黄智扬对此表现得十分关注，频频接话问话，而陈文遇到知音，也越发想把自己知道的东西告诉这位后生。

"现在像你这样的人不多了，自己带女儿来玩，还能跟我这老头聊得来。"陈文笑着说，"我家就住在中山公园附近，平常没事就过来亭子喝茶下棋，以后有空可以过来和我切磋两盘。"

"好的，我还对韩阳的历史文化很感兴趣！"

"年轻人，有机会再见！还不知道你的名字呢？"陈文跟黄智扬挥手告别。

"陈老，我叫黄智扬，是龙阳村人。"

黄智扬和女儿伴着温煦的晚风走出了中山公园。此时一辆S级的奔驰开进中山公园接走了陈文。

（七）

第二天周日下午2点，高博裕夫妻和高博裕的父母带着一个风水先生一起去嘉和名庭看房。陆雅柔她们也早早在那里等。这位风水先生在美澳乡里很出名，跟高博裕他爸交情也不错，所以这次帮高博裕看房，一定会提出中肯的意见。

风水先生拿着罗盘，摆弄了一番后，跟高博裕一家说："这房子的坐向还可以，利人丁，这栋楼在园心位置，外面没有什么煞气。就是入户大门正对卫生间，到时装修需要在走廊做玄关柜，阻隔大门和卫生间之间的视线。"

陆雅柔和陈君纯在一旁听风水先生说得头头是道，感觉很厉害的样子，最重要的是听到风水先生表示这套房没有什么问题！于是，高博裕一家便下楼，和大地房产签订了《购房委托书》。

高博裕交了诚意金走后，陈君纯和陆雅柔便开始商量怎样去解决买卖双方之间那7万元的差价。

首先还是陈君纯打电话给潘少贞，介绍了这个买家的情况和近期带客户看房的情况，说这买家给了2000元的诚意金，想以165万购买。

陈君纯觉得如果还价太低，业主可能会生气，如果还价到委托价的168万，则一旦业主不同意就没有回旋的余地了。

当然，陈君纯也预料到，业主应该也不会同意这个价位。

果然，潘少贞一口回绝了这个价格。

陈君纯使出浑身解数讲了十几分钟的电话。最后，潘少贞表示170万就是底价，不能再低了。

显然，陈君纯初战告捷。不过她也想不出更好的办法来促使业主再降价。

陈君纯想起了黄智扬。陆雅柔立马拨通了他的手机："黄先生您好，我们遇到麻烦了，你可要帮帮我们呀。"陆雅柔将事情经过告诉了黄智扬。黄智扬问清楚细节后，几乎没有停顿就说："如果业主跟客户的价格相差两万，为了促成交易，一般来说可以采取这几种方式：

"第一，跟业主说，业主卖房可能也是去做投资，现在这个客户又这么有诚意，错过这个客户可能还要等一段时间，不如早一个月出售早一个月收钱，收到的钱去投资，一个月也有不止两万收益；

"第二，说买家同时也看好另外一套房，如果业主不同意价格，买家可能会考虑买另外一套房，毕竟这套房没有装修；

"第三，如果业主还是不能退步，就说服买家，主要从开发商内部转名可以减免税费的角度去说服；

"第四，如果买卖双方实在不肯让步的话，再从中介费让步，促成交易。"

陆雅柔边听边用笔记着，陈君纯在一旁听得心领神会。

"好的，谢谢黄叔，如果成交了我请你吃饭啊。"陆雅柔依旧嘻嘻哈哈地说，她没把黄智扬当外人看。

挂完电话后，陈君纯决定听从黄智扬的建议，先发了几条短信给潘少贞，让她考虑下：

"潘小姐您好，我刚跟买家沟通过了，也拉高了客户的心理价位，最后买家答应再多出两万到167万，即每平方米9280元成交，这个小区最近成交的最高也就9000元，15栋22楼的那套前两天以每平方米9000元成交。

"还有，客户他妻子其实比较喜欢金晖花园靠近学校的那一套，交通方便，如果您这套价格谈不成，那他可能就去买另一套，也很难讲多久才能再找到这样的客户。"

没想到，潘少贞不到十分钟就回了一条短信——"家人不同意这个价格！"陈君纯也料到这女人不会这么爽快就答应了，叹了口气。

不料又收到一条信息："如果对方确实想买，最低169万！"

"好的,我们尽量做工作。"陈君纯回复道。

在回复了这条短信的当晚和第二天白天,陈君纯都没有再给业主信息。这是节奏,房产中介的节奏,有时需要快速反应,有时需要让时间去做工作。

果然,第二天晚上潘少贞发短信过来询问:"客户那边怎么说?"

陈君纯脸上露出淡淡的笑意,一切都在她的掌控中,她知道,该做最后的努力了。于是,她拿起手机,拨通潘少贞的电话:"您好,潘小姐,我那买家确实是因为资金不够,没办法再支付更多的房价了。不过经过我努力,客户最多只能承受168万,他说这也是个好数字,还说不行就算了,再帮他谈另外一套便宜点的!"

陈君纯停顿了一下,潘少贞那边保持了一段时间的沉默,陈君纯继续说:"您看大家都这么有诚意,而且您也付出了这么多时间、精力,价格差距也才一万,您早点答应,我早点约买家来签约给定金,省的您整天牵挂这件事,您说对吧?"

"嗯,那这样吧,我跟我先生商量一下,晚上回复你。"

"好的,那谢谢潘小姐!"

林伟泽夫妻商量之后,也不想因为这一万元拖着,拿到钱还可以做下一步的投资,也就同意了买家出的价格。

半个小时后,潘少贞打来电话:"价格家里人同意了,具体细节再面谈。"

"好的。那我约下买家,确定签约的时间和细节。"陈君纯放下手中的手机,嘴角不自觉上扬,一股成就感涌上心头。不过这对于房产经纪人来说,还不算非常开心,因为还没有签约收到中介费,工作还要继续推进……

（八）

接着，陈君纯马上和双方定签约时间。

"潘小姐您好，我已经约了买家后天中午，就是星期三中午到我们公司签约，你们有时间吧？"

"可以的。"

为了稳妥起见，陈君纯觉得有必要跟业主提个醒："在正式签约之前，有件事想提醒您一下。这两天肯定会有其他中介给您打电话，您不要说有客户要买。因为一旦说了，其他中介就会说有出更高价的客户要买您的房子。其实平时都没有这样的客户，只要您要卖房子，这时候就出现，这都是同行之间竞争的现象，您不要相信就可以了。"

"知道了。"

"好的，那我们到时候见。"

联系完潘少贞后，陈君纯接着给高博裕打电话，确定业主也有时间过来签约，并让其准备好5万元的定金过来签约。

"那高先生，我们后天中午12点见。"

电话那头的高博裕微笑着，终于放下了心头大事，心里是舒畅了不少。放眼看去，妻子张惠心正哄着孩子入睡。高博裕看着张惠心，情不自禁地走到她身后，从身后轻轻地拥住她，在她耳畔旁低语道："但愿我们能买到那套房。"

9月28号中午12点，农历八月二十八，注定是个好日子。

大地房产中介店里人头攒动。

高博裕和张惠心提前到达了，而这一次还是陆雅柔负责泡茶，不过这一次她不再动作生疏了，泡着这新买的赤叶茶，他们一边喝着茶，一边闲聊着。陆雅柔在陈君纯的指导下已经起草好合同、准备好各种收据。

过了一会，一对中年夫妇走了进来。

女子正是之前与大地房产联系的业主潘少贞，而男子，正为国土局局长林伟泽。看到林伟泽，高博裕连忙从椅子上站了起来，上前握手，一番交谈后，高博裕才知道自己买的是国土局局长的房。

"没想到是林局长您啊。"高博裕脸上全是笑容。

林伟泽倒是主动地递了一根中华烟给高博裕。

一来二去气氛就很融洽，显然大家都为能成交这单买卖而感到满意。

这个时候陈君纯把买卖合同拿了过来，对高博裕和林伟泽说："我给各位念一下这份买卖合同吧。"说着，陈君纯便职业地跟他们解释着合同里面相关的条款，每一条都非常详尽，尽显专业之气。

"那如果没有其他什么问题的话，现在就可以签约了。"

无论是高博裕和林伟泽都没有什么异议，边喝茶边聊天边签约，而陈君纯脸上的笑容是更深了，这合约是马上就成了，能不开心吗？

陆雅柔也在一旁帮忙复印房产证和双方的身份证。

就在此时，潘少贞的手机突然响了，来电显示是美地房产的经纪人。

"这美地房产还真的打电话过来了。"潘少贞笑了笑，挂掉了电话，"现在我是觉得你们大地房产比较靠谱。"

陈君纯笑了笑："真心感谢您的信任和配合！"话语说得相当地客气，也让在场的双方甚是满意！

签约顺利完成了，这单买卖，买家、卖家和中介，可以说是三赢。没有什么比这更好了！

送走了客户，陆雅柔拿出手机给黄智扬发了条信息："黄叔谢谢你哦，在你的指导下我们成功签约了！什么时候有空我请你吃饭哦！"

此时，黄智扬正在陆达集团总部审核龙澳项目的方案设计图纸。"好的！"他迅速回了信息，眼睛还是盯在图纸上，他对待工作一贯这么投入。只是脸上露出一丝自信的笑意，既能帮到人，也能证明到自己的能力，何乐而不为呢？

8月29日上午,高翔在总部也召开了龙澳项目方案设计专项会议。高翔说:"不久前,我们收取了几家设计单位的投标文件,并组织召开了开标和评标会议,最终确定韩阳市建筑设计研究院为中标单位。在设计方案前,今天设计院和龙澳项目的相关领导都一起来统一下方案设计的相关问题。"

显然,高翔的经验很丰富,他对设计单位指出:"在设计前应了解清楚规划局对方案设计最新的审查依据和审查要求,请设计人员与规划局方案设计审查的经办人员提前沟通,充分了解哪些重要指标必须按规定报批,哪些指标有灵活性,以便于设计结果能顺利通过审查。"

这些是方案设计不走弯路并能给陆达集团争取最大利益的诀窍!此外,高翔还强调:"所报方案的建筑和空间基本布局要与规划局的要求基本一致,综合技术经济指标要符合规划设计要点及其他审查文件的强制性要求,容积率、总建筑密度等要满足最低审查要求。"

陆国全也列席会议,他对临时施工的用水、用电、排水等的方案设计作出指示:

"首先,施工临水临电的报批必须确保在项目计划开工节点时间之前完成,临水临电方案以接入点越近越好,并能满足施工现场需求;

"第二,临时施工用水水表应尽可能与永久用水水表相一致,包括位置、口径等,避免重复施工增加开发成本;

"第三,根据临时施工用电方案,协调变压器的容量和安装位置的实施方案,减少资金的投入,降低开发成本。"

作为项目总经理的黄智扬暗自佩服高翔的细致和前瞻性,也佩服陆国全考虑问题的细致和成本意识。黄智扬在会上也指出:"要根据销售中心现场情况和项目后期施工发展,确定最佳的临时施工出入口方案,为施工现场创造最佳的施工通道,也给项目的包装推广和客户接待做准备。"

项目一切都进展顺利!

中午,在玉凤坑这边,王爷庙屋顶的瓦片在阳光的照耀下显得更加明亮晃眼。此时庙宇里人不多,但有那么两个外地人,他们的行为异于常人,进到庙里就一边祭拜,一边东张西望,拿着手机到处拍照,显然在考察寻找着什么!

第6章
半仙测字

（一）

一些生活不顺心和寻找开心的人开始穿梭在黑夜的喧嚣中，用酒精来麻醉自己。

9月29日，高博裕来到市区一个熟悉的静吧，一坐到吧台前，开口就点了酒精浓度高的威士忌。调酒师看到高博裕，两人相视一笑，毕竟高博裕也算老顾客，已经是这家酒吧的VIP了。

调酒师熟练地甩着调酒瓶，很快就把一杯威士忌推到高博裕的面前。只见高博裕端起酒杯，头一抬，一杯威士忌便一饮而尽。

"给我再来一杯！"高博裕指了指桌上的空酒杯。

"先生，这是威士忌，不是水啊！"调酒师调侃道，但还是给高博裕调好了酒。

"水不能忘记烦恼，可是威士忌就能！"

"生活不如意，十有八九啊！"说着，调酒师再把一杯威士忌推到高博裕面前，"别喝太多，你喝醉了，我也不会对你感兴趣的。"

闻言，高博裕只是眉毛一挑，坏坏地笑了几声，然后再端起酒杯，摇晃了一下，这次是半杯下了肚。

酒吧，五光十色的霓虹灯交相辉映着，让人不禁沉醉其中！灯红酒绿，往往就是故事的开始。此刻，高博裕的身后传来一声似乎有点熟悉的声音："高先生好！"这声音清脆中带着一丝温柔，不大不小刚好能让高博裕听到。高博裕转头一看，立刻眼睛发亮！

只见陈君纯站到了他右侧一米的位置，脸上带着深深的笑意。

高博裕细细地打量了她一番，这陈君纯白天穿职业装的时候已经非常有女人味了，晚上来酒吧换成了一条紧身连衣裙，这么一看，陈君纯感受到高博裕炽热的目光。

"怎么了，高先生在自己喝酒？"

高博裕没有回答她的问题，反而从上到下扫了陈君纯一身，脱口而出——"你好美！"

闻言，陈君纯脸上的表情僵住了，她是没料到高博裕会这么说的，尴尬地笑了笑，谦虚地回道："谢谢。"

顿了顿，陈君纯发现高博裕面前已经放了三个空杯，黛眉轻蹙了一下，"你怎么了？"

高博裕无奈地笑了笑，"没什么。"

"你刚买到一套好房，怎么还不开心？"陈君纯不解地看着这男人。

高博裕冲着陈君纯轻挑了一下眉头，"我的情况，你多少是知道的。"

"再不顺心也不能把酒当水喝啊！"

"你不懂！"说完又一杯酒喝尽，"再来一杯。"

当调酒师再推来一杯，没等高博裕拿，陈君纯就抢过高博裕面前的酒杯一饮而尽。

"欸！……你……"高博裕没拦住陈君纯，看着她喝下一杯酒后，浓眉都皱在一起了。

陈君纯笑着说："怎么？"

高博裕看向陈君纯，眼神幽深，字字清晰地说道："我还真没想到会在大地房产遇到你。"

"我也是。"陈君纯盯着高博裕，眼神中带着一丝温柔。

"还记得这张桌台吗？"高博裕笑了，他指了指眼前的这张桌台，看着陈君纯的眼神渐渐地染上了一丝道不清说不明的情愫。

"当然记得。我们第一次见面的时候就是在这个桌台，我陪你喝了两杯。"陈君纯不假思索地答道。

闻言，高博裕点了点头。其实他们两人早就认识了！话说一个月前的某个晚上，高博裕因为和老婆张惠心吵了一架，内心极度不爽，跑来喝酒，心底可能还想艳遇下。

陈君纯因为工作压力大，生活压力也大，有时自己到静吧来舒缓一下心情。刚好那天晚上，他们遇上了，并聊得很开。直至，陈君纯对这位陆达集团的营销总监心生怜意并且还带有种仰慕之情。而高博裕也对陈君纯莫名地放心和信任，当然重要的是，陈君纯绝对是男人眼中的美女。后来，碰巧高博裕买房遇到了陈君纯，在老婆面前，他只装作不认识。

今晚，高博裕重新把目光落在了陈君纯身上，"我们还挺有缘分的！"

"缘分？呵，我们只是有缘无分而已。"言语中陈君纯显得十分无奈，又隐约透露出一丝欢喜。

高博裕问："你们中介店最近生意挺好的吧！怎么，今晚也来借酒消愁？"

陈君纯朝调酒师招了招手，给自己点了杯玛格丽特，又给高博裕加了一杯威士忌，看向微醉的高博裕，"嗯，挺不错的，最近成交了几套房，佣金可观，也给家里寄了些钱，总体上来说是挺不错的。"

是的，陈君纯出生于传统潮汕家庭，父母务工，她是家中长女，下面还有四个妹妹和两个弟弟，而弟妹们大都还在上学阶段，所以她需要经常汇钱回家，基本上一家的重担都落在了她的身上。她身材好，面庞清秀，身边从来不乏追求者。但她想迟点结婚，在此之前把自己工作赚来的钱都寄回家。在韩阳地区，女人结婚后，就该一心为夫家，而不能总往娘家寄钱，除非夫家经济富裕。

但人活在大城市里，必要的装点还是得有的。陈君纯大专毕业后就踏入这物欲横流的社会，用她的原话说是："一个人再穷也不能让人一眼就看出，该有的装扮必须得有！"所以家庭的重担和自己对物质的追求，有时压得她喘不过气来。

陈君纯用略带欣赏的眼光看着高博裕那张成熟而被海风吹得黝黑的脸，慢慢说道："去年家里新批了一块宅基地，爸妈说今年想要盖三层楼，好让两个弟弟将来娶媳妇，也让我们家在乡里有面子。"

"你真不容易啊！"酒精上头的高博裕开始控制不住自己，说这句话的时候把手搭在了陈君纯的肩膀上。

陈君纯感到突然地紧张，但还是晃动了一下肩膀，摆脱了高博裕的手。作为一个从小被传统观念灌输着长大的女生，陈君纯在男女关系上有她特有的矜持。

"那你呢，高总？今天怎么一个人来喝闷酒？是家里的事吗？"

"家里最近倒比较太平。"高博裕忽然激动起来，"不要叫我高总，在龙澳项目，我只是副总而已。"

"一个月前你还说可能负责一个大项目？"陈君纯疑惑不解地看着高博裕。

"那时候想项目总经理可能是我，不过现在黄智扬才是总经理。"说完高博裕又拿起一杯酒一饮而尽，不难看出他的确很不爽。

"黄智扬？！"陈君纯惊讶地看着高博裕，心想可能就是自己认识的那一个黄智扬了。

"是啊，我可爱的老同学。中学时，他跟我比成绩。现在，他冒出来抢走了我的位子。我高博裕咽不下这口气。"高博裕情绪越发激动。其实，高博裕还不是完全接受不了黄智扬当了项目总经理，他其实还嫉妒黄智扬把工作干得很漂亮，得到了很多陆达"老人"的认同。

"心情不好也不能喝那么多酒，伤身啊！"陈君纯好心劝了一句。

"嗯，有你在真好。那你陪我一起喝，你一小口我一大口？"

"好，我陪你！"她要陪这位令她看着就两眼发光的男人度过今晚的时光。她觉得高博裕很真实，不会装，而且她能感受到高博裕是真心喜欢自己的，跟高博裕在一起，很有安全感，很轻松。时间过得飞快，一下子就到了晚上12点，陈君纯和高博裕聊得非常尽兴！

这时，一通电话打断了——

"博裕，你在哪？"

"我……今晚有人请吃饭。"

高博裕酒量不错，后来也没有多喝，只是说话有些吞吞吐吐。

"你喝酒呢？"

"嗯。"

"那喝多了没，要不要我过来接你？"

"哦，还好，只是和乙方吃完饭过来喝点酒。差不多了，我自己能回来。"

"好，你注意安全。"

张惠心习惯了，有时候过多猜测只会自找烦恼。

电话那头还没挂断，高博裕已经率先挂断了电话，看着和自己喝酒的陈君纯：

"我……该回家了！"

"嗯。"陈君纯瞪着高博裕，似乎还有些话没说完。

"走吧，我送你！"高博裕说。

"嗯……好吧。"陈君纯其实也没有喝多，自己回家也可以，但她拒绝不了眼前这个男人的好意。

（二）

龙澳项目自动工后，销售中心的工程进度十分迅速。

9月30日，黄智扬和高博裕带着新任命的龙澳项目销售部经理吴珊珊一起来到销售中心工地视察现场。吴珊珊刚刚带领她的团队在另外一个项目取得了辉煌的销售业绩，是个有着十年房产销售和管理经验的职业经理人。

看着销售中心热火朝天的施工景象，黄智扬首先开口对高博裕说："老同学，陆总要我尽快建立项目公司的组织架构和成员，集团主要管理中心都推荐了得力人选让我跟杜总监确定。你是营销中心总监，又是项目副总，我们项目公司销售部的成员就全部由你决定就好，我就不掺和了。"

按照陆国安的安排，黄智扬主管工程建设和报批报建这一块的事务，销售和策划当然主要由高博裕负责了。高博裕听到黄智扬这么信任他，内心对黄智扬的抵抗情绪减弱了许多："你放心，我会派出最佳销售管理团队，培训建立一支最有能力的销售代表队伍。"

"嗯！"黄智扬点了点头，给高博裕一个肯定的眼神。

"我已经跟吴经理协商从公司内部其他项目调派得力销售代表，另外再从公司外部物色招聘点销售精英。"

"好的，高总监出马，必定马到成功！"黄智扬故意在吴珊珊面前捧了高博裕一把。

"哪里哪里。"高博裕嘴上一顿客气，他知道黄智扬平时是不怎么赞美别人的，被他这么一说，内心乐滋滋的。

"那你们聊，我去跟工程部的人谈谈。"黄智扬说着就走开了。黄智扬知道自己越放手给高博裕干，高博裕就越能干好。

当天中午，高博裕拨打了陈君纯的电话，对她说："晚上我请你和陆雅柔吃个饭吧。有事情想跟你们说。"陈君纯不明白高博裕为何也要请陆雅柔吃饭，不过，她大概猜到这应该是公事。

"嗯，现在临近国庆节，我们都比较忙，只有9点下班后才有时间。"

"那下班后到你们公司旁边的西餐厅吧。"

"好。"

西餐厅内回荡着轻柔的音乐，淡淡的香味飘浮在空气中，低调奢华的环境无比彰显着西餐厅独特的风格。陈君纯看着这环境，满意地点了下头。而陆雅柔似乎早已习惯了这一切，倒是不怎么感兴趣。

"君纯姐，为什么要吃西餐啊？"陆雅柔不悦地问道。

陈君纯不解地看着陆雅柔，"吃西餐不好吗？"

"我吃了四年……啊——"陆雅柔顿住了，突然间脸上是一脸的尴尬，"没什么，西餐好吃，你当我什么都没说。"

"你这丫头！"

陈君纯无奈地笑了笑，看向高博裕，"博……高先生，请问这次请我们来吃饭是有什么事吗？"

"直接叫我高博裕就行了。"高博裕听陈君纯叫他高先生觉得特别扭，脸上的笑意颇有深意，说着随手递上两张名片，"自我介绍下，我是陆达集团营销中心总监，兼陆达集团龙澳项目公司副总经理。"

"啥，陆达集团！"陆雅柔拿过名片，吃惊地望着高博裕。

"哦。"显然陈君纯并不吃惊高博裕的身份。

高博裕继续说："龙澳项目就是龙阳村和美澳乡的开发项目，是陆达集团投资最大的一个豪宅开发项目，销售额将非常可观。

"这次请你们俩来，一是感谢你们帮我买到了喜欢的房子；二是，我想挖墙脚，想让你俩来龙澳项目公司做销售。"

"挖墙脚？"陈君纯带着一丝笑容看着高博裕。

"千真万确！而且你们可能也知道，你们把二手中介做好了，做一手一定会是游刃有余的。因为一手房只要有好产品、好推广加上合理的价格,销售是非常简单的。"

"你们过来的待遇肯定比在中介好!"高博裕挺直身姿,双手在面前有力地比画着,自信而充满感染力。

"这……"陈君纯有点犹豫。因为她在二手房这一块做得如鱼得水,换个环境好吗?

"陈小姐,你来龙澳,销售部主管的职位就是你的,底薪不会少,将来开售还会有提成。我们做的是豪宅,一套别墅上千万,千分之一的提成就是一万,还有很多住宅单位,到时一个月赚个十几万没问题。"

十几万!这个数字太有诱惑力了。在三线城市,房价不高的情况下,做房产中介一个月能赚一两万已经很不错了。

此时,高博裕忽然凑近她们,对着陈君纯把声音压低着说:"放心,有我在,很多大客户都可以让你们去跟,机会比其他销售会多很多。我们总共才打算招六名销售代表,控制好推货的节奏,你们销售内部的竞争也不会太大。"

高博裕想招人才是真的,而陈君纯她们是销售人才也是真的!但不可否认,高博裕内心对陈君纯有着私人的情感,他想经常见到她,也想帮她解决家里的经济压力。

经过两次在酒吧的喝酒聊天,陈君纯对高博裕是比较了解也非常信任的,相信高博裕说的能赚更多钱,不过中介业务现在也是旺季。

"这……我……"陈君纯陷入一阵思考。

陆雅柔这时放下手中的餐具,正视高博裕笑嘻嘻地问:"高先生,您是项目副总经理,能保证我们去了赚到大钱吗?"

"呵呵,你这问题问得好。"高博裕笑着往椅背上靠,依然自信地说,"我虽然是项目副总,但项目的营销都由我负责,项目总经理是我的老同学,叫黄智扬,刚从广州回来,对人事不熟,销售的事已经明确表态交由我全权负责了。"

黄智扬!是项目总经理!这个消息对陆雅柔来说是个绝对正面的信

息。因为陆雅柔未必相信高博裕，但有黄智扬在，工作就有意思了。这时，陆雅柔凑到陈君纯的耳朵边小声说："你到龙澳项目，可以跟黄智扬发展下，我看那人不错哦！"

陈君纯瞥了陆雅柔一眼，也嬉笑地说："你又来。"

"看你们都挺开心，那这事就决定了？"高博裕说道。

"好吧。不过现在国庆期间生意比较好，等国庆后吧。"陈君纯笑了笑。

"好的，没问题，那就一言为定！"

这意味陆雅柔和陈君纯在大地房产的二手房中介服务之旅就要结束了。三个人虽然达成一致，但内心的盘算却各有不同。

（三）

就在高博裕三人欢谈之际，宋锦天来到龙阳村一位人称何半仙的算命先生家里，他正在向何半仙问起龙阳宋井宝藏的事。

"老板，我都说过几次了，宋井的事我真的不知道。按照风水来说，这宋井确实是藏龙卧虎的风水宝地，至于有没有宝藏，我要是知道了，还用帮你算命吗？"脸型瘦长的何半仙左手拂拭着下巴白花花的长须。

这屋子里的家具古色古香的，闻着都有一股历史的味道，墙上还挂着一幅书法画，上面写着"玄机在握"四个大字，笔法遒劲有力。这屋子的主人何半仙，那可是龙阳村乃至整个韩阳地区有名的风水先生。他原名何泽厚，60岁，江西省赣州市人，也算是客家人。"文革"期间遭到批斗，一路向南乞讨逃到了韩阳市西北面的玉凤坑。当时黄正德的老丈人，也就是黄智扬的外公接济了何半仙，还教会了何半仙一门修理农业机械的手艺。他就跟黄智扬的外公一起几乎走遍了韩阳地区各农队。后来黄正德又给何半仙在龙阳村介绍了个老婆，他也就在龙阳村定居了下来。

20世纪80年代末，何泽厚在家偷偷做起算命起卦的行当，这一做，就做出了名堂！三乡五里无人不知何泽厚这号人物，但凡小孩取名、婚嫁喜事看日、每年算运程等都会来找他。因为算得准，乡亲们送给他"何半仙"的美称。再后来，何半仙买了一套大宅，屋外挂着"周易"的锦旗，光明正大地"工作"起来。因为在韩阳地区，看相算命从来就是个受人尊重的行业。不过江湖传言，这何半仙最大的本事是看风水！

何半仙常年研读风水古书和史书，有空就拿着罗盘在韩阳一带跋山涉水，只跟别人说那是他在锻炼身体。

听说他年轻时在江西帮一大户人家看风水后，结果那户人家兄弟几个运气不均。他在乡里备受排挤，甚至被人追打，一路南逃到玉凤坑。从那以后，他就发誓不再帮人看风水了，宁愿整整生辰八字，看看姻缘，也绝不掺和风水的事。

何半仙算是个知恩图报之人，一直对黄正德和黄智扬舅舅一家非常友善，逢年过节，何半仙只去他们两家拜年。

"半仙兄，"宋锦天顿了顿，看着何半仙缓缓说道，"既然你都说了宋井是龙凤宝地，那这宋井就绝对有什么秘密。我想你多少透露一点线索吧！"话音刚落，宋锦天便从口袋里掏出了一沓现金，放在了茶几上，给何半仙使了个眼色。

不过这个眼神何半仙未必注意到，因为宋锦天戴着棕色镜片的眼镜。这宋锦天突然登门拜访，何半仙早已生疑了，现在一沓现金放出来，他可算是明了。"你给我再多的钱，我也不知道线索。这宋井我也研究过一段时间，实在是没找到线索。我看你还是请回吧。"何半仙瞟了一眼现金，摇着头无奈地叹息。

"先生，这钱你收下吧，以后我还想找你看风水呢。"宋先生把这叠现金往何半仙面前推。

"不不不，我是从来不帮人看风水的！"何半仙很坚持他的原则。

何半仙其实眼馋这沓现金，但是他知道这宋先生肯定是心怀鬼胎，收了这钱不就是要替他办事吗？这钱是绝对不能收的！

"钱我不能拿，无功不受禄。如果你想找我算上一卦，那还好商量。"

宋锦天又把钱推给了何半仙，脸上始终保持着一抹淡笑，"那就帮我算个字，我姓宋，宋井也姓宋，就测这个'宋'字，测测我最近的财运如何。"

"嗯……这个好说。"何半仙掐着手指，"天有五星，地有五行，天分星宿，地列山川……"

何半仙开始解析这"宋"字：

"这'宋'字上面是宝盖头，下面是木，说明这宝藏跟树木有关。另外这个宝藏会固定在那个地方，应该是拿不走的。至于宋井的宝藏，我跟你说吧，那宋井旁边的石刻有玄机，这个有很多人知道，不过我也没能破解出来，想找到宝藏还要靠你自己的本事。"

"好的，谢谢先生指点！先生果然是高人啊！"宋锦天比着一个大拇指，"那一千元您还是收下吧。日后您要是有什么关于宋井的新研究成果记得第一时间告知我，我一定重重答谢！"

何半仙只从那一沓钱中取出两张一百，其余的推还给宋锦天，说："今天只帮你算了卦，其余的日后有缘再说。"

宋锦天见何半仙这么推脱，也不好意思再劝其收下现金，反而从口袋中拿出一包中华，说："这包烟您留着慢慢抽。"

何半仙倒也不会拒绝一包烟，"这烟倒是我的喜好。"何半仙一时高兴，多说两句"玄机"——

"你可知道为何北宋被金国所打败吗？"

"这个我没有想过，还请先生赐教！"

"因为金克木嘛！"

"哦，原来是这样！……那为什么金国没把南宋给灭了？"

"因为南宋退到长江以南，就变成了金生水，水生木的格局，所以金国和南宋便可相安。"

"啊！先生真是高人啊！"

"嗯，那你可知道为何努尔哈赤要把后金改为清，把女真族改为满族吗？"

"因为清和满都有三点水，那又有什么玄机呢？"

"你想，明朝的明字是日加月，五行属火。水克火，因此，满清克明。啊！"

"高！实在是高！"

宋锦天手比个大大的拇指，不过心里没有多想什么宋朝明朝的事，心里一直在琢磨着何半仙口中的树木的事，他起身向何半仙告辞，"那先生我就先走了，有空再来找您喝茶请教。"

"好的……对了，你姓宋，还不知道你是韩阳哪个乡里的人？这个姓在韩阳地区不多啊。"何半仙突然叫住宋锦天。

"我是汛洲岛的，我们岛上人很少，姓氏也比较杂。据说祖先是从其他地方漂泊到岛上的。"宋锦天加以解释。

"哦，原来是汛洲岛，我确实没上去过，据说那是白鹭的天堂。"

"是啊，有好多鸟。"

"这个岛正对着义安江的出海口，从地图看，是韩阳市的远案山，有了它，韩阳才能很好地藏风聚气。"

"先生您太专业了，有空欢迎坐船到我们岛上看看鸟，吃海鲜啊。不过我都没住上面，毕竟交通不方便。"

"那老板做什么行当发财呢？"何半仙一般是不问客人这样问题的，除非客人自己跟他说。

"我原来是个学校的老师，后来出来卖点韩阳的特产去国外。"

"嗯，我记得你的八字是会读书的人，而且应该学问很高，这几年财运很好。"

上一次宋锦天就请何半仙算过八字，何半仙记忆很好。

"是，先生真神！"

"嗯。好了，那你请慢走。"

宋锦天走后，何半仙在家里前思后想，越来越觉得太不对劲了，就闭门谢客，只身前往黄正德家，想把刚才的事跟老朋友探讨一下……

（四）

"泽厚来了啊，快进来喝茶。"黄正德大屋外挂着灯笼，是中秋节刚换上去的，明亮光鲜，一有人在门口，屋里大厅的人就能看清。

黄正德隔着大铁门，看到何半仙在门口张望，便招呼他进去，叫的还是何半仙的原名！论年龄，何半仙还比黄正德小几岁。何半仙喝了口茶后，脸上泛着笑意问道："智扬没回家吗，听说他现在在陆国安的陆达集团工作？"

"是啊，因为陆国安的开发项目刚好有一部分地块在我们龙阳村上，所以请他过去。"说完，黄正德又给何半仙倒了杯茶。

"听说还是项目总经理，待遇应该不错吧？"何半仙笑着说道。

"还好，就是进度紧，工作忙。"

"这小子以前就总爱往我那里跑，还喜欢看我的那些风水书。最近肯定工作忙，没时间来找我喝茶。"

"下回他回家，我让他过去你那坐坐。"黄正德紧接着说，"欸，今天你怎么有空跑来我这喝茶，是不是有什么事？"

"是啊，今晚来了个商人，几年前来找我算过八字，此人财运很好。不过今晚突然来问我关于宋井宝藏的事。"

"那你怎么说？"

"我当然什么也没说了。我说我要是知道宝藏在哪里，还用得着给人算命起卦吗？"何半仙紧接着说，"后来他还让我测一个'宋'字，我起了一卦，这宋上面是宝盖头，下面是木，说明这宝藏跟树木有关。另外这个宝藏会固定在那个地方，应该是拿不走的。"何半仙早已把龙阳村当作自己的家乡，自然不想被外地人得到宝藏。所以特地来提醒黄正德要小心此人，免得宋井的宝藏被外人偷走。

黄正德思索着何半仙口中的宋先生，不禁拍了下茶几，"这商人，把生意做到宋井来了？！"

"是啊，此人自称姓'宋'，五十多岁，自称是汛洲岛人，做过中学教师，现在做贸易。我听他的口音倒有点像福建人。他今天让我测这'宋'字，我看跟这宋井应该还有缘分，说不定，宋井的天机会被他发现啊！"

"嗯，看来我要叫黄义明多关注宋井那边的情况。另外，我让市里的老部下查查此人的底细。"

"是，这样最好！"

何半仙走后，黄正德一个人坐在客厅里喝茶，忽然拿起手机，第一次主动拨通了陆国安的电话……

宋锦天回到龙阳村的民房后也没闲着。他打开保险柜，拿出一本笔记本，小心翼翼地翻看笔记本。只见笔记本的每一页都是泛黄的，显然年代比较久远。其中有一页，上面画着宋井石刻。不过奇怪的是，他笔记本上的这首诗竟然是完整的！在画着石刻的这页纸旁边，清楚完整地记录着这首诗："堂前龙凤翔，玉眼见真章。水涨淹不着，水涸淹三尺。"除了宋井石刻，上面还画着玉凤坑王爷庙的对联："堂殿前腾龙舞凤百业翔，金玉明眸处得见真文章。"除此之外，还有一些密密麻麻让人看不懂的文字。

宋锦天望着窗外宋井处，用普通话打了一个电话："你派去的人上次在王爷庙也不小心点，现在大家都知道有两个外地人混进村里了。"

"是的先生，以后我会注意的，不过最好还是要找韩阳本地人才好些。"对方答道。

"那你就帮我物色一下，人不要多，一个就好，他能找其他人去办事就行。"

"好的先生。"

原来几天前，宋锦天派这两个人去玉凤坑王爷庙寻找宝藏的线索，由于他们行动过于显眼，加上是外地人不会讲潮州话，进去王爷庙后东张西望，互相之间没有说话，只是用眼神和手势交流，结果被看庙的老人发现了。庙里老人便上去询问他们，一下子就知道他们不是本地人，来王爷庙恐怕另有企图。这两个人被质问后便以来此旅游为借口匆忙离去了。

宋锦天严厉地说："这玉凤坑的王爷庙暂时也查不出什么名堂，我想这宝物也可能埋在宋井的周边。那何半仙也说宝藏是拿不走的。你国庆节后派几个人去宋井石刻旁边埋些炸弹，炸出来看看有什么。"

"好的，我这就去准备！"

（五）

还是在9月30日这天晚上。八点半，黄智扬才下班走出公司大门。公司外街道两旁种着不高的桂花树，微风中飘散着淡淡花香，深吸一口气，空气有一股清新的感觉。街道上行人很少。黄智扬备感轻松，只是急着赶去表姐家接女儿。

前方五十米处，有个身穿职业装的女人独自沿着人行道走。右手边只有便利店和面包店的橱窗还亮着灯，左手边偶尔有几辆车经过。这条写字楼林立的街道，此时显得格外寂静。女人的身影被路灯拉长。似乎夜的寂静让人平添多几分敏感，女人下意识地回头张望了一下，身后，街道干净地闪耀着眼。

好像是杜晓蕾！杜晓蕾也加班到现在！

杜晓蕾年轻，有工作能力，有干劲，这正是陆国安重用她的原因。

此时，黄智扬身后左侧跟上去一辆奥迪A4，右前车玻璃摇下，一道响亮的声音打破了这寂寥的夜空——

"杜晓蕾，你给我站住！"

杜晓蕾停住了脚步，狐疑地往左边看了来人一眼，而后，又继续走了起来。

"杜晓蕾，没听到我叫你吗？"

只见杜晓蕾回过头，瞥了男人一眼，不悦地说道："我凭什么听你的？"

"我们连父母都见了面了。"

"我已经跟你说得很清楚了，我从来就没有喜欢过你！是你爸妈要约我爸妈见面的，跟你们吃饭，只是给大人脸面。再说，你不适合我，我也不适合你，我们在一起只会浪费彼此的时间。"

"你……"男人顿时气急了，"虽然你是陆达的总监，可我也是建设局的科级干部。你知道吗？外面有多少女人想认识我，你凭什么就觉得我们不适合呢？"

杜晓蕾无奈地摇了下头，"这跟你是不是干部没有什么关系，只是……好了，你以后别再来烦我了，我们以后桥归桥，路归路。"这男人是何等的心高气傲，听杜晓蕾这么一说自然不会低头，反而一下子气焰是更盛了，一咬牙，说道："好，杜晓蕾，我们到此为止！"说罢，一脚油门踩下去，开启远光灯，呼啸而去。

这一切被后面得黄智扬看得很清楚，原来杜晓蕾还是单身！黄智扬的心起了一丝波澜。

就在奥迪车刚远去的时候，一辆奔驰E级车开了过去，停在杜晓蕾的左前方。

杜晓蕾看了下车牌，又向奔驰车的驾驶位望了一眼，便走上前去，坐到副驾驶位上。

没到半分钟，奔驰车就缓缓远去……

黄智扬走到街的对面，开上公司配给他的大众车，心想："这杜总监的私生活竟然如此之热闹啊！看来在韩阳追女生，还要把我广州的车开来才行了！"

第7章
国安家宴

(一)

国庆节期间本是楼市的黄金周。但由于龙澳项目刚刚起步,销售中心都还没建成,也没法接待客户,所以黄智扬算是能偷得几日闲。

国庆前两天晚上,嘟嘟嘟主动发来信息——"国庆节有什么打算?"

黄智扬心想,这嘟嘟嘟主动发信息的情况并不多,是不是要约国庆节一起出去玩呢?于是回道:"打算在韩阳附近好好玩玩,毕竟很多年没在家乡这边了,有兴趣同游吗?"

停了两分钟,嘟嘟嘟发来回信——

"难得的假期,国庆我已经安排一个人出去旅游啦。"

黄智扬心想,又一个人去旅游,连个面都不见,说不定是和其他人一起去的。

黄智扬并不想去了解或戳穿什么,习惯性地回了一句:"那路上注意安全啊!祝你有个美好的艳遇。"

"谢谢!我闯荡旅游江湖多年,安全会注意的。艳遇嘛难说……

嘻嘻！"

　　10月1日早上，天空晴朗无云，空气清爽，黄智扬心情大好，决定带着女儿与父亲去韩阳老市区牌坊街走走。

　　韩阳牌坊街，这里一共修复了几十座古牌坊，也是国内最大规模的古牌坊街。牌坊街商圈引来了巨大外来人潮，附近停车位早就停满。他们三人干脆叫了辆人力三轮车，从人缝中挤进去，首先来到牌坊街旁边的开元寺。开元寺是唐玄宗下诏以当时的年号"开元"为名，在全国十大州郡各建一座开元寺，其中一座就坐落于韩阳古城区。该寺自建立以来，历代均有维修，一向为历朝祝福君主、宣讲官府律令之所。

　　据说龙阳村祖先在元朝时还曾将许多良田捐给开元寺，作为禅寺开支费用。开元寺所在的开元路上有很多佛教民俗用品店。

　　"爷爷，这些能喝吗？"晓筱看着开元寺外路边到处卖着的佛手老香黄、老药橘、黄皮鼓等可以冲泡水、解渴开胃的"韩阳三宝"问。

　　"当然可以，走，我带你试试。"

　　他们走过去试喝了两杯，酸甜可口又开胃，黄正德掏钱给黄晓筱买了三小罐。

　　牌坊街上布满了刺绣、陶瓷、铜器、竹器、茶叶等商铺，这些都是韩阳地区的特产。令黄晓筱欣喜的是，牌坊街还有琳琅满目的小吃商铺，比如鸭母稔、春饼、笋粿、肠粉、炸豆腐、牛肉丸等，以及韩阳特色糕点，如束砂、绿豆饼、朥饼、腐乳饼、咸豆邦、糖葱薄饼、酥饺等。

　　黄智扬带着女儿在牌坊街尝了一些小吃，这些家乡的味道是他朝思暮想的。为了一次不吃太多、太上火，黄智扬几乎每样都买点，打算回去慢慢品尝。黄正德则为黄晓筱买了很多手工艺品和小玩具。

　　看着兴高采烈的黄晓筱，黄正德略带笑意地对黄智扬说："我说你也老大不小了，一年一岁，该找个伴，成个家，也能帮你分担担子。我说找个韩阳本地的，顾家又贤惠，多好啊！"

　　黄智扬笑着露出坚定的眼神道："是，我也这么想。"

"那有什么眉目了吗？还以为你这次回韩阳会给我带一个儿媳回来！"

"嗯，这倒还没有。"黄智扬脑海里闪过了一些人名，不禁露出一抹淡淡的笑意。黄正德看到了黄智扬脸上的笑意，吸了一口烟说，略带深意地说："我觉得，这好事也不远了！"

就当一家三人徜徉在牌坊街的人潮中时，陆达集团的内部公众号推送来两条信息，一条是韩阳各楼盘在国庆期间的推售情况，另一条要闻引起黄智扬的注意——"启阳房产昨日拿下江东临海住宅用地"。

> 昨日（9月30日）下午，义安江东岸出海口的住宅用地地块进行公开拍卖，最终经过多达20轮的举牌叫价，韩阳本土房地产公司启阳公司成功拿下地块，成交价为2.3亿元。启阳公司董事长张启阳宣称将打造韩阳市最佳临海住宅楼盘。

毫无疑问，启阳公司在义安江东岸的动静，着实给黄智扬提了个醒，陆达的项目如果不加快进程，启阳就会异军突起。

说起启阳公司的创办人张启阳，此人白手起家，创办了如今在韩阳市排名前两位的启阳公司，这本事、能力，他都用行动说明了。黄智扬相信，陆国安比他更重视这个消息，因为龙澳项目和启阳项目就隔着一条义安江，两个项目到韩阳市区的距离一样，景观也区别不大，唯一不同的是，龙澳项目的旁边有个宋井！

就在这时，黄智扬接到陆国安的助理打来电话，说10月7号晚上陆国安要在家里举行晚宴，邀请陆达集团高层参加，其中就包括黄智扬。黄智扬马上就答应前往。作为一个新进公司的人，黄智扬是肯定需要去参加的，这是个融入陆达集团高层的良机，而且他相信到时还可以获取到一些特别的信息！

（二）

10月3日凌晨三四点钟，一声如雷般的巨响震彻了整个龙阳海滩上空……

清晨一大早，龙阳村的村民都在街头巷尾谈论着夜里的事情。

"你们听到宋井那边传来的声音吗？"

"那声音就像闷雷声一样，我们全家都被吵醒了。"

"听说早上宋井那被炸出一个大坑。"

"是吗？那赶紧看看去！"

"不会被那些贼发现宝藏了吧？"

……

村民们来到宋井边，只见围绕着宋井石刻的方圆五十米被围上了警示线。村民们在警示线外张望着，议论着。

随着昨晚的这声巨响，龙阳村治安联防队马上赶了过来，但由于是深夜，从这声巨响出现到联防队人马赶到，时间过了近二十分钟。联防队员没有在现场发现盗贼，只是发现宋井旁边的石刻巨石四周，被盗贼炸开了一个深约一米半的坑。此后，黄义明和黄正德等人先后到达现场。大家发现，巨石底部本来是被海沙覆盖的，被炸药炸开后，只见巨石底部还是石头！

除了沙就是石，盗贼没有发现其他任何藏宝的地方。宋井周边也是一片狼藉，散落的沙石被海风吹起，覆在宋井的龙凤石雕纹上。宋井失去了往日耀眼的光芒。

"这些混账，真的是什么事情都干得出来啊！炸出这么一个大坑。"八十多岁的黄氏宗族理事会老会长黄达山看着眼前被炸开的宋井，是气急败坏，恨不得剥了那些人的皮，回头问道，"义明，治安队有没有看到是什么人干的？"

"没有，可能盗贼没有发现宝藏，所以很快就匆忙离开了，现在发现了三辆摩托车的车痕，估计是四五个家伙干的。"

黄正德走在坑道旁边，蹲着捧起一些沙石，"这些人使用的是山上开石料的土制炸药。"这位老军人一看一闻就知道，他声色俱厉地说道，"平常偶尔有盗宝的人也就是挖几个小坑，这下倒好，竟然敢使用炸药！"

"是啊，下次发现这伙人，要打断这帮人的手脚才行！"黄义明有时考虑问题就很简单。

黄正德眉头紧蹙，看向黄义明，"最近打宋井主意的人还真不少啊！"他突然想起了何半仙前两天说的话，觉得这事情不简单，会不会就跟那宋先生有关系呢？

"看来我们要加强夜间巡逻才行。"黄义明补充道。

黄正德脸上神色沉重，此时他思考的东西要比黄义明多些……

初秋的风慢慢涌入韩阳，给炎热的土地带来凉意。宋井边，治安联防队员正抓紧填平大坑。有些村民在远处眺望，谈论着宋井的宝藏传说。

石刻上"××龙××，×眼×××。水涨淹不着，水涸淹三尺"的诗句在晨光下格外显眼。这座近千年的古井在龙阳村民心中的地位显而易见，无论外面来了多少盗宝的人，龙阳人都不会自己去动古井，这个约定俗成的古训保佑着龙阳村的平安宁静。

当然，宋井发生爆炸的消息很快传开。

何半仙听闻赶过来看……

中山公园里的陈文听说了马上拿起手机打了个电话……

此时正在外地考察的市委书记王茂德也知道了……

住在韩阳市中心的黄智扬一早就接到父亲的电话，知道了最详细的事件细节。

"这宋井会不会真有宝藏？"这是黄智扬在思考的问题，随口也问了黄正德。黄正德停顿了几秒，才缓缓说道："这宝藏，难说啊！"黄智扬也明白父亲这话的意思，宋井被挖了这么多年，可是挖到现在，甚至被人炸了，也什么都没发现，这有没有宝藏谁也说不准啊！

"就算有宝藏在我们龙阳，也未必需要让它面世的，我们的任务是保护好它。"黄正德紧接说道。

"也是，不过最好知道宝藏在哪里，才好保护。"

"嗯！"

"我现在马上过去瞧瞧。"黄智扬心里十分不安。

黄智扬回来韩阳工作，目的之一就是因为陆达的龙阳村地块紧挨宋井海滩，说不定会发现宝藏，自己想主动监视保护。

加上几个月前的福安里事件，黄智扬也怀疑那个木箱里藏着的会不会就是宋井宝藏？宋井这么一炸，似乎把黄智扬那颗寻宝的好奇心给炸醒了。此时，他坐不住了，迫不及待地想回龙阳探个究竟。

此刻他的内心突然有了一股力量，仿佛远古的宝藏在召唤他去揭开神秘的面纱。他开着车，望着龙阳村的方向，对宝藏再次充满憧憬，他暗暗下个决心——该去圆梦了！

（三）

10月7日，黄智扬应邀来到陆国安所居住的韩阳市丰盛花园。

这个小区不算很新，楼不是很高，但楼间距很大，不仅拥有大面积中心园林，还有人工湖泊。这里虽然是在市中心，但小区北靠一座小山，户户坐北向南，据说是韩阳的龙脉风水宝地！

当年设计者还巧妙地引入后山的泉水，使得小区里常年小桥流水不断。加上物业管理先进，里面都是大户型，因此当年购买丰盛花园的都是韩阳市里的最富有的人群。陆国安自从住进丰盛花园，事业发展是顺风顺水，再有钱他也不搬走。

陆国安家位于8楼9楼，8楼主要是客厅、餐厅、厨房、客厅阳台、保姆房，还有一个私密的棋牌室加茶室，九楼则是陆国安夫妻和他女儿居住的地方。陆国安的两个儿子也住在这个小区里，但不在同一栋。另外陆国安的一些家族人员也都居住在此小区。

黄智扬5点45分到达陆国安家门口，只见门口站着一男一女两位身穿制服的服务员。黄智扬自报姓名之后，便被领进客厅。

经过玄关，转弯就是宽6米、高3.2米的大客厅，装饰得富丽堂皇，看得出每一处的装饰都经过精心的设计。

客厅摆着一套雕刻着龙凤山水的大红木沙发。这套沙发，除了中间的三人座外，两边还各有四个单人座。因为今天人比较多，在外围还加了几张红木椅和凳子。只见客厅里早已坐满了陆达集团的高层，黄智扬不敢怠慢，一边微笑地扫了一眼众人，一边点头示好。

看到坐在中间三人沙发边上的陆国安后，黄智扬赶紧走到跟前，跟陆国安打声招呼："陆总好！"

"好，智扬来了，请坐。"陆国安指着旁边一个单人沙发位让他坐下。

服务员马上端来一个茶杯和一个茶壶，放在黄智扬边上，并给他倒了一杯茶。陆国安跟黄智扬说："来，喝一杯我刚托人买的凤凰高山单枞。"

陆国安的堂弟陆国全跟众人说："这凤凰山的高山茶从春季摘下，经过两次加工焙火，现在10月份开始喝最好。"

财务中心总监杨乐丹接过话说："全总对茶最有研究了。"

黄智扬倒出一杯茶，只闻一股清甜香气扑鼻，他分三口喝了下去，说道："好茶！有点像'兄弟'。"

"兄弟"是单枞茶里比较稀缺的高端品种。

投资开发中心总监陆智安叹道："黄总厉害啊，一下就被你喝出来！"

设计管理中心总监高翔说道："今天陆总在家举办宴席，拿出兄弟单枞茶，可见用意很深啊！"

"呵呵，今天能请来家里的，都是自己人，都是兄弟姐妹嘛！"陆国安抽着烟，笑着说，然后从茶几上的果盘里自己拿了个橄榄吃，"来，大家吃个橄榄。这橄榄不错！"橄榄对于经常抽烟熬夜喝酒的人来说，的确起到不错的调节作用。

陆智安嚼了一颗，感叹道："嗯！这橄榄甘甜脆爽，顶级！"

杨乐丹说："陆总家里的当然都是好东西。"

"今天招待大家，我吩咐她们要买好的。"陆国安略带自豪地说。

此时，高博裕和杜晓蕾也同时被领进客厅。杜晓蕾一袭长裙，红唇，还露了一边的美肩，十分香艳，跟平时那个身穿职业装干练的杜总监判若两人。

她对陆国安说："陆总不好意思，下午刚旅游回来，匆忙回了趟家，没有来得及过来帮忙。"

"哦，没关系，我全套都请酒店厨师和服务员来家里办，这样省事。"

杨乐丹眼睛盯着杜晓蕾，用略带羡慕的口吻说："看了你的朋友圈，你这次好像全是自拍，不会又是一个人出去旅游吧？"

"是一个人去的啊，这样才自由。"杜晓蕾微笑说道。

陆国全说："你这是追你的人太多，跟谁出去旅游都不是。这样也好，那些没去旅游的，都还有希望。"

黄智扬只是瞥了一眼杜晓蕾，就被杜晓蕾的靓丽撩得有点心动，眼光只好在大脑的指挥下委屈地望着说话的其他人。就黄智扬从小的习惯来说，表达对一个女生的欣赏或喜欢都是比较含蓄的。如果眼睛直勾勾地看着人家，一来显得自己好像很"饥饿"，二来这样做可能令对方感到不自在。不久前的晚上看到两个开好车的男人跟她有交往，黄智扬就判断杜晓蕾可能还单身。不过，今晚杜晓蕾如此惊艳出场，着实让黄智扬怦然心动。

这时，一直在厨房餐厅忙的陆国安的妻子谢仪走了过来，接着话题说："晓蕾这条件，慢慢挑！看上哪个了跟我说，我帮你给他传递个信息，这事马上就成！"可见，谢仪跟陆达集团高层是经常见面的熟人了。

她远远对着陆国安抬了下下巴，示意说："差不多了，大家可以入座了。"

"好，大家都到餐厅就座吧。"陆国安起身领众人过去。

只见陆国安的大餐厅里灯火通明，宽敞的大理石餐桌上，一个个酒杯被擦得透亮，一套套碗筷整齐地摆放着，每个人的面前还放着各式小碟，碟里盛放各种蘸料，不难看出，这场晚宴是有多么的精细。隐约还能看到厨房里两个五星级酒店的大厨正在忙着准备今晚的美味佳肴。

此时，服务人员不忘播放音量适度的音乐，优美的旋律回荡在餐厅上空，宛如流水般舒适动人，沁人心脾。此时，正对餐厅的螺旋式楼梯传来了嗒嗒的脚步声，众人不约而同地抬头看上去——

只见走下来的是三个穿着华丽的年轻人，气场十足，不知道的还以为是在做时装表演。

其中，最吸引人就是那个缓缓走来的女子，让黄智扬和高博裕目瞪口呆了。

（四）

女子看着众人，笑嘻嘻地说："嗨，大家好！"

然后走到黄智扬跟前，大声地说："黄叔你也来了！"

马上又转向旁边的高博裕，双手作揖说："高总好！"

"哇，两年没见，雅柔已经变成大美女了，"杨乐丹一眼就认出陆雅柔，"想来当女婿的人怕是要磨花陆总家的门槛咯。"

"杨姨你也是风韵不减呢！你老公有很多情敌吧？"陆雅柔睁着大眼

咧着嘴凑向杨乐丹。其他人有的赔笑，有的愣住了。

"我介绍下，这是我女儿，陆雅柔。"坐在圆桌中间的陆国安略带自豪地介绍着说道，看得出他很疼爱这个女儿。

"你原来是……陆总的女儿？"高博裕吃惊地看着陆雅柔。陆雅柔调皮地看向高博裕，比了个剪刀手说："Yes！"

"啊——"高博裕怔愣了一下。

"小柔别闹了，先坐下。"陆国安顿了顿，"我再来介绍一下吧，这是我的大儿子——陆斌，这是我的小儿子——陆浩。"闻言，众人一一向他们点头示好，但似乎只有黄智扬不认识陆国安这些子女，其他人都相当地镇定。

一直安静的杜晓蕾心想着——这陆雅柔怎么叫黄智扬为"黄叔"呢，这关系还真的是复杂啊！

陆雅柔坐在陆国安的身边，笑眯眯地看向黄智扬和高博裕，"黄总，高总，不好意思啊！我不想让别人知道我的身份。我要靠自己。所以，你们一定要替我保密啊，将来不要告诉公司里的其他人，特别是我那美丽能干的君纯姐，好吗？"

"OK！"黄智扬爽快答复，用的是陆雅柔般的语气。一旁的高博裕内心也是一阵诧异，怎么黄智扬会认识陆雅柔？他们俩是什么关系？！不过高博裕还是要装作镇定，先回答陆雅柔的请求："好的，我一定给你保密！"

陆雅柔的左边的位子留给母亲谢仪，陆雅柔的右边是陆浩，陆浩的右边才是陆斌。陆浩和陆斌虽然坐在相邻的位置，不过两人没什么交集，气质明显不同。有点像此时的黄智扬和高博裕。

不过陆达集团的高层对此感觉倒很正常，因为陆浩和陆斌其实是同父异母的兄弟。陆斌是陆国安已经离婚的前妻生的，如今，他在陆达集团的一个豪宅项目做项目总经理，跟随陆国安已有八年了，和在座的很多人都是亲戚加同事。在陆斌小的时候，陆国安只是一个转业军人，还没有真正富裕起来，所以他就像平常人家出来的孩子，从来不挥霍金钱，比较节省，从小勤奋好学，对待学习和工作努力刻苦。在陆国安的心里，两个儿子应该平等对待，将来由谁接手自己的公司，也是要看谁更稳重，更能守家业。

那陆浩和陆雅柔就是谢仪所生。陆浩是集一切纨绔子弟该有的脾性于一身的公子哥，年轻有为，少女杀手，韩阳人称其"韩阳四少"之首！青少年的时候，陆浩确实是个浪子，整天游手好闲，和一帮公子哥在一起，不时打架斗殴，不时飙车喝酒，智商极高的他没有把心思放在学业上。不过陆国安家教严苛，在陆浩高中毕业时，由于他考不上本科，陆国安干脆把他送到部队去锻炼。部队生活纪律严格而稍显单调。陆浩在部队里才知道什么是艰苦，他的意志和品格在部队得到了极大的锻炼和升华，于是陆浩整个人像是脱胎换骨般，正能量加身，积极上进，虽然行事上还是放荡不羁，但一旦认真起来，进步是飞快地。陆浩从部队转业后又被送去美国学了三年室内设计。回国后，陆浩的事业可谓春风得意。陆远广告的高速发展，除了陆国安初期的资金支持和人脉支持外，更多的还是靠陆浩自己的能力。

再说陆雅柔，她是陆国安夫妇最疼爱的孩子，从小富养，什么都不缺，高中后根据她的兴趣，陆国安夫妇送她去美国学习市场营销。她兴趣爱好广泛，性格外向，好玩却独立。今年7月毕业回国后就自己隐瞒身份到大地房产做了一名房地产经纪人。起先陆国安夫妇不以为然，不过几个月下来发现，陆雅柔竟然做事专注，抗压能力强，业务能力提高很快。这令陆国安十分欣喜。听说高博裕把她招到龙澳项目当销售代表，陆国安就更加放心了。

此时，大家都已经坐在餐桌前，偌大的餐桌留下四个位，一个是陆国安右手边留给自己妻子的，她还在厨房里忙里忙外。而陆国安左手边还有三个座位空着！时间来到6点半，显然人还没到齐。众人内心都有所猜测，到底是何等尊贵的客人让陆国安能耐心等候？

陆国安跟陆雅柔说："雅柔，你打个电话给你陈妈妈她们，看到了没有。"

"好的。"

陆雅柔刚拿起手机想要拨打电话。服务人员便领进来看似是一家的三个人。

"让大家久等了!"未见其人,先闻其声。

大家一抬头,啊!……竟然是他们一家,纷纷站立起来!

(五)

这进来的三人,为首一人竟是韩阳市市委书记王茂德!

后面跟着进来的是他的夫人陈竹蕴,以及他们的儿子王皓轩。

在座的大部分人脸上的神情僵硬了两秒,虽然他们有些人知道陆总和市委书记交好,可他们实在没想到陆国安会把市委书记请到家里来吃饭,而且是把全家请来!这排场,着实把一些人给镇住了!

众人立刻都站立起来,给王书记一家行注目礼。只见王茂德在服务生的引导下坐到了陆国安的左手边位置,他的夫人陈竹蕴,以及他儿子王皓轩依次坐下。刚好,王皓轩斜对着陆雅柔。

"大家请坐",陆国安示意大家坐下后,对王茂德说,"欢迎王书记莅临寒舍,你看我家立马蓬荜生辉啊!"

"你还寒舍,那我们家都成猪窝了。"王茂德这么说,可见,他没把这里的人当外人。

众人表面在赔笑,但内心在打鼓,这陆总跟王书记到底是什么关系,交情很不一般啊?王茂德看出大家的疑惑,环视了一下,在场除了一些熟悉的脸孔,还多了黄智扬、高博裕、杜晓蕾三位生面孔,笑了笑,道:"其实我今天能来陆总家,完全是托了雅柔的福啊。"

"是啊,你看雅柔越来越漂亮了,还多了几分职场人的气质。"陈竹蕴一直看着陆雅柔，眼里满满的都是欣赏和爱，"不过，在你陈妈妈眼里，你依旧是个孩子。"

"陈妈妈，您是风采依旧在，魅力无限增啊！"陆雅柔不改本色。

这时，陆国安妻子从厨房出来，双手捧来一个大生日蛋糕，放在陆雅柔面前，对她说："这是你陈妈妈给你准备的生日蛋糕。"

"谢谢陈妈妈。"陆雅柔对着陈竹蕴甜美一笑。

众人这才明白今天是什么"节日"让陆国安在家里设宴，但众人还是对这"陈妈妈"一词感到困惑。

"今天请大家来，是因为今天是雅柔的生日。"陆国安继续说道，"我呢，跟王书记一家认识有二十多年了，小时候王书记一家对雅柔是疼爱有加，雅柔两岁多时她陈妈妈就说认她为义女，所以今天王书记这个干爸自然要出席了。"

陆国安与王书记一家结缘那倒是陈年往事了。

话说陆国安当年从部队转业回家乡，从轻工业局里干起，因业务关系认识了当时韩阳开发区的一个科长，就是王茂德，两人相识，脾性相投，常有来往，久而久之的，两人便成为好友，王茂德生了儿子，而夫人陈竹蕴很喜欢陆雅柔，所以将陆雅柔收为义女。

在座的人都明白，陆国安能发展到现在，王茂德应该或多或少出过力吧！陆国安继续说："今天来的都是自己人，大家都到齐了，那就开始吧。"

服务生给蛋糕插上蜡烛，又关了灯，接着是唱生日歌和许愿等固定节目，众人在分食蛋糕之后，酒席正式开始。陆国安请来的两位大厨也是尽露身手，家常菜和名贵山珍海味搭配，色香味俱全。服务生给每人都倒上一杯有年份的XO。伴随着悠扬的音乐，晚宴便拉开了序幕。

王茂德拿起酒杯说："来，大家为雅柔越来越漂亮开心干一杯。"众人纷纷端起酒杯。

杨乐丹对着陆雅柔补充说："雅柔身边肯定追求者如云，阿姨祝你早日选择到个称心的好夫婿啊！"

陆雅柔拿起酒杯跟王茂德碰了一下，说："祝王爸爸官越做越大，为我这等平民服务啊！"然后又跟杨乐丹碰了下酒杯说："杨姨风采不减十年前，也祝你继续迷倒一众男神啊！"众人一听，都被陆雅柔的随性幽默逗乐了。王皓轩则一直眼睛盯着陆雅柔，心完全没有酒席上。

酒席的气氛十分轻松，似乎大家早已习以为常，只有黄智扬、高博裕和杜晓蕾三人有些不知所措。王茂德看在眼里，问陆国安说："这三位青年才俊以前好像没见过？"

陆国安说："是哦，忘了给你介绍。这位是我陆达集团最年轻的总监，杜晓蕾，负责人事和行政；这位是高博裕，集团营销中心总监；而这位是近期从广州请回来的黄智扬，是龙澳项目开发的项目总经理。"

三人分别与王茂德点头示意。

"你现在手上是老中青搭配，猛将如云，怪不得发展这么大。"王茂德赞扬了一句。

"那还不是在你的英明领导下嘛！"陆国安回了一句。

王茂德看着黄、高、杜三人，"韩阳的发展就需要你们这些人才。"高博裕一听，马上识相地站起来，拿了杯酒说："王书记在韩阳的声誉那真是没话说，今天能见到您，也是三生有幸。我敬您一杯。"说着，便举起了酒杯，一饮而尽。

是的，饭桌上，酒是联络感情最好的东西。杨乐丹拿起酒杯，笑意盈盈地说道："我祝王书记，步步高升，心想事成。"而陆智安和陆国全作为陆国安的亲信，自然知道好好把握时机，也举起酒杯："王书记，这杯我们敬您，您随意就好。"

"好好，韩阳的发展建设离不开诸位，那这杯我干了。"王茂德一饮而尽。渐渐地，晚宴在欢愉中不断升温……

一巡酒下来，陆国安发现除了女士，其他人杯中的酒都基本干了，只有黄智扬杯中的酒看起来基本没动。他每次喝酒都只是示意性地抿一口。

陆国安说:"智扬啊,是不是这酒不好喝,才喝这一点啊?"

黄智扬一顿尴尬,说:"不不不,实在不好意思,是我自己不会喝酒,我的胃吸收不了酒精,陆总的酒绝对是好酒。"

"爸,喝酒有什么好的,人家黄总不会喝酒才是好男人来的。"陆雅柔笑着说道,也替黄智扬解围。黄智扬向陆雅柔投去感激的眼神。

"智扬真是滴酒不沾啊,也难能可贵啊。"陆国安笑着附和道,有点意味深长,眼睛扫了一下黄智扬。杜晓蕾在一边,看着黄智扬和陆雅柔你来我往地,她是越发地怀疑这位空降的项目总经理是不是陆总的未来女婿呢?要不然陆总女儿怎么一直在帮他说话?这饭吃的,是越来越有意思了!

这时,高翔站起来说:"我这杯祝陆总阖家幸福,祝王书记工作顺利,我干了!"说完举杯就要喝下。

陆国安马上说道:"来来来,大家一起干一杯!"

陆国安举起了酒杯,陆浩高喊了声:"Cheers!"

(六)

酒杯碰撞的声音伴随着悠扬音乐,如乐曲般动人悦耳。

晚宴上,王皓轩时不时瞄着陆雅柔,眼神里满是对春天的渴望,而陆雅柔自然是看到了,脸上有点尴尬,甚至还有点坐立不安。

"我说皓轩哥,最近和你那位模特女友发展怎样呢?"

陆雅柔问话非常直接,令王皓轩措手不及。

"这……"王皓轩还没来得及反应。

"早就分了,那小杨是空姐,整天飞来飞去的,分了也好。"陈竹蕴就替儿子回答,接着说道,"小柔,既然回来韩阳,以后要多来我家玩。小时候,你跟皓轩玩得最好了。"

陆雅柔也没想太多，笑着说："好的，我有空就过去。"

欢声笑语回荡在上空……

看着眼前这一幕，面对这场无法拒绝的宴席，对黄智扬而言，就是生活的意外。想不到这世界的反转之快，陆雅柔竟是陆国安的女儿，之前他在大地房产就曾见到陆浩来找陆雅柔！想不到市委书记王茂德竟与陆国安交情甚好，陆雅柔还是王茂德的干女儿！但黄智扬还是想不明白陆国安的意图，一场及其私密而高层的家庭聚餐，却为什么要邀请他这个龙阳村的"外人"呢？

实际上，有些人的高明，是需要时间积累的。

晚宴尾声时，陆国安干脆让高博裕坐到身边，当着其他人的面，专门跟高博裕喝酒聊天十多分钟。

陆国安的这个行为让高博裕一下子充满了感激——原来自己一直是陆总的自己人！高博裕一高兴，就一杯接一杯，喝得醉醺醺的，整个人都趴在了桌子上。接着，陆国安让服务生请黄智扬过去。

"陆总。"

陆国安看了一眼高博裕后，扫了一眼公司众人，道：

"今晚邀你过来，是因为你既是我的项目公司总经理，又是老战友的儿子，我从来没有把你当外人看待。今后工作上有什么需要总公司支持的，只管找他们几个老总就好。"陆国安的这句话，让黄智扬觉得内心十分温暖——原来陆总从没有把自己当成外人！黄智扬此时大概已经心领神会陆国安举办晚宴的意义了。

"好的，我明白了。"黄智扬回道。

"还有一件事！"陆国安顿了顿，"帮我照看好小柔，这孩子你也知道，粗枝大叶，自己都不会照顾自己，现在在陆达，看好她，别让她出什么事，同时也要给小柔适当的锻炼机会，这样她才能成长。"

"好的，知道了陆总。"黄智扬点了点头，自己也是有女儿的人，知道陆雅柔就是陆国安心中的一块宝。

第8章
规划局长

（一）

10月8日，国庆假期后的第一天。陆达集团召开中高层会议。

会议一开始陆国安就谈到启阳项目。他用洪亮的嗓音告诉在场的人："大家都知道，张启阳在江东岸拿下的地块跟我们的龙澳项目很类似，是我们龙澳项目的有力竞争对手。不过，我们的龙澳项目至少有三大优势：第一，我们临近宋井，更有历史文化底蕴！第二，我们起步比他们早，只要我们把握好开发进度，我们就可以抢先开盘，就可以把主要客源留在我们龙澳！第三，我们已经组织成立了强有力的项目开发团队，相信我们的团队一定能克服一切的困难阻碍，顺利推进各项开发事务。"

是的，陆国安向来自信满满。他看好的项目和人选，自信一定比别人强。但他也有冷静理性的一面，他接着说："不过，启阳项目的地块周边没有什么大乡村，也没有像龙阳地块的风波，相对来说会吸引更多的外地人入住，这点大家要清醒，也要防止龙澳地块再起什么风波。"

说到这里，陆国安微微点了点头，目光扫视了在场的所有人，就是在重点提醒大家,也在观察他的话有没引起在场人的关注,然后转头给了陆国全一个示意。

作为二把手,陆国全补充说:"所以目前龙澳要加紧项目的方案设计和前期报批报建工作,项目公司和各中心要相互配合,公司与外部部门机构的各项工作也要衔接好。"紧接着,黄智扬、高博裕和其他几个总监相继对各自的工作进展进行了发言。高层会议还就陆达集团其他几个开发项目的工作进行了汇总和协调。最后,企业管理中心总监杜晓蕾宣读和解释了最新的机构调整和人事任命。

会议开了一个多小时,总体来说是一次成功协调统一的高层例会。

黄智扬精神集中,目光如雄鹰般,蓄势待发。而一旁的高博裕脸上则露出满满的自信的微笑。当两人目光对上的那一刻,不再是火光四射,而是多了一层彼此的信赖和友好。他们内心现阶段最想的就是一起把项目做好!他们开始把彼此当作自己人,都明白,只有枪口对外才能共赢!

会议开完后,大家各回各自的办公室。而黄智扬和杜晓蕾刚好是走同一个方向。虽说黄智扬入职已经有一段时间了,但他跟同杜晓蕾见面的机会并不多,见面也仅仅是点点头打个招呼罢了。

杜晓蕾作为陆达的女强人,辈分低但层级高,她无需对任何人点头哈腰,她能做的就是通过她的能力全心投入到工作中去。而陆达那些老辈们对于这位干练而外表稍显冷酷的美女总监,基本不会去计较她有多尊重自己,相反地,他们会尽力给予杜晓蕾力所能及的工作支持,让杜晓蕾在顺利工作的同时能给他们一丝感激的微笑,那这帮老辈们内心便十分满足了。

这次,黄智扬走在通道中间,而杜晓蕾可能为了赶时间,快步从黄智扬右手边吧嗒吧嗒地通过。黄智扬发觉时,本来想跟她打声招呼,至少应该给她一个微笑。但是杜晓蕾实在太急了,直接就擦肩而过只微点了下头。

黄智扬一阵发呆,然后默默地走回了办公室,看着办公桌墙上的龙澳项目开发进度表,心想:"来日方长,开工吧。"

（二）

国庆前，龙澳项目的方案设计文件已经通过了陆达集团高层和各中心会签确认，接下来就需要交给投资开发中心进行对外报批。不过，龙澳项目还应该先拿到规划局颁发的《建设用地规划许可证》后才好进行后续的方案设计报批工作。这《建设用地规划许可证》是由规划局核发的确认建设项目位置和范围符合城市规划的法定凭证，载明了建设用地的位置、性质、规模、容积率以及建筑面积等内容，其附件包括建设用地红线图和规划条件。

因为龙澳项目是出让用地，其国有土地出让合同已经包括了规划局提出的出让地块的位置、使用性质、开发强度等规划条件。按理，开发商凭着《国有土地使用权出让合同》等材料到规划局，7个工作日就可以办理出来。

陆达集团有个内部网，网上可以查到各项事务的办理进度、经办人员等信息。在办理龙澳项目的《建设用地规划许可证》一项事务中，办理进度一直显示"9月27日规划局已受理"。按理说正常7个工作日就会拿到证，今天是10月12日，黄智扬接连关注了三天，都是这样的结果，他接连三天都在内部网上留言"请抓紧跟进办理"，但都没有得到任何进展回复。

内部网显示，该事务的经办人是投资开发中心的黄小明，负责人是投资开发中心总监陆智安。黄智扬心想，这黄小明自己没见过，而且是其他部门的职员，自己不好直接找他过问，最好还是先找陆智安问问情况。

话说这位投资开发中心的陆智安总监，48岁，是陆国安在陆湖寨的同宗亲戚，此人吃喝嫖赌样样在行，常年游走于官商之间。

虽说黄智扬和陆智安见过几面，但都没有直接打过交道。黄智扬心想,最好让高博裕去向陆智安问问情况,于是拨通了高博裕的分机号:"博裕,我们项目的《建设用地规划许可证》已经9个工作日了都还没拿到。你和陆智安总监共事多年,我想是不是你找他问问情况?毕竟我是空降来的人,跟他不熟。"

"哦,这个?……"高博裕犹豫了一下,说,"本来我和他分属不同的中心,不好直接过问他们部门的工作情况,不过我也是龙澳项目的人,好像也有权过问,只是陆总早有分工,我主管营销,你管设计、施工和报建。要不这样吧,你和我一起过去找他聊聊?"

"嗯,这样最好,那多谢你啦!"黄智扬也觉得高博裕这样做是对的。

"你我还用客气吗!"高博裕接着说,"你回韩阳,我也还没请你吃过饭,如果这周末有空,我叫上几个同学,到我家里吃顿便饭吧?"

黄智扬对高博裕的邀请有些意外,但这明显是高博裕的一种示好,既然高博裕抛来橄榄枝,那就该尽力接受邀请,这样于公于私都有好处。

"好的好的。如果到时项目没有特殊事情,我一定前往,也有十多年没去你家做客了!"

"是啊!那我现在过来找你,一起去陆总监那。"

"好。"

(三)

黄高两人一起来到陆智安的办公室门口。

高博裕抬手敲了两下门,喊道:"陆总监,我是高博裕啊。"

"哦,请进!"

高博裕推开门,见坐在转椅上的陆智安正在抽着烟,打了三个呵欠,把手里的手机放下,才抬起头来。

虽然房间开着窗,但还是烟雾缭绕,香烟味道浓到让人呼吸不畅。

第 8 章 规划局长

"在忙啊？"高博裕笑着问陆智安。

"哦，没有。在看我老婆的朋友圈，昨天她去香港买了一堆化妆品和衣服，花了两万多，女人就是麻烦。"陆智安无聊地说道。

"那是因为陆总监会赚钱啊。她不多花点，难道留着给别人花吗？"高博裕眼睛笑成一条线。能这样说话，可见高博裕和陆智安交情不一般。

陆智安意识到旁边还有个黄智扬在场，不好继续跟高博裕说下去，再让高博裕说下去，多说个人隐私可不好，便给了高博裕一个眼神。

"黄总也过来了，来，请坐啊！"陆智安起身招呼两人坐在旁边沙发上，准备泡茶。

陆智安很快意识到，黄智扬这个对工作一丝不苟的人今天过来一定是有关龙澳项目的事，"是有什么事吗？"

高博裕看了黄智扬一眼，这话要黄智扬来问才比较合适。黄智扬说："是这样的，我看公司的内部网，我们项目的《建设用地规划许可证》已经9个工作日了都还没拿到。不知道是什么原因？"

"哦，这个事情我知道。我是派中心的黄小明去办，他很能干。我让他过来跟你们汇报下吧，龙澳项目的报批以后主要由他负责。"

说罢，陆智安打了个固话。三人喝了杯茶，黄小明就到了。

"黄小明，办证业务主管，我派他负责龙澳项目的所有报批手续，他很能干，以后有关报批事务，你们可以先直接交代给他，有什么问题也可以随时跟我讲。"陆智安介绍道。黄小明是陆智安的得力干将，人称"陆达效率之王"。相比人称"陆达效率之后"的杜晓蕾总监，黄小明升职缓慢，大概也有陆智安的原因。不过这黄小明天生乐观开朗，人缘也很好。

"在韩阳办个证有时没那么简单啊！"黄小明无奈地摇了下头，跟黄智扬说，"我两天前就到规划局，本来想7个工作日应该可以领证了，但负责受理的工作人员说局长去了省里开会，估计两天后回来。今天上午，再次过去，工作人员打了两个电话，说局长是到省里参加一个干部培训班，估计需要一段时间才能回来。"

"那这许可证是一定需要局长才能签发吗？"黄智扬问道。

"就算局长不在，局里应该还有其他领导可以负责签发的，比如常务副局长。"黄小明说。

"嗯，我想这里面应该是有文章的。"陆智安抽了口烟，若有所思地说道。忽然眼睛一亮，对黄智扬说，"黄总，有个人也许你认识，叫罗荣升。"

"罗荣升？……我有位大学师兄就叫这个名字！"

"对，他现在就是我们市规划局最年轻的副局长。我知道他就是你们学校城市规划专业毕业的。"

"哦，是的！他高我两届，去年他还是一个科长，想不到升得这么快！"黄智扬面露喜色，"那好，我等下就联系他。或者请他出来吃个饭，也是有四五年没见了。"

（四）

回到办公室，黄智扬首先给罗荣升发了条微信："师兄忙不忙，方便通个电话吗？"

黄智扬心想，现在是工作时间，罗荣升或许在开会，或许不方便，还是先提前发个信息好点。一分钟后，黄智扬的手机响了起来，来电显示正是罗荣升。

"喂，智扬啊！"

"师兄你好，有没有打扰到你？"

"没有，你和我还用说打扰么？你现在在哪里？"

"也是啊！我现在就在韩阳，听说你已经是规划局的副局长了？"

"嗯，没什么，和以前差不多……师弟是有什么事吗？"

"是有件事，你看今天有没有时间见个面，一起到韩阳忠勇酒家吃饭，还是当面问你好点。"黄智扬说这句话的时候一点都不客气，显然一是因为他和罗荣升的交情不一般，二是因为内心着急。

罗荣升显然听出黄智扬的焦急，他也想知道黄智扬到底有什么事非要今天见面问。"这样啊，等下中午十二点半我请你到官塘的牛肉火锅店吃牛肉吧。现在中央有规定，像忠勇酒家那样的地方还是少去为好。"

"哦，好的。那我等下直接过去。"

"嗯，好。"

黄智扬12点下班就直奔这牛肉火锅店集中的地带。韩阳地区的牛肉火锅采用新鲜的黄牛肉切片涮。通常一头土黄牛，适合涮火锅的肉只占30%多，次一些的牛肉打成牛肉丸，再次做成牛筋丸，最后剩下的还可以做牛腩，反正周身都不会浪费。

韩阳当地人对牛肉各个部位的叫法很有特色，如脖仁、吊龙、匙仁、匙柄、五花趾等，部位不同，口感不同。关键是每盘牛肉二三十块钱，适合家庭和朋友聚餐消费，好吃不贵。黄智扬到包厢的时候，罗荣升已经点了满满一桌的肉菜等着黄智扬的到来。

罗荣升选择的这家牛肉火锅店，每桌客人都有单独小包间，平民而不失私密。旁边包间和走廊人声鼎沸，这正是罗荣升所要的环境。

黄智扬刚入座，罗荣升从头到脚扫了黄智扬一遍，咧着嘴说："师弟啊，一年多没见，你还是这么英俊潇洒，玉树临风！"

黄智扬睁大了眼睛看着罗荣升，扬起了眉毛，答道："哈哈！师兄你还是这么人见人爱，花见花开！"

这罗荣升身材不高，圆脸，除了生气外，正常的表情给人的感觉都是眯着眼睛在微笑。这两句开场白，一下就把两人拉回到十几年前的大学时代。

"来，先吃点牛肉丸。"罗荣升用勺子舀了两个滚熟的牛肉丸到黄智扬的碗里。

"谢谢！师兄这么早就到啦。"

"是，刚好上午过来这边办点事。"

"师兄真是'进步'飞快啊！"

"智扬啊，当年你在学生会混得好，才华横溢，经常跟你在学生会办公室里谈天论地，半夜吹牛到12点，本以为你会考公务员的。"罗荣升给黄智扬倒了杯茶，顿了顿说道，"不过，你的性格直率，棱角多，性格决定职业，还是自己干比较好。最近还在写书和做房产中介吗？"

黄智扬烫了些牛肉分给罗荣升，说："师兄啊，我这次回来是要在你的领导下工作了！"

"哦？"罗荣升睁大那眯成一条线的眼睛盯着黄智扬，想听听黄智扬接下来的话。

"我也是刚回韩阳一个多月，现在负责陆达集团在龙阳和美澳地块的项目开发工作，估计最多就干一年吧。"

"哦！"罗荣升微微点了点头，笑着说，"陆达能把你请来，一定花了大价钱吧！"

黄智扬凑过去压低声音说道："师兄我就直接跟你讲吧。我们龙澳项目的《建设用地规划许可证》你们规划局办了9个工作日都没结果，这是怎么回事？"

"这个嘛……师弟，我们局长去省里培训了，这证本来必须经过他的手才能签发的。"罗荣升躲着黄智扬狂热的眼神，顿了顿，他的声音更低了，"不过，现在我们局的签发权暂时转移到常务副局长刘光那了。"

闻言，黄智扬点了下头。

"师弟啊，我多说几句，这官场的水很深。"罗荣升打开手机，大声地播放歌曲，然后凑近黄智扬耳朵边，小声道，"这韩阳房地产界本来有三大巨头——启阳、陆达和鸿和，这三家公司各有三张关系网。不瞒你说，启阳那边有我们规划局局长，背后还有省里的副省长撑腰；陆达这边有国土局局长，还有市委书记。鸿和地产破产后，原来鸿和线的官员已经纷纷倒戈启阳和陆达了。"

"哦！……"

罗荣升这么一说，黄智扬也就明白了。如果启阳跟规划局局长是一块的，那么陆达办证就没想象中的容易了。黄智扬像沉睡的思考者，安静地看着罗荣升，期待罗荣升再多透露两句。

"那这位刘光常务副局长也是启阳那边的？"黄智扬冷静低沉地问。

"那倒不是，他原来是鸿和一方的，现在是中立的，不过毕竟局长跟启阳有关系，启阳又刚拿了江东的地块，和你们龙澳地块刚好属于直接竞争关系。那这常务副局长就不好得罪局长了，自然难以放开手脚，所以他这两天也回避，想等局长回来亲自处理。"

"原来这样！那你们局长什么时候回来？"

"应该至少还有10天。"

"这样说来，就算你们局长回来了，他也未必会马上签发了？"

"嗯，如果张启阳给他压力，相信他会拖一拖。"

"那有什么办法可以让刘光签发吗？你跟他交情怎样？"

"我跟他交情不错，但不好直接过问。"

黄智扬一听，有些急了，望着罗荣升问道："师兄啊，这龙澳项目是我负责的，你一定要帮我想想办法才行啊！"

罗荣升让服务员拿来一瓶冷藏的雪碧，给黄智扬也倒了一杯，缓缓喝了一口。吃火锅时喝一口冷藏雪碧的确能令人神清气爽，脑门顿开。

罗荣升心中有了一个初步方案，他说：

"其实，刘光是哪方面都不想得罪，他也有抱负。对他来说，已经拖了两天不签发你们项目的许可证，实际上是已经给足了局长面子。我想他应该也不想得罪陆达方面的人。"

罗荣升停了下，喝了一口雪碧，接着说："目前需要对他做三个方面的事情，一是适当从上面给点压力，二是向局长点破刘光的用心良苦，三是发挥下私人的交情。"

罗荣升继续说："这第二条的任务交给我，至于第一条和第三条你看看陆达方面有没什么关系。"

"陆总和市委书记的关系不一般,但书记应该不会亲自过问。至于私人的交情,如果有的话,恐怕陆达开发投资中心的人也已经用上了。"说罢,黄智扬低头想了几秒,眼睛转了一下,问道,"你知道刘光有什么爱好吗?"

"他最近每天下班后经常去人民体育场打羽毛球。"

打羽毛球?这倒是一个接近刘光的好途径。

黄智扬说:"好,那我尽快想想办法。那局里的事,还请师兄用心了!"

"嗯,好说好说!来,再吃些牛肉……"

(五)

午饭后,黄智扬独自开车来到义安江边的凉亭下。秋风拂面,清爽宜人。

黄智扬花了十多分钟,思虑好一个计划,拨打了陆雅柔的手机,他请陆雅柔约陈妈妈明天傍晚到人民体育场打羽毛球,接着通知黄小明今天下班后和自己去人民体育场看看场地。

罗荣升一回到局里,便请受理龙澳项目规划许可证申请的办证科员小郭到办公室来。罗荣升在局里的职位较高,人缘也很好,局里的人都乐意跟他打交道,加上小郭当初还是罗荣升招进来局里的,对罗荣升更是从不怠慢。

"小郭啊,最近你还经常跟刘副局长他们一起练羽毛球吗?"罗荣升依然眯着眼睛,散发微笑。

"是啊,几乎每天下班都去打球。"

"那就好。我想请你帮我打一个电话给局长,然后在跟刘副局长练球时，跟他说几句话。"

这小郭一脸恭敬，又略带拘谨地说："哦，好的！罗局长想让我说什么？"

"是这样，今天上午陆达的人不是来询问他们的许可证是否签发吗？"

"嗯，是的。"

"那你就跟局长打电话实话实说，说：'上午陆达的人又来询问他们的许可证是否签发，这已经是第三回了，但刘副局长一直都没签发，说最好等您回来，由您亲自办理。'最后你也可以问局长还需要多久回来，但不要请示局长这证要不要由刘副局长签发。"

"哦，好的。"小郭接着问，"那我需要跟刘副局长说什么呢？"

"也很简单，就在打球的时候，跟刘副局长说陆达的人今天第三次来问许可证的事，被你以局长出差为由推脱。然后今天下午你还打电话跟局长汇报了这件事，说刘副局长也想等他回来了再亲自办理，想问局长什么时候可以回来。"罗荣升语速很慢，一字一句地交代小郭，生怕小郭到时没完全表达。

"哦，好的！我按您说的办。"小郭是个会办事的人，罗荣升说的，他都记下，不过眼神里流露出许多疑惑。罗荣升知道小郭的疑惑所在，他将小郭叫到身边，小声地说："你要知道，刘副局长之所以没签发陆达的许可证，是因为他在向局长示好，或者说不想参与一些开发商的竞争。你把这情况向局长汇报，实际上是帮刘副局长向局长点破这层意思，刘副局长不会怪你，相反还会觉得你做得好！"

"我明白了，总之我实话实说就好。"

"对的！"

小郭走后，罗荣升望着窗外的秋色，一丝得意溢在脸上，官场的这些事情，他做得风轻云淡，信手拈来，都是套路！

（六）

第二天傍晚，人民体育场羽毛球馆里灯火通亮。

"陈妈妈，想不到你体力这么好，这么灵活，风姿依旧，难怪王爸爸至今对你是百依百顺，眼里满满都是爱啊！"陆雅柔嬉笑的声音在偌大的羽毛球馆里回荡，老远都能听见。

今天陆雅柔请陈竹蕴来打球，另外还有陈竹蕴的两位好友。一位是闽粤度假村的老板叶雯，一位是合心珠宝的老板蔡燕芯。这两位女士用陆雅柔的话说，她们就是陈竹蕴的两位"老闺蜜"。

她们打球的场地位于球馆的最中心，左边相邻是黄智扬和黄小明两人的场地，右边相邻则是刘光和小郭他们的场地。这显然是黄智扬有意安排的。

按照罗荣升的指示，在刘光休息期间，规划局的一位李科长走过去特意给他递上一瓶水，坐到他的旁边。见刘光注意到旁边场地陆雅柔的嬉笑声，李科长凑过去问："刘局认识这几位吗？"

刘光也算见多识广："那位好像是王书记的太太，陈竹蕴！还有一位是闽粤度假村的老板叶雯，我们局曾组织去过她那里度假，她出来接待过。闽粤度假村可是个官商聚集之地，她背后的关系很不简单。"刘光说话期间，眼光其实一直没离开过青春靓丽的陆雅柔身上，听见陆雅柔喊陈竹蕴"陈妈妈"，他有点自言自语地说，"王书记只有一个儿子，没听说有个女儿啊？"

李科长笑着说："这位靓女是陆达集团陆国安的女儿，据说从小王书记就认她为干女儿，好像是刚从国外读书回来。"

"哦，这么说陆达集团和王书记一家关系很不一般啊。"

"是啊。据说陆国安和王书记有二十年的交情了。"

"哦！还是你消息灵通啊！"刘光对李科长点头称赞，心想，自己不能再无故拖延陆达的许可证了。

当天晚上，刘光给局长打了个电话，汇报了近期的工作，听取局长的一些意见，最后，刘光说："陆达项目的许可证我本来想等您回来了再亲自签发的，所以已经办了十多个工作日，他们现在每天都派人来局里问询。"

"这件事我知道，小郭给我打过电话。"局长在电话那头也听出点意思，说道，"我出来培训，局里的事情就烦劳你费点心了，陆达那边的证该办还要办的。"

"好的。"

挂掉电话，刘光坐在沙发上发了下呆，想想今天怎么这么凑巧，陆达的千金和陈竹蕴竟然在隔壁场地打球，这件事情似乎很不简单。想到这，刘光倒吸了一口凉气。

第二天一早，刘光上班第一件事就通知小郭，让陆达的人可以过来领证了。甚至，他还请黄小明到办公室里喝了杯茶，夸奖黄小明年轻能干，定会前途无量。

（七）

10月14日，星期五，黄小明一大早就到规划局领回了《建设用地规划许可证》。

虽然项目的开发报建前进了一步，但黄智扬仅仅是松了一口气而已，他知道，这仅仅是在龙澳项目碰到的第一个小障碍，前方还很多工作等着自己去协调推进，还有很多的关卡需要自己去闯。

今天是国庆后上班第一周的最后一天，下午黄智扬向陆国全申请召开龙澳项目的联席会议，统一部署下一步的工作。会议由陆国全主持。

黄智扬做主要发言："可能是因为启阳项目的原因，我们的用地规划许可证的办理经历了一些波折，耽误了几天，好在今天上午已经拿到手了。"

陆国全补充道："面对对手的追赶，我们龙澳项目的各项工作只能尽量同步推进，加快进程。我们工程管理中心将协助项目工程部做好施工现场的准备工作，包括围蔽工程、申请临水临电、场地清理、组织详勘等工作。"

高翔汇报说："这段时间，除了国庆放假三天，韩阳市建研院全天加班完成龙澳项目的方案设计文件。上周，方案设计成果已经会签确认。这周，我们也已经取得方案设计的各专项审查意见。"

黄智扬对黄小明说："接下来就是方案设计的报审阶段了，希望尽快通过规划局的审查，那样我们一来可以委托设计院进行项目的初步设计，二来可以组织勘察单位进场详勘。"

陆智安当场也表态会督促黄小明去执行。黄小明成了陆智安眼中最万能的人，看似是呼之即来，挥之即去，实际上也是相互依赖。

黄智扬听完陆智安说话后，随即恢复自信的语气："销售中心自从9月23日施工以来，土建施工下周就会完成，接下来陆远广告装饰公司负责的装修包装工程也要开始上马。"

黄智扬总是做好充分的准备，永远用肯定略带着危机感的语气去展开他的发言，总是能把会议开得高效而简短。

与会人员，无论是高博裕，还是杜晓蕾，这些认真努力办事的人，他们都用真诚的眼神看着黄智扬，眼神里有朋友的情谊，也有对黄智扬的敬佩，自然会被黄智扬引燃前进的动力！

（八）

这时陆国安推门进来，面带微笑地说："知道今天下午开龙澳项目的协调会，我过来是想让大家确定下龙澳项目的正式楼盘名称。义安江东岸的启阳地块，最近进展迅速，据内部消息，张启阳已经宣布将义安江东岸的地块命名为'启阳之星'，承载着张启阳的勃勃野心啊！"

陆国安转向高博裕说："你们营销中心对龙澳项目的名称有什么方案没有？"楼盘名称一般是广告公司和策划部门的工作，作为营销中心总监的高博裕自然就是这项工作的负责人。

"有的。"高博裕翻开笔记本说，"之前我们中心的策划部已经初步策划了三个名称，一个叫'阳光海岸'，一个叫'义安银滩'，一个叫'半岛公馆'。"

"我觉得，这三个名称都很好，但是放在我们龙澳项目可以，放在启阳的项目也可以。大家看看，还有没有更合适的名称？"陆国安环视了一周。

大家似乎都陷入了沉思。

"智扬，你编写了那么多房地产图书，你说说看。"陆国安点名黄智扬。

黄智扬扶了下眼镜，眼睛露出一道灵光，用自信的口气说："我们龙澳项目最大特点是我们临近宋井，宋井有宝藏的传说，有历史文化底蕴，具备十分强烈的坐标感。如果让买家觉得他们住在宝地的上面或旁边，那将是十分吉祥而有吸引力的事情。"

"是啊！"在场不少人对黄智扬的这个思路表示赞同，连高博裕也觉得好。

黄智扬继续说："所以，我们的项目可以叫'宝地公馆'或'宝地海岸'，或者直接叫'宝地花园'好了。"

陆国安笑着说："很好！我看既然我们项目要有文化底蕴，那干脆就用比较传统的'花园'二字，将来我们在园区里种植大面积的植被，做人工湖，有海有山有湖有花草，就叫'宝地花园'好了！"

在旁边的陆国全赞成说："'宝地花园'听起来虽然简单，但充满霸气,身处宋井宝地身旁,有灵气,肯定是人杰地灵的地方。"

高博裕等人对这个名字也很满意,纷纷点头赞成。宝地花园承载着陆达人的野心及对未来的渴望,此处会是宝地,此处也会是花园。大家相信这个极富灵气的名字必定会给陆达的项目锦上添花。

一个东岸的启阳之星,一个西岸的宝地花园,韩阳市最具实力的两个本土开发商摆开架势,亮剑竞争,很难说会是双赢的局面……

为了让陆智安等人能积极配合自己的工作,黄智扬明白,适当地与这些老总们建立私人关系是必要的,很多事情在办公室谈不拢的,在饭桌或麻将桌上就变得容易了。会后,黄智扬委托高博裕邀请设计管理中心总监高翔、投资开发中心陆智安、陆达集团总工程师吴达、韩阳市监理公司的总监郑光等六个人一起到忠勇酒家吃饭。饭后,陆智安提议开个麻将房打麻将。打麻将是他们几个人几乎每周必练的"节目"了。

黄智扬以前只不过是逢年过节打过几次麻将,但差不多有十年没有打了。不过,为了跟他们打成一片,他还是硬着头皮打了十几局,全无状态,出牌很慢,输了八九局,觉得意思到了就好,便起身以打电话为由,在旁边买马喝茶,因为买马也可以参与局中人的赌博。

时间很快就到了晚上11点半,高博裕看看手机说:"唉,还没一会就快12点了,家里那位该来催了。"

"不行就先回去吧,家和万事兴啊。"总工程师吴达托了下眼镜说道。

"是啊,你们还年轻,不像我们老夫老妻的。"高翔笑道。

"我也该回去带女儿回家了,那你们几位继续啊。"黄智扬心想今晚终于熬到头了。

"也好,你们先回去陪老婆孩子,我们几个等会还要去浴足吃个消夜。"陆智安笑道。

"好的,你们继续啊!"

高博裕和黄智扬一同走出来。高博裕知道黄智扬请客吃饭打牌的目的,内心佩服黄智扬的敬业精神。

"明天中午有什么安排没有，如果没有，我们明天上午周六一起去韩阳金山中学走走，中午就带你女儿一起来我家喝茶，吃个便饭，我再叫上张雅君、黄美玲她们。"

"哦，好啊！都有十几年没有去母校看看了，听说变化很大。"

"那就这么说定了，明天上午10点半，金中门口见。"

……

寒露已过，些许凉风涌入了韩阳，南方的韩阳，历经漫长的温暖，也该冷却下来了。

（九）

眼前高博裕的家，是六年前他花钱建的。他家旁边还有一栋三层的旧楼，就是以前黄智扬来过的高博裕家的老房，现在里面住着他父母和弟弟高博超一家。高博裕的父亲见到黄智扬，一眼就认出来，热情地跟他攀谈起来。

张雅君、黄美玲一进门就去找高博裕的妻子张惠心，因为都在韩阳的缘故，三个女人经常见面，算是准闺蜜的关系。张惠心为了今天的聚会是忙里忙外，一大早去菜市场买好菜，忙活了一个上午，一个人准备了十道菜，见客人都来了，就开始把菜端出来。

张惠心确实是烧得一手好菜，几道家常菜让众人赞不绝口——排骨莲藕汤、黄豆酱焖海鱼、鱿鱼炒韭菜、白果芋泥甜品、蚝仔烙等，这些家常菜做得色香味俱全。除此以外，饭桌上还有美澳海边人平时腌制的海鲜，比如卤蟛蜞、腌血蛤、腌膏蟹。

大家边吃着饭，边聊起了上午去金山中学的事。黄智扬说："金中变化真大，我们当年上学的平房都拆得无影无踪了。"

"现在树木更茂密，花草更好看了。"黄美玲说。

"嗯，连操场也重新铺装，现在在那里踢球就舒服咯！"高博裕感叹道。

"倒是我们经常走往后山的石阶还在，只是布满了青苔……"黄智扬若有所思。

高博裕笑着说："之前你经常爱领着我们几个男生往后山里钻，有一次还去捅了马蜂窝，被马蜂追着跑。"

"是啊，记得其中有个叫林杰的，暴发户的儿子，那时什么香港四大天王的演唱会他都去看过，全班他最先开摩托车来上学，后来高中没一起读书，也没了联系。"

"他高中好像是去了广州哪个贵族学校读书，后来就出国了。"

"那时我们还经常去买小虎队的卡带，墙上贴着他们的照片，就是一追星族。"

"其实，每个时代的青少年都有他们的青春偶像，青春需要梦想，对未来充满憧憬，否则整天读书，多闷啊。"黄美玲说道。

……

大家你一句我一句，努力找寻着青春的记忆。

"唉，这岁月，还真是把杀猪刀啊，一点不给人喘息的机会！"张雅君叹息了好一会。

"得了吧，你现在还是万人迷一个，年年十八！来我们三个喝一杯！"张惠心举起了杯。

黄美玲也举起了杯："我可知道你张惠心当年就是班花，能歌会跳的，那追求者排起队来可以绕操场一圈，哦不，是三圈！"

"得了吧，你黄美玲和两位帅哥的往事要不要我向你同学公开啊？"张惠心碰了下黄美玲的杯，使了个眼色。

大家哈哈大笑。青春没有不散之筵席，大家各自前行。但那些单纯的往事却存留在彼此的记忆中，很多时候，大家会在梦里相见，梦里的你我他也都还是当年的模样、性格和关系。

这就是一种美丽！

张雅君感叹道："毕业后大家就各奔东西了，学习、工作、结婚、带小孩，虽然现在通信工具很多，但见面机会却很少了。"

"是啊，同学群里好几次说要来举办一场尽量人齐的同学会，但都因为大家分散各地而没有办成。"

"要不是这次回来韩阳工作，也不可能和你们经常见了。"黄智扬也是深有体会，他拿起装着苹果醋的酒杯对高博裕和张惠心说，"现在能请到家里吃饭的一定是挚友，你们的心意我领了！谢谢你们！我祝你们家庭幸福、安康！"

"智扬你客气了，我们一起好好干，来！"高博裕跟黄智扬碰了下杯，两人从同学、竞争对手到同事、伙伴，今生有缘才又相聚……

第9章
营销内幕

（一）

宝地花园销售中心自从9月23日开始，陆达集团从其他项目调来一个临时施工单位日夜赶工。不到一个月，其主体工程就基本完成了，接下来就要进入销售中心的装修和销售代表的培训阶段。

10月17日，陆国安的小儿子，陆远广告装饰公司的陆浩一大早就开着一辆红色的法拉利来到陆达大厦。只见他穿了件白色的衬衣，配了一条花领带，鼻梁骨上还夸张地戴了一副墨镜，职业化外表更彰显他不羁的内心。陆浩平常很少来陆达大厦，而今天他是以陆远乙方的身份来提交宝地花园销售中心的装修包装方案的。

陆浩进入陆达大厦，看着一旁对他议论纷纷的小职员，他是面带微笑又一屑不顾，继续招摇地走着他的路！会议室里的黄智扬和高博裕是未见其人先闻其声，两人无奈地一笑。

"大家好，我来了。"陆浩推开会议室的门，摘下墨镜，对黄智扬和高博裕招了招手，"黄经理、高总监好。"

"陆总好。"高博裕微笑地说。

"欢迎陆总的到来。"黄智扬附和着说。

"好的,我请大家看下宝地花园销售中心的装修包装方案。"说罢,从公文包里拿出笔记本电脑,和事先打印好的几份彩色的图文方案发给在场的人。陆浩那股放荡不羁的性子收敛了起来,眉宇间泛起了和陆国安相似的自信。黄智扬看了不禁点了点头,真的是虎父无犬子啊!

高博裕对陆浩说:"宝地花园销售中心的土建施工已经接近尾声,销售中心的装修和包装将由我们营销中心策划部、项目销售部和贵公司共同策划提议,具体的装修和包装由陆远全权负责。"

黄智扬补充道:"销售中心是客户直接了解项目的场所。客户对项目包装设计的直观感受将直接影响他们对我们项目的认识和价值评估,因此我们都很重视。"

"是的,前几天我已经去销售中心实地调查过了,具体的装修方案已经初步策划好了。"陆浩看着手中的文件,认真地说,"在对销售中心进行包装前,首先要确定销售中心的建筑风格要与项目的建筑风格相协调,内部装修装饰和广告要与项目的档次相一致。对于宝地花园的装修包装工程,我们陆远有自信能做得完美。"

"那初步的方案是怎么样的,请详细介绍下。"高博裕看向陆浩。

陆浩将方案投影到银幕上,并拿出几张彩色的图纸说道:"宝地花园销售中心的包装风格将采用现代主义风格,营造一种舒适高雅的氛围。我们将充分体现项目的独特个性,注重每一个细节的处理。"

陆浩顿了顿,看了一眼众人后,便继续说道:"在外部造型及立面效果上,宝地花园的销售中心主要表现为现代、高档等特征。在销售中心门前广场将用水景来装饰。水容易让人亲近,让客户在进入销售中心时感到心情愉悦。广场边将会布置一些休闲桌椅和种植高大树木供人休息使用,以增加销售中心的人气。

"在内部装修上,根据我们销售中心采用的大面积层高的落地玻璃窗的通透性，我们将引入自然生态元素。在室内引入绿树、水池，以及池边用的天然鹅卵石、池中用的睡莲和锦鲤等，水池上面做个大鸟笼，让销售中心内有水有石，有鸟有鱼，同时让室内园林与室外园林、山景、海景保持相应的呼应与联系。

"在功能分区设计时，我们会注重各功能区之间人员流动线的设计和各功能区的物品配置，设置展示区、洽谈区、活动区和吧台区等。

"展示区包括模型展示、建筑单体挂板、户型挂板、价格体系系数说明挂板等挂板展示；洽谈区设置介绍洽谈区、大众洽谈区、意向签约区和合同签约区，配备桌椅；活动区设置儿童活动区，当有客户过来看楼时，小孩可以在游乐区玩耍，让客户能专心看楼，另一方面也体现出本楼盘人性化营销的风格；吧台区设置饮水机、咖啡机、微波炉、茶具、消毒柜、冰柜等。考虑到一次性水杯的低档质感和不够卫生，建议使用成套的茶具。消毒柜用来消毒茶具。冰柜用来制作冰块和冰饮。

"另外，在宝地花园销售中心将会摆置各种各样的宣传物料，宣传物料的摆放既起到宣传的作用，又起到装饰的作用。这就是初步的设想了，其他方面如果有需要我们也会补充的。"陆浩认真又充满激情地描述完装修方案。

黄智扬和高博裕看向彼此，相对点了下头。黄智扬示意高博裕这位营销总监先提意见。是的，陆浩这个方案确实做得不错，是有点超出他们所料想的。

"这个方案对宝地花园的特色把握到位，我个人完全认可你的方案，看黄总有没其他问题？"高博裕看了下黄智扬。其实跟陆浩的业务合作，高博裕不是第一次，他现在对陆浩是越来越信任了。

"这个装修方案详细到位，我看可以。"黄智扬十分肯定地说道，"那你过后和销售部吴经理再确定下销售物品的配置清单。今天是周一，我看可以的话，本周五就可以开始销售中心的装修工程了。"

"嗯，我们策划部经理这几天会给出广告包装的策划意见，你也就可以进行广告设计了。"高博裕补充道。

"好的，没问题！"

黄智扬站起身来，跟陆浩握了握手，"你的专业水平真是让我惊喜啊，不简单！"

"黄总，你客气了。"陆浩笑了笑谦虚地答道，"那我就回去完善好方案，准备材料，尽快施工了。"

陆浩便潇洒地转身离开了会议室。当然认真完的他又变得放荡不羁了，临走时还不忘在走廊里调戏一下认识的一位人称"猪猪"的女职员，"小可，晚上一起吃个饭如何啊？"

"啊——"女职员一愣一愣的。

"你今天的发型真好看。"说完陆浩就径直按电梯下去了，他也就是开个玩笑，倒是那女职员脸上泛起了一片红晕。

"叮——"的一下，是电梯到达的声音。

陆浩抬起了看手机的头。只见那金属门缓缓地打开，宛如那幕布慢慢地拉开。就在这一刻，四目相对，电光石火般产生了难以言喻的电流——

是的，陆浩搭乘电梯回到一楼，正准备走出电梯门，迎面而来的是一位身穿职业装的身材姣好、皮肤白净，气质朴实却透露出贵气的女生。

这样气质的美女，陆浩脑海里搜索了一圈，确定在陆达以前没遇到过，他睁大了眼睛注视着这位女生。这位女生见陆浩没有走出电梯的意思，便不慌不忙地走进了电梯，按了一下楼层，只是身旁的这位男子纹丝不动地站在那里，感觉挺奇怪的。电梯门慢慢闭合了起来。

"你……是要上去？"女生好奇地问道。

陆浩的视线没有离开过女生的脸，一向见到女生就很镇定的他这次显得有些慌乱，急忙随便回答了一句，"哦，是的。"

"那你……要上几层？"

陆浩看了一眼女生按的楼层，"嗯……跟你同一层。"

闻言，女生轻轻地点了下头，也不再理会男子了。电梯里一时变得安静,似乎能听到彼此呼吸的声音。

陆浩从头到脚扫视了女生一遍,问道:"请问你是在陆达哪个部门工作的呢?"

女生同样是对陆浩从头到脚扫视了一遍,这人有点放荡不羁的,好像在哪里见过。女生没有正面回答,然后给了陆浩一个微笑。

"叮——"的一声,是电梯到达的声音。女生挺直的身体走了出去。陆浩一看楼层,是营销中心和企业管理中心所在的楼层。陆浩自作多情地说了声:"再见!"只见那女生听了又是回头一个微笑。电梯门慢慢自动关上,陆浩满脑都是刚才这个女生回眸的一笑,还有那婀娜的身姿。陆浩心想,只要这女生还在陆达工作,那追到手就不是问题,宝地花园销售中心还很多事做,来日方长吧,而且看来他需要时不时地来陆达溜达一下!

其实这位女生就是陈君纯,她今天来陆达营销中心报到,办理一些人事手续,按计划,她会在大地房产工作到10月底,11月到陆达参加销售代表的培训。

(二)

这些天,陆达营销中心策划部加紧了策划方案的编写。

10月18日,策划部经理蔡东一大早就走进了黄智扬的办公室。

策划部这两天加班加点赶出了一份策划方案,昨天方案已经给高博裕看过也修改了。其他开发项目的策划方案基本由营销中心拍板就可以了。但出于对黄智扬专业的信任,高博裕要求蔡东今天要亲自把方案递交给黄智扬审阅,并跟黄智扬当面解释一些内容。

黄智扬一看蔡东满眼通红,关切地说:"昨晚熬夜了吧?"

"是啊。"蔡东露出无奈的微笑,"高总监那边催得紧,这已经是从昨天以来修改的第三稿了。"

"哦，辛苦了。这策划的工作就是年轻人的活，像我刚毕业几年就干过这个，现在熬夜不行了。"黄智扬起身给蔡东倒了杯温水，"来喝口水，然后你挑重点的说就好。"

"好的，谢谢！黄总，这份策划方案主要是关于项目宣传物料制作的建议，具体分为以下四个部分：

"第一部分，现场销售代表所使用的各类销售用具的视觉系统设计要新颖、实用，并与项目整体形象风格、色调保持一致。具体包括LOGO、名片、工作牌、手提资料袋、置业计划单、认购协议书等。这些需要陆远广告公司设计制作。"

"第二部分，有关销售中心现场宣传物料设计的要求，主要是要符合项目高档的特色。这部分也是需要陆远广告公司设计制作的，具体有：

"一、楼书主要展示项目基本情况。在设计楼书时，形式上要根据LOGO特色，横幅面宽，尺度稍大为宜，突出项目品质。纸质讲究质朴、典雅，单位克数要大，手感要求厚重，不反光，强化项目高品质、高档次特色。

"二、海报的设计要以浓缩楼书中的形象与卖点为主，内容简洁，结合不同的营销活动制作不同主题，在设计时要实地表现楼盘价值资讯。海报费用低，可以印制大量进行发放，建议设计4开对折、彩页、双面。

"三、对每个户型设计独立的单张，每张设带尺寸的户型平面效果图、户型所在位置、户型点评等。户型平面效果图建议采用设计师手绘形式，形式同楼书设计一样，采用横向开本，尺寸以18×25cm为宜。

"四、项目介绍动画用于在销售中心播放，片长可设计约15~20分钟，整体介绍项目位置、片区规划、建筑规划、建筑、园林等特色。

"五、项目整体规划模型，为了充分体现项目的规模及表现精彩的园林景观，制作尺寸适宜较大，约15平方米。

"六、户型模型。由于即使建设样板房，也无法将全部户型都表现出来，因此需要户型模型，客户也可得到直观的感受。

"七、墙面灯箱和展板设计要表现出项目高端的形象，先做灯箱8个、展板10块。以上这些现场宣传物料设计我们都附有多张示意照片或图片。"蔡东一口气讲了很多，喝了口水。

"嗯，做得不错！"黄智扬肯定道。

"那我继续讲？"策划部经理看了一眼黄智扬。

"好。"黄智扬聚精会神地看着报告。

"第三部分是其他办公用品的详细名录。这部分物料我们已经和项目销售部吴经理进行确认，需要总公司企业管理中心进行采购，具体有员工工装、电瓶车、盆栽、促销礼品、全部销售和办公用桌椅，还有销售中心所有电器和行政办公用品等一整套，部分物料可以从公司其他项目调配过来。具体数量我们的报告里附有数量表和每项具体实施要求。

"第四部分是现场销售路线的包装，包括从项目四周到达项目入口的线路，从项目入口到达销售中心的线路，从销售中心到达样板房的线路。这部分同样需要陆远广告公司负责设计实施。具体要求如下——

"一是，建立明确清晰的导视系统，包括室内外的户外大型广告牌，指示牌和道旗，以及楼体大型垂幅。二是，工地围墙的包装，由于本项目基地面积较大、周边长，考虑到建造成本，建议分两种围墙形式制作。一种是形象展示墙，位于项目地块西面和北面，这两段位于未来销售通路必经之路，在形象设计上要造型新颖、色彩鲜明，通过加设灯光、局部LOGO采用特殊造型喷绘形式高低错落布排，营造销售展示氛围。高度3米，造价较高。另一种为普通施工围墙，用统一整洁的围墙形象，突出项目名称，包围住施工现场，高度2.5米，采用刷涂料的形式，造价较低。以上均附有多张示意图和效果图。黄总您看需要修改补充吗？"

"策划报告都已经很全面了，具体还是要看陆远广告那边的设计效果。这样，你先回去休息下，报告我看一下，稍后通知你过来拿。"

"好的！"

一个小时后，他通知蔡东过来取。"你们已经做得很好了，我根据自己的一点思考，补充了一些东西，你们看看，没用的擦掉就好。"

"好的，谢谢黄总，那您先忙！"

"你做好后赶紧回去好好睡个觉。"

"好的，我也习惯了。"

"嗯，你这么拼，有前途！"黄智扬对这位经理投去了肯定的眼光，对工作的严肃和对人的平和是他一贯的风格。策划经理开门出去，走廊飘进来一阵咖啡的香味。

（三）

黄智扬一闻，正好觉得该喝点什么。陆达的茶水间里备有各类中档茶叶、咖啡等。黄智扬较少喝咖啡，但到了秋冬天，一杯香甜的热咖啡正好给人们提供热量和兴奋。

黄智扬从来没用过现磨咖啡机，硬是站在咖啡机前上下左右摆弄研究了近五六分钟，还是无从下手，不知道放多少咖啡豆加多少水。

"用不用帮忙？"黄智扬身后3米的茶水间门口处传来了一个熟悉的声音，回头一看，是杜晓蕾！

"哦，好啊，我还没用过这高档机器。"

杜晓蕾拿着自己的水杯走了过去，熟练地操作起来。

黄智扬像个学生一样目视着杜晓蕾的一举一动："你也喝咖啡吗？"

"是啊，正好一起。我很少喝茶。"

"哦哦！"黄智扬扬了扬眉毛，微笑着说，"我却每天都喝茶。"

杜晓蕾面无表情，两人静静地注视着咖啡机搅动咖啡豆。

两位平时在会议室或工作场合里相谈甚欢的人，私下里却是如此的冷淡，场面一时有些尴尬。

"滴——"的一声，咖啡煮好了。

杜晓蕾示意黄智扬拿杯过去接。

黄智扬说:"你先来就好。"

杜晓蕾也不客气,自己接了一杯,就站到旁边。

黄智扬也上前一步过去接,接完拿着杯子看着杜晓蕾在加奶和糖。

杜晓蕾望了黄智扬一眼,立刻明白黄智扬的疑惑。

"黄总要什么口感?我帮你。"

"我也不清楚,要不你怎样我就怎样吧。"黄智扬心想,杜晓蕾经常喝的口味应该不错的。

"好吧,你把杯子放在这,我帮你加。"

"那真是多谢了!"

"可以了。你要搅拌一下。"

"好的,谢谢。"

在杜晓蕾面前,黄智扬听话得像个小孩。

"我还有事先走了,再见。"

"再见……"

黄智扬一手拿着杯子,目视着杜晓蕾穿着高跟鞋吧嗒吧嗒走远,抿了一口咖啡。香浓的咖啡味充斥着口腔,久久难以散去,这是一种属于他和杜晓蕾之间的味道。黄智扬感到胸口一阵酥暖,他觉得,有机会他该适当拉近和杜晓蕾的关系,或者应该多点来茶水间煮咖啡才行。

(四)

10月21日,宝地花园销售中心的装修工程上马了。陆浩每天都会到销售中心巡视工程的进度,他需要亲眼看着自己的作品造就。与此同时,陆远公司主创团队根据陆达营销中心给出的广告包装的策划意见,正紧锣密鼓地进行广告创作设计。蔡东和高博裕则忙着审核陆远不断传来的设计结果，并提出修改意见。

陆浩围着销售中心走了一圈，看事情都差不多了，便潇洒地转身离去。他脚下微微一用力，便扬尘而去了。

宝地花园销售中心，即将穿上华装，在涌动的海流边，静待蜕变……

这段时间，黄智扬主要在协调跟进工程详勘方面的事务。

宝地花园项目在取得规划局方案设计审查批复后，项目工程部组织勘察单位进场，对阻碍详勘钻孔的障碍物提前组织清理。设计管理中心也已经下单让设计院开始初步设计了。

勘察单位根据设计管理中心提供的详勘方案、总规图上的坐标点定出孔位，项目工程部进行复核。

详勘开钻开始于10月28日，黄智扬要求勘察单位组织足够的钻机进场，争取在11月20日内出柱状图并提交勘察报告。

起床，送女儿上学，上班，接女儿回家，黄智扬慢慢过上了"三点一线"的日子。每天晚上，黄智扬到他表姐家接回黄晓筱，催促女儿洗澡、上床。望着熟睡的黄晓筱，黄智扬每次都会很满足。当然，接下来陪伴他的还有逐渐成长的宝地花园。

（五）

11月7日，星期一，按计划，宝地花园项目的全体销售代表将集中在陆达大厦的培训大厅，进行为期10天的理论和实践培训。

项目销售部经理吴珊珊一个月以来主要忙碌着宝地花园销售手册的编写、销售代表的招聘和调配、确认销售中心的物料和用品以及销售代表培训课程的准备等工作。

培训大厅内，六位销售代表身着正装，站成一排，昂首挺胸，其中有两位是男生。另外还有一位销售业务助理站在最左边。

在这四位女销售代表中，自然就分成了两派，一派是陆雅柔和陈君纯这样的新人，一派是陆达的老员工。

吴珊珊面对着他们，手里拿着一份资料，精神抖擞，浑身上下散发着职业女性的成熟气息。她露出了亲切的笑容，说道："大家好，我们又见面了。欢迎大家加入我们陆达集团最重要的一个好集体——宝地花园的销售部，从今往后，大家将是一个大家庭，一起见证宝地花园的热销，同时获取你们该有的回报。"闻言，陈君纯和陆雅柔两人相视一笑，脸上洋溢出自信的笑容，对未来充满了信心。

吴珊珊继续说道：

"要做到这点，大家就必须熟悉项目的情况、项目的优势、项目的定位以及销售流程，并掌握销售必备的技巧，还有更重要的是要按照公司的制度来规范我们的行为。所以把大家召集来，在销售中心落成交付前，我们先要进行为期10天的高强度培训，请大家珍惜这样的机会，并且后面会有相应的考核，考核不合格的将不能上岗接待客户！"

说到这里，吴珊珊扫视了一下七位销售代表。

陆雅柔听到最后一句，向陈君纯伸了伸舌头，做了个表情，意思是看起来很紧张的样子。站在陆雅柔旁边的是一位叫何菲菲的销售主管，瞥了一眼陆雅柔和陈君纯，小声说："这有什么好大惊小怪的。"然后高傲地扬起了头。陆雅柔一听就不爽，也白了何菲菲一眼。

吴珊珊示意业务助理给每人发一本《宝地花园销售手册》，然后说道："大家手里的销售手册，是给销售代表培训和管理使用的，主要内容除了开发商简介、销售部的行政制度、人力资源制度、财务制度等行政方面的内容外，还包括项目的基本情况介绍、项目的解说标准、项目答客问一百例等针对项目销售业务的内容。里面所有的内容都需要背诵并考核。"

此时，高博裕走进了培训大厅，一身正装。

吴珊珊赶紧满脸堆笑说："大家欢迎营销中心总监高总给大家讲话！"七位销售代表一阵掌声。

高博裕说："大家好！我们陆达集团是韩阳市数一数二的大开发商，宝地花园又是陆达集团成立以来投资最大的开发项目。我和大家一样，为有幸参与这样一个地理位置优越、风景优美、文化底蕴深厚的开发项目而备感光荣……"

高博裕说话不多，但很提士气。讲话期间，他扫视销售代表，眼光就不免跟陈君纯直接对上。虽然，他依然欣赏或者说还喜欢着陈君纯，但他大方地看这一眼，其实更想告诉陈君纯——大家这是在工作！他也能感觉到，陈君纯也在盯着他看，只是这次陈君纯看他的眼神里没有了之前的含情脉脉。她睁大眼睛，只是为了更专心地听领导讲话。两人之间，显然更多的是信任，而不是暧昧，两人心里清楚，能时常见上面其实感觉就不错了。

何菲菲一见高博裕，故意捋了下头发，挺起了胸。高博裕确实也瞥了一眼何菲菲，并对其会心一笑，便不再理会。

何菲菲向身旁的另外一名女销售詹丽嘀咕着："哎哟，地位都被新人抢走了，这下子日子不好过了。"

陆雅柔站在何菲菲和陈君纯的中间，当然听懂了何菲菲的话，也细声地对陈君纯念叨："搔首弄姿，以为天下第一美女呢！"闻言，何菲菲气得直跺脚，心里已经把陈君纯和陆雅柔当成树上的靶子了。

吴珊珊听到底下有人在小声说些无关工作的话，故意提高声音说："按照培训计划，你们的培训将分四个阶段进行：第一阶段是先接受房地产基础知识培训，仪容仪表与礼仪行为培训，销售代表素质与能力培训，销售代表管理制度与工作职责培训，销售流程培训等一手房销售的必备培训课程。第二阶段是项目的基本情况介绍、项目的解说标准、项目答客问一百例等针对宝地花园项目的培训课程。第三阶段是项目销售技巧培训，包括电话接听技巧、客户谈判技巧、签单技巧、跟客技巧、推销技巧、语言技巧等。第四阶段是到宝地花园项目周边楼盘进行踩盘，并且现场观摩陆达其他项目的销售，并最终模拟售楼。"

(六)

何菲菲算一个狠角色,为了上位,什么事都做得出,平日里顶着一脸浓妆,在客户面前"温柔善良";可是在面对内部竞争的同事,却经常不择手段。

何菲菲早就发现,如果不化妆,不喷名牌香水,同样穿工装来比较,论姿色,陈君纯的确比自己更胜一筹。虽然自己有一手房的销售经验,但是陈君纯能在二手房的买家和业主两方左右逢源,自然实力不容小觑。能做好二手房中介的人,做一手房销售,简直就太轻松了!何菲菲眼看着陈君纯逐步掌握一手房的各项知识和技巧,加上长相不如人家,醋意逐日加深。

"小丽,你看那两个新来的小妖精,趾高气扬的,我们要不找个机会给她们点颜色瞧瞧?"何菲菲压低声音对詹丽说,看得出她们两个比较熟,而且詹丽就是何菲菲的手下。

"好啊,菲菲你说了算,我们要让她们知道陆达是谁的地盘,休想跟我们争!"

"嗯!"

很快,在陆达另外一个在售项目的模拟销售培训环节中,何菲菲"出招"了。

何菲菲接待了一个客户。作为优秀的老员工,何菲菲带头做接待示范。当她带客户到楼盘模型前时,忽然大声对陈君纯说:"君纯,把激光笔拿来!"陈君纯原来站来销售中心入口两边,听何菲菲喊她,而且有客户在看房,陈君纯不敢怠慢,赶紧去柜台前问其他销售代表拿。拿过去后,何菲菲带客户找了个桌子坐下,又对陈君纯说:"君纯,帮我们俩倒杯水。"

陈君纯心里知道，何菲菲这是专门在找碴。但这是工作场所，客户为重，陈君纯回答了句"好的"，便很快倒来两杯水。当然，她其实可以不给何菲菲倒的。

但何菲菲还不肯就此罢手，她头稍微一侧，对陈君纯说："麻烦帮我把计算器拿来，谢谢！"这次陈君纯没有回应，只是默默地去柜台拿来计算器。

那位客户问何菲菲："何小姐是销售主管吧？"

何菲菲说："嗯，她们都是新来的，还需要学习。"言语之间，流露出对陈君纯的轻蔑。

陈君纯从小吃过苦也吃过亏。她不想刚进陆达就树敌，她是来工作赚钱的。可是陈君纯越忍让，何菲菲就越得寸进尺！

只见何菲菲喝了一口陈君纯倒的水后，又回头对陈君纯喊："君纯，这水太烫了，请再帮我们倒两杯水来。"何菲菲四次喊陈君纯，在场的销售代表都听到了。大家都默不作声。但陆雅柔就气不过。

她走过去，拿走两个水杯，对客户说："不好意思，我帮您换杯温水。"

客户说："不用，我这杯不烫的。"

陆雅柔没有听客户说，直接过去饮水机又装了两杯水过来，对客户说："您慢用！"

客户说："你们这里的服务真是太好了！"

何菲菲瞥了陆雅柔一眼，便低头给客户算付款方式，见客户在喝水，自己也拿起水杯喝一口。谁知，这杯水是100度的开水，这一口烫得够呛，感觉舌尖都烫熟了！但苦于在接待客户，不好发飙，只要狠狠地白了陆雅柔一眼，强忍着直到把客户送走。

模拟接待过后，在办公室里，何菲菲当着所有人的面指着陆雅柔和陈君纯咬牙切齿地说："好啊，你们两个合起伙来害我，倒杯水竟然直接倒开水，难道这几天培训都白学了吗？死八婆！"

陆雅柔反驳道："我们是来卖房的，不是来给你端茶递水的！"

"我是你们前辈，我也在接待客户，"顿了顿，何菲菲提高了嗓音，"你们难道不懂得尊重前辈、服务客户、协助同事吗？"

"别以为你是老员工就能使唤我们，在这里，我们都是平等的，要喝水，自己倒去！"陆雅柔说道。

"你……"何菲菲指着陆雅柔这个丫头，是气得牙痒痒，"你给我等着！"

"好，我就站在这里等着！"陆雅柔一副初生牛犊不怕虎的样子。而一旁的陈君纯偷偷地推了陆雅柔一下，示意她差不多就好了，毕竟何菲菲是她们的前辈，而且她们日后还要共事，关系搞得太僵就不好了。何菲菲气得跺了跺脚，愤怒地看了陆雅柔和陈君纯一眼后，咬牙离开了。就这样，一场闹剧便结束了，谁知道将来何菲菲还会出什么招？

不过，何菲菲这次遇到了真正的对手！首先，陆雅柔是陆达集团老板的千金；其次，陈君纯是总监高博裕看好的人，又跟项目总经理黄智扬认识。

销售代表培训，属于营销部门的事务，黄智扬放手给高博裕和吴珊珊去负责，他从始至终都没有出现。其实在陈君纯和陆雅柔心里，是期待早日见到黄智扬，并一睹黄智扬工作的风采。

这期间，陆雅柔正准备和陈君纯合租一套房，搬出她爸的豪宅。当然陆家一开始都竭力反对，但陆雅柔使出浑身解数，一句"我长大了"算击败了所有人的质疑，渐渐地，她拥有了更多的话语权。

陈君纯和陆雅柔这对大地地产走出来的姐妹花，在房产销售中，慢慢地依赖彼此，已经成了闺蜜。在宝地花园这个项目中，相信这对姐妹花能够奉献上一场更精彩的职场表演。

第10章
螺旋石梯

（一）

立冬过后，一股寒流袭击南粤大地，韩阳仿佛一夜入冬。凉晨冷雨夜，人们都把压箱底的厚衣裳拿了出来，准备抵御刺骨的寒风。

11月11日，星期五，清晨时分，龙阳村的村民们都舍不得离开暖暖的被窝，抱紧身边的人继续做着美梦。

"不好了，不好了，宋井那边出事了，出大事了！"

一波嚷嚷声彻底把全村的人懒觉都给吵醒了，龙阳村又陷入了躁动。

"不好了，宋井那边又被炸了，比上次那个坑更大，更深啦！"

"这下可惨了！"

"看见很多石阶啊！"

"那宝藏被挖走了吗？"

"走，赶紧去看看！"

……

龙阳村民纷纷奔走相告，男女老少都往宋井方向聚集。此时，村里大喇叭传来村支书黄义明的声音——

"各位乡亲们,各位乡亲们!首先告诉大家的是,早上有人说宋井被炸了,这个说法不太准确。事实是,昨晚有不法分子把宋井周围挖了个遍,发现了围绕宋井的螺旋状的石头阶梯一直深入到井底,不法分子情急之下把井底的一个石头做的门洞给炸开了,但宋井没有受到太多破坏,请村民放心!也请村民们不要全部往宋井边去挤,以免发生意外,或破坏了现场,不利于侦查工作。有什么最新消息,我会第一时间通过广播告诉大家。"广播站飘出的消息,瞬间让村民们安心了一些。

黄义明播了两遍广播便又急忙赶往宋井现场。黄正德和治安联防队员都在现场守着,宋井现场围起了警戒线。人群大都拿着手机拍摄,七嘴八舌地议论着,现场秩序还算稳定。

只见在宋井约五米外的四周被挖出一条坑道,坑道是一层层环绕宋井的螺旋石头阶梯。黄义明和黄正德顺着石梯往下走。这石梯竟然是绕着宋井顶部往下一圈圈延伸的,而且越往下走石阶越窄。

"螺旋石梯?"黄正德疑惑不已,这位老公安一边走一边不时望望周边土坑的情况。他们似乎一步步地在接近一个埋藏了近千年秘密!

他们走到底部,发现这里被人直接炸开了一个洞!地上散落着一些泥土和破碎的石块。见状,他们那颗悬着的心一下子提到了嗓门眼上去!黄义明搬开一些石块,黄正德弯腰探过门洞。原来人蹲在这里,伸出手可以直接摸到宋井的水面!如果抬头往上望,可以直接望到井口上的天空!

黄义明用手电筒照了照门洞。还好,这个门洞应该是原来就设计好的,门洞上有石头横梁架着,宋井的结构没有受到影响,就连石梯两侧原来也是由很多石头垒砌的,只是石头缝被后来的回填土所填充了。

那另外的问题就来了,到底宋井宝藏被盗贼发现了没?宝藏被盗走了没?这是当时所有人的疑问。

黄义明找来早上报案的一位龙阳村的渔民。渔民说:"今天早上5点多钟天还没亮时,我准备去收购些海货去市场卖,当时听到宋井这边

'轰'的一声闷响，就赶紧过来。赶到的时候，只见大概有十多个人，手里拿着各种施工工具纷纷往外跑，最后坐上两辆面包车走了，车牌还用布遮住。"

"那些人说什么话，有听到吗？"黄正德问。

"那些人具体长得怎样看不清，但只听到有个操外地口音男子骂道：'什么宋井宝藏，什么也没有，白干了一晚！'"

显然，这帮人应该没有找到什么值钱的东西。听到这里，在场的人才松了一口气。

"这帮人一个晚上几个小时能挖出这条石阶也不简单啊！"黄义明说。

"嗯，看这炸药粉，应该还是上次那伙人干的。"黄正德若有所思。

"唉！"黄义明叹息了一口气，无奈地摇了下头，"看来最近要加强宋井和周边的巡查了！"

闻言，黄正德摇了下头，甚是无奈："我们在明，敌人在暗，只怕是想防也防不了啊！为今之计只能把宋井周边暂时围起来，然后设置摄像头，每天派人守着。"

"是啊，也只好这样了。"

（二）

这起事件的确还是宋锦天干的。话说上次宋井石刻的爆炸事件一无所获后，宋锦天一直在研究并找机会再出手。好不容易等到这次强冷空气来临，他从外地叫来十几个人趁着夜色，连夜到宋井旁开挖，没想到竟然挖出这条石梯，他们顺着石梯挖，还挖到了宋井底部的门洞。这令宋锦天十分惊喜。

但门洞被石块封住了，此时天已蒙蒙亮，为了抢时间，宋锦天命手下马上把门洞炸了。可惜门洞炸开后，发现门洞就开在井水上方约半米左右的位置，根本就没有什么宝藏。一个晚上他们只在螺旋石梯上发现几枚南宋的铜币和几个碎瓷碗。

宋锦天后来自己分析，这螺旋石梯应该是古人为了打水方便而建造的吧，但也可能宝藏就藏在石梯侧边的其他地方，或者是井水里！

早上警察也过来进行了现场勘查，拉起了警戒线，韩阳市文物局的人也赶来查看。

黄正德站在警戒线边。他端详着眼前的场景，搓了搓冰冷的手，皮鞋上沾了不少细腻的海沙，抽了口烟，往北方望去。只见距此地约两百米外就是宝地花园的施工围墙，围墙后面，宝地花园勘察单位的几台钻机正在进行详勘。

黄正德又抽了口烟，还是若有所思。显然，他没说出来的想法，跟一个人不谋而合！

就在此时，黄正德的手机响了。黄正德迟疑了一会，还是选择了接通电话。通话不到三分钟。

"嗯，也好。"这是黄正德最后说的三个字。

黄正德挂掉电话，回头看向身后的宋井，看了看黄义明，看向那不远处伫立在路边的宝地花园销售中心。

（三）

当天早上，黄智扬在市区里一如既往地帮女儿穿上更厚的衣服，吃了早餐送女儿上学后，才有空拿手机看信息。

朋友圈里满满的都是宋井周边被挖的事件和照片。眼看离上班时间只有半个多小时，暂时没时间过去亲眼看个究竟。黄智扬给黄正德打了个电话，询问了下详情。

黄正德最后说："这边暂时没什么事，你专心工作就好。"

挂了电话，黄智扬内心显然无法平静，对于寻宝爱好者来说，这件事实在太刺激了！

他开车往公司，大脑却在飞速旋转着，一个个疑问充斥在黄智扬头脑里。可是对于这些疑问，他还是无法知晓，但他那颗好奇的心却在躁动着，召唤着他应该有所行动。

黄智扬准时来到公司，冷冰冰的办公桌上放着一份通知文件——

"因今日宋井爆炸事件和冷空气影响，宝地花园暂停场地清理和土地详勘工作，其他工作照常进行。"

通知文件的签字人竟然是陆国安！这令黄智扬十分疑惑。第一，陆国安怎么大清早的就知道这件事，连我也是半小时前才知道的啊！第二，陆国安又是大清早，在我还没上班前就已经出了通知，是不是早就已经准备好的？第三，这宝地花园离宋井也有两百米距离，暂停土地详勘，是不是发现了什么？

黄智扬心想，这里头应该有什么不为人知的秘密！今天发生的事情实在有些蹊跷！他在发挥他的想象能力，努力把陆国安、宋井宝藏、宝地花园串起来。

目前项目的初步设计已经通过了公司内部审查，正由投资开发中心报多个行政主管部门批准。现在详勘到了关键时候，而且不久就结束了，可以出详勘报告了。出了详勘报告，就可以进行施工图设计了。作为项目总经理，黄智扬不希望哪个环节被卡住而影响了开发进度。于是先打电话给主管工程线的陆国全。陆国全告诉他这件事他也不太清楚，但也只能叫勘察公司先暂停。

黄智扬心想，解铃还须系铃人，自己有必要亲自问问陆国安。于公，自己是负责项目开发进度的总经理；于私，自己是龙阳人。

黄智扬通过董事长秘书联系，陆国安同意见他一下。黄智扬尽量控制自己说话的尺度，见到陆国安只是稍微点了下头，开门见山地说："陆总，您好！我们现在暂停场地清理和土地详勘工作，有可能会影响后面的进度，现在张启阳的启阳之星正紧紧地追赶我们啊！可不能耽误啊！"

"智扬啊，不要急，先坐下。看你平时很沉稳啊！"陆国安示意黄智扬坐下，然后接着说，"你放心，这项目关乎公司和我的利益，我自有分寸，既然你来问了，那我就简单告诉你。第一，今早的宋井爆炸事件离我们宝地花园太近，早上已经有公安机关来电要我们配合调查。你想，一夜之间能挖出一条石阶，作案的工具和人手都不简单。外界有人怀疑爆炸事件会不会跟陆达有关。所以我们停工，并且让昨天在场的所有人员配合公安机关调查。查清楚了，我们才没有包袱。第二，龙阳宋井自古就有宝藏的传说，这万一发现宝藏就在我们项目地界内，被我们清理了或勘探破坏了可不好。第三，按照目前的进度，项目初步设计要经多个部门批准，至少还需要10天，所以我们暂停下应该还不会影响后期的施工图设计。"

黄智扬觉得陆国安这样的解释无懈可击，就说："原来陆总已经考虑得很全面了，是我多虑了。那就不打扰陆总了。"说罢，便起身离开。

陆国安说："智扬，这阵子如果有空就去龙阳多陪陪你父亲，也看看宋井那边调查的进度。销售中心那边装修也差不多了吧，去看看现场。"

"好的，陆总。"黄智扬心想陆国安的解释非常合乎情理，但即便如此，还是不能解释陆国安与宋井被炸之间的关系。

黄智扬甚至做出大胆猜测，那个炸开宋井的人不是别人，正是他陆国安！会不会陆国安已经找到了宝藏，并成功转移了？现在停工无非只是为了撇清关系？而且如果陆国安现在停工耽搁整个项目开发进度，他会这么做，原因只有一个，那就是宋井真的藏了不少宝藏！而且这笔宝藏比他开发房地产的利润更大！黄智扬越想越复杂，但无论如何，自己应该好好利用宝地花园项目总经理的权力，一来可以了解监视陆国安的行动，二来寻找并保护宋井宝藏。

（四）

当天上午，黄智扬处理好公司事情后，就立马赶往宝地花园。

他一下车就直接到工地现场。只见工地上散落着几台钻机和推土机。他叫来勘察公司的负责人，询问了工地现场和勘察情况。负责人表示一切正常，没有发现特别的东西，只是，将来规划要做高层建筑的部分地段位于龙阳村，需要钻得比较深，现在还没到达预定的深度。

这个结果在黄智扬的意料之中。黄智扬认为这个负责人就算真的发现东西，也不会现在告诉他，他问问，其实也是走个过程，看看对方说话的表情。黄智扬没有再多问，便往销售中心走去。

一辆红色的法拉利停在销售中心门口，那是陆公子来了。黄智扬问门口的保安："陆浩是什么时候来的。"

保安："上午8点就到了。"

"他以前也是这个时间点过来的吗？"

"没有啊，他平时一般上午10点多11点来的。"

"哦，"黄智扬若有所思，"他现在人在哪里？"

"应该在销售中心二楼，临时办公室里。"

"好的，谢谢。"

黄智扬走近销售中心大厅，径直往二楼找陆浩。

"你好，陆总。"

"你好，黄总，今天怎么有空过来了？"

"是啊，过来看看这边的装修包装情况，还有就是工地停工了嘛。"

"对啊！早上也是这里的工人一早跟我打电话说宋井那边出事了，我就赶过来看看。"

"哦，那你看到什么了吗？"

"没有啊，那里围了很多人，警察也来了，拉了警戒线，没法走近看，只见宋井一周全是被挖出来的沙土。"

"嗯，我看这边的装修做得很快啊！"黄智扬没有再谈及宋井，转而谈工作。

"是的，我几乎每天都过来，有时候需要临时调配人手和材料的，这样能加快点进度。现在硬装已经基本搞好，在进行软装和广告包装。"

"嗯，外面的户外广告牌和工地围墙广告要先弄好。"

"会的，这两天就要进行安装了。"

"那好，你很用心，我们都很赞赏你！"

"没什么，这些是我的工作。"

"那你先忙，我到处走走。"

"好的，慢走。"

黄智扬走到工人临时搭建的宿舍区，看见几个工人在打扑克，他走过去对旁边一个在玩手机的二十岁左右的年轻工人说："怎么，你没有打牌啊？"

那年轻人认得黄智扬，笑着回答："我玩手机游戏呢。"

"你来这项目多久了？"

"从开始就来的。"

"你怎么称呼呢？"

"我姓蒋。"

"哦，那有空跟我到工地上走走，我对你们的工作还是很感兴趣的，我大学的专业是土木工程，土木工程，应该要从'土'开始，你帮我讲一下你们的工作好吗？"

"好的。"

黄智扬表面上请教工友的施工技术，其实是想问问工友工地上有没发现一些东西。黄智扬中午还请这位工友吃了顿小炒。工友对黄智扬也算是无话不说，但经过近一个小时的交谈，得出的结论是工地上目前还没发现什么特别的东西。临走时，黄智扬跟工友说："以后如果你们在工地上发现一些特别的东西，还请你要先告诉我，我不会亏待你的！"

姓蒋的工友笑嘻嘻地连连点头说："好的好的，一定！"

（五）

和宋锦天的想法一样，文物局专家和警察一起，正在采用金属探测器，对螺旋石梯的两侧墙面和宋井水面以下区域进行仔细勘察。不过，暂时也没有新发现。

龙阳村在宋井石刻旁临时搭建了一座铁皮屋，打算从今往后长期派人驻守。黄智扬在黄正德的带领下在警戒线外走了一圈，便到铁皮屋里坐下，黄义明等人正在泡茶。

"智扬来了，下午不用上班吗？"黄义明问道。

"是啊，陆国安暂停了我们宝地花园的详勘，所以过来看看。"

"嗯，毕竟工地离宋井很近。昨晚那伙人会不会是从你们工地过来的，需要调查下。"黄正德说道。

旁边一位治安联防员说："说不定这陆国安也想得到宋井宝藏，他高价拿地本身就很能说明问题。说不定他地块里就埋有宝藏。"

"这茶可以乱喝，话却不能乱说！"黄正德十分严肃地说。

"放心，那何半仙不是说宋井的宝藏是别人拿不走的吗？"黄义明乐观地说道。

黄正德继续说："这两天公安局也会去宝地花园地块内走访调查的。"

"嗯，不论这边有没有新的发现，我们村以后都要在宋井这里长年派驻治安员，安装监控设备。"一位村里老辈说道。

"是，盗贼再敢来就全部打断腿！"黄义明狠狠地说。

"还有就是螺旋石梯的两侧墙壁和底下的石头门洞需要加固，毕竟这边都是海沙,细而滑。"黄智扬说道。

"对,你不愧是学建筑的,保护宋井也很重要。"黄义明赞同道。

"宝地花园项目里的情况,我会关注的,有什么情况我会第一时间告诉我爸。"

"宋井的事你还是少管,好好干你的工作。"黄正德比较严肃地说。

"怎么说我也还是龙阳村人。过几天,我们销售中心落成,我会搬来这边办公,那样就更方便了。"这次黄智扬没有顺着父亲的意思,他觉得这样的事情自己应该可以做个主。

"好啊,那就多过来喝茶,看看这海景多漂亮,是你在城市里看不到的。"

"来来来,喝茶喝茶!"治安员泡好了三杯茶。

的确,透过铁皮屋的门窗,可以直接望到美丽的海景。黄智扬翘首远望,这茫茫大海隐藏了无数的秘密,让人不可捉摸。但宋井就在眼前,因为这条螺旋石梯的出现,传说的宋井宝藏仿佛变得更加的触手可及。黄智扬无法抗拒这样的诱惑,他决定跟从内心走一次。

（六）

11月15日,经过四天的调查和勘察,文物局和公安局最终只发现宋井井底存留的南宋以来的历代的碎瓷片和不少钱币,还有不少贝类的壳。因为这次事件还看不出造成什么损失,所以警察也就没有立案。当天下午,陆国安宣布宝地花园继续进行详勘。这令黄智扬松了一口气。虽然这宝地花园是陆国安的,但毕竟强大的责任心驱使黄智扬要努力去做得漂亮。

11月21日,星期一,这个日子对于宝地花园项目来说,算三喜临门。一是,项目的初步设计方案已经得到了各行政部门的审批。二是,项目的详勘报告出来了，可以往下做施工图设计了。三是，项目的销售中心落成了，今天将举行落成典礼仪式。

华丽的销售中心终于穿好了衣裳，崭新大气的外观，无不透露着宝地花园的高贵与奢华。

宝地花园的户外广告牌树立在主要路口上——

"宝地花园，值得拥有！"

"这里是宝地，这里也是您的新家！"

醒目的广告词告诉世人，这里即将是陆达集团最新力作——宝地花园。

陆国安、陆国全、高翔、陆智安、黄智扬、高博裕等尽数出席落成典礼。陆达举行了祭神、点睛、舞狮等仪式，一时间，锣鼓声鞭炮声响彻龙澳海滨，可谓热闹非凡。

冷空气过了韩阳，上午10点多的温暖阳光铺晒在龙澳工地上，金灿灿一片，让人感受到了生机。热火的气氛温暖了在场的人心，令人忘却这海边初冬的寒风。

光彩明亮的销售中心，模型、海报、展板、销售物料一切就绪。宝地花园的销售代表们在陆达大厦的培训任务也已完满结束，她们将在销售中心里开启全新的职业旅程。黄智扬从此也将主要在销售中心里办公。

这天，黄智扬看到了陆雅柔身边那抹靓丽的身姿——陈君纯！

高博裕之前买学区房后就说心里有销售代表的合适人选，黄智扬明白，这陈君纯和陆雅柔应该都是高博裕招来的。黄智扬不会在大庭广众之下去仔细端详一个女生。只是今天看到的陈君纯穿着陆达的工装，显得比在大地地产时更加高雅，也更加令人动心。

当黄智扬与陈君纯目光交接时，陈君纯总是屡屡给黄智扬投来放光的微笑，黄智扬也报以大大的微笑。就高博裕和黄智扬两人而言，陈君纯显然是对高博裕保持着下属对上司刻意的尊重，而对黄智扬则是朋友般的舒心，毕竟算是老熟人了！倒是那陆雅柔，一见到黄智扬就要么挥手，要么做个大大的笑脸，生怕黄智扬没注意到她。黄智扬微微举起左手，也给陆雅柔回了个礼。

在场的何菲菲看见了，急忙跑到吴珊珊旁边，说道："吴经理，看到了吗，现在有些人刚来就急着跟黄总挤眉弄眼的。"吴珊珊给陆雅柔使了个严肃的表情。瞬间，陆雅柔也安分了下来。

当天下午，项目销售部在大厅开了个小会，销售代表坐在洽谈桌边，吴珊珊用嘹亮的嗓音宣读着刚编写好的《宝地花园项目销售部的日常统计、分析、总结制度》。

"第一，在每天正式上班之前的15分钟，销售部全体人员参与部门晨会。站立开会，主要讨论前日来电、来访、成交、回款等问题及解决方法。

"第二，销售代表汇总当天客户来电、来访资料，并填写个人销售日报告，提交销售部助理。

"第三，销售部助理每天填写销控登记表，定期与收款组核对，并将审核后的销售日志、收款日报、销控登记表、销售代表个人日报汇总后报销售部售经理。

"第四，销售代表每月要对项目的销售情况进行总结分析，内容主要包括广告投放情况、广告投放效果、来电来访客户、成交客户、成交房源、来购买原因等。公司策划部会根据总结分析的结果向广告公司提出建议或意见。

"第五，销售代表要及时催款。财务部及时处理一些业务，安排时间为客户服务。"

销售代表们大都认真地看着吴珊珊，生怕听漏关键的消息，在听到重点的时候还不忘拿着手上的笔做记录。

不过何菲菲则不太以为然，表面上抬头看着吴珊珊，实际上是在发呆想别的事。作为老员工，她对这些早就熟知，也不以为然，对她来说，多成交，多玩乐才是最重要的。

这时，黄智扬刚好从外面进来大厅，看到销售部在开会，便跟吴珊珊打了个招呼。销售部的事务全部由高博裕负责,黄智扬不太过问销售的事务,所以他还从来没有跟销售代表们讲过话。

吴珊珊迎上去,笑着说:"黄总,有空吗?给我们销售部讲两句。"

"哦……"黄智扬一愣,马上笑着说,"也好啊。"

"请我们宝地花园项目总经理黄总给大家讲话,大家欢迎!"下面发出热烈的掌声。

"黄总是从广州来的,学建筑工程,也做过营销策划,希望大家多多向黄总学习。"吴珊珊补充道。

下面的销售代表翘首以盼。黄智扬沉了下气,左手插在裤袋里,显得比较放松:"大家好,今天也没准备,就随便跟大家聊两句。"

黄智扬整理了下思路,说道:"我觉得销售部是公司利润的回收站,还是个形象站和情报站。因为大家每天接触客户,能得到客户的反馈信息,也能知道客户的喜好。大家把这样一些信息总结、分析。当这些资讯反馈上来后,公司的策划部、广告公司,甚至公司的设计管理中心、设计单位等,都有可能调整广告推广的主题、渠道,调整项目后面组团的设计,以便我们设计建造的产品能大受目标客户的喜爱和购买。我们都是在做些背后的工作,而最终实现销售目标的是你们,所以,我拜托各位了!"黄智扬一下说了一大段,最后还做了个作揖的手势。

在场的销售代表都听得入了神。大家陷入一时的思考,还在等待黄智扬再说点什么。不过黄智扬觉得点到即止就好,便摆摆手示意要进办公室了。陆雅柔向黄智扬投来崇拜的目光,站了起来,热烈地鼓掌。其他人也跟着鼓掌。

(七)

自从螺旋石梯的出现,加上前段时间宝地花园详勘的暂停,黄智扬闲余的时间比较多。他有空便跑回龙阳村，和乡里的老辈请教、喝茶。当然，这不仅仅是简单的喝茶，而是他深信，在老一辈身上可能可以听到一些有关宋井宝藏的信息，起码可以知道，之前有过什么人采用什么方式在哪里寻找过宋井宝藏而没有结果。这样，自己就不必为此浪费时间，不用走弯路了。

现在黄智扬只要到销售中心上班，就经常能碰上陆雅柔和陈君纯。"黄总，黄总！"陆雅柔每次看到黄智扬都兴奋得不能自抑，有时候大老远就挥着手和他打招呼，有时做着噤声的手势，似乎在提醒黄智扬不要暴露她的身份。因为整个销售部，连吴珊珊都不知道她的身份，她自己觉得这样很好玩！

陆雅柔有次路过黄智扬办公室，见黄智扬办公室的门开着，便蹑手蹑脚地走到黄智扬办公桌侧边，小声地说："黄总，您好呀！您这么认真是在看什么呢？"

黄智扬头都没转，"在看你没兴趣的资料。"

"哦，那给我看看才知道哦。你是不是在看哪位美女呢？"陆雅柔探着头看着黄智扬的电脑显示器，"原来你是在看宋井啊！黄总你也想要找宋井宝藏吗？"

黄智扬没有直接回答，只是轻轻地挑了下眉毛说："对啊！你对宋井宝藏有兴趣吗？"

"我对宝藏没有兴趣，不过，我对宝藏藏在哪里就非常非常感兴趣！"陆雅柔说这句话的时候还握了下拳头，似乎非找到不可的意思。

看着陆雅柔这动作，黄智扬脑子飞快地闪过一个自认为比较黑暗的念头——请陆雅柔一块寻宝，顺便监视陆国安！"那你要不要和我一起去寻宝呢？"黄智扬脸上露出一丝狡黠的微笑。

谁知那陆雅柔不假思索地就答应了黄智扬，"好啊，那黄总带我一起去寻宝吧！"在陆雅柔心里，黄智扬是一位可靠而有智慧的男人，跟这样的男人一起寻宝，实在有意思。

"好，我们就结成寻宝两人组，你要随时待命。"黄智扬神秘兮兮地补充道，"当然这是个你和我之间的秘密，你要保证不能跟任何人说，包括陈君纯和你父亲。"

"是，遵命！"陆雅柔爽快地答应了，并给黄智扬敬了一个军礼。

看着陆雅柔兴奋不已的样子，黄智扬脸上泛起一丝道不明说不清的笑意……

黄智扬选择邀请陆雅柔一起去开启寻宝之旅的原因有五个：

第一，黄智扬觉得陆雅柔这个小姑娘古灵精怪的，点子会比较多，可能会开阔他寻宝的思路；

第二，因为陆国安的原因以及陆雅柔的性格，平时看她微信朋友圈就知道她结识的朋友很广，说不定到时候可能会有点帮助；

第三，黄智扬觉得陆雅柔比较崇拜他，跟这样一个年轻活泼的女生一起寻宝，心境也敞亮不少；

第四，黄智扬觉得陆雅柔没有什么心机，或者说对宝藏的利益不感兴趣，因为她家有钱；

第五，更重要的一点，是黄智扬觉得陆国安有什么不可告人的秘密。将来在寻宝上如果和陆国安起矛盾冲突的话，拉上陆雅柔或许还能帮忙兜着点，当个挡箭牌。

当然，黄智扬心里也清楚，毕竟陆雅柔是陆国安的女儿，寻宝一旦到了关键环节，自己还是要留一手的！

陆雅柔是销售代表，现在还不到项目的销售期，只是一个蓄客期，公司允许周末休一两天。黄智扬发条微信，邀请陆雅柔周末一起去市图书馆找资料。陆雅柔欣然答应。

11月26日，星期六上午10点，黄智扬带着女儿一起来到韩阳市图书馆。

"黄总好！"陆雅柔先到了图书馆，见到黄智扬便小跑过去，低头轻轻摸了下黄晓筱的头发，"黄总今天带小宝贝也来看图书了。"黄晓筱圆圆的脸，睁大圆圆的眼睛看着这位活泼的姐姐。黄智扬严肃而小声地对陆雅柔说:"是啊,我等下带她看点儿童书。今天你我的目标就是查找尽量多的有关宋井有用的图书资料,可以拍照,或者内容多的就借走,特别是关注宋元明三个朝代有关宋井的记载!"

"遵命,黄总!"

"现在不是在公司,不用叫我什么总的,你跟我来寻宝就是伙伴。"

"好的,那就还是叫你黄叔吧!"

陆雅柔生性活跃,寻宝这件"好玩"的事情可以最大限度地发挥她的热情和能力——

"黄叔,你看这是明朝有关宋井的记载。"

"黄叔,我又发现线索了。"

陆雅柔的确是位好帮手,没一会就找了不少资料。只是没有一刻是消停的,好不容易停下个十来分钟又突然地大叫了一声。

"嘘,妹子,请小声点!"黄智扬正戴着金丝边的半框眼镜,认真地翻阅着资料,给陆雅柔比了个安静的手势。

陆雅柔点点头,"黄叔,你有找到线索吗?"

"暂时还没重大发现,但零散的资料,不一定真实可靠的资料串起来就可能能找到一些线索。"顿了顿,黄智扬叹息了一口气,"慢慢来吧,几百年来都没人找到,不急不急。"

(八)

在图书馆待了两个多小时,黄晓筱饿了,跑过来说想吃小吃。于是黄智扬和陆雅柔借了些书,便来到附近老城区的"小公园"商业街区。

小公园兴起于20世纪30年代,位于韩阳市老城区,是韩阳老城区的商业文化标志。小公园最吸引人的莫过于巴黎街区式的骑楼和街路,围绕中间的中山纪念亭,呈扇形放射状分布。这些见证了文化融合的建筑,纪念了孙中山三次莅临韩阳的历史，同样见证了韩阳市区的兴衰更迭。

到了小公园，什么炒糕粿、甜咸双拼粽、南姜水果、福合埕牛肉丸、达濠鱼丸、水晶粿，他们尝了个遍。陆雅柔之前出国了几年，平时又住在韩阳CBD新区，她和黄智扬一样，对韩阳的历史积淀很有兴趣，但很少来老市区走动，走到这里就到处拍照发朋友圈，蹦蹦跳跳的。

黄智扬牵着黄晓筱边逛边吃。吃好了，陆雅柔拿着手机说："君纯姐正在世宁购物中心逛街，问我要不要一起去逛街，黄叔你们也去吗？"

"我也要去！"黄晓筱兴奋地说。女儿的话就是命令，下午没什么事，那就去韩阳市最繁华的商业街区逛街吧……

当陈君纯见陆雅柔和黄智扬父女俩一块过来时，有些愕然，不过很快就笑容满面地走过去，看着黄晓筱对黄智扬说："哇，黄总，每逢周末就遛娃，好可爱哦！"

"是啊，叫姐姐好！"

"姐姐好！"

"乖，来，姐姐带你逛街吧。"

说着，陈君纯过去牵着黄晓筱的手，一会儿要给黄晓筱买果汁，一会儿带她拍照。陆雅柔就一路自己选看各种化妆品、工艺品。黄智扬一直跟在黄晓筱的后面，显然觉得这位陈君纯姐姐更会带她。

陈君纯和黄智扬两人第一次有机会私下谈话。

"黄总你一个人带女儿也挺不容易的！"

"还好，习惯了。我看你也很会带小孩。"

"嗯，因为我家里弟弟妹妹多，从小都要帮忙带的。"

"原来这样！没想到你也到宝地项目来，是高总请你们来的吧？"

"是啊，上次高总在我们中介店买了房，所以就认识了。"陈君纯看见黄晓筱独自要走上手扶电梯，赶紧跟上去，把住黄晓筱的手臂。黄智扬看在眼里，他是愈发发现陈君纯的优点，平时温静贤惠，工作时却上进拼搏，关键人还长得好看！

"君纯姐,你快过来看,这件衣服挺适合你的!"陆雅柔在一家高档服装店里叫陈君纯。

"你们去逛街,我带晓筱跟着就好。"黄智扬对陈君纯说。

"那好吧,我先过去看看了。"

黄智扬带晓筱在女装店门口站了一会,顺便扫了下服装的价格,基本是一千多到五六千的秋冬装。这是韩阳最高级购物商场,不会有什么大的折扣。黄智扬心想,这陆雅柔家里有钱就罢了,怎么领人家陈君纯来这地方买衣服。过了约十分钟,只见陈君纯和陆雅柔各提了个口袋就出来了。

陆雅柔张开口袋说:"我们俩买了闺蜜装。"

"哦,这里的衣服有打折吗?"黄智扬问。

"我有VIP卡,可以打八折。"陆雅柔说。

"那也不便宜啊!"黄智扬感叹着,看了一眼陈君纯。

陈君纯微笑道:"还好吧,我们女生都愿意把钱花在自己身上。"

"是啊,这样才会有男人把钱花在你身上啊!"陆雅柔对陈君纯开玩笑道。

陈君纯笑着瞥了一眼陆雅柔:"你又来啦!"

黄智扬在一旁就感到有点尴尬了,心想:"这陈君纯看来也不简单啊!"

的确,陈君纯虽然每月都会寄钱回家给弟妹读书,在某些方面看起来比较质朴,但其内心同样希望自己能光彩照人,即便不能像陆雅柔这位富二代小姐一样大手大脚地花钱,但起码自己这么辛苦的工作,对自己好点也是应该的,何况,刚才陆雅柔说的话其实自己也是赞同的!

接下来的时光,陈君纯和陆雅柔欣喜地挑选着包包和化妆品。

虽然黄智扬觉得和两位女青年一起轻松惬意,让他感觉自己年轻了不少,但自己带着女儿总归和她们节奏不一致。黄智扬不忍心打断她们的购物过程,便说要带黄晓筱去中山公园玩,就和她们两人分开了。

下午3点钟,黄智扬来到中山公园找陈文喝茶,其实是想问他一些有关宋井的事情。陈文刚下了一个多小时的象棋,这会正歇着。看到黄智扬前来，便滔滔不绝地讲着韩阳历史，聊得很起劲。黄智扬一边泡着茶，一边饶有兴趣地聆听着陈文讲故事，并偶尔问及宋井的由来和传说。

临近傍晚5点，规划局的正局长穿着一身休闲服突然到访陈文。只见局长主要问起陈文韩阳市原化肥厂地块的历史由来。陈文是有问必答，没有把黄智扬当外人，也没暴露局长的身份，只当大家都是朋友过来喝茶、聊天。

黄智扬假装不认识这位局长，心想，这局长也认识陈文，看来这位陈文老先生的身份不一般啊！喝茶期间，陈文忽然提到周日公安局将在福安里公布今年7月初福安里王爷庙着火事件调查结果。这个消息对于黄智扬来说实在太重要。

黄智扬一直想知道王爷庙那个被盗走的箱子里到底装的是什么，会不会跟宋井宝藏有关呢？即便陆湖寨的王爷庙和龙阳村的宋井，一个在韩阳市区的东北方，一个在韩阳的西南方，距离还是比较远的。

黄智扬随后约了陆雅柔明天一起去陆湖寨。而陆雅柔就出生在陆湖寨，有这样一件关于自己家乡的不寻常事件，她当然是要去凑个热闹的！

第11章
福安木箱

（一）

11月28日，星期天一早8点多，黄智扬把女儿送到表姐家，便到陆雅柔和陈君纯租住的小区外，接上陆雅柔，在这寒意重重的时节，一边开车一边吃早餐直奔陆湖寨而去。

"黄叔，我们昨天找了那么多资料，但一丁点儿的线索都没找到，这福安里被盗的木箱里，不会就是宋井宝藏吧？"陆雅柔在副驾驶位上瞪大眼睛问黄智扬。

"去听听就知道了，别急。"黄智扬口说不急，但他内心也很好奇，不过他眼睛凝视前方，开始了分析，"我觉得福安里被盗的东西应该跟宋井宝藏没有关系才对。你想福安里事件后，龙阳宋井旁又先后发生了两桩爆炸盗宝事件。虽然难说这两股盗贼有什么必然的联系，但是直觉告诉我，宋井宝藏应该还在！"

陆雅柔一听，立马有了精神，"对啊，我这才开始寻宝，怎么能让别人先找到宝藏呢！不行，绝对不行！"

"你真厉害,说不行别人就不行啦?"黄智扬反问道,"那怎么盗贼能从你们村民眼皮底下拉走一箱东西呢?"

"对啊,那是我的地盘,我就出生在陆湖寨,小时候我就经常跟奶奶去王爷庙拜神,那里有多少块地砖我都知道。"

黄智扬认真地开着汽车,车子穿过了义安江大桥,沿着义安江东面的沿江东路一路北上。陆雅柔则在一旁继续喋喋不休地说个不停……

赶到福安里已经是上午九点半。

只见福安里正大门口摆放着三张桌子和话筒,上面拉着一条幅写着"陆湖寨王爷庙事件通报会",门前是一千多平方米的大晒埕,晒埕上已经站满了人。这次特别的露天通报会也吸引了韩阳电视台等当地多家媒体记者,他们举着架着"长枪短炮",等待"主角"的出场。

10点钟,从村委会里走出了三个人,分别坐在三张桌子前,坐在中间的人穿着警服,右边一位是陆湖寨村支书。

"陆湖寨的村民、媒体朋友以及各位来宾,大家上午好。我是韩阳市公安局副局长黄毅,现在由我先向大家通报福安里王爷庙事件的调查结果。"

黄毅比较详细地讲了案件的侦破过程——

今年7月,在陆湖寨王爷庙举行圣驾巡游活动期间,四个不法分子从王爷庙神像底座下搬走了一个木箱,并导致案几着火。村民报警后,警方十分重视,通过查访和调用附近各个视频监控,发现四名不法分子将木箱搬进一辆白色套牌小面包车。后来小面包车开进韩阳市郊光辉林场中并失去线索。

一个月后,有人在光辉林场里发现了不法分子作案使用的黑色鸭舌帽和白色手套。警方通过勘查现场,发现一个写有本市某宾馆字样的火柴盒,进而前往宾馆调查。再通过对案发前后几天宾馆入住客户身份登记和监控录像的查看,最后警方锁定了三个外地人作为嫌疑人,在随后的二十多天里,警方在本市和外省将三名嫌疑人全部抓获。

审讯的结果是，这三名嫌疑人，经一名人称"飞哥"的同乡介绍，来韩阳市陆湖寨王爷庙的神座下取一个木箱，成功的话给每人一万元。三个嫌疑人因为不知道木箱里有什么，也觉得去一座庙宇取一个木箱应该不算什么大事，所以就答应了。搬走木箱后，他们上了飞哥开来的面包车，到了光辉林场把木箱卸下后就离开了韩阳，后面的事情他们就不知道了。

警方后来在外省抓获了这名人称"飞哥"的人。据这位飞哥交代，开始是一位韩阳本地人出8万元请他搬走木箱的，并约好在光辉林场里交货。后来飞哥觉得木箱里一定藏着不少宝贝，便自己把木箱打开。一看，那木箱里装了满满一箱的金银钱币和珠宝首饰！于是他在光辉林场里把车牌换了，然后离开了韩阳。

"逃到外省的飞哥积极寻找可以变卖财宝的地方，在近期被我市警方抓获了。我们从他在郊外租住的房屋里搜到了木箱，里面还有不少赃物。"黄毅拿出几张照片说，"经专家鉴定，这些钱币大都是明朝的货币，已经变卖的金银珠宝也追回了大部分。这些都是文物，已上交国家。"

"这财宝是在我们陆湖寨发现的，怎么可以上交给国家！"人群里有个陆湖寨的村民嚷嚷道。

"对啊，可能是以前我们村民的香油钱吧？"

一时间现场变得有些杂乱，各种议论声混杂在一起。

这时，坐在右边的陆湖寨党总支书记兼村民委员会主任陆海滨发话了："各位乡亲大家少安毋躁。今天我们福安里开通报会，也带给大家带来了一个好消息！"书记稍等人群安静后，头向左看说，"下面请韩阳市文物局的段史副局长讲话。"

这时，坐在黄毅左边的段史副局长托了托眼镜说："陆湖寨的乡亲们大家好！此次福安里王爷庙被盗的木箱里出现了许多明朝的钱币和一些首饰，具有很高的历史文化研究价值。

"在市领导的支持下，我们文物局通过一段时间的努力，已经成功为福安里王爷庙申请到了'省重点文物保护单位'的称号，首期30万元的专项维修经费已经到位。将来，我们还将和市旅游局一起推动福安里作为我市旅游的一张名片，申报AAA级景区。

"我们马上将分期分批对王爷庙进行全面的修复和维护，全部修复计划大概需要200万元，为了加快修复进度，也请广大村民和社会有识之士踊跃捐款资助。"

陆海滨接着说道："乡亲们，此次王爷庙木箱被盗了，却换来政府永久性的保护和修复，我们大家应该感谢党、感谢政府、感谢各级领导。比起那个我们本来就不知道的木箱里的文物来说，政府的保护和修复，以及旅游业的推动所带来的价值才具有更大更长远的价值！"

村民们听到这里，点头议论，有人带头鼓掌，现场响起一片掌声。

陆海滨补充道："村里打算以此为契机，尽快加大对福安里古建筑群的维修投入和旅游宣传力度，让更多的游客来我们这里观光旅游，推动本村和村民的经济发展。我们在市里设立了两个捐款监管账号，一个专款用于对王爷庙的修复，一个专款用于福安里建筑和各项设施的建设，请大家踊跃捐款，造福陆湖寨，也造福自己。"

"这主意好！我们陆湖会越来越美丽，游客越来越多。"

"是啊，一个木箱换来了两项大建设，真是王爷保佑！"

……

发布会当天，市文物局在福安里门口布告栏贴出呼吁信，告诫市民保护韩阳的文物财产，发现宝藏或文物应自觉上交，造福乡里。村民们都明白，如果福安里景区发展起来，陆湖寨村民的生活也定会更加美好！

在此后的两个月内，陆湖寨收到社会各界和海外华侨捐款达三百多万，其中陆国安作为陆湖寨出生的有钱人，带头捐款100万修缮王爷庙。

（二）

黄智扬和陆雅柔听完了发布会，并没有马上离开。在寒风四起的季节，韩阳市仿佛笼罩着一股神秘的薄雾。

陆雅柔问黄智扬："黄叔，你说这个木箱会不会就是宋井宝藏呢？"

黄智扬说："刚才黄局长说了，木箱里主要是明代的钱币，那就证明这个木箱装的不是宋井宝藏。你想，宋井是南宋末年的产物，就算有钱币，也应该是南宋的钱币才对。"

"对啊！"

"嗯，问题关键是——这些盗贼怎么就知道神像底下有宝藏呢？而且还是明朝的！"

"是呀！"陆雅柔皱了下眉头，"王爷庙我几乎每年都来，怎么就没发现这木箱呢？"

"我虽说是韩阳人，但还从来没有来过福安里，福安里是这几年才出名的吧？"

"对啊，以前大家觉得这里就是些老房子，现在旅游推广了，老房子就成景点了。"

"你是这里的主人，你要带我好好逛逛才行。"

"好，我带你从这里进去。"

福安里的大门似古韩阳郡的城门，人们戏称此门为"韩阳门"。门上"福安里"三个字鲜红亮丽显眼，看得出是重新上了漆。陆雅柔带着黄智扬从福安里侧门进入。沿着入口一直往里走，风格各异的古建筑骄傲地耸立在路旁，像历经沧桑的老者，讲述着自己的故事。

福安里，虽为元代初建，但后朝各代又有热心的富商在其内修筑新的建筑，因此在福安里能看到元、明、清建筑的风格。

陆雅柔一边往寨里走,一边给黄智扬介绍着一些重点建筑的名称和由来。黄智扬观察了这福安里的几十处古建筑,虽然有几处已年久失修,濒临坍塌,但这些独具特色的建筑布局工整,建造技术巧夺天工。其中诸如梨花书院、高阳书斋等传统私塾,建筑外还保留着古时候的石刻,独有一番韵味。

"你看,这里就是王爷庙了!"不知不觉二人走到了王爷庙前。

王爷庙里今天香火旺盛。三王爷的神像屹立在庙里,金色的外漆在布幡围罩下依旧闪着耀眼的光芒。陆雅柔自然地走到神像的蒲团前跪拜三下。黄智扬向来入乡随俗,也站着双手合十给王爷神像作揖,然后踱步到神像前,蹲下身子仔细观察。

他看到最左边的神像底座旁,一部分是积压已久堆满了香灰粉尘,而有一部分则是微微有点粉尘而已,可以肯定这神像底座被人挪动过的。黄智扬绕庙里缓缓走了一圈,仔细观察了一遍,便跨出了庙外。

他转头问陆雅柔:"丫头,你知道我们韩阳地区最敬重的是什么吗?"

陆雅柔毫不犹豫地回道:"神明啊!"

"这就对了,以前藏宝的人很聪明!知道韩阳人敬重神明,不会随便挪动神像的底座,所以就把财物藏到底座下面,这就怪不得一直没人发现这里的宝藏了。"

"对啊!"

"所以有时最明显的地方就是最隐秘的地方。"黄智扬有些感慨地说道。

陆雅柔蓦地抬头看着黄智扬,像是发现了什么惊天大秘密似的,"那你说宋井的宝藏是不是也藏在看似最明显的地方呢?"

"也有可能!"黄智扬愣了一下,"走,我们下午去宋井那边看看。"

"好啊!"陆雅柔最怕无聊。

临走时，刚好遇到黄毅正准备开车离开。黄智扬迟疑了一下，便朝黄毅走去，离着黄毅四五米左右，黄智扬喊道："黄毅叔您好！"

黄毅抬头看了一下，有些眼熟。

"我是黄智扬啊！"

"哦，智扬啊，有些年没见了。刚回来吗？"黄毅可是看着黄智扬长大的，但看到眼前的黄智扬还是愣了一下。

"是啊，回来有些时日了。"

"今天也是来参观福安里吗？"

"我就是来凑个热闹。但我有两点不太明白，不知道该不该问。"

"都是自己人，说吧。"

"嗯，这第一个问题是，这木箱怎么会在王爷神座下？"黄智扬顿了顿继续问，"第二个问题是，木箱是从什么时候，由谁放在这里的？"

"呵呵，你小子算是问到点上了！"黄毅沉默了片刻说道，"这样，我呢，今晚会去你父亲那里拿一本新修订的龙阳黄氏族谱，到时我们再聊。"

"好啊，那您先忙，晚上我在家里等您。"

"好，再见。"说罢，黄毅便驱车离去了。

（三）

当天晚上，黄智扬早早地回到龙阳家中等待黄毅的到访。

作为一个老公安，黄正德对那木箱有着跟黄智扬同样的疑惑。他打了电话，请何半仙有空也过来喝茶，因为他知道何半仙对历史文化颇有研究。

7点半刚过，黄毅与何半仙一前一后来到黄正德家中。黄正德见来的都是自己最知心的人，连忙拿出一罐上等的凤凰单枞杏仁香茶叶，煮水泡茶。

黄毅还穿着警服，打开手里的一包烟，分别递给何半仙和黄正德一根。

黄正德对黄毅说："今天很忙吧，还没回家？"

"是啊，上午开福安里事件通报会，下午就智扬问的问题，我们局里再次召开案件分析会。"

"智扬你问什么了？"

黄智扬说："我问的第一个问题是，这木箱怎么会在王爷神座下？第二个问题是，木箱是从什么时候，由谁放在那里的？当然，回答了第一个问题，也就回答了第二个问题。"

黄智扬端了一杯茶给黄毅，急切想多知道些情况，"黄毅叔，您今天好像有些话没有全说？"

黄正德眯着眼睛给这位老部下一个会心的微笑，"都是自己人，可以说的话就说点。"

老领导发话，黄毅想了几秒，说道："嗯，情况是这样的，我们在追缴赃物的时候，在飞哥家里查抄到一把刀，据飞哥讲，刀是从那个木箱里取出来的。"

"这刀有什么问题吗？"黄正德问道。

黄智扬也是瞪大着眼睛想听黄毅说下去。

"是的，问题可能就在这把刀上。因为这把刀明显不是现代的东西，经鉴定，这是一把锋利的钢刀，确切地说，是明朝年间倭寇使用的倭刀！"

"难道是倭寇的东西？"黄智扬问。

"嗯，加上搜缴的其他钱币和一点首饰，以及对木箱的年代分析，我们初步判断，这个木箱及里面的东西应该是明朝期间倭寇留下的！"

"那知道是谁指使飞哥去盗箱的吗？"黄正德说。

"根据飞哥交代，说是一个讲外地话的五十多岁的宋先生，让他请人去搬箱，事成之后再给他8万元。这男人没有留下联系方式，只是约定事成后在光辉林场交接货。但最后飞哥自己独吞了这个木箱里的东西。"

"现在飞哥被抓的消息已经公布，否则可以考虑用飞哥引出那名男人。"黄正德说。

"是啊,今天的通报会实际也代表这案件的侦破告一段落。"

"倭寇果然在韩阳留下一笔宝藏。韩阳地区的宝藏太多了!"何半仙感叹道。

"何先生走遍了韩阳的村村寨寨,见多识广,有什么见闻跟我们讲讲吧!"黄毅笑着说。

"来来,喝杯茶。"黄正德倒了三杯茶招呼朋友。

何半仙端起一杯茶,慢慢喝着,脸上露出一丝淡淡的微笑,慢慢放下茶杯缓缓说道:"是的,记得在几个乡里,我听说过倭寇侵略韩阳的故事,也见过一些石刻记载。话说明朝时期,倭寇从海边登陆韩阳,一路是十恶不赦,烧杀掠夺。这时朝廷派遣俞大猷率领兵马扫荡倭寇。这俞将军对付倭寇很有办法,采用海陆包抄的方式围剿倭寇。由于一开始海滩就被俞将军控制,倭寇只能从内陆撤退。当时福安里是倭寇在韩阳内陆占领的据点。再后来,明军扫平了韩阳地区所有的倭寇。但还是有不少倭寇假装成中国人而成为漏网之鱼,灰溜溜地逃走了。"

"这么说,那木箱应该是从明朝时期就被倭寇留在福安里的?!"黄毅说。

"我今天也想到,倭寇把木箱藏在王爷神像底座,由于韩阳人的虔诚,一般是不会随意挪动底座的,这样一来,木箱才能存放在那里几百年而没人发现。"黄智扬补充道。

"这样说来,这个木箱的来历就大概清楚了。"黄正德点头说,"不过,能知道这个木箱放在那里的人对这段历史应该也很清楚。"

"半仙兄不愧是上知天文地理,下知民俗历史,佩服佩服。"黄毅哈哈笑道。

黄正德接着说:"因为我们龙阳村靠海边,最容易受到来自海寇的侵袭,所以俞大猷将军当年在龙阳村驻留的时候,便把他克敌制胜的棍法传授给龙阳村人,这就是我们龙阳棍的由来。"

黄智扬补充说："是的，十年前村里还有很多年轻人经常练习，现在基本成了小学生的健身操了。应该是社会风气变了，治安好了，棍这种武器也没有了用武之地了。"

大家把话题渐渐地聊开了，四人都暂时忘却了福安里，后来谈到今年宋井被挖被炸的事件。大家都觉得保护宋井和所谓的宋井宝藏责任重大。

讲到宋井，黄智扬就感到莫名兴奋，他翻出手机中宋井石刻的照片，他仔细地端详起宋井石刻，再次端详这首藏宝诗——××龙××，×眼×××。水涨淹不着，水涸淹三尺。他觉得，解开宋井宝藏之谜，关键才要从还原这首诗入手。是不是应该换种思路来还原这首诗了？想罢，他把石刻照片发给陆雅柔："丫头，帮我想想还有什么办法可以还原宋井石刻的诗句。"

（四）

11月28日，韩阳市建筑设计研究院完成了宝地花园项目的施工图设计，陆达组织各部门对施工图进行审查和综合会审。

12月5日，星期一，上午陆达召开集团月度大会。

下午陆达召开宝地花园项目开发工作进度会，集团副总和所有总监都出席，黄智扬当然也要参加。可令人感到疑惑的是，陆国安也出席会议，并特别带来了两个儿子和女儿陆雅柔，坐着旁听！

大儿子陆斌是另外一个项目的总经理，小儿子陆浩是宝地花园的广告商，至于陆雅柔，则是项目销售代表，他们一般是没必要参加这个项目会议的。大家都看着陆国安的表情，想从他的脸上来解读这么做的目的。

只见陆国安表情还是一如既往地轻松自如。

会议首先由项目总经理黄智扬做项目开发进度报告——宝地花园的开发进度算是一切都顺利，比最初的进度计划提前了十多天。

高翔则介绍了项目施工图设计的情况、出现的主要问题和最后解决方案。接着陆智安汇报说："从这周开始，投资开发中心将把宝地花园项目的施工图送审图机构审查，再将审图报告和施工图设计文件报市建设局、消防局、人防办等相关政府部门审批，并开始着手向规划局申请办理《建设工程规划许可证》，一般两周左右时间应该可以完成。"

　　陆国安听了之后，身体前倾，喝了口水，手臂搭在桌子上说："宝地花园项目的各项工作大家都很尽心尽力，我们这个项目来之不易，地块好，但成本也高。目前江东启阳之星也在追赶，我们大家一定要有忧患意识，争取宝地花园明年能一炮打响，为企业、为个人获取应有的利益。"

　　大家听着都点头示意。

　　陆国安讲到这里，声音忽然提高，显得更加威严和不可怀疑："今天我来出席这个会议，是有一件重要的事情要给大家宣布。"

　　陆国安停了停，目光扫视了大家。在场的人心里清楚，重头戏来了！

　　"我宣布，为了加快和保障工程进度，我们宝地花园的建筑安装工程将由韩阳承志建筑安装有限公司承担！相关的招标手续由工程管理中心负责办理。"陆国安说这句话是不容任何人否决的。

　　在场的很多人都感到意外，纷纷对视了一下，但都不出声。

　　按照惯例，宗族者亲，陆达以往的工程一般都发包给陆湖寨的施工团队，但这次却意外指定发包给玉凤坑的赵姓公司！

　　陆国安很清楚，他今天这个决定，可能有损陆湖寨的一些宗亲对他的美誉，还应会损害在座个别人的利益。

　　但他就是这么决定了，不容他人提出半点异议。当然，如果说这样做损害了谁的利益的话，那工程管理中心总监兼陆达副总经理的陆国全可能影响最大。大家都安静地低着头，现场气氛有些凝滞。这种情况其实都在陆国安的意料之内。

（五）

陆国安朝坐在旁边的堂弟陆国全点头示意。他们堂兄弟两人显然是事先达成一致的。

陆国全说："我个人非常赞同宝地花园项目的施工单位选择承志建安。大家对承志建安可能感到陌生，这事情还得从两个多月前鸿和公司破产说起……"

整个会议室的人都开始聚精会神地听陆国全讲起故事来。

说起赵承志，就要从他的父亲赵建德说起。赵建德和很多同乡在20世纪80年代到广州，从钢筋、混凝土等专业工种的小工头做起，后面挂靠一些有资质的公司承包整个项目，每年给这些有资质的公司管理费，当时赶上广州改革开发的浪潮，迅速做大。他几个玉凤坑的老乡几乎是共进退，当年在广州频频上演"围标"好戏，简单来说，就是某个工程对外招标，他们几个人挂靠不同的公司一起投标，事先说好了这次中标给你做，下次中标给我做，这样几个人就都有机会拿到好的工程。

后来赵建德觉得韩阳也是国家重点发展的地区之一，所以便转回家乡发展，凭借雄厚实力，很快就成为韩阳当地很具实力的土建承包商之一，而之前鸿和集团开发的楼盘几乎都是找赵建德做。

父建德，子承志，因此赵承志还没从娘胎蹦出来就肩负了家族的希望。

不过以前的赵承志是一纨绔子弟。跟他混得熟的都叫他赵公子，又因其面容英俊，有的人戏称他为赵子龙。勉强缴了高价钱读了两年大专，最后却连业都毕不了。

他父亲强安排他到公司里"学习"，说到底就是旁听，他父亲在哪里，他到哪里，然后别人开会谈事情的时候他就在一旁玩手机。

但好景不长，就在几个月前，赵建德的建筑公司却出问题了。因为鸿和公司宣布破产，近十个楼盘的工程款未能及时支付，导致赵建德资金链断裂，没能及时支付工程的材料费和工人的工资。赵建德不是没有努力，他请求材料供应方和工人给他一个半月的时间筹集资金。但结果一个多月过去了，他东拼西凑只能把占大头的材料款给结了，欠工人的几百万工资却付不了。

眼看还有一周的时间期限就要到了，赵建德实在挪不出也贷不到款，没办法之下，他干脆躲了起来，手机也关机了。工头们找不到赵建德，便商量着找到赵承志父债子还。

过惯了公子哥生活的赵承志照样开着敞篷跑车，过着他的游乐人生。工头们知道他出入的会所在哪里，便带几个工人堵在会所门口。

"赵承志，你爸欠我们几百万的工钱，现在躲起来了。我们都没饭吃，没法养家糊口。俗话说，父债子还，今天你必须还钱！"

赵承志一副无所谓的样子："我不知道我爸有欠你们钱，不好意思，我要走了。"说着，打开车门准备上车走了。

工人们早前商量好，对付赵承志，打人、抓人、砸车恐怕对于讨薪都没有正面意义。于是他们临时到超市买了一打鸡蛋。

此时农民工是看不下去了，直接几个鸡蛋往他车上扔了过去，而他肩膀正好被其中一个鸡蛋砸了个正着。一时间，赵承志整个人都愣住了！看着那鲜黄的蛋液沿着他衣裳缓缓落下，他那张英俊的脸都僵住了。

他那双黑眸看着在场所有人。气氛像是凝结住似的，工人们都不敢动了。跟他一起的两个朋友破口大骂工人，还嚷嚷着要报警。

也许就是被鸡蛋这么一砸，赵承志整个人清醒了，他像是一瞬长大似的，他没有上车，反而关了车门，对着那些砸他鸡蛋的工人们，双手合十，带着歉意说道："虽然我不知道我父亲他去哪了，但我知道工人都是靠这些工钱养家糊口的，我请大家给我半个月的时间，相信我赵承志，我就算变卖家产也会把大家的工钱足额还上的！"

赵承志的话感动人心，工友们爆发出热烈的掌声，大声叫好，没想到赵承志有这样的觉悟。

一方面，赵承志觉得欠的几百万应该不算太多，他自己有办法还。另一方面，由于此前赵建德管理有方，他做的工程质量好、效率高、安全措施得当，所以在韩阳地面很受好评，此次欠薪实属事发突然。这帮工友还指望赵建德能回来重掌大局，走出困境，带领大家赚更多的钱。于是，工人们没有为难赵承志，给他让开了一条路。

而接下来赵承志很快兑现了承诺——他马上变卖了市区一套他爸以他自己的名义买下的豪宅和他的敞篷跑车，自己住回玉凤坑的老房子，还清了所有的工人工资。那天清晨，工人兄弟们敲锣打鼓，纷纷到玉凤坑登门感谢赵承志。就这样，为父还薪的赵承志一夜间成了妇孺皆知的一个讲信义的年轻人。

工人们都愿意重新回工地，而赵建德公司的其他施工项目也重新全面动工，材料供应商愿意给赵承志更宽的还款期限，甲方们同意给赵承志提前支付部分工程款，赵建德公司的新老员工在董事长不在的二十天里齐心协力辅助赵承志，把决策权给了赵承志。

赵承志心想，自己只不过做了普通人该做的事——欠债还钱，但他不知道这其实是一种美德、一种人品、一种责任，一种孝敬父亲的方式，一种商人讲究信誉的美德，不论传统道德标准还是商业游戏规则，他这么做已经足够上位了！

就当赵承志承受巨大压力，以年轻的肩膀，担负起父亲留下的承重基业时，赵建德出现了。其实赵建德之前回避工人们是去外地借钱去了，但当他听说赵承志已经通过卖房还了工钱，他也就回到韩阳。赵建德回来没有告诉任何人，只是在背后默默关注着赵承志的作为，他也给公司里几个元老打了招呼，要求其全力辅助赵承志。

当父子两人再见时，心里是说不清的感觉。赵承志看着自己的父亲，欲言又止，而他母亲激动不已地抱着他，脸上流下了欣慰的眼泪："承志，你受累了！长大了！"

"爸,见到你真高兴!"

赵建德虽然回来了,但他召开公司大会,宣布隐退,而且决定把他的公司更名为韩阳市承志建筑安装有限公司,让位给儿子来干。有人给赵建德提出异议,说赵承志还小,虽然社会一片赞誉,但经验还是不足。

谁知赵建德哈哈大笑,他说:"赵承志经此一事,已经建立起他自己的人生的宝贵财富——讲信用的声誉!这笔财富就足够让他抵御很多风险,连我都不如!而且就算他经验不足,不是还有你们,还有我嘛!"

这大概应了"家贫出孝子,国难显忠臣"这句老话。

赵建德有如此儿子、如此员工,他觉得人生已无憾,打算环游全世界去了。

陆国安和陆国全都关注到行内这件事情,也都欣赏赵承志这样的品行,羡慕赵建德有这样开窍的儿子。这次陆国安高调叫来三位子女,高调换了陆家班的施工单位,其目的很明显,他不仅信任赵承志的公司,而且更是为了给自己的子女树立一个榜样。

陆国全讲了半个小时的故事,在场的人无不听得入了神。大家明白了陆国安的用意,内心里也接受了这个事实。其中陆雅柔对赵承志敬佩不已,而陆浩却显得很不以为然。

会后,陆雅柔从后面追上黄智扬,用肩膀碰了下他,小声地说:"黄叔,你交代给我的找到完整宋井石刻诗句的任务,我已经从多方面着手了,有可能不久会有结果哦!"

"嘘……"黄智扬嘘了一声,然后给陆雅柔比了个拇指表示赞赏。两人的这点小动作,被陆国安和杜晓蕾看在了眼里。

杜晓蕾心想——看不出来,这黄智扬竟然跟陆小姐如此暧昧,看来人不可貌相啊!

这时,陆国安从后面叫了一声,"智扬啊!"

黄智扬回头,走到陆国安跟前,点了下头——"陆总",等待陆国安说话。陆国安见其他人都走远,那深邃的黑眸闪烁过一丝光芒,说道:

"智扬，你这段时间的工作都很好，我很放心。"陆国安停了两秒，继续说道，"嗯……这个雅柔还小，不懂事，你看着她，不许她乱来。"

黄智扬对着陆国安笑了笑，"陆总，您放心。在项目公司我会好好看着她的。"

"行，有你这句话我就放心了。"

黄智扬笑了笑，"那没其他事，我先走了。"

陆国安点了点头，看着黄智扬远去的背影，不禁叹息了一声，拿起手机，屏幕是他们陆家的全家福，有妻有儿有女，这都是他的挚爱，但却都是他的软肋。

陆浩没有马上离开陆达大厦，他来到营销中心和企业管理中心所在的楼层，双手插在裤袋里，晃悠了两圈，显然他是想找上次遇到的陈君纯。

只是他在这里是遇不到的。

（六）

第二天，12月6日上午十点半，陆浩来到宝地花园销售中心。

自从销售中心启用半个月以来，今天陆浩还是第一次回来，主要是跟销售部经理吴珊珊和公司策划部经理蔡东商讨下一阶段的销售物料印制和广告推广渠道。他比约定时间提前了半小时，进了销售中心，只见大厅里灯火明亮却不见一人。

"人都去哪儿了？"陆浩的嚷嚷声打破了这安静。

"您好先生，是过来看房吗？"一个圆润的声音从侧边传来。陆浩摘下墨镜，只见一个靓影从柜台边走过来，原来是陆浩戴着黑镜只看到灯光明亮的地方！

"不好意思先生，其他同事在里面培训，我可以帮您介绍。"陈君纯走近一看，眼前这个男人怎么有点眼熟呢？是不是在哪里见过呢？

陆浩倒是一眼就认出了眼前的这位女子。今天能在这里巧遇，难道这就是缘分？反正陆浩看上一个女子，想要追人家时就总是会在内心编造很多理由，这次也不例外。

他那双如大海般深邃的黑眸一直盯着陈君纯看。穿着陆达修身工装的陈君纯更显身体线条之美。

因为陆浩这个眼神，陈君纯这下认出了眼前这个男子！这不就是之前她去陆达总部报到时，在电梯里遇到的男子吗？他来干吗，难道他也是陆达的职工？陈君纯狐疑地看着他。

陆浩盯着陈君纯绝对超过了五秒，内心里在判断眼前这位美女会是什么类型，该用什么套路搭讪。不过五秒过后，陆浩还是没能制订出他擅长的套路，因为眼前的美女似乎令他不得不尊重，于是他决定先不要太嚣张，不能表现得目的性太强。

"你好，我是来这里开会的。"比起刚踏进销售中心时的嚣张气势，陆浩这下收敛了不少，而且脸上还配着莫名的内敛的笑意。

"哦，那您跟谁约了吗？"

"我跟你们销售部吴经理约了11点开会。"

"这样啊，她们正在里面开会，要不您先坐下，我帮您告知吴经理。"

"也好。"

"那请问您怎么称呼呢？"

"哦，叫我陆浩就可以了。"陆浩点突然想起陈君纯还不认识自己，便笑着继续介绍道，"我是陆远广告的总经理，你们这销售中心就是我负责的装修，以后这里所有的广告包装都是我们负责做的。"

"这样啊，陆先生真是年轻有为啊！"

看着眼前这位不到30岁的男子，就已经能做这么多事，她打心眼里是钦佩的，虽然她在做二手房产中介时也能经常遇到有钱、有事业的成功人士，但眼前这位男子的确年轻。只是他看人的眼神是她不喜欢的。

"好的，那您先稍坐会，我跟经理通报一声。"

"不急，你不必去打扰她，时间到了她自然会出来的。"

"哦，那我帮您倒杯水吧。"

出于一个优秀销售代表的基本行为动作，陈君纯很快帮陆浩倒了杯水。

"请问你怎么称呼呢？我们可是第二次见面了。"陆浩趁机问道。

"我叫陈君纯。"陈君纯大方地答道。

其实陈君纯算上在大地房产，已经是第三次见到陆浩了，而且她隐约记得陆浩开的是几百万的法拉利，还是去找过陆雅柔的。

"陈、君、纯，"陆浩念着这名字，"好名字！能加个微信吗，毕竟我们不是第一次见面了？"

"哦……可以。"

对于做销售的陈君纯来说，客户加微信是件平常的事，她也习惯了。陈君纯把微信号报给了陆浩。

陆浩觉得陈君纯应该很乐意跟他交往，便趁热打铁地问道："不知君纯小姐今晚下班后能一起共进晚餐吗？"

陈君纯看了陆浩一眼，自然地说道："不好意思，晚上已经跟朋友约好吃饭了。"

"哦，那没关系，那就下次吧！"陆浩自己在安排。

此时，吴珊珊和陆雅柔等人从房间里走出来。陆浩也看到自己的妹妹了，准备打招呼却被陆雅柔摇头阻止了。一瞬间，陆浩才记得自己妹妹是隐藏身份来打工这一事情。

他们兄妹的这个动作逃不了陈君纯的眼睛，陈君纯猜测，这陆浩是不是一直在追求陆雅柔呢，因为两人虽然都姓陆，如果是亲戚的话应该早就打招呼了。

很快，陆雅柔转身去做事，陆浩也进去开会了。

不过陆浩过后依然念念不忘陈君纯，晚上他给陆雅柔打了电话——

"妹，你们销售部的陈君纯你认识吧？"

"认识啊！怎么，看上人家了？"

"嗯！"

"我告诉你二哥，那陈君纯可是我的好闺蜜，我不允许你对她有非分之想，你找别人去，她可是位好姑娘。"

"好啦妹妹，我可是真心喜欢她的。听你这么说，她应该还没有男朋友对吧？"

"二哥，你骗无知少女就算了，我还不了解你吗？你哪回真心对待过一个女生啦？"

"嗯，也是！不过，那是之前没有女生能留住我的心而已。"

"哈，你继续编。人家君纯姐大把男生追求，她没看上，就不会去发展。"

"哦，这样啊，看来这陈君纯还真不一样！你帮帮二哥的忙，从中搭桥牵线的，给二哥指条明路，事成之后二哥也帮你物色一位可靠的帅哥如何？"

"嗯，这样吧，帮忙可以，谁叫你是我二哥呢。不过，我只有一条要求，那就是你绝对不可以欺骗我君纯姐，绝对不可以伤害她的身心，明白吗？"

"好的，不愧是我的好妹妹！我发誓我不会伤害她！那我想约她出来吃饭，你帮我看哪天她可能有空，我就来行动！"

"好啦，你还来真的了！"

第12章
堂前龙凤

（一）

12月7号，是二十四节气中的大雪，韩阳当天的平均气温是十几度。整个冬天韩阳都不会下雪，但海风吹拂的龙阳村有时更能令人感到寒风入骨。

宋锦天坐在三楼南面的窗边，太阳透过紧闭的窗户，晒到他的身上。他一手把玩着几个南宋铜币，一手拿着一本泛黄色的笔记本，旁边泡着工夫茶，电水壶已咕噜咕噜作响。

眺望着不远处的宋井，那双深邃的黑眸里闪烁过一丝光芒，一个更大的行动已经酝酿成熟……

当天晚上，在韩阳的某个KTV里，旁边包厢正有人撕心裂肺地号叫着。这种环境下，正好适合一些人处理一些事。

"还剩15万的六合彩欠款你打算什么时候还啊？！"一位六合彩庄家严肃地问道，"你已经欠了三个月了！不能再拖了，利息算你五分，每个月利息就7500元。"

"老兄，你……你要再给我一些时间嘛，大家都这么熟了。"

"就是熟才给你拖了三个月。"

这位欠款的人叫黄印财,是龙阳村原书记黄为财的弟弟。之前仗着有他哥做后台,花钱赌博输赢几十万从不眨眼,根本没把那点欠款放在心上。

自从他哥被抓以后,顿时失去经济依靠——

"我已经把家里除了房子以外值钱的东西都变卖了,但就是还差这15万啊!"

"我看你每月的收入还利息都不够。我上家也催着我要钱,逼急了他们会要我的命的,那我会要谁的命?"

六合彩庄家喝了一杯酒,把酒杯重重地摔在桌上。

顿时间,气氛似乎凝聚在了一起。黄印财心里不由得一震,脸上的神色变得有点发白,颤抖着端起一杯酒没敢喝,盘算着要么卖房,要么来横的。

六合彩庄家也看出黄印财已到了穷途末路,便缓缓地说:"我这里倒是有条门路,就看你走不走。"

闻言,黄印财眼睛露出一丝光亮:"你说!"

"现在有一桩买卖,你如果肯帮忙做,那这15万你不仅不用还,说不定还能赚上一辆宝马,而且还不是什么杀人越货的事。"六合彩庄家不急不慢地道出此行的目的。

黄印财也是个聪明人,白天接到这六合彩庄家电话的时候,就知道事情可能有转机。

"有这么好的事?"黄印财问道。

"嗯,昨天有人来找我,说他每个月可以帮你支付你欠债的利息,但你要帮他干一件事,事成之后你的欠债他也可以帮你一起还了。你若是愿意,就加他的QQ号,然后打网络电话给他,他姓宋。"六合彩庄家眉毛轻挑了一下,把QQ号码写在一张白纸上,"话我就带到这里了,你自己看着办吧。我走了!"

第 12 章 堂前龙凤

一时间，黄印财脸上露出一丝疑惑，这是个什么人呢，想让我做什么，我有什么好利用的？可是事到如今，他也只好加上号码，然后躲在包厢厕所里打个网络电话去问个究竟——

"喂，你是谁，你要我做什么事？"

"我姓宋，我要你帮我找一些东西。"话筒里传来一个浑厚的中年男子的声音，讲的是普通话，不过他的声音是经过手机软件处理的。

"什么东西？"

"像福安里木箱差不多的东西。"对方缓缓地说。

"那可是文物，宝藏啊，被人抓到了要判刑的！"黄印财有些激动。

"放心，我只是让你找，又没让你去拿，只要你没拿，你就没什么事。"

"嗯，可是我就一粗人，别人都没找到的东西，我怎么可能找到呢？"黄印财疑惑地问。

"这个你不用管，只要你按照我的指挥去找就好"，对方接着说，"而且在你帮我找东西的这段时间，你欠债的利息我会按时帮你还的。"

"那我欠了三个月的利息呢？"

"嗯，只要你今天答应，我就把之前的利息帮你还了。而且如果成功找到宝藏，我还会给60万作为回报！"

"这么好！那到时你要是不给呢？那六合彩庄家每个月都会催我还欠债的。"

"放心，到时我会给你的。可以一手交钱，一手交信息。至于你那15万的欠债，我让他们暂时不找你要就是。"

闻言，黄印财心想，就算对方最后不给钱，能帮我还了利息，我也算渡过一时难关，于是说："那好吧，我听你吩咐就是。"

"那你明天去一趟玉凤坑的王爷庙，去找龙和凤的眼睛，不论是字还是画，都把它拍下来，发给我，记住不要声张！"

上次宋锦天派去玉凤坑王爷庙的外地人没有发现有用的东西，反而因为不会说潮州话而被玉凤坑的老人怀疑，这次他想换个韩阳本地人去，想必情况会好点。

夜空中闪烁着零零星星的光芒，一切显得那么的安静，宋锦天悄然拉开了新的寻宝计划的帷幕……

（二）

12月8日上午，黄印财从韩阳东南面的龙阳村开车近一个小时，来到韩阳东北面的玉凤坑王爷庙。玉凤坑王爷庙是韩阳地区最大的王爷庙，与福安里王爷庙供奉着一样的神。

相比福安里王爷庙，玉凤坑这个王爷庙历史更为悠久，据说是北宋时期就建成的。由于是石砌结构，这座庙宇的主体至今依旧屹立不倒，历朝历代的修缮让王爷庙的装饰显得更华丽大气。

黄印财一进庙，便烧香拜了几下，嘴里默念，大概意思是保佑他能渡过难关，多赚钱。然后在庙里转悠了三圈，寻找"龙凤"的踪迹。

他拍了几张庙里布幡上的龙凤图案，但似乎没有什么特别之处。不过他很快发现庙里正殿前长长的对联，上面就包含有"龙凤"两个字——堂殿前腾龙舞凤百业翔，金玉明眸处得见真文章。

黄印财心里一震，难道说这玉凤坑王爷庙确实有宝藏的线索？黄印财不笨，他一下就猜到这对联大概是说这殿堂前面有龙凤图，还有金玉做的眼睛可以得到"真文章"。于是他在大殿前找了好久，连屋檐上、四周墙角、石板地面也看了，就是再没找到有"龙凤"的踪迹。

会不会以前有，后来拆了呢？他需要找个人来问问。

时间以近中午，过来烧香祈福的人回去吃饭了，只有庙里看门的赵大爷在眯着眼睛喝茶听潮剧。黄印财笑嘻嘻地走过去，拿出一根烟，递给赵大爷。

"赵大爷,好久不见,还没吃饭吧?"

"是啊,你是印财吧?今日怎么有空来王爷庙?"赵大爷睁开眼,笑呵呵地接过黄印财递来的烟。

"哇!赵大爷这么久还记得我啊?我就是专门过来求王爷保佑我发财的。"46岁的黄印财依然笑嘻嘻的。

"你哥不是龙阳的书记吗?有的是钱。"

"原来是,现在不是了。"黄印财边说边环视着王爷庙,然后转过头看着赵大爷,"赵大爷啊,您在这庙里待了多少年?"

赵大爷举起五个手指说:"五十多个年头了,二十几岁就在这跟着师傅转行学石雕,我都81岁了。"

"哦!您看起来也就六七十嘛!"

"哪里,你真会说话。"

"那之前这王爷庙大殿前面有没有什么龙啊凤啊的雕刻品或图案呢?"

听黄印财突然这么问,那赵大爷沉默了几秒,心中有了警惕,不过他还是实话实说:"没有啊,原来就是现在这样子。"

"这副对联不是有写'堂殿前腾龙舞凤百业翔'呢?"黄印财指着对联问。

"这个我也不清楚,从小就是这样了。"

"那您可有听闻这庙里有过什么宝藏?"黄印财露着阴森的笑容。

赵大爷抬起眼睛瞥了黄印财一眼,哈哈说道:"这宝藏不应该在你们龙阳宋井那儿吗?我们玉凤坑可从来没听说有宝藏啊!"

"您说的是。不过前段日子陆湖寨王爷庙找到了木箱宝藏,说不定你们玉凤坑也有啊。"

"水涨淹不着,水涸淹三尺。你能破解宋井石刻,就能找到宝藏了。"赵大爷笑眯眯地对黄印财说,"老弟啊,做人不能老惦记着宝藏,还是踏实点好!"

"赵大爷说得对，我就是对宝藏好奇罢了。"黄印财见没能在赵大爷身上套到些什么，便起身告辞，临走时不忘再观望庙里一眼，并站着双手合十对王爷神像深深一拜。

此时已经是中午12点多。黄智扬的舅舅打电话让他来玉凤坑来，他舅妈今天刚做了些甜粿和米饺，让黄智扬来拿些去给黄晓筱吃。

黄智扬开车回去恰好就经过这里。看见黄印财在王爷庙门口周围东张西望的，黄智扬故意把车停下来，用后视镜观望了一会。

黄智扬知道这黄印财整天游手好闲，今天他在玉凤坑王爷庙附近晃悠，肯定不是干什么正事！等了十多分钟，黄印财才开车离去。

黄智扬望着玉凤坑王爷庙，见王爷庙在南方冬日阳光的照耀下，琉璃瓦格外耀眼。就在此时，他接到陆雅柔的电话。

"黄叔，你在哪啊？宋井石刻有重大线索了，你快来看吧！"

"好啊，你在哪里？我马上过去！"

因为这个电话，宋井宝藏之谜似乎将慢慢被解开了……

（三）

陆雅柔自从应邀加入黄智扬的寻宝小分队后，是万分上心，平时除了上班、逛街、朋友聚会外，就把心思放在了还原宋井石刻这项艰巨的任务上。

谁知这陆雅柔不会知难而退，反而觉得很有意思。

她除了动用她父亲的关系在韩阳市寻找历史典籍外，还动用了她在美国的关系。陆雅柔当年在美国是校园的活跃分子，人脉很广。最近她就广泛联系美国的留学生圈子，让他们帮忙查阅有关韩阳宋井石刻的蛛丝马迹。

功夫不负有心人，她的这个找寻方向算是对了——因为国内那么多人、那么久都没有找到，再找下去发现的可能性就很低。

今天，她的一位在美国学习艺术的韩阳留学生朋友，偶然间在美国的一间博物馆，看到了宋井石刻的一幅图画，留学生用手机把画拍给了陆雅柔。收到照片的陆雅柔万分兴奋，在销售中心给黄智扬打了电话。

黄智扬午饭也没吃，急忙开车回到销售中心。一回到销售中心办公室，黄智扬迫不及待地让陆雅柔打开手机照片。

据陆雅柔的朋友说，这幅画是明朝时期，戚继光在韩阳地区剿倭寇时，他的一位参谋画军事地图时把宋井石刻画上去的，也不知为何最后流失到了美国。

这幅水墨画画工十分精细，从画面看来，明朝时期宋井周边的石头比现在要多些，但树木没有现在茂盛，最关键的是，这幅画竟然把宋井石刻的全部文字写在了左上方空白处。

再放大尺寸，依稀可辨得"堂前龙凤翔，玉眼见真章。水涨淹不着，水涸淹三尺"的字样。

这说明那时候这宋井石刻的文字还是完好的，但之后，石刻就被莫名其妙地打磨去一些字。这发现对于寻找宋井宝藏来说绝对是重大的线索！黄智扬让陆雅柔把照片发到自己手机里，他必须抢在"其他人"之前破解宋井石刻诗句蕴含的奥妙。

"小柔，多谢你为我们的寻宝计划做出重大贡献！我代表龙阳村人民感谢你！"黄智扬给陆雅柔投来感谢的眼光，此时的黄智扬已然非常感激和信任陆雅柔。他知道，毫无功利心的陆雅柔只是在无条件地帮他，或者她也只是在获取寻宝路上的成就感而已。

"黄叔过奖了。不过你要破解前面这句诗才行啊。"

"是的。我想我现在应该回龙阳村找可靠的人一起参详破解这句诗，你还要上班就不便去，有什么结果我会告诉你的。"

"哦，好的。"陆雅柔为不能一起去破解诗句感到有点失落。

"还有，这幅图就你我知道就好，不要告诉其他人……"

"这个没问题。"

黄智扬很快回到龙阳村父亲家里。黄正德刚要午睡就被他叫起来。黄智扬把诗句写在纸上,请父亲帮忙看看。

黄正德仔细看了画和诗句后,说:"'堂前龙凤翔,玉眼见真章',这个'堂'有可能是宋井,也可能是祠堂,也可能是庙堂。那宋井本身就有龙凤石刻。这样,你把这张纸藏好。我们现在就去这几个地方看看,在看到龙凤的地方,找找有没有'玉眼'。"这黄正德干了几十年公安,看事情很敏锐。

黄智扬在黄正德的带领下先来到宋井,只见宋井口的确雕刻着一条龙和一条凤,但仔细一看,龙和凤的眼睛已经早被人打磨掉,现在的眼睛是后人画上去的!他们看了一圈,又下到螺旋石梯的门洞处,观察了一会,不见再有龙凤图案。

接着两人来到龙阳村黄氏大祠堂。祠堂门口两侧也的确雕刻有龙凤图案,只是那都是近几年祠堂重新修葺做的。而祠堂里就没有这样的图案和雕刻了。

再接着,两人把村里的庙堂也看了一圈,还是一无所获。初冬的龙阳,风吹得稍感寒冷。黄正德点了根烟歇一歇。

虽说黄正德已经六十多岁,但他年轻的岁月是在20世纪六七十年代度过的,那时的人们,"文化"和"历史"都没有留下多少积淀,"实在不行,我们就去泽厚家里坐坐!"

(四)

他们一起去找乡里的这位"活宝"——何半仙。

何半仙得知黄正德亲自到来,心想必有要事,就带黄正德二人到古香古色的书房里。走进何半仙的书房,只见书架上摆满了地理、八卦、历史类图书。

他把书房门关上,一边煮水泡茶,一边递根烟给黄正德,自己点烟时，顺手往旁边台面上的香炉里也点了根檀香，一株30厘米高的根部呈葫芦形的大头榕盆景令书房更显生意盎然。

三杯茶冲好，何半仙压低声音问："来喝茶！……正德兄，你们今天父子过来一定有什么重要的事。"

"是啊，因为我们得到一句诗，想请你来解释下。"

黄智扬没有把整首诗拿出来，只是撕下了"堂前龙凤翔，玉眼见真章"这一句，递给何半仙。

何半仙看了一会，抬头问："这句诗讲的意思好像在哪里见过？！"

"哦，那你想想，是在我们龙阳见的吗？比如宋井附近？"

"嗯……不是。"

何半仙摇摇头，黄正德父子没说话，静静地等待何半仙回忆。

何半仙忽然侧身对黄正德说："我知道了！这诗句讲的内容跟玉凤坑王爷庙里的对联讲的是一个意思。"

"那对联写的是什么？"

"'堂殿前腾龙舞凤百业翔，金玉明眸处得见真文章'，缩写起来不就是'堂前龙凤翔，玉眼见真章'吗？"

"原来是这样！那这副对联现在还有吗？"

"有的，我每年还去王爷庙拜神。"

"那你觉得这句诗什么意思呢？"

"我觉得就是说某个堂的前面有龙凤飞翔，龙凤可能还有双玉做的眼睛，可以见到真正的'章'，这个'章'可以是文字、文章，也可以是秘密的意思。"

"还是您何叔见多识广！"黄智扬赞赏道。

"嗯，还好，我就一江湖人士，自然对江湖的事情关注多点，"何半仙喝了口茶，眼睛一转，又说，"这诗句恐怕还跟宋井宝藏有关吧？"

黄正德父子对了下眼，还是由黄正德说："嗯，可能是跟宋井宝藏有关。这首诗也是智扬刚拿到的，你还是要保密啊！"

"我们是什么关系？你们家对我有恩，此生听凭差遣。再说，我整天替人算命，对每个人问的私事自然都是保密的，这点你们放心！"

"是，我们就是信任你泽厚才来找你参详的。"黄正德说。

"那能问这首诗从哪里得到的吗？"

"是一位美国的朋友发来的，但真假难辨，只能试一试找一找。"黄智扬答。

"如此，那还得快，而且要隐蔽，越少人知道越好。"何半仙说。

"是的，目前就你我三人知道。"

黄智扬突然想起什么，大叫一声："不好！今天我去玉凤坑我舅家，看见那黄印财从玉凤坑王爷庙里出来，还到处张望着，似乎在找什么。可能就跟这首诗有关。"

"这黄印财整天不务正业的，可能他提前得到这句诗了？"黄正德略有疑惑。

"这个难讲，不过从他今天离开王爷庙的神情来看，他应该还没找到什么有用的线索。"黄智扬说。

此时，黄智扬的脑海浮现了几个问题：既然明朝时期宋井石刻的诗句是完整的，那后来又是谁把其他字凿掉，当年那个凿掉的人会不会已经找到宝藏的线索？宋井宝藏还存在吗？如果说当年那个凿掉字的人已经发现或拿走了宝藏，那他也应该没必要凿掉字了，那这样看来宝藏存在的可能性很大！

想到这里，黄智扬眼睛一亮，内心十分振奋，他决定明天去一趟玉凤坑，不过他需要看看何半仙这个"老古董"能否给些提示，毕竟何半仙还在那里住过，于是问道："何叔，你对王爷庙比较熟，这'堂前龙凤翔，玉眼见真章'，根据你记忆，王爷庙那里会有龙凤的图案或物件、雕刻之类的东西吗？"

何半仙吸了两口烟，沉思片刻，说道："我猜测，如果这句诗跟古时候的宝藏有关系的话，那么现在能存留下来的可能大都是只有木雕、石雕之类的，据我记忆，玉凤坑王爷庙是没有大型的龙凤图案的，你可能需要仔细找找，特别是大殿前。"

"好的，以后有什么问题还要来请教何叔您啊！"

"没问题！"

黄智扬先行告辞，他现在需要先回去宝地花园销售中心，下午项目施工单位要过来着手施工组织设计。

（五）

踏入12月，宝地花园和启阳之星，谁也不敢在这场竞争中掉队。

启阳之星仿佛一辆高速前进的火车，从审批、前期再到施工，一切都来得很顺利。对于宝地花园项目总经理的黄智扬而言，更是不敢掉以轻心，他希望尽自己最大的努力协调好内外各部门、人员、整个单位的关系，每个环节都不能掉链子。

黄智扬十分钟就从何半仙的家回到销售中心。不久，接到赵承志的电话说马上就到销售中心，黄智扬走到销售中心门口等待。

下午3点半，只见一辆全身尘土的国产SUV如飓风般驶了过来，车上下来三个人。从驾驶位下来的年轻男子宽额浓眉、英气逼人，后面跟着两个头戴安全帽的人，快步走来。

黄智扬迎了过去，双方一握手。

"您好，您就是黄总吧？我是赵承志。"说话的年轻人，脸上还露出了稚嫩的笑容，没错，他就是韩阳四少之一的赵承志！

"你好，我们第一次见面，你就认出我了？"

"是啊，我们接了宝地花园项目，就做好了很多前期的工作，包括对您的了解。"

"不简单啊！"黄智扬给赵承志投去欣赏的目光。

"哦，我介绍一下，这位是将负责宝地花园项目施工的项目经理梁经理，这位是项目技术负责人潘工。"

"你好！你好！"黄智扬跟他们一一握手，然后往里面带。

黄智扬问："你们是刚从其他项目过来吗？"

"是啊，您怎么知道？"

"因为你的车身全是尘土啊！"黄智扬看了赵承志一眼，又问，"这车是你公司的吧，赵总自己的豪车不舍得开到工地吧？"

"我以前的车卖了，现在到处都需要用钱，要储备些资金以便紧急时可以用。这辆车是我渡过难关后用我赚的第一笔钱买的，其实这车也很不错，经常走工地没必要开太贵的车，而且这车能鼓励我多工作赚钱。"

黄智扬听了点点头，他很赞赏赵承志的务实。

接着，几个人又到工地去。黄智扬大致讲了项目开发建设的顺序、开发的产品特色和土地详勘的一些情况。赵承志一边倾听，一边嘱咐两位负责人用心记录，做好施工组织设计。他一副标准的乙方态度，以及骨子里的谦虚。

黄智扬感慨道："我们陆总真是慧眼识英才啊！这宝地花园项目的施工建设就交给几位了！"

"黄总您放心，建一个项目，树一座丰碑，我和我们团队会干好的。"赵承志脸上浮现出自信的笑容，看着这片荒地说，"现在天冷，黄总您先回办公室，我们要做详细的规划，争取尽快最好开工的前期准备，把材料、机器、人员安排好，一旦拿到施工许可证，立马开工！"

黄智扬见已经交代介绍得差不多了："那行，这里交给你们了。有需要随时联系我。"

黄智扬转身往办公室走去，微风吹过，不禁收紧了身上的大衣。他很欣赏赵承志的人品和办事作风，因为在这年轻人的身上，黄智扬看到了一些自己的影子，只是黄智扬没有赵承志这样可以继承的平台，不过每个人的经历不同，收获不同，路上能欣赏到的风景自然也不同。

（六）

当天下午5点半钟，天色渐渐暗了下来，宝地花园销售中心则更加灯火璀璨。门前足有三米高的喷泉伴随着优雅的音乐肆意摇曳，处处彰显销售中心的奢华之气。因为还没正式开售，每天销售中心开放接待到7点，销售代表一般6点就下班，只留一名值晚班到7点。当晚轮到陈君纯值晚班。当然销售中心里还全天候驻守着保安。

等到快下班的时候，陆雅柔跟陈君纯说："君纯姐我先下班咯，今晚吃了饭去步行街逛街吧，上次那家店举办'双十二'大促销呢！"

换作平时，陈君纯一口就答应了，可是今天她反常地犹豫了一会说："今晚下班晚，有点累，就不去了。"

陆雅柔见她脸色有点不好，关切地问："是不是哪儿不舒服啊？"

"没事，可能被风吹得有些头晕晕的。"陈君纯现在只想一个人待会儿。

陆雅柔闻言，看了一眼时间，"那好吧，我先走咯，你今晚早点回去休息。"

"嗯，好。"陈君纯微微点头。

陆雅柔眼珠子转了转，一脸无奈地离去了。

等陆雅柔离开后，销售中心里面是安静了，但陈君纯的心却更乱了！手里拿着一份文件，但她的目光总是无法聚焦到具体的字句上，文件里的文字像是长了脚似的乱跑。乱，只因为她手机里的信息。放在一旁的手机，信息灯闪烁个不停。时间一分一秒过去，陈君纯一遍遍翻看着文件，静静地等待着时间的流逝。当窗外最后一抹夕阳拖着残红的尾巴终于被蔓延的夜色吞噬后，陈君纯的心反而随着时间的流逝越来越慌乱。

其实，她的慌乱来源于陆浩今天下午发来的几条微信——

"君纯，今晚下班后一起共进晚餐吧。"

陆浩发了几张凤凰轩和美食的照片，配合着陆浩帅气的头像，一般少女都会有点心动。见陈君纯半个多小时没回复，陆浩又发了一条："我知道你今晚7点下班，我到销售中心门口接你。"这次陆浩直接配发两张照片，一张是他坐在驾驶位上自己和方向盘的合照。

陈君纯心乱是她对自己内心的理性和感性无法取舍。理性告诉她，高高在上的陆浩，开的是法拉利，吃的是凤凰轩，和她的差距太大。而且，以她对陆浩的认识，他不过是玩玩罢了。所以，还是敬而远之比较好！心里虽这么想，陈君纯的心脏却始终无法回归到正常的跳动频率上去。

因为感性正时刻拨动她的心弦。陆浩和他身上所具有的一切物质所营造出的魅力，令陈君纯时刻感到心动。答不答应陆浩的请求，这个问题令陈君纯左右为难。虽然陈君纯的追求者几乎每周会出现一个，但像陆浩这样条件的男生却实在少见。

她觉得自己首先应该拒绝陆浩，除非陆浩真的能做出令她感动或心动的事，让她的感性彻底战胜理性。

于是她终于拿起手机回复道："今晚有约了，不好意思。"

陆浩很快回复："那你去哪里，我送你，反正我都来了。"

"不用了，你先走吧，会有人来接我的。"

陈君纯等了十多分钟，陆浩这次没有再发来信息。令陈君纯着实感到有些失落。陈君纯知道，自己的心动了！

时间已经到了晚上7点10分，保安进来准备关灯了。陈君纯只好简单收拾了东西，走出了销售中心。刚走出销售中心，凉风划过脸颊，是冬天的味道。

陈君纯需要走一段路去搭七点半的公交车。由于宝地花园地处城市边缘，这里的路灯间距大，路上行人不多。抬眼间，看见陆浩那辆红色法拉利停在不远处她的必经之地，在路灯反射下十分炫目。

陈君纯顿时心跳加快，说不上是惊讶，还是惊喜。此时陆浩打开车门，迈着大步下了车，转身往陈君纯方向看来，目光里多了一丝柔情。

他身上穿了件烟灰色的衬衫，外套放车里了，衬衫在寒风中微微抖动。

陈君纯没料到他会在销售中心外等着她，与他目光相撞的瞬间，心"咚"地狠狠撞在了胸口上，她双腿一软，整个人像截木头似的杵在原地。

陆浩走到副驾驶位，打开车门说："外面冷，上车吧。"陈君纯犹豫了三秒，突然有了前行的理由。她快步走了过去，右手握着肩包，看着陆浩的单薄的衬衫，礼貌地说："陆先生，外面冷，你还是上车吧。"

陆浩一听，自己反被陈君纯关心了起来，倍感温暖，不过他不管什么冷不冷，继续说："你不上车，我也不上。"

陈君纯眼睛一转，"那好你先上"，示意陆浩回去驾驶位。陆浩信以为真，便自己先开门上车。

只见陈君纯没有上车，而是弯腰大方地说："你先走吧，谢谢！"

随手把副驾驶位的车门轻轻关上，径直往前走去。

陆浩愣住了片刻，这还是第一次有女生拒绝他的邀请，有豪车不坐。不过很快，陆浩就发动了车子，放下车窗，缓缓跟着陈君纯。陈君纯内心七上八下的。

（七）

这陆浩越是跟着，陈君纯就越觉得这只是陆浩的一贯套路。陆浩也想看看陈君纯到底是不是真的有人来接她，是否真的有约。

陈君纯闷头往前走，而旁边路肩上那辆法拉利就依旧紧紧地跟着，有时会超越她步伐，有时也会落在她身后。跟了几分钟，陆浩一手搭着方向盘，身子微微侧向副驾驶一侧，对陈君纯说道："君纯，上车吧！"

陈君纯停了下脚步，微笑着答道："不用了，谢谢！"

夜风轻轻拂过，带了夜色的迷离气息。

陈君纯深吸了一口气，刻意忽略身旁的车影以及那个男人。路上行人并不多，陈君纯还需要再走一百多米才能到公交车站。为了撇开陆浩，陈君纯干脆脚步一移，朝着旁边有灯光的小路走过去。

这条小路车子是无法过去的，她消失在小巷中，陆浩只能看着她的背影干着急，无奈之下，加大油门，沿大路绕弯跟去。

陈君纯走在小路，下意识地回头瞟了一眼，没了他的车影，心想着他应该是走了吧？！只是心里却蓦地涌上了一股落寞。

当陈君纯穿过小路，到达公交站台时，那辆显眼的红色法拉利已经停在旁边。陆浩下车在站台等着她。

站台有几个人在等车，陆浩走到离陈君纯一米远的距离，露出一种稳重而内敛的微笑，没有说话。这是在避免尴尬，或者他不勉强陈君纯，但他要表明自己的诚意和决心。

"你到底想干吗呢？"

陆浩探过身，"不干吗，只是想约你吃顿饭而已"。

"没心情！"陈君纯冷声说道。

"为什么？"

"我们平常人的事情，你不会懂的！"

"可以跟我说说吗，或许我可以帮你。"陆浩态度是吓人得好，无论陈君纯言语再冷，他依旧客气。

是的，她不但要烦陆浩，还要烦自己弟弟。弟弟现在待业，整天在老家游手好闲，父母比较担心，她需要帮她弟弟在市区里找一份工作，可是现在还没有眉目。她也想有人能帮她的忙，但她更不想欠陆浩一个人情，便说："不用了。"

就在这时，她等的公交车来了。

陈君纯排着队上车，不忘转头对陆浩礼貌性地低声说："再见。"

陆浩跟上去一步，欲言又止，显得很无奈。

陈君纯看了反而觉得好笑，这陆浩变得没那么跋扈张扬了，上车后回头对陆浩说："下次有机会吧！"

车门关了。陆浩站着原地给公交车行注目礼，有了陈君纯这句话，他今晚没有白等，抬头觉得当空的月色实在太美了！

路灯绵延，公交车的背影被夜色与路灯交织的光芒拉长，又慢慢地稀释，但他的目光却许久未能收回。

公交车上的陈君纯望着窗外茫茫的夜色，仿佛觉得自己行走在泛着清冷的光的钢丝之上，钢丝的尽头是朦胧的玫瑰花海，她无法预测真正到达花海需要多久，只是觉得自己的双脚连同身子都在左右摇摆……

第13章
出将入相

（一）

12月9日，星期五，作为项目总经理的黄智扬依旧早早来到销售中心靠南边的办公室里。

冬天的早晨，阳光毫不吝啬地照进他的办公室。他的办公室北边靠走廊处是一排落地玻璃窗。一般上午他都不会关闭百叶窗，这样阳光可以直接照到中间的走廊上，给整个销售中心带来更大的光亮。当大家经过的时候，就能看到他伏案的样子。

几位女职员上班走过，有人低声谈论说："认真工作中的黄总很帅、很迷人！"

就在黄智扬认真审阅资料时，陆雅柔走到他玻璃窗外，给他发了条信息："黄叔，我在你门口，昨晚你去龙阳村破解到诗句吗？"

黄智扬转头看见陆雅柔正在玻璃窗外，晃动着手机给他打招呼。黄智扬比了个"嘘"的手势，心想这个机灵的陆雅柔似乎总能帮助到他，然后便给陆雅柔回条信息："在龙阳村暂时没找到，今天中午一起去玉凤坑看看。"

窗外的陆雅柔比了"OK"的手势。

中午12点,黄智扬让陆雅柔带上饭盒就出发,打算两人轮流开车,目标就是玉凤坑。

陈君纯和陆雅柔平时都是一起吃饭的,今天见陆雅柔匆匆跟着黄智扬要出去,便问:"你午饭也没吃,这是要去哪里呢?"

陆雅柔转了下眼珠说:"哦,没什么,就是跟黄总去玉凤坑拜王爷。"

望着两人离去,陈君纯心想,这两人走得这么黏糊,看来关系不一般啊。陈君纯过后没再追问,虽然她欣赏黄智扬,但黄智扬每天看来都脚步匆匆,似乎没有意思在她身边停留。当黄智扬和陆雅柔出发之际,他们的行动就已经被销售中心的一个人告知了陆国安!

再说黄、陆二人倒是很默契,行动统一,目标明确,一路上黄智扬给陆雅柔说了昨天在龙阳村的找寻结果,以及何半仙的判断。

一到王爷庙,中午庙里香客不多。陆雅柔环视了眼前的王爷庙——

王爷庙近年又修葺过,恢宏亮眼的同时,透露出苍老的气息,比陆湖寨福安里的王爷庙要显得更加气派。

黄智扬小时候就跟母亲和外婆来这里拜过,也算故地重游。就在这时,黄智扬听到旁边传来潮剧的声音,寻声看去,原来是赵大爷在眯眼听潮剧,旁边摆放着一些香烛纸钱。

赵大爷,黄智扬是认识的,看样子变化也不大,一直是清瘦而安详。黄智扬走了过去,向赵大爷买了点香烛和纸元宝,便和陆雅柔分别到大殿前虔诚地拜起来。

拜好后,他们跟黄印财一样在庙里找寻了一圈,同样也看到大殿前"堂殿前腾龙舞凤百业翔,金玉明眸处得见真文章"的对联。

于是两人商量分头找寻堂殿前的龙凤图案和雕刻。两人找得很仔细,屋檐下的木雕,屋顶上的彩色瓷雕,墙上边边角角的画,还有地上的石板，庙门外的镂空石雕等，除了一些新的手工画，都没什么有用的发现。

黄智扬看了下赵大爷，心想这位赵大爷自从他出生就一直在这里，想必会有很多别人不知道的事物，他知道。

黄智扬跟陆雅柔说："我们过去找赵大爷喝两杯茶去。"

黄智扬走过去，轻声说："赵大爷您好！"

赵大爷听到有人在面前叫他，微微睁开眼睛，"哦，你是？……"

"我是黄智扬，小时候来过这里，还打翻过你的一个茶杯啊！"

"哦！你是龙阳村的黄智扬吗？"

"是啊，赵大爷您还记得我呀！"

"当然记得，你有几年没来这里了。刚才你买香烛，我都认不出你了。"

"是啊，今天过来拜下，这包中华您留着抽。"黄智扬掏出身上随时准备好的一包中华烟递给赵大爷。虽然黄智扬自己不抽烟，但在韩阳地界活动，递烟有时就是在传递一种友好，是一种不错的交际工具。

"怎么好意思抽你的中华呢？"赵大爷开心地咧嘴大笑，露出一口被岁月侵蚀的牙，"你能记住赵大爷，赵大爷就很高兴了。现在有出息了，回来拜王爷，王爷会保佑你的。"赵大爷的笑容没有停止过，叫黄智扬和陆雅柔坐在旁边竹椅子上，起火泡茶。

"我来泡就好。"黄智扬坐过去，熟练地泡起茶。年轻人对老人的尊重，和老一辈对年轻一辈的关怀，就在这简单的几句话和几个动作里，似这茶水一般，温暖着冬日里的人心。

"这小姑娘挺可爱的，你这小子还不赖！"赵大爷点燃了一根中华，看着眼前这两位衣着鲜亮的后生，享受着吐出一口烟。

"大爷您别开玩笑了，要不您跟我们讲讲王爷庙的来历吧，小时候我最喜欢听您讲故事了。"

"好好，赵大爷我最喜欢讲故事了。"赵大爷清了清嗓子，准备讲讲这庙的事了。

陆雅柔用手挥了挥烟雾,眼睛放着光,满脸期待看着赵大爷。

"我们这王爷庙,可大有来头。这是韩阳最古老的王爷庙,以石砌为始。宋朝以前,王爷庙叫山神庙。到了南宋,当时少帝南逃韩阳,元兵也一路追击到此,传说三山神化身三位玩耍的小孩将元兵指向西边,少帝则南下你们龙阳村。因帮助少帝逃过劫难,当时少帝赐封三山神为三王爷,把山神庙改为王爷庙,让大臣前来祭拜。随后到了元朝,兵荒马乱的年代,为了保护王爷庙不被损坏,玉凤坑的村民将王爷庙更名为山神庙,对外宣称此庙为纪念山上神灵之用。到了明朝,山神庙再次改名为王爷庙,村里人还募捐修葺王爷庙,把三王爷的铜像磨亮贴金,又请能工巧匠画上彩雕。经过历代数次的修葺,才有今天的王爷庙。这里也是韩阳香火最旺盛的地方,有求必应,来自各地的人们到此念心祈福,求签求运。"

"赵大爷,请喝杯茶!"黄智扬冲好三杯茶,顿了顿问,"昨天中午我看我们龙阳村的黄印财也来过王爷庙,您看到了吗?"

"是啊!"赵大爷低声说,"这小子来应该没怀什么好心。"

"哦,怎么啦?"

"他问我堂前龙凤!"

"那他找到什么没有?"

"那倒没有,不过估计他还会来。"

黄智扬和陆雅柔对了下眼,黄智扬觉得不如直接问赵大爷,反正也不是外人,"赵大爷,不瞒您说,我们今天来也想知道这堂前对联所讲的龙凤,因为这可能关乎我们龙阳村的宋井宝藏。"

赵大爷再拿出一根中华,慢慢点上,抽了两口,似乎在思考衡量。黄智扬也没说话,静静地喝茶。

赵大爷慢慢凑近黄智扬,说道:"智扬,你外公和我是同房五服内的亲戚,他还大我几岁,以前也是无话不谈的好朋友,我今天跟你说的话和你要做的事,要对得起你外公和这王爷神!"

黄智扬诚恳而严肃地说:"我发誓,我所要做的一切,绝对不为私利，只愿宝藏不落入坏人之手。"

"嗯，好，那我就跟你说。以前在王爷庙入门这里有扇石屏风墙，墙上用石头雕刻着龙凤的图案，20世纪70年代，为了不被破坏，我们村民把这屏风埋在后院花园里。前几年重新修葺王爷庙，才挖出来，现在就镶嵌在后花园的水池后面，因为前面是水池，所以也没有人进去动过，你们跟我来。"

（二）

赵大爷讲述完后，便起身领着黄智扬二人走到神像后方。这神像后方是一个房间，里面存放着庙里的一些物品。房间后面有个后门，后门外是一百多平方米的后花园，还有几间房屋。

赵大爷带他们走到后花园靠墙角的地方。这里有个十多平方米的池塘，池塘里养着鲤鱼和乌龟，旁边种了两株不高的柳树。池塘靠墙位置用石头和水泥做了个假山。赵大爷拨开垂柳，指着假山后墙上一副龙凤石雕，"就是这个了！"

只见这个龙凤石雕呈现深灰色，底下靠水池部分还长满青苔。黄、陆两人走近一看，龙凤之间还各有一只小龙凤，大龙旁边是小凤，大凤旁边是小龙！他们顿时内心欣喜。

黄智扬转身问赵大爷："我可以下去看看吗？"

赵大爷点点头。想近距离观察龙凤图，就必须跨过这到膝盖深的水池。平日里正因为水池的原因，所以才没人能够直接接触龙凤图。黄智扬没有犹豫，脱下袜子鞋子，卷起裤脚，赤脚踏进了水池，任凭冰冷的水刺骨，也不能阻挡他那颗解开历史谜题的火热的心。慢慢靠近龙凤石雕，每一步，那么小心翼翼；每一步，似乎又风起云涌。

黄智扬走到石雕面前，目的很明确，就是找"玉眼"。

他先仔细观察了"大龙""大凤"的眼睛，但看起来并没有什么异样，接着观察"小龙""小凤"的眼睛。当他走到了小龙面前时，只见小龙的眼睛一片炭黑，跟石头的灰色不同。

黄智扬慢慢地伸出了右手，用手指摸了摸小龙的眼睛，结果手指瞬间就乌黑一片，而且有种滑滑的感觉，像是打磨过的灰色玉石。

这时，小龙的眼睛亮了，"玉眼"现身了！

"啊，那是什么？"陆雅柔一声惊叹。

黄智扬顾不上漆黑的手指了，他用拇指、食指和中指合力转了转玉眼，发现这个玉眼可以转动。于是他逆时针转了一圈，直接把"玉眼"拉了出来——这是个8厘米长的小圆柱体的玉筒！黄智扬把玉筒握在左手，然后走出了水池。

是什么呢？陆雅柔和赵大爷都在等待黄智扬打开玉筒。

陆雅柔拿出张纸巾，黄智扬将玉筒擦了一下，发现玉筒顶端还有个盖子。黄智扬左手握着玉筒身，右手打开玉筒盖，只见玉筒里还躺着一张小黄纸轴！

这难道就是藏宝图？！

黄智扬小心翼翼地把纸轴取出来。此刻的空气是凝固的，心跳是加速的，他们三人比守在电视机前看彩票开奖的人们还要紧张！他慢慢打开纸轴，发现这纸轴是双面的。

纸轴正面用简单的墨碳线条勾勒出一副跟韩阳一带的地形非常相似的地图。不出意外，这就是古韩阳的地图。图上有一个红点，根据位置判断，这个位置可能就是在龙阳村或美澳乡的沿海一带。

翻过纸背，附有一首七言绝句——

　　　　江潮随海日坠霞，祠丛新燕落新堂。
　　　　出龙腾作楣上将，入凤化为梁下相。

陆雅柔拿出手机拍下这首诗。

黄智扬将纸轴重新塞入玉筒中，问道："赵大爷，这个玉筒物归原主，交给你保管。"

赵大爷接过玉筒，想了一下，"我已经老了，这样，你还是把它放回去吧。"

"嗯，也好。"说罢，黄智扬再次蹚水把玉筒塞入小龙眼睛处，再用旁边的香灰泥土涂抹一番，玉眼的光泽又被掩埋了起来。完璧归赵后，黄智扬和陆雅柔便和赵大爷告辞，要回去上班，也说了有什么发现一定会回来告知赵大爷。

（三）

此时，王爷庙里陆续有香客进来祈福。

不过，有个头发半白的戴眼镜年轻人引起了黄智扬注意。黄智扬记得他们之前在跟赵大爷聊天的时候，那年轻人就在门口出现过，因为他这么年轻就生白发，令黄智扬无意多看了一眼。此时他们二人要离开，这年轻人似乎在正在庙门口的小摊上买了根甘蔗吃起来，但眼睛一直盯着黄智扬他们。

黄智扬转身跟陆雅柔说："看到没有，门口那个白发年轻人一直望着我们。"

"那黄叔我们还是早点走吧。"

黄智扬望了下天空，今天碧空万里，王爷庙在阳光的映照下显得愈发光彩耀眼，还散发着一股耐人寻味的气息。几只南飞的候鸟落在庙屋顶的琉璃瓦上，又穿进庙前的大榕树里，似乎犹豫着是否稍作停留。

在王爷庙的发现，对他们接下来的寻宝之路显然有着深刻的意义。也许，不久的将来，他们还会再来玉凤坑……

一路上，二人讨论着"江潮随海日坠霞，祠丛新燕落新堂。出龙腾作楣上将，入凤化为梁下相"这首诗的含义。

"我觉得，这首诗的重点字就在这个'祠'上，在龙阳村和美澳乡，有很多拜神的'宫'，但一般只有祠堂才用'祠'这个字。"黄智扬边开车边说。

"那你说会是你们龙阳村的祠堂还是美澳乡的祠堂呢？"

"你再把那诗念一遍。"

"江潮随海日坠霞，祠丛新燕落新堂。出龙腾作楣上将，入凤化为梁下相。"

"这就对了！我想这其实就是一首藏头藏尾诗，我们把每句诗的头尾拼起来就是：江霞、祠堂、出将、入相。"黄智扬很兴奋，说话的声音都大起来——

"你知道吗，我们黄氏就是江夏后裔，有些地区的黄氏祠堂又名'江夏祠堂'。所以结合图中的小圆点和诗句，那地图指向的地点就是我们龙阳的黄氏大宗祠。"

"太好了，那就到你们祠堂找到'出将''入相'四个字就可以了。"

"是的！而且我爸最近在忙宗祠修葺事务，我问问他是否知道。"

黄智扬在一个安静的路边停车，拨打黄正德的手机，将中午在玉凤坑王爷庙获得诗句的过程跟黄正德讲："爸，您想想我们黄氏大宗祠有没有'出将''入相'四个字？"

"宗祠里一般都是对联或者牌匾，但这些新做的对联和牌匾里没有涉及这四个字的。"黄正德回想了一下，一时没想起来，"这样，明天是我们龙阳黄氏大宗祠新修后的重光庆典，刚好星期六，你也过来看看。"

"好啊！"

黄智扬和陆雅柔都充满了成就感和期待。

黄智扬知道寻宝之路现在只是开了个好头，但愿自己不会辜负了历史给予的这份机缘。他觉得有必要叮嘱下陆雅柔："这件事你一定要保密，不能让那黄印财之类的人知道。"

"黄叔你放心，这是我们两个人的秘密，我会遵守我们的约定的！"

（四）

下午还要上班，他们回到了销售中心。一路上陆雅柔凭靠在车窗上打了个盹，下午依然能精神饱满地在销售中心准备接待客户。

两点半刚过，大门走进一个下身穿牛仔裤，上身穿紧身棉衣的翩翩男子。此时刚好轮到陆雅柔接待。

"先生您好，请问您是第一次来看房的吗？"陆雅柔迎上去。

"哦，我算第二次来的，但没看过房。"男子看了陆雅柔一眼，嘴角露出一丝轻松的笑意。

"那我帮您介绍一下吧。"

"也好，谢谢你！"该男子显得很客气。

陆雅柔领男子到总体规划模型前详细地介绍起来。男子听得很仔细，不时还问几个问题。

陆雅柔把她知道的都告诉了该男子，并问道："您是考虑购买住宅呢还是别墅？"

"我现在是连住宅都买不起，不过看到时别墅建好后，能不能买得起别墅。"这位看起来不到30岁的男子说出来的话，令陆雅柔感到十分诧异——

现在买不起，建好别墅就买得起？这人到底是做什么工作的？看他人高马大的，一双休闲鞋底还粘着泥土，装扮像是个工人，但气宇却不凡，嘴角充满着一股自信。更令陆雅柔感到诧异的是，这个男子好像在哪里见过，而且还不止见过一次！这人到底是谁呢？

就在此时，销售中心门口走进来两位三四十岁的人，手里都拿着安全帽，看起来像是搞工程的，对着该男子叫道："赵总！"

只见该男子回头看了一下，说："你们来了。"

接着该男子对陆雅柔说："不好意思，他们来了，我要跟他们去工地了。刚才多谢你详细的介绍，如果以后我买房就一定找你买。或许我们会经常见面的。"

"哦，这是我的名片，我姓陆，您可以叫我小陆。还不知道先生怎么称呼呢，方便留个联系方式吗？"陆雅柔职业性地递了张名片给男子并问道。

"好的！我姓赵。手机号是……我好像在哪里见过你，不过一时想不起来。那我先去工作咯，有空联系！"男子用温柔的眼神看着陆雅柔，报了个手机号码，之后就跟另外两人大步从侧门走往后面的工地。陆雅柔呆呆地看着男子离开，心里努力地回忆这个好像在哪里见过的人。

"雅柔，在想什么呢，被那帅哥迷住了？"旁边一位销售代表取笑道。

"你们在说什么呢？"这时，销售部经理吴珊珊走过来，"他们是我们宝地花园的承建商，那年轻人叫赵承志，是他们公司的老板。"

"哇，这么年轻就当老板，真看不出来，还以为是一民工呢。"

"你没看出来，他那气质就很不一般。"陆雅柔说道。

"欸，雅柔，你是不是看上人家了？"

"我知道他是谁了！"陆雅柔喊道，"下次遇到他，我要找他好好问问。"

"哦，问什么呢？问是不是喜欢你吗？"

"呵呵，不告诉你。"

前不久，陆雅柔刚听父亲陆国安开会宣布宝地花园的承建商就是赵承志，也详细了解了他的事迹，对赵承志充满好感，今天一见，果然是一个自信、务实、礼貌的有为青年。而更让陆雅柔感兴趣的还不仅仅这些，有的问题她需要当面向赵承志问个明白！

大概过了一个小时，赵承志和两位项目负责人再次来到销售中心，又遇到陆雅柔。赵承志大方地向陆雅柔走了过去。

陆雅柔见他走来，心里突然一阵莫名地欣喜，心跳加快，这种感觉就陆雅柔长这么大，不会超过十次。这应该算是一种心动的感觉！

"你好陆小姐，请问黄总经理的办公室在哪边？"

"哦。"陆雅柔这才缓过神来，稍微有点失望，"我带你们过去吧。"

"好的，谢谢！"

其实今天赵承志他们是为了开展宝地花园项目的施工组织设计来的。从赵承志走进黄智扬的办公室，到他出来，前后近二十分钟，陆雅柔心跳加快的感觉竟没有停止过。她已经迫不及待地需要跟赵承志核实心中的问题。

见赵承志三人走出销售中心，陆雅柔跟了出去，到了销售中心外的喷水池边，陆雅柔叫了一声：

"赵承志！"

赵承志停下脚步，转身见陆雅柔走来——

"你认识我吗？"

"你是韩阳二中的赵承志吗？"陆雅柔直接问。

"哦是，我以前在二中读过书，"顿了顿，赵承志似乎回忆起什么，"难道你也在二中读过？"

韩阳二中位于石壁庵山山脚，是韩阳地区有名的贵族学校，整体成绩仅次于金山中学和实验中学。

"对啊！"陆雅柔印证了自己的判断，脸上洋溢着喜庆的笑意，兴奋地说道，"你是我师兄，比我大四届！我读初一的时候，你读高二；我读初三的时候，你就已经毕业了。"

"哦……师妹你好！"赵承志睁大眼睛，似乎也想起了一些陆雅柔当年的模样，"我也觉得你有些眼熟，但抱歉，我一时还是没能想起你的名字。"

"我叫陆雅柔。当年你是校园里的风云人物，那么多人关注你，你当然不会记得我的名字啦！"陆雅柔俏皮地说道。

"哈哈，没有啦，那时纯属瞎混日子，让你见笑了。"

"不会啊，至少我们见过三次面还说过话。"

"是啊，你说说看哪三次？我就说看你眼熟！"

见赵承志和陆雅柔两人聊得起劲，承志公司的两位工程师识趣地先离开了。陆雅柔丝毫没有要放走赵承志的意思，继续她的回忆：

"第一次是在校运动会上，我们都参加了赛跑，那时我才初一，我参加女生的赛跑比赛，谁知跑到一半我的鞋掉了，出了个大大的糗，没办法停了下来，脚还崴到了，当时是你最先跑过来扶我去找校医。"

"哦，好像有这么回事，不过我都忘了。"

"是啊，后来我就注意起你，知道你是我们校的风云二少之一。"

"呵呵，惭愧惭愧，还'风云二少'，那简直就是校园败类。"

赵承志用很难听的词语来贬低自己，丝毫不掩饰，这点让陆雅柔更加觉得他变了太多。

"是啊，你还记得另外一个校园风云人物的名字吗？"陆雅柔笑靥如花。

"记得啊，他叫陆浩！和我同届不同班，我们还打过两次架。"赵承志略微有点不好意思，但对着眼前这个小师妹，他觉得非常亲切，可以无话不说，"那时候我们仗着自己父母有钱，开着跑车进校园，拉帮结派的，整天玩乐，看谁不顺眼就欺负谁。"

"那就没错。第二次我们碰面是在学校食堂，当时我在排队，有个男生插队到我前面，我就大声指责他，那男生回头就骂我。我当然不怕他，就羞辱了他几句，结果他抡起手掌差点要打我。"

"然后呢？"

"然后就被你从旁边叫住，说了他两句，他就灰溜溜到后面排队去了。"

"哈哈，那家伙是不是戴了副绿框的眼镜？"

"是啊，你还记得啊！"

"当然啦，他那时跟我是一伙的，当时也是他想插队，好快点帮我打饭菜。"

"啊！你们可真坏！"

"嗯，不过他要打女生，特别是像你这么可爱的女生，我是绝对不允许的。"

"还好你有良心！"陆雅柔给赵承志投来一个温暖的注视。

"那第三次见你呢？"

"第三次是学校文艺汇演的时候，我呢是主持人之一，你们几个人弄了支乐队，你还是主唱呢！那时我们一起彩排，一起吃盒饭。不过你那时肯定不会注意到我，你迷倒了校园多少少女，自然不会把我放在眼里了。"陆雅柔兴奋地说道，脸上始终洋溢着灿烂的笑容。

赵承志顶着个大大的笑脸，入神地听着陆雅柔回忆青春往事。渐渐地，两人愉快地畅谈起中学时的往事，时而嬉笑，时而高谈，两人完全没有把旁人放在心上。

赵承志自己向来不乏女生喜欢，但好像从来没有遇到过能聊得这么开怀的女生。陆雅柔有种魔力，就是随时跟她交谈，对方都会感到轻松自如。

赵承志也算阅女无数，但陆雅柔之所以跟其他女生不同，除了活泼爽朗的性格，窈窕的身段，还因为这个学妹在校时对他关注已久，而且至今对自己还很感兴趣，甚至不时投来欣赏的目光。看得出，陆雅柔不是贪慕赵承志的事业和财富，而仅仅是纯粹很欣赏现在赵承志的模样！

没错！陆雅柔之所以跟赵承志交谈许久，就是因为赵承志变了，除了长相更加成熟外，赵承志没有了纨绔子弟的轻浮，变得稳重而务实，还显得谦虚礼貌而内敛。更重要的是，陆雅柔知道了赵承志前几个月的际遇，他是以行动证明了他的品德和能力的，这才是陆雅柔真正欣赏他的地方。

茫茫人海中，两个人在近10年没有联系的情况下还能遇到，这样的概率实在太低了！而今天他们两人就遇到了，而且还能敞亮地交谈良久，特别是在寒冷的12月的户外！任凭寒风的吹袭，暖人心房的曼妙关系渐渐在两人的身上展开，只是等待他们的还会有更多的考验！

（五）

今天是星期五，黄智扬需要等下班后到表姐家接女儿一起出去吃饭，周末一般没其他事，他都会带晓筱出去玩。因为幼儿园放学比较早，黄晓筱照常先被黄智扬的表姐先接回家。

刚好表姐一家今晚有聚会，六点半刚过就出门了，留下晓筱和小区里另外两个相熟的小朋友在小区花园里玩。等黄智扬下班回到市区，时间已经是晚上近7点。

此时的韩阳，天色已暗，寒风吹起，花园里其他小朋友都回家吃饭了，只剩黄晓筱一个人在微弱的小区园林灯的照射下在玩滑滑梯。

"晓筱！"

黄智扬通过黄晓筱带着的电话手表找到了女儿。

"爸爸！"

黄晓筱见爸爸来了，高兴地冲了过去，扑向黄智扬。黄智扬见女儿头发散乱，衣服单薄，膝盖的裤子上磨出两片大大的污迹。

"你怎么没穿外套，不冷吗？"黄智扬见黄晓筱只穿了两件衣服，关心了起来。

"不会啊，我感觉很热。"

"啊，那你有喝水吗？你的水壶呢？"

"水壶在书包里，早就喝完了。"黄晓筱把书包放在健身器材上。

"好吧，那爸爸带你吃饭去。你想吃什么？"

"我想吃比萨！"黄晓筱眼睛一转脱口而出。

"比萨有点热气……不过好吧，到时多吃点水果蔬菜沙拉。"

"好耶！"

步行十多分钟，两人来到繁华的步行街。夜晚的韩阳灯光璀璨，特别临近年底，冬至、元旦等年节即将接踵而至，人们有了强烈的消费欲望。黄智扬找到一家人气极旺的比萨店，由于正值吃饭高峰期，还需要拿号排队。这时黄晓筱忽然想起了什么，开始翻腾着自己的小书包。然后从里面掏出一张画来，炫耀地朝黄智扬晃了晃，"爸爸，今天老师夸我这幅画画得好呢。"

"哦，我看下画了什么？"

只见画的右上方写着"我的家"三个字，画面色彩丰富。

"这两个人是谁啊？"

黄晓筱奶声奶气地介绍道："这是我，这个是爸爸你。"

黄智扬先是一愣，思虑了一下，然后笑逐颜开，拿起画，跟黄晓筱说："你这里还可以多画一个女人。"

"哦，那是谁呢？"

"那是关心爸爸的女生啊。其实你发现没有，虽然爸爸和妈妈离婚了，但凡是知道这件事的姐姐、阿姨们都会对晓筱更关心、更疼爱，你获得的关爱不会比其他小朋友少的。"黄智扬这么说，是因为他觉得，引导黄晓筱有一个乐观的充满阳光的内心世界，给她尽可能多的关爱是必要的。

不久，比萨店就有位了。黄智扬点了餐在等待上菜。忽然同一排的隔壁桌传来一个耳熟的声音——

"妈，你试一下这个牛油果比萨，味道很特别。"

"嗯，你喝一下这个汤，别吃太多甜的，小心胖了嫁不出去。"

"妈，我每天都去健身房运动，消耗很多能量，不会胖的。再说，嫁是嫁得出去，但要看嫁给谁。"

黄智扬侧头一看，只见杜晓蕾就坐在隔壁桌，跟黄智扬斜对。而与此同时，杜晓蕾也抬起头无意瞥到了黄智扬。

黄智扬微微一笑，"杜总监你也来吃比萨啊？"

杜晓蕾赶忙拿起纸巾擦了擦嘴，"是啊，这么巧！"

她看了一眼黄智扬的对面，也就是她的右手边座位上的黄晓筱。杜晓蕾面露一丝诧异，不过很快就微笑着问道："这位是你女儿吧？"

"是啊。"

"长得好可爱啊，脸肉嘟嘟的。"

"你也喜欢吃比萨吗？"

"还好，平时都在家吃，今天我爸回乡下，就带我妈来换换口味。"

黄智扬看了一眼杜晓蕾的母亲，"阿姨好！"

"你好。"杜晓蕾母亲也在看着黄智扬父女，问杜晓蕾道："这位是？"

"哦，这位是我陆达的同事，宝地花园项目的黄总经理。"

"这么巧。"

"是啊。"黄智扬边说，边掏出一张纸巾，倒了点白开水，给黄晓筱擦了下嘴巴。

"爸爸，我想上厕所。"

黄智扬望了一圈，没看到洗手间，问道："服务员，请问卫生间在哪里？"

"在商场的洗手间，您需要出门右转。"

黄智扬一望，心想这边没吃完，单也没买，如果带女儿这样去厕所，会不会被服务员误会吃饭不给钱呢？就在黄智扬犹豫之际，杜晓蕾对黄晓筱说："阿姨带你去吧，正好我也要去。"

黄智扬没有了顾虑，"那真谢谢你了！"

杜晓蕾站起来小心牵着黄晓筱往外走。黄智扬注意到杜晓蕾上身穿了一件白色高领毛衣，下身着一条米色的长裤。衣服用料考究。不仅突显出她的身材，也显示出一种低调的奢华。她牵着黄晓筱的左手上戴着一只天蓝色表带的手表，十分靓丽闪眼。

　　杜晓蕾母亲笑着问："黄经理，怎么就你和女儿两人过来吗？"

　　"是啊。"

　　"那你老婆呢？"

　　"嗯……离婚了。"黄智扬淡淡地说。

　　"哦！……一个男人带小孩不容易吧！"杜母感兴趣地问道。

　　"还好，习惯就好。我都一个人带她三年多了。"

　　"那你还不错。一个男人能带得了小孩。"

　　"也没什么"，黄智扬笑着说，"换作一个女人带小孩也不容易嘛。"

　　"是，但主要男人还要工作、赚钱嘛。"

　　"现在女人也要工作赚钱，就像杜总监一样。"黄智扬强调地说，也算是在赞扬杜晓蕾。

　　"哈哈，你真会说。"杜母内心感觉黄智扬这人不错，踏实而且看待事务客观，便继续八卦起来，"黄经理这样事业有成，应该有对象了吧？"

　　"嗯……还没遇到合适的。"黄智扬顿了顿，"再说，我基本晚上周末都带女儿，白天上班。在广州的时候，我开房产中介店，周末比平时还忙，就没多少时间和机会谈了。"

　　"这样说来，确实是。那你父母没帮你带吗？"

　　"我父亲在龙阳做些宗族事务，交际广泛，就做他想做的事就好。再说，他带还不如我自己带。"

　　"呵呵，那也是。"

　　说一个男人带小孩难，其实难的是自己要放弃很多休闲的时光，交友的机会和娱乐的时间，正所谓心自由，而身不自由。这时候杜晓蕾带黄晓筱回来了。

　　"哇黄总，你女儿真是聪明懂事！"杜晓蕾递给黄晓筱一杯冰激凌说，"来，吃冰激凌吧。"

黄晓筱十分喜悦，只是眼睛盯着黄智扬，她需要得到父亲的允许。

"喜欢就吃两口吧，还没怎么吃东西，空肚别吃太凉。"

"黄总要不要这么严格呀？"杜晓蕾说。

黄智扬一脸无奈，"我现在算不严格了，要是以前，我都不给她吃。不过现在放松了不少。"

"黄经理真会带小孩！"杜母说。

"我现在越来越觉得带小孩就像演木偶剧，需要牵引，但也不能管得太刻板。"

"黄总经验总结得深刻啊。"杜晓蕾一直在看着黄晓筱笑。

黄晓筱时而吃东西，时而坐过去跟杜晓蕾玩。平时冷酷的杜晓蕾的脸上一直挂着大大的笑脸。看得出，她喜欢小孩子，特别喜欢黄晓筱这样活泼可爱的小孩，还不时拿手机给黄晓筱拍照……

饭后回家，杜母坐下打开电视，缓缓问杜晓蕾："这个黄经理怎么之前没听你提起过？"

"哦，他刚回来韩阳工作不久，之前在广州的。"

"你觉得他怎样？我看你很喜欢他女儿的。"

"他女儿很可爱啊。至于他嘛，见面不多，我不了解。"

"他不是和你同公司吗？"

"是，不过他都在宝地花园销售中心上班，平时只有开会时见到。"

"嗯。我看他人条件不错，美中不足就是离过婚。"

"现在离婚很普遍。妈，我看你又瞎操心了。"

"周末有机会，可以让他带女儿和你一起去公园或去爬爬山，多接触接触。"

"妈！……"杜晓蕾回家换了一身衣服，到房间化了妆。

"今晚有约会吗？"

杜晓蕾边穿着鞋，边说："今天周五，跟一位朋友约了去看电影。他都约了我两个星期了。"

"嗯！那就去吧。"

杜母很放心杜晓蕾，毕竟都29岁的大人了，杜晓蕾能有时间出去约会，才有可能早点找到对象。

（六）

12月10日，农历十一月十二，今天是龙阳黄氏大宗祠新修后的重光庆典。修建一新的黄氏大宗祠金碧辉煌，红灯笼高挂。

龙阳黄氏不仅邀请了周边各地的黄氏宗亲代表，也邀请了韩阳当地十大姓氏的嘉宾代表。代表们走过鼓乐齐奏的迎宾大道，欢聚一堂，共叙友谊，还共同见证了"龙阳黄氏教育基金会""龙阳黄氏慈善基金会"项目的揭牌仪式。

宗祠一侧墙上的明显地刻着那首著名的黄氏《上马诗》——

骏马奔腾往异方，任从胜地立纲常。
年深外境犹吾境，日久他乡即故乡。
朝夕莫忘亲命语，晨昏须荐祖宗香。
唯愿苍天垂保佑，三七男儿总炽昌。

这首诗如今已经成为中国黄氏的认祖诗，相传是黄氏祖先鼓励儿子们分散到外地闯荡安家而作。当年黄智扬到外发展时，黄正德也用这首诗来鼓励过他。

庆典活动后，主办方还特别在祠堂前广场安排了舞狮、布马舞和英歌表演。

这三项舞蹈均英姿勃发，表现了韩阳人奋发向上，崇文尚武的民风。

其中的英歌舞就是以水浒传中一百零八位好汉为原型的大型群众性巡游舞。而始终萦绕耳畔的是韩阳独特的丝弦乐演奏。据说是南宋和元朝的宫廷乐官安居韩阳带来的宫廷音乐，算是宋元时期中原音乐辗转传入韩阳的例证。

宗祠里的高香飘出细细的烟，与丝弦乐的音符交织在屋檐上，加上鞭炮声噼里啪啦地爆出欢喜，交相辉映，响彻了整个龙阳村。

宗祠重光庆典期间，黄智扬特地看了宗祠内外的大小文字，特别是对联、牌匾、石碑等。找了一个白天，都无所获。

晚上7点多，他带上黄晓筱准备来宗祠外的广场上看潮剧。

宗祠的左边是个戏台，今晚这里要做大戏。此时已经有不少老人坐在台下，尽管寒气逼人，但好在风不大。十多个小孩在戏台前奔跑嬉戏，越来越多的人群向广场聚集。广场上撒满了白天放鞭炮留下的一地红纸，隐约还能闻到一股鞭炮灰的气息，给寒风中的人们带来丝丝暖意。

月光洒下，照亮了整座龙阳村。宗祠高耸的屋檐下，大红灯笼高高亮起。

黄智扬这两天多次打开研究手机里的照片、诗句，他确信，玉凤坑王爷庙纸轴上隐约的小圆点，定位应该就是这座恢宏的黄氏大宗祠！

今天人太多，会不会漏掉一些关键的地方？想到这里，他毫不犹豫地拨打了陆雅柔的手机。他希望陆雅柔这丫头能带给他灵感，给他启发。

"黄叔，这么晚了打给我，不是想我了吧？"接通电话，陆雅柔便开了一个玩笑，可见两人的信任在寻宝之旅上慢慢加深了。

黄智扬早已习惯了，"可能是，不过我是想明天约你来我们龙阳村……"

（七）

　　12月11日，星期天中午11点半，陆雅柔应黄智扬之约来到黄氏大宗祠门口。此时宗祠广场上只有几个小孩在玩耍，还有两个老人坐在石头板凳上晒太阳。昨天庆典的东西早上已经清理一空。

　　"昨天我把宗祠里面几乎能看到的字都看了一遍，始终没有发现跟'出将入相'相关的字或画。"

　　"你们村的祠堂看起来很大啊！是不是还包括外面这片地方呢？"陆雅柔转了半个身环视了宗祠外广场的建筑和构筑物。

　　"是啊，除了宗祠里面，正对祠堂的地方有个照壁，左边是我们村的大戏台，右边还有村老人活动室。"

　　"那宗祠外的这些地方你都看过了吗？"

　　"这个……我一直注意里面，外面还没找！"

　　"那会不会就是在外面呢？"

　　"嗯，也有可能！我们先去戏台看看。"

　　这个戏台不大。中间能演戏的地方不到60平方米，戏台的基座和墙都是用龙阳村海边常见的石头凿砌而成，只有屋顶是木结构。石块留下了岁月风霜遗留的污渍，只有近年修葺的屋顶色彩华丽。

　　他们两人从侧后面走上戏台。戏台分前台和后台。后台部分是新建的。从后台需要穿过一个石门洞才能来到前台。门洞约两米高、一米二宽。两人走到前台，寻找着可能有的字迹。

　　中午的阳光毫不吝啬地斜照在戏台地板上，又反射到墙上。

　　"黄叔你看！"陆雅柔突然发现了什么，一手拉着黄智扬衣袖，一手指着门洞上方，"你看这两边门洞上面的石头，好像写着字！"

　　黄智扬走近左边门洞向上望，只见门洞上方有条石头横梁，横梁上方的门楣上有块长方形的石块，石块中间凿成一个扇子的形状，隐约刻着"出将"两个宋体大字，只是字很模糊，没有上色，加上灰尘和石头表面的风化，不仔细看根本发现不了！两人回头走到另一边门洞的下方，又看见"入相"两个字！

"太好了！找到了！"黄智扬像个胜利者，右手握着拳头，低声喊道。这个发现印证了他之前的判断，成就感油然而生。

"江潮随海日坠霞，祠丛新燕落新堂。出龙腾作楣上将，入凤化为梁下相。"陆雅柔轻声念道。

"我们找找这门楣有什么。"

两人站在门洞下观察了几分钟，看不出有什么特别之处。

黄智扬到后台搬来一架梯子，架在门洞前。

机敏灵巧的陆雅柔主动请缨，噔噔噔便爬了上去，还打开手机的手电筒照了起来。

"这里太脏了，还有很多蜘蛛网。"陆雅柔摇摇头。

"你先下来，我去拿块湿布擦下。"

黄智扬找来一块湿布，这次是他自己扶梯而上，小心翼翼地擦拭着石头门楣。可是两边正面的门楣擦完都没有什么发现！

"会不会在门洞的背后呢？"陆雅柔说道。

"看不出来你个小姑娘思路还很清晰啊。"

经过最近几次寻宝的合作，黄智扬对眼前这个陆家千金倒有一些刮目相看，她不像那些娇生惯养的富家女，骨子里透露着不一样的独立女性的气质。

"黄叔你请我当助手就请对人了。"

"是哩，相信你是我的寻宝福星！"

"那还用说！"陆雅柔听到黄智扬的夸耀，一点谦虚礼让的意思都没有。

黄智扬把梯子搬到门洞后面。后台光线很暗，手机手电筒照上去，后面的门楣没有刻什么明显的字。就算不抱多少希望，也要先上去看看。

这次，陆雅柔在下面，一手扶着梯子，一手拿手机往上照。黄智扬缓慢而仔细地擦拭着，终于擦亮了尘封的历史！

只见原先平滑的石头门楣上，用细小的线条刻着四个字——妈祖保佑！字很细很浅，刻得也很随意，四个字的位置是从左上方往右下方分布，看得出这些字与门楣正面的"出将""入相"有很大的区别，应该是后来有人匆忙刻上的。

两人来到另一边的门楣后，又擦拭出"可见真章"四个字。

"妈祖保佑，可见真章！这不跟玉凤坑王爷庙的对联'堂殿前腾龙舞凤百业翔，金玉明眸处得见真文章'相互呼应吗？"陆雅柔兴奋地说道，"这个'真章'应该就是宝藏了吧！"

"应该是这样的！"黄智扬兴奋之余，还有些疑虑，"那看来我们该去拜访一下天后娘娘了，但不知道年代这么久远还能不能找到这个'真章'！"

"那我们是现在去吗？"

"是的，今天是星期天，你我都有空。"

"我们这里那么多妈祖庙，到底该去哪个呢？"

"去年代最久的那个！"

陆雅柔没有多问，只知道跟着黄智扬走就是了。

生活中还藏着一些镜子，你看不到他们，他们却在镜子的那一头看着你。当他们离开的时候，那个白发的年轻人拿起了手机，而躲在角落的黄印财也拿起了手机！

第14章
八字真章

（一）

12月11日，黄智扬和陆雅柔离开黄氏大宗祠的时候已经是中午1点，两人在附近找了家小餐馆，吃了肠粉、煎萝卜糕，喝了碗珍珠花菜海鲜猪杂汤便继续上路。

黄智扬和陆雅柔还停留在发现门楣线索的喜悦中。在这寻宝的旅程中，没有什么比知道下一站去哪里更令人兴奋的事了。

"黄叔，这下你该告诉我，我们接下来去哪个天后宫了吧？"

"就韩阳地区来说，天后宫以海边的数量最多。而这信仰也是宋朝时从福建沿海传过来的。因此，最古老的天后宫就在离这很近的美澳乡海边。"

"那我们岂不是很快就能知道宝藏藏在哪里了？"

"但愿妈祖保佑！"

"是啊，'妈祖保佑，可见真章'！"陆雅柔兴奋地叫道。

一想到即将发现宝藏，两人便无比兴奋。他们离宝藏可能就一步之遥了，或许，他们的宝藏之旅也快要到终点了！汽车在新修的柏油路上飞驶着，迎风而去，渐渐接近胜利的终点……

然而，在黄智扬的车的后面，一辆白色的本田车正小心翼翼地跟随着，不近也不远，至少没有明显出现在黄智扬的后视范围之内。其实，这两天黄智扬的举动就一直在黄印财的监视之下。而黄印财又随时给宋先生汇报。

宋锦天判断，此次黄智扬前去的地方将会离宋井宝藏非常近了，或者就可能直接发现宝藏，他要求黄印财必要时候要敢于接近黄智扬，一旦发现宝藏就及时报告，他会派出人手支援。

宋锦天此时一个人站在出租屋里，开着向南的窗，晒着冬日暖阳，望向海边的宋井方向。神情如鹰隼一般冷峭，就像那森林里的猎人，在静静等待着猎物的出现……

美澳的这座天后宫不大，向南对着大海，墙壁全部是用石头搭建，与海相距不过几十米。他们两人下车，朝海望去，前面海边成堆的巨石躺在那里，还有很多红头渔船停靠在沙滩上。一阵淡淡的海风吹来，咸咸的，又静静的，仿佛诉说着大海的寂寥。

天后宫，有些地方又称妈祖庙、天妃庙，供奉海神妈祖。妈祖，又称天后娘娘，妈祖的传说起源于北宋的福建莆田湄洲岛，妈祖的人生充满着神奇色彩，因经常显灵护佑海上渔民，受万众崇拜，历朝加封。天后宫一般都建于海边，以方便渔民每次出海前向妈祖祈福。与福建交界的韩阳地区，除了佛教盛行以外，北部山区以奉山神为主，中部城镇多建有关帝庙、北帝庙和孔庙，而南部沿海则以供奉妈祖居多。这是因为韩阳地区的人口，大部分是在唐宋期间由中原一带的世家大族经由江浙进入福建，再由闽南地区迁徙入广东东南部而定居下来的。所以潮州话隶属大闽南语系，又保留了许多古汉语的发音。关帝的崇拜是由中原带来的，妈祖的崇拜则是由福建带来的。

黄、陆二人走到天后宫前。首先引人注目的是天后宫大门两边各有四幅石雕画。这八幅石雕画，每幅宽不到半米，讲述的是妈祖的传奇故事。石雕上人物的衣饰、身形、眼神都十分生动逼真，加上近年美澳乡请大师对石雕进行上色，更冲击着观看者的视觉。

"妈祖保佑，可见真章。"黄智扬内心默念着这八个字，观察了一会儿，才和陆雅柔走进了天后宫。

这个天后宫空间较小，不到20平方米，中央是妈祖的神像，庙里还有几个人在祈福，神像前的石头香炉插满了香和烛，香火味弥漫了整个庙宇。

他们先仰视着庙里的陈设。只见天后宫里悬挂着一幅幅写着文字和图案的韩阳刺绣，当然这些几乎每年都会更换的。庙两边墙上画着色彩艳丽的壁画，壁画是在以白色为背景的墙上画出的，而不论白墙还是壁画，都显得很新。显然，宝藏的线索不在这些上面。

两人都分别给妈祖点香叩拜。拜好后，两人来到庙里中间天井一个石头做的大香炉前，准备把香插上去。由于庙里香火很旺，前来上香的人接连不断，整个香炉都插满了香枝。

黄智扬见陆雅柔找不到可以插香的位置，便说："我帮你吧。"陆雅柔把香交给黄智扬，在边上看他插上香。就在黄智扬插好，准备转身之际，陆雅柔用胳膊肘轻轻顶了顶黄智扬的手臂，用手指着石头香炉上的字，小声地说："你看，这里写着'妈祖保佑'！"

黄智扬眼睛一亮，对陆雅柔点头说："我们没来错地方。"

于是和陆雅柔一起围着香炉观察起来，当然就是为了寻找"真章"！只见这个香炉不算精致，炉壁很厚，底座是平的。这个香炉就是一块长方形的石头，把中间凿空而成。而且香炉只有一面浮雕着"妈祖保佑"四个大字，其余三面没有字也没有图。这"妈祖保佑"四个字的笔画，已经显得凹凸不平，也很粗糙，留下了重重的岁月痕迹。

两人没有出声地观察寻找了一番，但庙里能看见的石雕、木雕都看不出端倪。庙里中间太小，几乎说什么话都会被别人听到。于是，两人来到天后宫门外侧边别人不注意的地方。

黄智扬说："既然这个香炉写着'妈祖保佑'四个字，跟戏台门楣上的字对应，就是提示'真章'就在这里。而如果'真章'在这里，那就应该隐藏在一般人看不到的地方，比如香炉里面，比如石地板砖下，比如神像座下，甚至石头墙壁里。"

"啊，那这些都不是我们能找到的，要动这些地方，一定会惊动美澳乡的人。"

"是啊。"黄智扬顿了顿，"我想既然是古代的东西，那我们就先从古代时遗留下的物件再看一遍。实在找不到再说。"

"对啦！"陆雅柔突然想到了什么，大喊了一声。

"嘘！你小点声！"黄智扬相信陆雅柔应该会有出乎意料的发现，他凑近陆雅柔，"有什么发现？"

陆雅柔显得很兴奋，这次压低了声音说话，声音小得只能给黄智扬一人听见，剩余的声波很快就被海风和海浪声吹散——

"你发现没有，从刻着诗句的宋井石刻，到玉凤坑王爷庙里的龙凤石雕，再到黄氏大宗祠外戏台的石头门楣，再到天后宫里的石头香炉，这些线索无一例外都跟石头有关，而且还是跟石头的雕刻有关，所以……"

黄智扬没等陆雅柔说完，就接过话说："所以，天后宫如果有线索，应该也跟石头雕刻的字或图案有关！"

"对啊！"陆雅柔这句话喊得非常响亮，连天后宫里的人都能听到。当然，陆雅柔的这句话也被一直坐在车里的黄印财听到，他认为黄智扬应该发现了一些有价值的东西，不然陆雅柔不会夸张地说这么大声。不过黄印财暂时不想打草惊蛇，而是继续躲在车里看黄智扬下一步的行动……

（二）

此时，黄智扬小声对陆雅柔说："这天后宫里石头雕刻的东西，目前看来除了雕刻着"妈祖保佑"四个字的香炉外，就是这门口的八幅石雕了。"

"那我们就从这八幅石雕开始找起！"

"好！"

两人对这样的猜想显得充满自信，迈开大步再次走到离石雕前二三十厘米处，仔细寻找起来。

"咦，黄叔，你看！"还是陆雅柔先有了发现。

黄智扬站过去，顺着陆雅柔的手指方向发现一幅石雕画的正中间有一道像是"一"字的凿痕。这个字符跟石雕画并没有必然的联系，反而像是人为的破坏。接着他们在其他石雕画的正中间都发现了凿痕。但每幅画的凿痕都不一样，也不是特别清晰，最关键的是，其他七幅石雕画的凿痕很特别，看不出是图画还是字。

黄智扬说："我们先把这些拍下来，回去再研究，以免被其他人注意到。"于是两人都拿出手机，既拍整幅石雕画，也拉近了焦距拍了这些凿痕。

拍好之后，两人便开车离开了，黄智扬迫不及待地想回去研究这些凿痕。螳螂捕蝉黄雀在后！黄印财躲在白色车子内，嘴里叼着半截烟，露出了阴冷的笑容。他没发现有什么特别之处，只好学黄智扬他们，不管三七二十一，先拿出手机，把石雕画都拍下来，并把照片发给了宋先生。

一场看不见的角逐在默默地上演着，宝藏最终会花落谁家，还难以说清楚……

拍到石雕画上的划痕，黄智扬自然就盼着马上能认出这些凿痕代表的文字或意思。

他们先就近回到宝地花园的销售中心，在办公室里用电脑软件放大手机照片，并把这八处凿痕加粗、变黑，然后打印出来。黄智扬跟陆雅柔研究了半天，始终不知道这是什么图案或者什么文字。

黄智扬陷入沉思，看着办公桌上的台历发了下呆。一年又要到头了，眼看日历都已经开始倒着数。时间，还真的过得飞快，想想他回韩阳时还是夏天，转眼间便已经是冬天了。

"黄叔在想什么呢？"

黄智扬愣了一下，说："在想时间，在想今天得来的这些成果来之不易。"

"是啊，我们都找了一圈了。"

"我想，这八个字符应该也不难解开，只需找对人。"

"你想找谁？"

"我想先问何半仙！"

于是，黄智扬自己带着打印出来的字符，赶往何半仙家。

何半仙没让他失望，他一眼就认出这是篆体字！并很快辨别出其中的七个字——"木、一、直、木、大、容、下"，只剩下一个字让他费解。不过何半仙找来古籍，一番查看之后，确定那是个"龙"字！

何半仙没有过问这些字是怎么来的，但他心里清楚，应该跟宋井宝藏有关。

黄智扬很快跟何半仙告辞，把八个篆体字都分清了，脸上渐渐露出了一丝笑容。现在，他离宝藏又近了一步，不过这分开的八个字到底代表什么"真章"呢？他一时也没看出来。周日晚上，他回父亲家吃饭，把这两天的经历跟黄正德说了一遍。

黄正德说："那何厚泽说过宋井宝藏跟'木'有关，现在这八个字出现了两个'木'，一个'龙'，说明，这八个字的确很接近宝藏了！"

"是啊，我也这么想，不过一时还参不透它们的含义。"

"不要紧，只要做好保密工作，迟早可以破解这字的含义的。"

"嗯，好！"

晚饭后，黄智扬便带黄晓筱回市区。

他把打印纸剪开，分成了独立的八个字放在桌面上。

黄智扬在租住公寓的办公窗前，窗外高楼发出的点点灯光和夜空的星星仿佛连为一体，他思虑着这八个字的含义。考虑到陆雅柔一直以来没有任何私心地投入，以及屡屡有灵光一现的表现，可以说是自己最好的寻宝搭档，黄智扬决定继续信任陆雅柔，并把八个字的含义告诉给陆雅柔，于是给陆雅柔打了电话。

"木，一，龙，直，木，大，容，下。"陆雅柔重复念着这八个字，"黄叔，这是什么意思啊？"

"你旁边没其他人吧？"

"没有，我自己在房间。君纯姐出去约会了吧。"

"哦，那就好，你可要保密，这属于我们俩的秘密。"

"知道了，没问题！"

"嗯！这八个字暂时还不清楚含义，我们就一起想。"

"好的，那我们就暂时称它们为'八字真章'吧。"

"'八字真章'，这个名词好！"

在随后的一段时间里，黄智扬和陆雅柔不时会讨论一下自己的研究方向和设想，但始终还是无法知晓这八字隐藏的是什么。黄智扬甚至梦里都能梦见那八个字。

时间一天一天地流逝着，他们还是没什么进展。也许，时候还未到吧！只是，宋锦天同样也发现了这八字的秘密，他也在加紧研究！

（三）

　　12月下旬，寒冷的北风呼呼地吹拂着韩阳大地，韩阳大众注定要接受一番冬季的洗礼。

　　也好，反正一年冷的日子不多，8摄氏度的天气正好清爽凉快。一杯热茶下肚，正好驱散一些寒意，韩阳人们依旧聚在一起喝茶、工作、生活，不时探讨韩阳的房价和新楼盘。一些考虑买房的人不约而同地谈起宝地花园和启阳之星。有人说宝地花园是有灵气的，风水宝地啊。也有人说启阳之星占据江东，而且张启阳开发楼盘的效率极高，设计先进，估计会后发制人。

　　12月21日，星期三，黄小明特地来到宝地花园销售中心，给黄智扬带来了一个好消息："黄总，宝地花园的《建设工程规划许可证》早上我已经拿回总部了！"

　　"哦，速度挺快的，你办事效率很高！"黄智扬夸了下黄小明。

　　黄小明倒是谦虚，诚恳地说："主要是规划局那边不为难我们，你师兄罗荣升也帮了我们不少忙呢。"

　　黄智扬听到罗荣升这个名字后，不禁责怪自己这么久没去找他。之前就想请他吃饭，不过由于工作关系，罗荣升认为跟黄智扬保持一定距离，有利于自己在规划局开展工作，所以罗荣升每次都说不用客气。而黄智扬除了上班，还忙着寻宝，下班还要带小孩，也就没把跟罗荣升的客气当一回事。他打开微信，找到罗荣升，给他发了个双手作揖的表情，写道："师兄好！有空周末到石壁庵山纳海楼爬山、喝茶。"罗荣升回复："好啊，到时带上小孩一起。"有些人的感情就是好到不必多说一句话。

　　《建设工程规划许可证》是楼盘开发的重要节点文件。如今拿到手了，这令黄智扬备感开心。

他招呼黄小明泡起工夫茶。在韩阳地区，喝茶聊天本身就是在工作。

"这'工规证'出来后，接下来要为施工做些前期的工作。"黄智扬冲好三杯茶，给黄小明递过去一杯。

"是啊，第一件事是可以到城市管理局申领《余泥渣土排放证》。第二件事是向水务局、供电局、市政局、煤气公司等各部门做建设工程永久设施报批。"

"嗯，因为这边已经通过招标确定恒泰建设监理有限公司为本项目的监理单位，所以这第三件事是可以让建设局办理监理招标备案。"黄智扬补充道。

"是的，第四件事是可以向公安局申报门牌号码。"

"你不简单啊，工作累吗？"黄智扬看黄小明显得有些疲劳，精神不是很好，便关心道。

"工作还好，也习惯了，就是最近在忙着看房，打算按揭买套房结婚了。"

"哦，这是好事啊！"黄智扬边冲茶边问，"那看好哪里的房了吗？我们陆达集团在市区还有三个楼盘在卖，郊区也有两个楼盘有货，挑一挑，让陆总给打个折。"

"嗯没错！我们陆达的员工买集团的房可以额外打98折，像你们老总级别的可以打95折。"

"这也是公司的一种福利。"

"我现在在纠结着到底买市区好，还是买郊区好。哪里比较能保值增值，黄总能帮我分析分析吗？"黄小明内心佩服黄智扬这位"儒将"老总，黄智扬对他也十分客气和信任，两人逐渐形成了工作之外的深刻友谊。

"那你预算总价多少，或者说首付多少？"

"我打算买100平米左右的，首付三成，首付30万以内吧。"

"那就是总价100万左右了。"

"是啊，到时还需要留些资金装修买家具。"

"按这个价格，你可以在市区买到大两室的或小三房的，也可以到城郊买大三房的。那你需要跟父母一起住吗？"

"不需要。"

"如果对房间数量没有硬性要求的话，我建议买市区的房。"

"为什么呢？"

"因为你现在工作的主要地点就是在市区政府部门集中的地方，将来小孩上学，市区的学位相对要好。"黄智扬喝了杯茶，觉得这么说不够系统，他决定要给黄小明好好露一手这些年他的研究成果，"就我近10年的研究成果来看，我有一个理论，今天第一次对你公布，叫作'房价区域辐射理论'。就是说，一个地区的住房价格，是由这个地区所辐射的区域面积里的有购房能力和需求的人的数量多少来决定的！比如说，深圳的房价比广州的高，就是因为深圳除了和广州一样吸引了广东省加上周边一些南方省份的有钱人过去买房外，深圳还辐射吸引了中国北方地区的人和香港人，所以想到深圳买房的有钱人就多，购买需求大，自然房价涨得快。"

"那我们韩阳地区的房价是由什么决定的？"黄小明虽然也在房地产行业摸爬滚打了几年，但这样的理论他还是第一次听到，睁大眼睛专注地看着黄智扬。

黄智扬继续总结道："韩阳市中心的房子吸引的客户群体主要包括三种人，一种是在韩阳市区里工作生活的人，一种是韩阳市下面各乡镇的有钱人或有权人，第三就是在出外学习工作后由于大城市房价太贵或者有多余资金回韩阳买套房有个'落脚地'的人。所以，韩阳各地的房价涨幅就看这三类人主要去哪里购买。"

"你总结得太对了，我看我们陆达很多楼盘的买家，无非就是这三种人。"

"其实，在三四线城市，购房的主体也就是这三种人。然后你会发现，这三种人几乎首选都在市中心区里，而城乡接合部的房子除了价格，其他的吸引力就不强了，除非有很好的自然环境和景观，比如像我们的宝地花园这样的，才有竞争力。"

"那看来我还是在市区选一套就好了。"

"是的，这样你可以节省很多在路上的时间，而且市区房少人多，保值增值能力强。以后有能力换大房了，也更容易出租或出售。还有最好买在好学校附近的，学位好，而且接送小孩还方便。现在很多人奋斗的目的可能就是为了房子还有孩子。"

"对啊！只是我女朋友一直觉得市区的房面积小。"

"嗯，女性买房更感性些。其实空间小的话，刷白色的墙可以显得房间更宽敞，除了电视背景墙和适当的天花造型外，其他地方尽量少装饰。还有就是多利用立体空间，少占用平面的面积，比如柜子之类可以做到顶，另外还可以利用非承重墙掏空来做柜子。这样可以节省出一些空间来。"

"这些都是宝贵的装修经验啊，今天受教了！"黄小明从内心感激黄智扬给他指明了买房的挑选方向。

不过黄小明意犹未尽，他心中还有个大问题想向这位"房产专家"请教清楚："那黄总，现在城市的房价基本都是上涨的，这样很多社会大众就很难去买房，你有研究过这个问题吗？"

黄智扬依然胸有成竹地说："你这个问题其实有另外一种表述方式，就是如何让社会不同收入水平的人在一个城市里都能买房。当然，房子的建筑安装成本在哪个城市都是差不多的，差别在于地段，或者说地价！

"我觉得比较合理的结果是，在城市里的某个区域里，既有高价的低容积率、低密度的舒适度高的高价住房，也应该有高容积率、高建筑密度、采光通风差的小面积的低舒适度的较低价的住宅。所以，在住房用地是固定的情况下，增加建筑密度和容积率是最简单地增加供应量的方式。"

黄小明边听边点点，似乎很认可黄智扬的观点。

黄智扬继续讲道："我认为，房价是不需要控制的，在一个区域里，可以有一平方米七八千的住房，也应该可以有一平方米五六万的住房，供不同的人群去选择购买！"

"您这个观点很新颖啊，那怎么实现呢？"

"其实，控制房价依靠限购或高税收的方式，都是不太理想的，是暂时的，最关键的是增加供应，而且最关键是增加住房建筑面积的供应！我是学建筑工程出身的，你要知道，几十年来，我国的住房建筑规范其实是没怎么修改的，比如它里面规定了一个居室、一个厨房、一个卫生间的面积最少该是多少，现在看来，这些规范做出来的住房属于高舒适度的住房，自然应该对应高房价。那其实可以多做些几十平方米的住房，甚至小到20平方米，小卫生间、小厨房，小阳台，然后朝向、采光、通风都可能很差，但它能让购房者在市区有一个属于自己的家，晚上可以回去睡觉，有本房产证，然后可以通过空调、灯光、干衣机等设备来补充住房的功能缺陷。所以，我认为，控制房价的正确方法，就是修改住房建筑规范！"

"高啊！黄总，您实在是高！"黄小明伸出个大大的拇指，对黄智扬的专业方法十分钦佩，"您可以把这些理论发表出来，可能可以帮助很多需要购房的人呢。"

"是啊，我也这么想，但需要找个好的平台，还有需要有更深入的研究。"

"那谢谢黄总给我讲这么多，不能耽误您太多时间，今后还有什么问题，再向您请教。"再喝了杯茶，黄小明便起身告辞，打算好好跟女朋友看房去了。

黄小明虽然是个普通的办证专员，生活似乎也过得十分普通，除了上班工作，下班适当的应酬之外，其余时间经常开着摩托车载着女朋友去兜兜风，吃吃消夜，唱唱KTV，或者就是和几个朋友到江边茶座喝茶吹水，但他脸上总洋溢着如朝阳般的笑容，可见他的生活过得很踏实。

韩阳地区很多人把求神拜佛简单称为"拜平安"。

其实"平安"二字就代表了没有风浪和幸福安康，这已经相当美好了。

（四）

12月21日，星期三，冬至，韩阳称为冬节。这一天是阳气开始上升的一天，也是我国重要的传统节日。韩阳的大人小孩都要吃上一碗糯米揉成的冬至甜汤圆，这一年才算圆满。韩阳人，春节要团圆，中秋要团圆，冬至也要团圆。人间过佳节，韩阳人自然少不了给祖先献上几炷香，摆上碗汤圆，在家祭祖。

陈君纯打算今天回家里跟家人团聚，一早就给母亲打了个电话：

"妈，我今天不用上班，上午去买点东西，下午就回家，晚上就可以一起吃饭啦。"

"嗯好！你弟刚打电话说也要回来过节，他还说你找朋友帮他安排了个好工作，干活不累，工资还高。"

"哦，是吗？我还不知道呢，那我问问他。"

陈君纯最近一直愁她弟毕业后一直没找到好工作，时常还要这个当大姐转钱给他做生活费。居然还有人帮他找了工作，这可要好好问问他！

"喂，阿弟，听妈妈说有人帮你找了个好工作，有这回事吗？是谁帮你？"

"大姐，你不是叫陆浩哥帮我找工作吗？你要帮我谢谢陆浩哥啊。"

是陆浩！陈君纯听到这个名字就很有顾虑。原来，陆浩问陆雅柔陈君纯最近的情况，陆雅柔告诉他说陈君纯最近经常提起她弟的没工作的麻烦。所以陆浩也算花了心思，动用了关系，很快帮陈君纯弟弟找了一份轻松稳定又待遇好的工作。这下陈君纯算是欠了陆浩一个人情，她已经四次谢绝了陆浩的邀约。

不过追陈君纯的男生很多，有人花七八千买过最新的手机给她，有人为了追她而通过她买房让她赚几万元中介费。一般情况下，陈君纯如果不接受对方，有的就直接把礼物退回对方，有的没法退也就干脆不退了。在陈君纯看来，是他们自愿要送的，又不是自己主动向对方要的，自己总不能因为这些而失去尊严或委屈自己。

当然，这次对陆浩也一样。陆浩愿意送一份工作给弟弟，但这跟自己要不要接受陆浩是两码事。不过这件事牵涉到自己的弟弟和母亲，家人是永远不能忽视的！就在这时，陈君纯的手机响了，是陆浩！没办法，只能接了。

"你好君纯，今天是冬至节好日子，中午能请你吃个便餐吗？"陆浩这次说话语气很平和，没有提及帮助弟弟找工作的事，而且还用了"便餐"两字，听起来就是随意见个面的意思。

"哦，那好吧，不过我下午两点就要赶回老家过节。"这次陈君纯爽快地答应了陆浩的邀请，毕竟帮弟弟介绍工作的事怎么也该给人家一个面子，而且也只是吃顿"便餐"而已。

"那太好了，我十几分钟就能到你小区门口。"

"你怎么知道我住哪里？"

"放心，我不是跟踪你才知道的，是陆雅柔告诉我的。"

"这丫头，竟然出卖我。"

"别怪她，因为她很信任我，她还是我亲戚呢！"

"哦，这我还不知道。我需要稍微准备点回家的东西，大概需要一个小时吧。"

"没问题，你忙你的，那到时见。"

"好的。"陈君纯也算干脆。

在陆浩看来，陈君纯不随意赴约，不是豪车就能令其心动，这点令陆浩刮目相看。他还觉得自己能追的女生，别人也能追，而自己追不到的女生，别人也不容易追到。

陆浩10点半就到了，一直等到11点，才看见陈君纯提着一大袋行李出来。陆浩马上下车，摘下墨镜，走过去先帮陈君纯把行李放在后备厢，之后立马打开副驾驶位的车门。

"谢谢！"陈君纯礼貌性地说道，便坐下，眼睛也扫视了一下车里的不一样的内饰。的确，几百万的车会让不少女生看了欣喜。不过，陈君纯很明白自己真正需要的是什么，她需要钱，也需要真正的感情，也需要找个真爱的人结婚。

陈君纯今天没有打算打扮自己，她穿着一条运动长裤，上身穿一件羽绒服，脸上只是像平常上班一样化了淡妆，看上去十分地休闲自然。

陆浩往常见到的女生都是浓妆艳抹，紧身衣裤，能多露点肉的就不会少露，身上还都喷着各种名牌香水。今天见陈君纯这么自然的装扮，他仿佛有种载着自己老婆的感觉！陆浩暗下决心，一定要好好把握当前这个机会，也要好好珍惜身边这个女生，有发展固然最好，就算没发展也要给对方留下一个好印象，一个稳重可靠的印象，而不是一个花花公子的形象。

（五）

"陆先生，多谢你帮我弟找了工作！"陈君纯再次主动开口，丝毫不认生，不过用的是"先生"这个比较见外的称呼。

"哦，这没什么，我们是朋友嘛。"陆浩极力想拉近两人的关系。

"是吗？我们好像才见过几面吧。"

"虽然只是见过几次，但我对你还是很了解的，我也希望能帮助到你。"

"哦，不用的，谢谢。"陈君纯很直接地回绝陆浩，她觉得没可能的事情就不要浪费感情。

陆浩听了这句话，被狠狠打击了一下，虽然脸上闪过一丝的不悦，但很快又恢复了他洒脱的气质，因为他觉得，只要有耐心就一定有可能。

车徐徐开进义安江心的凤凰洲，先经过凤凰塔。陆浩故意开着车绕塔转了一周。

凤凰塔的第一、二层为石砌，第三层以上为砖砌，塔身中空，夹壁中有螺旋台阶。

"我喜欢凤凰塔古朴的造型。"陆浩边看着塔边说道。

风流倜傥的陆浩会去观赏一座古塔，这点令陈君纯有点诧异。

"我不太觉得这塔有什么好看的。"陈君纯仿佛就是在跟陆浩作对。不过她说的是心里话，因为这样古朴的事物在陈君纯的老家还有很多，她来到这个繁华的城市，就是想摆脱那些老旧的东西，希望自己能获得城市里的华丽。

只是陆浩没多说话，他把车开进了凤凰塔附近的高档私人会所——凤凰轩，这也是几个月前陆国安宴请黄智扬的地方！

凤凰轩，陈君纯是早就听说的，可不是普通百姓能来的地方，她也是第一次进来。

陈君纯一脸疑惑地看着陆浩，问道："我们……要在这里吃饭？"

"这里一般是我和我家人经常来的地方，带女生来，我是第一次。"陆浩停好了车，微笑着说。

陈君纯内心倒很想一探凤凰轩的究竟，只是今天自己丝毫没有打扮，大概觉得自己有点配不上这么高端的地方，所以她坐在车里犹豫着要不要出来。

不过陆浩自己先下了车。只见凤凰轩里走出来一位三十多岁的女接待员，笑着对陆浩说："陆少中午好！我已经帮您留位了。"

"好的。"

此时陆浩打开副驾驶位，陆浩摆出了非常绅士"请"的姿势，示意让陈君纯下车，"请！"

只见接待员盯着缓缓下车的陈君纯，嘴角露出一丝笑意。

"两位请跟我来。"

"我爸今天没来吧？"陆浩问道。

"没有，您家今天就您过来了。"

"嗯，你可要向我爸保密啊。"

"放心，这是我们这里的内部规定，泄露客户隐私会被直接开除甚至起诉。"

陈君纯被带进凤凰轩，只见一楼的陈设尽是各类顶级的工艺品，宽敞且灯火辉煌，除了悠扬的音乐声，不见其他人。

同样，接待员领他们刷卡坐电梯直达三楼的一间名为凤舞阁的包间。这个包间不大，室内以紫色为装潢的主色，配合灯光，显得高贵而浪漫，中间摆放一张长方形的餐桌，餐桌对放着一对有扶手的餐椅。显然这是一个专为两人会面而设计的包间。

陆浩帮陈君纯拉开一把椅子，请陈君纯入座，自己坐在对面，然后便跟接待员点菜，张口就点了六个凤凰轩的招牌菜，全是山珍海味。

陈君纯一边睁大眼睛看着窗外的江景，一边竖起耳朵听着这些没有见过的食材，不禁咋舌。等接待员走过，她淡淡地对陆浩说："陆先生你的这顿'便餐'不简单啊，你客气了。"

陆浩挺起胸膛说，双手摆在桌子上说："难得你能赏脸和我吃顿饭，我感到十分荣幸，还不知道这些东西你喜不喜欢吃，等下如果不喜欢的话，就换别的。"

"我对吃的没有很讲究，你喜欢就好。"陈君纯依然淡淡地说。

这句话，看似是陈君纯不太在意陆浩，但在陆浩听来，却实在是一句令他感到非常欣喜的话。因为这句话表明两个意思，一是陈君纯听从陆浩的喜好，二是陈君纯不会挑食，这让陆浩感到很轻松自在。

此时，陆浩按了一下饭桌侧面的"服务"按钮。一直在门口等候的服务员敲了一下门，便拿进来一束娇艳欲滴的红玫瑰，双手递给陆浩。

陆浩一手拿过鲜花，然后双手把着恭敬地递给了陈君纯，说道："不知道你喜不喜欢，还请笑纳。"

陈君纯看着眼前的红玫瑰，说不喜欢那是假的，女人都爱收花，可是送花的人是陆浩,那事情就不一样了。不过,那服务员就站在旁边,如果当面拒绝鲜花,那令陆浩太没面子了,所以陈君纯还是接过鲜花,依然淡淡地说了声"谢谢",然后就把鲜花放在桌子上。

等服务员出去后,陈君纯问道:"多谢你的美意,这花也好看,只是我等下要回老家,不方便带它回去,您还是送给其他人吧。"

"没关系,这花的价值就是博你一笑,或者说陪我们吃餐饭就好了。"

"这都是你一贯的作风吧?"

"也不是,偶尔,要看人。"

"下次不用你这么费心了。"陈君纯依然淡淡地说,没有平时工作时的干练。

这话陆浩听了感到很刺耳,还很少有女生这么拒绝他的。陆浩喝了口茶,叹了口气,心想,谁叫你长得好看?也罢,不要跟陈君纯一般见识,因为她不是一般的女生。

陈君纯看到陆浩若有所思的样子,要不干脆跟陆浩挑明了吧,于是便稍显严肃地对陆浩说:

"其实比我漂亮的女生大把,你大可不必把太多心思花在我的身上,对你,我没有安全感,你不了解我。"

陆浩眼睛盯着陈君纯这张可人的脸庞,也一本正经地说道:"君纯,其实你的家庭背景、你身上的重担、你本人的经历我多少都了解一些。"

陆浩接着说:"的确,我是可以比较容易地追到一些女生,不过,自从见到你之后,我发现你是最值得我追求的女生,没有之一!我只希望你让我再多了解你一些,也请你多给我点机会。"

陆浩一席话讲得很诚恳,陈君纯看着他的眼睛,多少有些感动。

这时,服务员进来上了两个菜。

陈君纯没有答应陆浩的请求,看着陆浩点的美食,不好再说些破坏气氛的话,只是淡淡说道:"无论如何,多谢你的宴请。"

不是陈君纯故作高冷，只是眼前这个陆浩，实在不能给她安全感，这种公子哥，大多都是玩玩而已罢了。这样的游戏不适合她玩，而且她也玩不起，她需要找个真心的男人结婚了，毕竟她也不小了。何况在陈君纯身边还有很多优秀的男生。所以，对于陆浩，她只想保持距离，只想观望，而不敢放一丝真感情。

"来，我们吃菜吧。"

（六）

陆浩暗下决定，他要挑战一下自己的耐心极限，他要把追求陈君纯当成一项长期的事业来经营，他明白，追求陈君纯不仅需要花心思、花钱、花时间，更重要的是要投入自己的真情。他问自己，自己确实是真心喜欢她的，那就好办了，日久见人心吧。

陈君纯只想好好品味陆浩的这一桌美食，还有江上的美景。而陆浩只想好好欣赏眼前的这位美女，也展示自己的魅力。

饭席期间，陆浩问了陈君纯有关工作的事情和业余爱好，还有她家人的情况。陈君纯能答的都做了回答。

陆浩发现，当陆浩说起自己那些高大上的事情的时候，陈君纯并没有像其他女生一样充满羡慕的眼神，反而说起自己工作遇到的困难和曾经当兵的经历，陈君纯会多一些互动。

午餐，在不紧不慢的节奏下结束了。饭后，陆浩想送陈君纯回乡下老家，但被谢绝了，只是答应送她到车站就好。

车厢里很安静，两人的距离也是如此近，但心的距离却还很远。陆浩不时瞥了一眼陈君纯，而陈君纯却一直把头侧向窗外，她只想静静地欣赏这一路的江岛景色。

"喜欢这里吗？"陆浩问道。

"还好,这里景色很美。"

"那下次请你来!"

下次?他和她之间还有下次吗?陈君纯转头看了一眼陆浩,那张英俊的脸颊映入眼前,不可否认这一点,陆浩真的很帅,但陈君纯也深知一点,陆浩这人可能很花心!

"其实……可能市区的热闹更适合我。"

"你喜欢哪里我都可以陪你去。"

"嗯,再说吧。"

陈君纯再次看向远方连绵不断的山脉,心却乱成一片。

"还记得那一夜你从宝地花园销售中心下班出来,你一个人上了公交车,我的心不知为何轻颤了一下,这是我这一辈子都没有过的感触,或许应该是我真的喜欢上你了!陈君纯,要不我们试试?"

"你会遇到更喜欢的人的。"陈君纯依然淡淡地说道。

其实,凭借陆浩的长相、事业、经济条件和目前对陈君纯所表露的感情来说,陈君纯是心动的。但理性一直在提醒她,陆浩这样的人,很可能把她追到手之后就会变心,对这样的男生是不应该投入感情的!

"我是认真的,你可以不马上回答,但希望你给我多点机会,到时你再做决定也不迟。"

说完,他那双深邃的黑眸也落向远方。陈君纯没有再做回答,到了公交站便下了车,搭上公交车,半小时就回到乡下。

一下车,扑面而来的是那熟悉又舒适的乡土气息,伴随着冬日下午的暖阳,一阵清风拂过,放眼望去,公路下是一大片绿色的农田,不远处,一颗榕树下的周围散落着几十多户人家的小村庄就是陈君纯的家乡。

村庄里升腾起袅袅炊烟,每家每户都在为冬至节准备着丰盛的晚餐。在外的游子一闻到这些熟悉的年味,在外的一切辛劳都会感到值得。

陈君纯加快了回家的步伐,门口的老狗叫了两声,便摇起尾巴欢迎她的回来。前来过冬的北方来的小鸟在榕树上欢乐地鸣叫,庭院里鸡鸭传来饱腹后悠然的拖长的叫声。

陈君纯望见家里已经加盖到两层的房，楼上还没有贴瓷砖、没有安装门窗、没有防盗网，室内还没装修，她回来过个团圆的节日后，然后继续返回城市里去打拼。很多城市里的人喜欢这里的生活气息和节奏，但陈君纯并不以为然，因为她的经济基础还不牢固，很多基本的目标还没实现。

她需要买好看且时尚的衣服、高档化妆品来装扮自己，她还需要寄钱回家帮助家里盖房。

赚钱，就是她目前最主要的生活追求！她还年轻，她目前更喜欢城市的繁华和灯红酒绿，或许有一天她会更喜欢农村的气息，但那还在遥远的未来。

她今天没有让陆浩送她回乡下，除了不想欠陆浩一份人情外，或许她内心还有一丝自卑，一丝家庭环境带给她的不自信。

但或许陆浩不是这么认为！

第15章
义安风情

（一）

冬至节晚上，黄智扬在龙阳老家吃完团圆饭后便回到市区公寓。

晚上9点多，市区里万家灯火明亮，远处义安江两岸的灯饰正卖力地闪亮着。

黄智扬去洗澡，黄晓筱一个人在书房看绘本。黄晓筱翻开书桌上一本《韩阳胜概》，前几页是韩阳的一些彩色照片，她饶有兴致地往后看。当翻到二十几页时，忽然发现夹着8张正方形的小纸片——这是黄智扬剪开的"八字真章"！

黄智扬每天晚上睡觉前总会对这几张纸研究一番，只是10天过去了，他也没有什么发现。洗完澡出来后，见女儿在摆弄着纸片，便走过去问："你在看什么呢？"

黄晓筱笑着说："爸爸，你把这些字剪开做什么呀，你看这是个'天'字。"

黄晓筱把"一"和"大"两个字重叠起来，做成了一个"天"字！

这个思路是黄智扬之前没有运用的!"哦,那你还看到什么字呢?"

"这个是'下'字。那爸爸,这两个字是什么?"

黄晓筱把"木"和"直"拼起来,把"木"和"容"拼起来。

"哦,这个是植物的'植',这个是榕树的'榕'。"

原来是这个意思!

这八个字,可以组合成"天龙植榕下"五个字,或者是"龙植天下榕",或者是"天下龙植榕"!不过后面两种组合的范围太广,而第一种组合可能性最大。这可能就是说南宋皇帝种植的榕树下有宝藏!

黄智扬一下子就明白了,抱起黄晓筱,亲了一下女儿嫩嫩的脸。然后打电话给黄正德,询问宋井附近有没有南宋皇帝种植的榕树,或者说有没有七百多年树龄的榕树。

黄正德肯定地说:"宋井附近是没有什么老榕树的,而龙阳村里的其他老榕树,需要再问问村里老辈才知道。"

12月23日,黄正德一早来到黄氏大宗祠和老人组,询问了村里上了年纪的老人,得到的结果是,村里的榕树最大的也就三四百年,而且龙阳也没有皇帝种榕树的传说。

中午,黄智扬亲自开车来到宋井附近,寻找榕树的踪迹。的确,在宋井附近没有老的榕树,而龙阳村里也没有七百多年的榕树。

那么,这皇帝种植的榕树在哪里呢?

黄智扬遇到寻宝方面的困难,再次想到的是他的寻宝"福将"——陆雅柔。他回到宝地花园销售中心,将陆雅柔约进办公室,把黄晓筱的发现告诉了陆雅柔。

陆雅柔眼睛一转,露出一丝微笑——

"我说黄总啊,那宋朝皇帝也不是只在你们龙阳村待过,他有可能在韩阳其他地方种植过榕树,或者他下令手下种植的榕树,那都可以叫'天龙植榕'。"

"嗯,你说的的确有道理。那我们就到全韩阳找找最老的榕树了。还是你灵光!"黄智扬给陆雅柔竖起了拇指。

(二)

当天晚上,陆雅柔回到公寓。

只见陈君纯一个人坐在客厅沙发上开着电视,但眼睛并没有聚焦在电视屏幕上。陈君纯白天在销售中心上班没什么状态,也不太理陆雅柔。平常晚上回到公寓,两人总会谈谈工作、时尚、明星、美食、男生等,陈君纯总会关心陆雅柔,而陆雅柔也总是能带给陈君纯欢乐和轻松。但今天晚上的陈君纯却对陆雅柔表现出少有的生分。

陆雅柔首先问道:"君纯姐,今天是怎么了,看你一天的精神不太好,是不是昨天回乡下过节没休息好呢?"

"没有,是有个问题没想通。"

"哦,什么问题呢,关于你家人,还是关于哪位帅哥?"

"是关于你!"

陈君纯转身把眼睛盯着陆雅柔,发出少有的冷漠眼光。

"关于我?"

陆雅柔被陈君纯的眼光深深刺到。那是一种不信任、鄙视和怀疑的眼光!

"嗯,你为什么会认识陆浩,你和他是什么关系,你又为什么要告诉他我的私事?还让他帮我弟找工作?"陈君纯连续发问,把陆雅柔问得一时发蒙。

陆雅柔迟疑了两秒,回答道:"是的,陆浩是我的一位同村的哥哥,我们也算亲戚,他说他喜欢你,想追你。不过我已经警告过他不能伤害你。他就问我你的家庭和有什么困难,我呢只是稍微一提,没想到他还真帮你弟找了工作。"

"他昨天都直接到小区门口请我去吃饭了。"

"哦,吃个饭也没什么吧……姐你放心,这个陆浩他得听我的话,他不敢对你不好,否则,我饶不了他!"陆雅柔肯定地说道。

"看不出来,你还挺厉害的,你能控制这位法拉利哥?"陈君纯见陆雅柔很认真的样子,不禁扑哧一声笑了。

"那是当然,他敢欺负你,以后就别回陆湖寨混,我见他一次就扁他一次。"

陆雅柔右手握着拳头,看起来对陆浩有那么一股狠劲。

"既然你跟他那么熟,那你叫他以后不要来约我了。"

"这个嘛,我可阻止不了。不过我会问摸清楚他到底对你是什么感情,如果是假的,那下次他约你,我替你去赴约就好。"

"哈哈,这招你也能想得出来。不愧是我的好妹妹。"

经过一番试探,陈君纯还是选择相信陆雅柔,也相信陆浩不会对自己不利。

"看你整天跟着黄总的屁股转,不知道的还以为你们两人好上了!"陈君纯决心趁此机会再问清楚这个问题。

"这个嘛就不用老姐你操心,我和黄总那是工作的好伙伴……"

陆雅柔欲言又止,知道不能说出寻宝的事,"欸,你不懂的,我只是经常向他请教工作上的事,人家经验丰富嘛。"

"呵呵,也是啊,最近跟那位承建商的学长有没发展啊?"

"啊!这你都知道!谁告诉你的?"陆雅柔很吃惊的样子。

"这还用别人告诉我吗?十几天前你和那赵总在销售中心的喷水池边畅谈了20分钟,整个项目公司谁不知道?"

"啊!这都被你们看到了!人家很害羞的!"

"呵呵,别装了,当时你怎么不害羞,现在害羞了!不过你的勇气我是很欣赏的。说说最近有没有发展呀?"

"告诉你一个秘密,明天是圣诞节前的平安夜,我们决定在义安江边的西餐厅来个正式的约会。顺便观赏义安江喷泉表演,那该多浪漫啊!"

"是啊,关键是还有赵帅哥陪同,在哪里都浪漫。"

这闺蜜俩又开始在温馨的公寓里轻松地闹腾起来……

(三)

自从陆雅柔和赵承志认识以来,两人便经常通过微信聊天,发现彼此感兴趣的话题很多,特别是西方文化,比如美国电影、旅游景点、西餐美食等,今天来阅江音乐西餐厅就是赵承志的主意。

这里的菜品是相当精致的,每一道菜都经过厨师精心摆盘,令人不舍得下刀叉。而且每一道菜的味道也刚好,不会太甜也不会太咸,把客人的口味拿捏得很准。

赵承志点了几道菜,应该是他们家的主打,没有夸张地满桌铺设,每一次都只是两三道菜,每一道菜的菜量着实精致,让人吃到刚刚好就没了,意犹未尽,然后服务员再撤掉空盘,继续上其他的菜肴。特别是一开始服务生拿来的一瓶红酒,陆雅柔喝了一口就觉得非常赞,仔细一看是1982年产自波尔多的红酒,这令她稍感到一点诧异。虽然陆雅柔是富家小姐,也品尝过各种佳酿,但是这样的佳品,也是偶尔才能品尝到。

这酒是赵承志开始点餐时叫的,陆雅柔心想这人的品位还是蛮高的。再说,这里的环境也是相当的优雅、别致,餐厅中间设计着潺潺的流水,旁边摆放的钢琴不时会有餐馆特聘的钢琴演奏师弹奏两曲,空气中还飘浮着淡淡的花香的气息,置身其中,让人身心舒畅。

最关键的是,今晚虽然是平安夜,韩阳市区里几乎所有的西餐厅都人满为患,唯独这里的西餐厅严格限制入场人数,使得整个餐厅始终保持着良好的就餐环境。

"这里的菜你还满意吗?"赵承志优雅地用餐巾抿了下嘴问道。

"你选的这个地方很好,我很喜欢。"陆雅柔望着赵承志,两眼发出脉脉之情。

"你喜欢就好,这家店才开了不到一年,我大概有半年多没来这里了。"

"哦,还以为你经常来这里呢。"

"我很少有闲情来这里,现在大部分时间都是要么在工地,要么在公司,剩下的时间就多回家吃饭。"

"这样很好啊!"陆雅柔是越发地欣赏和信任眼前的这位男子。

时间到了晚上8点,西餐厅窗外传来人群欢腾的声音。放眼望去,是义安江喷泉表演开始了。义安江喷泉每逢周六和重大节日都会举办表演,它集喷泉、音乐、灯光、激光为一体,时间长达40分钟。最为震撼的是,义安江音乐喷泉设计主喷高度188米,相当于几十层楼高。喷泉沿义安江的横向漂浮平台长达290米,是目前世界最大的浮体平台。

从义安江两岸看去,喷泉就如同一幅梦幻的水彩画,在五光十色的激光灯的照耀下,伴随着震撼的音乐和江风时刻变换着姿态。

喷泉带起的巨大水雾不时随风飘到岸边,洒在观看人群的头发上。有的恋人干脆相拥欢叫,浪漫指数爆棚。

陆雅柔和赵承志两人也一起侧身观看完整场演出,陆雅柔不时和其他人一样不时发出"哇!哇!"赞叹声。

喷泉演出结束,餐厅里有的人便买单离开了,但陆赵两人没有离开的意思,反而相谈更欢。

"我看你在微信朋友圈转发的你的弹唱,真的很好听,你还在玩乐队吗?"陆雅柔问道。原来赵承志在高中时就是乐队成员,他现在平时除了工作,有时还在家里通过一些网络平台发布自己的弹唱歌曲。

"我们乐队早就解散了,不过我有空就会自己唱唱歌,弹弹吉他或者弹钢琴。"

"你还会弹钢琴?"陆雅柔觉得赵承志身上的亮点实在太多了,总能给她带来惊喜。

"会一点，我为你弹一首吧。"

"太好了！"

赵承志健步走到钢琴前，缓缓地弹了一首美国电影的配音。优美的琴声，加上赵承志优雅的演绎，让陆雅柔备感着迷。

一曲结束后，周围响起了掌声。赵承志很低调地冲大家挥挥手，便后回到座位上，一路上引来了众人的注目，竟也引来一位不速之客！

（四）

"赵承志！你们在干吗？"

随着赵承志回到座位，一个男子也跟随着过来，气势汹汹，这声音地动山摇，把西餐厅内优雅的就餐环境给打破了，所有人都把目光投过来。

赵承志和陆雅柔抬头一看，不免愣住了。

来者不是别人，正是陆雅柔的二哥——陆浩！

陆浩今天心情不太好，本来想约陈君纯出来共度平安夜。但陈君纯没有答应，说有乡下亲戚过来需要接待。

不过，陆浩身边从来不缺少女人。今晚是一位一直喜欢陆浩的女生主动找陆浩，让陆浩请她来这里吃饭。

刚才赵承志弹钢琴时就引起了陆浩的注意。让陆浩火冒三丈的是，赵承志是在跟陆雅柔吃饭！

此时，陆浩指着赵承志，大声吼道："赵承志，你玩其他女人我不管，你竟然敢玩我妹！我警告你，下次再让我知道你约我妹，我一定揍死你！还不快给我滚！"

赵承志瞪了陆浩一眼，没想到陆雅柔竟然是陆浩的妹妹，那就是陆国安的千金了！

他又看了一眼被吓到的陆雅柔，对陆雅柔说："不好意思，我该走了。"临离开时没忘了去收银台结账。

陆雅柔失落地看着赵承志的离开，又呆呆地看着自己的二哥，她知道当年陆浩和赵承志之间的瓜葛——

在中学时，赵承志和陆浩同时看上了一个女生，为了追这个女生而争风吃醋，后来甚至还发生了一场群殴，事情发生后，全校师生无人不知，而那个女生是待不下去了，转校走了。自从这件事发生后，陆浩和赵承志就彻底闹掰了！

"你知道他是谁吗？！"陆浩坐下问陆雅柔，"你和他约会？是不是脑子进水了？"

"我……"陆雅柔脑袋似乎短路了，一时半会儿想不到要说什么。

她拿起眼前的红酒一口喝了半杯，鼓起勇气对陆浩说："我知道他是赵承志。但他已经不是当年在韩阳二中时的赵承志，他变了！而且我和他仅仅是吃顿饭而已，用得着这么大惊小怪的吗？"

"你！"陆浩气急败坏，深信是赵承志骗了自己妹妹，严肃地对陆雅柔说，"我告诉你，那赵承志是什么人我从中学时就领教清楚了。他要是下次敢跟你约会，我发现一次就揍他一次。"

"行啦，你还是管好你自己吧，我也走了。"

"这件事我要告诉爸妈。"

"告诉就告诉，那赵承志还不是爸爸指定的项目承建商。"

陆雅柔也起身就离开了。

赵承志约她一起过平安夜，这么重要的节日，却被自己哥哥活生生地打乱了。所有的好心情都毁于一旦！最麻烦的是，陆浩还不允许她再见赵承志！

陆雅柔出来后独自一人走在江边，漫无目的，心情低落到极点。只是她忘不了赵承志，几次拿起手机想给他打个电话或发个信息，但是要说什么呢？

她也想把心中的苦闷告诉陈君纯，但似乎陈君纯也帮助不了什么。

时间不知不觉到了晚上十一点半,陆雅柔的手机响了,是陆浩。

"喂,妹,回家了没有?"

"还没有,差不多了。"

"回去吧,不要太晚。"

"嗯。"

"今天的事,我也是为了你好。"

"嗯,我知道了。我也已经长大了,会分辨的。"

"那就好。你小心点。"

"好。"

毕竟是亲兄妹,兄弟保护姐妹这是理所当然的事。难怪在韩阳地区,姐妹出嫁时夫家要请兄弟坐大位!因为有兄弟在,夫家也就不敢随便欺负自己!

此时,陆雅柔心情终于平静了许多,她鼓起勇气给赵承志打了电话:

"今天真是不好意思。"

"哦,你哥的心情我可以理解,毕竟以前我和他打过架。"

"那以后我们还见吗?"陆雅柔傻傻地问。

"我们就多打电话、聊微信,我也经常去宝地花园项目公司,我们还是会见面的。"

"嗯,好!"

有了联系的渠道和见面的可能,陆雅柔立马心情变得美丽起来,挂掉电话后便轻松地回家了。

(五)

同样是在这个平安夜,黄智扬带女儿去购物中心逛街,看购物中心的圣诞场景布置,然后随着人潮来到义安江边观看喷泉表演。

八点半左右，黄智扬忽然收到一条网友嘟嘟嘟发来的信息——

"今晚的喷泉表演好美啊！"

黄智扬微微一笑，回复道："是啊，我带女儿也在江边观看。"

"哦，就你们两人吗？"

"是的。"

黄智扬没有打算现在见对方，因为平安夜大餐已经吃过了，而且还带着女儿，他没想好以什么方式见对方。

隔了一会儿，对方又发来信息，"明天是圣诞节，要不明天下午3点我们找个咖啡厅喝下午茶吧？"

既然对方主动请求见面，黄智扬当然是没问题的。"好啊，那你告诉我地点。"黄智扬很快回复后，加了一句，"明天我女儿也放假，我得带着她一起。不过我都没见过你，不太好带她一起吧？"

"呵呵，也是啊！你放心，我们是见过的，你女儿我也见过的。"

其实黄智扬自己早就猜测到嘟嘟嘟大概就是杜晓蕾了！因为自从黄智扬踏上韩阳的土地开始，虽然两人没有见面，但聊天中对方总能或多或少暗示一些信息。

因此，黄智扬后来干脆觉得没必要约嘟嘟嘟见面，因为她就是杜晓蕾，那该见的都见了，如果对方一直保持神秘，那就让她神秘到底好了。

"这么说来，那我大概知道你是谁了。我们明天见！"

"嗯嗯。"

第二天，黄智扬按照杜晓蕾给的位置图，来到韩阳CBD一家望江的咖啡厅。这家咖啡厅位于一栋写字楼的顶楼33层，透过落地玻璃窗可以直接看到义安江流过韩阳市区的整个大湾水域。工作日这里常常满座，但今天是星期天反而比较清静。不过，这家咖啡厅的品质水平就如同其消费水平一样，在韩阳市都是顶级的。

黄智扬走进咖啡厅，扫视了半周，也没发现杜晓蕾，内心还在怀疑，这嘟嘟嘟难道不是杜晓蕾？

"先生，您有位了吗？"服务员上前询问。

"有位朋友约了在这里见，那我们先找个位置坐吧。"

"窗边的位能望江，您看坐那边好吗？"

"好啊！"

服务员领着黄智扬走到了过去。

"阿姨好！"

"嗨，晓筱！"

忽然黄晓筱叫了声"阿姨好"，黄智扬循声望去，那不是杜晓蕾吗？

今天的杜晓蕾穿了一件粉色的卫衣，胸前还有个大大的维尼熊图案，下半身是一条紧身的蓝色牛仔裤，脚踏一双小白鞋。这形象算是颠覆了杜晓蕾在黄智扬心中的白领形象。难怪进门看了一圈都没发现！

黄晓筱朝杜晓蕾身边走了过去，黄智扬也跟了过去。

"阿姨，你身上这个维尼熊好可爱哦！"黄晓筱只关注可爱的东西。

杜晓蕾从身旁的包里取出一只表情夸张搞笑的圣诞驯鹿公仔，对着黄晓筱说："晓筱，你看这只驯鹿搞笑吗，这是阿姨送给你的圣诞礼物。"

黄晓筱接过手，捏了一下，那只驯鹿还发出一声叫声。

"爸爸……"黄晓筱小心翼翼地看了黄智扬一眼，平时父亲都教她不要随便收人礼物。

杜晓蕾看出了黄晓筱的顾忌，笑着说道："没关系的，阿姨送的礼物你就收下吧。"

黄智扬笑呵呵地说："既然是嘟嘟阿姨送的，你就收吧。"

"嘟嘟阿姨？"黄晓筱有些疑惑。

"呵呵，是啊，因为我姓杜，拍过一张嘟着嘴的照片，我朋友叫我嘟嘟，所以我网名叫作嘟嘟嘟。"

"原来是这样。今天总算得见你庐山真面目。"

"这里的茶点不错，看小朋友喜欢吃什么？"杜晓蕾把菜单翻开给黄晓筱看。

黄智扬说:"你对这里比较熟,你点就好。"

"好吧,那就点个它这里比较有特色的英式茶点套餐。"

(六)

黄智扬还是第一次来这里,环顾四周,这家咖啡厅摆满了各类图书,还有很多手工艺品,手工艺品上标有价格。

"这里还卖图书吗?"黄智扬问道。

"是啊,这些图书可以看也可以买。"杜晓蕾回答道。

"嗯,果然是家有特色的咖啡厅。"

"不仅如此,她们还卖咖啡,卖茶叶,甚至还有很多旅游线路的推介。"

"看来是围绕特定客户群做了全方位的产品服务的营销啊。"

黄晓筱来到这么优雅的环境里,加上到处都是图书和好看又好玩的手工艺品,高兴地把咖啡厅走了一圈,然后饶有兴致地拿起一本图画书翻看起来。这样倒给了黄智扬和杜晓蕾两人谈话的空间。

杜晓蕾选择圣诞节这个特别的日子,在这个地点和黄智扬见面,不得不说有一定的深意——

她想给黄智扬和自己多一个增进了解的机会,或者说给一个发展两人关系的可能。这个深意黄智扬心里也明白。

两人很默契地谈论起最近卖得比较火的图书来,又谈起旅游景点和旅游的开发。

"我觉得旅游的开发很有意思也很有意义,除了自然景区的开发外,像古镇古村落的开发和度假村的开发,人为因素很大,是件值得研究的事情。以后有机会我也想研究一下。"黄智扬说道。

"想不到你还有这样的兴致!"

杜晓蕾瞪大眼睛，给黄智扬投来了欣赏的目光。

"是啊，绿水青山就是金山银山。那也是一片广阔的天地。"

"好啊，如果你以后研究旅游开发，我当你的助手。我以前出去旅游就知道拍照和玩，经你这么一说，旅游项目开发还确实是有很多规律可以总结的。"

"你当助手那可屈才了，我们可以联手合作。"

黄智扬边说边若有所思地把目光飘向窗外广阔地韩阳山水，"你看看我们韩阳的大好山水和民居民俗，就蕴藏着巨大的开发潜质。"

"是啊！"杜晓蕾十分赞同黄智扬的想法。

此时，两位服务员过来摆上了精致的英式下午茶点。

"晓筱快过来，看想吃点什么？"杜晓蕾朝黄晓筱喊道。

黄晓筱正在几米外专心地看着图画书，听到杜晓蕾叫她，转头看了一眼，便连同图书一起带了过去。

"哇，看起来好好吃哦。"黄晓筱跑过来一看，全是好吃好喝的，一时无从选择。

"阿姨跟你讲，上面这层是咸的点心，有三明治、火腿；中间这层是草莓等水果和榴梿冰激凌；下面这层是甜的点心，有布丁、泡芙、蛋糕、松饼、饼干。"杜晓蕾指着茶点的架子说道，"另外这里还有两种饮料，这壶有蜡烛加热的是红茶，这里还有两杯咖啡，分别是焦糖玛奇朵和焦糖拿铁。"

"我要吃松饼和喝咖啡。"黄晓筱说着就用手去拿。

"等等，阿姨帮你。吃松饼要先抹果酱，然后再涂点黄油才好吃。"杜晓蕾此时看起来很有耐心，帮黄晓筱搭配起配酱来。

"哇，看起来太好吃了，我都等不及了！爸爸，我还想喝咖啡。"

"小孩子少喝咖啡，要喝就喝一口吧。"黄智扬抬头问杜晓蕾，"哪种咖啡适合她喝？我都不懂这些咖啡名称的。"

"玛奇朵比较适合小孩喝，里面牛奶多点，还有香草味。拿铁只是在咖啡的上面加些奶泡。两种都放的是焦糖。"

"原来这样，你真有研究！"

"哪里，其实国内咖啡的种类不多，来来去去就那几种，不像你经常喝茶的，一个凤凰单枞茶就分几十种名称，这我可比不了。"

……

就这样，两人既没有谈论工作，也不涉及感情，就这么心照不宣地探讨彼此关注的事物。

杜晓蕾发现，她和黄智扬存在很多共同的兴趣爱好，而且在很多事的观点上也十分接近。一场下午茶下来，两人的确增进了不少了解，至少友情是增加了。现在彼此健谈多了，不像在公司里面的三言两语。

黄晓筱也不时过去找杜晓蕾玩。杜晓蕾虽然平时看起来十分清高，但在小孩子面前却非常放得开，不时和黄晓筱玩得哈哈大笑。

天色逐渐暗淡下来，但CBD华灯全开，五光十色。炫丽灯光照耀下的人们依旧充满活力。这就是中央商务区的魅力！黄智扬看天色不早，便主动买单。他不想主动约杜晓蕾晚点共进晚餐，万一人家拒绝就尴尬了。

杜晓蕾看下手机，说道："今晚我和爸妈要出去吃饭，有机会我们再出来喝茶。"

"好的。"

不论杜晓蕾今晚是否真的和父母共进晚餐还是和其他人约会，黄智扬内心都感到很舒畅。毕竟这次约见是两人主动的行为，这可是他们认识半年来的头一次，而且，选择喝下午茶的方式见面而不是吃饭，其实有了更多的交流时间和良好的沟通氛围。

当天晚上10点，黄晓筱已经入睡，黄智扬坐在书桌前，望着窗外CBD高楼上闪烁的红灯，回味着下午的美好时光，拿起手机给杜晓蕾发了条信息——

"你今天很可爱。"信息后还加了个红红的笑脸。

不久，杜晓蕾回复了信息，没有文字，只是个大大的咧嘴的笑脸表情。

黄智扬觉得现在跟杜晓蕾的沟通都是充满阳光的，心里暖暖的，也没再写文字，只是回复了个灿烂的太阳的表情。如果心有灵犀，自然相通。

此时窗外刮起了北风，竟下起了绵绵的冬雨，气温进一步下降。黄智扬开启暖空调，泡起一杯他买自贵州高山绿茶，播放起白天他在车上听到的一首粤语歌《总有你鼓励》。他觉得自己的人生往前走，有时也需要自己喜欢的人的鼓励，这样会更有动力。

（七）

12月31日，星期六，早上9点钟，龙阳村后石壁庵山照旧迎来了许多游客和登山运动者。在这些人当中，有两位中年人先后来到山顶纳海楼旁边的一家茶座包间里。这包间建在一块平坦的大石头上，整体是用竹子搭建的，包间的两侧种满了花和藤。包间的正面朝东，正对着义安江，除了竹子做成的栏杆外，没有树木遮挡视线。包间的背后用木板封住，只留一扇门，门外是一条独立延伸而来的小道，如果没有店主同意，游客是过不来的。这个包间由于其视野极好，私密性佳，舒适度高，因此其茶座的价格是其他茶座的8倍，而且需要提前预订的。

"来试试我这今年春季的东方红单枞。"冲茶者乃是陆达集团老板陆国安。

"哇！好茶啊，有钱人就是会享受。"市委书记王茂德品了一杯。

陆国安和王茂德算是知己，但现在一般一年也就通两个电话，见两次面。十多年前整天一起举家郊游、喝茶钓鱼的日子随着两人地位和财力的提升而逐渐远去。为了避嫌，两人都知道要尽量少见面、少来往、少通电话。就算见面，也不敢去豪华的场所吃饭、娱乐。所以，今天两人相约登山喝茶，以这种健康又比较节俭的形式来见面。

"三十年前我在玉凤坑一位老农家喝过这种茶，自此之后我喝其他茶就觉得不过瘾了，因为这茶的独特山韵和香气、水路都是我最喜欢的！这里有三两茶，多了我可不敢送你。"陆国安用一个粗陋的茶叶罐装着顶级的茶，至少王茂德不会觉得很为难。

他们两人时常以朋友关系来这里喝茶、畅谈人生，探讨官场或者商场的应对之道，而这个习惯已经有十年了。

"一杯茶，一番风景，一场人生。"王书记饮尽一杯茶，惬意地抒发自己的人生感想。

"韩阳市有你王茂德真是庆幸。韩阳这几年交通发达了，市容市貌整洁了，黑恶势力不敢抬头了，经济也在转型，不容易啊！"

"不敢当，不敢当。人在河边走啊，还需步步谨慎。最近省纪委有人找我谈话了，想想自己也算高官厚禄了。"王茂德看着陆国安，顿了顿，便继续说道，"要说有钱，韩阳没几个人比你多，而你有钱，我并不眼红，因为那是你经营有方所得的。你要时常提醒我，不要贪小便宜，那没有任何意义，而如果大贪就等着晚节不保，就更不应该！我那老革命的老丈人经常提醒我，为了自己的名声，也是为了家人的团圆，真的需要克己奉公。"王茂德说的可是掏心掏肺的良心话！

陆国安喝了口茶，笑意颇深地看着王茂德，"确实如此！其实你走上这条仕途之上，虽说财富不多，但在韩阳地位已经很高，影响力很大。其实人的价值不是靠金钱衡量的，在物质到达一定基础之后，金钱再多已经没有多少意义。自古历史很少有记载富豪的，民间传说的也都是些造福一方的富商和官员。所以历史不会记住我陆国安，但可能会记住你茂德兄。"王茂德点了点头，以示赞同。这两人无话不说，但哪些是真，哪些是假，也只有他们自己心里清楚。

王茂德喝了一口茶，那深邃的黑眸看着陆国安，"嗯，我现在的原则是公事公办，私事帮办，好处是一概不能收啊！就说前两天有人托我给小孩找个好小学读，可以帮的我就帮了，但是人家过意不去非要送两万给我。我跟他说，我拿你两万我发不了财，还有受贿的风险，为了我好，你还是拿回去吧。那人说，底下什么校长、教育局局长之类的一个学位有时不止这个数，我一分不收怎么过意得去。我说，只要你小孩好好学习就对得住我了。"

话音刚落，王茂德自己便开心地大笑起来了。他放下手中的茶杯，点着一根香烟，抽了一口，缓缓吐出，烟雾瞬间弥漫了整个包间。也许他是中国少有的明白为官之道的官员，在他眼里，能利用权力造福一方自然最好，能造福一些人而获得别人的尊重也不错。

陆国安听罢，对王茂德竖起了大拇指，连连点头。

"你那宝地花园进展如何？到时我想帮皓轩买一套。"王茂德笑着说道。

陆国安听后大喜，一副急切地想分享宝物的模样，说：

"没问题，给你留套风水景观最好的。宝地花园一切进展顺利，我对我这个项目是信心十足啊。"陆国安顿了顿说，"皓轩也不小了，是不是有对象了？"

谈到自己的儿子，王茂德显得十分关切，"这小子谈了几个女朋友，也没一个靠谱的。"

他放下手中饮了半杯的茶，似乎是在等陆国安的这句话，微微地看了陆国安一眼，"国安兄，你说我们两家人十多年前的那个约定还算不算数？那时候皓轩和雅柔都玩得很好。"

"是啊，那时候他们两小无猜，现在都长大了，很多观念和眼观都改变了……但只要他们还彼此喜欢，我是很支持的。"

陆国安本来想说不知道陆雅柔是不是喜欢王皓轩，但想了一下后就憋了回去。王茂德自然心领神会，"是啊，现在的年轻人，都是自由恋爱，自由婚姻。可不像我们那个年代了，有时单位领导一介绍就成了。"

"虽然这么说，但作为父母的也还是可以过问的，我今晚回去问问雅柔。"

陆国安倾身为王茂德倒了一杯茶，"来，喝茶。"

两人把目光望向义安江，望向韩阳市中心，时而谈起些老朋友，时而谈点陈年旧事，时而谈点韩阳的发展……

　　夜幕来临，韩阳市区里许多年轻人聚集到市中心商业广场前，等待广场上大屏幕的倒计时，等待着新年钟声敲响的那一刻。许多人来到了义安江边，他们陪着家人，陪着心爱的人，想感受新年的第一阵江风，欣赏灯光璀璨的夜景。有些人会守在电视前观看各大卫视的跨年晚会，有些人叫上同事好友去唱K、喝酒。古老的村子里，人们对元旦的期盼就少了点，也有些人视其为平凡的一日，安静地度过。总之欢乐会是主调，人们为自己的新年书写计划，期盼新年更好的自己。

　　"10……"商业广场上的大屏幕开始倒计时。很多人大声地喊着数字，算是给自己跨个充满激情的新年。

　　"9……"义安江边灯火绚丽，情侣们紧紧拥抱。

　　"8……"老电视上的潮剧依旧余音绕梁。

　　"7……"人们举杯畅饮，互祝新年好运。

　　"6……"韩阳的古老文化薪火相传，寺庙里的香火前各路神明保佑平安。

　　"5……"忠勇酒家的包厢里，服务员正在收拾几乎没被动过的剩菜。

　　"4……"进贤门前大街上大红灯笼高高挂。

　　"3……"小公园四通八达的骑楼街区上各类小吃档口依旧生意火爆。

　　"2……"广济桥一江两岸的灯光秀伴随着音乐和激光射灯在极力宣示韩阳的繁荣与底蕴。

　　"1……"义安江边发射出一排排火树银花的烟花。

　　"嗡！……"开元寺敲响了新年第一响钟声。

　　"新年快乐！……"欢呼声汇聚在韩阳上空，一片欢腾。

　　新的一年，新的开始，一切事物都将有其新的发展！

（八）

  这段时间黄智扬几乎每天都思考着"天龙植榕"四个字，也上网查了些资料。因为地面种植和存留的榕树众多，所以韩阳市自古以来就有榕城的称号。要想很快缩小寻找的范围并不容易。黄智扬偶尔还开车到韩阳地界上凡是传说南宋皇帝可能待过的地方都兜了一下，下车跟当地人聊聊天，看看有没有七八百年的古树，但都一无所获。与此同时，宋锦天同样也发现了八字真章的秘密，他也在加紧寻找着！

  1月2日这天，是元旦假期的最后一天，黄智扬想到了韩阳的一位老人——陈文，或许他能给点提示！上午10点多，黄智扬带了一小罐上等的坪溪岭头白叶单枞茶到中山公园找陈文。见陈文正在一边听潮剧，一边喝茶，享受着闲适的时光，便快速地走上前了。

  "陈伯，昨天去买了些白叶单枞茶，今天带点过来给您鉴别一下。"

  "好啊，我试试。"老人对于黄智扬如此行为显得非常高兴。这位老人很享受的事情，就是有年轻人愿意向他请教事物。

  黄智扬打开自己带的茶叶，在一旁泡起了茶，水落茶香出，香蜜韵齐备的饶平岭头白叶单枞引得陈文啧啧称赞。

  黄智扬见时机成熟，风轻云淡地问道："陈伯，最近我看到一则信息，说是南宋皇帝当年在我们韩阳种植过一颗榕树，不知道是不是真的？而且还可能是在海边，但我们龙阳村是找不到了。"

  "嗯……"陈文沉思片刻，然后眼角一台对黄智扬说，"我年轻的时候，看过清朝末年编撰的《韩阳志》，里面似乎有提到过，好像是说在美澳乡的海边有一棵南宋时期存留下的榕树。但具体在哪里我也没见过。"

  "美澳海边？！"黄智扬睁大了眼睛。

"是的，如果现在还在的话，应该有七百多年的树龄了。"陈文喝下一杯茶，容光焕发，气色比起操心事多的黄智扬来看还好一些。

"榕树能活七百多年吗？"黄智扬紧接着问。

"我们这地方的榕树多为细叶榕，保护得好的话，上千年没有问题！"

"啊，这么说现在还有可能存在了？"

"是的。"

黄智扬得到了比较满意的答案，脸上露出喜悦的笑容。

剩下的时间黄智扬和陈文闲聊了一下，便告辞了。他的心早就飞去了美澳乡，急着去寻觅那颗南宋的古榕树……

美澳乡的榕树不少，但美澳海边的榕树就不是很多。

这里的海滨对于黄智扬来说并不陌生，小时候经常和伙伴过来玩沙、泡海水、捡贝壳。虽然以前没有关注这里的榕树，但榕树是常青树、长寿树，他对这里的榕树多少有点印象。

黄智扬从龙阳村的海边出发，沿着海岸找寻着那一株老树，路上遇到榕树他都会过去端详一番，也不时会跟村民询问一下，但都没有结果。

近一个小时，走到了义安江靠美澳乡的西出海口。前面是四块大石，像四只可爱的动物笑容可掬地在海边沙滩上嬉戏，一副很乖的样子。这四块大石当地人称"乖石"，那是海洋给这座城市的赠礼，它们就堆砌在那儿，吸吮着日月的光辉，接受着海洋风雨的洗礼。

渔民早已回家，岸边渔船上也空无一人，四周就只有这四头乖石还乖乖地在海边"玩耍"。

黄智扬走到高处，望着滔滔义安江水涌入大海，感慨着韩阳这片热土，无论山河土石树都在夜以继日地释放自己亲和而独特的气息。不觉回来韩阳已经大半年了，这半年因寻宝护宝而起，他接触了许多新朋故友，自觉对得住家乡父老，也没枉费时光年华。

感慨之余，黄智扬掏出手机，和义安江，和四头乖石，在傍晚阳光的映衬下来了张合影,发到朋友圈,配发的文字是"江海本色"。

这时,一个念头闪过他的脑海——"会不会是因为海岸往前推进了,几百年前的海边说不定离现在的海边有一段距离了?"

黄智扬的这个猜测显然是有道理的!数百年来,义安江从上游不停地带来泥沙不断往出海口两边堆积,使得美澳乡靠近义安江的陆地面积持续延伸。不过,既然南宋皇帝在龙阳村的宋井附近落脚,那当时种的榕树也不会离宋井太远。于是,黄智扬跟海岸故意保持着约100米左右的距离往回走。

走着走着,竟走回到了宝地花园位于美澳乡的工地围墙外!工地围墙很高,挡去了黄智扬的视线,而不知为何,黄智扬竟然感觉到,那一棵古榕就在工地围墙里!

很快,他从宝地花园工地的东门进去。但眼前的景象让他颇感失望却又在意料之中。因为工地早已被平整,除了一些杂草,一眼望穿,这里已经不剩任何树木了。不过他并不甘心,决定找个工人来问问。记得之前他在工地上认识的一位姓蒋的年轻工友,于是拨通了工友的手机。

"喂,小蒋吗,你好,还在宝地项目吗?"

"你好黄总,我留在了承志公司了,现在还在宝地项目。"

"哦,现在有在工地这里吗?"

"没有哦,放假出来朋友这了……黄总有什么指示吗?"

"指示没有,就是随便聊聊。想问你,你们施工单位有没有在靠近美澳乡的工地上看见过一棵榕树,而且是一棵比较粗和老的榕树。"

"这个……"小蒋停顿了几秒钟,"从我来这里做勘探开始就没有看见地面有什么榕树,都是一些瘦小而高的树和杂草。"

几百年前的榕树,不一定现在还会在了。但黄智扬不想放过一丝机会。

"嗯好,那如果以后你们在工地上挖到榕树的树干或树根,请你第一时间通知我,这样的树虽不值钱,但有一定的历史价值。回头我再请你吃饭啊!"

"好的，黄总客气了！"

黄智扬走出工地，一抹橘黄色的余晖已逼近地平线，海天相接。谁知道不久的将来，一场惊心动魄的"大戏"将在这片海滨上演！

第16章
双八卦图

（一）

1月3日，星期二，这是新历新年第一天上班，上午的阳光依旧穿过黄智扬的办公室，照进销售中心的走廊。

刚一走进办公室，保安就给他送来一份文件："黄总，这是承志公司早上送来的，让我转交给你。"

"好的，谢谢！"

拆开文件袋，抽出来是厚厚的一本《宝地花园项目施工组织设计》。黄智扬查了一下陆达集团内部网。这是赵承志公司编写完成后，在近一周多的时间里完成了工程管理中心、成本管理中心和韩阳市恒泰建设监理公司的同时审查，承志公司再根据三方审查的意见表，对项目施工组织设计进行修改和补充，今天送来给黄智扬做最后的审批。公司内部网还显示，下午两点半在陆达总部将召开宝地花园项目工程施工前期协调会，召集人陆国全。

黄智扬看了下开发进度，特地打了个电话给赵承志，问询了承志建筑安装公司的各项准备工作，赶紧仔细翻看这份施工组织设计方案，他还需要准备下午的发言……

　　元旦刚过，农历新年也马上就要到来，跟之前相比，大家多了一些喜庆的气氛，不论工作多忙，嘴角都多了一丝微笑。

　　下午的会议由陆国全主持，除黄智扬外，还有各管理中心的总监、总工程师吴达、黄小明、承志公司的赵承志和两名负责人、监理公司郑光、宝地项目工程部经理李毕成及全部工程部的职员出席了会议。

　　轮到黄智扬发言。他挺起了腰杆，略带激动地说道："大家好！在新的一年里，我们宝地花园的开发工作将踏上新的征程。宝地花园将在今年内完成施工、销售、验收和交楼等全部工作。请大家和我一起努力，力争顺利完成开发各节点的工作，在为集团获取尽可能多的利润的同时，也能赢得韩阳社会各界的关注和美誉！"话音刚落，会议室响起一番掌声。

　　黄智扬低下头，看了下笔记本，继续说道："按照项目开发计划，这个月接下来近20天的工作日里，即到农历腊月二十九前，项目的主要工作就是为年后项目全面开工做前期的准备。具体包括财务管理中心和工程管理中心对甲方供应材料和分包商的招标确定；承志公司的工程施工放线；规划局等的验线；试桩和桩基工程开始施工和检测；土方支护工程开槽等。投资开发中心办理建设工程质量安全监督登记，力争在正月十五前后拿到《建筑工程施工许可证》，等民工返城后就可以进行基础和主体施工了。"

　　与会各个负责人先后发言，对各自工作的进度和难点进行交流，由陆国全作协调和下指令。只是轮到黄小明发言时，黄小明说："上午启阳公司那边的朋友告诉我，启阳之星各项工作推进速度很快，据说，他们已经开始做基础施工了，从这点上看，他们比我们快了一步。"

　　在场的人一听，都睁大眼睛盯着黄小明，感到不可思议。一旁的陆智安倒显得很镇定，抬了下厚厚的眼皮，缓缓说道："启阳这么做也不是第一次了，他们无非依靠市里的关系比较硬，先斩后奏罢了，就是先施工后办证!"

"是啊,我们是按部就班地报批报建,可人家是跨越式的。"黄小明急于推脱他报批的责任。

"这个可要引起我们的警惕,你们有些地方也可以向人家学习嘛。不过,我们自己不能乱,按照刚才黄总的计划,大家提起精神好好干!"陆国安露出坚定的眼神,随后转向陆智安说,"智安,等下会后我们研究一下,看看怎么应付。"黄智扬心里想,这两位老兄在韩阳地界也算通天的人物,他们在一起谋划,那启阳之星估计就不会太顺利了!

会后,黄智扬在楼道里遇到黄小明,他拍着黄小明的肩膀说:"你不要紧张,我们陆达有几位陆总在,相信宝地花园是不会输给他们启阳的!我也相信你黄小明的能力!"

"多谢黄总的信任,工程施工许可证我会抓紧!"

人与人之间的交流最基本的就是信任和彼此尊重。很明显,黄智扬和黄小明就是如此。

(二)

1月27日,大年三十。韩阳人一般会提前五天左右切换到过年模式。这时,很多企、事业单位都放假了,在外读书的学子们也陆续回到家乡。陆达各个项目早已停工。外地的工人们领完工资,兴高采烈地踏上回家的旅途。宝地花园地块在静静地等待着建设者年后的归来。

跟一、二线城市不同,韩阳市区一到春节前后,车量就猛增,路上小轿车、摩托车、电动车、自行车,甚至乡镇里还有很多电动三轮载客车,一下都跑到原本就不宽的街道上,中心街区经常交通堵塞。

人间过节,就要祭拜祖先,这是韩阳人的风俗。不忘来路,不忘根源,一次次祭拜祖先的仪式其实也是一场场教育子女孝敬父母的课程。因此除夕的午后，初一的早晨，韩阳市区和乡村的住房旁到处可以闻到一股香火的味道，那是韩阳人民在家摆着香案，烧着金箔祭拜祖先。

现在的祭品没有以前那么讲究了，除了必要的三牲——鸡肉、鱼肉、猪肉外，其他都比较随意了，一般家里有什么好吃、好喝的东西都可以当祭品。老一辈的告诫年轻人要心诚，心诚祖先才会保佑你。

大年初二，不少人会到祠堂祭拜各自乡村寨的开基始祖，同房朋辈们见面一起唠嗑，叙叙宗亲情义，听老辈们讲讲历史。同样是大年初二，韩阳嫁出去的女儿会偕同丈夫、小孩回娘家拜年聚餐，这也算是对女方和女方父母的尊重。

从大年初一到元宵，不少虔诚的韩阳人会忙碌地拜各种神，以求新年阖家平安，心想事成！元宵节前后，韩阳许多村子里会把神像从庙里请出来，抬着在村子里游行一圈。

随着社会的发展，如今的游神队伍越发庞大。有敲锣打鼓的，有提花担的，有举锦旗的，有穿各种创意服饰拿各种道具装扮成各种人物的。游神游到哪里，哪里就放鞭炮，十分热闹。

这种游神活动当地称为"营老爷"。每逢"营老爷"当天，该村必然会万人空巷，鞭炮声、锣鼓声、喝彩声搭配一起，热闹非凡的同时，也在营造该村一年的财丁兴旺。

家中祭祖的香灰味，寺庙里飘散出的香油味，游神过后的鞭炮味，这些飘荡在空气里的香火味，便组合成韩阳大地独特的年味！这是那些通过手机微信互相拜年所不可能代替的人间味道！

（三）

大年初三，是走亲访友拜年的好日子。黄忠勇提了一条鲜石斑鱼和四只大螃蟹来给黄智扬拜年。黄忠勇在龙阳村的老房离黄智扬家不远，走路也就几分钟。

"智扬新年好，这对大橘祝你新年心想事成，大吉大利！"黄忠勇进门就拿出一对潮州柑放在茶几上。

"新年好，这对大橘转送你忠勇兄，祝你新年生意红火，买楼又买地！"韩阳地区拜年通常会带一对当地产的潮州柑，进门亮出来，离开的时候会带走。柑橘代表着大吉大利。家里有汽车的，也通常会在车头摆上一对大橘。

"不愧是房地产专家，开口就是买楼又买地的。"

黄智扬招呼黄忠勇喝了杯茶，说道："让你见笑了，你那酒家这几天应该很忙才对，怎么还有空过来？"

"是啊，现在大家过年都到酒楼吃饭，懒得在家做饭洗碗的。不过这一年忙到头的，我总要抽空来看看你这位兄弟才行，顺便向你请教买房的事。"

黄忠勇的两间酒家一年赚了百万，今天也算特地上门请教的——

"智扬啊，我2006年就开始关注房价，看着这房价慢慢地往上涨，记得2008年金融危机的时候，房价还跌了一阵子，谁知道2008年后这房价继续噌噌地往上涨，我后悔当初没多买两套房。现在房价又这么高，我在想，是要重新进入股市呢，还是买房子好。"

"你是指投资增值吗？"

"是啊，现在我的房子是够住的，就是想投资而已。"

"我建议你还是买房吧。现在一线城市都限购，就说我们韩阳市区吧，永远是地少人多，加上每年都有人口拥入。姑且不说外来人口的需求，就原本的城市人口来说，需求量也是相当庞大的。比如有小户型想换大户型的，有中低档小区想换高档小区的，有一套房想买第二套房的，有想老少分居的，有生二孩后买大户型或买多一套的，你看，这需求量得多大？！"

"就是说供应量少需求量多对吧？"黄忠勇听得很明白。

"是啊！"

"那我听很多炒股的人，现在股市低迷，是个抄底的好时机，你怎么看？"

黄智扬睁大眼睛思考了几秒，整理了下思路，打算给黄忠勇上上课："关于炒股，我不懂，但我知道炒股最好是知道庄家的动向，只是作为平民百姓是很难知晓的！"

"是啊，没几个有内幕消息的。"黄忠勇点点头。

"不过，房地产的庄家却很明显。在我国，城市土地叫国有土地，农村土地叫集体土地，就是没有私人土地！政府通过出让土地，发展社会经济，也以此来维持财政收入。而且各地政府通过交通、学校、市政设施以及其他配套设施的投入、经济的发展，让土地得到持续增值。既然土地价值是恒久保值增值的，那么房地产，特别是住宅，长期来看也会是增值的。"

黄智扬说起房地产就滔滔不绝——

"所以，我的结论就是，有需要有钱就马上买房，而且最好要在中心城市的中心区域，这样房子才能保值增值。除非你觉得是时候休闲享乐了，就可以去喜欢的地方买房，比如我们海边宝地花园。"

提起宝地花园，黄智扬显得自信满满，露出得意的笑容，示意黄忠勇一起喝了杯茶。

听完黄智扬一番话后，黄忠勇觉得瞬时间像被打通了任督二脉，看来他今天是找到了人，他打算趁此机会，把心中关于房地产、房价、购房的疑问一次问个究竟。

黄忠勇笑着问道："看来有钱确实是买房好点，不过，不是说要征收房产税吗，到时有多套房的人会抛出来吧？"

黄智扬笑了笑说道："其实，就算征收房产税，因为征收牵涉面太广，所以税率肯定不高。而且对多套房的人，一般都有经济实力，在住房需求大的情况下，他们不会轻易出售房产。他们可以把税转嫁给租客，或在出售时把成本转嫁给下一位买家。要知道，在市场供应少需求大的状况没有得到根本改变的情况下，加大征税的结果只会继续推高房价！"

黄忠勇半信半疑，他继续问道："住宅的使用权是70年，那70年后怎么办？"

"这个没多大的问题。70年后，补交土地使用费给政府就行了。而且还有物权法保障，这个问题无须太多担心。"

"原来是这样，这么说我得赶紧去买房了。那我要去哪里买房好呢？"黄忠勇睁大眼睛看着黄智扬。

关于这个问题，黄智扬曾经做过研究，回答起来也是胸有成竹，他喝了口茶，缓缓说道：

"这样说吧，我觉得一个住宅项目的购买因素主要是由五个方面组成的：

"第一是交通因素。市区的交通相对便利，但有些郊区路好走，大城市有地铁等，都是好的；

"第二是商业配套。作为住宅小区，周边一定要有买菜、购物的地方，最好能有各类餐饮店以及生活超市等；

"第三是学位因素。学位简单来说就是小学和初中的学校的办学质量；

"第四是房子本身条件因素，比如户型、朝向、楼层、噪声、景观等。比如一层两户的南北向板房最好，比如靠西边的南方要考虑西晒很热，比如靠顶楼怕漏水，比如一楼的采光差、潮湿等；

"第五是住宅小区内外的环境因素，比如绿化、亲水、空气质量、活动空间、物业管理等。

"你只要根据以上五个因素来分别打分，就可以知道这套房的价值了。简单来看，中心城市的中心区域的住宅价值最高。"

"五个购买因素……"黄忠勇听得入了神，掏出一支烟抽了起来，忽然两眼放光地说道，"你总结得太正确了，确实是这个道理！我春节后就去市中心看房。到时买了先出租。只是我就最烦出租房时很多麻烦的问题，比如租客不按时交租，或者租客弄的屋里很脏乱的！"

"这个也不难，你可以在租赁合同中增加三条附加条款：第一，租客不可以随意在墙面、家具上粘贴物品或者钉东西；第二，如果租客逾期交房租，需要缴纳3%的滞纳金；第三，如果家电使用过程中出现问题，就让租客找人来维修，之后维修费双方各付一半。有了这三条附加条款出租房的主要难题就解决了。"

"好好！今天听你一席话，解决了我心中多年的疑惑。这一席话价值不止几十万啊！这两天找个时间跟正德叔一起到我的酒家，我请客！"

"哈哈，你客气了！对你，我当然是知无不言的！而且以后有什么买房的问题，你也可以随时找我。"

他很乐意能够帮到黄忠勇，更相信自己的理论和方法的正确性。善待对自己善的人，这是黄智扬与人交往的宗旨。黄忠勇对于黄智扬来说无疑属于"对自己善的那种人"。

（四）

不论是走亲访友，还是开车带父亲女儿到韩阳周边游玩，黄智扬自己过了个充实而休闲的春节。

只是黄晓筱有时会把杜晓蕾的名字挂在嘴边——"爸爸，我们叫上嘟嘟阿姨一起出来玩吧！"

黄智扬打开微信朋友圈说："你看，这嘟嘟阿姨整个春节都在东南亚旅游。"

黄智扬看到杜晓蕾到处旅游拍下的美照，心中不免泛起一丝涟漪。自从圣诞节两人约见，后来几次在陆达大厦见面，大家因为工作也都没有再好好交谈过，黄智扬只有在杜晓蕾的朋友圈偶尔点赞的份。

2月3日，是二十四节气的开始——立春。虽说已经是农历正月初七，但按照中国传统生肖属相来说，立春才是新年开始的第一天。

早上黄智扬配发了张桃花的照片在朋友圈写道："立春，时已来，地转运，人转运，让我多点桃花运！"后面跟了露齿的大大笑脸。很快，杜晓蕾评论道："你需要多少桃花运呢？"然后配了个惊讶的表情。

"一个足够了。"黄智扬回复道。杜晓蕾没有再说什么。

黄智扬查看了杜晓蕾的朋友圈，原来杜晓蕾是刚刚下了飞机回到韩阳。黄智扬发条微信给她："回到韩阳了？今晚方便一起吃个饭吧。"

等了一分钟，对方回复："刚回来，比较累，明天也要上班了，或者等元宵节晚上带你女儿一起出去赏花灯吧。"

"好啊，那你先好好休息。"

2月11日，元宵节。杜晓蕾说晚饭要在家陪父母吃。黄智扬晚上7点多就带女儿出来，很快就在古城区主街道加入长长的游花灯的队伍里。

不少市民与亲朋好友结伴带着小孩提着花灯上街畅游。还有一群身着汉服的少男少女手提花灯更是吸引市民眼球。为了方便，这些花灯大多是塑料做的，手柄上的电池为灯笼里的灯泡提供电能，打开了还播着各种音乐。更传统的是手提式的纸质灯笼，内置蜡烛，提着缓缓逛街别有一丝古韵情调。还有大点的小孩，把萝卜或南瓜掏空，外面雕刻成各式花纹，里面同样放置蜡烛，提在手上特别惹人关注。古城区不少人家都在家门口挂起红灯笼，跟游人手上的花灯相映成趣，流光溢彩。

韩阳市今年还在几个主要巡游路线上分别设置了极具韩阳特色的舞龙、舞狮、布马舞和英歌舞四项传统民俗节目，为巡游队伍增添热闹气氛。

游花灯的队伍七八点就过来了，任何人都可以参加，游遍大街小巷。

到分岔路口时，花灯队伍很自然地分成几队，灯光照过每一户人家，整座古城都笼罩在一片喜庆祥和的气氛中！

……

8点半，黄智扬父女来到人民广场。这里面正在举办猜灯谜活动，同时这里也是黄智扬和杜晓蕾相约见面的地方。

"那不是嘟嘟阿姨吗？"黄晓筱一眼就认出站在大花灯造型旁的杜晓蕾，朝杜晓蕾扑了过去，高兴得紧紧抱着她。只见杜晓蕾今天穿着红色的连衣裙配着一件黑色的羽绒短外套，露出一双细长的腿，整个人看上去和这节日一样喜庆而略带性感。

黄智扬缓缓大步走了过去，扫了一眼杜晓蕾的小腿，关切地问道："你冷吗？"

杜晓蕾有点不好意思地说："不会冷的，我还穿着裤袜呢。"

她没想到黄智扬是以这么入骨的方式来问候，虽然有点尴尬，有些心跳加速，但还是很开心，因为黄智扬的问候至少说明两点，一是黄智扬看到了她今晚特地突显的美腿，二是黄智扬会关心人。

"晓筱，我们一起猜灯谜吧，猜中有奖品哦！"杜晓蕾拉着黄晓筱去猜灯谜，没有再跟黄智扬说什么。她喜欢黄晓筱，喜欢跟小孩玩。其实他们两人认识这么久也没有什么好说的。

杜晓蕾明白，在目前黄智扬眼里，自己的地位未必会有黄晓筱重要，但这也并没有可比性。她就是欣赏黄智扬是位有责任心的男人。

在接下来的时光里，三人一起走走看看，有说有笑。热闹的街道，花灯伴随着华丽的彩灯、射灯，还有不时燃放的绚丽烟花，搭配上高挂的圆月，加上不时吹来的凉爽的清风，使这三个人始终被笼罩在喜庆祥和的气氛中。多年以后，黄智扬每每想起今晚这一幕，他嘴角上都会不自觉地露出一抹幸福的笑意。

时间很快到了10点半，三人才意犹未尽地搭乘一辆人力三轮车，先后回到家里……

静夜里，黄智扬泡上一壶好茶，望着窗外依然高挂的明月。经过最近和杜晓蕾的相处，黄智扬发现她工作上进，生活里又很有小资情怀，同时也是个传统的韩阳女性，特别是心地善良。虽然杜晓蕾关注的一些事物正是黄智扬平时少关注的，但对于三观相近的两个人来说，这种兴趣爱好和阅历的差别，其实也是一种相互吸引的资本。

（五）

2月13日，星期一，浓厚的春节气氛在韩阳市逐步散去，随之而来的是各项工作按部就班地进行。

上午陆国安在陆达大厦召开高层会议，各管理中心、各开发项目都汇报了新年计划。关于启阳之星先建后报的违规做法，几位陆总出手不凡，没辜负黄智扬的期望，不到一个月，启阳之星在春节前就被强制停工，还被象征性地罚了款。而宝地花园这边，据陆智安估计，有望在本周内拿到《建筑工程施工许可证》。这两个消息对黄智扬来说都是喜讯。

第三个好消息从承志公司传来：由于赵承志之前抵押房产还了工人的工钱，春节前又提前三天发了工资和过节红包，许多工友按约已经陆续回来上班，不少还带上老乡一起来。放眼全韩阳，也就只有承志公司没有出现用工荒。

承志公司已经做好了基础施工前的所有准备工作，赵承志更是整天奔波在几个工地上。

这天晚上，不少年轻人又在忙着准备情人节！

陆雅柔和陈君纯先后回到公寓里，开着电视追着爱情剧。

"今天白天看你在销售中心无精打采的，是身体不舒服吗？"陈君纯问，"来喝杯我榨的蔬菜水果汁。"

"没有啊！"陆雅柔回答得依然有气无力的，拿起水杯喝了一口果汁，"姐，你真贤良淑德，这果汁真好喝！"

"那就是感情问题咯？"陈君纯停了几秒，继续问道，"最近我们宝地花园要开始施工了，按说那赵承志应该经常过来我们工地才是，怎么不见他到销售中心找你呢？"

"唉……"陆雅柔放下水杯，长叹一声，"别提了，都怪我哥，……哦不，是那陆浩多管闲事！"

听到陆浩的名字，陈君纯心里一震，转头看了一眼陆雅柔的眼睛，稍带急切地问道："那陆浩怎么了？"

"那陆浩跟赵承志以前在中学时打过架，上次我和赵承志约会，谁知半路杀出个陆浩，把我俩拆散，说不让赵承志跟我交往。"

陈君纯听得有些乱，就算陆浩跟赵承志当年在中学时打过架，也没必要现在还来多管人家的闲事，是不是陆浩也喜欢陆雅柔呢？这很有可能，那陆浩可是有钱的花花公子！

不过陈君纯故作镇定，问道："那陆浩是不是对你有意思呀？这么关心你。"

陆雅柔一听，这下难解释了，急地大叫起来："哪有可能！他可是我的亲戚，我们还有血缘关系呢，他只是为了不让我交到坏人而已！"见陆雅柔这么激动，陈君纯心里倒平静了一些。

陆雅柔这时也转头好奇地笑着问道："那陆浩不是对你有意思吗，明天情人节他有什么表示吗？你明天一天是不是都排满了？"

陈君纯没有马上回答，而是反问陆雅柔："先说说你，明天有什么安排？"

一个正常的长得还好的单身女生，到了这个节日都会不止一个求约会的男生，陆雅柔也不例外，而且约她的就有王德茂的儿子王皓轩，还有一位则是赵承志。不过陆雅柔和赵承志没打算见面约会，而是相约在家上网视频。

"我明天没什么安排，我就在家上网聊天。所以姐，明天这个时候你就好好在外面约会吧，别在家里当电灯泡，影响我发挥。"

"哈，你们这种约会方式倒是很新颖很特别哦！"

"姐，你还没说说你应约了几个了？"陆雅柔问。

"这个……我还没想好。"

"那陆浩有约你吗？"

"嗯。"陈君纯点点头。

自从冬至节她和陆浩见面吃饭以后，两人就没再特地出去约会见面。春节时陆浩约过陈君纯，但陈君纯以要在老家帮忙为由谢绝了陆浩的邀请。陆浩也没再勉强，而是不知从哪里获取的消息，总是能为陈君纯的工作、生活、家人提供一些帮助。陆浩还推荐了不少实力买家朋友过来销售中心找陈君纯看房。

不过时至今日，作为情人节这么重要的节日，陆浩明白，如果再不约陈君纯的话，那她就会被其他男生约去了。

的确，除了陆浩，还有两个陈君纯心里觉得不错的男生在追求她。一位是韩阳市建筑设计院的海归博士建筑师，另一位是韩阳某大型玩具厂的富二代。而对她来说，最具吸引力，又最缺乏安全感的人却是陆浩！根据这段时间的观察，她觉得陆浩的确很用心地对待她，也可能是真心喜欢自己，只不过不好确定这种喜欢会坚持多久。

出于陆浩的真诚，陈君纯决定走出冒险的一步。她答应了陆浩在情人节晚上的约会邀请。同时，她以工作加班为由，谢绝了其他人的邀请，只是说可以改天再见。

（六）

2月14日这天晚上，陆浩接陈君纯到五星级的韩阳酒店共进晚餐。陈君纯没有像上次约会穿得那么普通，这次她特地化了妆，穿上高级面料的修身服装，既突显身材又不失高贵，俨然一位白领丽人。她清楚，陆浩今晚约她，礼物是不会少的，不过也要看是什么礼物才能决定是否要收。

果然陆浩一见面，先送上一束鲜花，把龙虾、帝王蟹点了一通，然后拿出一个没拆包装的盒子，推到陈君纯的面前，说道："君纯，我看你的手机好像是前年的，这款同品牌的手机是前天刚出的限量版，你可以试试，如果不喜欢的话也可以送给家人。"

陆浩今天穿着休闲西装，搭配白色衬衫，显得干净且正式。陈君纯看了一眼这手机，说道："谢谢，我确实用惯了这个品牌的手机。但怎么好意思收你这么贵重的礼物呢？"

"你喜欢就好，我特别期望你能做我的女朋友，给我机会，让我能为你多做些事情。"陆浩说这话的时候，语气充满了诚恳。这样的礼物，加上这样的语气和态度，不是有钱就能做到的。

陈君纯确实能感受到陆浩不一般的良苦用心，她内心一阵欢喜，顾不上思考太多，面露喜色，低着头用略带羞涩的口吻说了一个字——"哦！"

陈君纯没有反对，那就可能意味着答应。陆浩喜出望外。宴席中，陆浩很关心陈君纯和她家人的近况，陈君纯也决定跟陆浩了解交往。

"等下我们到附近商场逛街吧？"陆浩想带她去附近的商场逛街买衣服。

陈君纯看下时间，才8点钟，现在回家可能会打扰陆雅柔的"好事"，于是便说："嗯，逛街就不用吧，免得你又买这买那的。我们去看场电影吧，好像叫《校园往事》。"陈君纯从来不贪心，这样的品质令陆浩十分喜爱。

"好啊！本人恭敬不如从命！"陆浩特别乐意。那天晚上，陆浩牵了陈君纯的手。

分开时，陆浩掏出三张额外折扣券，说是可以给任何客户使用，只要购买陆达集团旗下的所有住房，都可以享受额外99折，而且是折上折，上面竟然盖有陆国安的印章！也就是说，一套150万的房可以省一万五，三张就是四万五千元。

陈君纯大概也已经知道，陆浩不仅是陆达集团的广告包装商，还应该跟陆国安关系密切！她发了条微信问了陆达总公司的人，果然得到了准确的回复，陆浩就是陆国安的二儿子！

　　与此同时，陆雅柔也没有闲着，她正在公寓房间里谈她的恋爱。原来赵承志正在他位于公司仓库区的音乐工作室里，跟陆雅柔视频聊天，并先后为陆雅柔用吉他和钢琴弹唱了最近他新练习创作的三首歌曲，作为送给陆雅柔的情人节礼物。

　　第一首歌，赵承志说遇到陆雅柔，让他联想到中学的青春时期，心中很懊悔当时没有认识陆雅柔，所以歌词充满了回忆，曲调略带点忧愁。第二首歌节奏欢快，赵承志说唱的是现在，忙碌而有希望，特别是能认识陆雅柔。第三首歌，曲调清新，赵承志直接向陆雅柔表达了爱慕之意。

　　陆雅柔平时活泼外向，但今晚被赵承志感动得双眸几次湿润。

　　那赵承志也很能整，唱三首歌竟然能换三套服装，还使用了不同的灯光，直接把陆雅柔逗得乐开了怀。当然，赵承志对陆雅柔如此用心，除了陆雅柔的长相、性格和对赵承志的特别感情外，可能还因为赵承志知道，陆雅柔是陆国安的女儿。只是横亘在他们两人中间的，还有一个也很能惹事的陆浩！

（七）

　　2月17日，星期五，黄小明给黄智扬传来喜讯，说投资开发中心上午从市建设局获得了宝地花园项目的一个重要证件——《建筑工程施工许可证》。这就宣告着宝地花园经过半年左右的前期准备后，将在不到半年的时间拔地而起而成为韩阳海边一道亮丽的风景。

　　第二天，宝地花园项目的基础施工便开始了，施工一直持续到凌晨1点。承志公司采用两班队伍轮流施工的方式尽量抢占时间，以减少春夏雨季对工程施工进度的影响。

　　黄智扬从这天开始，几乎每天都会到工地上视察一番，跟工程管理中心、项目工程部、施工企业、监理公司、设计单位、安监质检等人员沟通协调。戴上安全帽的一刻，这个建筑工程专业的学子一下就找回了工程师的感觉。

有一次他跟结构工程硕士毕业的郑光谈起安全意识。黄智扬觉得，大学时期力学和结构工程的学习，让他养成了时常关注安全系数是否足够，结论推导过程是否正确等习惯，实际上建筑工程专业把他培养成为一个相对保守的人。郑光也认为，不仅是土木工程，许多的工科毕业生思维都比较保守而严谨。不过，日常生活工作的保守，并不能完全掩藏黄智扬那颗激情澎湃的心，没人知道，如果实在有必要，他甚至会孤注一掷而不计后果！

黄智扬经常往工地里走，除了职责所系之外，另外一个重要的原因，就是他还要在暗地里守护着宋井宝藏。

初春的海滨依旧寒风凛冽。海风不时配合着各种工程机械和泥沙大卡车，让美澳海滨的地表蒙上一层薄沙。黄智扬经常巡查一番后站在工地最靠南端的高地，南望宋井海面，思考着工作，也思考着那棵"天龙植榕"。他隐约觉得，随着工程的推进，这片土地埋藏的秘密可能就会面世。只是，当土地将秘密吐露而出的时候，黄智扬自己和所有人一样，都没有做好准备！

2月28日，晚上11点左右，一个工人略带着困倦的眼神，一边用手机播放着歌曲，一边操作着挖掘机，在原属于美澳乡的宝地花园工地上娴熟地作业着。按设计要求，他需要开挖到一定的深度。作为一位有经验的挖掘机操作手，他开挖过各种地质的土方，也发现过各种地表可能存在的东西。今天也不例外，他照着地上凸出的一块地方小心地挖去。挖掘机发出"轰轰"的轰鸣声，明显是挖到比较坚硬和沉重的东西。他开始判断，这可能是一块石头。但随着挖掘机的挖掘，感觉其质地没有石头那么坚硬，也没有石头重，可能是木质的东西，只是面积比较大而已。这时走过来一位施工员，在原地观察一番。只见露出地面的是一坨黑乎乎的东西，用手摸和按，感觉像是被烧焦的木头。为了不直接破坏这块物体，他指挥挖掘机不断移动位置，先分别在这凸出物体的周边试着挖掘。

随着四周沙土的清理，渐渐地，中间凸出部分由于与周边地面的连接松动而被逐步挖起。高功率的强光照着施工区域，施工员和几个工人走近一看，是个中央直径足有一米半的大树根！树根的顶部像是被火烧过，已经成木炭状，但树根的下部在沙土的包裹下却保存完好。这么大的树根挖掘机挖不了。施工员很快调来一台推土机，直接把整个树根推到工地边上，等待白天再来分类处理。凑巧的是，这位施工员，就是黄智扬认识的小蒋。

这么大的树根，自然引起了小蒋的关注。他想起了黄智扬不久前的吩咐，说如果在工地上挖到榕树的树干或树根要第一时间通知他。此时，时间已经到了深夜12点多。小蒋用手机拍了两张照片发微信给黄智扬——

"黄总，这么晚打扰你，刚才在工地上挖到一个大树根，你看看是不是榕树根？"

此时的黄智扬也还没有睡，正躺在床上看手机。黄智扬看到这个消息，整个人为之一振，立马从床上坐了起来，心已经飞向了工地。

他马上给小蒋打电话过去——"小蒋，你好！谢谢你第一时间告知我。你先帮我保护好树根，在我没到达工地之前，不要让其他人接近它。"

"哦，好的。"小蒋一时也不理解黄智扬的用意。

黄智扬紧接着又说："还有，刚才出土树根的地方挖出的沙土和杂物你安排跟树根堆放一起，我要亲自过来分类查看。"

"哦，刚才那里我看了，除了树根，就是沙土和小碎石，没有其他的东西，而且沙土已经让车运走了。"

"嗯，那就麻烦你在大树根旁立个警示牌，不要让其他人动！"黄智扬心中很着急。

"好的。今晚都下班了，不会有人来动了。"

"那就好，我明天一早就过去处理。"

打完电话，黄智扬查看着树根的照片，上网一搜索，果然很像是榕树根！这么粗的树根，难道就是"天龙植榕"？！黄智扬预想着大树根还可能隐藏的各种秘密，也担心，刚才那运走的沙土里会不会把线索给运走了！这夜，黄智扬翻来覆去，注定无眠！

（八）

3月1日，早上不到8点钟，黄智扬没吃早餐就已经驱车到达工地——他必须抢在工人施工前勘察下现场和树根。

一见到小蒋，黄智扬就塞了两包芙蓉王给他。在小蒋的陪同下，黄智扬仔细询问了树根出土的过程。挖掘现场除了一个又深又大的坑，没有其他发现。走到工地边上，一个大树根侧翻在那里，树根连着那些延伸很长的小树根，正张牙舞爪地赤裸裸地等待黄智扬来查看。

黄智扬走近一看，硕大又焦黑的树根着实震撼到了他。根据昨晚他在网上查的资料和图片，可以确认这正是榕树根。那树根沧桑而有力，它没有被火焰完全摧毁。走近嗅起来，似乎有股火焰灼烧过的焦炭味，又有一股清新的木料气息，整体氤氲出奇幻的味道。

黄智扬心想，这么大的树根，一定有上百年的年头了，如果真是那棵"天龙植榕"，那宝藏的秘密又会在哪里呢？他决定今天无论如何都要把握住这仅有的线索。于是绕着树根仔细观察了一圈，从树皮到根须。

外面倒看不出有什么，只是这树根的底部由于根须发达，还紧紧地包裹着很多沙土。

黄智扬回头跟小蒋说："你帮我拿个小铲子来，我需要把这些沙土铲掉。"

小蒋笑着说："黄总，你要铲土我叫些人来就好了。"

"哦，不，这件事必须我自己来。"眼看着工地上人越来越多，很多工人已经开工了，黄智扬内心隐约有种不安全的感觉！小蒋虽心中不明白，不过还是很快地拿来一把铲子。

黄智扬看了下时间，对小蒋说："时间不早了，你先忙你的，我自己再看看就好。"

"好的，那黄总有什么需要再打电话给我。"

看着小蒋走远，黄智扬拿起铲子小心翼翼地铲动树根部还残留的沙土，尘土扬起，落在他鲜亮笔挺的西装上。

黄智扬展开无限的遐想，他迫不及待地想知道这里是否藏有什么秘密，和宋井宝藏有关系吗？清晨的寒风和饥饿也阻挡不了他的兴奋和激动。没错，功夫不负有心人，虽然黄智扬一直动作幅度很小，但铲子撞击到异物还是发出一丝沉闷的声音。

黄智扬心中又欢喜又急切！立马放下铲子，用手拨开上面的沙土和细小根须，逐渐露出一个长约20厘米的瓶状罐子。他缓缓从沙土里拔出罐子。感觉罐子很沉，看质地应该是个铜的，上面有点像青铜器上常见的氧化痕迹。这个像花瓶样的罐子，顶部没有盖，是用什么东西给封住了。

黄智扬有点像捡到真宝藏一样，激动得心跳很快。

在这光天化日之下不好直接打开罐子，必须赶快把它带走。他随手在旁边捡起一个塑料袋，把罐子装进去裹住后，用右手抓着快速离开工地……

从拿起铲子铲沙到离开工地，黄智扬已经在这里倒腾了半个多小时。他的行为，不仅小蒋知道，工地上的工人知道，监理公司的人知道，项目公司的工程管理人员也知道。只是有的人觉得没有必要去打探黄智扬今天这个反常举动的原因，黄智扬这么做就有这么做的道理。

但有的人早已拿起手机拍下这一幕，发给了一些人。这些人，有的是美澳乡的人，有的龙阳村的人，有的陆国安的人，也有的是宋锦天买通的人。

黄智扬手上拿的瓶子，此时已经成为一个炸药包，随时有被引爆的可能！

（九）

黄智扬此刻没有去项目公司上班，而是直接开车离开，去往龙阳村家中。

黄正德得知消息，早已在家等候。等黄智扬一到，父子两人就在二楼书房的桌子上关起门，拉上窗帘，打开台灯研究起来。擦拭好罐身，只见罐口被黑色的东西糊住了。

"这是什么东西？"黄智扬疑惑地问道。黄正德这位老公安拿出一支螺丝刀轻轻撬动表面，"像是以前乡里盖房用的三合土灰浆。"

"嗯，是！应该是用糯米、红糖和海石灰、沙子一起黏住的。"

父子两人屏息凝神地拨开了罐口的封浆，只见里面用红布还包裹了一个瓶子！

缓缓取出一看，是个精致的白瓷瓶。这樽瓷瓶只有巴掌长，瓶口用木头包着布塞得紧紧的。大概是因为年代久远，瓶子身上有些许裂痕，最关键的是，白瓷瓶上还画了个女神仙的图案，写着"天后娘娘保佑"六个字。

"'天后娘娘保佑'！这就对了！找了几个月，终于找到它了！"黄智扬欣喜万分。

父子对视了一眼，黄正德慢慢地将木塞拔开，而后将瓷瓶倒转。

瓶里滑出一段卷纸！

展开卷纸，是两张略泛黄色的牛皮纸重合在一起，上面还分别有图案和文字！两张牛皮纸看起来有几分陈旧，联想起一路走来的寻宝历程和那段历史传说，黄智扬甚至能闻出一股硝烟味和神秘气息。

父子两人小心谨慎地分别展开这两张牛皮纸。只见两张牛皮纸上面各画有一个八卦图。两个八卦图均由八组不同阴、阳爻构成，没有写出具体的卦名。而且两个八卦图的阴、阳爻象是不同的。但两张牛皮纸上有个共同的地方，就是都用毛笔写着"风动石一箭之地"七个字。

"风动石？美澳乡后山上不就有一块风动石吗？"黄智扬说道。

"是的。就是说宝藏藏在离风动石一箭之遥的地方。"黄正德说道。

"这句话再配合上这两张八卦图，就应该能既定出距离，又定出方向了。"

"是这样的。那这八卦图代表什么方向呢？"

两人再次仔细观察着牛皮纸，发现每张八卦图上竟然还各自点了一个红点！

"这个八卦图我知道。这三根满横线代表'乾'卦，就是西北方。这个红点点在'乾'的对角线上，是'巽'卦，就是东南向！"黄智扬学建筑、做房地产，对风水知识是略知一二的。

"那这张图呢？"

"这张图的红点点在了三根满横线上，应该是代表'乾'卦，不过这张图'乾'的对面却不是'巽'卦，而是三根中间断开的横线，代表'坤'卦。这我就不明白了。"黄智扬有点蒙。

"这个你可以问问泽厚。"

"对啊，那半仙叔肯定知道是什么意思，我等下过去问他。只是带着图纸就不太方便，我先把图纸拍下来好点。"

黄智扬拿起手机，拍了两张清晰的照片，然后也发给了黄正德。

"爸，那这些瓶子我们怎么处理？"

"嗯……"黄正德沉思片刻，说道，"在宝藏没有最终发现之前，这些东西暂时不能给别人拿到；等宝藏找到之后，看是什么东西，再让我们龙阳村和政府来协商处置。"

"好，那就先放家里吧。"

黄智扬随手拿出一张白纸，在纸上照样画了两个八卦图，就直奔何半仙家去。

"何叔早上好！"

"智扬啊，今天没有上班吗，有空跑到我这来了？"

何半仙背了包，正准备出门爬山看地形去。这是他多年来的习惯，每周都会找一天出去，顺便再采点草药回来。

"何叔，我是专门过来请教你个问题的。"

"哦，那屋里坐。"

两人坐下，黄智扬拿出刚才抄的图纸，问道："请问这两个是八卦图吗？"

何半仙带上老花眼镜端详了几秒，答道："是啊，这两个都是八卦图，只是一个是先天八卦，一个是后天八卦。现在日常见到的是这个后天八卦图。"

"哦，那后天八卦我能看明白。那这张'乾'卦对面是'坤'卦的是什么八卦图？"

"是先天八卦图。这里的'乾'指的不是西北向，而是正南向！"

"那它对面的'坤'卦呢？"

"这里的'坤'卦也不代表西南向，而是正北向！"

"哦，原来是这样，那我明白了，多谢何叔！"

黄智扬拿起笔记好了方位代表的方向，满意地跟何半仙告辞回家。

此时，天空突然响起了几声沉闷的春雷，早上还是海上升朝阳，现在天空已经乌云密布。

黄智扬不知道，一场暴风雨正向他袭来……

第17章
美澳家屿

（一）

回到家中，黄智扬就跟父亲汇报——

"爸，那八卦图上的红点，一个代表东南向，另一个代表正南向。我现在就过美澳的风动石看看。"

"好。"黄正德迟疑了一下，"不过那里是到美澳乡的地头，凡事要小心，跟我保持联系。"

"明白。"

黄正德的判断是敏锐的，他隐约已经感受到黄智扬将会受到威胁。

时间逼近上午11点半，黄智扬冒着绵绵细雨开车朝着美澳乡疾驰而去。阴沉潮湿的天气，让人呼吸不太顺畅，心情也不够敞亮。3月1日是星期三，宝地项目公司刚好没什么事，也没有人打电话找他。

黄智扬此时已经顾不得太多，他不能辜负造化对自己的眷顾。他身上有着强烈的保护龙阳宝藏的使命感，当然还有持续发现宝藏线索带给他的成就感。越接近宝藏的谜底，就越刺激。这种感觉常人是难以体会的！

黄智扬把车停到美澳乡海边，先到天后宫拜了下妈祖，然后沿着湿漉漉的小路往上走了十分钟，就来到美澳乡东北面的山顶上。

雨天，加上是午饭时间，一路上竟然没有遇到美澳乡的人。这座小山的山顶距离海边也就几十米，山脚就一直延伸到海里。山顶有一块人称风动石的石头。其实是一块面积大约6平方米，高约两米的石头叠在另外一块平石板上面形成的。小时候，黄智扬和伙伴们也曾来到这里，两三个小伙伴躺在下面的石板上，用脚蹬着上面的石头，上面的石头便可以摇晃起来，但不会滚走。

风动石已经是美澳乡的制高点。站在石板上，整个美澳乡、义安江出海口以及不远处的汛洲岛便尽收眼底。美澳的海滨真辽阔啊，各种巨石树木、出海打鱼的小船、拍打着礁石的浪花。黄智扬顺便感叹下这番景色，心中一直在默念着"风动石一箭之地"。

黄智扬临时用手机查了下古代一支弓箭能射出的最远距离，大约也就100米。黄智扬以风动石为圆心，以100米为半径，比出射箭的姿势，半眯着眼，向四周放出一空"箭"。想到两张牛皮纸八卦图所指的方位——东南向和正南向。他打开手机指南针测了一下，在风动石的正南向，除了几十米的海边散布的大乘石和鱼排渔船外，并没有更显眼的物体。倒是东南向的方位，距离海边几十米，距离风动石约100米处，就有一个小岛，人称"家屿岛"，也叫"叠石岛"！

韩阳沿海散落着很多巨石，有的几块巨石堆积拼搭在一起，里面就会形成可以给人容身的石室。这家屿岛最上方就是很明显的由三块大石头平叠而成，因形似狮子头，外地人也称为"石狮岛"。其"狮头"正对着汛洲岛。黄智扬不敢耽误时间，他想尽快上岛一看究竟。于是匆忙下了小山岗，直奔美澳乡的渔船码头。这里停靠着一些去汛洲岛旅游的私人渔船。

"要去汛洲岛吗？坐船游一圈两百元。"

"好的。一圈多长时间？"

"快的话40分钟。"

"好！"黄智扬上了小游船，指着家屿岛跟渔民说，"我看这座小岛造型很特别，你载我过去拍些照片，总之40分钟我给够两百，超过时间我照时间加你船费。"

"好吧，不过我这船不太能靠岸，那里有些礁石，你如果要上岸，就只能踩着一段浅滩上去。"

"行！"

随后，黄智扬听这渔民说，从美澳到家屿岛的水域还有个奇妙的现象——每月有一天潮水退去的时候会露出一条泥沙路，可以直接从美澳岸边走到岛上，但泥沙会没到膝盖！

不到两分钟，渔船就靠到家屿岛。黄智扬根据渔民的指示，穿着皮鞋，踩着一段浅滩上了家屿岛。这个岛大约一个篮球场大小。岛中央凸起的叠石群足有两层楼高。岛上海石无序地散落着，并没有什么明显的人行道路。

黄智扬打开手机中的指南针，只见风动石正是在家屿岛的西北面，与家屿岛正是互为"乾"和"巽"的方位。看着岛上庞大的叠石群，心想"应该就是这里了"！他沿着家屿岛的边缘按顺时针的方向打算走一圈。不过，岛的边缘有的是沙石混合的浅滩，有的则堆积着菱角锋利的石块。这些海石的表面长满了一层薄薄的滑滑的像青苔般的绿色的不知名的生物。脚踩上去就会滑动。黄智扬走了一段，实在过不去了，只好又往回走，回到渔船。

"这个岛太难走了，还是你开船载我绕一圈吧！"

黄智扬要求渔民开船尽量贴近家屿岛，并且随时可以停留下来。

很快，渔船在离岛中心约20米的位置绕行的一圈。

黄智扬看到岛中心叠石下还有好几块大石头互相拼搭着，里面应该可以有个比较大的石室空间——确实可能就是个藏宝的好地方！

"这里风景很好，如果能到叠石上拍照就更好。你上过这个岛吗？"黄智扬拿着手机边拍照，边问渔民。

第 17 章 美澳家屿

"上过几次。"

黄智扬一听，立马来了精神："那岛上除了石头，还有什么特别的东西吗？"

"没有什么特别的。"

"哦，那你是从哪里上去的？是刚才的浅滩吗？"

"不是的，那里的浅滩只能让船靠近，但却不能再往中间走。"

"要不，我加100块，你领我上去吧？"黄智扬觉得渔民可能隐瞒了什么。

"这个？……"渔民迟疑了一阵说，"不是我不领你上去，为了拍照冒这个风险不值得。"

"有什么风险？"

"唉，要到叠石那里，只能从岛的东面过去，而且需要把船停在离岛五六米的距离，然后直接下海，扶着岛边的石头往上面走，那样你的裤子和鞋子都会湿透的。"

"大概会淹到腿的哪里？"黄智扬依然想上岛。

"现在刚好退潮，估计现在到膝盖上下，如果半个小时内不下来，那涨潮了就可能会淹到腰部了。"

黄智扬觉得既然来到这里，不上岛那什么也发现不了，他还是决心要冒险上岛。"那我还是想上去拍几张照。"

渔民没办法，摇摇头说："如果你一定要上去，那你就穿好救生衣，拿上这根竹竿可以探海水深度，然后带上我这根绳子。我这船没法停靠，我只能在这里等你，如果有风险就拉绳子走回来。"

"好的，那真是麻烦你了。"

（二）

黄智扬照着渔民的意见做，还换上渔民的高筒靴，小心翼翼地探着往岛上走。好不容易上了岛，时间已经到了中午1点左右，阳光从乌云缝中射下一道光，把整个家屿岛照亮。这算是上天对黄智扬寻宝过程的一种眷顾。本来空无一人的小岛，顿时给了黄智扬一股正能量。黄智扬顾不得想象岛上可能生长的各种海洋生物，或者隐藏的某些危险。他必须抓紧时间，尽快找到宝藏可能存在的地方。于是，他沿着叠石下乱石空隙间的沙地，围着大叠石群自东向南探着走，把目光紧紧盯在岩石群相互拼搭间的空隙里，看看有没有可以进入石室的地方，或者特别的标记。这些乱石的间隙有些地方堆着海水冲击而来各种垃圾，有的长出一些植物，前行并不容易。黄智扬需要不时爬上一些被阳光照得很干燥的石头上，来绕过一些看起来没有安全感的地带。好在这个岛不大，黄智扬用了不到20分钟就从东绕行到了岛的北部。

突然，一抬头，四个浅浅的碗大的石刻字映入他的眼，这四个字竟然就是"一箭之遥"！

就是这里了！没错！

黄智扬停下脚步，扫视着这四个字周边的情况。这四个字刻在一块近十平方大的斜卧的大石头上，大石头周边也全是大石头，完全没有可供进入石头背后的通道！仔细观察这四个字的左下方还刻着两个字——闽王！黄智扬一路都用手机拍摄照片和视频，有的已经发给了黄正德。

"海水开始涨潮了，差不多回来了。"渔民在十多米开外的地方叫着。无奈，黄智扬只好从北面再次走回了岛东面，回头伫立，望向整个岛，脸上的神色有些凝重。

这宝藏到底藏在哪里呢？

第17章 美澳家屿

他已经围绕叠石走了一圈,但一直没有找到形似机关的地方。渔民还在等他,他必须先离开这里了,不过可以肯定的是,这次应该没有白来。

有的问题还是回去再参透吧!此时天空再次下起了小雨,海风加大从石缝中穿进去,呼呼作响,似乎在提醒黄智扬早点离开。

黄智扬果断地回到船上,心中想着刚才看到的文字,再看看眼前朴实的渔民,他觉得可以问问。于是递了一支中华给渔民说:"你们美澳的海边风景很好,你开船就载我在这美澳海边转转就好,汛洲岛下次再去。"

渔民接过烟,面露笑意:"好的。听你口音也是韩阳人吧?"

"是啊,我是韩阳市区的,在广州工作,这次回来拍点照片,写点家乡的文章。"

"嗯,看得出,你像是个文人。"

"呵呵。哦对了,我听说你们美澳乡以前有个'闽王',就是福建的'闽'字,你知道吗?"

"以前听老人说过。据说南宋末年,福建闽南出了有名的海盗,号称'闽王',拥有上百艘的船只,后来归顺朝廷,帮助南宋抗击元兵,后来壮烈牺牲。"渔民补充道,"传说那闽王箭术了得,有一天他坐船游到义安江出海口处,海面起雾,突然看见一头狮子在岸边跑,就拔出一箭射过去,这一箭就射到这家屿岛的叠石上。后来船开过来一看,原来是这座家屿岛看起来像头狮子。你想,能把家屿岛看成狮子,那要离几百米远才行啊。"

"能射那么远,确实很厉害。"

"是啊,所以他的士兵就在家屿岛的石头刻上'一箭之遥'几个字。"

"哦!"

黄智扬一时有点蒙,难道他一路找来的宝藏,是这位闽王留下的?如果是这样,那闽王藏宝算是颇费苦心。

根据双八卦图上的标记,既然家屿岛位于风动石的东南面,已经用到了一张八卦图的所指示的位置，那么另一张八卦图所示的正南的方位，应该就是找到家屿岛上真实藏宝地的方位！既然"一箭之遥"刻在了家屿岛的北面，那它的正南面，就很可能才是寻宝的真正入口！对了，应该就是这样！想到这里，黄智扬内心一阵欣喜，便发文字给了黄正德："爸，我觉得，宝藏的入口应该在家屿岛的正南面！"发完便让渔民把船靠了岸。

不远处，有几个人正好奇地张望，他们龇牙咧嘴的样子，像是探讨一件不可告人的事。他们看到黄智扬在海滨泊了船，便转身离去，嘴里还嘟囔些什么，仔细听听，还有关于"宝藏"的字眼！

（三）

时间到了下午2点，黄智扬饿着肚子、湿着裤脚回到龙阳村，就在村口处随便吃了碗"三饶云吞"便急忙赶回家。还没到家，黄智扬的手机就响了起来，是陆雅柔打来的：

"黄叔，你跑去哪里了，一个上午都不见你，现在整个韩阳的微信朋友圈都是关于你找到宝藏的传闻！"

"啊！不会吧！"黄智扬边走边说。

"连照片都配上了，一张是你在用手扒树根，一张是你手拿一个瓶子离开工地。我已经转发给你了，你自己看。"

面对陆雅柔这位寻宝合作伙伴的询问，黄智扬也不打算隐瞒了："是的，今天的确在工地发现了一个瓶子，具体的情况，我等会回到公司再跟你详说，现在我要回家换身衣服。"

通完电话，黄智扬看着陆雅柔发来的两张照片，加上陆雅柔截来的很多朋友的评论图，说什么的都有，诸如"宝地花园挖出藏宝图""黄智扬手握宋井宝藏"等。

消息开始迅速传播开来，事情慢慢变得不可控制了——

"这瓶子里装的是什么呀，看样子可能里面真有宝藏图啊！"

"不是已经说了吗？那个姓黄的……龙阳村人已经找到了宝藏图了吗？"

"那他岂不是发财了呢？！"

"对呀，可以养活十万兵马呢！"

"姓黄的在我们美澳乡的土地里挖出宝藏了！"

"那必须让他交还给我们美澳，那是我们美澳乡的宝藏！"

几个小时之间，韩阳大地已经沸腾起来了！

此时，美澳和龙阳有些人开始聚集到宝地花园的工地，企图瞻仰传言中的藏宝瓶。

美澳乡的人站在那呐喊着：黄智扬，把藏宝瓶拿出来！

这美澳乡和龙阳村，自古就结下梁子，今日之事，说不定又会引起一场宝藏争夺战的血雨腥风！

很快，黄智扬的手机又响起来，这次是竟然高博裕！

"喂，智扬，我现在正在陆总办公室里，陆总请你过来总部一趟，准备开个高层会议。"电话那头是高博裕略显焦急的声音。

这时已经是上班时间，公司老总要找那肯定得过去。

"好的，我马上就过去。"

黄智扬心里明白，陆国安这时叫自己过去，肯定为了宝藏一事，如果两手空空过去，到时恐怕无法交代。

他很快回到龙阳家中，把自己关于闽王藏宝的线索讲给黄正德听。

在宝藏即将面世之际，黄智扬父子坚定一个信念，那就是龙阳村的宋井宝藏，绝不能给陆国安或其他人得到！

"陆国安下午叫我过去，事出突然，应该跟我早上在工地挖走瓶子有关。"

"嗯。"黄正德稍加思索，"不过，其他人也不知道瓶子里装了什么，你把瓶子带过去给他们就好。"

"虽说如此,但没有人会相信瓶子里没有发现其他东西。加上刚才我去美澳乡的家屿岛一趟,一旁也有几个人看到,相信很快就有人会找到家屿岛去。"

黄正德抽了口烟,露出坚定的眼神,"那就这样,你把那张代表正南向的八卦图留下,其他东西全部带过去。记住,如果要交给陆国安,你一定要拍照录音并对外发布信息,以免其他人认为瓶子还在你手上。"

"对啊,就算他们找到家屿岛,没有另一张图,恐怕也很难找到宝藏的具体位置。"

"好,去吧。"

黄智扬将第一张八卦图塞入瓷瓶,然后包上红布,再放入铜瓶子里,换身衣服便出发了……

刚进入陆达大厦门口,高博裕竟从大堂里迎了出来!看得出,高博裕等了很久,很着急。

"你终于到了,大家都在等呢。"

高博裕见黄智扬手里拎着一个鼓鼓的包,也没再多问,直接领着他到了陆国安办公室旁的小会议室。

黄智扬进去扫了一眼,会议室里坐着陆国安、陆国全、陆智安、杨乐丹、高翔、杜晓蕾等陆达所有高层,连忙点头对大家说:

"陆总好,不好意思,让大家久等了。"

黄智扬有心理准备,其实大家应该都在等他给出一个合理的解释。

陆国安招呼黄智扬坐在身旁,说:"来,智扬坐这里。"

黄智扬有备而来,把手里的包大方地放在面前桌上。

刚坐下,坐在对面的陆国全就发问:

"黄总,现在整个韩阳都在流传你上午在我们宝地花园项目找到一个瓶子,里面可能就是传说中的宋井宝藏,还配了照片,美澳乡和龙阳村已经有人向我们陆达集团询问瓶子去向,不知道你该怎么解释?"

大家把目光都盯着黄智扬。

第 17 章 美澳家屿

黄智扬从包里缓缓掏出铜瓶子，放在桌子上，说道："这就是我早上在工地找到的瓶子。"

众人把目光都注视着瓶子，期待黄智扬继续说点什么。

不过黄智扬转头跟陆国安说："陆总，有些情况我想单独跟您交代为好。"

黄智扬心想，即便是一张八卦图，也是越少人知道越好。

陆国安一听，面露微笑说："好，智扬，你过来说。"起身领黄智扬到隔壁自己的办公室里。

到陆国安的办公桌前，黄智扬先在桌子上铺上一块布，然后拿出铜瓶子里的瓷瓶，再打开瓷瓶，倒出里面的八卦图，说："里面就这张八卦图，上面还写有字，可能是张藏宝图，陆总您看。"

陆国安坐在老板椅上，身体前倾，尽可能近地观看着八卦图，从脸上表情看不出陆国安是好奇还是贪婪。总之，陆国安在细看八卦图的那副模样黄智扬是永生难忘了！黄智扬也没闲着，他拿出手机，看似在看朋友圈，实际上把这一切都拍了照并录像。

陆国安抬头问："这八卦图你看出什么来了吗？"

黄智扬心想，就是自己知道也不能轻易跟陆国安说，让陆国安先去摸索一阵，有机会自己先破解藏宝之地，下手保护宝藏，于是便说："我这看了半天也没发现什么端倪，相信陆总您可以找人破解它。"

"嗯，智扬啊，今天你能把藏宝图带过来，证明你内心坦荡，很好！现在外面已经是风声鹤唳，社会多方面给我们陆达施压，这次搞不好，宝地花园就得停工。你也知道宋井宝藏在韩阳的影响力，更何况这次发现瓶子的地方是在美澳乡的地界。这两个瓶子我会向社会各界公开，但这张八卦图事关重大，还需要先保密一段时间，包括你和你父亲在内，都先不要外传。"

"明白，陆总！"

黄智扬也很好奇，他想知道陆国安将怎样面对宝藏的诱惑。

"那这些东西就先留在我这里。"

陆国安将八卦图再次装进瓷瓶里，锁进保险箱，拿上铜瓶回到会议室。他指示杜晓蕾说："我们陆达集团需要马上拟一份声明，配发照片，就说我们没有挖到什么宝藏，只是工人施工挖到这个瓶子，被项目总经理黄智扬带回集团总部而已，我们今天就将联系文物局，将其上交国家。"

杨乐丹说："陆总高明，这样外界就不会找我们陆达的麻烦。这韩阳宝藏的小道消息经常会有，过几天时间，大家也就把这事忘了。"

陆国安转而指示黄智扬："鉴于宝地项目挖到这个铜瓶，需要请有关文物专家鉴定和进一步的勘察，也为了避免外界怀疑我们陆达是在挖宝，从今天下午开始，通知承志公司先停工，工期延后，并在工地做出部分区域供外来人员参观。"停了一下，陆国安又指示高博裕说，"你们营销中心和陆浩一起起草几条广告语，借此机会，把不良影响转化成正面影响，以此炒热我们的宝地花园项目。"

黄智扬佩服陆国安的果断和处事的高明，他又想起了陆达先后拿到宝地花园地块的事情。不过宝地花园"战略性"停工了，而且陆国安还把"藏宝图"握紧在手里，看不清陆国安是个什么样的人，到底接下来还会做什么。

接下来的两个小时里，陆达把多张清晰的铜瓶照片发表在集团公众号上，并发给韩阳当地的多家媒体，宣称为保护现场，陆达宁可承受停工所带来的一系列麻烦和经济损失，也要给韩阳人民一个明确的交代，而有关的省市文物专家明天就会到宝地花园销售中心正式接收该铜瓶。

当天傍晚，"宝地花园，藏风聚气的风水宝地！""身居宝地，一生贵气！"等广告条幅便挂满宝地销售中心、工地外围。

陆国安回到自己的办公室，拿起手机给一位老朋友通了电话，似乎在谈着保护宝藏的事。黄智扬很快离开陆达大厦，赶往项目现场，协调停工和布置外人进入工地观看现场的事宜。一个下午，黄智扬的手机一直都在震动，很多人应该是打来询问铜瓶一事。但黄智扬除了家人和公司领导外,其他人的电话暂时都不想接。

(四)

就在黄智扬觉得陆国安把铜瓶向社会公开会让自己脱离风口浪尖的时候,谁知树欲静而风不止。

当天下午,美澳乡有人说亲眼看到黄智扬雇了渔船在家屿岛逗留了许久。加上陆达公布的铜瓶一事,美澳乡的许多人认为,黄智扬不仅在原属于美澳的工地上找到铜瓶,还很可能在铜瓶里找到藏宝图,而且藏宝的地点就在属于美澳的家屿岛上!

50岁的美澳乡书记兼村委会主任高能典和78岁的高氏宗亲会会长高信远,以及美澳乡高氏四大房的代表正齐集高氏宗祠商讨行动事宜。

下午4点钟,一道闪电从远处划过,滚滚雷声接踵而至,大雨倾倒在龙澳海滨上。雨水沿着高氏宗祠的屋檐哗哗地落在天井里。但雨水并不能阻挡美澳乡人维护本乡利益的热情。美澳乡的不少中青年也陆续冒雨赶来,祠堂里人声鼎沸。大家一边抽着呛人的烟,一边吐着内心的愤懑,心火越来越旺,群情亢奋——

"那龙阳村的人竟然跑到我们美澳乡寻宝来了!"

"是啊,真是没把我们放在眼里!"

"我们美澳的宝藏怎么可以落到龙阳人的手上?"

"现在陆达说工地里只找到一个铜瓶,那姓黄的跑到我们家屿岛上干什么?"

"证明除了铜瓶,他们还发现了其他线索。"

"对,至少,那姓黄的要找的就在我们美澳的地界里。"

"我看,八成那小子已经拿到宝藏了,或者在家屿岛上找到了宝藏的线索!"

"是，我们得去把那姓黄的抓来问问！"

"对，我们要拿回属于我们美澳乡的宝藏！"

这时，有个跟高博裕是同房亲戚的人说道："我刚打电话问了高博裕，他说黄智扬是下午私下把铜瓶交给陆国安的，里面有没有什么藏宝图他也不清楚，不过现在黄智扬正在宝地花园那里。"

会长高信远把手中抽了一半的烟狠狠地扔在地上，用脚一踩，从座位上站了起来，斩钉截铁地说道："我们美澳乡如果有宝藏，那一定不能落在龙阳村的手上。既然那黄智扬都找到我们乡里来，那我们就过去找他问问，问他到底跑来家屿岛做什么？！"

"对，听会长的，把黄智扬找来！"在场许多人纷纷表示赞同。高信远虽然年龄不算最大，但在美澳乡里的辈分算第二高的，以前当过韩阳市某国营大工厂的厂长，由于热衷宗族事务，能干有魄力，为美澳乡争取了很多利益，为人也公道，在美澳乡里威信很高。

高氏二房代表狠狠地说道："我估计那黄智扬不会轻易说出来的，实在不说，那就把他抓到祠堂审问。"

高氏长房代表也附和道："好！我们几大房要同进退！要让龙阳村的人记住，我们美澳乡是不好欺负的！"

这时，一直在旁边没吱声的美澳乡人丁最兴旺的"美顺厝"龙头老大高振业缓缓吐了一口烟，面无表情地说道："听说那黄智扬是黄正德的儿子，我们抓他好不好？"

"我说振业啊，你今天怎么畏首畏尾了？不像你的风格嘛！这有了老婆小孩就不一样啊！"高氏三房代表笑着说道。

高信远表情依然严肃坚决，"因为这件事，美澳乡的自身利益受到了侵犯，我和几房代表的意见是一致的，那就是不论付出什么代价，我们都应该去维护！"高信远说话掷地有声，经历龙澳两村历史几次恩怨冲突的他认为，只要有必要，就算两村再起冲突也在所不惜。

他继续说道："这样，那就多叫些人去，如果姓黄的不说，就抓来问问,出什么事就众人一起负责!只是不要对他进行人身的侵害就行了。同意的请举手。"

在场的人,包括高振业都举手赞同。很快,高氏宗祠前聚集了上百位平均年龄不到30岁的乡民,他们大多都是村里年轻的一代,浑身憋着一股劲,在宗祠面前立誓要维护美澳的权益。而后冒着雨,穿着雨衣,拿着雨伞,有的开车,有的骑上摩托或电动车,开始浩浩荡荡地向宝地花园进发。为了稳妥起见,高信远让比较忠厚稳重的高氏宗亲会副会长高炳带队去,免得那些年轻人一时冲动闹出大事。乡里的老人和妇女带着小孩站在村路口,目送队伍远去。

这些小孩正在接受一次深刻的教育。在这土地资源匮乏的韩阳大地上,农耕文化告诉小孩,你该守护自己家的"一亩三分地"。因此,有的韩阳人不够开放,比较封闭,但却对内团结。而美澳乡赖以生存的海洋,造就的海洋文化告诉小孩,你该勇敢甚至冒险地去闯,谁先占有,这些东西就属于谁。因此,有的韩阳人急功近利,还带有一种野蛮的掠夺性,但却可视为某种勇敢。

(五)

就在美澳乡大批出动人丁的时候,高博裕给在工地协调工作的黄智扬打了个电话:"智扬,你今天去过家屿岛吗?"

这高博裕突然问这么一句话,黄智扬感到意外之余,也坦然相告,因为人家既然这么问,就一定掌握了某些依据,于是答道:"是的,中午的时候去你们美澳乡海边兜了一圈。"

"嗯,作为老同学,我建议你最好马上离开工地,反正现在陆总要求停工,你正好放个假回市区或回龙阳玩几天。"

黄智扬听出高博裕话语中的暗示,随即说道:"博裕,你有话不妨直说。"

"嗯，这……我也不知道该说什么，总之，离开避避风头吧。"高博裕嗓音压得特别低，"千万小心点！"

"好的，谢谢你的提醒。"

挂了电话，黄智扬听出了高博裕的难言之隐，心里有种不好的预感，他明白，八成是美澳乡的人要来找他麻烦了。

如果现在离开工地，说不定在路上就会遇到美澳乡的人，那不仅自己有危险，而且手机里的图片就会被美澳乡的人得到，他需要先跟自己的父亲沟通下。黄智扬回到办公室，给黄正德打了个电话，几句话说清了下午离开龙阳村后的经过和刚刚高博裕打电话提醒他的事情。

"爸，我现在马上想把手机里关于宝藏的图片和视频全部发给您后都删掉。"

"嗯。"黄正德思考了几秒，"你可以保留铜瓶和瓷瓶的照片。如果美澳乡找你麻烦，情况危急时，可以把瓷瓶的事告诉美澳乡的人，但八卦图就没必要说。"

"只是瓷瓶陆国安已经锁起来了。"

"没事，我等下给他打个电话，让陆国安私下将瓷瓶交给美澳乡就好，起码他们两乡的关系很好。"

"好的。"

"你放心，美澳乡的人暂时不敢对你怎样，如果他们对你有行动，我们龙阳村和警察也不会束手旁观！"黄正德的一番话给黄智扬吃了一颗定心丸。

不过他还有放心不下的人，就是黄晓筱，他接着跟表姐通了电话，黄晓筱就在旁边："晓筱，爸爸这两天工地比较忙，如果没回去，你就在姑姑家睡，衣服可以跟姑姑回公寓拿，平时注意安全多喝水，有事还可以给爷爷打电话……"打完电话，黄智扬删除了手机里该删的信息。

现在摆在他面前的有两条路，一是尽快离开宝地项目躲起来，二是直接面对可能的威胁。不过,这时候他更关注的不是自己个人的安危,而是面对已经明了的线索,他还想亲自去找宝藏,看看这宝藏是否属于传说中的宋井宝藏?如果是,那他需要尽力去保护它。黄智扬突然有一股干劲,他要做个战士,冲锋在最前线,而不是躲起来。他觉得他所做的,没损害任何人的利益,只是守护着龙阳的宝藏!

风雨中的韩阳,气温从中午的二十几度下降到15度。一阵寒风吹进来,黄智扬身上穿着的长袖薄衬衫,早已被雨丝吹湿了一大半,加上经过了一天的折腾,此时倍感身心疲倦的他不禁打了冷战。他煮了壶开水,泡杯浓茶喝着,安静地望着窗外的一切,此时已经到了下午5点钟。

(六)

雨戛然而止,海风却逐渐加大起来。

该来的还是会来的。

美澳的年轻人在高氏宗亲会副会长高炳的带领下很快便陆续来到宝地花园销售中心门前。一时间,摩托车和轿车的轰鸣声,伴随着上百人的叫喊声充斥着销售中心门口的空气中。

"黄智扬你给我出来!"

"出来说清楚,今天到我们美澳乡做什么?"

"对!是不是找到什么属于美澳乡的宝藏了,把它交出来!"

"别像缩头乌龟一样躲着,有种你就出来!"

……

骂喊声响彻了天际,看得出美澳人今天非问出了所以然不可。

销售中心内的人们听到呼叫声,纷纷跑到玻璃前窥探。雨水虽停了,但空气中氤氲着的水雾,仍重重地蒙在银白色的玻璃上。黄智扬听到外面振聋发聩的声响,心中不禁一抖。出于个人安全考虑,他没有贸然出去。

销售中心平时有四个保安，两个来自美澳，两个来自龙阳。这时两个来自美澳的保安迎上前去，跟他们说："宝地花园是陆湖寨陆总开发的，陆湖寨和我们美澳乡的关系大家都知道，所以还请各位冷静，不要影响楼盘的正常销售接待，有什么事，我们可以进去传达。"

"好，既然是陆总开发的，我们就不进去，你去把那黄智扬叫出来，我们今天只是来找黄智扬问个究竟！"

同为美澳人的高博裕，在办公室里踌躇地踱步着，显得左右为难。他若去驱赶同乡人，似乎不合乡情；他若坐定自安，又对不住陆达。过了一会，高博裕走了出来。

高博裕对高炳说："炳叔，这样吧，请您派三位代表进来里面坐着谈，其他人还请先保持安静或先回车上休息下，毕竟这里是陆达的楼盘。"

"嗯，要谈也可以，不过我们大家也没多少耐心，给那黄智扬十分钟，如果十分钟内他没说清楚，我们就必须把他带回乡里问。"

"对！我们这么多人扔下手上的活，没有吃饭就过来，总不能空手回去吧，那样我们美澳乡以后还怎么在韩阳地界混？"旁边人附和着。

于是，高炳等三位美澳乡代表，在高博裕和一位保安的陪同下，来到销售中心的小会议里。

黄智扬坐在那里等着，面无表情。

"你就是黄智扬吧？"一人不客气问道。

"是的。你们找我有什么事吗？"

高炳说："是这样的，今天你在原属于美澳乡的工地里挖出的树根中找到一个铜瓶，我们也知道你交给了陆总。但问题是，为什么你中午到我们美澳的家屿岛上绕了很久，还上了岛，是不是铜瓶里有什么藏宝图，说明了宝藏在家屿岛上？"

显然，高炳的猜测是有道理的，铜瓶里应该有其他东西把黄智扬引向家屿岛。但黄智扬并不会轻易说出太多的信息，但他很快决定要抛出瓷瓶以自保。

"因为东西是在陆达的工地找到的,所以我已经全部上报公司,交给了陆总,"黄智扬扫视了一下在场的人,除了自己,其余都是美澳乡的,"不过,有个情况是不是需要单独跟你讲就好?"

"哦!也不用,在场的都是自己人。"

"嗯。"黄智扬压低声音说道,"不瞒各位,今天交给陆总的除了铜瓶,其实里面还有一个用红布包着的瓷瓶。"

黄智扬停了一下。在场的其他人屏住呼吸,很想知道瓷瓶里有什么。

"瓷瓶上画着一尊妈祖的像,上面还写着'天后娘娘保佑'六个字。今天刚好没什么事,我就想起你们美澳乡有全市最古老的妈祖庙,所以就想去那边拜拜妈祖,拜完了妈祖后,看到海边的家屿岛风景很好,就想上去拍几张照,顺便发个朋友圈。情况就是这样的。"

说完,黄智扬打开手机,把铜瓶、瓷瓶和家屿岛的风光照给他们看。

在场的人将信将疑,高炳抽了口烟说:"既然你也拜妈祖,那我们就还有共同信仰。不过你去家屿岛逗留很久才回来把瓶子交给陆总,这其中的原因你还不能完全解释清楚。"

此时,高博裕的手机响起,一看,是陆国安打来的。

"博裕啊,我听雅柔说美澳乡的人到宝地销售中心找黄智扬了?是谁带人来的?"

"陆总,是我们乡的副会长阿炳叔。"

陆国安对美澳乡的老大们都很熟悉:"那请把电话给他听。"

高炳接过电话,陆国安说道:"炳兄,本来今天黄智扬给我是拿来了一个铜瓶和一个瓷瓶,铜瓶呢我打算明天交给市文物局,也对外公开了。瓷瓶画着妈祖,我打算私下捐献给美澳乡的天后宫。所以,瓷瓶的事,你们就不要声张了。"

高炳一听,很高兴地说:"好的,这个我知道,谢谢陆总!"

"这是应该的,我们两乡是什么关系!"陆国安故意拉近关系,他又接着说,"黄智扬把拿到的东西都交给我了,你们就不要再为难他了。"

陆国安倒是给了美澳乡一个人情,但是美澳乡并不满意黄智扬的解释。就在此时,门口的上百号人开始不耐烦了,在外面叫嚷着,依然叫喊要黄智扬出去。

高炳站起来对黄智扬说:"陆总让我不为难你,但我们美澳乡民这么多人不好交代啊。或者还是你亲自到门口跟他们解释一下吧!"

黄智扬看了高炳一眼,淡淡地说:"你们把销售中心围起来,受影响的是我们宝地花园项目的声誉。行!我跟你们出去说!"说完这句话,黄智扬带着坚定和无惧的眼神,站了起来,就大步往外走。

销售中心里的陆雅柔、陈君纯、吴珊珊等人都想拦住他出去,但无奈,黄智扬走得很快,仅仅是看见陆雅柔的时候,黄智扬右手比了个拇指和小指,意思是让她打电话。

可能是打电话报警,可能是打电话给陆国安,也可能是打给黄正德。

陆雅柔没有闲着,拿起手机在售楼大厅里拍着后面发生的一切,并发到朋友圈里。

(七)

很快销售中心外的谩骂声停了一阵。

原因只有一个——黄智扬大摇大摆地出现在众人面前了!只见他一副无所谓的样子看着众人,脸上如死水般沉寂,似乎没有一丝紧张,他巡视了一圈众人,眉宇轻挑了一下,说道:

"我就是黄智扬,我现在人在这,该说的话我刚才已经跟炳叔说了,请大家不要在销售中心门口聚集了!"他的眼睛瞪着眼前这群年轻气盛的人,劳累了一天,加上昨晚也没睡好,眼里布满了血丝。

高炳说:"刚才陆国安跟我通了电话,也还说了一些情况,让我们不要为难黄智扬。"

一起进去的其中一个人突然嚷嚷道："黄智扬为什么要去家屿岛，他自己说是去拍风景，你们谁信？反正我不信！"

"对，今天上午你刚发现铜瓶，没有第一时间交给陆总，反而跑去我们家屿岛，你说，到底是去干什么，是不是找到了什么宝藏？"

黄智扬不能把八卦图的内容说出来，哪怕是交给陆国安的那张图，所以他依然坚持说是去看风景。

"你说不说？"一个男子突然举起一根铁棍。一时间，空气似乎凝固了，一股难以言喻的火药味充斥着其中。

见状，高博裕立即在后头喊道："不能伤人啊！"

那个男子似乎非常不满，一个疾步上前，想给黄智扬一击，不过最后，他改变了动作，将铁棍架在黄智扬的脖子上，大喊一声："再不说我就不客气了！"

黄智扬的确被这阵势给吓了一跳，心跳得剧烈，不过他依然留有一手。

在黄智扬看来，不论是下午让自己把东西上交公司，还是后面公开铜瓶、捐出瓷瓶等行为，陆国安始终都藏着八卦图。种种迹象表明，陆国安很可能自己就想得到宝藏！如果是这样，那就不如供出陆国安，让美澳乡把矛头指向陆国安。

黄智扬大声说道："好，因为此事牵涉复杂，这里人多嘴杂，这件事我只能跟副会长一个人说。"

高炳怕一个人承担不了这个责任，便说道："这件事既然牵涉重大，那就请你跟我们的高信远会长说吧。"

这时，黄智扬身边围上了几个大汉。

"跟我们走一趟吧，有什么话，到我们宗祠跟我们乡里老大说！"

黄智扬倒是一点也不怕，"走就走，不过你们最好客气点！"

"你好好交代就对你客气，否则……"

黄智扬一听也来气："否则怎样？你在我们龙阳村的地头把我抓去！

最好不要太嚣张！"宝地花园销售中心所在的位置，原来就属于龙阳村的。黄智扬这么说，一来要维护自己的尊严，不能让人随意驱使；二来以龙阳村名义来适当保护自己；三来有意将矛盾扩大化。

"龙阳村怎么了，我抓的就是你们龙阳村的人！"年轻人口出狂言，并不是一件好事。但是为了美澳，为了热闹，他们已经无所顾忌了。而美澳乡人的所作所为很快就通过手机视频传遍了整个龙阳村、整个韩阳市，事态正在进一步恶化！销售中心的两个美澳乡保安和高博裕也一起跟了过去，至少要保障他们不能伤害黄智扬。而另外两位龙阳村的保安开始打电话，一位打给了黄正德，一位打给了杜晓蕾，因为公司行政公关类事务归杜晓蕾管。

第18章
绑架事件

（一）

当陆国安想以近乎公开透明的方式来掩饰八卦图存在的时候，背后却有人想把事态搞大，好坐收渔翁之利。这个人就是宋锦天！

宋锦天跟美澳乡民的判断是一致的——那黄智扬不可能无缘无故地自己跑去家屿岛拍风景照，何况是在找到铜瓶之后！目前无法从黄智扬身上得到铜瓶和瓶子里的秘密了，那只有赶在陆国安把铜瓶上交政府之前，先拿到铜瓶。"偷"恐怕太难，唯一的方法是"逼"！

就在销售中心的人纷纷走到路上，看着美澳乡人挟持黄智扬离开的时候，陆雅柔接到一个电话，说是来宝地花园看房的，但车开到附近，由于美澳乡过来的人车太多，把路堵住了，问路要怎么走。

陆雅柔从小没见过刚才这种阵势，心中是又慌张又担心，接到电话也没多想，就根据电话走到离销售中心一百多米外的拐角处，这里停了一辆商务车，车中间的侧门是开的，第二排坐着一个人。商务车的前面横着一辆没有开走的摩托车。

此时已经是傍晚6点钟出头，天气渐暗，但路灯还没开。商务车的车窗放了下来，一个30岁左右的男子对陆雅柔说："你就是陆小姐吧。怎么刚才路上这么多人和车？你看都把路给挡了。"

陆雅柔看着摩托车说："是啊……不过他们都已经回去了，也不知道这车是谁的？"这时从后面走来一人，把摩托车开走了。

商务车上的司机说道："陆小姐，上车吧，带我们去销售中心！"陆雅柔犹豫了一秒，没多想就上了车。谁知她上的是辆贼车！商务车往前开到销售中心门口，却没有停下来，而是直接就加速驶离了。

"你们要干什么，快停车！"陆雅柔发现不对，边按下车窗大喊，"救命啊！救命啊！……"坐在她身边第二排座位的男子很快一手拉她手臂，一手捂住她的嘴。第三排座位的男子也站起来压住陆雅柔的肩膀。

前排的司机一边开车一边得意地说道："别叫了，陆小姐，我们只是要你爸手上的宝瓶，不会对你怎样的。"

"别叫！再叫我们就不客气了！"后排的男子喊道。陆雅柔再也喊不出声了，她的嘴里被堵上一只手套，双手被麻绳绑着。她是急坏了也吓坏了，豆大眼泪从那饱受惊吓的双眼滴了出来。

商务车再往前开，谁知遇到美澳乡离去的人群和车辆，不得不减速。

就在这时，一个人开着摩托车，直接超到商务车前面，一个急刹车，把摩托车直接横摆在商务车前方10米处。由于此处是单车道，商务车没法绕过，只好刹车。只见一个头发半白的男子站在摩托车后，一副视死如归的模样，大喊一声："你们想干什么！把她放了！"陆雅柔抬头一看，这男子竟然是之前跟踪黄智扬和陆雅柔的那个人。

商务车司机和三排座位上的人下了车，手里各拿一根棍子，跑过去把白发男子一顿狂揍，然后移开了摩托车，加速离开。瘦弱的白发男子被两个大汉打得鼻青脸肿，毫无还手之力，倒在雨泊之中，身上沾满了泥泞。陆雅柔眼睛泛着泪花，回首望着这位白发英雄，心中充满感激和无奈。

商务车内混着一股汗和血的臭味。车外再次下起了大雨，哗啦啦地拍打着车窗。司机拿起手机拨打出一个电话——"先生,人我们抓到了。"

"嗯,很好,你让她打电话给陆国安,让陆国安交出宝瓶和藏宝图。给你们的报酬我已经准备好了!"

"好的,明白!"司机说完挂了电话。

后排的同伙说道:"我们好不容易把人抓到,那是上亿的身家,不能太便宜了他家。"

"那就一起干一票大的吧。"开车的男子转过头,邪魅地笑了。

后排男子拿出陆雅柔手提包里的手机,"打给你爸吧,不要耍花样,不然……呵呵呵!"那家伙笑得很淫邪。

陆雅柔只好按要求拨打出电话——"爸,我被绑架了,快救我!"

陆国安正要说点什么,此时司机抢过手机,做贼心虚地大吼:

"陆国安,你女儿在我们手上,想要你女儿,今晚带宝瓶和藏宝图,还有100万现金过来,时间地点我会再通知你的。告诉你,千万不要报警,不然的话,后果你是知道的……"

霎时,平时呼风唤雨的陆国安一下心提到嗓子眼上。不过这位打过仗的男人很快就冷静下来,理智告诉他,人比钱更重要,救人要紧!马上对着电话那头说:"行,我答应你们的要求。我会马上让公司财务准备现金,等你们消息,我不会报警的,放心。但如果我女儿有一点闪失,我一定会让你们没命!"陆国安说到后面几个字相当掷地有声,似乎隔着手机话筒都可以感受到他能瞬间迸发的强大火力。

"别跟我废话,准备好钱,等我通知!"司机听了陆国安话,心中不免一颤,赶紧按掉了电话。

商务车没有挂牌照,趁着冷雨夜,一路闯红灯飞驰去了不知名的地方。

海浪依然几千年不变地拍打着家屿岛,海风呼呼地加紧钻进岛上的石缝里,去寻找隐藏在岛上数百年的宝藏。今夜,不论主动还是被动,上万的韩阳人终将不眠!

（二）

　　与此同时，在高炳的带领下，黄智扬被带到美澳乡高氏宗祠里的一间昏暗小屋里。这里应该是一处乡民的临时落脚地，又像是小饭厅，屋里中间摆着一张四方餐桌，四张长条椅，侧边还有一对单人木沙发，一张茶几和一套茶具。最靠里面是一张床，有蚊帐但没被褥。沙发上方的墙壁上亮着一根低瓦数的日光灯管。

　　高信远很快迈了进来，坐在沙发上。祠堂里外人声鼎沸，高炳掩上了门。高信远抽出一根烟给黄智扬，黄智扬摆手说："我不抽烟。"

　　"你就是龙阳村的黄智扬吧。"高信远说话略有拖长，强调"龙阳村"三个字，显然怀有一丝敌意。

　　"是的。"

　　"那你今天到我们家屿岛是怎么回事？"

　　自从美澳乡民包围销售中心，黄智扬自知很难再隐瞒下去，而且只要第二张八卦图不拿出来，美澳乡一时也很难找到宝藏。

　　今天陆国安私下留下瓷瓶和八卦图，会不会他也很想私吞宝藏呢？所以，现在把陆国安抖出来，可以让自己安全些，何况陆国安和美澳乡的关系很好。于是，黄智扬把第一张八卦图的内容，和他在家屿岛上的发现一五一十地告诉了两位会长，最后他说："两位前辈都知道，我们龙阳宋井自古就有宝藏的传说，榕树根里藏有宝藏线索，是我从宋井石刻的诗句一路跟踪发现的。所以目前还很难说，瓶子里的八卦图所指的宝藏到底是属于我们龙阳村的还是属于贵乡的。而且保证，我本人对所找的宝藏也没有私吞的意念，所以我才把东西全部上交给陆总。"

　　"你的意思是说，现在的八卦图在陆国安手上？"高炳追问道。

　　"是的。我下午亲手交到公司，他锁进了保险柜里。"

"那你在家屿岛上就没发现什么东西？"高信远将信将疑问道。

"没有，不信你可以问你们美澳的渔民，我是空手离开家屿岛的。"

"好，你说的，我会跟陆国安和乡民问清楚，那你就先在这'待'一会儿。"说完高信远起身往外走，说话很不客气。因为在他看来，黄智扬可能已经侵犯了美澳乡的利益。

高信远一出来，没有跟其他人说话，只是拿起手机拨打了陆国安的电话。陆国安因为陆雅柔被绑架，此时谁的电话都不接，他这会正在筹集现金，考虑下一步的行动。高信远让人找来白天载黄智扬游家屿岛的渔民，问了详情。渔民说黄智扬只是问了一些故事，而且由于上岛时间短，应该没有发现具体的宝藏。

天色已暗，摆在美澳高氏宗亲会面前的问题，一是要不要放黄智扬回去，二是如何跟陆国安拿到八卦图。就在这时，一个乡民匆匆跑进祠堂大声说道："不好了！陆国安的女儿在宝地花园销售中心被人绑架了，绑匪说要陆国安交出铜瓶和藏宝图！"

高炳说："陆国安看来势必会交出藏宝图，这可怎么办？"

"我看，我们只要看住家屿岛，宝藏就跑不了。"

"对，顺便把黄智扬给看住，现在就他知道藏宝图，让他画个出来就行了。"

"没错！留下黄智扬，也警告下龙阳村，我们美澳乡不是你想来寻宝就来的！"

祠堂里几大房代表纷纷献策，留住黄智扬已成为他们的共识。

在一旁静静抽烟的高振业表情冷峻，把烟头往地上一扔，踩上一脚，过去中堂把高信远招呼到旁边，低声说道："老大，这黄智扬也是刚拿到藏宝图就被陆国安要去，他应该还没有找到宝藏。我们这样一直关着人家，恐怕他爸黄正德会知道，那龙阳村和警察那边势必有所行动，我看还是尽快放回去好，反正他也还没得到什么宝藏。"

"怎么，你也怕起事来？"高信远疑惑地望着高振业，这位当年的龙头老大，今天是怎么了？

"我看这要么没事，要么可就是大事！"

被他一说，高信远有所动摇。不过旁边几房的代表依然坚持先不放人。很快高信远坚定地说："在事情没有完全弄清楚之前，我们先留下黄智扬，让他画个八卦图出来，我们明天找人上家屿岛去找找。另外，陆国安那边我们也要关注他的行动。我看大家都饿了，大家先回去吃饭，我们几个老头就让家人带饭过来就好，吃饭后再议。"黄智扬在小屋里听到了他们的大声言论，得知陆雅柔被绑架，他心里是又着急又担心。

不过，身心疲惫的他已经是心有余而力不足。

这时，房门打开了，进来了高炳和两位壮汉。高炳手里端了一个托盘，上面盛了饭菜，还有一碗汤，说道："饿了吧，来，先吃点东西。"黄智扬清楚自己的处境，心想留得青山在不怕没柴烧，既来之则安之，于是地答道："有劳了。"高炳把饭菜摆在桌上，说："刚才大家的意思是，陆国安的女儿被绑架，他已经自顾不暇了，现在知道八卦图的人只有你了，还请你吃饭后把八卦图画出来。"旁边两位壮汉，拿来了纸和笔，盯着黄智扬。

这一软一硬的架势，黄智扬自然看得出来，不过他很快跟高炳说："是这样的，今天能发现铜瓶和八卦图，线索来自我们龙阳村的宋井石刻的诗句，所以，我至今还不能断定这八卦图所指引的宝藏，是属于美澳还是龙阳。"

黄智扬喝了口汤，继续说："如果这张图是陆国安陆总给你们美澳乡，或者给绑匪，那我没有责任；如果这张图是从我这里画出去的，而且宝藏属于宋井宝藏的话，那以后整个龙阳村人都会骂我，以后我和我爸就都不能在龙阳村立足了。所以请你们谅解，我目前还不能画出这八卦图。"黄智扬说的句句在理，但就是不能满足美澳乡民的要求。

"姓黄的，你来我们美澳乡寻宝，差点偷走宝藏，你今天不说，我们会长护着你，但我可以让你吃屎！"屋内一位壮汉重重地拍了一掌饭桌，声响震动了屋外的人。另外一位壮丁握紧拳头对黄智扬吼道："你说不说？不说我揍你！"

黄智扬扫视了这两位壮汉，这阵势不免让他有些胆战心惊。不过，作为龙阳村出来的人，维护村的利益高于一切，他还不想这么快屈服。黄智扬十分不屑地说道："如果有宝藏，而且是你们美澳乡的，那我不会想去占有的。如果有宝藏但却是我们龙阳村的，那我跟你们说了，我就是千古罪人了。所以，我希望你们还是关注下陆总那边的情况，说不定，想得到宝藏的人是另有其人呢？"黄智扬暗示陆国安也想得到宝藏。就在这时，黄智扬的手机响起，是黄正德打来的。

一个壮汉吼道："不许接电话！"过去夺走了黄智扬放在桌上的手机。

黄智扬很生气，板着脸大声斥责道："其他人的电话我可以不接，但我爸的电话是一定要接的！把手机还给我！"

就在这时，屋外进来一个人，以低沉而缓慢的声音说道："怎么了？把手机还给他吧。"

两位壮汉一听，不由往后退了一步，给那人让开一条道，并把手机还给黄智扬。

黄智扬接过手机便赶紧按了接听："喂，爸！我现在还在美澳的高氏宗祠里，他们要我画出八卦图，否则不让我走。"

"嗯，你保重身体，我这边会找他们会长。至于八卦图……你自己决定就好！"黄正德似乎知道黄智扬的处境。

"那晓筱如果找我，您帮我照顾她。"

"放心，我已经跟你表姐吩咐了。你该吃吃，该睡睡，等等看情况。"

"好的……那先这样。"

打完电话，黄智扬定睛一看进来的人，横眉怒目的，正是高振业！这高振业在乡里可是凶悍蛮横出了名的，他数第二，没人敢称第一！不过在黄智扬看来，此时的高振业倒是侠气云天。

黄智扬笑着说："大家在这里我都不好意思吃饭了。放心，我在等陆雅柔那边的情况。也请你们有消息通知我一声。如果陆总能把八卦图给你们，那就没我什么事了。"

黄智扬说得很轻松，但他早就做好了应对一切的准备。

高振业依旧面无表情，说道："嗯，一切都还没弄清楚，我们还是要保证你的人身安全的。"说完挥挥手示意其他人退出去。

高炳看了高振业一眼，摇摇头，没吱声也走了出去。高振业拿出一张名片，放到黄智扬身边，轻声说道："这是我的名片，有急事可以找我。"

黄智扬微笑着对高振业点点头，看似表示感激，实际充满怀疑，心想美澳乡这些人黑脸、白脸、红脸都有，应该只有一个目的吧！他面对着发黄的墙壁，发黑的屋顶，靠着墙上一扇不到半平方米的小窗吹进来的空气呼吸着。

雨，没有停，滴滴答答地落在屋顶上，黄智扬干脆闭目养神，回忆一路寻宝的过程，等待命运的安排。好在屋外人声嘈杂，不然一个外人待在供奉高氏祖先的祠堂里，不免孤独寂寥。

（三）

再说陆雅柔遭到绑架的一事，消息迅速传开了。

陆国安没有报警，他知道自己女儿比什么八卦图和100万重要得多，就是要报警，也等赎回女儿之后。陆国安有两个手机号，陆雅柔打的是他的家庭号，其他人打的对外的手机号，陆国安都没有接。其间，陆国安只和王茂德通了电话，两人达成了共识。

6点钟，陆国安打了个电话给陆雅柔，绑匪接听了，"你们要的100万现金和藏宝图我已经准备好了，请尽快安排，我要接回我女儿。"

对方说："好！陆老板做事果然爽快！那就今晚10点，韩阳东区交通大转盘，交图、交钱，放人！另外，别给我找警察！"

"能不能早点，你们也好早点拿到你们要的东西。"陆国安担心陆雅柔是否害怕，身体怎样。

"太早了不好，最快九点半。"绑匪想利用夜幕来保护自己。

"好，不过我想知道我女儿现在情况怎样，我想和她说两句。"

绑匪把手机递到陆雅柔嘴边："来，和你爸说两句。"

"爸！"陆雅柔眼睛被蒙上了黑布，嘴巴也塞着布，说话声音含糊。

"雅柔，不要害怕，我会满足他们的一切要求，尽快救回你。你自己保重身体。"

"好！"

陆国安不想多问，他要尽快做打算。当务之急，他需要找个人出面，拿着东西去跟绑匪交换陆雅柔。此时他在家里，就两个儿子和妻子，共四人，他认为越多人知道对陆雅柔就越危险。这时，陆浩走了过来："爸，让我去把小柔带回来吧。"陆国安摇摇头，没有说话。他不会让自己的二儿子去冒这个风险。

谢仪一听也走了过来，坚决说不行！女儿和儿子都是她亲生的！随后便在陆国安身旁耳语了几句，脸上露着焦急的神情。陆国安还是摇摇头，继续在客厅里踱步。

陆浩心有余而力不足，他知道父母是不会让他去直面绑匪的。

"要不叫陆湖乡的彪哥去？"陆浩提议说道。这个彪哥可是陆湖一号江湖人物，三十多岁，做着网络赌博、放高利贷的生计。

"不行，他太横，到时两句话说不上来动粗的话，对雅柔不好。"陆国安脸上神色凝重。就在一家人正发愁的时候，陆斌的手机响起，来电者是赵承志！赵承志听说了陆雅柔的事，打电话给陆国安没接，不好给陆浩打电话，只能打给陆斌。

"喂，斌哥，我是赵承志，陆雅柔现在人还好吧，有需要我帮忙的话尽管说！"陆斌一接通电话，赵承志就一通急切地询问。

"这……你想帮忙？！"陆斌一时不知道从何回答。

"是谁？"陆国安问道。

"是赵承志。"

"赵承志？！"陆浩听到这名字一时瞪大了眼睛，眼睛一转说道，"这家伙如果愿意去，倒可能可以，他喜欢小柔！"

"哦！"陆国安转头瞥了陆浩一眼。

赵承志他是清楚的，有能力的年轻人，家庭条件也很好，人品现在看来还不错，所以才让他承包宝地花园的建筑施工安装，如果他喜欢陆雅柔，那他就不失为一个好人选。陆国安想好后，对陆斌说道："如果他想帮忙，就让他上我们家来。"

……

十多分钟后，楼下门铃响起。

谢仪通过可视对讲系统一看，是一位年轻人，牛仔裤，白色T恤，那张俊俏的脸映入眼前，让人眼前一亮。

"你好，我是赵承志，是陆总让我来的。"赵承志自报家门。

谢仪开门等着。赵承志有点气喘吁吁，脱下白色运动鞋，换了拖鞋就进来，从他脸上的神情看得出，他十分着急。

陆国安把整件事的过程说了一遍。

"陆总，让我去吧，我会安全地把雅柔带回来！"说话间，赵承志眼神无比坚定，似乎在发着什么誓言似的。

"承志，你真的愿意冒险去吗？"陆国安认真地问道。

"我觉得我个人不会有什么风险，因为他们只是要藏宝图、要钱，我把东西送过去，相信自己是不会有什么风险的。"赵承志说得很有道理。

见状，陆国安沉思了片刻，重重地点了下头，走到赵承志身边，在他肩上拍了一下："承志，我相信你办事的能力，这件事就拜托你了。不过你自己也要小心。"的确，陆国安相信赵承志的办事能力，而且，他还知道赵承志不会对这藏宝图和100万现金动心，加上陆国安一家人都能感受到的赵承志对陆雅柔的个人感情。

"那好，我们现在先去韩阳东区交通大转盘考察下地形，然后就回来拿好东西。"此时，陆国安的手机响起，是家庭号码，"喂，小周，你的伤怎样了？"

"我没什么事。叔，让我去带回雅柔吧。"

"你？"陆国安停了一下，接着说，"也好，那你在楼下等着，我们现在过去接你。"

（四）

春天是万物复苏的季节，当草木嫩绿的身姿苏醒过来时，龙澳大地却貌似结上了一层不可摧毁的坚冰。

当黄智扬被美澳乡人挟持走的时候，黄正德马上就知道了，他通过美澳乡的一些关系大致知道黄智扬的去向和美澳乡人的目的。作为一名退休的老公安，黄正德首先想到的就是利用警察的力量给美澳施压。黄正德联系了韩阳市公安局副局长黄毅，除了另外一张八卦图，其余的照片都发给了黄毅，这就当黄正德正式报警了。刚才他跟黄智扬的这个通话，实际也是一个定位电话，警察已经开始策划行动路线了。

然后黄正德拨打了高信远的手机——

"喂，高会长吗？我是黄正德。"黄正德声音响亮，不卑不亢。

"哦，是正德啊！……对，你儿子正在这边协助我们调查一些事情。"高会长显得很镇定。

"嗯，希望你们本着两村的友谊，尽快把我儿子放回来，你们要的东西都在陆国安的手上。"

"知道了，你放心，你儿子有吃有喝的，过段时间就让他回去。不过，他今天自己跑来家屿岛寻宝，显得不够'友好'啊！"

"行，相信高会长会善待我儿子。我这边也正'积极'配合你们的调查！"黄正德狠狠地说罢这句话就挂了电话，他目前只能把主要期望放在警察身上。

……

傍晚美澳乡出动上百人挟持黄智扬的事情很快就传遍了龙阳村。龙阳村一下子就炸开了锅，村民围在一起讨论，臭骂着美澳乡，竟敢来龙阳的地界抓龙阳人。龙阳村民更关注的是，黄智扬找到的宝藏线索会不会就是传说里的宋井宝藏，如果是，那美澳乡不就侵犯了龙阳村的利益了吗？很快，以黄义明为首的很多村里人和黄正德在黄氏大祠堂里聚集，共同商量对策。

最后，大家参详的结果是，先让警察警告美澳乡放人；如果不放，再请警察进乡解救；如果还不行，那就来横的！

黄达山说："不论如何，我们要让美澳乡知道，我们龙阳村不是好欺负的！最好让警察去美澳抓几个人关他几天。另外，今晚通知所有龙阳内外的男丁，随时做好反击的准备！"这龙阳黄氏宗族理事会老会长黄达山发起火来比高信远还来劲！

很快，黄毅也给高信远打了电话，让他放人回来。但高信远认为只是请黄智扬来协助调查，也没有对他造成人身伤害，而且这是众乡民的意思，不是他一个人能决定的。黄毅见美澳乡顽固不讲法，于是把早就策划好的进乡接人的行动计划，上报局里。上级同意了他的计划，但要求如果遇到美澳乡的阻拦，只能防卫，不能采用暴力行为强行开路，更不能对群众开枪。

很快，美澳乡那边就收到风声，美澳的年轻人声称为了维护美澳乡的利益，不能让警察接走觊觎美澳宝藏的龙阳人。他们决心在黄智扬交代清楚事情之前，顶住所有外来的压力，把黄智扬"留"在美澳乡！

要想进入美澳的高氏宗祠，首先必须经过一条狭窄的只有两车道的乡路。这是美澳乡能走汽车出入乡里的唯一通道。许多美澳的年轻人不知在谁的号召下，趁夜色搬来一些长树干，还有几辆废旧摩托，直接在村口堵路，中间只留一个仅供一辆汽车出入的小口，并且保证能随时把路全部封堵。

晚上9点钟，雨停了，龙澳大地上乌云密布，此时月光却从乌云缝里透射出一丝明亮。黄毅派出两辆车的一个小分队向美澳乡进发。到达村口的时候，美澳年轻人已经用树干把路全挡了。

警察用喇叭喊道："美澳乡民们，我们是警察，请把路障清理走，不要妨碍我们执行公务。"

"你们执行什么公务啊？"有位带头的年轻人在一旁喊道。

"我们要进乡调查案件。"

"是不是要来接走黄智扬啊？"

"是的，我们奉上级命令，必须执行，如果妨碍警察办案者会被拘留的。"

"哈哈，不好意思，黄智扬侵犯我们美澳乡的利益，他必须告知宝藏的地方我们才会放人的。"警察顾不得清理路障，只能下车，踩着泥泞的乡里水泥路，趁着月光前行。不过，路中间出现了几十名未成年的少年和七八十岁老人，直接站在路中间。没办法，警察只好边走边喊话。但乡民并没有退让的意思，反而跟警察推搡起来。七八个警察鼎力也无法前行。

就在这时，人群里有人喊："警察打人了！"现场一阵骚动。有的村民拿出空矿泉水瓶等往警察方向扔去。更有甚者，停在路边的警车也被乡民用石块砸碎了玻璃。

带头的警察被乡民顶撞，不得已拔出了手枪，朝着空中鸣枪示警。鸣枪示警后，美澳乡民停顿了一会，又继续推搡着警察，还大喊："警察开枪打人啦！"

无可奈何警察只好先行撤退。"入侵者"走后，美澳的年轻人欢呼胜利，他们脸上露出了得意的神情，有的还拿出春节没放完的烟花点了起来。

美澳的年轻人觉得警察应该不会就此罢休，赶紧拿来大功率的灯，并加强了"防御阵地"，还四处暗藏"杀机"。

这条乡路很快变成了乡民聚会的广场，有人甚至搬来茶几桌椅，坐在马路上喝工夫茶聊天打牌！

黄毅了解情况后，愤怒不已，嚷嚷着要出动特警。不过上级得到了市委王书记的指示，王书记的意思是先不要出特警，不要强行进乡，不要把事态扩大。市里已经跟美澳乡的高能典书记和高信远联系上，美澳乡表示保证黄智扬的人身安全。警察要先逮捕绑架陆雅柔的犯罪分子，拿到陆国安交出的八卦图，这样自然美澳乡就得放人。

这天夜里，春雨过后的夜里隐隐能闻到青草的味道，还有田地里生命力拔节的声响。龙阳村十几个年轻人趁美澳乡封堵警察之际，潜到两村路口。开始时属于隔岸观火，到后面看见美澳乡砸警车，他们也拿起石头，朝堵在路上的几辆美澳乡村民的车砸去。

几个美澳乡民看见了便愤怒地迎面而上，和龙阳人撕扯在一起。你一拳，我一脚。不久趁火打劫且人数占优的龙阳人最终赢了。几个美澳乡民被打得鼻青脸肿的，他们对着龙阳村的方向大喊："这事没完！"

这十几名龙阳村青年仿佛反击战中胜利的战士般，回到村里受到龙阳村各界的赞赏。在龙澳这里，大人们经常教育男孩说："可以打人后上门赔钱送礼，也不能打不过回家哭泣。"因此，今晚两村人年轻人的行动其实是某种传统文化的延续。

（五）

晚上8点半，赵承志开着他的国产越野车，和小周来到了韩阳东区交通大转盘附近等候绑匪的消息。小周就是那位头发半白的青年。

这个大转盘是两条国道的交汇处，白天车流量很大，往任何一个方向开去不远，都有很多的出路。今天下了一天的雨，晚上的国道上除了货车继续穿行外，私家车并不多，偶尔有摩托车开过，行人基本没有。

第 18 章 绑架事件

晚上9点15分，陆国安焦急地拨打陆雅柔的手机。不过电话被按掉了。过了一会，陆国安接到陆雅柔微信打来的语音电话。此时的绑匪不想接电话是怕暴露了位置！双方约定好交换的方式后，陆国安稳住绑匪的心，说道：

"你们要的钱和东西我都准备好了，我陆国安说话算数，也请你们善待我女儿，待会让我会派去两个人带回我女儿。你们放心，我过后也不会追究你们。但你们必须讲信义。"

9点半钟，赵承志开车来到大转盘边，下了车，头戴一顶白色帽子，提着两个旅行箱，把其中一个旅行箱放在离道路有20米远的一根户外广告柱旁，另外一个旅行箱则提在手上。戴白色帽子，这是他跟绑匪约定的。小周则坐到了驾驶位上。

不一会儿，一辆商务车停了过来。一个绑匪戴着墨镜，从中间车门下来，司机也戴着大大的墨镜，摇下了后排车窗，只见另外一个绑匪按着陆雅柔坐在后排。赵承志看到被蒙着眼睛、封着嘴、绑着手的陆雅柔，再想起之前活泼可爱的她，胸口升起一阵酸楚，一阵愤恨。不过赵承志很快就冷静下来，他没有叫陆雅柔，而是看着下车的绑匪。

绑匪狠狠地说："我们要的东西呢？"

赵承志提起手里的行李箱说道："这里是100万现金。另外的铜瓶和八卦图在路边的那个行李箱里。"

"你要耍什么花样？！"绑匪吼道。

"放心，钱和东西我们都带来的。我可以把这100万先给你。你们先把陆小姐放了，然后我再把铜瓶和八卦图给你们取来。"

"放屁，我们放了人，你们就跑了！"绑匪恶狠狠地骂道。

赵承志坚定地说道："我是韩阳市承志建筑安装公司总经理赵承志，我的身家也是上千万的。放心，我不跑，还有我可以做你们的人质。"

绑匪回去跟司机交头细语了几句。绑匪们认为先拿到这100万，已经拿到大部分的收益，于是回来说道："可以，我料你也跑不了。那打开箱子我点一下吧！"赵承志把箱子放在路边，打开箱子，人站着，让绑匪蹲下去点钱。

绑匪点了一下50捆钱，拿出其中两捆大致点了一下便盖上箱子，想拿了就走。

赵承志一把拉住箱子，说道："说好的，同时放人。"

绑匪示意另外一个绑匪把陆雅柔推下车。

由于陆雅柔依然蒙着眼，绑着手，推下车的一刻往前趔趄几步。赵承志没再理钱箱，三个箭步过去一把扶住差点摔倒的陆雅柔——

"雅柔，是我，赵承志！"赵承志先取下陆雅柔嘴里塞的布，再慢慢解开绑在头上蒙着眼睛的黑布。

"承志，真的是你！"陆雅柔扑在赵承志身上，哭了起来，那是说不尽的委屈，形容不出来的高兴。

"走，你赶紧上车。"赵承志此时没有过多的儿女情长，顾不得解开陆雅柔手上的麻绳，让陆雅柔去越野车那里，他自己站在原地，挡着绑匪，也让绑匪放心他不会跑。小周迅速下车，帮陆雅柔打开车门，然后自己坐回司机位反锁了车门。

两个绑匪围着赵承志，叫道："走吧，拿东西去。"三人一同走向那个放在广告柱边的旅行箱。

赵承志打开箱子，小心翼翼地展开用厚厚的布包着的那个铜瓶。这个铜瓶的照片陆国安已经向社会公开，绑匪拿起来，用手机的手电筒照看了一样，跟照片对比，觉得没错。

"那藏宝图呢？"

赵承志把钱、铜瓶和八卦图分开放置，就是不想让绑匪在还没有释放陆雅柔的时候得到所有的东西。不过这时他没有必要再隐瞒了，于是从裤袋里掏出一个小白瓷瓶，说道："在这里面。"

从白瓷瓶里倒出一张发黄的八卦图，绑匪打开一看，似乎很深奥的样子，于是将信将疑地把图、瓶和箱子都带走，绕着大转盘开了一圈后迅速消失了。

赵承志坐回车后排，小周也赶紧发动车往陆国安家开去。他一上车便说："来，我帮你把绳子解开。"

陆雅柔静静地盯着赵承志认真解绳的样子，当绳子解开的刹那，"哇"的一声扑在赵承志的怀里。虽然身穿售楼代表的职业装，但头发凌乱，眼泪早已"洗"了几次脸。

"这下没事了，你身体好吗？"赵承志拿出一张纸巾小心翼翼地擦了擦陆雅柔的眼泪和脸。

"我没事，就是饿了。"赵承志一听就乐了，马上打了电话给陆国安报平安。

陆国安一家喜出望外，全家都出来，站在小区门口翘首以盼。车到小区门口停下，陆雅柔一下车，就和母亲紧紧拥抱。

赵承志看着陆家劫后团聚的场面唏嘘万分，心想陆家今晚肯定有好多话要说，好多事要处理，就不要妨碍他们了。于是跟陆国安道别就要离开，此时陆浩走过来叫住了他，表情冷酷但嘴角挂着一丝微笑——

"喂，今天多谢你接回了我妹！以前的事就算一笔勾销了，今后你和我妹的事我就不管了。"这也算陆浩默认了赵承志和陆雅柔的交往。

陆斌也走过来："承志，今天你的出现太及时了！改天和我们家一起吃饭。"

赵承志一听，心里乐滋滋的，看到陆雅柔转头给他投来含情的目光，两人对视了一眼。陆雅柔跟他摆摆手，充满了感激之情、爱慕之意。

赵承志为自己今晚"英雄救美"的行动而感到欣慰和满足，他也要回去好好规划和陆雅柔的未来了。

就在陆家团聚的时候，陆国安得知美澳乡软禁了黄智扬，还引起了两乡的矛盾。他必须马上想个对策。而且，铜瓶算是给绑匪了，明天怎么跟社会交代？白色瓷瓶是陆湖寨生产的。八卦图虽然是临时让陆浩的广告公司仿制了一张，但毕竟那也是真实的图案！想到这里，陆国安给黄正德打了个电话，一整套对策在他脑海形成——

首先，他让杜晓蕾把小周偷拍的照片和视频，以一个路人的角度，把陆雅柔被绑架，逼陆国安拿出真铜瓶去换人的事实照片和视频发出来，但没有出现绑匪的正面。这样基本可以获得社会的同情，同时，也没有去得罪绑匪。其次，他跟王茂德沟通，让警察那边只追查铜瓶下落，不追究绑架事件和100万现金。这样做他只是想息事宁人。但他会把真实的八卦图交给警察，用以追查绑匪的幕后人物。第三，跟美澳乡的会长沟通，说八卦图已经给了绑匪，但陆浩那边仿制了一张一模一样的八卦图，美澳乡可以立即派人来拿这张高仿的八卦图，还有那个真实的瓷瓶捐给美澳天后宫，并最好马上释放黄智扬，不要引起龙澳两村的矛盾升级，何况黄智扬还是陆达的项目总经理。

陆国安做这些，避免了社会各界对他可能的指责和负面影响，多了些同情。但美澳乡这边却更加无法平静。一是绑匪拿走八卦图，那宝藏就更岌岌可危，一时间，美澳乡民更加忧心忡忡。二是目前见过真实八卦图、上过家屿岛寻宝的人就只有黄智扬，在宝藏没有被找到、美澳乡没有得到宝藏之前，他们还不想放人。三是龙阳村民主动出击，小规模打砸美澳乡民和汽车，这一下令美澳全乡人在黑夜里燃起了浓浓的复仇大火！

（六）

晚上10点左右，天空滚过几声沉闷的春雷。几个被打得鼻青脸肿的美澳乡民被带到高氏宗祠之中。

宗祠内顿时一片闹腾——

"龙阳村竟敢砸我们的车，打我们的人，这仇必须报！"

"他们以为警察进乡就可以趁火打劫，太没把我们美澳乡放眼里了。"

"我是实在不能忍，他们这是活生生的挑衅啊！"

"干脆今晚就全村出动，过去找龙阳村算账，打他们个措手不及。"

……

高信远拳头捶在了桌子上，那张铁青的脸憋了一阵，怒目睁眼地说："龙阳啊龙阳，我美澳可不是好欺负的！"

"对呀，必须让龙阳血债血偿！"有人附议道。

高信远说："看来，这口气不出，我们美澳乡将上愧对祖宗，下令子孙不能抬头。"

"是啊，那就干吧！"

"对，我们四大房联合起来，一战平龙阳！"

高会长看众人怨愤冲天，抽了一口烟，自知他的决策可能会涉及乡民的生命安全，沉默了几分钟，站起来讲道：

"既然大家有决心，那我们就跟龙阳打场大战，但如果晚上进攻龙阳，一来可能伤及一些无辜，二来龙阳人如果慌乱中动用利器那对我们的乡民不利。所以，最好用我们古老的方法来解决最好，既能出气，又不至于伤人性命。"会长环视众人，见众人都安静地听从他的安排，等待他出的决策。他继续讲道，"这个古老的方法就是'约架'！我们今晚给龙阳村递上战书，约他们明天中午在两村交界的海滩决战，但一不能带利器，二不能伤人性命！"

"好，就听会长的这么办！"大家纷纷赞同会长的"英明"决策。

"约架"这件事情对于在座的美澳乡代表来说，都不陌生。话说20世纪90年代初，两村青少年就曾在龙澳海滩约过一次上百人参与的群架，就像当时香港古惑仔电影一样。那时两村的青少年约定赤手空拳地干，也有少数几个带棍棒去的。只是群架打了不到10分钟，警察就来了，几声警哨，大部分打架的都跑了，几个跑得慢的被抓了进去。后来两村的村主任、书记去派出所认人，表面上把打架的人大骂了一顿，实际上是让警察早点放人。那场"百人大战"在过后的一段相当长的岁月里还经常被后辈提起。而当年领带领美澳乡青少年打架的正是高振业。

高氏宗亲会秘书长拿出一张请柬,竖着写下"战书",内容是:

> 龙阳黄氏,今我美澳乡民无端受你村民殴打受伤、车辆被砸,加上你村黄智扬擅闯我美澳乡家屿岛寻我美澳宝藏,令我美澳乡全体乡民愤怒难平,现赐你村请柬,邀请你村明日(即3月2日)下午1点半,在龙澳海滩以武相会,以不带利器、不伤性命为原则,决战一场,只当给你村一个教训,敢不敢应战,盼复。

署名美澳乡高氏宗亲会,并加盖印章。

这封约架信很快通过一个外卖小哥送到了龙阳黄氏大宗祠黄达山会长手里。黄达山马上召集村里包括黄氏宗族理事会成员、乡贤、族老等人到场。虽然已经临近深夜11点,但此时黄氏族人丝毫没有睡意。

黄达山坐在正中间,威严地说道:"最近我们村子不太平,大家都知道,美澳把正德的儿子给抓了过去,说是黄智扬找到藏宝图,还登上家屿岛寻宝。这半天过去了,虽然多方面施加压力,但美澳乡执意要把恶人做到底,现在也还不放人。"黄达山扫视了一圈在场的人,继续说道,"谁不知道,在韩阳,只有我们的龙阳宋井才有宝藏,所以,要说美澳有宝藏,那也是我们龙阳的。黄智扬守护我村宝藏,至今没有透露八卦图细节,对于这种爱村护村的人,我们是不是应该把他救出来,保护起来啊!"

"会长说得对!"黄义明坐在旁边,不顾自己书记的身份,声音洪亮有力。

黄达山继续说:"今晚警察要去美澳乡解救黄智扬,被美澳乡民堵路砸车。我们的村民去砸美澳的车,最后起了冲突。我不怪他们几个,年轻人冲动是正常的,能理解,换作是我年轻时,我也会这么干。如今美澳乡下战书,说要以武相会,决战一场,要给我村一个教训,大家参详一下,明天应不应战!"

"他们抓人在先,还敢下战书,如果我们明天不敢应战,那以后我们见到美澳乡人不是要绕路走吗?"

"听说他们本来打算今晚就进攻我们的,我们如果不打,那他们以后就可以随时进村来打砸了!"

"是啊,不打美澳人不就以为我们好欺负吗?"

"对,这架必须打!"

"打得他们落花流水,让他们知道我们龙阳人不是好惹的!"

……

和美澳乡基本一致,龙阳村这边在场能出声的人都一致表态要应战。

"大家先静一静,让我把话说清楚。作为老一辈,我最不想看到打斗的场面,不想我们的村民受伤,我希望我们的村民都平平安安的。"老会长这么说,在场的村民都摇头唏嘘。不过,他清了清嗓子,又说道,"虽然我不主张用武力解决矛盾,但是美澳乡这次实在欺人太甚,这场架我们不想打也得打!而且要打,我们还必须要打赢!"黄达山话锋一转,情绪激昂,斩钉截铁,面红耳赤,皱皮包着的脖子都凸显出血管。

他的话是彻底点燃了村民们心中的那团火。

"好!会长讲得好!"

"对!要打就要打赢!"

全场一片叫好声透过黄氏大宗祠的天井,响彻整个龙阳村的上空。群情激奋,气氛火热,一条火龙仿佛升起在黄氏大宗祠的上空,张牙舞爪。

此时,心里最煎熬的当属黄正德。因为被扣押的是他的儿子,不把儿子解救出来他不放心,而两村约架对目前被扣押的黄智扬来说也最危险。

祠堂内,黄氏三大房负责人此围坐在一起商讨应对措施。三大房如此团结也是绝对罕见,毕竟相对于美澳乡的挑衅来说,平时三大房的矛盾只能算是村民内部矛盾。经过一个多小时的商讨,龙阳村黄氏宗亲会发布动员令,一共有九条:

一、龙阳村18岁到45岁之间,家里有多个兄弟的只能留一个男丁作为留守男丁，其余男丁必须全部出战；

二、45岁到60岁男丁和玉凤坑等联姻村庄作为第二梯队紧跟在后面；

三、留守男丁作为后备第三梯队；

四、妇女、老人作为后勤保障组织；

五、14岁以下儿童不能出家门；

六、连夜通知所有在韩阳地区，及在外地能回村的男丁尽量于3月2日上午11点前全部回到龙阳村；

七、全村男丁出战者必须手持龙阳棍，于上午9点开始在宗祠前广场集合练武；

八、黄氏能否继续在此生存繁衍、龙阳村民能否安居乐业，在此一战！

最后还有一条，只不过这一条只通过村民口口相传，不写入动员令中。

（七）

龙澳两村第二天将约架的事很快就传遍了韩阳的每一个角落。各种能够想象到的小道消息满天飞。

三个绑架陆雅柔的绑匪把铜瓶和八卦图交给了宋先生，领得了赏金，而那100万现金则被他们私吞了。

在龙阳村那一座三层村屋里，宋锦天和另一个人正窥视着龙澳两村今晚不断升级的"好戏"而暗自窃喜。

"先生，龙阳和美澳这次玩大了，看这人马架势，明天起码是上千人规模的械斗啊！"

"太好了，明天我们在这里就可以看到他们的好戏。"

"还是先生这招高明，上午及时公开了黄智扬拿走铜瓶的照片。我们现在是坐山观虎斗、鹬蚌相争渔翁得利，隔岸观火、借刀杀人……"这家伙还准备继续运用各种成语来表达心中的窃喜。

宋锦天则在研究陆国安给他的这张高仿八卦图，虽然是高仿，但内容跟真的是一样的。他一边查地图，一边研究着。

"好了！"宋锦天叫住了他的得意忘形，接着缓缓说道，"你现在就去弄艘快艇，等下凌晨3点上家屿岛仔细找找，实在找不到宝藏的话，如果时间紧急，你们可以使用炸药。"

"家屿岛？那美澳乡不得看着啊！"

"他们两村明天下午要打架，这会不一定有人看着家屿岛。再说，一旦有情况，你们可以使用武器，怕什么？"

"也对！"

三个外地人马上行动起来。宋锦天脸上露着狡黠的笑意，那深邃的眸光撒在了宋井海滨之上……

隔着那一扇乌黑的小门，黄智扬听到外面各种谈论声和吵闹声，大概了解到美澳约架了龙阳。

就在美澳乡的车被砸、人被打之后，就有两个被打的人想冲进去打黄智扬，只是在门口被阻挡了。

黄智扬的手机被没收了，失去了和外界的联系。两村约架，这对于被扣在高氏宗祠里的黄智扬来说处境是最为危险的。不过外界一直没有停止通过各种渠道给高氏宗亲会和美澳乡村委会施压以保护黄智扬。令高氏宗亲会最为重视的，是陆国安通过陆湖寨乡贤咨询委员会，派出以会长陆谦为代表的三个族老亲临高氏宗祠，除了共商第二天协助美澳乡打击龙阳村外，也表达了如果不释放黄智扬，至少不能伤人的请求。高氏内部，以高振业和高博裕等人为代表都主张保护黄智扬的人身安全。所以，黄智扬暂时是安全的，在小屋里有饭吃、有水喝，他唯一放心不下的女儿，也牵挂父亲会担心自己的安危。

时间过了深夜12点，高氏宗祠内人声渐少。除了少数年轻人打算熬夜喝酒打牌外，族老都纷纷回家休息，并相约上午8点到此集合。夜晚气温下降，穿着一件长袖衬衫的黄智扬感到阵阵寒意。此时的他自知什么事也做不了，养精蓄锐，以不变应万变才是当下的正道。于是喝点温水取暖，双手抱在胸前，靠着沙发闭目养神等待黎明的到来……

话说黄智扬被扣押后，作为同村好友的黄忠勇无心经营酒家。他把自己关在办公室里，一个人在短短时间里抽了整整两包中华，打了十多个电话。"成果"是，高信远在深圳某中学就读初三的小孙子，被两位同学约出去吃夜宵，结果过来了七八个同样是初中的学生，没收了他手机，把他带到一个附近的KTV包厢里，表面上请他喝酒唱K，实际上把他给软禁起来。黄忠勇打算在最关键时刻打出这张"牌"。

第19章
龙澳风云

（一）

3月2日早晨7点钟，高氏宗祠里逐渐热闹起来。高氏族老们早早就来到这里指挥行动。本来龙阳和美澳两村的人口很接近。但是因为美澳乡更靠海，乡民依靠海产捕捞、养殖、加工和销售等产业，近几十年已经能获得比较好的收益，所以留在美澳和韩阳当地的乡民比较多。而龙阳村人出外发展的比较多。今日一战，美澳乡认为龙阳能出动的人口可能只有美澳的四分之三左右，自然美澳乡可以获得人数上的优势。加上美澳乡大多是从事体力劳动的渔民，在身体对抗方面也会强于龙阳村人。

高氏晨会决定，全乡，包括在韩阳市的所有高氏男丁，只要有能力的都应出战，并由各大房选出其中身材壮硕好战者带头。乡里几家富豪首先表示出资20万，主要用以购买武器和餐食；并表示被打伤者要尽快撤回来救助，所有药费由他们出，最高可以达100万，多出的由乡里的经济合作社出资。几个妇女各取了几个铜锣，两人一组边走边敲锣，分头把消息传达到美澳乡的每个角落……

就在此时,乡里一治安联防员开着摩托车气喘吁吁地前来祠堂向高会长报告:"会长,家屿岛现在被警察给封锁了!据公安局里的人说,今天凌晨三四点钟有人在岛上寻宝,好在警察及时赶到,那几个人开着快艇匆忙逃窜。"

"那些人找到宝藏了吗?"旁边的人急切地问。

"应该还没有,据说那些人都准备把炸药给点上了,是警察及时出现才没干成。"

"肯定是龙阳村的人想连夜把宝藏给盗走!"

"也不一定,因为昨晚陆国安把八卦图也给了绑匪才换回了他女儿。"高炳说道。

"那现在警察在那里做什么?"高信远问道。

"据说,他们正在岛上寻找宝藏,如果找到什么,会告知我们的。"

"那可不行。警察昨晚进乡被我们堵路砸车,现在他们是没法相信了。"他又转头跟高炳说,"你再去一趟家屿岛,联系下我们美澳和高氏在韩阳的力量,争取上岛。"

高炳经过多方面的争取,被警察允许上岛旁观。不过因为家屿岛的所谓宝藏是否存在还是个未知数,而且还涉及龙阳村的宋井宝藏传说,所以警察同时也通知了龙阳村派一个代表和高炳一起旁观。龙阳村这边派出韩阳市民俗作家,曾经出版过《韩阳民间传说》的黄清和上岛。

上午11点左右,美澳乡的男丁积极响应,为了捍卫乡里,反击龙阳,个个感到正气凛然,纷纷来到祠堂前领取武器。几个妇女在场为男丁分发红绳子,将红绳绑在左手臂上,以示区别。美澳乡祖传的是少林五祖拳,乡里上了四十岁的男丁大多练过。该拳法注重下盘稳健和上肢出手快速以及身形闪转腾挪灵活。不过,此次打架,器械显得更重要,所以美澳乡分发的多是铁棍和铁棒之类的武器。此时,几辆大东风卡车载着一两百号青年,手拿木棍,也开进了美澳村。他们是陆湖寨等联姻村庄前来相助的!

黄智扬基本一夜没睡好,几只蚊子轮番把他折腾醒。早上美澳人给他端来了一碗白粥和两个馒头。但是美澳人对待他的眼神、语气和态度，这辈子都不会忘记。身心疲惫的他，两眼布满了血丝，但仍旧要活得像个绅士，或者是个斗士，关于藏宝图的事他是不准备说的，并且时刻准备应付突发的情况。

就在高会长正在以他的威望和经验积极调动各方力量准备大干一场的时候，他儿媳匆忙地跑来祠堂，把他叫到一边说了几句。有人留意到他儿媳神情慌张，脸色刷白。高会长听后猛抽了一口烟，把烟在手里折成了两半丢在地上。睁大了眼睛沉思了一下后，带儿媳来到祠堂旁边做饭放杂物的"伙巷"里，让儿媳拨打了个电话，然后由高会长亲自接听。原来是黄忠勇让一个初中生打来的，说高会长的小孙子正和十多个同学一起在外面有吃有喝有玩的，如果要让他回去上课，那就放了黄智扬——意思再明白不过了，这是想以人换人。

高会长不愧是老江湖，他严厉地说道："小朋友，告诉你背后的大人，黄智扬在我们这里也是有吃有喝的，活得好好的。下午两村就要决斗，这时我还不好放人，因为这样会影响士气。我们今天晚点就会放人，也请你们善待我的小孙子。如果我的小孙子受了委屈，那黄智扬也不要怪我不客气！"

对方接电话的少年竟然被高会长训斥得哑口无言，只好挂了电话，用另外的手机跟黄忠勇汇报。黄忠勇听后哈哈大笑，说道："好了小兄弟，谢谢你们了。那高老头知道他孙子在你们手里，自然就不会对黄智扬动手动脚。我那兄弟黄智扬就可以在高氏宗祠里高枕无忧了。"

高会长刚才虽然说话言辞凿凿，但回到座位还是有点心神不定，抽了几口烟后，示意高振业过去，跟高振业耳语了几句。

高振业频频点头……

（二）

清晨，天刚蒙蒙亮，黄正德等黄氏宗族理事会的负责人就等在了祠堂门口。黄义明带着一班龙阳武术队的村民先行到达，拿着龙阳棍，在广场空地上练习了一会儿龙阳棍法。这祖传的武技，已经很久没有露出今天这般的杀气了！不到9点钟，广场上便站了上千人。

几百年来，龙阳村每家每户里至少存放着一根以上的看家护院的龙阳棍。

龙阳黄氏的族老、乡贤都站在宗祠门口台阶上看着众人。

武术总教练黄义明站在宗祠旁的一块大石头上，左手握着棍，右手拿着喇叭大声说道：

"龙阳村的兄弟叔孙们！昨天美澳乡凭借着大乡里，跑到我们龙阳村的地界上抓走黄智扬，后来自认为人多势众，竟然敢下战书跟我们约架。分明是看我们人少好欺负！我们打不打啊？！"

"打！打！打！……"村民们手握龙阳棍高呼着。

黄义明拉开嗓子继续说道："对，我们龙阳人从来不惧怕跟美澳打架，因为我们手里有龙阳棍，棍打一大片，一棍顶十人，今天就让美澳人尝尝龙阳棍的厉害！"

"好！……"村民们欢呼着，似乎看到了自己胜利归来的样子。

黄义明看村民斗志旺盛，他更有信心地说："我们龙阳棍是由抗倭名将俞大猷将军传给我们先祖的。最多的一个套路有108招。等下我带大家演练其中最实用、最厉害的12招，便足以对付美澳乡，就算他们敢出利器，我们龙阳棍也有长度的优势，让对方无法近身。"

他提高声音喊道："不过现在我要告诉大家的是，龙阳棍法的精妙之处，实际上并不在于一人一棍武术的高超，而在于阵型和配合……"

在黄义明的指挥下，将第一梯队近千人分成八个方队，每个方队选出一个队长，三个副队长，排成三列，每列30人左右，要求每个方队的人严格听从这四个队长的指挥。然后他让龙阳武术队的人按方队教村民演练那最实战的12招棍法。

他自己则把八个队长和24个副队长叫到宗祠里传授阵法与配合。

按他的计划，会在八个方队的所有棍子贴上一圈不同颜色的广告背胶纸，其中四个方队作为中阵，两个方队作为左阵，两个方队作为右阵。

左右四个方阵的主要任务是进行包围穿插和侧击，中间四个方阵除了迎击正面之敌，还有吸引正面之敌，相互照应的功能。而消灭敌人有生力量的任务实际上落在左右四个方阵的肩膀上。

龙阳村还有第二和第三梯队，武器上也圈上颜色，用以补充和协助前面方阵。村民们在广场上练习棍法，一招一式，一捅一拉，无不显示着这龙阳棍法的气势！

而韩阳市公安局的所有警员也被集合待命。从韩阳市交通指挥中心的实时交通图上看到，韩阳市区通往龙澳两村的唯一一条公路，一大早就出现大量车流涌入，而且其中很大一部分车流还是从韩阳市高铁站和高速公路汇集过来的。

美澳乡有陆湖寨陆氏村民的鼎力相助，龙阳村也迎来了玉凤坑赵氏村民的加入。玉凤坑赵氏理事会会长赵长青一早就用村委会的大喇叭广播，号召全村男丁放弃"明前茶叶"的采摘制作良机，协助龙阳村，维护龙阳和玉凤几百年互助团结的传统。

玉凤坑身体强壮的男丁尽数出动。玉凤坑此次前来助阵，不仅来了三百多人，还带来了50顶大竹盾牌和100顶小竹盾牌！大竹盾牌是用两个晾晒茶叶的竹簸箕组合捆绑在一起，放在地上直径足有人的胸口高，用以较远距离的防卫。小竹盾牌是用茶农平时戴的竹斗笠做成的，可以套在手臂上用以近身防卫。黄义明将这些盾牌分发到各阵前，使得龙阳棍阵更加攻守兼备。

黄忠勇则停止营业，给龙阳村运来大量食材，还带来了厨师。临近中午，龙阳村炊烟袅袅，各家也都在为战士们准备一顿好饭。大战临近，龙阳得到暂时的宁静，大家憋着一股气，有的喝茶聊天，有的喝酒壮胆，有的还在准备上阵的鞋帽衣服等"装备"。

（三）

中午1点左右，两村人马就陆续集合。

美澳乡的壮汉们在高氏宗祠前，谈笑风生个个精神振奋。

"来，兄弟们分点家伙。"三十几个身穿黑色T恤，手臂纹着龙头，理着寸发的年轻人搬来十几大袋东西。

打开一看，他们分的是包着红布的马刀、铲子、三尖枪……

人群中有人质疑道："会长知道吗，怎么把刀也带上呢？不会出人命吧？"

"你懂什么，这是当防身用，必要时刻，说不定能派上用场。"带头的年轻人不以为然地说道。

聚集到高氏宗祠前的人越来越多，黑压压一片，站满了周围所有的空地和道路。美澳乡虽没有龙阳村那样列阵，但从人数上看明显有优势。

高会长回头带领各大房的"话事人"来到祖宗牌位前，点了三炷香行三拜九叩的大礼，祈求祖先保佑美澳人战胜归来。其实这阵势，对于这位七十多岁的美澳会长来说，一生中遇到的不下三四次，新中国成立前直接约架砍下对方人头回乡领赏的事他也看过。

拜好祖先后，他来到人群前，手拿话筒，以洪亮有力的声音喊道：

"美澳乡的高氏宗亲们，陆湖寨的姻亲们，他们龙阳村打伤我美澳乡人，到我美澳乡寻宝，没把我美澳乡放在眼里。今天大家要为美澳乡的荣誉而战。一旦开打，我请大家务必全力以赴，因为我们在人数上一定占优，只要我们在气势压倒对方，就一定能把龙阳人打得落花流水！出发吧！祖先会保佑你们平安胜利归来的！"

高会长一声令下，乡民们亢奋了，三千多人的队伍就这样浩浩荡荡地奔赴海滨沙场。美澳乡当年的龙头大哥高振业，实战经验充分，这样的场面自然少不了他带头。

高振业在当地江湖有句名言："打架靠的是七分胆量和三分力量。"传说他打架十分勇敢，力气也大，加上从小练过少林五祖拳，在身形步法上也十分灵活，打起架来不论单挑还是群架都是赢面较大。而年轻时丰富的实战经验，更使他所向披靡。可以说，他的江湖地位是打出来的！人们很自然地让他走在队伍的最前面，有他在，后面的小弟们心中就多了七分三分勇气。

高振业高调出战，他的姐姐高凌晓和另外两个宝地花园的保安则留下看守宗祠里的黄智扬。高氏宗祠里基本上除了老人就是妇女，一下就冷清了下来。

高凌晓中午给黄智扬端来三菜一汤。黄智扬敏锐地发觉，高振业姐弟两人其实一直很善待他，这从他们两人的眼神中就可以看出来，而且现在高凌晓名义上是看守他，实际上也是在保护他。这点令黄智扬暂时没法理解。

黄智扬内心想，下午这场约架有三种可能——

一是打不成，和平解决了，那他自己也可能被释放；

二是美澳打赢了，解气了，且出于各方面的压力，美澳再放了他会比较有面子；

三是龙阳打赢了，美澳乡民可能继续扣押他出气，也或者龙阳以什么条件作为交换让美澳放人。

不过，令黄智扬没有想到的是，就在美澳乡大队人马走后不久，也就在中午1点半左右，高凌晓推开了关着黄智扬的房门，面带微笑地说道："这一天来委屈你了，走吧，我带你离开这里。"

黄智扬看着高凌晓善意的表情，迟疑片刻问道："要去哪里？"

"送你回宝地花园销售中心,完璧归赵。"

"你敢私下放走我?"黄智扬十分不解。

"送你回去,也不是我一个人的意思。总之我会保证你的安全,你放心!而且我弟就是高振业,在美澳乡没有不认识我们姐弟的。"高凌晓说得很轻松。

黄智扬站了起来,确认了高凌晓的善意之后,眼睛一转说道:"如果你真的早点把我送回去,我可以打个电话给我爸,说不定,今天这场武斗的惨烈程度会减轻不少。"

"好,那我们就赶紧出发吧!"

在高凌晓和两名保安的护送下,黄智扬从侧门快步走出了高氏宗祠。在场的留守老人和妇女见到了,也没有一个人感到惊讶或过来询问的。这也很出乎黄智扬的意料!

但眼下已经无法想那么多了,黄智扬跟着高凌晓一起上了一辆宝马越野车,避开了前去打架的人群开出了美澳乡。

因为开车的人是高凌晓,一路上没有人拦住她的车,十几分钟,车就到了宝地花园销售中心。

"下车吧!这手机也还给你。"

"谢谢!"黄智扬一手打开车门,一手拿着手机,回头问道,"能告诉我你为什么放我回来吗?"

"赶紧进去吧,原因呢以后有空再告诉你。"

"好的,欢迎你姐弟俩过来宝地花园喝茶买房。"

"一定!"说道,高凌晓调转车头回去了。

黄智扬和两位美澳保安回到了销售中心。销售中心里上班的销售代表马上欢呼着招呼其他人一起来看黄智扬。

黄智扬跟大家打了招呼,但没有很高兴,因为他担心此时龙澳两村说不定已经打上了。走进办公室,关上门,他首先拿起手机给父亲拨打出电话……

（四）

　　龙阳村由于上午演练棍法阵型比较久，村民中午回去吃饭的时间也比较晚，下午一回来，各支队伍又开始列队集合。

　　黄义明正紧张地指挥着。按照黄达山的意思，让美澳乡先到达指定地点，晾一晾他们，而龙阳村可以以逸待劳，准备好再出战。

　　此时黄正德还在黄氏大宗祠里，他除了一边协调龙阳村各方面的事务以外，一边一直在跟黄毅保持沟通。接到黄智扬报平安的电话，他悬着的心终于落了下来。听到高凌晓送黄智扬回销售中心，黄正德嘴角露出一丝得意的微笑，他大概猜出了其中的缘由。

　　黄正德没让黄智扬回来："你在公司待着就好，先休息一下，我们龙阳的人马就要出发了，等下黄毅会带你到现场。既然你已经回来，我们龙阳目前没有吃亏，就应该尽量避免大规模的械斗。"

　　"好的。"黄智扬理解父亲的想法。挂了电话后，他马上打了个电话给表姐……

　　龙阳村这边的人马已经到齐，最后集合了两千余名男丁，士气旺盛。

　　不过，械斗这种事情毕竟不是所有人能接受的，家中妇孺老少只能无奈接受男人们解决问题的方式——既然生在韩阳，就要用韩阳的法则来面对生活。

　　只是出发前，妇女们老人还是免不了叮嘱多几句，并把各种平安符塞到男人的衣服口袋里。村里各种神像和祖先的香炉前一时香火旺盛，妇女们祈求自家的男人能平安归来。

　　黄正德把黄智扬被释放的事情跟黄氏宗族理事会的人讲了，大家连同黄正德在内都认为，虽然美澳释放了一丝善意，但此次约架关乎两村的尊严和荣誉，已经不是为了某个人而战，而且箭在弦上不得不发。

黄氏宗族理事会用车拉出了一个韩阳大鼓，要求击鼓就进攻，敲锣则后退。

其实在昨天的动员令当中，龙阳村还有第九个口令，就是让村民随身携带折叠刀具、防卫喷雾、电击棍等。因为根据历次武斗的经验，双方都不可能完全遵循所谓的规则，往往守约方会吃亏！美澳人以野蛮著称韩阳，如果真肉搏起来，一来龙阳未必是对手，二来美澳那般小混混可能会出利器。

看准备差不多了，黄达山用喇叭喊道：

"龙阳的黄氏宗亲们，请用你们手中的龙阳棍去捍卫我们的土地，保卫我们的子孙，维护我们的尊严！记住，我们要么不出手，一出手就要快准狠，不能给敌人喘息、还手的机会，这也是我的经验！大家要团结互助，共同进退，我在这里等着你们胜利归来！"

老会长说得铿锵有力。在场的人大受鼓舞，大家心中都憋着一股劲，手握龙阳棍，似有排山倒海之势，向海滨进发！

（五）

眼看就到了下午两点钟，还不见龙阳村人的出现。高振业开始带领乡民齐骂龙阳村，骂龙阳人是盗宝贼、是缩头乌龟，美澳乡民各种起哄。三月的阳光并不猛烈，加上乌云不时将太阳遮住，还下起几丝小雨。海风也不大，几只白鹭受到惊吓，扑动下翅膀，瞬间没了踪影。

过了2点10分，龙阳的队伍才陆续达到海滩上。他们按计划摆出了阵型，整齐的样子还有点像军队的模样。

一看到龙阳人，美澳这边纷纷拿出家伙。美澳以铁器为主和龙阳以木器为主的武器，在对方看来都是明晃晃令人胆战的。

敢于亮剑，这是一种不服输的勇敢的精神。龙澳人自古凭借这种精神在很多领域做出了成就。

高振业站在最前面，威风凛凛，仿佛古代的将军，他对周边的人说道："大家听我说，今天龙阳人拿出的是龙阳棍。龙阳棍的特点要想发挥好，需要每个人武功都很好，而且每个人要保持一定的距离，否则很容易伤到自己人。所以，等下大家跟我一起上，冲进他们的阵中，一旦近身，他们的龙阳棍就不如我们手中的铁棍灵活，到时先照着他们的棍打可以防守，照着他们的手打可以解除他们的武器，那样我们就赢定了。"高振业不愧是实战经验丰富的高手，年轻时经常跟手持龙阳棍的龙阳人打斗，一下就说到点子上。

龙阳村的队伍在黄义明的带领下才到海滩，走到离美澳乡的人群大概20米的距离停了下来。这个距离双方喊话容易恰到好处！

高振业看龙阳人摆好阵型，不屑地说："你们终于来了。昨天你们擅闯我美澳乡寻宝，还偷袭打伤我们美澳乡的人，砸了我们的几辆车，这都不是正人君子所为！我呢也不主张也去偷袭你们，今天在这光天化日之下，我奉美澳乡高氏宗亲会之命，和你们决斗一场，一切怨恨用拳头棍棒来消解，你们敢不敢打？！"说到这，美澳人一起举起手中的各种械具，有的龙阳人一看，心里确实发怵。

这时，黄义明上前两步，说道："你说得对，打就打，不打我们来干什么？！"

黄义明手握龙阳棍接着说："昨天你们美澳乡来我们龙阳的地界抓走黄智扬，一直不放，还阻挡警察，打砸警车，我们只是用你们的方法来对付你们罢了。你们还敢下战书，那正好，今天就让你见识下龙阳棍的威力。"

"哈哈哈，难道你们有把握赢？别痴心妄想了。"美澳队伍传来戏谑的笑声，"你们龙阳棍法不就是三脚猫功夫，难道你黄义明不知道，这十年来，在韩阳地界，都是我们美澳人说了算，你们龙阳算老几？"

"你笑什么笑？！看老子今天怎么揍你。"一个龙阳的村民一股劲把棍子深深插向沙滩，感觉力大势沉。

"去你的,有种我们练练!"

一时间,海滨沙滩成了粗口连片的灾难现场,两拨人你一言我一句的,各种吵骂声混成一起,双方都力图在气势上压倒对手。有些平常就常动手的村民自然不畏惧如此场面,他们恨不得马上朝对方扑过去。然而更多的平常较温善的村民此时心里就七上八下的,他们跟着队伍强装着气势凌人状,脸色则激动得发青。随着双方对骂的升级,似乎决战一触即发。

高振业和黄义明,这两位年龄相仿,武功高强,有头有脸又正直壮年的人,此时都在观察对方阵地的举动,其实他们心里清楚,如果能不战而屈人之兵,那是上策。反正这场武斗大家为的就是一口气,看谁能压过谁。如果有一方人马怂了,那武斗也就没有必要了。因为一旦打斗,势必会两败俱伤。虽然高振业和黄义明两人并不惧怕打架,但彼此肩负家庭、社会的责任更多,已经不是当年年轻时孑然一身的时候。

黄正德和黄氏宗族理事会的人站在龙阳村阵营的一处高地上,他一直在期盼警察的到来。

正当打斗似乎不可避免的时候,陆地上和海洋里同时传来警笛声!

(六)

龙澳村民顿时转移了注意力,左顾右盼地看是哪里来的警笛声。

首先是六艘侧面写着"公安"的快艇从海上而来,很快从快艇上下来了二十多名警察。紧接着,几十名全副武装的特警分两列从不远处跑了过来,手里拿着盾牌和警棍,迅速挡在了两村人中间。

一时间,两村的村民都愣住了。特警的出现,使得两村村民的距离一下就拉开了。

黄正德一看,不由舒了一口气。在特警的后面,跟来的是上百名警察,这次带头的是市公安局局长林镇强。

林镇强站在高地上用喇叭喊道："龙阳村和美澳乡的乡亲们，我是韩阳市公安局局长林镇强。为了防止暴力事件的发生，市委市政府早就部署派出警察前来维持秩序，武警部队也已经开赴附近。由于来的道路被上午涌来这边的上百辆汽车堵住了，所以我们只好跑步和派快艇赶来，好在来得及时！请大家先保持冷静、克制，大家一定要相信市委、市政府的协调，可以让大家避免不必要的流血和伤害。"

　　林镇强见村民们基本没有大的骚动，继续说道："韩阳市委王茂德书记十分重视此次群体事件，今天和我们一道跑步来到现场，请大家安静地听王书记发表重要讲话，他将给大家带来很多大家都关心的信息，下面有请王书记讲话！"

　　"王茂德也来了？！"村民们私下议论着，显得有些惊讶，韩阳市的一把手来了，那怎么也要听听他怎么说，看能带来什么有用的信息。

　　在这起群众事件面前，没有发生打斗已经是万幸，王茂德并不期望他的讲话能获得村民们的掌声欢迎，他站到了林镇强前面，迎着乍暖还寒的海风，用带着客家口音的普通话说道：

　　"乡亲们，我是韩阳市市委书记王茂德。美澳乡和龙阳村都是韩阳市的重要乡村，有着上千年的历史，涌现出诸多历史名人，尤其在抗击倭寇入侵、推翻封建王朝、打击日本侵华和新中国成立的经济建设和文化建设上做出了的成就彪炳史册，而这些成就无一不是龙澳两村人民团结合作的结果。下面我向大家讲一下到目前为止，警方和我所掌握的信息。"

　　两村的村民们听到王茂德的夸奖，心里还是乐滋滋的。村民们都安静下来，侧耳倾听，生怕遗漏其中的"猛料"。

　　王茂德见民众都安静，便清了清嗓子，继续说道：

　　"前天晚上，有工人在陆达公司的宝地花园项目工地上挖到了一个榕树根，工人把这个情况告诉给项目公司总经理黄智扬。黄智扬本身一直很关注龙阳村宋井宝藏的传说，并且根据宋井石刻的诗句，一路探寻，得知宝藏跟一棵古榕树有关。此次在宝地花园工地上发现的大榕树根引起了黄智扬的重视,并且一早来到工地,从树根里挖出了一个铜瓶,里面还有一张八卦图,八卦图上写着'风动石一箭之地',并标明了方位。

"由于黄智扬在工地找到一个铜瓶的事情很快在网络、朋友圈里传播开来。出于保护宋井宝藏的初衷,黄智扬一方面将该图发给了他父亲黄正德,一方面自己从风动石找到了美澳乡的家屿岛上。当然,他在岛上也还没有发现所谓的宝藏。

"陆达集团董事长陆国安为了保护黄智扬,也为了保护可能存在的宝藏,他一方面让黄智扬上交铜瓶和八卦图,一方面命令工地停工保护现场并通知文物局到场勘察。谁知昨晚绑匪绑架了陆国安的女儿,要挟其交出铜瓶和八卦图,还有100万现金。出于人之常情,陆国安没有选择报警,而是在复制了八卦图后,按匪徒的要求,换回其女儿。"

王茂德几段话,信息量实在太丰富了,现场民众议论纷纷:

"这么说,黄正德和龙阳村都有这张八卦图了!"

"是啊,那绑匪有了八卦图,今天半夜就上岛了。"

"好在凌晨警察就在岛上保护现场,也不知道有没新的发现?"

"要把宝藏找出来才行,看看是谁的东西,这样大家都不用争。"

……

王茂德示意站在身边的公安局局长说两句,就把话筒递了过去,自己打开矿泉水瓶喝了口水。

林镇强摆摆手,示意大家安静下来,扫视了一下两村的民众,说道:

"出于保护宝藏的目的,也出于一个老公安的职业习惯,正德兄在昨天中午就把八卦图的照片发给了市公安局副局长黄毅。也因为有了这张照片,我们警察的侦查工作得以推进,从美澳的风动石到家屿岛,就在今天凌晨3点多钟,我们的公安干警发现有人在家屿岛的叠石旁埋了雷管准备炸石寻宝,好在警察及时赶到,盗贼趁黑夜从岛的另外一端坐快艇仓皇逃走。目前我们也已经派遣拆弹专家拆除了炸弹,并且一早邀请了文物考古专家上岛找寻可能的宝藏,美澳乡的高炳和龙阳村的黄清和此时也在岛上。截至目前还没有新的发现。不过根据国家法律规定，文物受国家保护，不属于哪个村子，就算能够找到宝藏，也会收归国有。"

听到这话，村民们开始表现得有些不耐烦。公安局局长把两村之间的矛盾，转移到两村与盗贼之间的矛盾，转移到两村利益与国家利益之间的矛盾。林镇强和王茂德讲到这里，都没有提到黄智扬被扣押，美澳乡堵路砸警车，以及龙阳村人打伤美澳乡人的事。他们知道目前不能去激化民众的矛盾，除了解释疑惑以外，还要尽量浇灭或转移两村民众心中的"火气"。

此时，王茂德接过话筒，他需要给民众浇点"水"，说道："还有件事需要告知大家的是，就在半个小时前，黄智扬已经被美澳乡的人送回了宝地花园销售中心，这会儿他就在我身边。"

王茂德此话一出，美澳乡村民表现得很疑惑——

"黄智扬被放回去了，谁干的？"

"不是振业老大的姐姐在看着吗？"

"没有命令，谁敢趁我们出来打架的时候放人？"

王茂德实际上是把矛盾引向了美澳乡内部。这样一来，美澳乡民面对全副武装的警察，面对着同样拿着武器不甘示弱的龙阳村民，面对着种种的不满与疑惑，很快就失去了打架的斗志。而对面的龙阳人倒是心里清楚，黄智扬放回来，这可能是美澳人在释放善意，如果确实如此，美澳乡给个脸，龙阳村的人也没有那么剑拔弩张了。

站在后面的黄忠勇，嘴角叼着一根烟，笑着跟旁边的人说："哈！那不过是高老头担心他小孙子的安危罢了！"

王茂德示意站在后面的黄智扬也站上去露个脸，"来，黄智扬你也上来，给大伙看看。"黄智扬一个箭步跃上去，对着龙阳村，对着黄正德的方向挥了挥手。

王茂德见民众没有了斗气，但手上握着的武器始终是个威胁，他想彻底平息这场民众的打斗危机，他需要继续转移村民的注意力，于是接着说:"我想大家现在主要还是关心家屿岛上是否有宝藏,还有宝藏又是谁放在那里的?所以,刚才我跟林局长和韩阳市电视台沟通过,打算请两村的民众全程观看家屿岛的宝藏探查过程。"

"这个好啊!"

"有意思,那我们去哪里看啊?"村民们议论纷纷。

王茂德顿了顿继续说:"因为家屿岛是个岛屿,面积不大,地况复杂,没法容纳太多人过去看。所以我们将请电视台记者上岛,进行宝藏探查过程的全程拍摄直播,而且直播只对美澳龙阳两村民众,地点就在两村分别找一个可以容纳比较多人的地方,进行投影直播,大家说好不好?!"

"好!"

"好啊!"

王茂德的提议得到了民众的一致认可。

王茂德将话筒交给林镇强。

林镇强说道:"请在场的公安干警协助两村民众返回各自乡里,维持好秩序,建立直播观看地点。"

这场约架是没打成,而且刚才两村已经出动最多的人马进行亮剑和对骂,实际上已经达到了约架的目的。公安局局长要警察"协助"民众返回,实际上是在监督。龙阳村在黄正德的引导下首先有秩序地掉头。高振业见状,也挥挥手,美澳乡民给他让开一条道。两村民众就这样浩浩荡荡地回去了。

一场决斗就这样散了,这应该是最好的结果,没有人员的伤亡,也没有增加两村的怨恨。王茂德长舒了一口气。

（七）

龙阳村回去后把投影地点设在古戏台上。美澳乡则把投影地点设在天后宫旁的停车场内，那里离家屿岛还不到百米。

回到高氏宗祠，高氏宗亲会所有成员在中堂里喝茶，静静地抽着烟，心中的疑惑一时无从问起。

高凌晓从外面回来，一踏进宗祠，众人便把眼光都投向了她，因为高振业就坐在那里，没有人愿意第一个开口去询问她为什么放走了黄智扬。这时，高信远咳嗽了两声，眼皮不抬，看着中堂里的红砖地板，底气不足地说："各位听我说，放走黄智扬呢，其实是我的意思。"

众人一听，齐刷刷地把眼光都聚集在高信远的脸上，这位为高氏宗族事业鞠躬尽瘁、对龙阳村向来采取强硬态度的德高望重的会长，怎么要私下放人呢？

高信远说："其实大家都知道，各方面都要求释放黄智扬，释放他也是早晚的事。我之所以选择在我们两村约定打斗的时候释放他，是因为如果提前释放，那好像显得我们美澳乡在示弱，那样对我们战斗的士气不利，而如果等到我们打斗结束再想回来释放，到时就会有更多的人反对，甚至会把气发到他身上。所以，我让高振业安排高凌晓放人。"高信远没有说他的小孙子受到威胁的事，说完看了看高振业，他需要高振业的支持。

高振业吐了口烟，声音洪亮地说："跟龙阳人打架，我高振业可以冲在最前面，二三十年前如此，今天同样可以如此。但把黄智扬抓来容易，放回去就难了。我们今天主动释放，一来可以给警察一个交代，二来给陆国安和方方面面的关系一个交代。"

"嗯，会长做得对，今天龙阳人看见我们释放了黄智扬，黄正德就挑头指挥龙阳返回了。"

"也是，早晚都要放人，留在这里反而给我们造成麻烦。"

有人关切地问高凌晓："今天你是一个人带黄智扬回去的吗？你带他回去也很危险嘛。"

高凌晓说："今天我是和他们宝地花园的两个美澳保安带他回销售中心的。你们都去了海滩，我开车一路上很通畅，而且是去销售中心，没人为难我。那两个保安昨天就接到陆达杜晓蕾的电话，说是一定要确保黄智扬的平安，否则工资奖金就一分不发了，而如果平安把人送回去，她们陆达会给两个保安双倍的工资作为奖励。"

"看来陆国安是下本钱保这个黄智扬啊！"

"哈哈，我看倒是这个杜晓蕾很上心。"高凌晓会心一笑。

高会长则起身给祖宗上了香，算是跟祖宗也有个交代。

……

黄智扬回到龙阳的老家，洗了个澡后也来到祠堂前的戏台看直播。只是警察和专家一直在家屿岛的北面大石头附近研究"一箭之遥"和"闽王"，找了两个多小时，连同金属探测仪都出动了，还是没有新发现。黄智扬心想，如果这次不能把宝藏彻底找出来，那恐怕宝藏迟早会被美澳乡人或盗贼拿走，因为自己和龙阳村的人今后将不可能再踏足家屿岛了。黄智扬看在眼里，急在心里——另外一张八卦图至今除了黄正德以外，还没有人知道，而黄智扬此时也不想再让其他人知道这件事。就像那个画着妈祖像的瓷瓶，陆国安和美澳乡等人也不准备上交国家了，或许留在天后宫是它最好的归宿！

黄智扬找到黄正德，想以何半仙的名义，给警察一个暗示。黄正德觉得这个主意不错，于是给黄毅打了个电话，就说何半仙刚刚卜了个卦，说宝藏可能在家屿岛的正南面，而不是在正北面。很快，摄影记者随着警察和考古专家来到了家屿岛的正南面。随着摄像机的移动，村民们看到家屿岛巨石相互交叠，没有明显的石洞和入口，是个十分普通的岛屿，哪里会知道这里面可能藏有宝藏呢？警察和考古专家走到了叠石岛的南侧，仔细观察起来，生怕漏掉了任何一丝的细节。

（八）

电视台派出的两名摄影记者，用两台摄像机同时记录全过程。其中一名记者将摄像机由下到上移动拍摄，忽然，在离地面大约两米的高度上，一块巨石上隐约有个八卦的图样。两村很多民众都看到这个细节，有人大声地喊着："快看，有个八卦图！"

这绝对是天大的发现！黄智扬心中充满了期待，似乎离答案不远了。岛上的人也都聚集在这块巨石下，警察拿来梯子，一名考古专家爬了上去。摄像机一直对着八卦图拍摄，只见这个八卦图上靠右下角有个明显的凹点，似乎是人为凿出来，在向人们暗示着什么。

这名专家以八卦图的中心为起点，和这个凹点作了一条延长线。只见在离地面1米左右的位置，有一块椭圆形的如橄榄球大小形状的石块。在这海岛上，要么就是高几米的大块的花岗岩，要么就是断裂而有棱角甚至锋利的小块石头，像这样一块橄榄球状的石头塞在几块大石头形成的石缝处，当然不同寻常。

这名专家伸手对这石块的表面摸了摸，然后张开手掌，对这石块慢慢用力推了推。石块竟然缓缓陷了进去！观看直播的村民们顿时睁大了眼睛，屏住呼吸，很多人都意识到这可能会发生或发现什么。这位专家索性猛一用力，只听"哙"的一声响，这椭圆形的石块竟掉了进去！而且应该是下落过程中碰到了坚硬的东西！

专家马上退后了两步，喊道："大家退后！"

与此同时，旁边一块一米五左右高的长方形石块往里面倒了下去，"噗"的一声发出闷响。吓得在场所有人身体都不由往后倾斜或后退。过了大约10秒，众人见没有其他情况发生，才走到跟前一看，只见长方形石块倒在里面海沙地上，露出一个门洞。长方形石块实际上就是一个石门。

　　这名考古专家的判断是正确的，刚才他推动的椭圆形石块实际上推动了这石门后面一根斜放的顶门石柱。椭圆形石块将顶门石柱从侧面推掉，石门也就往后倒下。两台摄像机从不同角度清晰拍摄到了这罕见的而令人惊奇的一幕。很快，几个警察拿着手电筒和考古专家一起小心翼翼地弯腰走了进去了。

　　从外面看，石洞里面的空间还很大。摄像师只好在洞外拍摄等候。刚才这一幕通过民村的手机，几乎同时也传遍了整个韩阳。

　　时间来到了下午5点钟，3月的韩阳从此时开始天色渐暗，下午阳光照耀下温暖的海风也开始钻进岛屿上人们的衣服缝里，让皮肤表层的温度逐渐下降。

　　摄像机一直拍着洞口，拍着进出的考古人员和警察。所有人都目不转睛地盯着直播屏幕，生怕错过每一丝细节。细心的人发现，进去洞里的人多达十几人，证明这个洞不小。而且这个洞里也不是全密闭的，洞上方有不少石缝，能透进一些光线，洞里的地面也不是平整的，而是还有一块高约一米的大石块平躺着，石块上面隐约放有几个箱子。根据这个高度，除非台风天，否则一般情况下海水潮起潮落是不会浸湿箱子的。

　　时间过了10分钟，仿佛过了一个小时般漫长，有的村民开始窃窃私语——

　　"那里头有宝藏吗？"

　　"他们已经进去那么久了，该找的应该也找到了。"

　　"那应该就没有了吧！"

　　……

　　再过了约10分钟，只见警察们陆续从里面抬出了五个箱子！这是五个宽约80厘米的箱子，箱子表面呈褐色，估计是个铜箱，箱子并没有上锁。

　　屏幕前的人们炸开了——

　　"快看，是箱子，看来确实有宝藏啊！"

"也不知道里面装的是什么?"

"金银财宝吗?"

"可能,很有可能!"

警察和考古人员都走出了洞里,每个人的脸上充满了欣喜。在得到上级批准之后,考古专家在摄像机前打开了这五个箱子!箱子被慢慢地打开了,表面蒙着一层薄沙,透过薄沙,人们仍旧可以若隐若现地看到五个箱子堆放着满满的金条、银器、钱币和珠宝玉器。

"哇!……"民众们的感叹可想而知!出于对文物的保护,在警察的护送下,这批箱子被运上了海滩。

记者问考古专家:"刚才我们都见到这几个箱子装着满满的金银财宝,请问这批宝物是哪个朝代的,是南宋皇帝留下的宋井宝藏吗?"

文物专家面对记者的提问,对着镜头喜形于色地回答道:"这批箱子里面到底有什么东西,是什么朝代的东西,以及是谁放在家屿岛上的,这些都还有待我们回去鉴定才能告诉大家。"

"那需要多久可以给出答案呢?"

"很难讲,不过快的话两天吧。"

这时林局长走过来,对镜头说:"刚才我们征求了考古专家的意见,因为这里是海滩,这里不利于对文物进行记录和鉴定。为了保护文物,也为了尽快给两村民众和韩阳人民一个答案,我们警察会马上护送这批箱子到市文物局,在那里进行图像和文字记录,并接受专家的后续鉴定。同时,美澳乡和龙阳村可以各派一名代表继续进行旁观。一旦有鉴定结果,我们就会第一时间向社会公开。"

(九)

过去的这两天,黄为财基本都用手机将发生的事情向宋先生进行了全程直播汇报，发了大量的照片和视频。宋锦天虽然不能获得这笔文物，但他和黄智扬一样，对于自己一路跟踪寻找的宝藏很想知道到底是什么。当天晚上，黄智扬回到市区接了女儿出去吃了顿海鲜大餐。

令他没想到的是，一夜间，他的名字已经跟龙澳两村的恩怨、宝藏的发现、宝地花园的开发联系到一起，不少人还能在路上认出他！夜晚的韩阳市区依旧灯光璀璨，黄智扬早早就躺在床上，透过飘窗望着窗外的夜景。这两天的遭遇就像拍电影一样，跌宕起伏，充满偶然性，但又有其必然性。

他不太明白父亲和陆国安有过什么样的恩怨和交流，也不明白高振业姐弟为什么保护着他，也想知道是谁一直尾随自己寻宝的步伐，但有一点可以肯定的是，自己从小寻宝的梦想似乎已经实现了。能最终知道考古专家找到几箱文物，他心中充满了成就感。而且不论文物是什么、谁留下的，由国家去保护总比留在乡村里强。

黄智扬看着侧着睡着的女儿，拿开女儿手中抱着的一只公仔猪，亲了下女儿的脸，轻声说道："'乳猪'睡觉觉。"然后他自己带着疲倦、带着满足感、带着女儿睡着时的安详状，自己也睡着了。

第二天，3月3日上午，韩阳市文物局对外公布了家屿岛文物的鉴定结果，也公开了宝藏鉴定过程的录像和照片。鉴定结果显示，家屿岛文物确实是800年前南宋末年的文物，五个箱子里面装有满满的金条、银器、钱币、珠宝、玉器、精美瓷器等，还有两套已经基本腐烂的南宋红色官服，这在当时来说肯定是价值连城。考古专家认为，这批文物是南宋时期留下是可以基本肯定的，但是不是南宋朝廷留下的，还是传说的闽王留下的，则还有待考究。

消息一出，"宝藏""文物"等字迅速成了韩阳大地的热词，无论走到哪里，大家茶余饭后或工作时都在议论着——

"没想到咱们韩阳真的有很多宝藏啊！"

"我们韩阳可是风水宝地嘛！"

"那是美澳乡的宝藏还是龙阳村的宋井宝藏呢?"

"天知道,反正都归国有,他们两村搞半天,半分钱没捞着。"

"哈哈,我们都辞职去寻宝好了!"

3日下午,黄智扬被邀请到文物局接受考古专家和警察的问询。

黄智扬心想,如果这个宝藏是宋井宝藏,那应该要能符合宋井石刻上"水涨淹不着,水涸淹三尺"的描述。但从家屿岛宝藏摆放的状态看来,海水如果涨了,可能就把几个箱子给淹没了,而且从家屿岛上闽王的刻字来看,这些文物很可能还不是传说中的宋井宝藏!如果宋井宝藏另在其他地方,那么自己也没必要现在告诉专家宋井石刻上的完全诗句。所以黄智扬只是说一个偶然的机会在龙阳黄氏大祠堂前的戏台门楣上发现的"妈祖保佑,可见真章"的字眼,然后到美澳乡的天后宫前发现了"天龙植榕"的"八字真章",所以才有了自己发现榕树根里藏着铜瓶,出于保护龙阳黄氏宝藏的初衷才登家屿岛。黄智扬的讲述也算合理。过后警察就没再找他问询了。

(十)

另一方面,考古专家进驻家屿岛和宝地花园项目工地,再次进行详细的复查。两天后,考古专家确定没有新的发现。

3月6日,星期一,韩阳市委市政府召开了关于保护韩阳市文物的联席会议。

会议上,王茂德发表重要讲话,呼吁所有韩阳人一同保护韩阳的文物财产——

"家屿岛藏宝一事总算尘埃落定了。宝藏是国家的财产,也是韩阳不可或缺的文物。家屿岛文物的面世,再次证明了韩阳市具有悠久的历史文化底蕴。我们每个人都应该有责任有义务去保护它们,不应存有私心。在这里，我呼吁韩阳全体市民一旦发现文物，请务必主动上交，也鼓励全体市民对企图掳夺和破坏文物的行为进行举报。我们热爱这座城市的历史文化，就应该心存敬畏。"

接着，韩阳市市长文平忠发布了一项振奋人心的计划："上周五，经过与文物局、旅游局、规划局、市政局、建设局等多部门商讨，我们决定在美澳乡村委会旁设立家屿岛文物展示馆，展示馆除了有照片、视频外，还将展示部分珍贵文物制作仿品。家屿岛文物展示馆由美澳乡管理。另外再在美澳海滨建设一座桥，直接连通几十米外的家屿岛，连同天后宫、风动石一起开发为家屿岛公园，有必要可以适当收取门票。相信随着游人的到来，将进一步推动美澳乡的餐饮、游船观光、海产品加工和销售等行业。大家要明白，合理保护文物和开发文物的内涵，实际上也是在开发金山银山！"

建立"家屿岛公园"的计划，让美澳乡人从宝藏被取走的失落当中彻底走了出来，全村人欢欣鼓舞。龙阳村的人反而有点嫉妒了，村里有识之士开始计划向政府申请开发一个"宋井公园"。

从此，韩阳市民多了一项谈资，市民可以绘声绘色地向外地人介绍黄智扬寻宝的传奇经历和家屿岛巧夺天工的藏宝设计，还能带远方来的朋友来美澳天后宫、风动石、家屿岛观光旅游。当然韩阳市民喝茶聊天时还能继续猜想家屿岛宝藏的"真实"来历。宝藏给韩阳人带来的经济和精神财富已经开始显现出来。

……

俗话说，"出来混总是要还的"。

3月8日，警察经过几天深入的调查取证，对主要参与威胁扣押黄智扬、参与打砸警车的五名美澳乡年轻人行政拘留三天和罚款，对主要参与打砸美澳乡车辆、打伤美澳乡村民的四名龙阳村年轻人同样行政拘留三天和罚款。公安局这么办，合理合法，公平公正，两村被各打五十大板，民众没有怨言。

家屿岛宝藏的事情算是已经尘埃落定了。之前深受影响的宝地花园项目也该重回施工开发的轨道了。

3月9日上午，陆国安在陆达总部召开了针对宝地花园的高层会议，在停工一周后宣布宝地花园恢复建设，并且要全力加速，赶追之前落下的进度，迎接"五一"节前后的销售小黄金周！

第20章
清明时节

（一）

黄智扬前面几天没有上班，陆国安让他好好休息。

不过他也没有闲着，除了配合各方面的调查和问询外，白天就回龙阳村和黄正德跟黄氏宗族理事会的人喝茶聊天，傍晚回市区接女儿放学，深夜就坐在书房里整理之前一路寻宝的经历——

"水涨淹不着，水涸淹三尺。"

他时常默念着这句诗，心里越发觉得家屿岛的宝藏应该只是传说中的闽王宝藏，而宋井宝藏应该还存在于另外的地方！那这闽王为何要设计这么精密的寻宝线索呢？

想当年，闽王可是一名海盗，为了保家卫国，又帮助南宋王朝抗元。为了让自己或后来人能找到宝藏，他以宋井石刻的藏宝诗开始设计。因为玉凤坑的王爷庙跟南宋皇帝有着莫大的渊源，所以在玉凤坑的王爷庙留下对联，再引到黄氏大宗祠的戏台上，又引到了他所敬拜的妈祖庙里，最后把八卦图埋在了南宋皇帝亲手种植的榕树根里。这一切，都说明他对南宋的臣服,以及当年离开韩阳时,估计可能很难很快回来的心理准备。而留在家屿岛的宝藏,很可能是他准备将来东山再起时用的。只是据说他离开韩阳后,辗转越南、泰国,最后去了东南亚某个岛国上,还当上了国君。带出去的军队散落在泰国、菲律宾和马来西亚。

如今,黄智扬一路探寻的宋井宝藏还是个谜。或许根本就没有!经历了此次事件,黄智扬对寻找宋井宝藏有些泄了气。当务之急,他还是需要执行项目总经理的职责,抓紧宝地花园的建设。

3月10日,星期五,黄智扬在宝地花园销售中心召开项目全体人员参加的会议。

黄智扬虽稍显消瘦,但目光依然炯炯有神,缓缓说道:"大家好!我又回来上班了!"说完这句话,他自己面露微笑,扫了众人一眼。

在场的人本来都挺直了腰板,屏住呼吸地听着黄智扬说话,气氛比较凝重。但黄智扬此言一出,加上自嘲的表情,使得现场爆发热烈的掌声,气氛马上变得轻松热闹。

掌声过后,黄智扬继续说:"昨天,陆总在总部召开了针对宝地花园的高层会议,陆总决定,自今天开始,宝地花园的施工建设继续进行,并且要在保证质量的情况下全力加速,把过去一周落下的进度补回来,以迎接'五一'节前后的销售旺季!在接下来的时间里,销售部要继续做好客户接待介绍和蓄客工作。工程管理部、财务部和承志公司、监理公司一起,抓紧基础和主体工程施工进度及做好现场施工管理,提高施工效率,保证施工质量。在'五一'前完成别墅土建和外装,拿到预售许可证并销售,而高层住宅也要在6月初完成主体工程土建施工。"

接下来,高博裕讲了营销策划销售方面的计划和工作重点,其他部门和公司的主管依次讲话,看来大家都铆足了劲,一起做好项目的开发工作。

例会结束后,一个上午,黄智扬都待在工地视察。看到热火朝天的施工景象,黄智扬的心是放下了不少。

此后的一个多月里，各部门各单位人员都积极投入到工程的建设中。工程管理部按经审批的工程进度计划，对工程建设的实际进度状况进行跟踪、检查。监理公司郑光积极检查施工进度，对出现不符合进度计划要求或人力设备不足等情况都及时责令承志公司进行调整，对影响工程进度的问题如资金、设计图纸、材料供应、设备到位、分包协作等，也及时组织协调会议，解决存在问题，消除障碍，保证工程施工顺利进行。承志公司按合同规定申报工程量，办理进度确认手续。财务部和工程管理部支付工程进度款，通过控制工程付款促进施工单位执行进度计划，配合进度管理。所有的一切都有条不紊地进行着！

　　虽然宝地花园重新走上施工建设的正轨，但宝地花园原本就位于龙阳村和美澳乡的地界内，如果不进一步解除龙澳两村的芥蒂，那对宝地花园的开发和销售将是极其不利的！

　　虽说龙澳两村的约架虽然没打成，但两村之间的紧张气氛还在持续着！日后只要一有摩擦，相信随时可能再度发生械斗！显然陆国安已经意识到这一点，他必须做出一些努力来缓和两村的关系。

（二）

　　为了保证宝地花园项目的顺利开发销售，陆国安觉得有必要宴请龙澳两村宗族和党政事务的负责人吃顿饭，缓和下气氛。但他觉得自己出面组织酒席可能不太妥当，也没有这样的号召力，但有一个人却是最佳的人选。这人就是黄智扬在中山公园经常拜访的老人——陈文。

　　原来陈文是王茂德的老丈人，20世纪80年代担任过梅岭市委书记，是参加过解放战争的老革命同志！

　　陈文在韩阳市德高望重，虽已年过八旬，但影响力依旧在，韩阳各界人士时常去看望他，也是去请教他。此外，陈文还积极参与韩阳地区各姓氏的宗族活动和慈善事业，韩阳地区各姓氏的宗族活动都以能请他到场当成莫大的光荣。在韩阳各姓氏宗族发生矛盾时，他说话有时比市委书记还好使！龙澳约架那天，陈文很担心民众的安危，他坐着王茂德的车过去的，但由于道路被堵，便只好在车上等待消息。

3月10日晚上，陆国安带着陆雅柔，约上陆雅柔的干妈——陈文的女儿陈竹蕴来到陈文家中。陆国安见到陈文，一副毕恭毕敬的样子，几句寒暄之后说道："陈伯，今天来是有件事想请您帮我出出主意。"陈文闻言挺起腰板，健朗地说："国安，有什么事不妨直说。"

"是这样的，刚刚美澳和龙阳两村闹了场这么大的矛盾，虽说最后和平收场，但不免会心存芥蒂。最关键是我的宝地花园还在那开发着，如果两村的村民不想住在宝地花园同个小区里，而外来的市民也担心住在这是非之地，那对我项目的销售就一定会有很大的影响。而且，大家同在一个城市，两村人抬头不见低头见，还是要想办法缓和一下才行。您经历的事情多，威望又高，所以请您出出主意，想想办法。"陆国安语速不快，清楚地表达了他的担心和请求。

陈文静静地听着，望了陆国安一眼，笑着说道："我看你心里应该有些想法，你先说说看。"

"我的想法是，是不是可以请龙澳两村有影响的人一起吃个饭，消除彼此的隔阂；然后再让两村发布和解通告，也让外部的人逐步消除对龙澳地界的畏惧感。"

"你这想法很好啊！表面上，你为了你的宝地花园，实际上，你也做了件功德无量的大好事。"

"对啊，现在是什么年代，和平创造美好生活才是真理。不过我只是个商人，组织这场宴席只有您陈伯出面，大家才会来。"

"嗯。"陈文点点头，喝了杯茶。

陆国安一听陈文答应了，便喜形于色地说："那您就挑最好的酒楼，点最好的菜，请什么人、请多少人您决定，费用我负责！让大家高兴我就安心！"

"如果这次只请龙阳和美澳两村的代表，那场面不免稍显尴尬，加上参与约架的还有玉凤和陆湖两个村的人。所以，我的想法是干脆四村的代表都请，每个村请三个人，就坐一个大桌。"陈文顿了顿，"这样如果他们都到场的话，加上我就有十三个人，国安你也来？"

"哦不，我的辈分低，哪能跟你们这些老辈一桌？！"陆国安笑着摆摆手。

"嗯，那好，我看他们能来几个人，然后再叫上两个老头。"

当过大领导的陈文考虑问题也是很全面的。

"那就太好了！这件事，放眼全韩阳，就只有您陈伯能协调，感谢感谢！"陆国安很高兴。

"那是，外公老当益壮、老马识途、老谋深算……"旁边的陆雅柔拿出一堆形容词来赞美陈文。

陈文哈哈大笑，一来自己能发挥余热被人需要是件开心事，二来是被陆雅柔乱夸一通感到好笑："你这是夸我还是损我啊？！哈哈！……"

陈文觉得此事不能再拖，便当场分别打电话给龙阳、美澳、玉凤、陆湖四个村的会长，点名每村出三个代表，约他们后天，也就是周日中午一起到陈文家吃顿"和谐"饭。

四个村的会长自己一听是陈文发出的邀请，那是相当客气，满口应承。出乎陆国安意料的是，陈文没有选去外面哪家酒店餐厅，而是把聚餐的地点直接选在他家里一楼的大厅里！

（三）

聚餐当天，陈文聘请当地的名厨，带来一张可以容纳十八人的大圆桌，在家里"办桌"做菜。

电视里播放着潮剧经典唱段。毕竟陈文是老革命、老书记、老辈人，各村的负责人都给足他面子。而且大家都知道自己是为了乡民们能安居乐业而来的，加上此次龙澳事件也没有哪方真正吃亏、受损。

陈文请客，各村都没有空手而来，带来的都是自产的特产。美澳带来了大膏蟹，龙阳带来了出名的卤狮头鹅，玉凤自然带来了乌东山出产的顶级单枞茶，陆湖则特地为参与此次聚会烧制了写着"韩阳一家亲"的精美手绘瓷餐具。陈文把大厅作了重新的布置，中间放三张椅，两边各放六张椅，中间是张茶几。他自己先在入门处接待并安排就座。陈文把四村人分成两派，龙阳和玉凤六人坐在左边，美澳和陆湖六人一起坐在右边。虽说两派人来了都跟对方点头寒暄，但气氛明显不对。

不过这种局面陈文其实早就料到。见四村人都到齐，陈文便回坐到最中间的沙发上。他两边还有两个位子，分坐着两位老人，看起来都有八九十岁的高龄。四村代表本来觉得在韩阳地界上，出了名的又有这个岁数的人他们一定都认识，但这两位老人大家的确没什么印象。大家心里猜想，这两人能被陈文请到这里，想必来头非常！

陈文坐定后，扫了两边四村的代表一圈，四村的正副宗族会长和村支书都到了，陈文眯着眼，双手抱拳笑着说道："今天四村代表能光临寒舍，我十分感激，证明大家还能给我个面子。"

四村代表正想恭维陈文一番。不过陈文并不想啰唆，他把手放在沙发两边的扶手，挺直腰严肃地说道：

"在座的共同生活在韩阳市里，老的已经九十多岁了，小的也有五十多岁。其实大家恩恩怨怨都是缘分。我今天要说的是，大家在某个短时间里因为各村的利益会形成了'怨'，但在历史上，大家因为韩阳、因为国家其实更多的是'恩'。"

陈文侧向旁边说："今天我卖了个老脸，有幸请到了两位年纪比我还大的老兄长。左手边这位叫许共和，他父亲曾是黄冈丁未起义的领导人之一；右手边这位叫杨挺进，他父亲曾经在抗日战争时期任闽粤赣挺进支队长，参与了汛洲岛打击日伪军战役。他们两位，一个长期生活在新加坡，一个长期生活在香港，都是近期才回到韩阳的。"

众人一听，纷纷对两位老人抱拳表示敬意。

陈文继续说："不论是推翻封建专制的黄冈丁未起义，还是打击日本侵略的汛洲岛战役，在座的四乡都是有人出人，有力出力。其中美澳乡的洪门高成和龙阳村的黄毛还都是领导者之一。当年你们四乡团结一致，为了韩阳的美好未来，为了后代免受欺凌，都做出了彪炳史册的功勋。那是多么光彩的一页啊！

"所以，今天请各位一起到我家吃餐饭，踏进我家门，就是自己人，还希望各乡能从韩阳的长治久安大局出发，向先烈们学习，为后代的福祉和光彩多做贡献。"

四村代表听到这里，心里不免感到愧疚，也十分感激陈文今天的这个安排，纷纷表态赞同陈文的讲话。

黄正德作为龙阳村的代表之一，他讲道："陈伯是打过解放战争的英雄，我和四乡的不少战友也一起参军打过对越反击战。我敬佩陈伯的大局观和长远目光，我们四乡应该求大同，存小异，多做些有利于团结的好事，把摩擦和争斗的影响降到最低，一起走上和谐的正道上来。"

"好！正德讲得很好！来来来，大家一起就座吃饭。"陈文招呼大家入座，继续说道，"刚才我让厨师和服务员把大家带来的东西都用上了——美澳的大膏蟹蒸了，龙阳的卤狮头鹅分成了两大盘，玉凤的好茶冲倒上了，连陆湖的瓷碗瓷盘都用上了。可以说，今天这顿饭是一餐'大锅饭'，是大家都有份出力的一餐饭，你吃我的，我用你的。俗话说，吃人家的嘴软，拿人家的手短。你们以后相互谦让点，回去教育管住各自的乡里人，多做点让彼此开心的好事来。大家说好不好？"

"好好好！"

众人一听，气氛和谐了很多。

（四）

美澳乡的高信远会长首选举起酒杯，向黄正德说："正德啊，这次能找到我们美澳乡的家屿岛宝藏，多亏你儿子黄智扬。而我也是听信了那些不上进的年轻人的话，才造成后面的事态。听说约架那天，还是你带头领回了龙阳村民。来，这杯酒我敬你，你和你儿子都是好样的！将来我们家屿岛公园落成了，还要请你过来剪彩啊！"

黄正德也举起酒杯，说道："高会长，之前的事情可能真的是误会，也不能怪一些年轻人一时冲动，只是今后我们两乡要保持沟通，有什么误会可以坐下来谈，实在谈不好可以请陈伯他们做个裁决。有利于两村人民福祉的事情我们多做，打打闹闹的事情今后我们一起避免。"

"正德就是明大理的人，我看我们可以多点走动，平时多点机会一起喝茶。"

黄正德举起酒杯，高兴地说道，"好好，这杯酒祝我们两村越来愈好。我先干了。"

……

随着龙澳两村大佬们的说和，现场气氛是慢慢地在升温，四村之间的隔阂逐渐打破，代表们相互敬酒敬茶。

见状，陆湖寨的陆谦会长站了起来，举起酒杯，说道："陆国安的开发项目宝地花园就在龙澳的地界上，今后还请你们两村多多帮忙、多多包涵，有什么事可以找我跟他沟通。今天来之前，他跟我说，如果我们四个村的村民想买宝地花园，他会给个额外的96折，一套100平方的房，至少就是近10万的优惠啊！"

"好，国安这份大礼可以有啊！"众人开心起来。

"是啊，回去跟村民们宣传下，一起买房，同住一个小区。这远亲不如近邻，大家要继续搞好关系。"

见状，陈文开始轻松说道："以后众乡有什么自己解决不了的事，只要我还在，就来找我喝个茶，大家两杯茶下肚，把话说开就没事了。"继而陈文脸色又一变，像6月的天气，一会艳阳高照，一会雷电暴雨。

他严肃地训斥道："今后这种拳头棍棒的事，是不许再发生了！拳头棍棒是用来对付强盗敌寇的，怎么可以拿来打自己人呢？！"

说完目光扫视了众人，众人有点被他的威严所震慑到。不过陈文脸色又变了，他招呼来服务员："今天我为你们准备了一些大柑橘和一些糖。等下每人拿一对大橘，希望你们都大吉大利；还有一包糖，回去分给大伙吃，愿你们开心愉快。"

"谢谢！"

和气升腾的宴会里，大家开始谈历史事件，谈古建筑，谈人物，谈各自在以前年代里的遭遇等。大家共同话题很多，宴会最后在一片欢声笑语中结束了……

随后不久，陆国安命宝地花园项目公司在销售中心设立"和谈室"，龙澳两村族老和村干部先后在此洽谈了五次，3月25日上午11点，三十多名美澳乡人来到龙阳村村口，四名美澳乡男青年抬着"睦邻友善"的牌匾走在队伍最前面。龙阳村则安排村干部、族老、乡贤在村口迎接，村民们也都走出家门，夹道欢迎。

龙阳村少年英歌队披红挂彩、敲锣打鼓，跳着布马舞领着众人往龙阳村委会而去。

赠匾仪式上结束后，龙阳村请美澳乡的来宾吃了顿丰盛的午餐，除了山珍海味，还有一道叫甜圆汤的甜品，寓意甜甜蜜蜜、团团圆圆。心甜蜜自然就不会起争执了！两村还约定农历三月二十三，妈祖生辰那日，龙澳两村在美澳乡的天后宫共祭妈祖。当天下午，两村都用广播、海报和微信公众号等形式，宣告龙澳两村正式和好，劝告两村村民正常友好往来，鼓励年轻人交朋友，鼓励男人们一起喝茶饮酒，女人们一起做粿谈天，大家一起发展经济，拥有美好未来。

那天之后，美澳的高炳副会长还亲自登门向黄智扬和黄正德道歉，相当地客气。

黄智扬虽然能理解美澳人的一些做法，但毕竟事情落在了自己身上，他也没办法做到热情积极地待他们。

两村和解，大家都开心，黄智扬也欣然接受这样的结局，至少，美澳的高博裕依然是他的好同事，而且还是高振业的姐姐高凌晓亲自送他回来。

龙澳两村的关系大概又回到事件前的状态，没有变差，可以说就已经很不容易了。

（五）

3月的韩阳，气温在10到25度之间，天气以多云阴天为主，人的心情跟天气差不过，不会太爽，街上穿什么衣服的人都有，从短袖T恤衫到薄毛衣。

眼见龙澳两村的关系取得好转，韩阳人的情绪似乎都敞亮了些。

3月26日，星期天晚上，陆斌邀请陆浩、陆雅柔、赵承志和小周一起到韩阳酒店吃饭。

陆斌早早就在包厢里等。小周先到了包厢。

陆斌站了起来，招呼小周坐到包厢里的沙发上喝茶，关切地问道："小周，你身体恢复怎样了？"

"基本好了，斌哥。"

"钱够用吗？你为了保护我妹受伤，我做大哥的有责任照应好你。"

"上次陆伯已经给了我一笔钱，都还剩很多。"

"嗯，如果需要休息，就不要勉强。你跟我说，我跟你领导讲。"

"好的，多谢斌哥！"

"不用客气。你把我家当成自家,你也是我的兄弟!"

这时,陆雅柔和赵承志一同走进了包厢,陆雅柔还挽着赵承志的手臂。

陆斌招呼赵承志:"来承志,坐我旁边。"

赵承志坐下后,陆雅柔也坐在赵承志身边。

陆雅柔问小周道:"你还好吗,上次被匪徒踢到后背,听我爸说都伤到骨头了?"

小周听陆雅柔关心他,十分喜悦,挺起胸膛大声说道:"早就没事了,我都出来工作一个多星期了。"

"那就好。你知道吗,你骑摩托挡在前面大声斥骂绑匪的时候,当时我就觉得你是个神,是我的大救星啊!"陆雅柔开始夸张地说,还手舞足蹈的。

"是啊,感谢你挺身而出,舍己救雅柔!"赵承志也表达了谢意。

小周挠挠头,不好意思地说:"你没事就好。当时换作你们哪个都会这么做的。"说完,小周深情地望了陆雅柔一眼。

这一眼,陆雅柔之前也感受到的,陆斌也看到了,赵承志也感受到了,小周对陆雅柔有种超乎兄长朋友的关爱。

此时,服务员打开了包厢门,是陆浩迈着长腿、戴着墨镜走了进来。赵承志没有抬头,默默地看着茶几上的茶杯。

陆浩摘下墨镜,对着陆雅柔说:"小柔,我都有一个星期没见到你了,是不是有了爱情就没有亲情了。"

"哪有!这周我回家吃了两次饭,也没见你回家。是不是跟我的陈大美女约会去了。"

这同胞兄妹凑到一起就一阵热闹。

"人来齐了,我让服务员上菜,大家上座吧。"陆斌招呼着。

见上好了菜,陆斌端起酒杯地说道:"今天这顿饭来的都是自家人。我做大哥的,感谢小周和赵承志英勇地救出小柔,我敬你们一杯。"说罢将一小杯红酒喝下。

陆浩也马上端起酒杯，大声说道："小周，还有你赵承志，你们都是我家的恩人，这杯我敬你们。"说罢也是一口一杯。

赵承志拿起酒杯："感谢你们没把我当成外人，我祝你们一切都好，这杯我也干了。"

小周略有为难地说："我不会喝酒，也不太会说话，总之大家好就好。"说完，拿起酒杯抿了一口。

酒桌上，大家有说有笑，相互敬酒。

期间，陆斌给陆浩舀了一碗汤，跟陆浩说："最近有目标了，有的话就好好把握。另外，昨天普宁中药材批发市场对外招标广告商，你可以去投标，那项目不错，我等下把他总经理的手机号发给你。"

"谢谢大哥！"陆浩一边点头，一边埋头喝汤，倒也不客气。

30岁的陆斌明白"兄弟睦，孝在中"的道理。

（六）

4月1日中午，黄正德接到黄智扬舅舅的电话，说是黄智扬外公的堂弟赵瑞祥从香港回来祭祖，想见见黄正德父子。

清明节在韩阳地区是除了春节以外第二重要的节日。许多在外工作的人，春节可以不回家乡，但清明节一般会想办法回乡扫墓。这在韩阳，是"孝道"文化的一部分，既是对前辈的怀念，也是对后辈的熏陶，算是传统礼仪的一部分。

赵瑞祥今年已经80岁了，自20世纪80年代开始，每年只要有空，他几乎在清明节都回乡祭祖。

黄正德父子来到韩阳华侨宾馆赵瑞祥订的套间里。一进去，套间客厅里坐满了人，原来他是带着儿孙一家五口人回来的！

一番寒暄介绍之后，赵瑞祥把其他人都叫到隔壁房间去，客厅里只剩下他们三个人。黄正德拿出两罐茶，说："这是目前韩阳比较流行的'大乌叶'和'鸭屎香'单枞茶，都是清香型。"

"哦，你能来看我就好了，难得你还记得我喜欢喝清香型的茶。"

"这两种茶是智扬他舅做的，也不是很贵的茶。"

"哦，那既然你带来了，就试试'鸭屎香'吧。"

黄智扬拆出一罐，放了半盖碗的茶。

赵瑞祥看了一眼，笑眯眯地说道："'七茶八水'，茶叶一般要放到盖碗的七分才好喝。而且，这种'鸭屎香'条形粗长，要放八九分才行。"

黄智扬长这么大第一次听到这么专业的说法，赶紧照做。水开了，黄智扬第一遍洗茶后，第二遍按赵瑞祥的建议，放了八分水泡了一下就冲出来。

赵瑞祥端起直径只有五厘米的白色小茶杯，端到眼前看了一下，然后闻了一下，放到嘴边吸了一口茶，吞下后，再喝第二口，剩下有点小茶渣的茶水便倒了。

黄正德父子望着赵瑞祥，对他喝茶专注的样子感到好奇。

"好茶！这茶香气浓厚，有山韵花香，喝完喉底回甘。难得的是，这清香茶入口不苦不涩，水还甜滑。"

"那您是怎么品茶的？"黄智扬饶有兴致地问道。

"我一般就是看、闻、品。我看这杯茶表面的茶油可以知道这棵茶树大概有10年；茶吞下后有茶韵上蹿到鼻腔，这里见得这是正宗凤凰山脉特有的常年经受水库蒸汽和东南海风湿气影响所形成的山韵；表面的茶雾气来看，这应该是山面海拔在七八百米，属于中高端的茶。"

"哇，老叔您真是内行啊！我长这么大，第一次听到这么专业的品茶评语！"黄智扬赞叹道。

"哈哈，你忘了，我们玉凤坑可是世代种茶做茶的！正德啊，你净送我好茶。"赵瑞祥虽然岁数大了点，可是身体还很硬朗，一看就是经历是大风大浪的人，说起话来沉着睿智。

黄正德又递了根烟给赵瑞祥，微笑着说道："这是应该的！难得您回来一趟，当初我在龙阳村盖的房子要不是您支持，借钱给我，我都不敢想。"

"智扬，你看你爸，整天就记得谁对他好过，他就不记得他对谁好过。要不是你爸在20世纪90年代初帮我把祖屋给要回来，我现在回韩阳都没有了根。"

"那老叔您在玉凤还有茶园吗？"黄智扬问。

"以前是有的，20世纪60年代农业学大寨时，村里把茶树全砍了烧柴，然后学大寨种粮食。你想，没有因地制宜地发展经济怎么行呢？当时那日子是越来越苦，后来遇到三年自然灾害，实在是活不下去了，才在1962年5月底偷渡去香港。那年我25岁。那山上的茶园早就不是我的了。"

"那您到香港靠什么工作和生活的？"黄智扬饶有兴趣。

"当时正值香港经济开始起飞，到那边只要有工作能力的人就能给发香港的身份证。所以，只要人不懒惰，加上老乡的支持，很快就能在香港立足了。"赵瑞祥喝了杯茶，继续说，"我呢开始在一家制糖厂打工，后面自己出来和我老婆在路边酿糖，慢慢地就做大了。"

"也不是每个人都能像您这样做个成功的华侨，衣锦还乡吧？"

"那当然，当时我们同乡那批人，几十个人偷渡过去，如今还活着的，已经没几个了。这几十年过去，现在韩阳的生活都赶上香港了，有幸看到家乡的人民生活和平繁荣的年代，我也是满足而羡慕。"

（七）

"阿叔，您好像有个大哥也是去'过番'的？"黄正德问。韩阳人把出国谋生叫作"过番"，把漂洋过海、出国谋生的人称为"番客"。

赵瑞祥听黄正德问起他大哥的情况，不禁眼神呆滞了一会，一幕幕的历史画面仿佛浮现在眼前。他开始断断续续地说道："我哥大我12岁。

1940年，日本人打到玉凤坑。那年我三岁，我和奶奶、父母、姐姐等躲了起来。我哥那年就应该也才15岁，他和很多韩阳青壮年同乡一路逃离，据说走了十多天的路先到了香港。可能感觉日本人也会占领香港，便又去了暹罗，也就是今天的泰国。对了，李嘉诚也是那时去的香港。"

赵瑞祥显然有很多话要讲，他可能觉得眼前的黄正德父子是可以交心的人，便继续说道："大哥走后几年都没有音信。直到1943年，他从泰国寄来侨批，也就是带有外汇的信，据说是我们韩阳老乡在广西东兴市绕过日本的封锁，经广东北部的韶关过揭阳转来的。此后将近20年，我们家都能收到他的侨批。在五六十年代，家乡食物缺乏，开始还能收到他寄来的食物。到后面，却收不到番客寄食物了，家乡饿死了很多人，我也就只好偷渡香港了。"说到这里的时候，赵瑞祥眼睛里一阵湿润，哽噎了一下。

"您到香港后，也有往家里寄钱寄东西吗？"黄智扬问。

"那是当然的，我们过番的人，只要找到了工作，养活了自己，就或多或少地会给故乡的亲人寄侨批。你知道，家里老小很多还要靠这点钱生存啊！"

"那您后来见过大老叔吗？"黄智扬对身边人物发生的历史故事总是很关注。

"见过，我在70年代去泰国见过他，80年代我们还相约清明回国祭祖。"

"阿叔，来喝茶！"黄正德见赵瑞祥想起一些往事气氛比较凝重，连忙冲了泡茶，又问道，"阿叔回趟韩阳不容易，有时间多住些天，到处走走看看，有什么需要帮忙的尽管盼咐。"

"是啊，我回来除了祭祖，就是到一些老地方走走看看，很多人已经不在了，但可能地方还在。还有就是吃吃韩阳的风味小吃，很多东西在香港吃不到正宗的。"

"那您想吃什么，我们带您去。"

"这个不用麻烦你们，我在酒店包辆车，司机会带我们去的。我早上还去我们村的王爷庙拜了神。顺便见见我的老朋友赵旭阳,他在那里卖香火很多年了。"

"王爷庙卖香火的赵大爷我也认识。"黄智扬说。

"嗯,他和我同年,年轻时和我一起跟过一个老茶师学种茶、做茶的,还一起喜欢上一个村里的姑娘。因为他祖辈是乡里的地主富豪,我离开韩阳后,听说他在那个年代遭受了一些打击。80年代便自己在王爷庙卖起了香火,勉强维持生计。见到他,就让我想起那位美丽的姑娘。其实我出走了这一圈,还是怀念韩阳的山山水水,将来落叶了还未必能归根。他倒好,整天听着潮剧,喝着茶,日子过得比我还清闲。据说,他是为了陪伴那位姑娘而留下来的。"赵瑞祥感慨万分,想起了早上和赵大爷在一起跷着二郎腿,摸着白胡须,畅谈往事新人的场景。

赵瑞祥接过黄智扬递来的一杯茶,喝了一口,话题一转问道:"听赵旭阳说,上个月你们龙阳和美澳两乡差点打起来了,美澳乡家屿岛还发现了宝藏,而且还是你智扬找到的。我请你们父子过来,就是想听听是怎么从玉凤坑的王爷庙找到线索,而最后找到家屿岛的。"

"哦,好的!"黄智扬觉得赵瑞祥话里有话,这么对家屿岛宝藏感兴趣,似乎不是简单的茶余饭后的闲聊。于是便把寻宝的过程和两村引发的矛盾比较细致地说了个清楚。

赵瑞祥盯着黄智扬,两眼隐隐闪烁着光芒,瘦弱的躯干挺得笔直,听完后缓缓问道:"智扬啊,你说宋井的诗句指向王爷庙的对联,你找到的是后面的画壁,但有个地方你应该没有发现!"

"什么?!还有地方没有被发现?"黄智扬瞬时睁大了眼睛,竖起了耳朵,饱含诧异地问道:"难道王爷庙还有别的龙凤图?"

赵瑞祥会心一笑,点了下头,风轻云淡地说道:"嗯,你有空去王爷庙的阁楼看看!"

"王爷庙的阁楼?!"黄智扬低声而郑重地问道。

"是的。"赵瑞祥也压低声音,一字一句地说道,"1939年日本人从美澳登陆入侵韩阳。第二年就侵略到我们玉凤坑。日本人的残暴我们早就听说了，那时我才三岁，村子里的部分女人和小孩为了逃命，就躲到了王爷庙的阁楼上。我们人上去以后，就把梯子抽走。日本人把从村里抢到的东西集中在王爷庙。那时候的人们为了防止食物不被老鼠咬，都用竹篮做的吊篮放挂在厅中间。那日本人吃完了食物，还在吊篮里拉了屎，挂了起来。"

赵瑞祥充满气愤，不过很快就平静地接着说："我们躲在王爷庙阁楼上，大概有一个白天，天黑了，日本人走了，我们才下来。这事真的印象深刻。你们猜我在上面看到什么？"

黄正德和黄智扬望着赵瑞祥，不敢发出任何声响，生怕打扰到这位老者的记忆。停顿两秒，赵瑞祥继续说道："原来阁楼的墙壁上画着一幅龙凤图，龙头还对着一颗珠子！不过当时太混乱了，记不太清，后来又去了香港，就把这事给忘了。"

"啊！'堂前龙凤翔，玉眼见真章'原来另有所指！"黄智扬吃惊地感叹道，思绪已经飞到了王爷庙的阁楼上。

"应该是的。要不是你们龙澳两乡的这场争斗，我也把这事给忘了。智扬，你可以去王爷庙找赵旭阳，让他带你上阁楼看看。"

"好的，多谢老叔指点！"

赵瑞祥今天的这番话，重新燃起了黄智扬探索宋井宝藏的激情，遥远的历史再次在向黄智扬招手。

（八）

4月7日，黄正德和他同个连队的老战友们一起坐高铁转包车到广西的烈士陵园，去缅怀那些曾经并肩作战的弟兄们。一路上，大家都心情复杂，既回忆起自己在部队的青春岁月，感慨为国征战这样的事都被自己碰上，又庆幸自己能安全地回国，还暗自想念那些长眠在烈士陵园的战友们,为他们惋惜也为他们感到光荣。

同行的战友除了上次战友会上的老兵们,自然还有陆国安。他虽然在韩阳地界上呼风唤雨,但他在战友们面前却没怎么开口说话,感觉有种高压笼罩着他,让他有点喘不过气来。

一路上下着小雨。大家来到烈士陵园的墓碑前面,列队站成一排,整理好自己的衣领,脱下帽子,放下雨伞。

黄正德作为老连长大声地喊道:

"敬礼!"

大家齐刷刷地向烈士们敬礼,全场肃穆。

接着大家分开祭拜战友。大家拿出统一购买的香、纸钱、水果、香烟和酒,来到战友们的墓碑前,看着墓碑上一个个战友的名字,仿佛每一个墓碑上都浮现出他们年轻时的音容笑貌。

天上下起了绵绵细雨,清风吹拂过松树林,已经分不清是雨水还是泪水。有的人干脆坐在了湿漉漉的地方,跟长眠的弟兄诉说当年的情谊。也许当年他们相互帮助过,也许当年他们放假还一起去某个大山里看望过家乡的父老,也许当年他们还为兄嫂传递过信件和家乡的特产,当年正是那些在战场上勇敢冲杀而倒下的战友为今天还活着的战友杀出了一条血路!

忽然,一直没说话的陆国安放声大哭,猛地双膝跪地,手握拳头捶打着大地,大声喊道:"弟兄们,我有罪啊,我当时要是带着你们一起冲过去的话,就算跟你们一起长眠在此,我也不会活得像现在这么愧疚啊!……"

平日里精神奕奕地陆国安,没有了往日的神采,脸上多了两行热泪。战友们望了他一眼,没有说话。同样眼圈泛红的黄正德见陆国安止不住哭泣,便走了过去,站在侧边弯腰对他说出在内心积压多年的话:"国安啊,其实我在想,这些弟兄们也不会怪你的,在当时火力和侦察不足的情况下,上级依旧要求我们强行突击,这样的指挥可能也有不当之处。你当时的建议或许是对的。事情也都过去这么久了,也没有谁对谁错了。"

陆国安抬起头，颇为不解地望着黄正德。

黄正德接着说："我们这些人活了下来，可能是上天的一种恩赐，也是希望你我能在有生之年为国家、为社会做出更多、更有意义的事。"

说完，黄正德朝陆国安点了下头，双手过去把着陆国安的手臂拉他站了起来。一阵清风飘过，将几十年来压在两个人身上的心结吹散了！陆国安擦拭了眼角的泪花，表情感激而坚定，面对青山、面对长眠的战友，更清楚了余生的责任。

黄正德撑起雨伞，拿出了一张一角已破损的黑白合影照。照片上，几十位年轻的军人分成四排，背后是山坡，右上角有几个字——战前友谊，共同前进。日期显示摄于1979年年初。

大家围了过去。黄正德说："大家都应该记得，我们当年拍这张照片的时候，相互立下一个约定，就是如果谁'光荣'了，其他活着的战友一定要去看望他的父母。可是战后不久我们这些参战人员就都分散开了，那时候没有手机，也没有微信，无法打听到烈士的家庭住址。以至于这个承诺，整整38年了都还没有实施。我们对不起牺牲的战友，对不起战友的家人……现在我们都生活安稳，是时候兑现我们的承诺了！"

在黄正德的号召下，在随后的半个月里，战友们分几路，相继到广西、湖南、广东、福建、江西、江苏探望了连队所有烈士的家人。黄正德自己跟几位战友最远来到江苏北部一位烈士的家中，老兵们先向烈士遗像三鞠躬，再向烈士敬酒、上香。然后，全体人员列队，向烈士86岁的母亲敬礼，给老人佩戴吉祥丝巾和大红花，献上锦旗，送上慰问金和礼品。依依惜别时，黄正德等人请老人好好保重身体，他们以后每年都会再来看望她。

几个月后，黄智扬也到广西旅游，还专门为此写了自己的第一首叙事诗——《看望》，这是后话。

（九）

自从赵瑞祥透露了玉凤坑王爷庙阁楼上藏着龙凤图的消息，黄智扬这段时间一直在准备亲自去探究一番。

只是中间清明节，加上宝地花园项目赶着"五一"的销售节点，黄智扬只有星期六才抽出时间。

他先带黄晓筱到玉凤坑舅舅家，午饭后十二点半，他一个人带着准备好的头盔、手电筒，并向工地的工人借来一身耐磨、不怕虫咬的硬料外套，才来到王爷庙。

此时的王爷庙里只剩两个香客。香炉里依旧香烟袅袅，庙上树梢传来几声鸟鸣，显得十分清静。

一旁传来潮剧的唱段，循声望去，正是留着山羊胡须的赵旭阳大爷靠在竹椅上，眯着眼睛半睡半醒地听着潮剧。他身旁的炭炉里正咕噜咕噜地烧着开水。

这赵大爷没有辉煌的人生，生活过得比许多人都简单清闲。

黄智扬自知今天来的使命不凡，不好耽误时间，便走过去，坐在赵大爷前面的竹凳子上，轻声叫道："赵大爷，我买点香火。"

赵大爷听"买香火"这个词，便很习惯地睁开了眼睛，直起身姿，看了一眼："是智扬你啊，怎么今天有空？"他嘴角露出一丝笑意，朝四周张望了一下，"上次那小姑娘没和你一起来吗？"

"是啊，今天我来拜王爷，顺便也来跟赵大爷您喝两杯茶。"

黄智扬尴尬地扬了下手，笑着露出了牙齿，然后从口袋里拿出一条用红色塑料袋装的香烟，递给赵大爷说道："这条烟您留着抽。"

"哦，这么好的事！"赵大爷瞄了黄智扬一眼，也没有推脱，眯着眼说，"你这后生仔不简单啊，硬是从这里的对联找到美澳乡的家屿岛，还差点让两村打起架来。"

"哈哈……真是惭愧啊！……对了，赵大爷，您认识我外老叔赵瑞祥吧？"

"当然认识啊！他算是我的同门师弟，嘻嘻，他还算是我的情敌呢！"

"对啊，清明节前我刚跟他聊了很久，有件事，就是他让我来找您帮忙的！"

"说吧，什么事，不用客气，我跟你外公那是亲人加朋友，跟那赵瑞祥是师兄弟加情敌，你就是自己人！"

"那个赵大爷您可知道……"黄智扬欲言又止，朝四周张望了一下，压低声音继续说，"您可知道这王爷庙还有个阁楼？"

"阁楼？！"赵大爷颇为诧异地看着黄智扬。

黄智扬点了下头。

两人不约而同地抬头看着三尊王爷神像的顶部。这里的王爷庙跟几乎其他所有的庙宇不同的地方就是，神像的上方不是直接到顶部中梁，而是中间还有一个密闭的阁楼！只是由于阁楼下面的装饰和阁楼前面的布幡挡着，一般人很难去注意这个细节！

"嗯，这里我上去过。"赵大爷凑近黄智扬，"70年代，有个红卫兵过来破四旧，爬上去过，当时他们是天不怕地不怕，谁知他托开底部的正方形木板，用手电筒往上一照，看见一条大蛇正张大嘴巴对着他，吓得那人从上面滑了下来，重重地摔倒地上，而且嘴里还直哆嗦着说：'有蛇！大蛇！'从此以后就再没人敢上去。直到1997年王爷庙修整时，我才上去打扫过灰尘。"

"那您看见蛇了吗？"

"那其实不是蛇，只是画在墙上的一条龙罢了，而且旁边还有一条凤。工人维修时，我们用布把墙面遮盖了起来，现在应该还能见到。"

"那太好了，能让我上去看看吗？"

"当然可以！不过你要小心点。"

赵大爷同意给黄智扬探索王爷庙的最高权限。此时王爷庙里没有其他人。赵大爷带黄智扬到后院搬来一架竹梯，来到侧面的一条伙巷里，在伙巷中间的左侧打开一扇了半米宽的木门。里面没有窗户，哪怕是中午时分里面也是黑暗的。赵大爷先进去打开灯，黄智扬才跟着进去。

黄智扬才发现，这个空间的宽度只有一米左右，两边是用厚重的石块一直砌到屋顶的。

赵大爷指着南边的一面墙说："这其实就是王爷神像背后墙。"

如果不是赵大爷带进来，没有人想到神像后面还有这个窄窄的密闭空间。

"我外老叔一家当年应该就是在这里躲避日本人的吧？"

"是的，当时这里面和阁楼上隐藏了五十多人。那日本人哪可能发现！"赵大爷指着上方一个正方形的木板说，"你把梯子架在这里，爬上去后，用手往上托开那块正方形的木板，就可以上去阁楼了。"

黄智扬把梯子放好后，重新绕到庙前面，给王爷神像上了香，磕了头，大概是保佑他平安之类的话，然后才回到这个密闭空间里。

他穿上准备好的施工服，戴上摩托头盔，揣好手电筒，还戴上手套，然后才小心翼翼地顺着竹梯一步一步往上迈。

陈旧的竹梯发出咿咿呀呀的声音。到了上部，每走一步晃动幅度就逐渐大了起来……

（十）

到了接近顶部的位置，黄智扬用手往上托开通往阁楼的正方形木板，露出一个只能容下一个人上去的口。正方形木板缓缓地被打开了，如同潘多拉的盒子被打开似的。

黄智扬做事很少去冒险的，但为了揭开历史的谜团，保护宋井宝藏，他觉得冒点风险是值得的。他先拿出手电筒，打开强光往阁楼里照。这手电筒，其实也是防卫的工具，万一真遇到什么东西，也好抵挡一下。光线所至，那些沉淀已久的灰尘在空气中扬起，还有些蜘蛛网缠绕着，让人不禁觉得呼吸困难。好在戴着头盔，他深呼吸了一口气，脚再向上迈了一步，头探进了这个正方形的口。

只见前方依稀有自然光线透进来。阁楼的前方是用木条围蔽的，竖向木条之间显露出几丝缝隙，木条以外就是挂着的布幡了。

作为坐北向南的王爷庙而言，前方就是南面，也是神像面对的方向。

黄智扬鼓起了劲，不畏惧任何东西，他先用手电筒撩开周围的蜘蛛网，然后将手电筒放置在阁楼板上，脚再向上迈了一步，慢慢地双手一撑，双脚跨上了阁楼。这阁楼的地板竟然是石条搭建的，难怪可以保存这么多年！

阁楼上是坡屋顶，大概还有两米高，黄智扬站在中间，头顶都有足够的空间。因为王爷庙里常年香火不断，阁楼上弥漫着一股淡淡的檀香味，使得一般小动物和蛀虫不会躲到上面。

黄智扬拿着手电筒，上下左右照了一通，还好没有其他东西。接着他转身对着身后的石墙照去。这面墙宽度约5米，露出阁楼的高度约有两米。一块红布幡几乎完整地遮盖住了整面墙。

黄智扬解开了红布幡左边的系绳，慢慢地将布幡往右拉开。

他的心跳得厉害，他必须有勇气去面对这揭开历史迷雾的一刻。

果然！随着布幡退开，依稀能看到被香火熏得发黄的墙上面有绿色、黑色的粗线条，当布幡退了一半多的时候，能看到左侧的半个墙上画着一条张牙舞爪的龙。再将布幡全部退去，只见墙的右侧画着一只盘旋飞翔着的凤。

黄智扬向前迈了一步，细细地打量着眼前这幅壁画。只见，龙的嘴巴边上画了个红色的圆圈，远看仿佛是个球。而更令黄智扬惊喜的是，在龙凤图正中间的上方用宋体端正地写有两行诗——"堂前龙凤翔，玉眼见真章。水涨淹不着，水涸淹三尺。"

那不正是宋井石刻上的那首诗吗？黄智扬内心一阵狂喜，无法用言语来表达此刻那种刺激的心情。

他走到龙凤图的中央，蹲着仔细端详起龙眼、龙嘴、球和凤眼来。

马上又有了新的发现——那个圆形红球的里面明显刻了个"井"字！

黄智扬看着这圆形球上的"井"字，慢慢地便出了神——如果这个图是南宋皇帝的藏宝图，那这个"井"字应该指的就是宋井了！

"堂前龙凤翔，玉眼见真章。"黄智扬默念着这句诗。龙凤翔！指的就是眼前这幅有龙有凤的壁画吗？那"玉眼见真章"呢？"玉眼"是不是就是玉做的眼睛呢？想着，黄智扬用戴着手套的手擦拭下龙的眼睛，除了灰尘以外，没有其他；再擦拭下凤的眼睛，发现凤的眼睛不大，但有些滑。果不其然，凤的眼睛是用一块绿色的玉石直接镶嵌在上面的。他摘下手套，想把玉石抠出来，但无论怎么弄，玉石还是紧紧地镶嵌在墙里。

那么这宋井和玉眼是什么关系呢？难道玉眼才是真正藏宝的地方？才是"见真章"的地方？如果是这样，那这玉眼所指的地方又在哪里呢？黄智扬再仔细观察了一番龙凤图，却再没有发现新的线索。于是用手机拍了几张照片，把布幡重新系好。下楼时顺便把正方形木板重新给盖好。

黄智扬爬下阁楼，脱下手套和头盔，跟赵大爷说："赵大爷，让您久等了。上面的图很重要，不过我还没完全参透。只是，您就不要再让其他人知道了。我这边如果有什么发现，会跟您讲的。"

他点了点头，叮嘱道："嗯，你自己可要小心啊！"

"我会的！"说完，黄智扬把竹梯搬了回去。

赵大爷重新锁好了这间密室。关门的一刹那，仿佛一段久远的历史再次被尘封了。

两人回到庙里，再喝了两杯茶，黄智扬便起身告辞。临走时，他站在神像前双手合十再拜了一下，抬头仰望了一下神像头上的阁楼。

此时，庙里进来了几个香客。黄智扬望了一眼香客，便转身走了出去。

下午，他载着女儿回龙阳老家。一路上，他眼前浮现的都是那幅龙凤图，一直思考着"玉眼见真章"的含义。

这"玉眼"都出现了，哪里才有"真章"呢？这"真章"应该就是真正藏宝的地方了吧？

来到龙阳老家，黄智扬说明了中午的经历，然后把照片发给了自己最信任的人——自己的父亲。

"爸，这墙上的画很可能真的关乎龙阳宋井宝藏的所在，这次您一定要先保密。否则，在我们找到之前被其他人先下手了，可就不好了。"

"嗯，这个我有分寸。"

黄智扬用手机把龙凤图放大，把图中圆球的"井"字和凤眼放大给黄正德看，问道："爸，您看这'宋井'和凤眼，能看出'真章'的位置吗？"

黄正德把手机尽量拿远了看，盯了一会，凭着老军人和老公安的直觉，说道："我们先看看这'宋井'和凤眼的关系，按照上北下南的方位来看，这凤眼应该在'宋井'的右侧偏上，就东北方位。"

"东北方位？宋井的东北方有'真章'？"黄智扬迫不及待地追问着。

"'真章'？这就对了！在宋井的正东偏北方约150米处，以前有个古码头，叫'樟林港码头'，现在大家都叫樟林古港！"

"对啊！这'樟林'也包含'章'字。"

"嗯，应该是的。这樟林古港在宋朝就是粤东闽西的盐业中心，古代很多韩阳人都是从那里坐着红头船漂洋过海出去的，是我国海上丝绸之路三个起点之一。只是由于几百年来江水带来的泥沙的堆积，现在这个位置已经变成内陆了。"

"那我现在就去看看。"

"现在那里就剩下一块写着'樟林古港'的石碑，其他什么的都没有。更应该注意的是，那里现在是美澳乡的地界，离你们宝地花园的工地也很近。所以你要去看的话要小心，最好掩人耳目。"

"我明白！……之前半仙叔也说过，这宋井宝藏可能跟树木有关，而这'樟'字本身就有个'木'！难道千年的宋井宝藏就藏在樟林古港里？"

黄智扬越想越激动，即便那里是美澳乡的地界，他也要想办法接近并解开历史的谜团。

"这样吧，如果你要去看，可以先从宋井这边过去，看后就直接去你们宝地花园工地，走一个三角形，这样才不会引起美澳人的注意。我现在和你一起到宋井边我们村的铁屋喝茶去。"

商量好，黄正德带着黄晓筱，坐着黄智扬的车向宋井方向开进。

但实际上，他们的行动已经被人盯上了！……

第21章
开盘饭局

（一）

"宋先生，黄智扬一家现在开车往宋井去，他今天中午还去了玉凤坑王爷庙，好像有所发现！"

黄印财在韩阳地面也算无孔不入，连黄智扬去玉凤坑他都能第一时间掌握。此时他正开着一辆本田车，跟在黄智扬的后面。

"那你跟上去，看他去哪里，做什么！放心，你的好处我们会安排的。"宋先生诡谲地说。

宋锦天站在窗口眺望着宋井海滨，又翻了翻他那本陈旧的笔记本，充满了对未知的期待。

黄智扬来到宋井，他再次观察了一回宋井。雕刻龙凤图案的井壁，神秘的螺旋石梯，那个看似用作打水的门洞，还有那清澈的井水，这一切都在向世人昭示其不凡的出身和隐藏的秘密。

随后，他向东边走六七十米，跟前是一座小山丘。小山丘上乱石嶙峋，山丘北面延伸上去是宝地花园的开发用地，南面部分则一直延伸入海。以山丘为界，西面属于龙阳村地界，东面则是美澳乡地界。

黄智扬作为龙阳村的人，站在这里没有人会觉得奇怪。他向东面偏北方向望去，那里矗立着一块写着"樟林古港"的石碑。这块石碑最近几年才树立的，所以才用了"古港"这个词。相距近150米内的樟林古港和宋井分别处在两个向里凹的海湾里，平时风浪都不会太大。

黄印财几乎是和黄智扬同时到达的。他躲在宋井后面的一片红树林里监视着黄智扬的一举一动。

此刻是下午3点钟，渔民都回家午休，海边只有几个孩童在嬉戏。黄智扬放眼看去，4月的韩阳海边太阳高照，波光粼粼，泛着一片金黄的光。

此时正好赶上海水涨潮，海水沿着海滩一路涨到樟林古港石碑前十多米用石头砌筑的岸边。海岸比沙滩高出两米多，在这岸边上的小高地上也有一棵榕树。

又是一棵榕树？！黄智扬决定过去探究一番，哪怕可能被美澳乡的人看见，只要自己没有其他行为，美澳乡的人也不敢怎样。

这棵榕树同附近的其他榕树一样，都是几十年前美澳乡政府种植的，确实给海滨增添了一抹舒心的翠绿，给来往的渔民遮阳休憩。

黄智扬绕榕树慢慢走了一圈，心想这棵榕树看起来并不壮硕，它能屹立在此，想必不简单。于是索性坐在榕树根旁，一来遮阳，二来好近距离观察。

他发现，这棵榕树的根部突出地面，透过树根的空隙，隐约可见树根里还包裹着一块石头。石头突出沙地面约10厘米高，定睛一看，虽然石头顶上看起来比较圆滑，但石头侧边却露出比较清晰的竖向棱线，想必这块石头是人造的，也是块石碑？！

这里离刻着"樟林古港"的石碑也就10米左右，难道这块石碑是更古老的樟林港石碑？

黄智扬伸手下去触摸树根里的这块石头，张开手掌一测，发现这块石头大约厚15厘米，宽度被树根包裹，隐约看起来有一米多宽。他用力摇了一下，石块纹丝不动，也许石块埋在沙土里比较深吧！

此时，他的脑海里浮现出玉凤坑王爷庙龙凤图上圆形红球和凤眼的图案，可以肯定，那"玉眼"所指的地方应该就在这边了。只是周围除了那块"樟林古港"的石碑，就剩下隐藏在榕树根的这块石头了，是不是还有什么东西藏在沙土下，就不得而知了。

这里古代是码头，应该被许多南来北往的人踩踏过。

看来要彻底揭开历史的谜底，需要挖开这块石头了！但那样工程不小，动静太大，搞不好，又会引起两村更大规模的械斗。最好的方法是让政府来挖掘。

不过那样纵然有什么宝藏，龙阳村也可能没有什么好处了！

越想，黄智扬的心情越是矛盾！他站了起来，远望着茫茫大海，心如同这连绵的海浪一样，波涛起伏。

为什么这么执念于找到宝藏呢？历史的东西或许就应当归还于历史吧。黄智扬深吸了一口气，如果宝藏还在，而且已经在这里几百年也没人发现，那又何必急于一时去挖掘呢？

他拍拍双手，抖去沙土，哼着一首韩阳当地的小曲往宝地花园工地走去。

黄智扬走后，黄印财也来到榕树边，转了几圈，愣是没有发现什么特别之处。踌躇了一会后，黄印财拿出手机也拍了几张照片和小视频，发给了宋先生。

宋锦天一看照片，便十分激动，按捺不住心中的喜悦。他得知黄智扬从王爷庙回来，就赶往了樟林古港，一定不简单，再往深一想，这不就是"玉眼见真章"吗？！

一定要找个机会先下手挖掘，把这樟林古港周围20米的地方来个掘地三米！只是这样做的工程量一定不小，且龙澳海滨不久刚刚发生了约架风波，龙阳宋井这边又加强巡逻，一定需要找个好时机才行。什么是好时机？在韩阳，最好的时机就是刮强台风的夜晚，风大雨大，那时应该没人会去古港！

"你要多注意黄智扬，注意樟林古港附近有什么动态，有什么情况就马上告诉我，我们要比他们快！"宋先生给黄印财发了条信息。

"明白！"

（二）

这段时间，赵承志的工人们日夜劳作，奋力完成陆达给的销售节点工程任务。

宝地花园位于美澳乡地界的别墅群已经封顶，外立面也已经做好，现在在做别墅园区的绿化和管道铺设。而中高层的住宅建筑也在有条不紊地进行，一层又一层，钢筋水泥和砖头在工人们的手中飞舞着。

宝地花园定于4月28日公开发售。黄智扬要求黄小明在五一前尽快办理别墅的《商品房预售许可证》，准备打响宝地花园销售第一战，为陆国安回笼资金，赚取利润。当然，宝地花园的开发进度、销售速度、销售总额也都直接关系到黄智扬的绩效和收入。

之前，陆达财务中心已经在相关部门提前开设好预售款监控账户，签订预售款监控协议书以及完成物业管理公司招标。

陆智安要求黄小明落实别墅工程形象进度，如果工程形象进度未达到或相差不大的情况，要设法与建设局沟通，并且根据相关法规要求，争取变通的办法过关。小明已经是有经验的人，在该快的时候，他总能想办法推进。

陆浩也按黄智扬和高博裕的要求，装修了三套别墅的样板房，做好了从销售中心到样板房的看楼通道包装。

陆达人自信，宝地花园的别墅设计在韩阳算最先进的，优雅别致，户户面朝海景，美不胜收，一旦公开亮相，必然能惊艳到韩阳市民。一切都在有条不紊地进行着……

4月10号，宝地花园别墅区开始诚意登记。所谓诚意登记，就是准买家到预售楼盘看房了解后，交诚意金给开发商，登记意向购买的房屋，在开发商取得《商品房预售许可证》后，准买家可以集中选房，选中的把诚意金转为定金，并可获得额外的折扣，选不中的则退回诚意金。诚意登记的做法有利于开发商定价和控制销售节奏，对诚意买家也有额外折扣的好处。

在诚意登记前，销售代表已经进行了多日的实践和培训，陆达已经信心满满了，他们不仅对自己楼盘有信心，对销售代表们更有信心。作为销售代表的陆雅柔和陈君纯也即将踏入崭新的销售旅程，盼望着能各显本事实现心中的目标。陆雅柔想能多跟客户接触，促使客户购房，实现自我的价值，也帮到父亲。陈君纯想斩获个人的一桶金，让自己过得更加光鲜，同时也能回馈家人。

就在这个月，一场住房的销售竞赛在韩阳市激烈地展开，韩阳东西南北中，五个楼盘将同时开售。当然，竞争最直接的，就是从产品到区位到客户都极其相近的宝地花园和启阳之星！

4月15日中午，高博裕接到一个电话，是韩阳市民营企业协会的齐发副会长，说和朋友一起过来宝地花园看房。齐发是某建材企业的老板，在韩阳政商两届都很吃得开。高博裕认为这是个非常重要的客户。

别墅的营销往往都是依靠圈层来策划执行的，因为一个重要客户过来买，往往带来与他同样有实力的亲戚、朋友过来买。很显然这位齐老板就是宝地花园别墅的最重要客户之一，把他接待好了，说不定就可以进行一次别墅的团购。

这个关键的人物，高博裕需要找一位有经验、不会掉链子的销售代表来负责接待。第一时间，他先想到的人就是陈君纯！在高博裕的心中，除了认可陈君纯的能力外，或多或少对她有一份隐藏起来的情愫。

"你好高总。"

"等会有个比较重要的客户要过来看别墅,我想你来接待一下。"

"好啊,大概什么时候呢?"

"这个他也没说,总之你等等。"

"好的,谢谢高总!"

陈君纯猜到高博裕介绍的客户,必定是个比较有购房意愿的大客户,她接着问道:"是什么样的客户呢?我好做下准备。"

"是韩阳市民营企业协会的齐发副会长。"

"齐副会长?这个齐副会长是那个城西建材市场的老板吗?"陈君纯确认道。

"是的,你也认识他?"

"哦,没有,我只是听说过。"

"这齐副会长说会和朋友一起来,他的关系圈都是有钱人,你要好好接待,说不定他买别墅,他朋友也会一起买,明白吗?"

"明白!我会做好准备的。"

"嗯,就看你的了。"

陈君纯知道这是高博裕对她的信任、给予她的关照,应该好好珍惜,一旦抓住机会,拿下这个老板,那她的提成就丰厚了。

"谢谢你,高总!"

这是两个磁场相吸的,却注定不可能走到一起的人。说完,陈君纯和高博裕两人都感到一阵愉悦,一个是愉悦有人给自己好机会,一个是愉悦给喜欢的人以好机会。

(三)

令高博裕感到意外的是,齐老板竟然带了五位韩阳的企业家一同前来。这五位企业家都实力不凡。而且旁边还带了一位风水先生！业内人都知道，能请风水先生一同来看房的买家绝对不是来随便逛逛的，一旦看好，很可能当场就能下定，因为请风水先生也是需要费用的。

高博裕首先出门迎接，几句寒暄之后，将这群人迎进销售中心。

"你们好，欢迎光临！我是宝地花园的销售主管陈君纯，请问你们是第一次过来吗？"陈君纯刚才一直跟在高博裕旁边，此时笑靥如花地看着大家。

齐老板站在人群最前，看起来50岁左右，挺着个大肚子，穿了件黄色T恤，有些秃头，但很精神，他细细地打量了陈君纯一番，笑眯眯地说道："是第一次来。"

"那由我先带你们参观，并给你们作一个全面介绍。请这边走。"顿了顿，陈君纯带领齐老板等人走到宝地花园整体区位模型前，边指着模型边介绍道，"我先介绍一下宝地花园的大概方位以及社区规划。"

陈君纯始终保持着客气的笑意，她在心里深深地吸了口气，给自己加了把劲后，一字一句说道：

"我们宝地花园坐落于龙澳海边，可以看到绝佳的自然海景景观，绿地率近40%。建筑采用欧陆建筑风格，在规划中以环境生态为先导，充分利用了坡地的地形地势，形成了由南到北层层退台、逐渐增高的三级阶梯式平面布局。建筑与海景、水景、山景和园景层层结合，楼距宽敞，采光通风。项目包含多高层住宅、别墅和商业等多种产品。而最先发售的是位于项目东边的一线海景别墅。所有别墅都是前能看海，后能见山景和园景，每个房间，甚至厨房都能看到景观的！"

"听起来不错，那你们的物业管理怎么样？"齐发问。毕竟人都关心自己的人身财产安全，更何况是买别墅的有钱人。

陈君纯笑了笑，自信地回答道："我们宝地花园与国内一线城市生活方式充分接轨，引进现代城市社区管理理念，聘请深圳一流的物业管理公司，有统一的保安巡逻、卫生清洁、车辆管理、绿化养护和完善的家政服务等，小区设置十多项先进的高配安防系统，而且别墅区与多高层住宅区分区管理，外人进入别墅区需要经过两道门岗，绝对保障住户的安全。"

目前卖的是别墅，来的又是有实力的买家，自然要把别墅的优势和安全放大。陈君纯一口气介绍完毕，然后看向各位老板。

齐发又问道："这里的小区配套怎样？毕竟离市区比较远。"

"我们宝地花园有社区商业广场，已经引进了万联超市进驻，这里有两个社区会所，分别配有室内和室外游泳池，还会有下沉式网球场、高尔夫练习场、儿童乐园，遍布小区的五个健身器材区，还有幼儿园和充足的公共停车位。"

闻言，齐发点了下头："嗯，这听起来不错。"

"我们宝地花园最大的配套，其实是眼前的这片龙澳海滩，住在这里，住户随时都可以去海边玩的！"

"是啊！"齐发有些欣喜地转身对旁边的几位老板说道，"我就说这里不错吧！"

几位纷纷点头表示赞同。

"现在我们一起去参观宝地花园别墅的三套样板房吧，也看看小区里的环境。"

"嗯，好的。"

陈君纯领着几位老板，从侧门出到后面的看楼通道，坐上了电瓶车，向别墅区驶去。一路上，清爽的海风夹杂着花园里新种好的各种名贵花草的香气，沁人心脾。

"哇，这风舒服！"客户们齐发感叹道，不时扫视几眼坐在他身边的陈君纯。

有人关注自己，陈君纯并不感到意外，因为美就是她的一项资本。

她不放过任何推荐宝地花园的机会，一路上，她介绍道："我们宝地花园命名为'花园'，我们老板明确要求加强整个小区的园林景观建设，我们拥有超过3万平方米的超大型中心园林景观，花坛、台阶、雕塑、植被、喷泉、流水、欧式廊亭等丰富的欧式园林元素点缀园中,还购买种植了价值几千万的名贵树种。同时,小区还利用一条天然的小河,沿河修建了休闲景观走廊。让每一位住户的朋友到访都会啧啧称赞!"

"哇!陈小姐这么会说话,搞得好像今天我不买这里的房就是个傻瓜!哈哈!"齐发开心大笑,其实,是他被眼前的环境所深深打动。

而陈君纯自己编适的一句"让每一位住户的朋友到访都会啧啧称赞",让坐在后面的其他几位老板也开始心动。

等电瓶车停下后,陈君纯率先说道:"现在我们先从这栋开始看。这是D户型的样板房,该户型是面积为220平方米双拼别墅,有两层半,三楼送露台,负一楼还赠送地下室,主要望的是山景、园景,主人房可以望到一边的海景……"

大家看一圈后,其中一个老板觉得不错,问道:"这套房单价多少?总价多少?"

"我们别墅区均价两万,毛坯交楼,具体每套别墅的价格要等月底开盘才定出来。如果按单价两万算,220平米总价就是440万。"

"嗯,这套还行。"那位老板说。

陈君纯知道,他这么说代表两层含义,一是说这套房的户型、位置、景观不错,二是主要指这套房的总价他能承受得起。

于是陈君纯趁热打铁,看着这位老板,说道:"您如果对这套房有意向,可以今天下诚意金,每套房5万,将来公开发售时您过来选房,如果选中购买,这5万诚意金可以抵10万购房定金;如果到时您选不中,可以在开盘一周后退回给您。您看,等下就去下个诚意金吧,反正能退。"

"可以!"那位老板爽快地答应了。

为首的齐发没有说话,显然觉得这套别墅的面积小了。

他出来后问陈君纯:"你们这里最大的户型是多少?"

"我们这里最大的户型是A户型,总面积450平米,是独栋别墅,坐拥一线海景,带私家泳池,按均价两万五算,总价大概就是1000多万。"

"好，那我们去看看。"齐发显然对那套更有兴趣。

闻言，陈君纯双眼放光了，要是这齐老板真的有意这大户型的，那她的提成可就多了！陈君纯脸上的笑容更深了，"好的，大家请跟我往海边的方向走三分钟就是。"

宝地花园的海边建设了大面积的独栋别墅，景观最好的地方，建最大的户型，这是开发商一贯的做法。

看了A户型别墅，齐发感到非常满意，其他几位老板也称赞A户型确实好——

"这套房的房间够多，适合你老人小孩多啊！"

"这客厅也够大，海景也漂亮。"

"这边草地到时可以请人建个亭子，到时别忘了请大家来这里喝茶看海。"

几个朋友的意见，显然更加促使齐老板的购买欲望。

"可以，等下让我请来的大师看一下哪套适合我，只要有好的，我可以马上下定！"齐老板说得很坚定。

"好的，没问题，等下请大师慢慢看，我请保安拿钥匙带你们看。最好每人看好两套。因为今天我们只是下诚意金，到时月底开盘就可以过来选了。"

"我们如果几个人一起买的话，你们公司应该集体给个折扣啊！"

"对啊！肯定应该有折扣。"

几个老板要折扣，陈君纯说："下诚意金的话到时会有个额外的折扣的，至于大家一起购买的话，我要向高总申请，他才有权限。"

陈君纯说话的时候，齐发一直目不转睛地盯着她看，心想趁买别墅的机会得到她！

齐发故作镇定地说道："我看大家都喜欢这里，这个陈小姐也陪我们看了这么久，也不容易，我替你们决定了，大家就都下个诚意金，反正选不上还可以退，对吧？"

"就是啊！"陈君纯答道。

齐发看看天色已晚，说道："陈小姐也辛苦了，现在也到下班时间了吧，要不跟我们一起去吃个饭吧，工作了一天也放松一下。"

陈君纯心里大概明白齐老板的用意。不过只要她不想去，就总会有推托之词的："那我们先回销售中心下诚意金吧。"陈君纯并没有马上拒绝齐老板的邀请，她需要先把今天能完成的任务完成好。

等他们六个人都下好诚意金后，陈君纯递上名片说道："我很钦佩大家的眼光，我们宝地花园的别墅是目前韩阳市最好的别墅，各位有兴趣可以再去别墅区逛逛，或者先去吃饭，这是我的名片，有什么问题可以随时联系我，希望大家都能在我们宝地花园买到称心如意的好房。"

"那陈小姐一起去吃饭吧？"齐发不忘再次邀请。

"哦，我们今天等下还要开会，公司规定还不能下班的，多谢您的好意！下次有机会好吗？"

"嗯，那好吧。"齐发心里不太高兴，脸上还是挂着笑容。

走出销售中心，一位老板对齐老板说："老齐啊，你眼光不错啊，这陈小姐绝对是人间极品！"

齐发看了他一眼，笑着说："那还用说。走，今晚开心去！"他似乎对得到陈君纯胸有成竹。

目送老板们远去，陈君纯心里盘算着，这六个老板，如果其中有两个人买，那提成就是好几万了！

（四）

赵承志和黄小明不辱使命。

赵承志的建筑安装公司把工人分成三班，日夜轮番赶工，终于在4月20日前完成了宝地花园别墅区的所有工程建设；而黄小明也在4月25日为宝地花园别墅区办理拿到了《商品房预售许可证》。于是，宝地花园别墅区于4月28日——抢先在五一前三天开盘发售。

两天前，销售代表已经通知之前下了诚意金的准买家于4月28日当天过来选购，先到先得。而没有下诚意金的客户要4月30日才可以选房。

开盘当天，陆达集团全体高层出席，韩阳当地的著名潮语歌手到场献唱助兴。新闻媒体，政商界精英，还有龙阳美澳的村民代表也都到场出席。

宝地花园开展各种优惠促销活动，当天定购的客户首先享受额外98折优惠，可减免一年的物业费以及到销售中心现场抽取幸运大奖。

交了诚意金的准买家在开盘当天选中房的，销售代表会领着客户走一系列的程序，先签订《认购书》，然后到财务部把之前的诚意金转为定金，换定金收据，并告知半个月内买家要备齐首期房款过来签订《商品房买卖合同》，需要办理按揭的买家要在这期间内准备齐按揭资料，并于签订合同当天办理银行按揭手续。

张雅君所在的银行顺利承接了宝地花园的所有住房抵押贷款业务——这是陆国安和杨乐丹允诺的作为她挖来黄智扬的回报。

可以说，宝地花园里的每个职员都以200%的热情来招待客人，务必使每个准买家都能下定购房。

下午4点钟，销售中心里客户相对少了，齐发和几个朋友大摇大摆地走进了销售中心内。

"齐老板，终于等到你们的到来，昨天晚上说好的一早来选房的嘛！你们之前看中意的几套别墅有的已经被其他客户抢先下定了。"陈君纯赶紧迎上去，语气让齐老板们感到楼盘比较热销。

事实上是，在他们来的时候，宝地花园别墅已经被其他人选定了四十多套，而他们之前看中的有几套的确实已经被下定了。

齐老板笑眯眯地看着陈君纯，缓缓地说道："为了让你多卖几套别墅，你看我把他们都拉过来，有的下午才从北京赶回来的，所以就迟了点。"

"那太感谢您了!我就知道几位老板都是诚心购房的,所以我中午特地向高总申请,为几位老板留了几套位置、风水、格局都不错的别墅,上回也是风水大师看过可以的!"

"是啊,那就好!那你跟我们说说都是哪几套。"

"好的。"

陈君纯带他们先在模型前指了下位置,然后坐上电瓶车,到实地看房。经过陈君纯一番推荐努力后,每人都选到自己喜欢的一套别墅。时间不知不觉间已经到了傍晚6点。

陈君纯熟练地说道:"各位老板,既然大家都看好自己心中喜欢的房子,那咱们就去签认购书,把上回的诚意金转为定金吧。这几套别墅上午其他同事也有买家要买的,我已经为大家保留了半天了,根据公司的规定,不能保留过夜的。"

齐发一直盯着陈君纯,说:"你放心,房子我们都会买的,不然我们也不会两次兴师动众地来看房。不过现在都6点多了,大家跟你走上爬下的也都累了,我们应该先找个地方喝个酒吃个饭。你们做销售也不是机器人,走,跟我们一起吃晚饭。"

齐发挺了个大肚子继续说:"如果大家高兴,可以一起下定认购,那相当于一下销售了6套别墅,按每套别墅单价两万,面积从220平方到450平米,按均价600万算,六套就是3600万,你的提成应该很可观吧?"

陈君纯内心一算,这3600万的提成就有18万!为了这18万,齐老板这吃饭的要求是无论如何都要答应的。可是即便是答应吃饭,看这齐老板的意思是还要让大家"高兴"才下定,那就是还不一定呢!陈君纯做二手房产几年,也明白,客户说什么都可能改变,唯有签了约收了定金才是根本!

没等陈君纯说话,齐老板继续说:"我们这么多人跟你买房,不要忘了还要向公司申请额外的优惠。"

"对啊,最好能打个九折。"另外一个人笑呵呵地附和道。

"这……"这事超出了陈君纯的权限,"那我先跟高总请示一下,各位请稍坐一下,喝杯水。"

陈君纯走到旁边,打电话把情况一一向高博裕反映了。高博裕大概能判断出这齐发的深层用意。高博裕对陈君纯内心的那份情愫依然存在,出于对陈君纯的保护,高博裕交代了陈君纯几句。

陈君纯回来对齐老板说:"齐先生,我刚跟高总请示了。根据公司规定,我们员工是不能跟客户单独出去见面的,而且最高折扣也掌握在高总手里,所以要么现在大家可以到VIP办公室,我请高总跟各位面谈;或者就请高总和我们一起去吃饭,好让他到时给各位一个满意的折扣。相信您应该不会有意见吧?"

陈君纯面带笑容,但语气坚定。既然陈君纯把话说到这份上,齐发只好顺水推舟答应说:"没问题,我和高总也是好朋友,就是你不说,我也会请他一起吃饭的。你想得真周到。"

"您过奖了!另外高总要求我吃饭时带上认购书,也麻烦各位先把身份证给我们复印下,也需要填写些资料,到时只要各位在认购书上签名,诚意金就自动转为定金的一部分了。当然,如果大家不签名,那诚意金也还是可以退还的。"陈君纯对客户说话永远没有逼迫性,她从来都是自己把工作做好,把最终的决定权交给客户自己。所以,客户们也一直觉得跟这样的销售人员打交道很舒心。

"好好,君纯想得真周到。那我们现在就去韩阳酒店吧。一边吃饭,一边聊。"齐发笑着看着陈君纯,只是这笑意极有深意。

有高博裕参加这饭局,这让陈君纯心里头有点踏实,至少她不会是孤立无援。

（五）

五星级酒店包厢中，齐发拉着陈君纯，硬要陈君纯坐在他身边，命她挨个敬酒。陈君纯为了赚钱，也是拼了。是的，家里的房子现在还要装修，至少还需要三十多万。这6套别墅的提成，绝对可以解决她的燃眉之急！陈君纯虽然不胜酒力，但即便喝伤了胃和肝，为了赚钱，她也在所不惜。

酒过三巡，高博裕客气地问道："齐老板，今天别墅看得还满意吗？"

"满意、满意！"说着，齐发那深邃的眼神落在陈君纯身上。见状，高博裕心里明白了，齐发这个好色之徒，在圈里已经出了名的，现在这么看来，这齐老板是盯上陈君纯了。

高博裕心中如明镜，笑着说道："我们楼盘现在搞优惠活动，要是齐老板和各位老板看中的话，那得赶紧下手，我们宝地可是非常抢手的。我收到最新数据，到现在截止，今天开盘推出的货量已经剩不到25套了。因为小陈跟我说六位老板很有意向购买，我特地吩咐她们把这6套留到晚上8点。"

"这就要看高总能不能给个最大的优惠了，要我说，大家团购，应该来个九折优惠。"其中一位老板说道。

高博裕笑着说道："我作为陆达集团营销中心总监和宝地花园项目副总经理，我的权力最多只可以在98折的基础上再给98折了。"

其他几位老板闻言后，相视了一眼。陈君纯在一旁附和道："对呀，各位老板，这可是我们宝地花园最高优惠了。我还没有一个客户能拿到这样的折扣，而且开盘定价本来就不高。"

高博裕紧接着说："是的，鉴于目前的销售行情，我们计划后天房价全部调高5%，这可是绝密消息啊。"

"那各位老板，我们就在《认购书》上签字吧？"陈君纯说。

这时齐发讲话了："我们几个今晚坐到这里，就是来签约的。不过我卖了个脸把几位老板拉过来，还有两个要求希望你们要答应，一是把折扣降到95折，二是等下小陈要敬我们每人一杯酒，晚点我们去唱K，我们一直想听听小陈优美的歌声，那一定令人陶醉，大家说是不是啊！"

高博裕顾不得齐发后面的无理要求，他要先把大单签下来，说道："我非常感谢大家的支持，这样吧，我现在就打个电话向陆总请示。"

说罢，高博裕当场拿起手机拨通了陆国安的电话，把事情跟他说了，然后说道："陆总，这样吧，我把手机开免提，让几位老板也都能听见。"

陆国安首先表示对老板们支持的感谢，最后讲道今天白天最多给了某位亲戚和某位领导打的折扣最多也就额外96折，再低的话公司董事也不答应了。对于想买别墅的买家来说，买什么价格不是最重要的，最重要的是拿到的价格比别人都低！见是陆国安亲口说的折扣，几位老板都纷纷点头表示认可。

陈君纯趁自己意识还比较清楚，拿出认购书绕着饭桌一圈，让六个老板一一签完名。

齐老板一路看着陈君纯穿着职业穿显得凹凸有致的身材，眼睛从脸到身上到腿部上下打量了十多分钟。

最后，陈君纯把签好字的认购书都给了高博裕。高博裕拿起一杯酒："恭喜各位成为宝地花园别墅区的业主，我敬各位一杯，大家随意。"说罢，一杯就干了。

齐发说："小陈啊，这房子是你卖的，提成是你拿的，怎么着你也该敬我们每人一杯酒吧？"

"是应该的！这第一杯感谢齐老板您的支持！购房业务上的事我会继续跟进的，以后大家还有其他朋友要买房还请介绍给我。"陈君纯干了一杯酒。

一连六杯下肚，陈君纯感到一阵的恶心、头晕，然后其他人说什么话就听不太清楚了。陈君纯喝醉了，但她自己并不知道。

"走,让服务员买单,我们去王朝夜总会继续唱歌喝酒去。"齐发命手下去买单,然后对陈君纯说,"小陈,走吧,我们还想听你唱几首歌呢!"

"哦……唱歌,唱歌……好的。"陈君纯已经醉了,但内心是高兴到极点,只记得老板们签了约,唱歌的要求还是要满足的。

高博裕知道不对头,连忙挡在齐发和陈君纯的跟前说:"我看小陈今天忙了一天人很疲倦,酒也喝多了,都快睡着了,这样吧,改天我让她再给各位唱歌吧。"

齐发笑眯眯地说:"高总你这么说就不对了,人家小陈刚才都答应,等下不让她喝酒就是了。再说几千万的大单,让我们听她唱首歌也不过分吧?"

见陈君纯没反对,高博裕只好说:"好吧,那我开车载小陈。"

"欸,你都喝酒了,不能开车的。我有司机,就让她坐我的车就好。你也叫个代驾,现在也不早了,你也陪了我们这么久,我都不好意思了。今天就有劳你到这里了,你先回去,这些认购书你还要带回去吧?"齐发有意支开高博裕,走过去架着陈君纯就想往外走!

没办法,高博裕确实喝了酒不能开车,眼看着齐发就要把陈君纯架上车,内心十分焦虑。他跟在后面,情急之下,想到了一个人——陆浩,陆公子!

他马上掏出手机,给陆浩打电话:"喂高总,听说今天宝地花园的别墅销售火爆啊?"接通电话后,陆浩那边嬉皮笑脸地说道。

高博裕挨近手机话筒小声说:"陆浩,出事了,陈君纯出事了!"

"什么!你说清楚点!"陆浩收敛起笑容,迫不及待地问道。

"我今晚和她陪几个老板一起在酒店吃饭,六个老板后来都签约购买了别墅,但那个带头的老板齐发把陈君纯灌醉了,现在还要把人带走,说要去王朝夜总会听她唱歌。"

"那你赶紧截住他们啊!"

"我喝了不少酒,不能开车。"

"那怎么办,我马上过来,但要知道他们的行车路线才行啊!"

"嗯,我会把我的微信跟你共享位置,那是我的工作手机,然后想办法塞给陈君纯,你按照位置,带些人来,截住他们。"

"好!"

(六)

打完电话,高博裕给陆浩发了个位置共享,然后跟上去说道:"小陈,你的手机忘带了。"他把工作手机塞进陈君纯的左边裤袋里。

其实陈君纯手里还拿着一个小的手提包,但高博裕觉得手提包容易丢下,就不好跟踪了。

此时的陈君纯意识模糊,又觉得签了约,很开心,脸泛桃红,走路都没法走直线。

齐发干脆过去,一手搂在了陈君纯的纤腰上,另一只手扶着陈君纯的手臂,看着陈君纯不用化妆便闪耀着迷人的魅力,心中的欲火是更加的强烈。

陈君纯本能地扭了扭腰,她当然知道齐老板是在抽她的水。但她这样的动作,反而令齐发搂得更紧了。

很快,齐发的司机开着他的路虎到了饭店门口。齐发一手打开车门,一手便把陈君纯推上了车。等其他老板也分别上了车,齐发就命司机开车了。

高博裕拿出自己的手机把齐发的车牌号用短信发给了陆浩,自己赶紧到马路上打的士。只是当他搭上的士车时,齐老板的车已经开出了300米外!

陈君纯上了车根本就坐不直,开始只能靠在车窗边。齐发一手搂了下她的肩膀,把她抱在了怀里。陈君纯被齐老板用力地搂抱,瞬时意识清醒了一下。她立马挪了挪身子,用手挡开自己与齐发。

"君纯，你今天也累了，就好好休息一下！"

齐发直接坐过去，靠住陈君纯身体，一手搂着她的腰，另一只手就直接放在了陈君纯的大腿上。

"啊，齐老板！你别这样！"陈君纯软弱无力地拒绝着，那声音传到齐发耳朵里，反而变成了情欲的催化剂。

齐发认为，很多女人就是要在接受前故意拒绝一下，而这样的女人比那些直截了当的女人来说，实在更值得珍惜和拥有。他毫不理会陈君纯的反抗，看着陈君纯绯红的脸颊，大手是越发地放肆，笑盈盈地说道："小陈，你可是答应要陪我唱歌的啊。而且你今晚让我开心了，今后你想要什么都可以。"

陈君纯虽然是醉了，但她也知道齐发的用意，意识一时受到刺激而清醒了一下，摸到身旁的手提包，想掏出手机求救。

齐发一把拉过手提包，说："小陈，我们几个人买了几千万的别墅，不要扫了大家的兴啊！"

在齐发没有最终露出恶面目之前，陈君纯也没有办法直接撕破脸，或者大喊救命。她只能弯着腰，蜷缩着身体，用手上下保护着自己，默默承受这样的侮辱，或者叫潜规则，或者是在还一份人情债，等待时机逃脱……

高博裕原本让的士车紧跟在后面，无奈路口的红绿灯把的士车挡住，只能眼睁睁地齐发的路虎消失在转角处。

"师傅，能不能开快点啊，救人啊！"

高博裕心急如焚，就算他和陈君纯不可能有未来，但那份情愫和责任让他必须尽力保全陈君纯。

司机没有听他的，"救人？救人你应该叫警察。叫我闯红绿灯，你是想砸我的饭碗啊！"

"陆浩，我在黄岐山大道中跟丢了车，你到哪里了？"

"我快跟上了！"

就在通话中，一阵强悍的马达声传来，一辆红色的法拉利从高博裕的的士车右边呼啸而过！是陆浩！陆浩这小子看来是一路闯红灯过来的！

高博裕突然对陆浩充满了崇拜，那一抹远去的红色，带着火气和霸气，点亮了希望之火！

而这边，齐发正在做着他的香艳美梦。突然一个急刹车，把他和陈君纯都颠了一下。

"怎么回事！"

"老板，有人开车挡在我们前面了。"司机答道。

齐发倒也不慌不忙，他要看看到底是谁来拦车。

"哐哐哐——"

右侧后排的车窗被敲响了，只见一张英气逼人的脸颊出现在外面。

司机降下了前排副驾驶位的车窗，没有降下后排的窗，问道："你干吗啊，挡我的车？"

男子的黑眸贴着车窗看了陈君纯一眼后，便把犀利的目光落在了齐发身上："我叫陆浩，陈君纯是我的未婚妻，快点放她下车！"

"未婚妻！"

齐发一听心中一震，但仍然面不改色地说："小陈只是跟我们去唱唱歌，你管得也太宽了吧，再说，她是不是你的未婚妻谁能作证？"

"作证是吧？陆达集团的董事长陆国安你认识吗？"

"我知道，但不认识。"

"那高博裕你总认识吧！"

"嗯。"齐老板点点头。

陆浩马上打了个电话，让高博裕给齐老板作个证。

高博裕给齐老板打了电话，确认了这点，还说了句："齐老板，你今天带走的，是陆达集团陆总将要过门的儿媳，如果出了什么事，我们都不好交代啊！"

齐老板一听，这关系太硬了，心中的欲火也彻底没了，连忙打开车门放陈君纯下车。

（七）

陆浩绕到路虎左边，扶着陈君纯下来，接过齐老板递来的手提包，给齐老板射去一个充满杀气的眼神。

他见陈君纯已经走不动路了，便干脆来个公主抱，把她放在了车座上，绑好安全带后呼啸离开了。齐老板望着他们远去，发呆了好一会儿。

"那……老板，我们现在是去哪儿？"司机知道今晚老板的美事没做成，去哪里还不知道呢。

"去哪里，当然是去找开心啊！还是去王朝夜总会！"

此时，高博裕的的士车也跟到了，远远看着陈君纯被陆浩接走，心中是既高兴又有些醋意，心想还是回家吧！

陆浩把陈君纯送回家，见她安然睡去，陆浩感到一阵舒爽和痛快，似乎命运就是在撮合两人。

兄妹两人交谈了一阵后，陆浩便离开了。出来后，陆浩脑海里还浮现着齐老板搂着陈君纯的画面，他觉得还需要去做些事才能够泄气，于是打了个电话给"彪哥"。

五一节过后的7日晚上11点，陆浩骑着一辆电动摩托载着陈君纯来到义安江边的某个砂锅粥吃夜宵。

"陆公子，怎么今天没开你的法拉利呢？"

"在韩阳市区还是开摩托比较方便，是吧，老婆？"陆浩转头朝一旁的陈君纯问道。

为了救陈君纯，陆浩那天晚上连闯几个红灯，驾照被吊销了，相当长的时间内是没法开车了。

今天是星期天，忙了一天的陈君纯回去冲凉换了身衣服，这会散着长发，一袭露肩长裙，亭亭玉立，夜风吹来，散发出诱人的清香，引来路人频频回首。

她挨着陆浩说："你开什么都行。"

这男俊女貌，加上这股亲热劲，一时羡煞旁人！

（八）

五一期间，宝地花园别墅卖得出奇的好，推出的房源都被销售一空。在宝地花园买海边别墅，似乎成为韩阳大腕们一件很有面子的事。齐老板们来这里买房本身也是看中这里条件，其实跟是否有陈君纯这样的美女销售员关系不大。只是，齐老板后期的手续就变成由其他销售人员来跟进了。之后，齐发每次来销售中心，都变成客客气气，不敢造次。

宝地花园依靠别墅的销售建立起豪宅、高档的形象，具备韩阳最高圈层业主人脉，对接下来多高层住宅的销售是非常有帮助的。

而一江之隔的启阳之星为了跟宝地花园错开竞争，一开始并没推出别墅，而是先卖多层住宅和号称"叠墅"的跃式住宅。他们选择在4月30日开始诚意登记，在5月13日公开发售。

启阳之星的地块没有龙阳美澳这样的大村大乡在争斗，主要面向韩阳市下面各乡镇的高收入人群，其主打的"离开是非之地，自己的地盘自己做主"的广告语显然十分具有针对性。

启阳之星与宝地花园具备类似的地理景观条件，加上启阳的开发能力跟陆达不分伯仲，所以接下来的销售还战胜负难料……

4月卖别墅，6月卖住宅。这连续的三个月对于宝地花园项目公司是一个重要且忙碌的时间段，工作成山地堆着。黄智扬作为项目公司总经理，起早贪黑，每天只剩两点一线。他必须在7、8月酷暑到来之前完成位于龙阳村地块的多高层住宅的销售任务，完成他回韩阳的工作使命。

此时，宝地花园的多高层住宅已然显露在山海之间，海景、山景、园林景，户户有景，宽敞明亮。

陆浩针对住宅目标客户进行了有针对性的设计，突出生活情趣和景观视野的细节营造。他提出的装饰方案是，色调以淡雅自然为主，家居配饰不求奢华但求真实，这样才不失格调，雍容华贵而不落俗套，给客户一个温馨的家，真正享受大自然魅力，并能体会到成就感的味道。

而位于宝地花园销售中心外围的商铺也打上了租售广告，已经有24小时营业的便利店和一些家装公司和汤粉店、小吃店进驻了，瞬时间让宝地花园具有了一定商业和生活气息。

宝地花园住宅部分的建筑主体施工进度已经达到可以拿《商品房预售许可证》的要求。于是，陆达集团开会决定，5月28日开始对宝地花园住宅进行购买诚意登记，6月10日正式开盘认购。

因为5月30日是端午节，国家规定从28日开始连放三天假，陆达有意抢占这个小假期，再掀起一波销售高潮。

而每年端午节的龙舟赛也将在韩阳的江湖上搅起一番风波……

第22章
端午江湖

（一）

5月下旬，这是个由雨季向炎热过度的时节，随着气温的升高，高湿度下的人们身体不太舒适，但这样的环境却催熟了韩阳当地两种口味突出的水果——杨梅和荔枝。杨梅的酸甜和荔枝的蜜甜，吃了都很容易让本身湿热的人们堆积更多的热量。有经验的老人让小孩蘸盐或酱油吃，据说这样可以消耗热量。

5月23日中午11点半，一场急雨哗啦啦下了十多分钟就停了。

韩阳忠勇酒家大门走进了一家老小二十多个人。服务员应了上去：

"您好，欢迎光临！请问您有预定吗？"

"我姓高，昨天定的房。"

"您就是高先生，今天是您母亲的生日，请上二楼。"

服务员领着一行人扶着一位老太太慢慢走上台阶。

此时，正坐在一楼大门侧面的大酸枝沙发上喝茶的黄忠勇看到这一幕，不由心生诧异！

那不是高凌晓、高振业姐弟和他们的母亲一家人吗？他们可是从来都不来忠勇酒家吃饭的！

高振业比黄忠勇还大两岁，小时候两人在韩阳市区西湖公园里为了彼此一个不服的眼神还打过架，再后来，高振业成了美澳乡的龙头，而黄忠勇就去深圳谋生了。这么多年，虽然彼此都清楚各自的发展动态，但却未曾有过交集。

此次高振业来吃饭，这非常出乎黄忠勇的意料——高振业是要来惹事吗？不对啊？惹事绝不可能把他母亲带来！

黄忠勇也是见多识广，一下就明白，此次高振业的突然到来，带来的不是恶意，那一定就是善意！那就该好好安排招待了！何况龙澳事件，还是高凌晓带黄智扬回来的。

马上，黄忠勇呼叫二楼的主管，让她安排"寿"字号包厢。这"寿"字号包厢和"囍"字号包厢是忠勇酒家最高档的两个包厢。

一进门，正面是个镀金的四扇漆木屏风，左侧墙边放着一个红木玻璃门茶柜，里面大大小小地摆放着各种类型的高端茶叶供客人选择。右边一个木柜，上面放着一个播放机，还有几十张潮剧、小品和潮语歌曲的光盘。一位服务员播放起潮州弦丝乐。

两张红木桌子，一大一小，可以坐三十人。窗边还有一套黄花梨沙发茶几，两个落地瓷花瓶，花瓶上画的是松鹤延年图。包厢三面是落地玻璃窗，窗外是忠勇酒家内部的一个花园，有小桥流水、翠竹回廊，坐在包厢里，从哪个角度望去都心情舒畅。

"这个包厢有最低消费吗？"高凌晓问。

"刚才我们老板说，今天对您一家没有最低消费，也不会加收额外的服务费。"主管一直站在旁边指挥服务员招待好这一大家人。

高振业点点头："那这样，我也不点菜了，你就按每桌1380元，帮我安排菜品就好，还有，我妈最喜欢吃酸甜的铁板炒糕粿，这个必点，我听说，你们忠勇酒家的这道菜做得最正宗。"

"好的，那现在可以开始上菜了吗？"

"可以了。"

很快，菜品就陆续上来了，什么大花龙虾、海参、海鳗、燕窝、鱼翅、长寿面、寿桃都上了，特别是铁板炒糕粿，酸甜干湿掌握得恰到好处，高振业年近80岁的母亲吃得很开心。

高凌晓一数，上了10道菜，按这样菜式和分量算，到哪个饭店吃每桌都要1800元以上的，每上一道菜她都计算着，到后面就越来越怀疑服务员是不是听错了。高振业倒没说什么，开心地抽着他的烟，和亲朋好友相互敬酒。

就在大家都吃得很开心的时候，包厢的门打开了，是主管领着黄忠勇进来了。主管笑容满面地说："打扰大家一下，我们老板给各位敬酒来了。"

高振业转头看去，只见黄忠勇手拿一瓶没有商标的陶瓷酒瓶笑眯眯地走了进来，"今天贵客光临我们忠勇酒家，招待不周啊！"见状，高振业很自然地就站起来，嘴角露出一丝微笑，让一般人捉摸不透想要干什么。

（二）

高振业稍微挪开椅子，侧着身子，掏出一根烟就递过去，"哪里哪里，这不挺好的吗？"

黄忠勇接过烟，举起手中那瓶没商标的酒瓶，介绍道："这是我自己酿的黑糯米酒，度数低，味甜，营养丰富，是专门招待我的亲朋好友的，那个连啤酒都不喝的黄智扬来了也能喝上一杯。大家有兴趣可以尝尝。"

"那好，我们都尝尝，来，你也坐。"高振业给黄忠勇空出一个位，示意他坐下。服务员给每个人都倒上一小杯黑糯米酒。

黄忠勇首先举起杯，说道："这杯我祝老太太福如东海！寿比南山！

您随意就好。"说完一口就干了。

高振业的母亲双手捧起酒杯抿了一口，笑眯眯地说："甜！"

高振业帮黄忠勇倒满酒，也举起杯说："来，这杯酒，感谢你用心了，我们来一个！"说完和黄忠勇对了下眼神，碰了下杯，就都喝下了。

在韩阳，烟酒茶是联络感情最好的东西，让彼此都做同样的事情，抽对方的烟，喝一样的酒和茶，这就很能让原本陌生的两个人形成某种交集。

喝完酒，两人都坐下。

"今天这些菜口味怎样，要多提提意见啊。"

"很好了，你上了这么多的好菜，别做亏本生意啊。"高凌晓说道。

"欸，你们能光临我的酒家已经给了我很大的面子了，平时请都请不来，就算我请大家吃顿饭也没什么啊，何况今天还是令堂的生日。"

两杯酒喝完，黄忠勇侧在高振业耳朵边说："老兄，我有一事不明，还请指教。"

"你说。"

"上次是你们姐弟两人保护黄智扬，还把他带出来，这可不像是你的作风啊？"

黄忠勇问题一出，高振业却笑了，高凌晓也听到了。

"这事情我们家也没有对谁说过，既然今天你黄忠勇问起，你又是黄智扬的好友，那我来回答吧。事情还要从我爷爷说起。"高凌晓缓缓说道。

历史的画卷再一次被打开——

话说明朝末年，清兵屠杀韩阳古城后，为了抵抗残暴的清兵，韩阳民间秘密组织成立了天地会。清朝初年，美澳乡一些加入天地会的年轻人习练南少林五祖的拳法，个个意气风发。再后来美澳乡的天地会组织暗中保留了下来，同属于世界洪门体系，都是在为反清复明的伟大事业做斗争。清朝末年，孙中山也加入洪门。在韩阳的黄冈镇，孙中山领导了推翻清政府统治的丁未革命。而高振业家的祖辈也参与了这次活动，还是这次起义的三个主要领导人之一!

当时,孙中山领导的丁未革命开始便占领了黄冈镇,虽然最终还是失败了,但由他首创的青天白日旗还是第一次在中国大陆上空飘扬。天地会的小头目被叫作"龙头",高振业的父亲曾经就是"龙头"!

后来,一些天地会组织出现了黑社会性质。高振业的父亲依靠美澳靠海、有船等便利,走私摩托车和香烟,被当时就职于公安局的黄正德抓获。

而黄正德的母亲,也就是黄智扬的奶奶,曾经和高振业的奶奶一起挑着担,从韩阳水果市场批发水果去乡下卖,然后从又乡下收购水果到水果市场卖,算是好朋友。

当时,黄智扬的奶奶听说高振业的奶奶身体不好,卧病在家,让黄正德关照下。黄正德出于人道主义,毫不犹豫地自掏腰包请医生,还帮忙照顾高振业他奶奶,让他奶奶的病情得到好转。高振业的父亲出来后得知此事,虽然一时疑惑,但内心非常感激黄正德一家。

高振业的父亲是个恩仇必报的江湖中人,他后来好几次吩咐高振业姐弟——"黄正德一家是大好人,对我们有恩,他抓我,那是因为他是公安,是他的职责;但他帮你奶奶治病则完全是因为善心,此恩我们不能忘啊!"高振业姐弟谨记在心里,这才有了高凌晓放走黄智扬这出戏!

听完,黄忠勇解开了心里的谜团,看着高振业,说道:"高先生一家讲道义,令忠勇我敬佩。来我再敬大家一杯,祝大家万事如意,财源广进,小孩学业有成,老人身体健康!"

饭后,黄忠勇邀请高振业姐弟合照,说要挂在一楼大厅让韩阳人看看龙澳两村人民的友善。

(三)

5月底的阳光一有机会就穿透云层,年轻的女孩穿起青春飞扬的裙子,少年们骑着自行车在路上飞驰,高三的学子也到了冲刺的阶段!

5月28日,端午节假期第二天,这天也是宝地花园住宅项目诚意登记的日子。5月30号就是端午节,韩阳的端午节除了吃粽子外,还会吃带点甘苦味的珍珠花菜,还有用黄栀挤出的汁和糯米制成甘香的黄色"栀粽",或者用凉粉草做成黑色的"草粿"等食物。

端午节前几天,韩阳按例举办了龙舟赛的初赛和复赛。来自韩阳市区和下面乡镇的二十多支代表队参加角逐。这些队伍有的以乡村命名,有的以街道命名,还有的以当地的神庙命名,称某某"社"。

各代表队早在半个月前就召集当地的青壮年在义安江上练习。每天中午,队员们一般会在江岸边吃大锅饭,俗称"龙舟饭"。那是一种放了猪肉、香菇、蒜叶、虾米、青菜、豆腐乳等混合在一起的用直径一米左右的大炒锅在江岸升灶烧柴火而做成的焖炒饭。开锅的时候,饭香溢出江岸,行人纷纷闻香寻找,最后又不得不吞着口水看到龙舟队员们津津有味地吃饭,然后转身离去。

话说前五年的龙舟赛中,美澳乡有三次夺得第一名,而龙阳村则有两次获得第二。明显,美澳乡的实力在龙阳村之上!

今年,美澳和龙阳同样双双进入了决赛。

端午节当天一早,进入决赛的六支队伍从神庙里请出龙头,进行请龙头、洗龙头、安龙头、送标旗等仪式。下午3点,义安江两岸和桥上都站满了围观看热闹的民众,翘首观看这场决赛盛会。

按照惯例,哪个队伍率先夺得插在义安江心的冠军竹标旗,哪个队就是冠军。根据初赛复赛的结果,美澳乡是排名第一的,如果不出意外,冠军他们是志在必得的。而龙阳村的实力也不容小觑,今年进步明显,加上斗志昂扬,想在决赛上跟美澳角逐一番。

比赛一开始,各队一阵高频率的急划,岸上观众的呐喊声,江里龙舟的击鼓声,龙舟所到之处放的鞭炮声,给韩阳这座古城增添了浓浓的节日气氛。

第 22 章 端午江湖

龙舟赛让原本平淡的日子一下有了仪式感。虽然未必大家都能参与，但毕竟大家都有机会观看。

"你看，龙阳队今天出发很快啊。"

"那美澳队划得沉稳有力，逐渐跟龙阳队齐平了。"

"啊，美澳超过龙阳了，看来冠军还是他们啊。"

"难说，还有300米吧，你看那龙阳今天也是拼了，咬着牙要跟美澳拼一把。"

的确，虽然美澳实力更胜一等，但龙阳人似乎非常在意这场竞赛的结果，可能就是为了不久前的那场风波吧，不能真刀真枪得打架，那就在龙舟赛上角逐！所以，龙阳人每个人像吃了兴奋剂一样，整齐、桨吃水深、频率保持比较高。

美澳人也很久没有遇到这样的对手。所谓遇强更强，在整个过程中，只要龙阳跟上接近他们，美澳就整体发力，跟龙阳拉开几米的距离。其他四支队伍就好像来做陪衬，远远地跟着，来凑个数。

"美澳加油！""龙阳加油！"

岸上的观众分成三派，其中两派就是两村的支持者，还有一部分人只是来看个热闹的。

不过，就在最后100米的时候，只听美澳的鼓手突然喊道："友谊第一，比赛第二；美澳龙阳，共创佳绩！"

接着，所有美澳的队员也齐喊了这个口号，还一连喊了三遍。这样喊口号会打乱自己的呼吸节奏，美澳这样是会吃亏的！果然，美澳喊口号，节奏也慢了一些，直到龙阳追赶上，在旁边超越了自己，美澳才又再次发力。本来领先龙阳三米多的美澳，被反超出近一米！

首先是龙阳队员感到意外，完全没想到美澳在比赛最关键的一百米冲刺时会喊起口号，而且喊这样的口号，让本来想跟美澳一比高下的龙阳，瞬间不知道如何是好。

岸上的观众也一时停止了加油呐喊，不过，龙阳的鼓手没有改变既定的策略，依然引导大家向冠军冲刺。

美澳在喊了三次之后，也开始发力冲刺，挥动手中的船桨，奋力追上。终于在最后的五米处赶上了龙阳。两队的龙船头一前一后地推进着，谁划下去，谁的龙舟就会稍微领先10厘米。

戏剧性的一幕扣动了所有人的心弦，大家都屏住了呼吸，但有一点，观众对美澳刚才的口号所体现的高姿态感到十分钦佩和认同。

最后的结果是，龙阳队最终以领先约10厘米的微弱优势夺得冠军。一时，义安江两岸再次响起鞭炮声、叫好声和议论声。

"耶！我们龙阳赢啦！"

"美澳怎么最后会落后呢？"

"是啊，明明可以赢的，怎么就以那一丁点儿的距离输呢？"

"你没听到刚才美澳喊什么啊？这是美澳谦让了！换句话说，是故意让龙阳拿冠军的。"

……

不论如何，龙舟赛本身就是为端午节增彩的，谁输谁赢不要紧，精彩才重要。赛后举办颁奖典礼时，韩阳市长文平忠、市体育局局长、龙舟赛赞助商和陈文等人在主席台上都站起来，看着两支龙舟队走过跟前。

陈文对迎面走来的黄义明说道："恭喜你们今年夺得总标！"

"谢谢陈老！"作为领队的龙阳村黄义明笑了笑。

陈文凑近黄义明的耳旁，压低声音道："知道美澳为什么喊口号吗？这是善意的谦让啊！"说完，给了黄义明一个眼神。

黄义明恍然明白，向陈文说："那一定是陈老从中斡旋，陈老费心了！"

陈文满意地点点头。

说罢黄义明回头，左手为掌、右手为拳向不远处的美澳的领队做了个揖。美澳的领队也回敬了一个。原来这是陈文导演的一出"礼让冠军"的戏。

在美澳龙阳两村械斗之后，陈文可是煞费了苦心——想要让两村彻底消除矛盾，还需要双方相互释放善意和利益。而端午赛龙舟就是个在竞赛中传递善意的好时机！

因此，在决赛前，他找到了高氏宗亲会，提出了自己的设想。没想到高信远等人出乎意料地支持陈文的建议。

今天，美澳队虽然输了比赛，但其释放的善意却感动了在场的所有民众，受到了社会的广泛好评。在比赛前段的超强实力，和到后段展现的超好的风格，赢得了韩阳人民的敬佩。而这份善意，也随着传递给了龙阳村的村民。

陈文打开一把画着韩阳义安江的山水纸扇，边摇着扇，边哼着潮剧，又回中山公园励翼亭喝茶去了。

第二天，龙阳村在村口用竹搭建起一个牌架，左边用红布条写着"友谊第一，比赛第二"，右边写着"美澳龙阳，共创佳绩"，牌架中间插着的是这次比赛的冠军标旗！

所有进出美澳乡的车和行人都能看到龙阳这个牌架，大家会心一笑。这样的标语，足以令美澳人欣慰，让龙阳人自豪。

（四）

6月10号，星期六，也是高考后的一天，宝地花园多高层住宅区迎来了开盘发售。

当天，首先陆国安兑现了他对龙凤陆澳四个村村民的承诺——只要是这四个村出生的村民，均可以获得在宝地花园购买住宅享额外96折。

按陆国安自己的话说，这已经是他能给的哪怕是近亲或是领导最大的折扣了，再多的话，就需要他自己出钱垫付了。

当天上午，四个村的购房者和其他之前诚意登记的准买家一起参加了电脑摇号。宝地花园也以低于消费者预期2000元的价位发售。

"这么好的房子，又在村门口，当然首选这里了！"

"陆总都给我们这么大优惠，今天先定下来，可以自己买来住，也可以过段时间转手给其他人，应该还能赚个差价。"

"现在龙阳和美澳和好，你看那么多的龙澳人都住这里，我们外乡住进来也没问题。"

"这个价位，比我预期的要低两千，当然先买了再说。"

能取得良好的销售态势，离不开黄智扬和高博裕定下的"做高端产品，卖高端别墅，树高端形象，定中档价格"的策略。

这天，高振业和黄忠勇约定好，各买了一套房，两人坐在销售大厅最显眼的签约桌旁喝茶抽烟，谈笑风生。两人的职业和江湖地位，在韩阳市可谓无人不晓。过往的许多客户都纷纷跟他们打招呼，或者寒暄两句。黄智扬和高博裕底下议论道——有这两位老兄坐镇销售中心，他们就好像宝地花园住宅的形象代言人一样，为其他买家下定购房建立起极大的信心保障。

宝地花园住宅的销售没有遇到原先设想的阻碍，开盘当天上午推出的货量被一扫而空，中午临时加推100套。

下午陈君纯又迎来两位重要的人物——市委书记夫人陈竹蕴和她儿子王皓轩。

陈竹蕴近期一直在给王皓轩寻找婚房，听说宝地花园销售很好，当天中午就和王茂德商量——购房不避亲，找陆国安买房！

王茂德给陆国安打来电话："竹蕴今天听她朋友说，你们宝地花园卖得很好，小区也非常不错，我想让她下午带皓轩过去看看，有合适的就买一套给他当结婚用房。"

"那非常欢迎，那我下午陪他们去看房吧，肯定把最好的留给你们。"

"不用，不要大张旗鼓，你让销售代表接待下就好。再说，他们年轻人喜不喜欢还不知道呢。"

"这倒也是，年轻人都喜欢住市区繁华地段。那我让项目总经理黄智扬安排人跟他们联系吧。"

"好的……还有，不要搞特殊化啊！"

"嗯，明白！"

很快，黄智扬接到了陆国安的电话，心想这么重要的客户必须接待好，派陆雅柔就不太合适，那就派陈君纯吧。

王皓轩原本是钟情于陆雅柔这位青梅竹马的，当他知道陆雅柔喜欢的不是自己时，有点小伤感。在陈竹蕴的两位老闺蜜——叶雯和蔡燕芯的撮合下，王皓轩认识了同样有美国留学经历的一位知名企业家的女儿。两人感情发展迅速，很快就到了谈婚论嫁的阶段。

这天下午1点钟，陈竹蕴带着王皓轩和他未婚妻来到宝地花园销售中心。黄智扬和陈君纯早早就出来到停车场迎接。几句寒暄之后，陈竹蕴说："你们卖别墅的时候，我们也来过，宝地花园的位置和景观还不错，现在商业配套也有一些了。我们就想看看现在都有哪些户型，位置怎样。"

"那我们进里面，我帮你们好好介绍。"

陈君纯领她们一行人来到单体模型前，黄智扬则站在侧边。

"请问您买房是需要几个房间呢？"

"我就是买给我儿子结婚用的，就他们自己用，我们偶尔也会来住下。"

"哦，那应该四房也差不多够吧。"

"四房应该够的。但主要还是看户型和位置。"

"好的，这边是单体户型模型区。您看到的这个A1户型，是我们的主打的大户型，建筑面积为158平方，带入户花园，四室三卫，客厅宽度4.3米，客厅出阳台，基本户户可以侧望海景。"

"这种户型都有哪些位置？"

"这种户型处于我们住宅区的第二线,属于二线海景,总价也不是很高。"

陈君纯首先介绍这个主力大户型,是因为她觉得这是给王皓轩的婚房,他父母平时应该少来住,四个房间也够了,而且这套的总价符合他们家的购买能力,三是因为还有几套位置和景观不错的保留单位可供选择。

此时,王皓轩身边的未婚妻刚刚跟他耳语了两句,看得出她不是很满意。

陈竹蕴问王皓轩:"这套房我看够住,要不要去看看。"

只见王皓轩睁大眼睛盯着前方的整体模型,没有表态,似乎在寻找什么。

黄智扬看在眼里,以他做二手房产带客看房的经验,他察觉到了这里面的微妙关系——王皓轩的未婚妻不满意,可能是户型小了,或者是景观不够好,但是作为出资者的陈竹蕴又未必会买很大的,这需要平衡双方的心理,给出客观的意见。于是黄智扬从侧边客观地补充介绍说:"除了这种158的户型,小一点的还有三四线海景的138的户型,一线海景的更大面积的'叠墅'房也还剩下少量单位,我个人觉得都可以考虑。"

闻言,王皓轩不管他母亲的意见,自己问道:"那这个'叠墅'的情况怎样?"

陈君纯说:"这边是我们面积最大,位置最好的A2户型,是两层的空中别墅设计,建筑面积由180到230平方米。位置好的面积就大些。其中最大的230平方米的户型有五个房间,入户花园、客厅、餐厅、厨房、工人套房和一个客人套房位于下层,上层有三个套间,一个大的阳台海景庭院,客厅有270度观海景的角度。"

"它的位置怎样?"陈竹蕴问道,似乎她对大面积和高总价也不敏感。

"这种户型位于宝地花园住宅区最好的南边和东南边,总共只有五栋楼,都是一梯两户,全部一线海景,而且楼层总共才12层,后面二线海景的住宅有16层和18层的。"

"那哪栋楼的位置和景观最好？"

"最好的是中间的三号楼，位置突出，而且还能直接望到宋井！"

此时，王皓轩转头跟未婚妻聊了两句，显然未婚妻很认可这种户型。

（五）

王皓轩见母亲对这样的户型也是连连发问，看来也可以接受，赶紧问道："那这栋楼现在还有什么楼层可以选的？我们比较喜欢这个。"

陈君纯笑着回答道："您真会选位置，目前销控表看到的，整个三号楼就剩一二层和三四层这两套了。"

"这楼层太低了。"陈竹蕴稍显不满。

"请稍等，因为是第一天开盘，不会全部推出，我问下营销中心看有没保留单位。"黄智扬很快拿起手机，打给了高博裕。

挂了电话，黄智扬对着他们几人小声说道："现在还有四套保留单位，是9层10层和上面两层。其中上面11层12层的东南单位被集团副总经理陆国全留下了，那就还有其他三套。陆总说了，这三套由你们先挑选。"

"那太好了，这三套的楼层和景观都是最好的。"陈君纯补充道。

"现在可以上去看看吗？我们想实地看下景观视野。"陈竹蕴说。

"可以的，我们有套样板房在三号楼的3层4层，其实那里的3层就已经可以看到整个宋井海滨了。然后现在工程已经封顶了，如果你们想到楼上去看，可以戴上安全帽上去。"

……

不用说，9层10层的叠墅是最好的，不是顶楼，却望得远！陈竹蕴当场给王茂德打了电话，确定要买东南边的那套。

黄智扬让陈君纯带他们三人到自己的办公室，煮水冲茶后，黄智扬说:"请稍坐,我和小陈先跟陆总请示下额外的折扣,你们可是陆总的贵宾。"

黄智扬清楚,陈竹蕴不仅是市委书记王茂德的夫人,而且还是陆雅柔的干妈,这个折扣只有陆国安亲自来定。陆国安接到电话,他并没有马上给出折扣,反而是给王茂德打了个电话。

"什么!陆总打折还要向王书记请示?"陈君纯诧异地小声念叨着,感到大人物的世界反正自己是没法懂。

是的,陈君纯没有听错,陆国安的确是向王茂德请示。而这恰恰就是王茂德喜欢跟陆国安交往的原因!

陆国安说:"你我两家的关系你也知道,你儿子买房,我就算送一套都可以。所以,我打算给皓轩成本价。不过,你现在的位置很多人会盯着,所以特地向你请示。"

显然,陆国安不想好心办了坏事,害了王茂德。

王茂德笑着说道:"国安啊,你也是明知故问,这是不允许的!你还是按正常的售价给我就好了,我们家几个人一起供房应该是没问题的。"

"那好,那就按我们公司给我的最大权限,96折卖给皓轩,就算陆国全买房都是这个折扣,这总该没问题了吧。"

"嗯,好的,你安排就好。"

很快,陈君纯就计算好了总房价、首付款、税费金额,接下来,开始让王皓轩办手续。

"王先生,现在需要您的身份证去复印,今天先刷定金5万元,签认购书。等本月25号,也就是15天后,再过来网签正式的《商品房买卖合同》。"

接着,陈君纯把准备好的认购书拿给了王皓轩,并跟他解释一些注意事项。王皓轩签字确认后,陈君纯将认购书交给客户服务部开具交款通知单,并在出纳处刷卡付款盖章,最后将签约须知、认购书、定金收据交给王皓轩。

办好手续，王皓轩的未婚妻说要去海边的宋井那走走。陈君纯把她们送到门口，笑眯眯地说："恭喜你们买到这么好房子，祝你们家庭幸福、万事如意！今后有什么问题可以随时联系我，要是有朋友需要看房的也请介绍给我，我会竭诚相待的。"

"好，我还有两个朋友想买房，过后我让她们联系你。"陈竹蕴很满意这样的产品和服务，转头给了陈君纯一个略带欣赏的笑脸。

"谢谢，那你们慢走！"

目送他们离开，陈君纯长吁了一口气。这样重要的客户在陈君纯看来，已经不是单纯的成交和提成的问题，背后牵涉的关系面太广。让他们满意，才是她服务的目标。在这个夏天，陈君纯是销售额最高的销售代表，她不仅赚到钱，还收获了爱情。

（六）

经过一周的销售奋战，宝地花园住宅项目的销售情况同样取得了丰收，超过了预设的目标。对于黄智扬来说，也尽到自己项目总经理的职责，几个月来紧绷的身心终于可以放松一下了。

6月19日，星期一上午，陆达召开宝地花园项目销售总结大会，总公司各总监和项目公司主管以上人员参加。陆国安也到场，对宝地花园各项工作给予了肯定。从头到尾，陆国安的脸上都挂着欣慰的微笑，对于他来说，在这块纷争不断的热土上开发房地产，实际上成本大，风险也高。

在会议结束后，陆国安把黄智扬单独叫到了办公室，请黄智扬坐到沙发上。

陆国安的办公室内飘浮着一股淡淡的茶香和香烟混合的味道，沙发舒适，视野开阔，让人身心瞬间舒畅了不少。

陆国安自己先点了一根香烟，煮水泡茶，足足5分钟没有说话。两人坐成斜对面。这种气氛得令黄智扬感到有些不自在。

他身体前倾，目光看着陆国安冲茶的动作，心中充满疑惑，后来用眼睛的余光扫了一下陆国安，好在看到陆国安满脸挂着欣慰和一丝自豪。

这点多少让黄智扬感到心安，他想，陆国安今天迟迟不说话，又好像很客气，是不是宝地花园开发成功，后续的工作也不需要自己了，难道陆国安是想辞退自己？不对啊，这合约期还没到啊！

就在这时，陆国安把一杯冲好的茶用茶夹夹到黄智扬面前："来，智扬，喝杯茶。"

茶香飘扬，沁人心脾，黄智扬当然是喜欢喝的，随口说声"好，谢谢"，便端起茶品尝起来。

"这茶有点像我爸上次送给外叔公的茶。"

陆国安脸上展露更深的欢乐，"这茶是我让人跟你舅买的。你舅的玉凤坑净出好茶，我一买就是几十斤。"

"原来是这样啊。"黄智扬表情一下就变得轻松了。陆国安能跟他舅买茶，这件事本身就充满善意。

陆国安继续给黄智扬倒满一杯茶，然后看向他，目光充满了欣赏之意，缓缓说道："智扬，我们的宝地花园开发销售到今天已经算完成七八成，后面的'规定性动作'对你已经没有什么挑战性了。我今天请你来喝茶，就纯属是喝茶聊天，想跟你讲一些与项目开发无关的事情。有些事情，可能你爸也没跟你说过。"

黄智扬一听，马上充满了期待，他还是习惯性地拿起茶杯喝了口茶，然后静静地等待陆国安讲下去。

陆国安显然是准备了很多话，要一次性跟黄智扬讲个透。

"这第一件事，谁都知道你们村的宋井有宝藏的传说。我去年不惜重本拿下龙阳村这块地皮，除了进行商业的开发之外，还有一个想法，就是尽可能保护好你们龙阳人的宝藏。

"不过外界肯定很多人说我也觊觎你们宋井的宝藏。但其实你想想，以我现在的资产，不再工作也能很好地活好几辈子，没必要去担着这样不好的名声吧。真正的原因是我对你爸的一种报恩吧。"

"哦？"黄智扬这一听更加疑惑了，"之前我只知道，我爸跟您长时间没有联系。"

"是啊！这件事的原因在我身上，至今想起我仍然深感愧疚。"陆国安继续说："其实这也是几十年前的事了。那时家乡生活困难，我和你爸都参军，他比我大，也比我早参军，我们又是同一个连队，都是老乡，所以你爸对我也很是照顾。

"对越自卫反击战，我们是第一批进攻的部队。那时候你爸是连长，而我是排长，我们连在你爸的带领下从广西的靖西进入越南。"

黄智扬认真地听着，仿佛那泛黄的书卷慢慢地被掀开了……

"在进攻溯江的战役中，由于前期侦察不到位，我们陷入了敌人的火力网中。当时前面的六连进攻失利，但上级仍然要求我们连队尽快打通通往溯江的通道，与前面的友军会合。我当时觉得如果贸然冲过去的话，肯定伤亡很大的，希望可以等待后方的火力支援再进攻。但是你爸说'军令如山，不得不从'。我不愿意带我的排冲上去，你爸只好自己替我指挥我的一排向前突击了。当时你爸坐在最前面的坦克上面指挥作战，为了躲避敌军的炮弹，不得已跳下坦克车，结果滑到侧边的山坡，头还磕到石头上。当时我就躲在倒数第三台坦克，看到了这一切！"

听到这里，黄智扬心中不禁一紧，脸色变得很凝重。

陆国安重重地叹息了一口气后，继续缓缓说道："虽然最后我们还是突破了敌人的防线，但我们连队的损失相当惨重。我清楚地记得，当时仅仅半个小时，我们连就伤亡了五十多个弟兄，你爸现在的老毛病也是那时候落下的。"

陆国安猛吸了两口烟，当年的仿佛战火在他眼前燃烧："你之所以不知道这些事，也是你爸他念及我们的同乡之情，战后再也没有跟其他人提及这件事。说不好听，我那是违抗军令！这么多年，他甚至也从未跟韩阳的其他战友说过,这也是让我一直很敬畏他的原因。从那时起,我在你爸面前一直抬不起头。我总在想办法以什么方式补偿一下,直到龙阳地块的重新竞拍。"

"那您当时拿龙阳的地块跟我爸有讲过吗?"黄智扬有些恍然大悟。

"高价拿地块是我自己的主意。这样一来可以解决龙阳村民的补偿问题,二来有机会帮你们保护宋井宝藏。你爸真正知道情况,是我要请你来当项目总经理,这时我才跟你爸通了电话。"

"哦,难怪当时我爸对我过来工作没有表现出意外。"

"是的。那是因为你爸也觉得你来上任是件好事。"

"这么说,后来宋井周边炸出了螺旋石梯,您也是为了保护宋井宝藏而下令暂停场地清理和土地详勘的?"

"确实就是这样的。"陆国安点点头,嘴角挂着一丝得意的微笑。

"不过我还有一事不理解,就是您当时知道我手上拿到铜瓶和八卦图的时候,为什么那么着急让我来这里,还要把东西上交呢?"

"嗯,你这个问题问得好,我正好要告诉你。因为当天中午,你在宝地花园工地找到一个瓶子的事情已经传遍了整个韩阳,如果东西放在你手上,那你和八卦图都会有很大的风险。我让你上交,实际上就是把众人的目光引向我这边,还有想通过上交给文物部门这样正式的渠道去寻宝。"

"原来是这样。您的这个做法,让雅柔被绑架了。"

"嗯,我没想到他们行动这么快,这么狠。"

"陆总真是用心良苦!"此时的黄智扬好像顿悟了什么,支支吾吾地说:"陆总,真的不好意思,之前我还误以为您也想获得宋井宝藏……"

"哈哈,其实经过这一年对宝地花园的开发,我最大的收获不是宝地花园赚了多少钱,而是我得到了你父亲的谅解,也为韩阳人做了些实事。对了,以后你私下叫我陆叔就行了,这样更亲切些。"陆国安露出像长者对待晚辈那样的笑容,慈祥和蔼。

黄智扬微笑地注视着陆国安,感觉这个平日里在公司里呼风唤雨高高在上的老总突然亲近起来。

黄智扬忽然又想到什么，他觉得此时就是直接问陆国安的最好时机，"那陆叔，那个小周跟您是什么关系，他好像也这么称呼您？"

"这小周啊，他是贵州的少数民族。他爸跟我们一起打仗，受了伤。退伍后，由于当地医疗条件不好，他爸就先走了。他们村里那时很穷，是我一直寄钱资助他读书上学的。后来他在外省读书，毕业后就给他在韩阳找了份工作。刚好小柔也回国，小柔不愿留在我身边工作生活，我就让小周不时留意她的动向，有什么情况及时告知我。没想到小周他也知恩图报，还为小柔挨了几棍。"

"陆叔您这是善有善报啊！我说那小周怎么经常跟踪我，原来是暗中保护雅柔！"

"哈哈，应该就是这样的！……对了，你也该找个对象了，也完成你爸的一桩心愿。"

"是，我也一直这么想的。"

"那有眉目了吗？"

听到陆国安问这句话，黄智扬眼前闪过一个人，但似乎还不算"眉目"，他顿了两秒说："目前还没有，不过，有机会我会努力的。"

"对啊，有机会就要主动点。现在工作也告一段落，该给自己谋划下了。"

……

两人不知不觉聊了近两个小时，已经到了中午。这时陆国全进来了，说是中午还要请外地过来的开发商吃饭。

"智扬啊，周末约上你爸，还有你女儿，我们两家人一起吃个饭。"

"好的，我跟我爸说说。"

在陆国安心里，黄正德永远是他敬畏的人，能得到黄正德一个肯定的目光，他就能开心好几天。今天这场谈话，解开了黄智扬心中积累多时的疑惑，也卸下了陆国安心中无法对他人讲述的包袱。

(七)

从董事长办公室里出来,黄智扬想起了杜晓蕾。自从2月份元宵节和杜晓蕾约见以来,整整四个月都没有再跟杜晓蕾约会!有的只是平时偶尔在微信上聊两句,或者在对方的朋友圈里点赞或评论一下,还有就是开会时见个面。时光似乎拉开了两个人的距离。在杜晓蕾看来,如果黄智扬不主动,那肯定是没有故事的。而在黄智扬看来,就算自己主动,他和杜晓蕾也未必真有结果。所以,黄智扬选择了顺其自然,起码要把眼前重要而复杂的事情先处理好。集中精神专心办好一件事,从来就是黄智扬的做事风格。

不过,今天的黄智扬心情倒是十分轻松,他想看看杜晓蕾的近况。于是,直接打电话给她:"喂,好久没聊天,今天中午方便吗?一起在附近吃个饭。"

"哦!……好吧!那你先找个餐厅,我稍后就下来。"杜晓蕾有些意外。

黄智扬依旧找了家西餐厅。杜晓蕾过了十多分钟还是来了。

杜晓蕾黑色紧身短裙配略带花纹的粉色衬衣,严肃中带点跳跃的艳丽,脖子上一条精致的项链闪闪发光。

坐下后,黄智扬把菜单递给她,说:"来看看,先点菜。"

杜晓蕾脸色不太好,翻了翻菜单,说:"来份水果沙拉就好。"

"怎么,胃口不好?"

"嗯,这几天都这样。"

"是因为发了脾气?"

"你怎么知道?"杜晓蕾终于抬起眼皮,大大的眼睛注视着黄智扬。

"我看你朋友圈,好像前几天说跟谁发了脾气?是因为什么?"

"嗯，是一位离职的人，到办公室来吵了一架，把我气得这几天都感觉胃胀、头晕，还吃不下东西。"

"是这样啊，那有去看下医生吗？"

"没有，这种情绪的东西医生恐怕没用吧。"

"那你稍坐下，我去旁边给你买点东西。"

不等杜晓蕾反应，黄智扬起身就走到西餐厅隔壁的药店，很快拿了包中成药回来，放在杜晓蕾的面前，对着药物包装上的说明文字念道："这叫'加味逍遥丸'，说明写着主治肝郁血虚，肝脾不和，两胁胀痛，头晕目眩，倦怠食少。好像还比较合适你的症状。"

杜晓蕾看了这盒药一眼，但没有伸手去拿，反而左右扫了下周围的人，生怕别人看见投来异样的眼神。黄智扬顿时明白杜晓蕾的心思，马上把药放进一个黑色塑料袋里，放在旁边的椅子上。

在黄智扬看来，身体不舒服吃药很正常，但在杜晓蕾看来，面子有时比身体还重要些。此时，杜晓蕾脸上挤出一丝笑意，说："谢谢你！听你这么说，这药好像很适合我。你怎么知道这种药？"

黄智扬也笑着说："我自己脾气也不小，特别是遇上不讲道理的人，之前有过和你差不多的症状，医生给开过，也吃过，确实有效，所以你可以先试试，不行再去看下医生，身体是工作的本钱！"

……

两人开始边吃饭边谈最近公司的事情，谈黄智扬几个月来的"奇遇"。

"我知道，在我被美澳乡扣押的时候，你一直努力通过公司行政手段让美澳乡的保安保护我，也最终是他们护送我回来。"

"那是当然了，你是我们陆达的人。"

"是，所以我该谢谢你。"

"这个就不用客气了。不过你今天能请我一起吃饭，确实很难得。"

杜晓蕾之意是，黄智扬几个月来都不约她一回，以为把她给忽略了。

"这几个月发生了太多事情,不过现在可以放松点了。"

"嗯,宝地花园应该再过两个月就能交楼了。"

"是啊!"

说到这里,两人似乎都想到了什么,都低头吃东西,要么就是眼睛看着其他地方喝饮料。两人心里都明白,这宝地花园开发完成,黄智扬很可能就会回到广州。

"中午我还要回去休息下,谢谢你的午餐。"杜晓蕾主动提出结束这午餐。

"好的,你回去看有必要就吃一小袋这个,如果觉得没必要,丢了就好。"黄智扬还是把那盒加味逍遥丸递给杜晓蕾,不论如何,他都希望杜晓蕾身体状态好起来。

"谢谢!"杜晓蕾把药塞进手提包里,"那我先走了。"

"我等下也回宝地花园。那有空再见?"

"好的。"

说完,杜晓蕾便匆匆离开了。

(八)

杜晓蕾回到自己的办公室,拆开那盒加味逍遥丸,仔细看了下说明书,便配着温水吞下一袋小丸,然后靠在办公椅上睡着了,竟还做起梦来!

睡梦中,她来到欧洲的一座海边小镇,整齐白色的墙配着湛蓝的海水,阳光洒在五彩的屋顶。清晨,她推开木窗,窗前种的是她在路边采摘的多彩的野花。街上行人三三两两,没有嘈杂的车鸣声。她光着脚,倚靠在窗前,米白色的长袍,长而卷的头发,随着轻柔的晨风微微飘荡。

不远处,有位皮肤白皙的青年,身穿干净的白色衬衫,轻透的料子似乎还沾了阳光的味道。眼睛像是多瑙河似的深邃瓦蓝,有着干净迷人的亚麻色卷发，还有如花瓣般嫣红的唇瓣。他手指修长纤细，怀里抱着吉他弹唱，一串串的音符就从白皙的手指间飞扬出来，唱的是一首情歌！他声音轻柔低沉，像是喃喃的爱语。歌唱的时候，眼睛会不时望着窗前的她。他的侧脸看起来远比一些女人还要干净柔美！

多么浪漫、多么唯美的一幕啊！杜晓蕾已经入迷，她心跳加快，脸颊如桃花般红晕。

只是忽然梦里的电话铃响了——

"大周末的怎么不出去走走？多约约人。"

"妈，我还想多睡一会。"

"我跟你说，你年纪也不小了，该是结婚生小孩的时候了，不要眼光高，挑来挑去。你看得顺眼，人品好，又懂得照顾你、体贴你，那就差不多了。"

"好了，我知道了，你这话都说过一百遍了。"

"好，那我不说了，你继续做梦吧……"

就在这时，午睡起床的手机闹钟响了！

没办法，职业的习惯让她不得不睁开眼睛，一看手机，确实是下午上班时间快到了。

那这么说，刚才迷迷糊糊的全是在做梦了！梦里的那个他会是谁呢？杜晓蕾脑海里浮现出了近期交往联系的一张张脸，入心的就有那么几个。

她喝了口水，竟感觉肚子不胀了。看来是黄智扬买的药起效果了！

黄智扬！她想起了黄智扬那张时而严肃、时而温柔、时而俊帅的脸。

离上班还有点时间，她拿起手机，搜索了一张梦里的欧洲小镇的照片，发了个朋友圈，把梦里的事情完全描述了一遍。

然后，给黄智扬发了条信息："你买的药我吃了一袋，现在感觉好多了，谢谢！"

黄智扬秒回了一句："那就好，晚上多吃点东西。你才有体能去健身。"

"好的。"

杜晓蕾还想跟黄智扬聊点什么,但又习惯性的觉得有些话还是男生主动说才好。黄智扬觉得杜晓蕾条件很好,身边追求者也不少,还是顺其自然就好。于是,两人又投入到各自的工作中去了。

第23章
宋井风姿

（一）

6月底，宝地花园别墅区建设已经接近尾声，开始进入竣工验收环节。承志公司在自检合格后，向监理公司提交工程竣工初步验收申请报告，向其报告已完工程情况、技术档案和施工管理资料情况、建筑设备安装调试情况以及工程质量评定等情况。

恒泰监理审签工程初验方案并报项目公司工程管理部经理、总经理审批。审批通过后，监理公司组织专业工程师和项目工程管理部，并会同质监、设计院、承志建筑公司、物业公司等单位及公司相关部门的人员，对申请初验的工程项目予以初验，同时审验承志公司提交的各类工程竣工资料。

7月上旬，宝地花园别墅项目开始办理工程的规划、质量、人防、消防、环保等竣工专项验收和房屋面积实测，随后由市建设局审核，以取得建设工程竣工验收备案证明。

在宝地花园别墅项目竣工验收完成后，宝地花园项目工程管理部组织由物业公司、恒泰监理、承志建安等公司参加的别墅建设工程物业验收移交，逐户逐房检查，在对屋面、厨卫、门窗等重要部位、部件，对水、电、气、弱电系统、智能系统进行全面的检测，验收合格通过后，承志建安将钥匙移交给物业公司。

7月30日，项目销售部在查阅销售合同双方履约情况后，由销售代表各自致电已购房的业主于8月12日前来收楼。

同时销售部会同项目工程部准备了《住宅质量保证书》和《住宅使用说明书》，高力物业准备《物业服务协议》《业主公约》《业主装修须知》和《物业管理服务收费》等文本，等业主收楼时一并交予业主或签订。与此同时，宝地花园住宅项目也基本完成了主体工程的施工。

宝地花园的别墅和住宅销售双双超过70%，陆达集团回收了所有的成本，并已经有所盈利。剩余30%的货量，陆达打算提高价格慢慢卖。

宝地花园销控做得很好，这30%的存货里，有至少10%是位置、楼层、景观最好的，有10%是较差的，剩下10%是一般的。好的单位自然能卖高价钱，而那些较差的在供不应求的情形下，自然也会提价不少，所以宝地花园的销售是十分可观的。

作为营销总监的高博裕建议，每月推出这剩余货量中的20%做出一口价优惠，当然这优惠是提高单价后的优惠。在度过7、8月两个炎热的夏天销售淡季月份之后，在今年9、10月再掀一波销售热潮。

宝地花园项目创造了陆达集团乃至韩阳市最快的开发销售交楼纪录，也创造了陆达单个项目销售总额和去化速度的冠军。

宋井宝藏、家屿岛宝藏、美澳龙阳海滨等历史人文自然景观大大帮助了宝地花园的宣传推广，并促进了销售。而且，龙阳和美澳两村的有钱人，和出去在广州深圳等大城市工作而有多余资金的人纷纷回乡到这里购买，这种情况超过了销售总套数的35%！

（二）

　　8月5号，韩阳市区热得像蒸笼。闷热的气息从大地上蒸发出来，让人觉得难受。连续四天，空气中几乎没有风，也没有雨。人热得几乎像狗一样需要吐舌头才能散热。

　　知了在树梢狂躁地叫着。

　　只有到了傍晚时分，路上才有一些小孩出来买草粿、海石花、绿豆汤等小吃解暑。

　　晚上8点钟后，义安江边多了些卖雪糕、水果冰的摊位，一片热闹。

　　气象台发布，位于菲律宾吕宋岛附近海洋洋面的热带风暴，强度不断加强，未来两天将演变成强台风，并可能于8月8日立秋当天，正面从韩阳到福建漳州海域登录，中心风力12级。

　　沿海渔民心里明白，这闷热的天气是在酝酿一场强台风，安全起见，还是早早回港避风了！

　　靠海边的宝地花园因为空气湿度大，气温比市区要低两三摄氏度，这反而促进了宝地花园几单销售。而义安江东面的启阳之星主体工程还没完工，酷暑降低了工人们的工作效率，台风的到来也将迫使其暂时停工。

　　这已经是今年第三个影响韩阳的台风了，前两个都擦边而过，让韩阳闷热了两回，却没有迎来充沛的雨水和明显的降温。看来，这次要来真的了！这次台风要让那些期盼丰厚雨水的人们得偿所愿了。

　　从8号中午，台风开始正面冲击了韩阳，美澳海域也受到12级大风的疯狂攻击。台风威猛粗暴，一时狂风大作，最终将韩阳肆虐得不堪。此时的韩阳俨然上演一部灾难大片，市区四处水涝，街道上一片狼藉。

　　海边的渔民只好躲在家中守望着家园，祈求风雨不要造成太大的损失。窗外，到处横着被台风使劲吹得连根拔起的树木。这风雨交加、狂风大作的时候,也许就是获取宋井宝藏的最佳机会!

黄印财接到网络电话,对方用普通话问:"我想问你,今天晚上,你们龙阳村和美澳乡的人会去海边吗?"

"一般不会,船已经靠岸,而且这样大风大浪的晚上,谁会去海边呢?"

"嗯,好。"

于是,宋锦天通知了所有他能够调动的人力,晚上10点在樟林古港集合,并租来一辆小型起重机,打算直接过去把榕树拉倒,再进行人工挖掘。他这次调来的也都是外地人,为的就是保密,要的就是一举成功!

晚上12点,一群人开着起重机在风雨掩护下悄然来到美澳海滨之上,来到樟林古港的榕树旁。扎根海边沙土的榕树随着狂风摇晃着身躯,力图摆脱这场灾难。一些枝叶抵抗不住风雨的冲刷,离开了主干。几个外地人熟练地把绳子穿过树干与石块的空隙,借助风力,起重机稍微一用力,整棵榕树便轻易地与大地分离了,露出那盘踞在泥土里的须根,也露出那一块宽约一米多,厚约15厘米的石块,像是块石碑!

"把石块挖起来!"

一个拿着手电筒,说着普通话的人,是此次行动的领导。几个外地人身穿黑色厚雨衣,手拿铁镐、铲子,冒着暴风雨,凭借一把强光手电筒的亮度,围着石块往下挖,期待着在石碑的旁边能发现一个宝藏之库。

因为头系雨衣的帽,这些人的脸被雨衣帽遮挡得只剩一半,在他们几乎相互间都看不清对方的脸。

在风雨、海涛的掩护下,外地人的挖掘行为丝毫没有引起两村村民的注意。十几分钟过去了,他们围着石碑很快挖出一个一米多深的坑,再往下挖不是沙土,而是花岗岩石层!

"要挖多深才是个头?"

"这下面会有什么呢?"

几个外地人一边挖一边小声地议论着……

风大到几乎能把人吹倒，铁镐扬起的沙土很快就被风吹散去。只见那块倒梯形的石块，与花岗岩石层是分离的，像是插入石层下的楔子。

"不能再这样挖下去了，拿绳子来，把这石块捆住，然后用起重机吊起来！"拿手电筒的人指挥着。

借助起重机的力量，梯形石块被缓缓拔起，总高足足有两米。拔出后，底下露出一个长方形的黑乎乎的洞口！用这强光的手电筒照下去，若隐若现地能看到洞的下方有流水，洞的周边还有些不规则的花岗岩石块。

拿手电筒的人给宋锦天打了个电话，然后吩咐道："你们两人开起重机先把石块运到光明农场，其余的人留下来继续寻宝！"

（三）

拿手电筒的人把余下的人招呼到洞口上，围成一圈说道："老大刚才说了，现在我们已经非常接近宋井宝藏了，今天谁先发现宝藏，额外再加奖金10万！"

重赏之下必有勇夫。

一个身材比较瘦的人首先自告奋勇，腰绑吊绳，一手拿手电筒，一手小心翼翼地撑着旁边的花岗岩石往下探。下去后，双脚踩着洞里两边突出的石块，上身再慢慢往下缩。

在场的其他人都期待他能有惊喜发现。

"怎么样？有发现吗？"

只见下洞的人把四周都照了个遍，所有的石块都是不规则的凹凸不平，上面的石块长着滑滑的青苔，而下面的石头还沾满了蚝石。

再往下照，脚底下就是黑乎乎的水了。

"这四周都是石头，底下都是水，好像还慢慢地涨起来啊！"下洞的人朝上说道。

"那给你手机,把你看到的拍下来。"上面的人递给他一个手机。

不一会,下洞的人就拍好了,把手机递回上面。

"这根棍子给你,你再探探下面的水有多深。"

洞下的人拿着这根约一米六长的棍子往下探,不到一米三就顶到底部,然后再稍微用力转一转,好像棍子还能再往下按下去一些,似乎是顶到泥沙了。

他把棍子收上来一看,只见棍子底部确实有一段是比较黑的,用手一摸,是泥沙,还有一股海水的咸腥味。

不过,就这么十几分钟,下洞人脚底下的水慢慢涨了起来,已经没到他的脚踝处了。

"下面的水涨得很快,已经没到我的小腿了,我该上来了。"

"你再探下四周的水有多宽。"

"刚才我用棍子探过了,底下左右也就一米多,跟洞口差不多宽,但前后就探不到头。这下面应该是一条水沟。"

"好啦,那你先上来。"

"你们看,沙滩上的海水也好像在涨潮,已经离我们不到四五米了。"旁边有人喊道。

……

视频不断地传给宋锦天,刚开始吊起梯形石块的时候,他非常兴奋,心想跟了这么久,如此正确的线索,仿佛宝藏唾手可得了。不过,当下去洞里的人传来的视频显示没有什么发现时,他开始在民房里来回踱步——今夜是最好的时机了,错过了,天亮就会被发现,那就再也没有机会了!最后,当他看到洞里的水位上涨,而且海水也在涨潮时,便恍然大悟了——这个洞跟大海是连通的!如果是这样,那这洞里的水应该很可能通向了宋井!因为宋井的藏宝诗最终指向了这里!所以,如果在这个洞里没有发现宝藏,那会不会梯形石块只是一个开关,石块一拿出来,在宋井那边就会出现宝藏呢!宋锦天想到这里,不禁对自己的灵光一现感到骄傲!

宋锦天决定亲自出马到宋井边探个究竟。

（四）

"你带他们往宋井方向的丘陵小山上去，找个地方先躲起来，等我的消息。"宋锦天给拿着手电筒的人发了个语音电话。

约10分钟后，宋锦天同样穿着全套黑色雨衣来到宋井海边。台风天，宋井这边也没有人在看守。

虽然海水在涨潮，但宋井凹在海湾里，风浪倒不大，而且眼看海水离宋井还有个两三米的距离。宋锦天赶紧来到宋井边上，打开手电筒，往井里照去……这次，他的判断是对的！这不看不知道，一看吓一跳！井水跟往常有了很大的区别，而且井水水位正在上升，上升的高度和旁边海水基本保持同一水平。

更令人吃惊的是，井里还有一团团黑黑的东西正在翻滚着！为了看清楚，他小心翼翼地沿着之前他让人炸出来的螺旋石梯走下去。顺着手电筒的强光看去，只见螺旋石梯和水面交接的地方，不断地爬出各种大小不一的螃蟹，还有一堆鱼挤着跳出水面，跳到石梯上。他蹲下身，两根手指捞点水到嘴边，用舌头舔了一下，果然此时的井水是咸苦的海水！宋锦天点点头，看来他的猜测是正确的——这宋井通过地下暗沟跟大海相连，而樟林古港的石块就是一个阀门！阀门打开了，今夜海水涨潮，海水便通过暗道流到宋井，导致井水也上涨。

宋锦天命其他人带着事先准备好的口袋和其他工具赶过来。

但他自己倒走开了，远远地指挥着。没有人能看清他的脸。

他让人用水桶和渔网一遍又一遍地捞出井里的鱼虾蟹，打算捞完后再探寻井里有没有宝藏。

时间已经来到凌晨3点，风力减弱了一些，显然台风已渐渐远去，而雨水反而更大了。也好，雨大对于宋锦天他们才安全。

只是他们必须在凌晨4点前结束战斗，否则，起早的村民就会出来巡视堤岸和养殖场。

这六七个人奋力配合，一个小时竟整整捞出五大麻袋的鱼蟹。可井里依然源源不断地冒出，丝毫没有给宋锦天清空的机会。韩阳地区的海水，从涨潮之后大约会持续近五个小时。今天估计要到凌晨5点多才会退潮了。

"捞！赶紧给我捞！"拿手电筒的人紧张地指挥着，"老大说了，清空这些鱼虾蟹，谁能先发现宝藏，额外奖金20万！"

可是，这些鱼虾蟹仿佛积累了近千年，任由外地人怎么打捞，井里的水位还是随潮水继续上涨，鱼蟹更是开始喷涌而出。时间在一分一分地流逝，海的东边已经出现一丝白光。马上就到4点了，为了避免被起早的渔民发现，宋锦天只好下令撤退，带上一夜的"劳动成果"，满怀复杂的心情离开了。

离开前，宋锦天蓦然回首看了一眼宋井，井水水面仿佛被雨水噼里啪啦地打造出一张张笑脸，在嘲笑宋锦天，嘲笑外地人，嘲笑他们不知天高地厚！

宋锦天带着失望而归，但他也并不是空手而回，最起码他们从海里捞上来无数的鱼蟹。这些海鲜还可以拿到市区水产批发市场卖。由于台风天没有人出海，他们的海货竟然卖了个高价，卖了几万元！

宋锦天在宋井没有找到宝藏，他还是赶到光明农场的树林里，想要亲自鉴别下刚才拔出来的梯形石块。石块前，只剩那位夜里拿着手电筒的指挥者站在一旁。此时的石块被横放着，一边靠着一棵树。宋锦天蹲了下去，把石块的前后左右和侧面都找寻一番，只见石块没有任何文字和图案，仅仅是一块石块而已。唯一特别的地方，就是石块插入水中的下半部分同样被蚝壳粘满。

"你找两人，把这些蚝壳铲掉，看看有没有发现，如果表面还是没有文字和图案的话，就把石块敲碎了找！"宋锦天淡淡地说着，目光却露出一丝凶狠。说后便返回了龙阳村，他这次没有再躲在民居里，而是依靠雨衣的遮挡，直接来到宋井，他知道，好戏上场了……

（五）

早上8点，天已放亮，外面的风还是很大，但雨小了很多。历经风雨洗刷的空气中负离子浓度高到醉人！

不出宋锦天的意料，这龙澳海滨现在已经是一片闹腾了。

首先是美澳乡民发现樟林古港的榕树被"风"刮倒了，榕树根部出现一个长方形的黑洞，洞里隐约有水。同时，海潮退去，龙阳村民发现宋井的螺旋石梯上散落着一些鱼虾蟹，而井里面竟然还有很多！于是，早来的村民把井里的海鲜几乎全部打捞出来。

宋井的井水又回归到原先的清澈和淡水的清甜。

龙澳海滨的这两处不寻常景象，引来不少村民前来围观，大家谈论着——

"樟林古港的榕树被风吹倒了，露出一个黑洞！"

"宋井是个好地方，鱼虾蟹都来避风了！"

"这些鱼虾蟹是被台风和潮水刮到这里的吧？"

"以前再大的台风也没有这么多鱼虾蟹在井里，好像是有人放进去的一样。"

"是啊，以前再大的台风，美澳的那棵榕树也不会被刮倒，好像是被人拉倒的一样。"

五花八门的猜想连同照片在龙澳乡里迅速转发，很快，当天停业停课的韩阳人民就都看到了……

很自然的，黄智扬也看到这些现场照片。他一看到美澳樟林古港的榕树被刮倒，石块不见了，心里便凉了一大截，他不相信这是大自然所为的，更坚信这是人为的。

既然是人为的，那这说明了什么？会不会石碑上藏有宝藏的秘密！？还是石碑就是宝藏？或者石碑下藏着宝藏，只是这宝藏已经被盗走了！？还有宋井这口淡水井竟然出现海鱼、海虾、海蟹，这应该不是台风能造成的！

这一系列奇怪的现象都把矛头指向了宋井，指向了宋井宝藏！

这会是何人所为？宝藏还在不在呢？想到这，他就迫不及待地来到龙澳海边。只见海边早已围满了人，两村的治安联防队也把这两处地方隔离开，市国土房管局和海洋局已经派专家在现场勘察。黄智扬只能在一旁干着急了。

三个小时过后，专家得出一个令在场所有人都匪夷所思的结论——

宋井水面一米五左右的侧面有条暗沟，而且一直向东通往樟林古港榕树下的黑洞里，并最终与大海相连！

专家认为，宋井里发现的鱼虾蟹不是海潮带来的，而是从地下暗河游来的！海水退潮后，地下淡水重新填满宋井，大部分鱼虾蟹随着井水的增加和海水的退潮而重新游回海里。

而一个更大胆的推论是——有可能，每当涨潮期间，还会有鱼虾蟹游过来宋井！

一时间，两村的村民都炸开了锅！而瞬间，黄智扬也明白了。

宋井石刻所写的"水涨淹不着，水涸淹三尺"，是说海水涨潮时，宋井里充斥着海水，地下淡水淹不到井；而海水退潮后，地下淡水又会重新填满整个井。这里的"水"指的是"海水"，而"淹不着"和"淹三尺"则指的是宋井有没被淡水淹到。如果没猜错，樟林古港的石块就是宋井通往大海的"阀门"。之前石块一直插在那里，宋井就不能和大海联通。现在石块被拔走了，海水在涨潮时就可以流过来了。

"明白了，原来如此！"黄智扬边想着，边点头。

果然不出专家们的推论。第二天凌晨涨潮时，海水西流，灌入宋井，鱼虾跳跃，大量螃蟹跑到宋井石梯上。

的确，宋井跟海洋是连通了，这堪称世间奇观！

这消息被快速地传播，一瞬间万人空巷，大量的市民前往宋井围观。龙阳村委会立刻组织人马打捞井里的海鲜。整整打捞了四个多小时，其体积可以装满一辆小面包车！

直到凌晨，黄智扬一直守候在宋井旁，观看这奇观。经过一天的观察，他也明白了为什么说"得宋井宝藏，可养十万兵马"！

因为每天涨潮获得的这些鱼虾蟹的确可以当食物食用，而退潮时甘甜的井水又可以饮用，所以说只要拥有并守住这宋井，的确有吃有喝，可以养活许多兵马！

黄智扬感叹古人能挖掘到这样一个宝井，实在匪夷所思！

他推测，当时南宋军队败走时，为了给将来能回来此地保留一个天然"粮仓"，不得已在樟林古港插下梯形石块，以阻挡海水涌入，并在宋井后面的石头刻下"堂前龙凤翔，玉眼见真章。水涨淹不着，水涸淹三尺"的谜诗，然后把"藏宝图"画于玉凤坑的王爷庙阁楼上。

古人的智慧彰显无遗！

黄智扬把他知道和推测的这些告知了在场的黄氏宗亲。"这是无价之宝啊！"黄达山缓缓说道，"祖先肯定在冥冥中保佑着龙阳。宋井的宝藏谁都别想拿走，这是属于龙阳村的！"村民们将宋井围了个水泄不通，看着一袋袋海鲜被打捞出来，大家欢呼着，这对龙阳村是个天大的喜事！

（六）

那边，宋锦天让人把石块砸碎了也没发现什么值钱的东西。他怒火中生，决定给予龙澳这片沃土以最后一击。他要再次掀起风浪！

一个阴谋从龙阳村的这座民宅里发出，直指美澳乡……

8月10号傍晚,美澳乡的高信远和高能典的手机同时收到一个匿名电话,对方自称是陆湖寨的人,大概的意思是说——龙阳村宋井的鱼虾蟹是通过美澳的海沟过去的,那么美澳可以在樟林古港那里把鱼虾蟹给截住,打捞出来,或者也开个井,那样龙阳宋井就没有海鲜了!

这话初听起来对美澳十分有利,也非常具有诱惑性,而且宋井每次涨潮都能弄一小车的海鲜,这样的美事实在令美澳乡垂涎不已。于是美澳乡召来乡里最具威望的十个人来谈论这件事的可行性。

"我觉得那个打电话的人说得很有道理。这海鲜本来就属于我们美澳海域的,凭什么要流给龙阳宋井。我看就把它截下来!"

"对!所谓肥水不流别人田!这么做天经地义。"

一开始,赞同截留的人占了一半以上。

"大家说得轻巧。"高信远会长一直在抽烟,听了众人的一番表态后,坐直了身躯说道,"如果我们早点发现这个秘密,把海鲜截住,那龙阳村也不会有意见。可如今他们尝到了甜头,现在再去截留,就一定会引起巨大的风波,搞不好再械斗,那不是两败俱伤?"

"嗯,如果我们这么做,韩阳市民会怎么评价我们美澳?怕是只会笑我们贪财而忘义,这样将有损我们美澳乡的声誉。其实我们美澳的强大是世人皆知的,但我们也是取财有道的。"高能典补充道。

"现在是温饱问题早已解决的年代,乡民安居乐业、平安和谐比什么都重要。至于这利益问题,需要好好权衡一下。"高炳冷静地说道。

美澳乡开会分成了两派,在利益、声誉和风险方面大家找不到一个平衡点。

高炳最后说道:"我在想,今天这个匿名电话说的意思,如果通过网络或其他人传播给我们的乡民,那难免美澳乡的部分村民会只顾眼前利益去截留海鲜。所以,我们必须尽快拿出可行的方案,而且在此之前,我们还需要加派人手,把那个洞口围护起来。"

"嗯,高炳说得是,洞口需要马上围护。"高信远发话了,"事不宜迟，我们几个现在就去找陈老请教下对策。"

（七）

高炳马上给陈文打了个电话，说明了来由。晚上八点半，美澳乡一行四人来到陈文家中。寒暄几句后，陈文知道事态的复杂严重性，他摇着纸扇，一字一句地说："你们今天能来找我看得出，你们都很顾全大局，我要替龙阳村、替韩阳市的百姓感谢你们。"

陈文抽了一口烟，又缓缓说道："你们都知道，在韩阳，自古就有宋井宝藏的传说，如今的千古奇观出现了，必将在国内外造成轰动，这将会大大提升我们韩阳的知名度，促进韩阳的旅游业发展，从而带动其他行业的发展。你们美澳不就已经尝到了家屿岛文物的甜头，长期来看，是不是比单纯地拿家屿岛的宝藏去卖获益更大？"

"应该是的。"美澳乡支委书记点了下头，回答道。

陈文喝了口茶后，继续说道："我刚才电话询问了海洋局的有关同志。这位同志说，龙阳宋井能游来这么多的鱼虾蟹，除了有海沟跟大海相连外，跟宋井的位置和源源不断的淡水汇入也有关，如果单纯在美澳截留海水，那这一奇观将很可能不会出现。何况大家再也不能由于这些东西，去破坏来之不易的两乡和睦的局面。"

"是啊，说句实在话，我们美澳乡也不想占便宜，但难免有的人会铤而走险啊！"高信远说道。

"这样吧，我来做做龙阳那边的思想工作，看能否有个共赢的局面。"

"那就有劳陈老您了！"高能典给陈文递上一根烟。

陈文当着美澳乡人的面拨打了黄义明的电话——

"义明啊。"

"您好，陈伯！"

黄义明一天都在守在宋井，已经极度高兴了两天，此时倒在沙发上刚眯眼睡了会儿，没想到陈文来了电话。

"你们宋井的事我都看新闻了，这下龙阳村发大财了，你这个书记开心吧？"

黄义明听出陈文话中有话，马上坐直了身体，答道："还好，托陈老的福。明天我拿些宋井的海鲜给您尝尝。"

"哦，先谢谢你啊，我们老人吃不了多少，拿条小鱼给我沾沾喜气就好。"

"好的，没问题。"黄义明以为陈老是来要海鲜的，显得无比大方。

停顿两三秒，陈文话锋一转，声音低沉地说："今天找你是有件事跟你商量。"

闻言，黄义明收起了笑容，道："陈老请说。"

"是这样的，……"陈文便把美澳来访的事毫无保留地告知了黄义明。

黄义明这下是睡不着了，才高兴了两天，棘手的事又来了。

"那陈伯，您有什么建议吗？"既然来电话商量，想必对方是有方案的。

"我有个想法，之前也还没跟美澳乡探讨过，现在先跟你说，如果你们宋井的海鲜是经由美澳的樟林古港流入的，那我看不妨由你们两村共同来管理和分享宋井海鲜，这样大家都得益。而且此举可以让韩阳多一个景点，让宋井成为韩阳的一张名片，这将能有力地推动韩阳经济。届时，你们两乡的经济也一定能再上一个台阶。"陈文不愧是老领导，看问题总是高屋建瓴。

"您的建议很好，我现在马上召开村里会议，稍后给您个回复，您看这样行吗？"

"嗯，你也不用这么着急，明天上午你们谈论，中午给我个回复就好。"

"好的！"

黄义明挂断了电话后，便逐一致电通知龙阳村各方面的代表。美澳乡的几个代表觉得共同管理和分享宋井海鲜，开发滨海旅游业，还能促进美澳海产品的销售，当场就表示支持陈文的建议。

……

第二天上午，龙阳村经过一个小时的开会商讨，陈文的建议得到大多数龙阳村代表的赞同，但也有人态度强硬地说："他美澳敢截流的话，我们就过去跟他们干，明着不行，来暗的也可以！"

黄达山表态说："首先，扩大矛盾的事现在是能避免就避免。我看陈老的建议不错，问题就是如何跟美澳乡共同管理，以及如何分享宋井海鲜的问题。还有一个问题，是怎样让村民理解我们。"

"是啊，老会长说的都是问题的关键。"黄氏长房代表支持道。

黄正德见大家都陷入沉思，他发表了自己的意见："我看事情也可以分三步走。第一步，我们先同意陈老的建议，也让他转达给美澳。第二，我们要请市政府牵头，来探讨如何共同管理宋井，以及和美澳乡如何分配利益的问题。第三，在协调探讨期间，我们要把有人给美澳乡出坏主意的事情告知我们的村民，让村民提前做好心理准备，否则一下就分利益给美澳乡，恐怕有很多村民不理解。"

黄正德的意见受到绝大多数代表的认可。

之后，韩阳市政府召集旅游局、文物局、海洋与渔业局、国土资源局、规划局和龙阳村、美澳乡，以及陈文等社会代表进行谈论，黄正德、黄智扬也参与其中。经过三天的磋商，决定龙阳村占50%的股份，美澳乡占40%的股份，政府占10%的股份，成立韩阳市宋井公园旅游开发有限公司，以龙阳村的宋井和宋井石刻为核心区，以美澳乡的樟林古港为辅助区，把东西长300米、南北长100米的地方单独划分出来修建"宋井公园"。政府负责公园的规划和财务监督，公园建设的所有资金由两村按比例出资。

同时决定,要将宋井公园打造成集历史文化、休闲娱乐、观光求知、特产售卖为一体的现代化旅游公园。将来会在宋井石刻后修建宋井历史文化展览馆,在丘陵地带建设海景观光休闲区,在樟林古港靠海滩边建设多种游乐设施和设备,在公园两村交界的北部设立特产售卖区,分东西两边由龙阳和美澳分开招租经营。

　　另外在宋井出产的海鲜由龙阳村负责打捞,打捞到海滩后由美澳乡负责分类,然后由公开招标的几家批发商户进行现场称重,由两村当天值班的负责人签名确认,并由政府委派的出纳财务人员收取货款。

　　当然宋井公园还可以收取参观门票。宋井公园的收益,除缴纳税收、扣除人员管理成本和建设维护成本以及留取公积金外,剩余部分会每年按比例分给龙阳村和美澳乡的村民。

　　这个方案受到两村民众的普遍认可。近千年的宋井宝藏传说终于在当今盛世揭开它神秘的面纱,以这样一种姿态造福这方百姓。

　　在之后的一年内,龙阳村和美澳乡的村民依靠宋井公园和家屿岛公园,做起了餐饮、民宿,售卖各种当地特产的生意,生活过得蒸蒸日上,两个公园还同时解决了很多村民的就业问题。

(八)

　　8月16日,宋锦天得知他的阴谋没有得逞。他无法接受这样的结果,在韩阳蛰伏这么多年,想要得到的宝藏几乎都是找得到却得不到!

　　"这宋井宝藏竟然是带不走的!"宋锦天站在窗前望着宋井海滨,抛下一个阴险而愤怒眼神,自言自语道,"我带不走的,也休想留给你们!"

　　接着他打出一个电话,给那天晚上拿手电筒的指挥者,狠狠地说:"你叫两三个人,想办法把樟林古港原石块的洞口给我炸了,阻挡海水西流！我们得不到的，他们也得不到。"

"可是先生，现在宋井公园地界已经有施工队在修建围墙了，龙阳村更是在宋井旁设了个保安亭，24小时都有保安值班。而樟林古港拔起石块的周围也被美澳乡围了起来。很难有机会的。"

"嗯，既然普通人很难接近，我看你们可以装作外围施工队的工人，将炸药放进水泥袋里，混入宋井公园。炸药爆炸后，你们都离开韩阳，你自己也可以出国避避。我已经将公司所有产业全部转让了，包括仓库、写字楼等，你也跟了我这么多年，等下我会把转让所得资金的25%转给你，事成之后，我还会把剩余的25%也转给你。你亲自监督办好这件事，然后带家人出国去。这笔钱够你们在那边买房买车过一辈子了。"

"好的，多谢先生多年的赏识！"

听了宋锦天一席话，他感慨万分，说不上是感恩，还是无奈，还是悲伤，这个男人的眼睛竟然湿润了。

其实自从8月8日去樟林古港找宝藏，他就知道有这个结局，这段时间他已经安排家人先出国了，而他自己要等最后收到应得的利益后才出国。只是他没想到，不但宋井的宝藏带不走的，而且如今还要冒险实施这最后一炸！

8月18日傍晚五点半，他带着三个人，穿着施工队的制服，用一辆电动三轮车载着水泥和砖块进入宋井公园。施工队看门的人询问了他们的来由，他递了根烟说："今天白天的水泥不够用，组长让我们再送十袋水泥过来。"

"哦，我怎么没见过你们？"看门的人问。

"我们刚才在市里另外的公园施工结束，被调过来。以后我们就会经常见了……哦，对了，这包烟还有几根，你留着抽，有空，我还要来你这里讨杯茶喝。"

"这样啊，那你们运进去吧。喝茶随时都可以。"

他望了一眼看门人粘满茶渍的茶杯和茶盘，笑了笑："那我们过去了。"

美澳乡在樟林古港现场看护的是个年轻人。看护人问:"你们来干吗?"

"因为这里离海边比较近,为了防止海水把泥沙带到洞里,我们需要把洞口周边围起来加高。"

"哦,是这样。"

"对啊……你吃饭了吗?"

"还没,我们是轮流的。"

"那你先去吃吧,我们弄水泥沙的,灰尘很大。"

"嗯……那也好。"

看护的人心想,之前担心的是美澳乡的人来破坏洞口,但这几个人说的是普通话,应该不会来破坏的,何况接班的人还有十多分钟就来了,于是就离开了。

(九)

那四个人见海滨没有其他人,赶紧行动起来……

与此同时,黄印财闲来无事也来宋井公园里晃悠,手里叼着一根烟,脑袋里想着各种发财的梦——他想的是将来在宋井公园里哪个位置做什么生意好。当他走到樟林古港时,忽然听到了熟悉的声音。那声音不就是之前一直联系他让他寻找宝藏的宋先生的声音吗?!这令他十分好奇!因为他从来都没有见过宋先生本人的面。今天宋先生来这里干吗呢?这应该不是什么好事!于是,他拿起手机,远远地拉近焦距拍了几张照片,然后走了过去。看着那几个人手忙脚乱地往石洞里放东西,好像还拉出一根导火索。

他大声问道:"喂,你们在干什么呢?"

指挥的人转过头,本来也被黄印财吓了一下,但看见是黄印财,马上就变得平静了:"哦,我们要把洞口周边围起来加高,防止海水灌入!"这个人并没有想暴露自己的身份。不过他的声音还是被黄印财确认了。

要围洞口，怎么反而往里面填东西？黄印财知道他们一定没有在干什么好事，只是他没有再问，假装无所事事的样子，把烟斜着叼在嘴里，背着手，往北边走去。这帮人看着黄印财走后，又加紧动作。

此时的宋井公园里，除了宋井那边还有保安和工地看门人外，竟然没有其他人！黄印财首先打电话给黄正德，因为他们在龙阳算同个房头，而且黄正德还是个老公安。

"正德叔，我是印财啊。我现在宋井公园这里，看见几个外地人围着樟林古港，那带头的声音我听起来很像是之前让我去跟踪寻宝的宋先生。"

"嗯，他们在那干什么？"黄正德此时正跟黄智扬在家里喝茶，探讨宝地公园经营的一些事宜。

"我看他们好像往古港的石洞里填东西，还在拉线。"

"什么！在拉线！那有可能是在装炸药！"

"啊！那怎么办，这里只有我一个人，还有个看门的老头，他们有四个人。"

"这样，你想办法拖住他们，但要注意安全，我现在就打个电话给黄义明，就赶过去。"

说完，黄正德立刻打电话给黄义明，看今晚是谁值班，并派村里的治安联防员马上赶过去。

黄正德父子也起身开车赶往宋井公园，临出门时，从门后拿了两根龙阳棍放在车上。

一上车，黄智扬就提出疑惑："不对啊，古港那边不是有美澳乡的人看护着吗，怎么会没人呢？"

"对，我现在就给高炳打个打电话。"

……

龙阳村这边值班的是个五十多岁的人，黄义明没有让他过去帮忙，因为担心歹徒趁机破坏宋井就更糟糕了。

黄正德父子开车走大路反而慢了点。而首先到达樟林古港的，是美澳乡的四个治安联防员。他们都二三十岁，骑着两辆摩托，手握专用的警棍。加上这里本来就是美澳的地界，过来的路也便捷，所以最先赶到。

"你们是谁，在干吗？"为首的治安员从远处就大喊一声，目的是为了震慑歹徒。

此时虽然已经接近6点，但8月的韩阳天色依然明亮。

只见樟林古港旁边，三个穿工装的人正围着一个人在打，而另外还有个人正蹲在地上用打火机在打火。

只是，夏天的海风太大，一次次地把打火机的火吹灭了！那三个人听到远处赶来人马，急忙往北面逃窜，只有蹲在地上的人还坚持了几秒，最后竟点燃了导火线，才跟着往外跑。眼见导火线的火苗迅速地引向石洞口。

就在这千钧一发的时刻，躺在地上被打的人从旁边抓起一块砖头，猛地扑过去，用砖块直接把火苗盖住。连盖了两下，只见火苗变成了一缕黑烟，很快就消散而去。

美澳乡的四名治安员骑着摩托车来到跟前，见洞口安然无恙。

"快，抓住他们！"倒在地上的人指着歹徒离去的方向。

"我们去追，你们两人在这里守着。"为首的人边说，边加大油门追赶而去……

（十）

很快，美澳乡开摩托的两位治安联防员赶了上去，开车的人大喊："站住！"

最后离开的歹徒已经跑出门口，从上衣口袋里拔出一叠东西，回头对着治安员来的方向撒去："这几千块钱你们拿去！如果再追，我身上还有手雷,再逼我就扔手雷!"

开车的治安员听到有手雷,迟疑了一下。那一叠人民币随着海风飞舞,却是让人心动。

"我们有车,开过去干他,就算有手雷,我们有车也可以跑开。"坐在后头的治安员拍了下前面人的肩膀,显然是个领头的。

"好,就听你的,跟他干了!"

开车的人加大油门,坐后面的治安员握起了警棍,很快追了上去,擦身而过的瞬间用警棍猛敲了下歹徒的后背,加上摩托车的惯性,歹徒应击而往前扑倒了。两名治安员随后便将歹徒按倒在地。

前面三个歹徒先一分钟就逃出外面,正启动一辆日产车往市区方向跑了。

美澳乡这时又赶来一拨人,开来了十多辆摩托车。"你们去追前面的车!"两名治安员指着日产车,让乡里人去追。于是龙澳公路上演了一场好戏,一行车浩浩荡荡,后面的人大呼大叫!

黄智扬开的车刚赶过来,就看见日产车向反方向开去,后面还有一行美澳人在追赶,马上说道:"爸,你让义明在前面路口设置障碍,把车堵住,是辆银色日产车。"

"好!"黄正德拨通了黄义明的手机。

不一会,一位龙阳村民开着小货车直接横着堵在龙澳公路中央,日产车无路可去,车上的三个人只好下车,每人手上握着长刀,依然想往市区逃窜。

赶来的一帮龙阳人手上拿着的是龙阳棍,而美澳乡带来的是铁管,不一会儿,三个外地人虽然身强体壮,似乎还练过,但始终敌不过两村的二三十号人,不久就被围起来打得瘫倒在地上。

黄正德父子则赶了往樟林古港。只见是黄印财躺在地上,身上还有血迹。

"印财,你这是怎么了?"

黄印财用手臂艰难地支撑坐起来,"我……我看见他们要点炸药,就拿着些小石块扔他们,这帮人就跑过来打我,我……要是有龙阳棍在手上,一定将他们打个狗屁朝天!"

黄智扬走上前,扶起黄印财:"印财兄,原来你是个英雄啊,之前还以为你替他们办事。"

黄印财虽然伤得不轻,但依然面露欣慰的微笑,说:"之前跟着那宋先生办事,一是他能帮我还赌债,二还能在内部知道他们的动向。毕竟,龙阳是我的家乡,宋井宝藏我也有份,我从来都没想过让他们动我们的宋井宝藏!"

黄正德让人处理好石洞埋置的炸药,他一眼就辨得,这些依然是之前采矿或采石的炸药,转头对黄印财说:"印财,你阻止了他们引爆炸药,你立了大功啦!"

(十一)

当天晚上,几个歹徒便被押到市公安局连夜进行审讯。美澳和龙阳两村一堆人在公安局外等候消息。

黄毅亲自审讯为首的人,严肃地问道:"你叫宋锦添,原先是中国人,十多年前移民海外,后来回国做生意,是韩阳锦天贸易有限公司的法人代表。你应该就是韩阳近一年来几次盗宝事件的幕后指挥者吧?"

"嗯,我是叫宋锦添。不过,锦天贸易有限公司是一位台湾商人出资成立的。我只知道这位台湾人姓石。我平时都是称呼他为'先生'。他自己担任总经理,而且他的名片上印着'宋锦天'三个字,让外界认为这公司就是他的。"

"那你负责什么?"警察问道。

"公司日常的业务都是石先生在操办,我这些年实际上只负责帮他寻找宝藏这项'事务'。不过我自己之前也不参与实际的寻宝行动,他每次都是请几个外地人去执行,唯一找的本地人就只有黄印财一个!我自己也是这次才参与进来的。"实际上,之前每次寻宝行动,都是由石先生给指令,由宋锦添请人实施的,只有最近在樟林古港吊石块和今天炸石洞时,宋锦添才亲自出马,因为他觉得这是离宋井宝藏最近的地方了,应该放手一搏。宋锦添只承认自己参与今天的破坏行动,实际上也是在为自己开脱罪行。

"那你平时是怎么跟这位石先生联系的,他现在住在哪里?"

"我平时都是跟他用网络电话单线联系,原先他住在市区里,一年前他到龙阳村租了一栋房。"

"你应该有他的照片吧?"

"他很谨慎,一般不拍照也不合照,这些年只有偶然的时候被拍到,我手机里就有。"鉴于石先生之前的种种犯罪行为,警察决定马上连夜出动对其实施逮捕!

晚上11点多,警察在宋锦添的带路下,来到了龙阳村的一栋民宅前。只见这栋民宅看起来还很新,位于龙阳村通往韩阳的马路边上,门口停放着一辆白色丰田汽车,民宅周边50米外才有其他房屋,位置独立,而且离宋井最近。

此时民宅里没有灯光,一楼大门由一层不锈钢拉闸门和一层木门组成。警察把周边的道路都封锁了,周边民房上都埋伏有狙击手。为了防止这位石先生使用炸药或手雷,此次抓捕行动由特警执行。

"开始行动!"公安局副局长黄毅是此次行动的现场指挥者。一声令下,两名特警靠近大门,在两层大门上放置了炸弹。随着两声巨响,龙阳村逐渐进入梦乡的老人小孩们被惊醒了。

全副武装的特警先对所有楼层都扔进去几个不知名的弹。

外行人不知道是催泪弹、烟幕弹还是震撼弹,总之声音特别响,烟雾大。

目的就是让里面的人待不下去，自动现身。

"里面的人听着，我们是警察，你已经被我们特警包围了，请放下武器，放弃抵抗，举起双手走出来，否则，如果遇到暴力抵抗，我们是可以开枪的！"

黄毅用扩音器喊了两遍，时间也过了五分钟，里面依然没有任何动静。

烟雾已经基本散去。黄毅指挥特警冲进屋里。而就在此时，这栋楼楼顶忽然响起了悠扬的歌曲，曲调幽深而沧桑。仔细听来，是黄智扬之前听过的一首日本《三国志》动画篇的主题曲——《风姿花传》。

> 风儿呀在呜咽，道不尽世上忧愁哀怨。
> 无垠的寂静星空，轻轻把它揽怀中。
> 望断归路君未归，孤独伫立苦苦等候。
> 忆当年千金一诺，花瓣如雪飘飘落肩。
> 梦想啊如真如幻，终变成过眼云烟。
> 梦想啊如真如幻，千百年常在人间。
> 啊……啊……不知何人能知晓？
> 啊……啊……明日落花呀你可知道？

警察从一楼搜索上了天台，原来是天台上放有两个大音响！看来，这个石先生是以这首歌来为自己送行的！

当天，警察经过调查取证，对外公布了石先生的照片，并发布一则消息——

> 经过警方调查和证人证实，犯罪嫌疑人石井天，国籍日本，原韩阳锦天贸易有限公司总经理，一年来，涉嫌策划指挥盗取陆湖寨福安里宝藏、美澳乡家屿岛宝藏，挖出宋井螺旋石梯，绑架陆雅柔，煽动龙阳美澳村民进行械斗，意图炸毁樟林古港的

石洞等寻宝破坏行为。其昨天就已经乘坐飞机飞回日本，现在韩阳警方正式发出对石井天的通缉令。

第二天，心情无法平静的黄智扬收到石井天发来的电子邮件。

"黄智扬先生你好，虽然你与我未曾谋面，但你我一年来很多时候都在从事同样的工作——寻宝。

"宋井之奇观不得不让人慨叹中华的地大物博，中华民族的睿智以及悠久渊博的历史文化。

"你或许会好奇我为什么会来到韩阳，来到这片土地寻宝的，那也是一段很久远的历史……

"我的祖先在中国明朝的时候就到访了韩阳地区，并把在韩阳地区收集的宝藏藏到了福安里的王爷庙里。

"我的祖先还听说有宋井宝藏，便把宋井石刻的诗句记录下来，因为不想让人知道宝藏的秘密，而故意画掉前两句诗的八个字。

"再后来，在20世纪三四十年代，我爷爷随军队登陆韩阳，他一来是寻找福安里王爷庙的宝藏，二来力图解开宋井宝藏的秘密。当时福安里王爷庙的宝藏他是找到了，但因为军队调动，不便拿走，所以还是留在那个地方。而对宋井宝藏则始终一无所获，只能将寻觅得到的线索以及祖辈留下的线索一起记录下来，并传给了后代，以便后代继续寻宝。

"我在日本本科是学汉语言文字的，又拿到中国历史学博士，是一位大学副教授，后来还到台湾进行访问学习，在那里我学会了讲流利的闽南语。再后来，为了完成先祖的心愿，十多年前我辞去大学的工作，来到韩阳，做起贸易，很快地也学会了同为闽南语系的潮州话。

"我在韩阳居住潜伏了十多年，对寻宝虽热爱至极，但却倍感孤独无援。找了十多年，也一直无所收获，屡次想要放弃，但每每想到祖先的宏愿，还是最后坚持了下来。

"而在你回来韩阳工作的一年时间里，你的聪明才智和人脉关系帮助并引领我解开了心中的所有有关宝藏的谜团,让我看到除了宋井宝藏以外,原来还有个家屿岛宝藏,也让我在有生之年看到了巧夺天工的宋井玄机,让我感受到了前所未有的快感。

"这种快感在现在看来,可能比得到宝藏更加有价值。

"因此我在回国后,第一时间写了这封邮件,以表示我对黄先生由衷的感谢!顺带发一张我自己没有戴假发的照片。"

落款人,石井天!后面附带的照片,只见他的头顶光秃,只有两侧还有头发。

一段文字,几乎是半部韩阳史!这多少有些超乎黄智扬的想象。黄智扬在感叹一番后,便毫不迟疑地把这封邮件的文字复制下来,转发给了公安局副局长黄毅在内的方方面面的人士。这是一年来韩阳三起宝藏事件最好的解说词了。

同时,黄智扬也回复一封邮件给石井天——

"首先多谢你对我寻宝工作的褒奖,但我要告诉你的是,不论福安里宝藏,还是美澳家屿岛闽王宝藏,或者是宋井宝藏,这些宝藏没有一件东西是属于你们日本人的。你和你祖先没能带走就对了。

"我们韩阳人民不欢迎你们再度踏上我们的宝地,如若再来,定让你们有来无回!"

(十二)

8月21号,星期一,韩阳早晚的天气凉爽了一些。宝地花园中高层住宅的工程施工、配套建设和销售均有条不紊地进入了尾声。按照黄智扬和陆达签订的劳动合同,到8月28日就到期了。

这天开完会,黄智扬穿着正装来到陆国安的办公室里,打算来跟陆国安告别了。

得知陆浩和陆雅柔他们将分别在今年农历九月和十月举行婚礼。"太好了，恭喜陆叔，恭喜他们，到时我一定回来。"黄智扬也由衷地高兴。

来，我们先喝杯茶，陆国安命秘书过来倒了杯茶给黄智扬，自己喝了一口茶，说："智扬啊，回广州有什么计划没？"

黄智扬也喝了一小口，缓缓说道："暂时还没有，不过我这个人闲不住。我在广州还有房产中介店，手上还有些房地产图书选题要编写。"

"是这样的，我们陆达可能会考虑进入珠三角的三四线区域开发，比如惠州、清远下面的地区，到时你要有时间，可以先负责做些前期的调查、策划工作。珠三角区域总经理的岗位我们会在拿地后再确定人选，你明白我的意思吗？"

"我知道了，到时有时间，走得开，我可以参与进来。"

"现在离开学还有些时间，你也忙了一年。我看这样，你可以提前带薪离职，带你女儿和你爸去旅游，放松一下。"

"我也正有这个打算。不过我爸刚和美澳的高炳被委任为宋井公园旅游开发公司的副总经理，他要开始忙宋井公园的事。"

"嗯，那你想先去哪里走走？"

"我想先去广西。我早就想好了，中国都没走遍，我不会出国游。我认为我国的民族特色也很鲜明，从服饰、风俗、信仰、历史、建筑、食物、特产、地形地貌、气候等都很有看点，关键这里还是自己的祖国，如果连祖国都没搞明白，就没必要去看国外的风景了。"黄智扬一下说了这么多，这是他近期一直在思考的结果。

"好，很好！"

陆国安竖起大拇指："难得你有这样的眼光！国外很多地方我也去过，不能说欧美经济科技发达，他们的月亮就比中国的圆。我们是中国人，可以学习人家先进的科学技术和管理方法，但就旅游而言，我支持你的想法。"

陆国安说话有些激动，显然黄智扬说到他心里边去了。

"那我等下去找杜总监,如果可以,我这两天就办理交接手续。出去旅游要有个一周左右时间才够。"

"是的。好,那你去找她吧。我跟她说一下。"

过后,陆国安拿出抽屉里那张拍摄于1979年初的全连战友合照。心想,人生一世,钱是赚不完的,等子女都成家了,自己也该向老连长学习,做些更有意义的事了。

(十三)

黄智扬转身来到杜晓蕾的办公室门口,敲门进去后,黄智扬说了声"你好",然后看着杜晓蕾。

杜晓蕾也抬起头来,跟黄智扬对视了两秒,淡淡地说了声"请坐"。

两人没有太多的言语,似乎都很了解对方,似乎很熟悉,说不上是暧昧、欣赏还是友谊,但彼此都很信任对方。

"真的要回广州了?"

杜晓蕾炯炯有神的目光盯着黄智扬,语气中表达的,除了一丝无奈,一丝留恋,似乎还有些埋怨。

此时,他微笑着对杜晓蕾点点头,说道:"我回韩阳也忙了一年了。不怕你笑话,我大学毕业十多年还没有出去旅游过,除了工作、买房就是带小孩。所以这次提前跟陆总请辞,我希望趁开学前尽量多去走走。"

说到旅游,杜晓蕾的兴趣就来了:"那你打算去哪里呢?"

"我想先去广西,也去我爸当年打仗出发的地方看看。如果有时间也想去贵州看看,我对少数民族很感兴趣。"

"你说的广西、贵州我也还没去过,云南大理倒是去过。"

"我知道,你们白领丽人标配的旅游点,除了繁华的都市购物中心,还有文艺气息浓厚的地方,然后就是酒吧林立的古镇,或者什么韩国日本泰国马来西亚之类的。"黄智扬罗列了一堆,语气中带有一丝不屑。

"哈,这些都被你说中了,这些地方我都差不多走遍了。"

"嗯,我比较喜欢游览中国的名山大川,还有各少数民族聚集地,还有就是有历史文化底蕴的地方,以及自然风光美丽的地方。"

"听你说的这些,现在这些地方反而是我想去的。"

杜晓蕾的这个回答,多少令黄智扬另眼相看,黄智扬顺水推舟说道:"好啊,那有机会我们一起去!"

"我今年还有年假没放呢,前段时间招聘和培训忙了一下,最近还打算放几天假也去走走。"

"如果这两天交接手续能办好的话,我打算后天就出发。"

"这么着急啊?!"

"那这次就一起吧!"

(十四)

8月23日午后,罗荣升主动说在上班前要送黄智扬父女去高铁站。黄智扬清楚,对于这一年来宝地花园项目的报批,罗荣升出了不少力,只是鉴于两人工作上有交集又不好经常见面,而今天就不用再跟师兄回避和客气了。

车上,罗荣升笑咪咪地问道:"看你回韩阳这一年的经历很丰富,还有些离奇,接下来有什么计划吗?"

黄智扬听到这个问题,目光望向右侧边,陷入沉思。他所在的副驾驶位的右侧车窗其实一直都没关上。窗外,是这条他几乎每天都要走的沿着义安江西岸贯穿韩阳南北的公路,沿江路靠江一面全程设石栏杆,几百米就有一个造型各异的凉亭,还有就是悠悠的义安江和一排排整齐的树木。他深吸了一口气,似乎能闻到土壤里散发出来的熟悉的味道。

确实只有这方乡土,以及乡土上种植的稻谷茶叶、养育的海鲜家禽、承载的民居院落、散布的各式庙宇，还有这些为了美好生活而劳作或正在休闲喝茶的人民，跟见证了千年历史变迁的江水海风一起混合出的这种味道，就是韩阳特有的味道。这可以称之为乡味！

他想起了一年来在韩阳遇到的那些可爱、可敬、可憎或者平凡而可书的人，以及这些人物之间、人物和自己发生的有意思的事，想起了宝地花园开发全程，想起了那熟悉的一手房和二手房销售的故事，想起了自己为了找寻保护宋井宝藏而经历揭开的福安里、家屿岛和宋井三个宝藏，也想起了这些宝藏背后所蕴藏的故乡的那些重要历史事件。

他觉得自己不该背负这个记忆的包袱，人生应该轻松上场！与其今后跟人家回忆谈论起这一年的故事与奇遇，不如就把它记录下来，于是他转头跟罗荣升说："就是把这一年来经历的有意思的事写下来，写成一本小说。"

"那书名想好叫什么了吗？"

"《千年宋井》！"

后 记

  我出生在广东潮州黄冈镇。父亲余构耀（爷爷饶平红光余氏，奶奶饶平碧洲郑氏），母亲陈瑶（外公潮安东凤陈氏，外婆潮安彩塘吴氏），以及祖上几辈，都是地道的潮汕人。我在上大学前就基本往来生活于潮州和汕头两地。

  人们通常所说的潮汕地区，是我国著名的侨乡，主要包括潮州、汕头和揭阳三市，也包括汕尾市的陆丰地区和梅州市丰顺的南部地区，因为这些地区都讲潮汕话。潮汕地区的北部和西部以山地为主，中间由几条江河冲刷出潮汕平原，南部直接延伸到南海，农耕文化和海洋文化在这里历经漫长岁月的交融碰撞，最终造就了独特的潮汕文化。

  历史上，潮汕人大多是中原汉族经江西粤北和福建闽南一路迁徙而来，又与当地南越土著结合而形成。潮汕文化与北部接壤的客家文化、东部接壤的闽南文化有个显著的共同点，那就是对宗族文化的重视。因此宗族文化也成为本书表达的重点。

  《千年宋井》是以潮汕地区为背景撰写的。只是我的初衷，并不是为了彰显潮汕地区的优点，而仅仅是为了将我对潮汕地区的历史文化、宗族文化、我一直从事的房地产行业和周遭发生的人事的所见所感记录下来，算是对这些年的一个总结。我采取的是虚实结合的撰写小说的方式，将真实的事件和人物以及与大众息息相关的房地产知识融入其中，夜写日改，三易其稿，乃成此书。其形似离奇故事，实为写实小说！

　　创作前期，陈秀玲、谭世琳、谭明真、黄柏榕、何彤欣等朋友在人物设定、情节设计和文字校订等方面提供过帮助；完稿后，陈妍丹设计了插图。在此一并感谢。出版过程中，我感受到了四川文艺出版社对文学作品的高标准要求。书稿经历了多次审核和校对，如今才得以与读者见面。最后，感谢燕啸波和赵海海两位编辑老师对本书的认同和长期用心的打磨，以及给予的十分专业的文学指导。

　　最后我想说，如果读者能愉悦地阅读本书，能从中获得一些有用的知识和信息，能被故事中这些人物的理性思考和选择所触动，能不时获得一份温暖而激起心中的正能量，那便是我莫大的荣耀，也是本书的价值所在！

余源鹏
2019年9月29日